MICHELLE RAVEN
TURT/LE
Riskantes Manöver

Die Romane von Michelle Raven bei LYX:

TURT/LE-Reihe (Romantic Thrill):
1. TURT/LE. Gefährlicher Einsatz
2. TURT/LE. Riskantes Manöver

Hunter-Reihe (Romantic Thrill):
1. Vertraute Gefahr
2. Riskante Nähe
3. Gefährliche Vergangenheit
4. Trügerisches Spiel

Dyson-Dilogie (Romantic Thrill):
1. Eine unheilvolle Begegnung
2. Verhängnisvolle Jagd (*erscheint September 2013*)

Ghostwalker-Reihe (Romantic Fantasy):
1. Ghostwalker. Die Spur der Katze
2. Ghostwalker. Pfad der Träume
3. Ghostwalker. Auf lautlosen Schwingen
4. Ghostwalker. Fluch der Wahrheit
5. Ghostwalker. Ruf der Erinnerung
6. Ghostwalker. Tag der Rache

Weitere Romane der Autorin sind bei LYX in Vorbereitung.

Michelle Raven

RISKANTES MANÖVER

Roman

EGMONT

Dieses Buch ist ein fiktives Werk. Namen, Figuren, Unternehmen, Organisationen, Orte, Begebenheiten und Ereignisse werden fiktiv verwendet. Ähnlichkeiten mit tatsächlichen Personen, realen Handlungen und Schauplätzen sind rein zufällig und nicht beabsichtigt.

Originalausgabe Mai 2013 bei LYX
verlegt durch EGMONT Verlagsgesellschaften mbH,
Gertrudenstr. 30–36, 50667 Köln
Copyright © 2013 bei EGMONT Verlagsgesellschaften mbH
Alle Rechte vorbehalten.

1. Auflage
Lektorat: Jutta Schneider
Satz: Greiner & Reichel, Köln
Printed in Germany (671575)
ISBN 978-3-8025-8894-5

www.egmont-lyx.de

Die EGMONT Verlagsgesellschaften gehören als Teil der EGMONT-Gruppe zur
EGMONT Foundation – einer gemeinnützigen Stiftung, deren Ziel es ist, die sozialen,
kulturellen und gesundheitlichen Lebensumstände von Kindern und Jugendlichen zu
verbessern. Weitere ausführliche Informationen zur EGMONT Foundation unter:
www.egmont.com

Glossar

BND	Bundesnachrichtendienst, Deutscher Geheimdienst
Committee on Armed Services	Ausschuss des US-Senats zu Militärangelegenheiten
KSK	bedeutet ›Kommando Spezialkräfte‹; Spezialeinheit der Bundeswehr
Marine Corps Brig	US-Militärgefängnis der Marine
NGA	National Geospatial-Intelligence Agency; die US-Behörde für militärische, geheimdienstliche und kommerzielle kartografische Auswertungen und Aufklärung
Night Stalkers	Spitzname der Sondereinheit ›160th Special Operations Aviation Regiment‹ (Hubschrauberregiment) der US Army
NRA	National Rifle Association – nationale Schusswaffenvereinigung Amerikas
SEAL	bedeutet ›Sea, Air, Land‹; Spezialeinheit der US Navy
SWAT	Special Weapons and Tactics; taktische Spezialeinheit der amerikanischen Polizei
Taser	Elektroschockpistole
TURT/LE	Terrorism Undercover Reconnaissance Team/Ladies Elite
Wolesi Jirga	das afghanische Unterhaus

1

San Diego, Kalifornien

Kyla schreckte hoch, als sich eine Hand auf ihre Hüfte legte. Ein harter Männerkörper presste sich an ihren Rücken und löste eine Wärme in ihr aus, die sie lange nicht gespürt hatte. In dem Zwielicht konnte sie kaum etwas erkennen, aber sie war zu müde, um sich zu fragen, wer der Mann war. Eine seltsame Stille herrschte, als wäre jedes Geräusch durch eine dicke Watteschicht gedämpft. Mühsam versuchte sie, sich zu dem Mann umzudrehen, aber ihre Muskeln gehorchten ihr nicht. Sie konnte einfach nur daliegen und den tiefen Atemzügen lauschen, die hinter ihr erklangen. Oder war es ein Echo ihrer eigenen Atemgeräusche? Die Augen fielen ihr wieder zu, und sie hatte Mühe, wach zu bleiben. Was war nur mit ihr los? Der Mann neben ihr bewegte sich, die Hand auf ihrer Hüfte verschwand. Ein Protestlaut blieb in ihrer Kehle stecken, als sich seine Hand stattdessen unter ihren Kopf schob. Seine Finger strichen leicht über ihre Wange.

Kyla blinzelte, doch ihre Sicht blieb seltsam verschwommen. Unruhe machte sich in ihr breit, aber seltsamerweise fühlte sie keinerlei Angst. Nur … Verwirrung und ein vages Gefühl von Enttäuschung. Der Mann beugte sich über sie, und plötzlich erkannte sie ihn: Hamid. Freude stieg in ihr auf, dass sie ihn doch noch einmal wiedersah. Kyla drehte sich auf den Rücken, damit sie ihn besser sehen konnte. Sie wollte ihm sagen, wie sehr sie ihn vermisst hatte, aber ihre Stimme gehorchte ihr nicht. Seine dunklen Augen bohrten sich in ihre, während sein Gesicht ihr immer

7

näher kam. Sanft berührten seine Lippen die ihren. Er sagte etwas, doch sie konnte seine Worte nicht hören, denn ein immer lauteres Rauschen verschluckte jeden Ton. Was zum Teufel war das? Kyla versuchte ihren Arm zu heben, um Hamid zu berühren, doch ihr fehlte die Kraft dazu. Unter ihrer Handfläche konnte sie den heißen Sand spüren, und sie grub ihre Finger hinein.

Dann richtete er sich ganz auf, und seine Hände lösten sich von ihr. Verzweiflung kam in ihr auf, als sie es nicht schaffte, ihn fest-zuhalten. Seine Gesichtszüge verschwammen vor ihren Augen, und er verschwand. Nein! Erleichtert atmete sie auf, als er zu ihr zurückkam. Er lehnte sich wieder über sie, und Kyla erstarrte. Es war nicht Hamids schmales Gesicht, das ihr entgegenblickte, sondern Khalawihiris verhasste Visage. Adrenalin schoss durch ihren Körper, dicht gefolgt von Furcht. Wie kam der Verbrecher hierher? Er war doch längst gestellt und in die USA gebracht worden. Khalawihiris Mund verzog sich zu einem teuflischen Grinsen, das ihr einen Schauer über den Rücken trieb. Immer dichter beugte er sich über sie, während Kyla verzweifelt gegen die unsichtbaren Fesseln ankämpfte, die sie festhielten.

Direkt über ihr öffnete er seinen Mund, und Kyla stieß einen verzweifelten Laut aus. Sie schaffte es nicht einmal sich weg-zudrehen, als der Kopf des Verbrechers sich zu Sand verwandelte und auf sie niederprasselte. Überallhin rieselten die Körner, in ihren Mund, ihre Nase, ihre Augen, bis sie vollständig damit bedeckt war. Panisch versuchte sie sich zu befreien, doch noch immer konnte sie sich nicht rühren. Sie wurde lebendig be-graben. Es fiel ihr immer schwerer, Luft zu holen, bis ihr Atem schließlich ganz stockte.

Mit einem atemlosen Schrei schoss Kyla in die Höhe und blickte wild um sich. Das Herz hämmerte in ihrer Brust, die schweiß-nassen Hände waren in die Bettdecke gekrallt. Sie zitterte am ganzen Körper und rang nach Atem, als wäre sie gerade einen Marathon gelaufen. Es dauerte einen Moment, bis sie erkannte, dass es nur ein Albtraum gewesen war und sie sich in ihrer Wohnung in San Diego befand. Rasch beugte sie sich vor und schaltete die Nachttischlampe an. Ein schwacher Lichtschein erhellte ihr Bett, doch die restliche Umgebung blieb dunkel. Schatten schienen sich zu bewegen und näher zu rücken, und sie griff automatisch nach ihrer Waffe, die sie seit den Ereignissen in Afghanistan immer in Reichweite hielt. Auch als Polizistin einer SWAT-Einheit in New York hatte sie viel erlebt, doch nichts davon hatte diese tief sitzende Angst in ihr ausgelöst, die sie in letzter Zeit immer wieder überfiel. Tagsüber ging es, weil sie da beschäftigt war, doch nachts quälten sie immer wieder Albträume.

Kyla rieb mit der Hand über ihr feuchtes Gesicht und versuchte sich zu erinnern, worum es diesmal ging. Ihr Herz zog sich schmerzhaft zusammen, als sie sich an den Anfang des Traums erinnerte. Die Situation entsprang eindeutig der Realität: Sie hatte sich tatsächlich während eines Sandsturms mit Hamid hinter einem Felsen in Sicherheit gebracht. Er hatte sie gehalten und beschützt – doch dann hatte er ihr das mit einem Betäubungsmittel versetzte Wasser zu trinken gegeben. Der sanfte Kuss, fast nur ein Hauch, den er ihr zum Abschied gegeben hatte, ließ sie immer noch nicht zur Ruhe kommen. Und sie konnte nicht einmal sagen, warum. Sie wusste nichts über ihren Retter, und sie würde ihn nie wiedersehen. Zudem hatte er sie die ganze Zeit getäuscht und so getan, als würde er selbst zu den Verbrechern gehören und wollte Kyla an sie ausliefern. Sie sollte ihn also hassen, doch dummerweise tat sie das nicht. Stattdessen wünschte sie sich, ihm noch einmal gegenüberzustehen und herauszufinden, was genau zwischen ihnen geschehen war.

Energisch schob Kyla ihre Beine aus dem Bett und stand auf. Es war zwar noch etwas früh, aber ihr Wecker würde in einer halben Stunde klingeln, und sie würde jetzt sowieso kein Auge mehr zutun. Barfuß durchquerte sie den Raum und trat ins angeschlossene Badezimmer. Die Pistole legte sie auf die Ablage und stützte ihre Hände auf den Rand des Waschbeckens. Ihre langen blonden Haare hingen in zerzausten, feuchten Strähnen um ihr Gesicht. Wenigstens waren die Augenringe durch ihre noch leicht gebräunte Haut kaum zu sehen. Dafür war ihre Anspannung deutlich zu erkennen. Und die Furcht davor, langsam durchzudrehen.

Mit einem rauen Laut zog sie sich das Nachthemd über den Kopf und warf es frustriert zur Seite. Sofort glitt ihr Blick zu der Narbe an ihrer Schulter, wo die Kugel eines Terroristen ihren Körper durchschlagen hatte. Es war kaum mehr etwas davon zu sehen, nur leicht gerötete und kaum vernarbte Stellen an der Ein- und Austrittswunde, wo Hamid sie zusammengenäht hatte. Ansonsten litt sie unter keinerlei Nachwirkungen der Verletzung, wenn überhaupt, war sie dank des vielen Trainings jetzt fitter und kräftiger als davor, weil sie ihren Körper in jeder freien Sekunde an seine Belastungsgrenze brachte. Über die Gründe dafür wollte sie nicht nachdenken. Tatsache war: Sie hätte längst wieder als Undercover-Agentin eingesetzt werden können, aber Daniel Hawk, ihr Vorgesetzter beim TURT/LE-Programm – Terrorism Undercover Reconaissance Team/Ladies Elite –, gab ihr keinen neuen Auftrag. Entweder weil er sie für nicht mehr fähig hielt, oder weil er sich nicht traute, sie noch einmal der Gefahr auszusetzen. Beides war für sie nicht akzeptabel. Zwar hatte sie ihre Aufgaben, wie die Teilnahme an Übungen und Unterrichtsstunden, sie half beim körperlichen Training der neuen Rekruten und anderen Agenten und gab Schießunterricht, doch das war nicht das Gleiche, wie

sich auf eine Mission vorzubereiten und sie dann auch durch-
zuführen.

Sie konnte jedoch nachvollziehen, dass ihre Partnerin Jade
auch vier Monate nach ihrer Gefangenschaft in der Festung des
afghanischen Warlords Mogadir noch nicht wieder dienstfähig
war. Schließlich war sie dort tagelang gefoltert worden, bevor die
SEALs sie gerettet hatten. Ihr Magen zog sich zusammen, als sie
sich daran erinnerte, wie Jade nach der Tortur ausgesehen hatte.
Vor allem die Scham und Trostlosigkeit in ihren Augen hatten
Kyla tief getroffen. Sie selbst hatte dagegen nur einen glatten
Schulterdurchschuss davongetragen, der nach einem Monat
restlos verheilt war.

Doch diese Gedanken führten zu nichts, solange Hawk der
Meinung war, sie müsse geschont werden. Deshalb schob Kyla
ihre Sorgen beiseite und stieg unter die Dusche. Nach einer
langen Weile unter dem heißen Strahl fühlte sie sich halbwegs
gewappnet, dem Tag zu begegnen. Egal wie, sie würde Hawk
dazu bringen, sie wieder in den Einsatz zu schicken. Zur Not
würde sie kündigen und zu ihrer Arbeit als Scharfschützin im
SWAT-Team bei der New Yorker Polizei zurückkehren. Auch
wenn sie die TURT/LEs vermissen würde, es war die einzige
Möglichkeit, nicht langsam verrückt zu werden.

Einige Zeit später kam sie auf dem Navy-Stützpunkt an. Trotz
der frühen Stunde waren bereits etliche SEALs, die Eliteeinheit
der US Navy, und auch TURT/LEs unterwegs. Das war normal,
denn es gab immer genug zu tun – der Terrorismus schlief
nie. Um sich abzulenken und noch einmal über ihr geplantes
Gespräch mit Hawk nachdenken zu können, schlug sie den Weg
zum Hindernisparcours ein. Meist beendete sie dort ihren Tag
mit einem Durchlauf, und danach war sie immer so kaputt, dass
sie alles andere vergaß. Zumindest für ein paar Stunden. Spä-

testens nachts würden jedoch die Albträume und Erinnerungen mit Macht zurückkommen. Schlimmer als die Träume waren allerdings jene Momente, in denen sie das Gefühl hatte, dass Hamid bei ihr war, sich sein Körper gegen ihren presste, um sie in der kalten afghanischen Nachtluft zu wärmen. Wenn sie dann aufwachte und feststellte, dass sie allein war, lag ein solcher Druck auf ihrer Brust, dass sie kaum Luft bekam.

Wütend über ihre eigene Unfähigkeit, die Erlebnisse und Hamid zu vergessen und ihr Leben einfach weiterzuführen wie vorher, stapfte Kyla zu den Umkleideräumen, die extra für die weiblichen TURTs eingerichtet worden waren. Die metallene Tür ihres Spinds knallte gegen die Wand, als sie diese mit Schwung aufriss. Kyla zuckte zusammen und blickte sich rasch um. Glücklicherweise war außer ihr niemand hier. Ihre schlechte Stimmung nervte sie selbst und sie bemühte sich, ihre Kollegen nicht damit zu belasten. Kopfschüttelnd schlüpfte sie in Shorts und ein Top und band sich die Haare zu einem Zopf zusammen.

Nur wenige Minuten später betrat sie den Strandabschnitt, auf dem der Hindernisparcours errichtet war. Ihre Laune sank noch weiter, als sie die SEAL-Anwärter sah, die gerade von Rock über die Hürden gejagt wurden. Verdammt, sie hatte gehofft, so früh morgens den Parcours für sich zu haben. Der Senior Chief bemerkte sie und kam nach ein paar Worten zu den Rekruten zu ihr hinüber. Die Situation erinnerte sie an ihren ersten Tag auf dem Stützpunkt, als sie noch voller Vorfreude auf ihre neue Aufgabe geblickt hatte. Damals war sie zu früh angekommen und über die Basis geschlendert. Am Hindernisparcours hatte sie haltgemacht und den großen und muskulösen Rock dabei beobachtet, wie er die armen SEAL-Anwärter geschunden hatte.

Jetzt lächelte Rock sie an. »Hallo Kyla, was verschafft mir die Ehre?«

Sie konnte gar nicht anders, als zurückzulächeln. Die positive

Wandlung von Rock, seit er mit Rose zusammenlebte, war nicht zu übersehen. Während er vorher meist finster dreingeblickt hatte und sich von allen ein wenig fernhielt, war er jetzt viel umgänglicher. Er wirkte einfach glücklich. Wenigstens einer, der bei dem Einsatz in Afghanistan sein Glück gefunden hatte. Es war seine letzte Mission als aktiver SEAL gewesen und er war danach in den Trainingsstab gewechselt.

»Ich wollte ein wenig trainieren. Wie lange macht ihr noch?«

Rock strich mit der Hand durch seine kurzen schwarzen Haare. »Wir haben erst vor wenigen Minuten angefangen. Aber du kannst gerne mitmachen, wenn du möchtest.«

»Lieber nicht, ich würde nur stören.« Sehnsüchtig blickte sie auf die hohen Hindernisse, deren Überwindung ihr jedes Mal wieder Befriedigung verschaffte.

Grinsend legte Rock seine Hand auf ihre Schulter. »Unsinn, die Burschen können ruhig mal sehen, wie man es richtig macht. Wenn ihnen eine Frau das zeigt – umso besser.«

Kyla musste lachen. »Das ist … hinterhältig.«

Rock zuckte mit den Schultern. »Damit müssen sie leben. Sie können dabei eine wichtige Lektion lernen, du würdest mir also einen Gefallen tun.«

»Welche Lektion denn?«

»Dass man nie weiß, wer einem als Feind gegenübersteht – und man Frauen nie unterschätzen sollte.« Wie es aussah, hatte Rock von Rose einiges gelernt, die an der Universität von Kalifornien über die Rolle der Frau in verschiedenen Kulturen lehrte und auch die SEALs und TURT/LEs hin und wieder unterrichtete. Rose hatte großen Mut bewiesen, als sie sich damals bereit erklärt hatte, mit nach Afghanistan zu reisen und zwei Agentinnen zu retten, die sie nicht einmal kannte. Und das, nachdem ihr Mann Ramon Gomez, ein SEAL, vor etlichen Jahren bei einem Einsatz ums Leben gekommen war.

Kyla räusperte sich, um den Kloß in ihrem Hals loszuwerden. »Danke. Ich wärme mich noch ein wenig auf, dann stehe ich dir ganz für deine Demonstration zur Verfügung.«

»In Ordnung. Es sind ein paar talentierte Anwärter dabei, die schicke ich dann hinter dir her.«

Kyla schnitt eine Grimasse. »Zu freundlich.« Sie war gut, aber bei ihrer geringen Größe hatte sie gegen einen gut trainierten Mann keine Chance. Zum Glück hatte sie keine Probleme damit, in einem fairen Kampf auch mal besiegt zu werden.

Während Rock zum Parcours zurückkehrte, begann Kyla mit ihren Dehnübungen, die zwingend notwendig waren, wenn sie nicht Muskelschäden riskieren wollte. Nachdem sie unter den neugierigen Blicken der Rekruten noch einmal um den Parcours gejoggt war, stellte sie sich an der Startlinie auf. Das Herz klopfte kräftig in ihrer Brust, während sich wie üblich eine geistige Ruhe über sie senkte, die sie nur bei körperlicher Betätigung erreichte.

Rock stellte sich neben sie. »Bereit?« Kyla nickte stumm. »Ich gebe dir zehn Sekunden Vorsprung.« Sein Grinsen blitzte für einen Moment auf, als sie die Augen verdrehte, bevor er wieder seine übliche unnahbare Miene aufsetzte. »Okay, los!«

Aus den Augenwinkeln sah sie, wie er die Stoppuhr betätigte. Kyla joggte los und bemühte sich, ihren Rhythmus zu finden. Aus leidvoller Erfahrung wusste sie, dass man den Parcours nur schaffen konnte, wenn man sich am Anfang nicht zu sehr verausgabte. Das war der Fehler, den viele Rekruten zu Beginn ihrer Ausbildung machten. Kyla stemmte sich an den beiden parallelen Stangen nach oben und hangelte sich darüber. Hinter sich hörte sie Rocks Ruf und wusste, dass nun ihre Verfolger starteten. Ihr Atem ging schneller, als sie kräftig absprang und bereits das nächste Hindernis überwand. Auf der anderen Seite sprang sie nach unten und lief weiter durch den weichen Sand.

Auch das kostete unheimlich viel Kraft, und sie war beinahe froh, als die nächste Hürde auftauchte.

Hinter sich konnte sie bereits die SEAL-Rekruten hören, die von ihren Kameraden angefeuert wurden. Ihr Ehrgeiz wurde geweckt, und sie spürte kaum noch den Schmerz des rauen Seils an ihren Handflächen, als sie sich über die hohe Wand hangelte. Sie grinste, als sie an eines der wenigen Hindernisse kam, bei dem ihre geringe Größe und ihre Wendigkeit von Vorteil waren: mit Stacheldraht überzogene Holzbalken, unter denen sie hindurchrobben musste. Kurz darauf wurde sie von einigen der SEAL-Anwärter eingeholt, doch davon ließ sie sich nicht aus der Ruhe bringen. Es zählte nur, wer am Ende vorne lag.

Kyla wurde immer ruhiger, je länger der Parcours dauerte. Ihre Muskeln schmerzten von der Belastung und die Schritte im Sand wurden immer schwerer, aber sie behielt nur das Ziel vor Augen. Drei SEAL-Anwärter hatten sie überholt und standen keuchend neben Rock, der die Zeiten aller Teilnehmer erfasste. Alle anderen lagen noch hinter ihr. Mit der letzten Energiereserve legte sie einen Sprint hin.

»Und durch!« Rock grinste sie an. »6:30, super Zeit, Kyla!«

Sie war zu erschöpft, um ihm zu antworten, deshalb nickte sie nur und beobachtete bei leichten Dehnübungen, wie die anderen ins Ziel kamen. Mehrere der angehenden SEALs starrten zu ihr hinüber oder nickten ihr respektvoll zu. Adrenalin strömte durch ihren Körper und löste eine Zufriedenheit bei ihr aus, die sie nur dann erreichte, wenn sie sich völlig ausgepowert hatte.

Als alle Rekruten den Parcours beendet hatten, ließ Rock sie sich in einer Reihe aufstellen. »Okay, Männer, Agent Mosley hat euch gezeigt, wie man es machen muss. Beim nächsten Mal will ich mehr von euch sehen. Verstanden?«

»Aye, Senior Chief!«

»Wegtreten.«

Kyla wollte sich gerade umdrehen, da hielt Rock sie auf. »Danke für das Lehrstück. Jetzt werden sich die Jungs zweimal überlegen, ob sie noch mal einen Gegner unterschätzen.« Er lächelte sie an. »Zu schade, dass du kein SEAL werden kannst, du wärst mit deiner Ausdauer und deinen Fähigkeiten als Scharfschütze ein echter Gewinn für die Teams.«

Wärme durchflutete sie bei dem Kompliment. »Danke. Auch wenn ich weiß, dass ihr insgeheim heilfroh seid, keine Frauen im Team zu haben.«

»Absolut. Was aber nicht an euren Fähigkeiten liegt, sondern daran, dass wir uns dann nicht konzentrieren könnten.«

Kyla lachte. »Rose' Einfluss macht sich positiv bemerkbar.«

Ein Ausdruck puren Glücks trat auf Rocks Gesicht, der Kyla mitten ins Herz traf. »Und ich bin jeden Tag dankbar dafür.«

So schnell wie möglich, ohne unhöflich zu wirken, verabschiedete Kyla sich von ihm und kehrte zu den Umkleideräumen zurück. Sie gönnte Rock natürlich sein Glück, aber es zeigte ihr mal wieder, was in ihrem eigenen Leben fehlte. Bis zu der Mission in Afghanistan hatte sie geglaubt, völlig zufrieden zu sein. Und sie war es auch auf gewisse Art gewesen: Sie hatte einen spannenden Job, nette Kollegen, viele Freunde. Doch dann kam Hamid und ließ sie an Dinge denken, die völlig unrealistisch waren. Vielleicht lag es einfach nur daran, weil sie dem Tod so nahe gekommen war wie nie zuvor. Genau, das war die Erklärung.

Nach einer hastigen Dusche zog Kyla sich wieder ihre übliche Arbeitskleidung aus Jeans und T-Shirt an und kehrte zur TURT/LE-Baracke zurück. Immerhin hatten sie inzwischen eine eigene, neu erbaute und mussten nicht mehr in der viel zu kleinen Behelfsbaracke hausen. Entschlossen schob sie die Tür auf und durchquerte den Raum zu Hawks Büro am anderen Ende des Gebäudes. In der Dusche hatte sie noch einmal gründlich nachgedacht und war zu dem Schluss gekommen, dass sie so nicht weitermachen konnte. Entweder Hawk erteilte ihr endlich einen neuen Auftrag oder sie war raus.

Sie war ursprünglich zu der Undercover-Einheit gekommen, um etwas zum Kampf gegen den Terrorismus beizutragen, stattdessen saß sie hier nur nutzlos herum. Gut, durch ihre Mithilfe war Mogadir zwar angeklagt worden, aber das war schon etliche Monate her, und vor allem hatte sie, bedingt durch ihre Verletzung, keine besonders gute Figur bei der Sache gemacht. Sie hatte weder Jade helfen, noch sich selbst retten können. Hätte Hamid sie nicht in dem Keller gefunden, ihre Verletzung behandelt und sie aus der Stadt gebracht …

Nein, sie würde nicht wieder über den geheimnisvollen Mann nachgrübeln, der sie nicht wie erwartet zu seinem Warlord oder einem anderen Verbrecher gebracht hatte, sondern sie nach einigen Tagen im Lager des deutschen KSK ablieferte.

Wie war es möglich, dass man jemanden so vermisste, über den man doch eigentlich nichts wusste? Er hatte sich um sie gekümmert, als sie es selbst nicht konnte, und besaß einen seltsamen Sinn für Humor – das war ihr gesamtes Wissen über Hamid. Und wie weich seine Lippen gewesen waren, als er sich mit einem sanften Kuss von ihr verabschiedet hatte.

Mit einem frustrierten Aufstöhnen blieb Kyla stehen und schloss die Augen. Warum gelang es ihr nicht, Hamid aus ihrem Kopf zu verbannen? Es war, als hätte er sich in den wenigen Tagen, die sie zusammen verbracht hatten, unauslöschlich in ihr Gehirn eingebrannt. Sie konnte ihn nicht einfach nur als ihren Retter betrachten, denn irgendetwas war in der Zeit zwischen ihnen geschehen. Die kurze Nachricht, die er ihr im Krankenhaus in Deutschland hinterlassen hatte, half auch nicht gerade dabei, sich von ihm zu lösen: ›*Ich werde dich nicht vergessen.*‹ Wenn er jetzt noch an sie dachte, war es wahrscheinlich eher auf eine distanziertere Art, da sie für ihn bloß eine interessante

Episode gewesen war. Und vermutlich war sie längst nicht so häufig in seinen Gedanken vertreten wie er in ihren. Kyla schnitt eine Grimasse, als sie sich daran erinnerte, wie sie damals ausgesehen hatte. Wahrscheinlich würde Hamid sie im sauberen Zustand nicht einmal erkennen.

2

»Geht es dir gut?«

Kyla zuckte zusammen, als hinter ihr eine Stimme erklang. Um einen neutralen Gesichtsausdruck bemüht, drehte sie sich langsam zu Hawk um, der sie besorgt musterte. »Ja, natürlich. Ich wollte gerade zu dir.«

Die Besorgnis verwandelte sich in Resignation, so als wüsste er bereits, worüber sie mit ihm sprechen wollte. »Dann komm rein. Matt ist gerade mit den Neuankömmlingen unterwegs.«

Sie folgte ihm in das Büro und schloss die Tür hinter sich. »Schon wieder Neue? Brauchen wir denn noch mehr Agenten?« Seit TURT vor fast einem Jahr ins Leben gerufen worden war, hatten sich immer mehr Interessierte von verschiedenen Regierungsorganisationen, vom Militär und von der Polizei gemeldet. Wurden die Bewerber angenommen, absolvierten sie auf der SEAL-Basis ein mehrmonatiges Training, das sie sowohl körperlich als auch geistig an ihre Grenzen brachte. Erst wenn sie dieses erfolgreich abgeschlossen hatten, konnten sie erste Undercover-Missionen übernehmen. Viele der Teilnehmer merkten bereits in dieser Phase, dass sie für diese Arbeit nicht geschaffen waren, und verließen frühzeitig das Programm.

Hawk setzte sich auf die Kante seines Schreibtischs, ein Zeichen dafür, dass er hoffte, das Gespräch schnell hinter sich zu bringen. »Bei den vielen Terrorzellen, die es mittlerweile überall auf der Welt gibt, ja. Wir können jeden Mann – und jede Frau – gebrauchen, die bereit sind, sich solchen Gefahren auszusetzen.« Hawk rieb über sein Gesicht, das immer noch von

19

den Ereignissen in Afghanistan gezeichnet war. Oder vielmehr von seiner ständigen Sorge um Jade, die sich von allen zurückgezogen hatte und es nicht schaffte, ihren Erinnerungen an die Folter in Mogadirs Festung zu entkommen.

Kylas Stimme wurde sanfter. »Wie geht es Jade?« In der ersten Zeit hatte sie ihre Partnerin noch oft besucht, aber irgendwann merkte sie, dass ihre Anwesenheit Jade mehr aufregte, als dass es ihr half, und Kyla schränkte ihre Besuche stark ein. Auch wenn sie Jade unheimlich vermisste, schließlich hatten sie sechs Monate lang in Afghanistan zusammengelebt und standen sich dementsprechend nahe.

Die Falten um Hawks Mundwinkel vertieften sich. »Soweit gut, zumindest körperlich. Sie geht immer noch regelmäßig zu der Psychiaterin, aber ich habe nicht das Gefühl, dass das wirklich etwas bringt. Es ist schwierig, jemandem zu helfen, der niemanden an sich heranlässt.« Er rieb über seine stoppelkurzen blonden Haare, was seine innere Anspannung bei dem Thema verriet.

»Auch dich nicht?« Spätestens seit Afghanistan war es kein Geheimnis mehr, dass Jade und Hawk ein Paar waren – zumindest waren sie das vor ihrem Undercovereinsatz gewesen. Jade war vorher schon ein eher verschwiegener Mensch gewesen, aber jetzt konnte man ihr überhaupt nicht mehr ansehen, was sie dachte oder fühlte.

»Mich erst recht nicht. Ich glaube, sie hat Angst davor, wieder Gefühle zuzulassen. Ich habe es schon tausend Mal versucht, aber sie lässt mich einfach nicht an sich ran. Jade versteckt sich in ihrem Haus vor der Welt und erlaubt mir nicht, mich um sie zu kümmern.« Es war ihm anzusehen, wie sehr er darunter litt.

Kyla legte ihre Hand auf seinen Arm. »Das tut mir wirklich leid, Hawk. Wann kann sie denn wieder arbeiten? Vielleicht hilft es ihr, sich auf etwas anderes zu konzentrieren.«

»Die Psychiaterin hält es noch für zu früh – und ich ehrlich gesagt auch. Vor allem glaube ich nicht, dass sie jemals wieder als Undercover-Agentin arbeiten kann.«

Kylas Herz zog sich schmerzhaft zusammen. Sie hatte gerne mit Jade zusammengearbeitet und würde sie sehr vermissen. Vor allem aber wusste sie, wie hart Jade dafür gearbeitet hatte, im TURT/LE-Programm angenommen zu werden. »Das fände ich sehr schade. Geht sie dann vielleicht zum FBI zurück?«

»Ich hoffe es nicht. Wenn sie mal mehr als drei Worte mit mir wechseln würde, könnte ich ihr einen administrativen Job bei TURT anbieten. Zumindest für die erste Zeit. Wenn sie sich irgendwann erholt hat …« Hawk hob die Schultern.

»Soll ich mal mit ihr reden?«

Dankbar sah Hawk sie an. »Du kannst es gerne versuchen. Vielleicht hast du mehr Glück als ich.«

Kyla nickte. »Jetzt aber zu dem Grund, warum ich hergekommen bin.«

Hawk seufzte. »Ja?«

»Ich will wieder eingesetzt werden. Ich bin schon vor Monaten von den Ärzten als geheilt eingestuft worden und bin in ausgezeichneter Form. Ich will endlich wieder einen Auftrag, Hawk!«

»Das verstehe ich ja, aber es ist im Moment wirklich nichts für dich frei.« Sie konnte das Schuldbewusstsein in seinen Augen sehen.

»Das ist doch Schwachsinn! Ich weiß genau, dass ständig neue Aufträge an andere Agenten vergeben werden, die auch ich hätte machen können.«

Hawk richtete sich auf und überragte sie dabei um beinahe vierzig Zentimeter. Wenn er dachte, sie dadurch einschüchtern zu können, so irrte er sich. »Die Jobs gibt es tatsächlich, aber du übersiehst eines: Du hattest bereits einen Auftrag und warst monatelang undercover. Die anderen Agenten wollen auch in den Einsatz, deshalb wähle ich bei gleicher Qualifikation meist diejenigen aus, die in letzter Zeit nicht dran waren.« Seine Stimme wurde sanfter. »Ich weiß, dass du endlich wieder etwas tun willst, aber gib dir noch ein wenig Zeit, dich zu erholen. Undercoverarbeit ist nie leicht, aber was ihr beiden dort drüben erlebt habt, war …«

Kyla unterbrach ihn rasch. »*Ich* habe nur eine Schussverletzung davongetragen, sonst nichts.«

Prüfend blickte Hawk sie an. »Bist du sicher? Ich glaube, dass auch du dich durch die Ereignisse verändert hast, Kyla. Wir alle sind nicht mehr die Gleichen, die wir vorher waren.« Die Linien in seinem Gesicht vertieften sich, es war deutlich zu sehen, wie er mit seinen Gefühlen kämpfte. »Irgendwie werden wir damit zurechtkommen, aber vermutlich wird es einige Zeit dauern, bis wir es richtig überwunden haben.«

»Und was soll ich in der Zwischenzeit tun? Ich werde wahnsinnig, wenn ich die ganze Zeit nur im Leerlauf bin.«

»Das verstehe ich, aber es gibt leider eine Weisung von oben, dass du keine neue Mission zugewiesen bekommen sollst, bis die Sache mit Mogadir und Khalawihiri erledigt ist. Sowie die Prozesse vorbei sind und du deine Aussage gemacht hast, kann ich dich wieder einsetzen.«

»Wie lange dauert das denn noch? Es dürfte doch nicht so schwierig sein, den beiden ihre Verbrechen nachzuweisen und sie anzuklagen.«

»Sollte man meinen, aber in der Realität sieht es leider anders aus. Da muss jede Kleinigkeit stimmen, um die Anklage auch wasserdicht zu machen.« Hawk strich über sein Kinn. »Und leider wissen wir immer noch nicht, wer Khalawihiri wirklich ist. Seine Fingerabdrücke und die DNA-Analyse haben nichts ergeben, es ist, als hätte er vorher nicht existiert.«

Und das konnte Kyla überhaupt nicht begreifen. Es musste doch irgendwo Informationen über den Mistkerl geben! »Hatten Lieutenant Commander Devlin und Senior Chief Basilone nicht ausgesagt, dass er einen amerikanischen Akzent hatte? Vielleicht sollten wir nicht in Afghanistan nach seiner Herkunft suchen, sondern hier.«

»Die Suche ist nicht nur auf die arabischen Länder beschränkt. Irgendwann werden wir herausfinden, wer er ist und dann brauchen wir dich.«

Kyla schlang die Arme um ihren Oberkörper. »Ich hatte überhaupt nichts mit dem Verbrecher zu tun, ich wusste nicht mal, dass er existiert, bevor Nurja uns darauf gebracht hat.«

Die Afghanin hatte für ihre Hilfe teuer bezahlt: Nurjas Mann war vor ihren Augen von Mogadirs Männern gefoltert und getötet worden, und sie selbst war tagelang in der Festung gefangen gehalten und gequält worden. Sie wäre dort durch die Explosion gestorben, wenn I-Mac, der Computerexperte des SEAL-Teams, sie nicht im letzten Moment gerettet hätte. Dabei hatte dieser sich eine schwere Rückenverletzung zugezogen, die sich auch jetzt, vier Monate später, noch nicht so weit verbessert hatte, dass er den aktiven Dienst wieder aufnehmen konnte.

Hawk redete unterdessen weiter. »Die anderen Agenten können viel von dir lernen, vielleicht solltest du dich doch dazu bereit erklären, zu unterrichten. Natürlich nur, bis du wieder auf eine Mission gehst.«

Kyla schnitt eine Grimasse. Das wurde ihr nun schon mehrmals angeboten, aber sie konnte sich nicht vorstellen, sich und vor allem ihre Arbeit in Afghanistan von ihren Kollegen sezieren zu lassen. Sie wusste nur zu gut, welche Fehler sie gemacht hatte und was sie nicht nur sie selbst, sondern vor allem Jade gekostet hatten. Und dann noch die SEALs und Night Stalkers, die bei dem Versuch, sie zu retten, ums Leben gekommen oder verletzt worden waren. Das war einer der Gründe, warum sie beim Training alles gab: um die Blicke und das Getuschel ignorieren zu können und sich ganz auszuklinken. Wahrscheinlich würde Hawk ihr sagen, dass sie sich das nur einbildete, aber sie konnte das Gefühl nicht abschütteln.

Sie bemerkte, dass Hawk immer noch auf eine Antwort wartete. »Nein, danke. Das ist nichts für mich. Mir reicht es, sie beim körperlichen Training zu unterstützen.«

Hawk nickte, auch wenn sie ihm ansehen konnte, dass er enttäuscht war. »Wenn du deine Meinung änderst, sag mir Bescheid.«

»Es tut mir leid, Hawk, aber das werde ich ganz sicher nicht.« Ihr Magen spannte sich an, während sie tief einatmete. »Ich kann so nicht weitermachen. Wenn ich hier keine neuen Undercover-Aufträge mehr bekomme, kehre ich nach New York zurück.« Tränen schnürten ihr die Kehle zu.

Hawks Gesichtszüge wirkten schärfer, während er sie lange schweigend anblickte. »Ich hoffe, du überlegst dir das noch mal, Kyla. Du bist eine gute Agentin, und wir möchten dich ungern verlieren.«

»Dann lass mich endlich wieder meine Arbeit tun.« Als er nichts darauf sagte, verließ Kyla niedergeschlagen das Büro und schloss die Tür leise hinter sich.

Gedankenverloren lief sie durch die Baracke zum Ausgang und stieß dort beinahe mit einem ihrer Kollegen zusammen. Daniel Collins hatte die Ausbildung bereits absolviert und wartete nun auf seine erste Mission, die in wenigen Wochen beginnen sollte.

»Puh, das ist gerade noch mal gut gegangen.« Er lächelte sie an. »Hat Hawk dir endlich wieder einen Auftrag gegeben?«

Kyla mochte ihn sehr gerne und hatte ihn auch ein paar Mal nach Dienstschluss mit anderen TURTs in einer der beliebten Kneipen in Coronado getroffen, aber zumindest von ihrer Seite fehlte einfach der Funke, um mehr daraus werden zu lassen. Überhaupt lebte sie seit dem Desaster wie eine Nonne, selbst harmloses Flirten machte ihr keinen Spaß mehr. Stumm schüttelte sie den Kopf und blickte zur Seite, um nicht das Mitgefühl in Daniels Miene zu sehen.

Seine Hand legte sich auf ihren Arm. »Das tut mir leid, Kyla. Aber du bist sicher bald wieder dran.«

Mit Mühe unterdrückte Kyla eine scharfe Erwiderung. Daniel meinte es nicht böse und wollte sie nur aufmuntern. Ein gewisses Interesse leuchtete ihr aus seinen dunkelbraunen Augen entgegen. Mit einem innerlichen Seufzer erkannte sie, dass sie ihm bald klarmachen musste, dass sie für mehr als Freundschaft nicht zur Verfügung stand. Doch heute hatte sie dafür keinen Nerv. »Entschuldige, ich muss los. Wir sprechen uns später.«

Kyla wartete seine Antwort gar nicht erst ab, sondern flüchtete eilig aus der Baracke. Draußen ging sie um die Ecke des Gebäudes, damit niemand sie mehr sehen konnte, lehnte sich an die Wand und schloss die Augen. Das war es dann also, mit gerade mal einunddreißig Jahren und nach einer einzigen Mission war sie bereits ausgemustert. Trauer mischte sich mit Wut. Was hatte sie auch erwartet? Sie hatte den Staat wegen der aufwändigen Rettungsaktion nicht nur viel Geld gekostet, sondern auch noch das Leben etlicher Elitesoldaten. Ganz zu schweigen von der psychischen Belastung. Vermutlich würde sie sich anstelle ihrer Vorgesetzten auch nicht mehr in einen Einsatz schicken, trotzdem ärgerte es sie, so auf das Abstellgleis geschoben zu werden.

Mit einem tiefen Seufzer öffnete sie die Augen und stieß sich von der Wand ab. Eigentlich konnte sie auch gleich ihre Sachen packen und den Mietvertrag kündigen, den sie erst vor vier Monaten abgeschlossen hatte, als sie aus Afghanistan zurückgekehrt war. Vielleicht kam sie sich deshalb irgendwie … entwurzelt vor, seit sie wieder hier war. Doch das war es nicht alleine, sie wusste genau, was ihr fehlte, und das hatte nichts mit der Wohnung zu tun.

Langsam setzte sie sich in Bewegung und ging auf den Strand zu. Einige ihrer Kollegen kamen ihr entgegen, aber sie bemerkte sie kaum. Ihre Gedanken waren meilenweit entfernt, Tausende von Meilen, um genau zu sein. Sie war so glücklich gewesen, den Auftrag zu erhalten, den Warlord Mogadir und seine Gefolgsleute auszuspionieren. Dabei war es allerdings mehr um seine normalen Geschäfte wie Drogenhandel und Terrorismus im kleineren Maßstab gegangen. Als dann herauskam, dass Mogadir einen Bombenanschlag auf die Wolesi Jirga plante, das afghanische Unterhaus, nahm die Mission einen unerwarteten Verlauf. Auch war nicht geplant, dass der Terrorist von der Existenz der Agentinnen erfahren und Jagd auf sie machen würde. Damit hatte das Unheil seinen Lauf genommen. Kyla selbst war angeschossen und Jade in Mogadirs Festung verschleppt worden. Und jetzt waren sie beide nur noch Schatten ihrer selbst: ungewollt und nutzlos.

Kyla schnaubte. Wie konnte sie dermaßen wehleidig sein, wenn Jade doch viel schlimmer dran war? Unglücklich ließ sie sich auf einem Balken am Strand nieder und stützte die Ellbogen auf die Oberschenkel, während sie auf das Wasser hinausblickte. Wie lange sie dort saß, wusste sie nicht, zu tief war sie in ihre trüben Gedanken versunken. Sie blickte erst auf, als sich jemand neben sie setzte.

Lieutenant Commander Devlin, kommandierender Offizier von SEAL Team 11, blickte sie durchdringend an. Es kam ihr fast so vor, als könnte er jeden einzelnen ihrer Gedanken lesen. Kein Wunder, dass viele sagten, er müsse über besondere Fähigkeiten verfügen, und deshalb einen großen Bogen um ihn machten. Sie ging allerdings davon aus, dass er einfach nur eine gute Menschenkenntnis besaß und alles genau beobachtete.

»Hawk sucht dich.«

Kyla schnitt eine Grimasse. »Damit er mir meine Entlassungspapiere geben kann?«

Seine faszinierenden grünbraunen Augen verengten sich. »Nicht, dass ich wüsste. Willst du aufgeben?«

Seine Frage versetzte ihr einen schmerzhaften Stich. »Es ist ja nicht so, als ob ich eine Wahl hätte! Ich werde verrückt, wenn ich hier weiterhin rumsitzen muss.«

»Als SEALs verbringen wir auch die meiste Zeit mit Training und warten dabei auf den nächsten Einsatz. Wir werden alle unruhig, wenn wir zu lange auf eine Mission warten müssen.«

Kyla sah ihn genauer an. Wenn er wirklich unruhig war, verbarg er es perfekt. Allerdings schien auch er – wie sie alle – seit dem Einsatz in Afghanistan gealtert zu sein. Die Linien um seine Mundwinkel und Augen waren tiefer, die graue Strähne in seinen dunkelbraunen Haaren breiter. Schließlich nickte sie langsam. »Bei mir spielen noch andere Faktoren mit rein und ich bin mir nicht sicher, ob Hawk und Matt mich nach dem Debakel jemals wieder für eine Mission in Betracht ziehen werden.«

»Das glaube ich nicht. Sie wissen, dass du eine gute Agentin bist. Vermutlich wollen sie dir und auch sich selbst die Möglichkeit geben, euch von den Ereignissen zu erholen.«

Kyla schüttelte bereits den Kopf, bevor er den Satz beendete. »Ich bin erholt und fitter, als ich jemals war. Hawk weiß das. Trotzdem hat er immer andere Ausreden, warum ich keine Mission machen kann.« Ihre Stimme brach und Röte breitete sich auf ihren Wangen aus, als sie Devlins verständnisvollen Blick sah. »Ich kann das einfach nicht. Lieber verlasse ich die TURT/LEs, als mein Leben hier in Wartestellung zu verbringen.«

»Das verstehe ich, aber du solltest trotzdem erst mit Hawk reden. Vielleicht hilft dir der Auftrag, den er für dich hat.«

Kyla blickte Devil verwundert an. Sie war doch gerade bei Hawk gewesen und da hatte er nichts von einem Auftrag gesagt.

»Du meinst, er hat einen richtigen Auftrag für mich? Nichts wie unterrichten oder den Rekruten zeigen, wo hier die Toiletten sind?«

Ein seltenes Lächeln hob Devlins Mundwinkel. »Keine Undercovertätigkeit, aber trotzdem etwas, das für dich interessant ist, denke ich.« In einer fließenden Bewegung erhob er sich. »Ich wünsche dir viel Spaß.« Er zwinkerte ihr zu.

»Danke.« Verwirrt blickte Kyla ihm hinterher, als er zu den Gebäuden zurückjoggte. Eine Weile betrachtete sie einfach nur das Spiel seiner Muskeln unter der gebräunten Haut, bevor sie mit einem Seufzer aufstand. Wenn es sein Ziel gewesen war, sie neugierig zu machen, war es ihm gelungen. Mit schnellem Schritt ging sie zur Baracke zurück, um Hawk nicht zu lange warten zu lassen. Nicht, dass er es sich in der Zwischenzeit noch anders überlegte.

Bei Hawks Büro angekommen, klopfte sie an die Tür und öffnete sie, als er sie hereinbat. Nach einem tiefen Atemzug trat sie in den Raum. Hawk blickte ihr mit einem ernsten Gesichtsausdruck entgegen, während Matt mit der Hüfte an der Tischplatte lehnte.

Er nickte ihr zu. »Hallo, Kyla.«

»Hallo, Matt. Devil sagte, ihr wollt mich sprechen?«

»Setz dich.« Ungeduldig hockte sie sich auf die Kante des Besucherstuhls. Matts Mundwinkel hob sich. »Wir haben einen Auftrag für dich.«

Misstrauisch blickte Kyla ihn an. Hoffentlich hatte Devil sich nicht getäuscht, was die Art ihres Auftrags anging. »Welchen?«

Wenn Matt ihren Argwohn spürte, zeigte er es nicht. »Du sollst mit einem Mann sprechen, der mehr über Khalawihiri weiß als jeder andere.«

Erwartungsvoll beugte Kyla sich vor. Das klang tatsächlich nach einer interessanten Aufgabe. »Wer ist es und wo finde ich ihn?«

Hawk blätterte in einem Ordner. »Sein Name ist Christoph Nevia und er war einer von Khalawihiris Spitzenleuten.«

»Dann sitzt er auch im Gefängnis?«

Matt übernahm wieder. »Nein, er ist ein Agent des BND, der sich bei den Terroristen eingeschleust hatte. Rock und Devil haben ihn damals kennengelernt und sind der Meinung, dass er uns helfen könnte.«

»BND?«

»Deutscher Geheimdienst, Bundesnachrichtendienst, um genau zu sein.« Hawk brach sich bei der Aussprache des deutschen Wortes fast die Zunge.

»Das ist der Haken an der Sache: Er befindet sich in Deutschland, deshalb müsstest du hinfliegen.« Matt blickte sie durchdringend an. »Ein Ticket liegt am Flughafen für dich bereit.«

»Nur aus Neugier: Warum denkt ihr, dass ich die Richtige für den Job bin?«

Ein Grinsen breitete sich auf Matts Gesicht aus. »Wir hoffen, dass er gerne mit dir reden wird.«

Ihre Augenbrauen zogen sich zusammen. »Weil ich eine Frau bin?«

Er zwinkerte ihr zu. »Unter anderem, ja.«

Hawk bewegte sich unruhig. »Nimmst du den Auftrag an, Kyla?«

»Natürlich, alles ist besser, als hier nur rumzusitzen.« Ihre Stimme wurde sanfter. »Danke.«

Hawk nickte ihr zu. »Gute Reise. Ich hoffe, dieser Nevia hat Informationen, die uns helfen, Khalawihiri endlich zu identifizieren.«

»Wenn er sie hat, werde ich sie bekommen.« Sie würde bestimmt nicht bei einem weiteren Auftrag versagen.

Nachdem sie von Matt die Buchungsbestätigung und eine Mappe mit den nötigen Informationen entgegengenommen hatte, ging sie mit Hawk zur Tür. Er blickte sie von der Seite an. »Soll ich dich zum Flughafen bringen?«

»Danke, nicht nötig, ich bin mit dem Wagen hier.« Nach einem flüchtigen Händedruck verabschiedete sie sich von ihm und ging zum Parkplatz. Aufregung breitete sich in ihr aus, weil sie endlich wieder im Spiel war und mit etwas Glück dazu beitragen konnte, dass Khalawihiri bald der Prozess gemacht wurde.

Nach einem Abstecher in ihre Wohnung, wo sie eilig einen Koffer packte und alles zusammensuchte, was sie brauchen würde, machte sie sich auf den Weg zum Flughafen. Anscheinend waren Matt und Hawk sehr sicher gewesen, dass sie den Auftrag annehmen würde, denn das Ticket war auf ihren Namen ausgestellt und galt für einen Flug nach Berlin, der zwei Stunden später starten sollte. So blieb ihr nur noch ein wenig Zeit, um etwas zu essen und sich Lesestoff für den langen Flug zu besorgen. Als sie schließlich das Flugzeug betrat, machte sich Aufregung in ihr breit. Endlich hatte sie wieder einen Auftrag, auch wenn es kein Undercover-Einsatz war. Hoffentlich stimmte Matts Einschätzung, dass sie diesen deutschen Agenten zum Reden bringen würde. Wie er darauf kam, war ihr zwar ein Rätsel, aber sie würde ihr Bestes geben.

3

Marine Corps Brig, Quantico, Virginia

Khalawihiri lehnte sich auf dem harten Stuhl zurück und blickte sein Gegenüber stumm an. Schon seit einer Stunde versuchten die beiden FBI-Agenten, ihn zum Reden zu bringen, doch er würde ihnen nicht die Genugtuung einer Reaktion verschaffen. Die Hand- und Fußschellen klirrten, als er sich bewegte, ein Geräusch, das ihn zunehmend irritierte. Wenigstens brauchte er so etwas in seiner Einzelhaftzelle nicht zu tragen. Seit er vor dreieinhalb Monaten aus dem Krankenhaus entlassen und hierher gebracht worden war, hatte er ständig Besuch vom FBI, dem Militär und diversen Regierungsvertretern erhalten. Ob sie irgendwann verständen, dass er nicht reden würde? Sein Schweigen war reiner Selbstschutz, denn er wusste, dass er tot war, sobald sie seine wahre Identität herausfänden. Und auch, wenn er es nicht gerade genoss, hier eingesperrt zu sein, lebte er immerhin noch. Außerdem hatte er noch etwas vor, wenn er endlich hier herauskam, allein deshalb musste er die Gefangenschaft aushalten.

»Es wird nicht mehr lange dauern, bis wir herausfinden, wer Sie sind. Es wäre besser für Sie, wenn Sie es uns freiwillig sagen. Bisher haben wir uns zurückgehalten, aber es kann auch deutlich unangenehmer für Sie werden.«

Der andere Agent meldete sich zum ersten Mal zu Wort. »Wir wissen, dass Sie Amerikaner sind, Sie können also mit der Scharade aufhören.« Er sprach ihn auf Paschtu an, einer der beiden afghanischen Amtssprachen.

Überrascht blickte Khalawihiri ihn an. Damit hatte er nicht gerechnet. Vermutlich hatten sie ursprünglich gehofft, dass er irgendwann Paschtu reden würde, weil er dachte, dass sie ihn nicht verstehen würden. Als würde er jemals solch einen Anfängerfehler begehen. Er zwang seine Lippen zu einem amüsierten Lächeln, das die Agenten mehr als alles andere aufregen würde, und schwieg beharrlich.

Der erste Agent, Guy Chambers, schien genug Erfahrung zu haben, um seinen Ärger nicht zu zeigen. Er presste lediglich leicht die Lippen zusammen. »Wie Sie wollen. Wenn Sie das Bedürfnis haben, Ihr Gewissen zu entlasten, fragen Sie nach mir. Eigentlich wollte ich Ihnen wegen der in Ihrem Versteck gefundenen amerikanischen Waffen einen Deal anbieten, aber wenn Sie lieber das Risiko eines Gerichtsverfahrens eingehen wollen, ist mir das auch recht.« Chambers blickte auf seine Uhr und stand auf. »Überlegen Sie es sich. Sie haben einen Tag.«

Khalawihiri unterdrückte ein Schnauben. Mit der Taktik konnten sie nur jemanden überlisten, der sich nicht mit der amerikanischen Justiz auskannte. Sollte er jemals vor Gericht gestellt werden, würde er sowieso zum Tode verurteilt werden. Egal, ob als Amerikaner wegen Hochverrats oder als afghanischer Terrorist, der versucht hatte, amerikanische Soldaten zu töten. Dabei war es völlig egal, dass sie *ihn* angegriffen hatten und nicht anders herum.

An der Tür drehte sich Chambers noch einmal um. »Übrigens ist gerade in diesem Moment jemand auf dem Weg, um mit Ihrem ehemaligen Topmann zu sprechen. Ich glaube nicht, dass er schweigen wird – zumal er ein deutscher Geheimagent ist, dessen Job es war, Ihre Gruppe auszuspionieren.« Anscheinend mussten ihm seine Gefühle anzusehen gewesen sein, denn der Agent grinste ihn an, bevor er den Raum mit seinem Kollegen verließ.

Nur mit Mühe schaffte Khalawihiri es, seine Wut unter Kontrolle zu halten, bis er wieder in seiner Zelle saß und die Wachsoldaten sich zurückgezogen hatten. Mit einem paschtunischen Fluch riss er die Matratze vom Bett und warf sie durch die Zelle. Da alles andere festgeschraubt war oder aus Plastik bestand, und zu viel Lärm verursachen würde, zwang er sich dazu, seine Hände an die Wand zu stützen und tief durchzuatmen. Sein gesamter Körper zitterte, sein Herz raste. Er hätte diesen elenden Mistkerl umbringen sollen, als er die Gelegenheit dazu hatte! Aber damals hatte er wegen des Angriffs nicht genug Zeit gehabt, sich in Ruhe darum zu kümmern, dass der Verräter lernte, was es bedeutete, Khalawihiri zu hintergehen. Bei der nächsten Gelegenheit würde er sich diese Zeit nehmen.

Berlin, Deutschland

Völlig geschafft stieg Kyla aus dem Flugzeug und folgte der Menschenmasse die Passagierbrücke hinunter ins Flughafengebäude. Sie fühlte den langen Flug in jedem Muskel ihres Körpers. Ein dumpfer Kopfschmerz pochte hinter ihren Schläfen, und sie wollte nur noch schlafen. Stattdessen musste sie am Gepäckband auf ihren Koffer warten und danach noch durch die Passkontrolle hindurchgehen. Immerhin hatte sie nichts zu verzollen und konnte eine halbe Stunde später endlich aus dem Gebäude entkommen. Draußen wurde sie von Regen und deutlich zu kühlen Temperaturen empfangen. *Wunderbar*. Warum hatte sie noch mal gedacht, dass dieser Auftrag besser war, als in Kalifornien zu sitzen und Däumchen zu drehen?

Genervt von ihrer schlechten Stimmung und dem Jetlag stieg sie vor dem Gebäude in ein Taxi und ließ sich zu ihrem Hotel fahren. Ursprünglich wollte sie diesen mysteriösen Agenten direkt aufsuchen, doch in Anbetracht ihres schlechten Zustands war das wohl keine gute Idee. Schließlich wollte sie ihn dazu bringen, dass er mit ihr kooperierte und ihn nicht durch ihre miese Stimmung verscheuchen. Vor Afghanistan war sie von Männern als charmant beschrieben worden, jetzt musste sie versuchen, etwas von diesem Charme in sich wiederzufinden, um damit diesen Nevia zu umgarnen, falls er sachlichen Argumenten gegenüber nicht aufgeschlossen war. Aber zuerst musste sie dringend schlafen, sonst würde sie ihm vermutlich irgendetwas über den Kopf ziehen, wenn er sich querstellte. Ihre Pistole hatte sie wohlweislich zu Hause gelassen.

Kyla blies genervt den Atem aus und erntete damit einen neugierigen Blick des Fahrers. Als er nach scheinbar unendlich langer Zeit wieder auf die viel befahrene Straße blickte, atmete sie erleichtert auf. Sie hatte sich schon in einem Unfall sterben sehen. Rund um den Flughafen waren noch grüne Flecken zu sehen gewesen, doch inzwischen fuhren sie anscheinend mitten durch die Stadt, zu beiden Seiten standen hohe Gebäude, die im strömenden Regen grau und verschwommen wirkten. Vielleicht lag es auch daran, dass sie kaum noch geradeaus sehen konnte.

Dummerweise hatte Hawk für sie ein Hotel in der Nähe des BND-Gebäudes gebucht, anstatt eines direkt am Flughafen zu wählen. So musste sie noch eine lange Strecke zurücklegen, und das Taxi quälte sich im Schritttempo durch den Feierabendverkehr, was ihre Laune nicht verbesserte. Sie war ganz in ihrem Elend gefangen und bemerkte es zuerst gar nicht, als sie endlich am Ziel angekommen war. Rasch reichte sie dem Fahrer einige Geldscheine, nahm das Wechselgeld entgegen und öffnete die Wagentür. Innerhalb weniger Sekunden waren ihre Beine durchnässt. *Grandios.* Natürlich hatte sie nicht daran gedacht, sich einen Schirm einzupacken, schließlich war es in San Diego sonnig gewesen – und gefühlte zwanzig Grad wärmer.

Nachdem der Fahrer ihr den Koffer gereicht hatte, legte sie einen Sprint ein, doch es half nichts, sie war klitschnass, als sie die Lobby des Hotels betrat. Warum gab es auch gerade bei diesem Hotel keinen überdachten Eingang, unter dem die Wagen vorfahren konnten? Kyla widerstand dem Drang, sich zu schütteln wie ein nasser Hund und ging stattdessen zur Rezeption. Die Frau hinter dem Tresen blickte sie mitleidig an und sagte etwas auf Deutsch.

Kyla lächelte sie müde an und nannte ihren Namen. Die Rezeptionistin wechselte sofort ins Englische und gab Kyla eine Schlüsselkarte, nachdem sie einen Zettel unterschrieben hatte. Wenigstens war das Zimmer bereits bezahlt und sie musste sich nicht noch damit herumschlagen. Mit dem Fahrstuhl fuhr sie ins fünfte Stockwerk und blickte dort den langen Gang entlang. Schließlich entdeckte sie ein dezentes Schild an der Wand, das ihr den richtigen Weg wies. Inzwischen taumelte sie beinahe, so müde war sie. Nach der unruhigen Nacht, dem anstrengenden Training im Hindernisparcours und dem ewig langen Flug, auf dem sie kein Auge zugemacht hatte, war sie völlig fertig. Mit letzter Kraft schob sie die Schlüsselkarte in den Schlitz und stieß die Tür auf. Sie stolperte in das Zimmer, zog ihre nasse Kleidung aus und fiel auf das Bett. Kyla schaffte es gerade noch, unter die Decke zu krabbeln, bevor ihre Augen zufielen und sie in einen tiefen Schlaf versank.

Scheinbar Sekunden später setzte Kyla sich ruckartig auf. Für einen Moment wusste sie nicht mehr, wo sie sich befand, doch schließlich erinnerte sie sich daran. Es war stockdunkel im Zimmer und ein Blick auf den Radiowecker zeigte, dass es erst zwei Uhr nachts war. Dumm nur, dass sie plötzlich hellwach war, und sich zu allem Überfluss auch noch ihr Magen bemerkbar machte. Nach ihrer Ankunft hätte sie sich etwas zu essen besorgen müssen, weil sie ihre Vorräte schon während des Flugs vertilgt hatte, aber sie war einfach zu müde gewesen. Das rächte sich nun. Kyla schob mit einem tiefen Stöhnen die Beine aus dem Bett und schaute entnervt auf ihre nasse Kleidung, samt dreckigen Schuhen, die in einem Haufen auf dem Boden lagen. Kopfschüttelnd hob sie die Sachen auf, hängte sie über eine Stuhllehne und tappte zum Bad.

Sie wusch ihr Gesicht mit eiskaltem Wasser und kämmte ihre zerzausten Haare, bevor sie die Strähnen mit einem Haargummi zurückband. Dabei vermied sie einen zu genauen Blick in den Spiegel. Rasch kehrte sie ins Zimmer zurück und zog sich Jeans und Pullover an. Auch wenn sie lieber ins Bett zurückkehren wollte, wusste sie, dass sie mit knurrendem Magen sowieso keinen Schlaf finden würde. Auf dem kleinen Tisch in der Ecke des Zimmers fand sie einen Flyer vom Hotel, in dem etwas über das Hotelrestaurant stand. Beim Anblick des Fotos, das reich gedeckte Tische zeigte, lief ihr das Wasser im Mund zusammen. Enttäuscht stöhnte sie auf, als sie gleich darauf sah, dass das Restaurant bereits um Mitternacht schloss. Verdammt!

Aber vielleicht konnte sie doch noch irgendetwas zu essen bekommen, und wenn es nur ein Sandwich war. Sie setzte sich auf die Bettkante und nahm den Telefonhörer in die Hand. Die 0 verband sie mit der Rezeption. Eine unglaublich muntere Frauenstimme meldete sich.

»Mosley hier, von Zimmer 37. Ich weiß, dass das Restaurant geschlossen ist, aber könnte ich trotzdem noch etwas zu essen bekommen?«

»Oh, es tut mir leid, Ms Mosley, das ist leider nicht möglich, weil die Küche zu ist.«

Kyla schloss die Augen. Das war ja klar. »Gibt es hier einen Automaten, wo ich mir wenigstens einen Snack besorgen kann?«

»Auch den haben wir nicht, es tut mir wirklich leid. Aber

einige hundert Meter weiter gibt es einen McDonald's, der rund um die Uhr geöffnet hat. Vielleicht haben Sie auch noch Glück und finden einen offenen Kiosk.«

»Wie komme ich zu dem McDonald's?« Es war nicht gerade ihre bevorzugte Fastfood-Kette, aber in der Not …

»Kommen Sie auf Ihrem Weg nach draußen einfach am Empfang vorbei, dann gebe ich Ihnen eine Wegbeschreibung.«

»Das mache ich, danke. Bis gleich.«

Mit einem tiefen Seufzer legte Kyla auf. Sie hatte keinerlei Lust, bei dem Wetter noch einmal hinauszugehen, vor allem mitten in der Nacht, aber sie war wirklich hungrig. Wenn sie sich nicht regelmäßig mit Nahrung versorgte, wurde ihr schlecht, und vor allem litt ihre Laune unheimlich darunter – und das wäre denkbar ungünstig, wenn sie sich morgen früh mit dem BND-Mann treffen würde. Also musste sie wohl oder übel noch einmal in das Mistwetter hinaus. Hoffentlich hatte es wenigstens aufgehört zu regnen.

Kyla verzog angewidert das Gesicht, als sie die nasse Kleidung wieder überzog, aber sie wollte vermeiden, dass sie ihre zweite Garnitur auch noch ruinierte. Rasch steckte sie ihr Portemonnaie in die Hosentasche und zog die Jacke über. Sie blickte durch den Spion, bevor sie die Tür öffnete und auf den leeren Flur hinaustrat. Durch die Nachtbeleuchtung wirkte er düsterer als bei ihrem Eintreffen, und Kyla ging schnell an den anderen Türen vorbei zum Fahrstuhl. In der Lobby angekommen ließ sie sich von der Empfangsdame die Wegbeschreibung zu McDonald's sowie einen Leihschirm geben und machte sich auf den Weg.

Es schien ihr fast, als wäre es noch kälter geworden, und sie schlug den Kragen ihrer viel zu dünnen Jacke hoch. Nach einem letzten, sehnsüchtigen Blick auf die warme Vorhalle des Hotels ging sie die Stufen hinunter und spannte den Schirm auf. Eine Windböe peitschte durch die Straße und blies den Regen gegen ihren Körper. Wunderbar. Auf diese Art würde sie innerhalb von Sekunden völlig durchnässt sein. Aber der Hunger trieb sie vorwärts. Zitternd hastete sie los und bemühte sich, der Wegbeschreibung zu folgen. Vielleicht lag es an der Dunkelheit, aber deutsche Straßen kamen ihr furchtbar verwirrend vor. Sie waren nicht einfach wie ein Schachbrettmuster angeordnet, wie sie es aus den USA kannte, sondern kreuz und quer, führten um Kurven, waren mal breiter und mal schmaler, und es dauerte nicht lange, bis sie nicht mehr wusste, wo sie sich überhaupt befand. Zwar glaubte sie, dass sie noch auf dem richtigen Weg war, sie konnte sich aber auch irren.

Durch den großen Schirm und den starken Regen konnte sie kaum etwas erkennen und die Dunkelheit half auch nicht gerade dabei. Genervt blieb Kyla stehen und versuchte, sich zu orientieren. Eigentlich war die Wegbeschreibung nicht sonderlich schwer: zweimal rechts, einmal links, dann wieder rechts und nur noch geradeaus. Die Schwierigkeit war nur, die richtige Stelle zu finden, an der man abbiegen sollte. Irgendwo musste sie falsch abgebogen sein, sie konnte sich nicht vorstellen, dass sich eine McDonald's-Filiale in so einer düsteren Gegend ansiedeln würde. Sie sollte besser umkehren und zumindest zu der größeren, gut beleuchteten Straße zurückkehren. Vielleicht traf sie dort sogar jemanden, den sie nach dem Weg fragen konnte.

Gerade als sie sich umdrehen wollte, glaubte sie ein Geräusch hinter sich zu hören. Sie wirbelte herum, konnte jedoch nichts erkennen. Ihr Nacken prickelte, ein eindeutiges Warnzeichen, dass sie nicht mehr alleine war. Unauffällig blickte Kyla sich um. Die schmale Straße war verlassen, der Regen legte sich wie ein dichter Schleier über die Gebäude zu beiden Seiten und die Autos, die dicht an dicht am Straßenrand parkten. Es konnte durchaus sein, dass sie nur jemand aus einem der dunklen Fenster beobachtete und sich fragte, was für eine Verrückte mitten in der Nacht bei diesem Wetter durch die Stadt lief. Doch Kylas Instinkt sagte ihr etwas anderes.

Langsam ging sie die Straße zurück, während sie stetig jeden Zentimeter mit ihren Augen absuchte. Als sie beinahe wieder bei der größeren Straße angekommen war, begann sie sich zu fragen, ob ihr Gespür vielleicht durch die fremde Umgebung oder den langen Flug aus dem Lot geraten war. In diesem Fall würde sie das sogar begrüßen, denn sie war unbewaffnet und wollte ungern in einem fremden Land in eine potenziell gefährliche Situation geraten.

Kyla kam an einem etwa anderthalb Meter breiten Spalt zwischen zwei Häusern vorbei und versuchte, mit ihren Augen die Dunkelheit zu durchdringen. Wenn sich darin jemand versteckte … Ihr Körper spannte sich an und sie erwartete, jemanden hervorspringen zu sehen. Doch das geschah nicht. Stattdessen kam der Angriff von der anderen Seite. Etwas Schweres kollidierte mit ihr und brachte sie aus dem Gleichgewicht. Der Schirm segelte in einer Windböe davon, und sie stolperte seitwärts. Regentropfen stachen in ihre Augen, sie blinzelte heftig, um ihre Sicht zu klären. Ihr unbekannter Gegner musste sich hinter den Autos versteckt haben, damit sie ihn nicht entdeckte, bevor es zu spät war. Der Angreifer nutzte ihre wackelige Balance und stürzte sich auf sie.

Der Zusammenprall katapultierte sie in die enge Gasse hinein. Ihre Schulter schrappte über rauen Stein, aber sie schaffte es immerhin, auf den Füßen zu bleiben. Ihr antrainiertes Verhalten setzte ein, und sie nutzte den Schwung, um herumzuwirbeln und in Kampfpose zu gehen. Damit hatte ihr Angreifer wohl nicht gerechnet, denn er wich zurück. Leider hielt die Verunsicherung ihres Gegners nicht lange an. Sie konnte im Dunkeln sein Gesicht nicht sehen, aber war sich fast sicher, dass er sie angrinste.

Wut stieg in ihr auf, und sie machte einen Schritt nach vorn. »Verschwinden Sie oder ich rufe die Polizei.«

Der Mann antwortete nicht darauf. Entweder, weil er kein Englisch verstand oder weil es ihm völlig egal war, was sie sagte. Vielleicht ein Drogensüchtiger, der Geld für den nächsten Schuss brauchte? Allerdings konnte sie nichts von der Verzweiflung spüren, die sonst von solchen Leuten ausging. Ihr Angreifer schien sie gezielt ausgesucht und den Angriff gut geplant zu haben. Bevor sie etwas unternehmen konnte, bewegte er sich, und sie sah in einem verirrten Lichtstrahl eine Messerklinge aufblitzen. Im letzten Moment sprang sie rückwärts, und der Stoß ging ins Leere. Offensichtlich meinte der Kerl es ernst.

Kyla wich weiter zurück und warf einen kurzen Blick über die Schulter. Die schmale Gasse endete an einer Wand, hier gab es kein Entkommen. Entschlossen straffte sie die Schultern und biss die Zähne zusammen. Sie würde sich ihren Weg freikämpfen müssen, auch wenn sie unbewaffnet war. Doch das sollte kein Problem sein, nicht umsonst hatte sie monatelang hart mit den SEALs trainiert. Ohne Vorwarnung trat sie zu und traf den Arm des Mannes. Schmerzerfüllt grunzte er auf, das Messer klapperte auf den Boden. Er murmelte etwas, das sie nicht verstehen konnte und griff sofort wieder an. Eine seiner Fäuste erwischte ihre Rippen, und sie sog scharf den Atem ein. Verdammt, das tat weh, auch wenn ihr Oberkörper durch Pullover und Jacke etwas gepolstert war.

Sie legte nach, doch der Verbrecher blockte ihren Schlag ab und schob sie zurück. Unvermittelt stolperte sie über etwas, das am Boden lag, und kippte nach hinten. Bevor sie sich abfangen konnte, schlug sie mit dem Hinterkopf an die Wand. Vor Schreck biss sie sich auf die Zunge und schmeckte Blut. Gleichzeitig schoss ein stechender Schmerz durch ihren Kopf und weckte erneut ihre Wut. Der Mistkerl bückte sich nach seinem Messer, und Kyla wollte sich auf ihn stürzen, wurde aber im letzten Moment von einer Hand an ihrem Arm aufgehalten. Der Griff war fest, aber nicht schmerzhaft.

Kyla wirbelte herum, um die neue Bedrohung zu beseitigen, auch wenn das einen scharfen Stich in ihrem Kopf auslöste. Durch die Dunkelheit konnte sie nichts von ihrem neuen Angreifer erkennen, außer, dass er größer und schlanker war als sein Kumpan. Sein Griff aber deutete eine Kraft an, mit der sie es nicht aufnehmen konnte. Allerdings wusste er nicht, dass sie einige Tricks beherrschte, wie sie auch mit größeren und stärkeren Gegnern fertig werden konnte. Doch bevor sie handeln konnte, stieß ihr Gegenüber einen Fluch aus, zog hart an ihrem Arm und schleuderte sie hinter sich.

Mit Mühe hielt sie sich auf den Beinen und machte sich bereit, ihn erneut anzugreifen. Doch er beachtete sie gar nicht, sondern war damit beschäftigt, ihren ersten Angreifer zu bekämpfen. Mit offenem Mund sah sie zu, wie er die wilden Stiche mit dem Messer scheinbar spielerisch parierte und seinerseits mit Schlägen und Tritten den anderen Mann in Bedrängnis brachte. Sie sollte ganz schnell von hier verschwinden, solange die beiden Männer miteinander beschäftigt waren, aber sie schaffte es nicht. Wenn sie ganz ehrlich war, faszinierten sie die fließenden Bewegungen des Neuankömmlings. Irgendwie kamen sie ihr bekannt vor, aber sie kam nicht darauf, wo sie sie schon einmal gesehen haben könnte. Vielleicht bei einem der SEALs.

Als könnte der Fremde spüren, dass sie ungeduldig auf das Ende der Auseinandersetzung wartete, nahm er seinem Gegner mit einem gezielten Schlag das Messer ab und schickte ihn zu Boden. Wie angewurzelt stand Kyla da, während er sich langsam zu ihr herumdrehte. Ein schwacher Lichtschein drang von der Straße in die schmale Gasse, doch er reichte nicht aus, um mehr von dem Fremden zu erkennen. Doch sie glaubte beinahe, seinen Blick auf sich zu fühlen. Sie hob das Kinn und weigerte sich, zurückzuweichen.

»Geht es dir gut?« Seine Stimme war leise, beinahe tonlos.

»Ja. Aber ich hätte das auch alleine hinbekommen.«

Einen Moment lang herrschte Stille und Kyla überlegte, ob sie vielleicht doch ein wenig mehr Dankbarkeit hätte zeigen sollen. Doch das konnte in dieser Situation keiner von ihr verlangen: Es war spät, sie war hungrig, müde und völlig durchnässt, und sie hatte weder darum gebeten überfallen, noch gerettet zu werden. Sie kniff die Augen zusammen und starrte den Mann an. Lachte er etwa über sie? Ohne ein weiteres Wort drängte sie sich an ihm vorbei und verließ die Gasse. Sollte sich der Kerl doch um den Verbrecher kümmern, sie wollte nur noch ihr Essen haben und schlafen gehen.

Auf der Straße angekommen, hob sie ihren Schirm auf, der sich zwischen zwei Autos verklemmt hatte und marschierte los. Erst als sie wieder auf der Hauptstraße war und in einiger Entfernung das McDonald's-Zeichen leuchten sah, fiel ihr auf, dass der Fremde mit ihr Englisch geredet hatte. Abrupt blieb sie stehen. Er wusste, wer sie war! Entweder war er ihr vom Hotel aus gefolgt, oder er kannte sie. Kyla schloss die Augen und ließ seine wenigen Worte noch einmal Revue passieren. Sein Englisch war völlig akzentfrei gewesen. Die vertraute Art, wie er sich bewegt hatte, diese typische Belustigung, die sie zu erkennen geglaubt hatte … Nein, das konnte nicht sein. Hamid war sicher gerade irgendwo in Afghanistan, nicht in Deutschland.

Das Blut wich aus ihrem Kopf, als sie sich daran erinnerte, dass er ihr im Krankenhaus in Deutschland eine in deutscher Sprache verfasste Nachricht hinterlassen hatte. Konnte es wirklich sein, dass er hier war? Aber warum hatte er sich nicht zu erkennen gegeben? Kyla stieß ein wütendes Schnauben aus. So wie in Afghanistan, wo er sie die ganze Zeit hatte glauben lassen, er wäre ein Verbrecher? Langsam setzte sie sich wieder in Bewegung. Vielleicht hatte sie sich die Ähnlichkeit auch nur eingebildet, so wie in der ersten Zeit, in der sie ständig geglaubt hatte, überall Hamid zu sehen. Sie biss die Zähne zusammen und zwang sich, nicht mehr daran zu denken.

Während sie auf den McDonald's zueilte, glaubte sie erneut, beobachtet zu werden, doch immer wenn sie sich umdrehte, war nichts zu sehen. Wenn ihr fremder Helfer noch in der Nähe war, gab er sich sehr viel Mühe, nicht entdeckt zu werden. Trotzdem kam sie sich seltsam beschützt vor, so als würde er aus der Ferne über sie wachen.

4

Als Kyla aufwachte, drang Licht in das Zimmer und sie blinzelte verwirrt in die Helligkeit. Trotzdem blieb ihre Sicht unscharf. Genervt pustete sie ihre Haare aus dem Gesicht und sah sich in dem Raum um. Zum ersten Mal beachtete sie die Zimmerausstattung und war angenehm überrascht, wie modern alles wirkte. Als Letztes blickte sie zur Lichtquelle und erkannte, dass es die Sonne war, die durch die offenen Vorhänge ins Zimmer fiel. Das bedeutete, heute war das Wetter besser – und es musste schon ziemlich spät sein. Ein Blick auf den Radiowecker zeigte ihr, dass sie sich beeilen musste, wenn sie noch pünktlich zu ihrem Termin mit dem Agenten kommen wollte.

»Verdammt!« Rasch setzte sie sich auf und stöhnte, als sich Kopfschmerzen bemerkbar machten. Vorsichtig tastete sie ihren Hinterkopf ab und zuckte zusammen, als sie auf eine dicke Beule stieß. »Au.« Sie ließ ihre Hände sinken und schaute sich noch einmal um. Ihre nasse Kleidung hing auf Bügeln verteilt im Zimmer und auf dem Tisch lagen noch die McDonald's-Verpackungen. Es war also kein seltsamer Traum gewesen, jemand hatte sie tatsächlich überfallen. Unglaublich! Ihre erste Reise nach Deutschland und schon wurde sie Opfer eines Verbrechens. Ob hier so was öfter vorkam, oder war es nur Zufall, dass gerade sie auf einen Idioten gestoßen war, der meinte, sie ausrauben zu müssen?

Kyla stützte die Ellbogen auf ihre Oberschenkel und rieb heftig über ihr Gesicht. War ihr wirklich Hamid in der Gasse zu Hilfe gekommen, oder hatte sie sich die Ähnlichkeit nur eingebildet? Letzteres wohl eher. Es gab keinen Grund für Hamids Anwesenheit hier. Er konnte gar nicht wissen, dass sie gerade hier war und wo sie übernachtete, schließlich war das alles erst kurz vorher gebucht worden. Außerdem hatte er schon in Afghanistan deutlich gemacht, dass er nichts mit ihr zu tun haben wollte. Oder spätestens im Krankenhaus in Deutschland – sofern er das gewesen war. Resolut schob sie den Gedanken beiseite und stand auf.

Barfuß tappte sie durch den Raum ins Bad. Absichtlich vermied sie einen Blick in den Spiegel, bis sie geduscht und sich die Haare gekämmt hatte. Die dunklen Augenringe sprachen Bände, aber mit ein wenig Schminke war der Schaden schnell behoben. Sie wählte absichtlich die Geschäftsvariante, denn sie wollte bei diesem Bundesnach… was auch immer ernst genommen werden. Auf ihren Rippen prangte ein bläulich schimmernder Bluterguss, der bei jeder Bewegung schmerzte. Glücklicherweise schienen aber die Rippen selbst nicht in Mitleidenschaft gezogen worden zu sein, wie sie nach ein paar vorsichtigen Drehungen erleichtert feststellte.

Zurück im Zimmer öffnete sie ihren Koffer und holte eine Hose und einen schlichten Blazer heraus, die beide glücklicherweise nicht allzu verknittert waren. Nach einem Blick auf die Uhr schlüpfte sie schnell in ihre Kleidung und zog die hochhackigen Schuhe an, die sie gleich ein Stück größer machten. Heute würde sie jeden Zentimeter davon brauchen. Eigentlich war sie es nicht gewöhnt, in offizieller Mission unterwegs zu sein. Weder als SWAT-Mitglied, noch als TURT/LE hatte sie jemals als offizielle Vertreterin ihrer Einheit Gespräche geführt. Ein weiterer Blick auf die Uhr zeigte ihr, dass sie gerade noch pünktlich kommen würde. Nach einem tiefen Atemzug und einem letzten Blick in den Spiegel schnappte sie sich ihre Aktentasche mit den mageren Unterlagen über Khalawihiri und verließ das Zimmer.

Während des Fluges hatte sie sich den kurzen Weg zum Gelände des BND eingeprägt, sodass sie ihn nun ohne Mühe fand. Bei schönem Wetter und zu Fuß kam ihr die Stadt gleich wesentlich freundlicher vor. Vor allem war die Straße umsäumt von Bäumen, die jetzt bereits fast kahl waren, aber im Sommer ein grünes Dach bilden würden. Am Tag würde es kaum jemand wagen, Kyla anzugreifen, trotzdem blieb sie wachsam. Doch es war niemand zu sehen, der es auf sie abgesehen hatte.

Je näher sie dem BND-Gelände kam, desto langsamer ging sie. Es war von einer Mauer umsäumt, die zu hoch war, um darüberzublicken. So konnte sie nur die oberen Stockwerke der Gebäude sehen, die sich dahinter befanden. Vor dem geschlossenen Tor blieb sie stehen und klingelte schnell, bevor sie es sich anders überlegen konnte. Automatisch straffte sie die Schultern und hob das Kinn, während sie darauf wartete, eingelassen zu werden. Hawk hatte zwar gesagt, dass er sie angemeldet hatte, aber wer wusste schon, ob es nicht irgendjemand verbaselt hatte.

»Ja?« Eine blechern klingende Stimme ertönte aus dem Lautsprecher.

»Guten Tag, ich bin hier, um Christoph Nevia zu treffen. Mein Name ist Kyla Mosley.« Sie konnte nur hoffen, dass ihr Gesprächspartner Englisch verstand, aber bisher war das in Deutschland noch kein Problem gewesen.

Als Antwort fuhr das eiserne Tor mit einem metallischen Geräusch zur Seite, und sie konnte hindurchtreten. Auf der anderen Seite wurde sie von einem Wachmann empfangen, der sie aufmerksam musterte.

»Ihren Ausweis, bitte.«

Kyla reichte ihm wortlos ihren Reisepass und den TURT/LE-Ausweis. Nach eingehender Prüfung machte er sich eine Notiz auf einem seltsamen Gerät und gab ihr die Ausweise zurück.

»Einen kleinen Augenblick, es kommt sofort jemand, der Sie zum Gebäude begleitet.«

»Danke.« Kyla schob die Hände in die Jackentaschen und zog die Schultern gegen die empfindliche Kühle hoch. Auch wenn die Sonne schien, waren es sicher nicht mehr als sechs Grad – viel zu kalt für ihren sonnenverwöhnten Körper. Sie widerstand dem Drang, von einem Bein aufs andere zu treten und presste ihren Kiefer fest zusammen, um ihn am Zittern zu hindern.

Glücklicherweise dauerte es nicht mehr als ein paar Minuten, bis ein junger Mann in Anzug und Krawatte über das Gelände auf sie zueilte. Seltsam, sie hätte gedacht, dass jemand, der es geschafft hatte, in Khalawihiris Gruppe zu überleben, älter und irgendwie … härter aussehen würde.

Er streckte ihr die Hand entgegen und schüttelte ihre. »Hallo, mein Name ist Florian Kerner, Ms Mosley. Es tut mir so leid, ich weiß, dass Sie sich jetzt mit Herrn Nevia treffen wollten, aber er hat gerade noch eine wichtige Besprechung und hat mich gebeten, Sie schon mal zu seinem Büro zu bringen.«

Ungeduld machte sich in ihr breit. »Wie lange wird das denn dauern?«

Bedauernd schüttelte er den Kopf. »Oh, das kann ich leider nicht sagen. Chris hat mich gebeten, mich so lange um Sie zu kümmern. Vielleicht kann ich Ihnen das Gebäude zeigen?«

Da Kerner keine Schuld daran trug, dass der Agent verhindert war, lächelte sie ihn an. »Das wäre nett, danke.«

Seine Wangen färbten sich rötlich. »Dann folgen Sie mir bitte.«

Kyla warf ihm einen Seitenblick zu, während sie auf das Gebäude zugingen. »Darf ich Sie fragen, was genau Sie beim BND machen?« *Auszubildender? Assistent? Sekretär? Fahrer?*

Wieder stieg Röte in seine Ohren, so als hätte er ihre Gedanken gehört. »Ich bin Analyst und werte die Daten aus, die wir erhalten.«

Nun betrachtete sie ihn genauer. Vermutlich wirkte er jünger als er war, sie hätte ihn gerade mal auf Anfang zwanzig geschätzt. »Gefällt Ihnen die Arbeit?«

Kerner schnitt eine Grimasse, hielt seinen Blick aber auf dem Gebäude. »Die Arbeit schon, der Inhalt weniger. Seit ich hier arbeite, habe ich das Gefühl, die Hälfte der Weltbevölkerung besteht aus Terroristen.«

Das Gefühl konnte sie nachvollziehen, ihr ging es ähnlich. Als sie das Gebäude betraten, wurden sie erneut von einem Wachmann gestoppt. Er redete kurz auf Deutsch mit Kerner und blickte sie dann durchdringend an.

Kerner drehte sich zu ihr um. »Er möchte Ihren Ausweis sehen.«

Mit einem unterdrückten Seufzer suchte Kyla ihn heraus und reichte ihn Kerner, der ihn an den Wachmann weitergab. Der überprüfte ihn unendlich lange in seinem Kabuff, bevor er heraustrat. »Bitte kommen Sie mit.«

Sie blickte Kerner unbehaglich an, doch er nickte ihr beruhigend zu. »Sie werden auf Wanzen und Waffen durchsucht, das ist Standard bei Besuchern.«

Wunderbar, darauf freute sie sich schon ungemein. Kyla ging langsam auf den Mann zu. In Gegenwart bewaffneter Wachmänner war es immer besser, sich nicht zu schnell zu bewegen. Ungeduldig ließ sie die Durchsuchung ihrer Aktentasche und ihrer Kleidung geschehen und atmete erleichtert auf, als sie endlich für ungefährlich erklärt wurde. Doch der Wächter behielt ihr Handy ein, damit sie keine Fotos machen oder wichtige Geheiminformationen weitergeben konnte. Kyla schaffte es, ihr Augenrollen gerade noch zu unterdrücken.

Kerner nahm sie wieder in Empfang und führte sie durch einen langen Gang ins Innere der BND-Zentrale. Ihre Schritte hallten auf den Fliesen wider und Kyla wünschte sich flüchtig, sie hätte sich für ihre Turnschuhe entschieden. Aber sie war hier ja nicht auf einer Undercovermission, daher war es egal, ob jemand sie kommen hörte. Es roch streng nach Putzmittel und altem Gebäude, und Kyla spürte, wie sich ihre Kopfschmerzen wieder bemerkbar machten. Vielleicht lag es zum Teil auch an der Vorstellung, dass sie bald den mysteriösen Agenten treffen würde, der es so lange geschafft hatte, Khalawihiri zu täuschen. Was hatte er alles tun müssen, um seine Tarnung aufrechtzuerhalten? Es war etwas völlig anderes, sich so wie Jade und sie als Mitarbeiter einer Hilfsorganisation auszugeben, als sich als Kämpfer in eine Terroristengruppe einzuschleusen. Niemand würde ihm vertrauen, bevor er nicht seine Loyalität bewiesen hatte. Immer und immer wieder. Kyla presste eine Hand auf ihren Magen und hoffte, dass das flaue Gefühl endlich wieder verschwinden würde.

Kerner führte sie durch diverse Großraumbüros, in denen sämtliche Stränge des Geheimdienstes zusammenliefen, doch sie gingen zügig weiter, sodass sie keinerlei Informationen aufschnappen konnte. Nicht, dass sie daran im Moment überhaupt Interesse hatte. Der junge BND-Analyst berichtete ihr auch vom Neubau der BND-Zentrale mitten in Berlin, wohin in wenigen Jahren viertausend Mitarbeiter ziehen sollten. Als sie sich in dem alten und ein wenig verkommen wirkenden Gebäude umsah, konnte sie ihm nur zustimmen, dass das eine große Verbesserung wäre. Nach einer halben Stunde lieferte er sie vor Nevias Zimmer ab.

»Ich werde mal nachsehen, wie lange Chris noch braucht, vielleicht können Sie sich ja schon in sein Büro setzen, falls es länger dauert.«

»Nicht nötig.«

Als die Stimme hinter ihr erklang, wirbelte Kyla herum und starrte den Mann an, der lautlos hinter sie getreten war. Wie hatte er das gemacht? Ihre Hand glitt reflexartig zu ihrer Hüfte, dabei trug sie gar keine Waffe. Unsicher starrte Kyla den Mann an. Er war groß und schlank, seine schwarzen Haare beinahe militärisch kurz. Tiefblaue Augen blickten sie prüfend an.

Kerner drehte sich um. »Ah, da bist du ja. Chris, Kyla Mosley aus den USA, Ms Mosley, das ist Christoph Nevia.«

Obwohl sie sich das schon gedacht hatte, löste die Bestätigung doch Unruhe in ihr aus. Zögernd ergriff sie seine Hand. Etwas wie ein Stromschlag zuckte durch sie hindurch und sie riss ihre Hand zurück. Nevia war keine Gefühlsregung anzusehen.

»Sehr erfreut. Ich muss sagen, ich bin sehr überrascht über Ihren Besuch, Ms Mosley.« Er sprach in einem perfekten, akzentfreien Englisch.

»Warum? Ich wurde doch angekündigt.« Okay, das war vermutlich nicht sehr freundlich, aber sie war immer noch erschöpft vom Flug und mochte es nicht, überrascht zu werden.

Seine Mundwinkel hoben sich und etwas blitzte in seinen Augen auf. »Ja, aber erst gestern Vormittag.«

Ein Summen ertönte in ihren Ohren, als sie ihn anstarrte. Irgendetwas an ihm kam ihr unheimlich bekannt vor. Diese sanfte Stimme, die Art, wie sich die Augenwinkel kräuselten, so als würde er sie amüsant finden. Nein, das konnte nicht sein! Wie der Mann in der Gasse letzte Nacht, wie … »Hamid?«

Schwindelgefühl setzte ein und Kyla schwankte. Starke Hände umschlossen ihre Arme, und er sagte etwas, doch sie konnte es bei dem Rauschen in ihren Ohren nicht verstehen. Schwarze Punkte flimmerten vor ihren Augen. Es dauerte einige Zeit, bis ihr Herzschlag sich beruhigte und ihre Wahrnehmung wieder funktionierte. Nevia – nein *Hamid* – hielt sie immer noch fest, doch sie schüttelte den Griff ab. Sie konnte es nicht ertragen, dass er sie berührte und ihr so nah war, dass sie die Wärme seines Körpers spüren konnte, den leichten Geruch nach Mann und einem angenehmen Aftershave. Anders als in Afghanistan, wo er nach einfacher Seife gerochen hatte.

Besorgt blickte er sie an, aber sie glaubte noch etwas anderes in seinen Augen zu erkennen: Vorsicht und ... Zufriedenheit. »Geht es?«

Kyla nickte stumm. Verlegen erkannte sie, dass Kerner sie nervös anblickte, so als befürchtete er, sie würde jeden Moment zusammenbrechen. Wahrscheinlich hatte er auch noch keine Agentin erlebt, die nur vom Anblick eines Mannes ohnmächtig wurde.

»Florian, hol Ms Mosley etwas Wasser.«

Zuerst blickte der junge Analyst verwirrt, doch dann nickte er eifrig. »Ja, natürlich.« Sofort eilte er davon.

Nevia wartete, bis sein Kollege außer Hörweite war, bevor er seinen Kopf senkte. Aus der Nähe wirkte er noch vertrauter, obwohl er in Afghanistan fast die ganze Zeit eine Kufiya, die Kopfbedeckung arabischer Männer, getragen hatte, ganz zu schweigen von dem Bart, der damals die untere Hälfte seines Gesichtes bedeckte, und es größtenteils dunkel gewesen war. »Hallo, Shahla.«

Schöne Augen. Der Spitzname, den er ihr dort gegeben hatte, löste eine neue Flut der Erinnerungen in ihr aus. Ein Zittern lief durch ihren Körper, als sie erkannte, dass es nicht nur ihre Einbildung war, sondern er tatsächlich hier vor ihr stand. »Warum ...?«

Er unterbrach sie. »Tu bitte so, als würden wir uns nicht kennen. Wenn wir hier raus sind, können wir uns unterhalten.«

Kyla biss sich auf die Lippen, um die Wortflut zurückzuhalten, die sich in ihr aufbaute. Aber eines musste sie doch wissen: »Du kanntest meinen Namen und wusstest, dass ich kommen würde, oder? Und du bist mir gestern Abend gefolgt und hast eingegriffen, als dieser Idiot mich überfallen hat.«

51

Seine Augen verdunkelten sich. »Ja.«

Obwohl ihr noch viele Fragen auf der Zunge brannten, beschränkte sie sich auf eine: »Wenn ich dich nicht erkannt hätte, hättest du dann die ganze Zeit so getan als wären wir Fremde?«

Nevia öffnete den Mund, schloss ihn aber wieder, als in diesem Moment sein Kollege um die Ecke kam. Aber sie konnte seinem Gesicht die Antwort entnehmen: Er hätte nichts gesagt, sondern sie in dem Glauben gelassen, dass sie sich noch nie im Leben begegnet waren, dass sie nicht in Afghanistan zusammen um ihr Überleben gekämpft hatten. Wo er sie geküsst und im Lager der Deutschen in Sicherheit gebracht hatte. Und das tat mehr weh, als sie sich eingestehen wollte.

5

Kyla war verletzt durch seine Worte, das konnte er deutlich in ihren Augen erkennen, doch er hätte die Tatsache, dass sie sich in Afghanistan begegnet waren, nicht von selbst preisgegeben. Wenn möglich, wollte er die Geschehnisse dort hinter sich lassen und vergessen, was er in Khalawihiris Terrorgruppe erlebt hatte. Auch wenn das bedeutete, Kyla nie wieder zu sehen.

Schon damals, als sie verletzt und mit Blut und Schmutz bedeckt war, hatte sie ihn beeindruckt. Aber jetzt, da er sie zum ersten Mal in normaler Kleidung und geschminkt sah, würde es ihm noch schwerer fallen, sie zu vergessen – wenn das überhaupt möglich war. Er war sich beinahe sicher, dass sie das Prickeln auch gespürt hatte, als er sie berührte. Zu gern hätte er sie an sich gezogen und sich erlaubt, noch einmal ihren Körper an seinem zu spüren, doch das würde nur dazu führen, dass sie sich tiefer in seinem Gehirn verankerte. Und das konnte er sich nicht leisten, wenn er sein normales Leben wieder aufnehmen wollte.

Chris bedankte sich bei seinem Kollegen, dass er sich um Kyla gekümmert hatte, und schickte ihn weg. Florian war eindeutig enttäuscht, dass er nicht erfahren würde, worüber sie sprachen, doch er war lange genug dabei, um es ohne Nachfrage zu akzeptieren.

Kyla schwieg, als er sie aus dem Gebäude und zu seinem Wagen führte. Er konnte ihre Anspannung beinahe körperlich spüren. Es dauerte nicht lange, bis sie ihren Angriff startete. Sie wartete nur, bis er den Wagen in den Verkehr eingefädelt hatte. »*Du* warst einer von Khalawihiris Spitzenleuten?«

»Ja.«

»Aber …« Er konnte sehen, wie es in ihrem Kopf arbeitete, während sie alle Informationen zueinander fügte. Als ihre Augen sich verengten, wusste er, dass sie den richtigen Schluss gezogen hatte. »Du kennst Devil und Rock?«

»Kennen wäre zu viel gesagt, aber ja, wir sind uns in Afghanistan begegnet.« Und zwar unter dramatischen Bedingungen: Khalawihiri wollte sie töten, und hätte das auch beinahe geschafft, wenn die deutschen Elitesoldaten des KSK nicht im letzten Moment eingegriffen hätten. Wenn Devil sich nicht auf ihn geworfen und die für Chris bestimmte Kugel abgefangen hätte, dann wäre er jetzt tot. Zudem hatte Devil ihn gerettet, als er ihn weggestoßen und außer Reichweite einer Granate gebracht hatte.

Blut stieg in ihre Wangen, ein sicheres Zeichen für einen baldigen Wutausbruch. Vorsichtshalber unterdrückte er das Grinsen, das sich in seinem Gesicht ausbreiten wollte. Gott, er hatte sie wirklich vermisst. Sie war der einzige Lichtblick in der miserablen Zeit, die er in Afghanistan als Teil von Khalawihiris Gruppe verbracht hatte.

»Sie wussten, wer du warst und haben es mir nicht gesagt!«

Es war keine Frage, aber er antwortete trotzdem. »Wir sind überein gekommen, dass niemand von meiner Anwesenheit dort erfahren sollte.« Er sagte ihr wohl besser nicht, dass er die ganzen letzten Monate über Kylas Zustand informiert worden war. Und wie sehr er sich wünschte, er hätte bei ihr sein und sich um sie kümmern können, so wie er es in Afghanistan getan hatte.

Es tat gut, sie zu sehen, vor allem endlich unverletzt und unglaublich fit. Ihre Kleidung saß wie angegossen und betonte ihre sanften Rundungen. In Afghanistan hatte er sie in der Dunkelheit nur erfühlen können. Und bei Tageslicht hatte die

Burka sie von Kopf bis Fuß verhüllt. Bis auf die Augen, groß und strahlend grün. Ob sie seinen Talisman noch besaß, den er ihr zum Abschied geschenkt hatte? Nein, vermutlich hatte sie ihn weggeworfen, nach allem, was er ihr zugemutet hatte.

»Was hast du überhaupt dort gemacht? Und warum hast du mich gerettet?«

Das war auch etwas, über das er nicht unbedingt reden wollte. Er war nicht stolz auf seine Rolle in der ganzen Sache. »Eigentlich darf ich nicht darüber reden, es war eine geheime Aktion.«

Forschend blickte sie ihn von der Seite an. »Warum hast du dich dann bereit erklärt, mit mir zu sprechen?«

Ja, warum? Um sie doch noch einmal wiederzusehen? »Devil hat mich darum gebeten. Und da er mir zwei Mal das Leben gerettet hat, schulde ich ihm was.«

»Wann …?«

Er unterbrach sie. »Das ist eine Geheiminformation.«

»Und ich bin in einer Geheimorganisation tätig.« Als er nicht antwortete, seufzte sie. »Okay. Dann sag mir wenigstens, was du überhaupt in Afghanistan gemacht hast.«

»Kurz gesagt, ich war undercover in Khalawihiris Gruppe, um ihm terroristische Aktivitäten nachzuweisen. Es gab einige Hinweise auf eine groß angelegte Aktion der Gruppe, und ich habe den Auftrag bekommen, die Details darüber herauszufinden.« Er schnitt eine Grimasse. Den hatte er auch ausgeführt, aber er endete anders als geplant. »Khalawihiris Kontakt zu Mogadir war mir bekannt, von daher wusste ich, dass etwas im Gange war. Doch Khalawihiri hielt sich ziemlich bedeckt und hat nichts raussickern lassen.«

Chris fuhr in eine Parklücke am Rande des Tiergartens und schaltete den Motor aus. Er drehte sich zu Kyla um. »Lass uns ein Stück gehen, man muss es ausnutzen, wenn das Wetter mal so schön ist.« Eigentlich brauchte er aber die Bewegung, um seine Erinnerungen und die Rastlosigkeit unter Kontrolle zu bekommen, die ihn seit seiner Rückkehr immer wieder überfielen. Und um das Verlangen zu unterdrücken, sich vorzubeugen, seine Lippen über ihre gleiten zu lassen und noch einmal ihren Geschmack zu kosten. Der Abschiedskuss nach dem Sandsturm war viel zu flüchtig gewesen.

Kyla schien seine Unruhe zu spüren, denn sie nickte nur, löste ihren Gurt und stieg aus. Rasch ging er um den Wagen herum, dann führte er sie in das große Waldgebiet mitten in der Stadt. Jetzt im Herbst waren nur noch wenige Blätter an den Bäumen, und wegen der niedrigen Temperaturen waren nicht so viele Leute unterwegs wie im Sommer, besonders an einem normalen Arbeitstag.

Schweigend ging Kyla neben ihm über den Schotterweg und betrachtete die Umgebung. Schließlich wandte sie sich ihm zu. »Warum warst du letzte Nacht dort in der Gasse? Bist du mir gefolgt?«

Überrascht über den Themawechsel blickte er sie an. Mitgefühl stand in ihren Augen, so als wüsste sie, wie schwer es ihm fiel, an die Geschehnisse in Afghanistan erinnert zu werden. Kein Wunder, vermutlich ging es ihr genauso. »Ursprünglich wollte ich dich im Restaurant des Hotels beim Essen ansprechen, aber du bist abends nicht aufgetaucht, daher bin ich davon ausgegangen, dass du zu müde warst und gleich ins Bett gegangen bist.«

Kyla zog eine Augenbraue hoch. »Aber das erklärt nicht, wieso du um zwei Uhr nachts noch dort warst.«

Chris presste die Lippen aufeinander, während er überlegte, was er ihr erzählen konnte. »Seit ich wieder hier bin, habe ich das Gefühl, dass sich jemand sehr für das interessiert, was in Afghanistan passiert ist. Deshalb habe ich mich bedeckt gehalten und keine sensiblen Informationen innerhalb des BND-Gebäudes weitergegeben. Die Anfrage von Devil lief über den BND, deshalb habe ich mir gedacht, es wäre eine gute Idee, dafür zu sorgen, dass sich niemand übermäßig für dich interessiert.«

»Und deshalb hast du mitten in der Nacht in der Hotellobby gelungert und gewartet, ob ich eventuell herunterkomme?«

Sein Mundwinkel hob sich. »Genau genommen habe ich vor deinem Zimmer gewartet.« Der Anflug von Humor verschwand sofort wieder. »Und wie sich herausgestellt hat, war es gut, dass ich in der Nähe geblieben bin. Was wolltest du überhaupt in dieser Straße?«

Röte stieg in Kylas Wangen, ein sicheres Zeichen für ihren Ärger. »Ich habe mich verirrt, okay? Im Dunkeln sah alles gleich aus. Und nur, damit du es weißt: Ich wäre mit dem Kerl auch allein zurechtgekommen. Du hättest dich also gar nicht zu bemühen brauchen.«

Chris verkniff sich einen Seufzer. Mit dieser Reaktion hatte er schon gerechnet, genau deshalb war er ihr nicht nachgelaufen, als sie ihn einfach in der Gasse hatte stehen lassen. Stattdessen hatte er sich um den Angreifer gekümmert und war ihr dann heimlich gefolgt. Manchmal machte es ihre übertriebene Unabhängigkeit wirklich schwierig, einfach nur etwas Nettes für sie zu tun.

»Wie hast du mich in Afghanistan gefunden?«

Chris unterdrückte eine Grimasse. Genau darüber wollte er eigentlich nicht reden. Aber es wäre falsch, Kyla noch länger im Dunkeln zu lassen. »Mogadir hatte eigenmächtig entschieden, euch entführen zu lassen. Aber Khalawihiri wollte so kurz vor dem großen Schlag keine internationale Aufmerksamkeit erregen. Und die hätte es verursacht, wenn zwei amerikanische Agentinnen plötzlich spurlos verschwunden wären. Also schickte er mich dorthin, um die Entführung zu verhindern.«

Er wagte einen kurzen Seitenblick. Kylas Miene war nicht zu deuten, aber immerhin hatte sie ihn noch nicht umgebracht.

»Leider kam ich zu spät, ich habe gesehen, wie deine Kollegin niedergeschlagen und verschleppt wurde, aber ich konnte nichts tun, um ihr zu helfen. Einige Männer haben nach dir gesucht, also habe ich gewartet, bis sie abgezogen waren und dann dafür gesorgt, dass du nicht auch in Mogadirs Hände fällst.«

»Woher wusstest du, dass ich mich in dem Keller versteckt hielt?«

»Ich habe einfach so lange ausgeharrt, bis du aus dem verfallenen Gebäude kamst und bin dir dann zum Keller gefolgt. Als ich eintraf, warst du schon bewusstlos.«

Die Erinnerung an ihre Schussverletzung war Kyla deutlich anzusehen. Für einen Moment wirkte sie fast verletzlich. Das schien sie selbst zu bemerken, denn sie presste die Lippen zusammen und straffte die Schultern. »Aber wenn Khalawihiri nicht wollte, dass wir entführt werden, warum hast du mich dann nicht einfach in der Stadt zu einem Arzt gebracht?« Als er stumm blieb, atmete sie scharf ein. »Du solltest mich gar nicht freilassen, oder?«

»Nein. Nachdem deine Kollegin in Mogadirs Hände gefallen war, entschied Khalawihiri, dass es besser wäre, wenn er auch ein Druckmittel in der Hand hat.«

Bei seinen Worten wurde Kyla blasser. »Du hattest vor, mich zu ihm zu bringen.«

Natürlich konnte er ihre Anschuldigung abstreiten, aber das wäre gelogen gewesen. Und er hatte es satt, ständig zu lügen. Besonders ihr gegenüber. »Khalawihiri hat extra mich mit der Sache betraut, weil er herausfinden wollte, ob er mir vertrauen konnte. Wenn ich dich zu ihm gebracht hätte, wäre ich vielleicht endlich in sämtliche Details des geplanten Anschlags eingeweiht worden und hätte ihn verhindern können.«

»Und wann hast du dich entschieden, mich stattdessen ins deutsche KSK-Camp zu bringen?«

Chris strich über seine kurzen Haare. »Schon ziemlich früh. Deine Wunde war entzündet und du hattest Fieber. In dem Zustand konnte ich dich nicht zu Khalawihiri bringen, du hättest keinen Tag überlebt. Und ich wusste, dass er mir sowieso nicht mehr vertrauen würde, nachdem ich mehrere Tage mit dir abgetaucht war.« Womit seine ganze Arbeit zunichtegemacht worden war, aber er hatte nur daran denken können, Kyla in Sicherheit zu bringen.

»Aber warum hast du mir die ganze Zeit nicht gesagt, dass du zu den Guten gehörst? Du wusstest doch, dass ich das Schlimmste befürchten musste.«

»Es war mir zu unsicher, falls wir doch noch erwischt worden wären.« Chris wusste, dass jeder unter Folter reden würde, und er wollte damals nicht, dass seine Tarnung aufgedeckt wurde.

»Okay, du hast mich also im deutschen Lager abgeliefert. Woher wusstest du, dass dort meine Leute waren?«

»Henning Mahler ist ein guter Freund von mir. Ich weiß nicht, ob du ihn dort getroffen hast, er ist Feldwebel beim KSK und hat den deutschen Einsatz gegen Khalawihiris Lager geleitet.« Zwar war der ursprüngliche Angriff von den amerikanischen SEALs geführt worden, doch Khalawihiri hatte davon erfahren und ihnen eine Falle gestellt, mit der er beinahe erfolgreich gewesen wäre. »Jedenfalls hatte ich von ihm erfahren, dass sie ein Rettungsteam für euch beherbergten und entschieden, dass das die sicherste Lösung war.«

»Danke.«

Seine Mundwinkel hoben sich. »Es war mir ein Vergnügen.« Denn selbst im verletzten Zustand und gegen ihn eingenommen war Kyla die faszinierendste Frau gewesen, die er je kennengelernt hatte: eine echte Kämpferin, die nicht aufgab, selbst wenn alles noch so aussichtslos schien. Hin und wieder war auch eine verletzliche Seite durchgeschimmert, und er hatte sich zwingen müssen, sie nicht in den Arm zu nehmen und ihr zu versprechen, dass alles gut werden würde.

»Aber warum bist du zu Khalawihiri zurückgekehrt, wenn du wusstest, dass er dir nicht mehr vertrauen und dich wahrscheinlich töten würde?«

»Ich musste zumindest versuchen, noch mehr herauszufinden. Und zuerst schien er meine Erklärung zu akzeptieren, dass du bei dem Überfall von Mogadirs Männern getötet wurdest. Doch dann habe ich ihn belauscht und herausgefunden, dass er von dem bevorstehenden Angriff der SEALs wusste und eine Falle für sie vorbereitete. Ich musste die Männer warnen, obwohl ich wusste, dass das Funkgerät im KSK-Lager abgehört wurde. Also habe ich einen kurzen Funkspruch auf Deutsch abgesetzt und bin dann abgehauen.« Die Erinnerung, wie er auf dem Bauch durch die karge Felslandschaft gerobbt war, um ungesehen aus dem Lager zu entkommen, drängte an die Oberfläche. Er konnte noch jetzt den Sand und die scharfkantigen Steine an seinem Körper spüren und den Drang, dieser Hölle lebend zu entkommen, um Khalawihiri ein für alle Mal auszulöschen. »Ich wäre von einer Granate zerfetzt worden, wenn Devil sich nicht im entscheidenden Moment auf mich geworfen und mich mit sich gerissen hätte. Als Dank dafür ist er dann ebenfalls in Khalawihiris Hände geraten.« Chris schloss den Mund, als er erkannte, dass er zu viel erzählt hatte. Die Details der Mission waren geheim, sowohl auf deutscher als auch auf amerikanischer Seite.

Kyla legte ihre Hand auf seinen Arm. »Ich bin froh, dass du noch lebst.« Ein kurzes Lächeln, dann ließ sie ihn wieder los, doch es reichte, um seinen Körper summen zu lassen. »Auch wenn ich immer noch sauer bin, dass du mich nicht früher informiert hast. Aber eine Sache muss ich noch wissen.«

Unbehaglich sah er sie an. »Welche?«

»Warst du im Landstuhl Regional Medical Center?«

Chris schwieg einen Moment, nicht sicher, ob er die Wahrheit sagen sollte. »Ja. Ich bin bei einem deutschen Transport mitgeflogen und habe kurz nach dir gesehen, bevor ich den Anschlussflug nach Berlin genommen habe.« Genau genommen hatte er mehrere Stunden an Kylas Bett verbracht, aber das musste sie ja nicht wissen.

Kyla hob eine Augenbraue. »Seltsam, die Schwester meinte, du hättest länger dort gesessen.« Sie griff in ihre Jackentasche, holte einen Gegenstand heraus und hielt ihn Chris hin. »Danke für den Glücksbringer.«

Tatsächlich funkelte ihm der tiefgrüne Stein entgegen, den er Kyla in Afghanistan geschenkt hatte, weil er ihn an ihre Augen erinnerte. »Offensichtlich hat er geholfen.« Aufmerksam glitt sein Blick über ihren Körper. »Du siehst fit aus, ich nehme an, die Verletzung ist gut verheilt?«

»Dank deiner Erstversorgung, ja.« Sie wollte ihm den Stein zurückgeben, doch er zog seine Hand zurück.

»Er gehört dir. Damit du auch bei allen weiteren Missionen so viel Glück hast.«

Unwillkürlich schlossen sich ihre Finger um den Glücksbringer, so als wäre sie froh, ihn behalten zu können. »Danke.« Sie verzog den Mund. »Was die Mission angeht, bin ich allerdings nicht so sicher. So wie es derzeit aussieht, werde ich nie wieder für einen Einsatz eingeteilt.«

Erstaunt sah er sie an. »Warum nicht?«

Kyla wandte das Gesicht ab. »Angeblich, weil erst mal die anderen Agenten an der Reihe sind und ich in den USA gebraucht werde, wenn endlich der Prozess gegen Khalawihiri und Mogadir eröffnet wird.«

»Das klingt doch relativ logisch.«

Wütend funkelte sie ihn an. »Ich sehe es an ihren Gesichtern –

der wirkliche Grund ist, dass sie mir eine Undercovermission nicht mehr zutrauen.«

Dazu konnte er nichts sagen, weil er ihre Vorgesetzten nicht kannte und daher nicht beurteilen konnte, ob sie so entscheiden würden. »Aber sie haben dich hierhergeschickt, das ist doch auch eine wichtige Aufgabe.«

Ein seltsamer Ausdruck huschte über ihr Gesicht. »Das haben sie nur gemacht, weil sie wussten, dass …«

Als sie nicht weitersprach, blickte er sie neugierig an. »Weil sie was wussten?«

Röte stieg in Kylas Wangen. »Dass wir uns kennen. Wahrscheinlich haben sie sich erhofft, dass ich mehr aus dir herauskriege als einer der anderen Agenten.«

Chris grinste sie an, weil sie damit im Prinzip zugab, dass sie ihn auch nicht vergessen hatte. »Womit sie zweifellos recht hatten.«

Sie erdolchte ihn förmlich mit ihrem Blick. »Das ist nicht witzig!«

Schnell nahm er wieder einen neutralen Gesichtsausdruck an. »Natürlich nicht. Aber ich bin sicher, dass sie dir wieder eine richtige Mission zuweisen, sobald sie sehen, dass du die schwierige Aufgabe, mit mir zu sprechen, mit Bravour gemeistert hast.«

Forschend musterte sie ihn. »Du machst dich immer noch über mich lustig.«

»Nein, eher über mich selbst. Wie lange wirst du hier sein?«

»Bis ich alles über Khalawihiri erfahren habe, das du weißt. Also, ich schätze einen oder zwei Tage. Wieso?«

»Ich dachte mir, wenn du schon mal hier bist, willst du dir vielleicht auch ein bisschen von Deutschland anschauen.«

Kyla zögerte sichtlich. »Das würde ich schon gerne, aber ich sollte wohl lieber so schnell wie möglich zurückkehren.«

Enttäuschung machte sich in ihm breit. Ja, es wäre vermutlich wirklich sinnvoller für sie, bald zurückzufliegen, aber da er sie jetzt endlich wieder in seiner Nähe hatte, wollte er sie noch nicht so schnell gehen lassen. »Und wenn ich mich als Reiseführer anbiete?«

In ihren Augen glaubte er ein Echo seiner Gedanken zu erkennen. »Ich glaube nicht, dass das eine gute Idee ist, Ha…Chris.«

Er stieß einen lautlosen Seufzer aus. »Nein, vermutlich nicht.« Es würde nur dazu führen, dass sie ihm noch tiefer unter die Haut ging. Besser, sie hielten ihre Verbindung so geschäftsmäßig wie möglich, auch wenn er sich wünschte, sie näher kennenzulernen.

Bei seiner Antwort wirkte sie seltsam enttäuscht, so als hätte sie erwartet, von ihm überredet zu werden. Doch der Moment war nur von kurzer Dauer. Bevor er noch etwas sagen konnte, hatte sie sich wieder in die unnahbare Agentin verwandelt. »Dann sollten wir die Sache jetzt am besten hinter uns bringen.« Sie blickte sich um. »Was genau machen wir eigentlich hier?«

»Ich dachte mir, du würdest vielleicht gerne ein wenig Natur sehen, nachdem du gestern so lange in ein Flugzeug eingepfercht warst. Mir geht es jedenfalls immer so.«

Kyla nickte langsam. »Es ist schön hier, wenn auch völlig anders als in San Diego.« Ein Zittern lief durch ihren Körper. »Vor allem viel kälter.«

»Möchtest du zurückgehen?«

»Nein, bloß nicht, du hattest völlig recht mit der Einschätzung, dass ich dringend frische Luft brauche.« Sie atmete tief ein und hielt ihr Gesicht in die schwache Novembersonne. »Das erinnert mich hier ein wenig an den Central Park. Ich finde es toll, mitten in der Stadt einen so großen Park zu haben.« Ihre langen blonden Haare schimmerten in der Sonne, und Chris wünschte, er könnte seine Hände hineingraben und Kyla an sich ziehen.

Mit Mühe konzentrierte er sich wieder auf die Unterhaltung. »Du kommst aus New York?« Er fragte sie zwar, wusste das

63

aber schon aus ihrer Akte, die er sich sofort nach seiner Rückkehr aus Afghanistan angelegt hatte. Er wollte alles über diese faszinierende Frau wissen, und es war ihm egal, wie viele Regeln er damit brach.

»Ja, ich war dort bei einer SWAT-Einheit.« Ein wehmütiger Ausdruck huschte über ihr Gesicht.

»Hat dir deine Arbeit dort nicht mehr gefallen, oder warum bist du zu den Schildkröten gewechselt?«

»Haha, sehr witzig.«

Froh, dass er die Stimmung etwas gehoben hatte, lächelte er sie an. »Finde ich auch, eure militärischen Abkürzungen in Tierform sind der Hit.«

Kyla grinste ihn an. »Eigentlich heißt es ja nur TURT, die Ladies Elite ist eine inoffizielle Abteilung. Und nein, meine Arbeit im SWAT-Team hat mir immer gefallen, aber ich hatte das Gefühl, etwas zum Kampf gegen den Terrorismus beitragen zu müssen. Ich war 2001 bei den Anschlägen auf das World Trade Center im Department und konnte nichts tun, weil ich noch in der Ausbildung war.« Sie blieb auf der Löwenbrücke stehen und betrachtete fasziniert die gusseisernen Löwen, die die Stahlbänder der Brücke in ihren Mäulern hielten. »Das sieht toll aus.« Ihre Hände legte sie auf das Geländer und blickte in das Wasser hinab.

Chris konnte nicht anders, er stellte sich dicht neben sie und strich mit den Fingern leicht über ihren Handrücken. »Es gibt viele schöne Ecken hier im Tiergarten. Wie wäre es, wenn wir uns in ein Café setzen und die Sache mit Khalawihiri hinter uns bringen?«

Misstrauisch blickte sie ihn an, trat aber nicht zur Seite, sodass sich ihre Arme weiterhin berührten. »Warum nicht in deinem Büro?«

Chris genoss die Nähe zu Kyla und wäre am liebsten ewig hier stehen geblieben. Aber zuerst mussten sie die Arbeit erledigen, danach konnte er sie vielleicht abends in ein Restaurant einladen und sie endlich näher kennenlernen.

Bedauernd löste er sich von ihr, lehnte sich mit den Unterarmen auf das Brückengeländer und starrte in das träge fließende Wasser. »Weil es hier schöner ist.« Auf ihr skeptisches Brummen hin gab er nach. »Weil ich nicht will, dass im Büro jemand mitbekommt, worüber wir reden. Die Mission lief unter strengster Geheimhaltung, nur die allerhöchsten BND-Kreise waren darüber informiert, was genau ich in Afghanistan gemacht habe. Zwar wird das Gebäude regelmäßig auf Wanzen untersucht, aber ich würde nicht ausschließen, dass doch jemand lauscht. Besonders wenn sie mitkriegen, dass du eine amerikanische Agentin bist.«

»Wenn auch nicht von der CIA.«

Lächelnd richtete er sich auf. »Deshalb rede ich auch mit dir, die CIA ignoriere ich möglichst.«

Erstaunt blickte sie ihn an. »Warum?«

»Die Kerle sind mir einfach unsympathisch.« Er hatte bereits mit einigen von der Sorte zu tun gehabt und sie waren ihm bisher immer vorgekommen, als würden sie über Leichen gehen, um ihre Mission zu erledigen. Das war sicher sehr effektiv, aber er konnte dieser Form der Arbeitsmoral nichts abgewinnen. Und bisher war glücklicherweise die Bundesregierung ebenfalls nicht bereit, gewisse Grenzen zu überschreiten. Wenn sich das änderte, würde er den BND sofort verlassen.

»Wenn du denkst, dass es sicherer ist, können wir gerne in ein Café gehen.« Sie deutete auf ihre Aktentasche. »Ich habe alles dabei, was ich brauche.«

Wie gerne würde er einfach nur den Tag mit ihr verbringen, sie näher kennenlernen, aber das war nicht möglich. Kyla hatte recht damit, ihre Beziehung auf einer neutralen Ebene zu belassen, alles andere würde nur zu Komplikationen führen. »Okay, gehen wir.«

Wenig später saßen sie in einem kleinen Straßencafé, das weit genug von den Touristenströmen entfernt in einer Nebenstraße lag und damit ideal für ihr Gespräch war. Während sie Kaffee tranken und ein Stück Kuchen aßen, erzählte Chris ihr alles, was er über Khalawihiri wusste. Zumindest fast alles. Wirklich viel war es nicht, denn der Terrorist hatte nie viel über sich preisgegeben. Also konnte er ihr nur etwas über dessen Charakter sagen, seine Eigenheiten und Vorlieben und Ähnliches. Wer er wirklich war, hatte Chris nie herausgefunden, aber er war sich ziemlich sicher, dass es sich um einen Amerikaner handelte. Und zwar jemanden, der richtig gut darin war, sich eine andere Identität zuzulegen und sie auch durchzuziehen. Ein Profi, seiner Meinung nach.

6

Ein leises Geräusch riss Khalawihiri aus seinem unruhigen Schlaf. Seit er im Militärgefängnis eingesperrt war, hatte er es sich angewöhnt, immer ein Ohr offen zu halten. Zwar hatte er keine Angst vor einem Angriff seiner Mitgefangenen, denn die gab es in der Einzelhaft nicht. Aber er wusste, dass irgendwann jemand kommen und versuchen würde, ihn umzubringen, und er hatte vor, demjenigen die Aufgabe so schwer wie möglich zu machen.

Es wunderte ihn nicht, dass seine Mörder gerade nach dem Besuch der FBI-Agenten kamen. Spätestens jetzt wussten seine ehemaligen Geschäftspartner, dass er vom amerikanischen Militär verhaftet und seine Waffen konfisziert worden waren. Darüber würden sie alles andere als glücklich sein, da sie sicher nicht wollten, dass er ihre Beteiligung an den Waffengeschäften verriet. Jetzt wussten sie sicher auch den Namen des Verräters und wo sie ihn finden würden. Einerseits hätte er nichts dagegen, Hamid tot zu sehen, andererseits wollte er gerne selbst dafür sorgen, dass er für seinen Verrat bestraft wurde. Ein Auftragsmord erschien ihm so … unpersönlich.

Und da waren noch die anderen, die ihn ohne mit der Wimper zu zucken beseitigen würden, wenn sie erfahren würden, dass er noch lebte. Bisher hatte er Ruhe vor ihnen gehabt, weil er vor Jahren seinen Tod vorgetäuscht hatte. Zwar waren nirgends seine Fingerabdrücke gespeichert, und er sah mit dem Bart völlig anders aus als früher, aber mit der modernen Gesichtserkennungssoftware würde es relativ schnell möglich sein, seine

Identität herauszufinden. Den Vernehmungen der FBI-Agenten und Militärs hatte er allerdings entnommen, dass das noch nicht der Fall war. Oder zumindest die Information nicht weitergegeben worden war. Und das konnte nur einen Grund haben: Er sollte beseitigt werden.

Als erneut ein leises Scharren ertönte, setzte Khalawihiri sich lautlos auf. Irgendjemand war in der Nähe, er konnte es spüren. Normalerweise sah und hörte er die ganze Nacht nichts von den Wachen, also musste es jemand anders sein. Außer sie hatten sich wieder eine neue Methode ausgedacht, um ihn zum Reden zu bringen. Sein Mund verzog sich zu einem schiefen Grinsen. Unwahrscheinlich. Nachdem sie ihn bisher nie einschüchtern konnten, hatten sie irgendwann aufgegeben. Fast wünschte er sich die Anfangszeit zurück, wenigstens war da die Langeweile nicht übermächtig geworden wie jetzt. Den ganzen Tag nur in der winzigen Zelle sitzen und an die zerkratzten Wände zu starren, wurde auf Dauer ziemlich eintönig.

Vorsichtig erhob er sich, damit die Füße des metallenen Bettgestells nicht über den Boden schrappten, ordnete seine Bettdecke und das Kissen so, dass es aussah, als würde er noch im Bett liegen, und durchquerte mit zwei Schritten den Raum. Schon seit Langem hatte er geplant, wie er im Falle eines nächtlichen Angriffs reagieren würde. Im Grunde gab es in der sechs Quadratmeter großen Zelle keinerlei Möglichkeit, sich zu verstecken. Außer unter dem Bett – aber das würde ein Angreifer sofort sehen – oder in der kleinen Nische zwischen Toilette und Wand. Mit angehaltenem Atem quetschte er sich dazwischen, während seine Wut größer wurde. Wer auch immer kam, sollte lieber damit rechnen, dass er mit allen Mitteln um sein Leben kämpfen würde. Nicht umsonst hatte er jeden Tag trainiert, um wieder zu Kräften zu kommen, nachdem seine Schussverletzungen verheilt gewesen waren.

Bemüht, so flach wie möglich zu atmen und sich nicht zu bewegen, kauerte Khalawihiri sich zusammen. Weitere Geräusche drangen an seine Ohren, diesmal waren sie näher. Wer auch immer dort kam, gehörte keiner militärischen Elitetruppe an, sonst wäre derjenige vorsichtiger. Umso besser waren die Chancen für ihn. Ein metallenes Geräusch ertönte, und er wusste, dass die Zellentür geöffnet wurde. Mit einem tiefen Atemzug ließ er alle Emotionen von sich abfallen, bis seine Sinne nur noch auf den Eindringling ausgerichtet waren. Eine Mischung aus Zigaretten- und Schweißgeruch drang in die Zelle. Anscheinend hatte sein Angreifer keine Ahnung, wie ein vernünftiger Mord ausgeführt wurde. Sein Vorteil.

Der ganz in Schwarz gekleidete Mann beugte sich über das Bett, in der Hand einen Gegenstand, der zu klein für eine Pistole war. Vermutlich war er angewiesen worden, Khalawihiri so umzubringen, dass es nicht wie Mord aussah, weil das zu viele Fragen aufwerfen würde. Verständlich, aber auch riskant. Er wartete, bis der Eindringling mit der freien Hand die Bettdecke zur Seite zog, bevor er angriff. Er stürzte sich auf den Mann und schlang seinen Arm um dessen Hals. Ohne ihm Gelegenheit zur Gegenwehr zu geben, griff Khalawihiri in die Haare und riss den Kopf herum. Mit einem hörbaren Knacken brach das Genick und er ließ den Toten auf das Bett fallen.

Da Khalawihiri nicht wusste, wie viel Zeit ihm blieb, zog er eilig dem Mann die Kleidung aus und schlüpfte selbst hinein. Der Geruch stieß ihn ab, aber er hatte keine andere Wahl. Seine orangefarbene Gefängniskleidung war zu auffällig. Die beim Angreifer gefundenen Waffen, eine Pistole mit Schalldämpfer, ein Kampfmesser und einen Elektroschocker, steckte er so in seine Taschen, dass er sie leicht erreichen konnte. Anschließend legte er den Toten an seiner Stelle mit dem Gesicht zur Wand ins Bett und zog ihm die Bettdecke bis über die Ohren, damit niemand so schnell den Unterschied bemerkte. Mit lautlosen Schritten durchquerte er die Zelle und blieb lauschend an der Gittertür stehen. Vorsichtig schob er den Kopf vor und blickte den Gang entlang. Er war leer.

Er zog die Pistole aus der Jackentasche, öffnete die Tür, trat hindurch und schloss sie ebenso leise wieder hinter sich. Sein Herz klopfte im Takt seiner Schritte, als er rasch den Gang entlangging. Beinahe konnte er die Freiheit riechen, aber es wäre fatal, sich jetzt schon in Sicherheit zu wiegen. Er musste nicht nur aus dem scharf bewachten Gebäude entkommen, sondern auch vom riesigen Gelände, das sich die Militärbasis mit der FBI-Akademie teilte. Die Sicherheitsvorkehrungen waren dementsprechend hoch.

Khalawihiri testete die nächste Gittertür, die sich ebenfalls öffnen ließ. Warum gab es keinen Alarm, wenn die Tür nicht abgeschlossen war? Anscheinend hatte der Auftraggeber gewaltigen Einfluss, wenn er es schaffte, jemanden in das Gefängnis hineinzuschicken und die Wachen zu täuschen oder zu bestechen. Was sowohl auf seine Geschäftspartner als auch auf seinen ehemaligen Arbeitgeber zutraf. Beinahe zu spät sah er den Schatten, der sich von der Wand löste und auf ihn zutrat.

»Erledigt? Wir haben nur noch fünf Minuten.« Das Flüstern war kaum zu verstehen.

Khalawihiri reagierte blitzschnell: Er hob die Pistole und schoss dem Mann direkt ins Herz. »Erledigt.« Lautlos sackte der Mann in sich zusammen und traf mit einem dumpfen Geräusch auf dem Boden auf. Er nahm dem Toten seine Waffen ab, genauso wie die Chipkarte für die Tür. Es war nett, wie einfach sie es ihm machten. Ein kurzer Blick zeigte ihm, dass ein kleiner Zettel mit einer sechsstelligen Nummer auf der Karte klebte, die einem der Wächter gehörte.

Zielstrebig ging Khalawihiri nach dem Zwischenfall weiter

und öffnete die nächste Tür, die zu einer großen Halle führte, in der andere Gefangene untergebracht waren. Glücklicherweise gab es noch einen weiteren Ausgang, denn irgendjemand hätte garantiert Krach geschlagen, wenn er ihn gesehen hätte, und er wollte so wenige Menschen wie möglich töten müssen.

Er tötete nie ohne Grund, hatte aber auch kein Problem damit, diejenigen aus dem Weg zu räumen, die ihn daran hinderten, seine Ziele zu erreichen. Hinter einer geschlossenen Metalltür hörte er Stimmen, die Wächter waren also noch am Leben. Das machte es ihm etwas schwieriger, denn er musste den Weg finden, den die beiden Angreifer genommen hatten, und wo vermutlich die Kameras manipuliert worden waren. Leise schlich er die Gänge entlang und folgte instinktiv dem Weg, den er bei seiner Ankunft entlanggeführt worden war.

Wenige Minuten später stand er vor der schweren Metalltür, die ihn hoffentlich in die Freiheit führen würde. Seine Hand zitterte, als er sie auf die Klinke legte, Schweiß ließ die Kleidung an seinem Körper kleben. Nicht aus Angst, sondern weil er das erste Mal seit langen Monaten wieder die Natur sehen würde, die frische Luft riechen und den Wind spüren. Schließlich gab er sich einen Ruck und drückte die Klinke herunter. Die Umgebung des Gefängnisses war gut ausgeleuchtet, aber der Wald dahinter nur ein dunkler Schatten. Nachdem er sich kurz orientiert hatte, lief Khalawihiri geduckt auf die Bäume zu. Nur gut, dass er bei der Fahrt hierher aufgepasst hatte und genau wusste, wo er war. Im Osten lag der Potomac, den er ohne ein Boot nicht überqueren konnte, deshalb würde er sich westlich halten, um dann einen Bogen nach Norden zu machen. Sicher würde niemand von ihm erwarten, dass er nach Washington, D. C. zurückkehrte, um seine Gegner im Auge behalten zu können. Doch sie würden merken, dass er sich nicht so einfach abservieren ließ.

Hawk blieb vor der Tür des kleinen Bungalows stehen und rieb sich über das Gesicht. Die Morgensonne schien auf seinen Nacken, als er die Stirn gegen das Holz sinken ließ. Es war jedes Mal schwierig, hierherzukommen, doch diesmal wünschte er sich ganz weit weg. Die Nachricht, die er in der Nacht bekommen hatte, würde Jade nur aufregen, und das wollte er nicht. Sie sollte sich in Ruhe erholen können, ohne jemals wieder mit den Erlebnissen in Afghanistan konfrontiert zu werden. Doch diesmal musste es sein, denn er wollte nicht, dass sie es von jemand anderem erfuhr. Khalawihiris Flucht würde sie hart treffen, deshalb wollte er bei ihr sein und für sie da sein. Nicht, dass sie jemals seine Hilfe in Anspruch nahm. In den letzten Monaten hatte er es immer wieder versucht, so wie er es ihr im Krankenhaus in Ramstein versprochen hatte, doch sie schien sich mit jedem Tag weiter vor ihm zurückzuziehen.

Mit einem tiefen Seufzer richtete er sich auf, drückte auf den Klingelknopf und versuchte, seinen Gesichtsausdruck so neutral wie möglich wirken zu lassen. Es dauerte ewig, bis von innen der Riegel zurückgeschoben wurde und die Tür sich einen Spaltbreit öffnete. Wie jedes Mal, wenn er Jade sah, krampfte sich sein Herz zusammen. Nicht wegen der dünnen Narben, die ihr Gesicht überzogen, sondern weil der misstrauische Blick in ihren dunkelblauen Augen ihn jedes Mal schmerzte. Wo früher Wärme gewesen war, wenn sie ihn erblickte, herrschte jetzt nur noch Qual. Manchmal wirkte sie regelrecht verloren. Es brach ihm geradezu das Herz. Er wollte sie in seine Arme ziehen und sie einfach nur halten, aber er wusste, dass sie es nicht zulassen würde.

»Was willst du hier, Daniel?«

Immerhin benutzte sie noch seinen Vornamen und nannte ihn nicht Hawk wie alle anderen, aber der abweisende Tonfall machte ihm keine Hoffnung. »Ich muss mit dir sprechen. Kann ich reinkommen?«

Zuerst sah es aus als würde sie ablehnen, aber dann trat sie nur stumm zur Seite. Rasch betrat Hawk das Haus und ging zum Wohnzimmer durch. Er hatte nicht vor, mit ihr im Flur über sicherheitsrelevante Dinge zu sprechen. Da er wusste, dass sie ihm keinen Platz anbieten würde, ließ er sich einfach auf das Sofa fallen und bedeutete ihr mit der Hand, sich zu ihm zu gesellen. Wie erwartet, wählte sie stattdessen den Sessel gegenüber. Ihr Po berührte kaum die Kante, ein Bein war angewinkelt, so als wollte sie jeden Moment flüchten.

»Ist etwas passiert?« Ihre Augen verdunkelten sich. »Mit Kyla?«

»Es geht Kyla gut, und auch allen anderen TURT/LEs.« Hawk forschte in ihrem Gesicht und war froh, endlich einmal nicht die gleichgültige Maske zu sehen, sondern echte Gefühle.

»Um was geht es dann?« Ihre Finger verschränkten sich unruhig ineinander.

»Khalawihiri ist aus dem Gefängnis entkommen.«

Jade wurde leichenblass. »Was? Wie ist das möglich? Er war doch noch in Einzelhaft, oder nicht?«

»Anscheinend sind letzte Nacht zwei Männer in das Gefängnis eingedrungen. Khalawihiri hat sie getötet und ist mithilfe einer gestohlenen Chipkarte entkommen. Die Wachmannschaft sagt aus, sie hätten nichts Ungewöhnliches bemerkt, bis sie auf den Monitoren einen Toten im Gang hätten liegen sehen. Wie es aussieht, wurde die elektronische Überwachungsanlage manipuliert, es wurde einige Minuten lang eine Schleife gespielt. Es muss noch geklärt werden, ob es Insiderhilfe gab, aber es sieht fast so aus.«

»Und was ist mit Khalawihiri? Haben sie ihn schon gefasst?«

»Nein. Er ist in den Wäldern untergetaucht.«

Jade sprang auf und baute sich vor ihm auf. »Wie kann so etwas auf einer streng bewachten Militärbasis passieren? Sie müssen diesen Verbrecher schnell finden!«

Hawk stand auf und nahm ihre Hände in seine, bevor sie sich von ihm zurückziehen konnte. »Sie sind dabei. Tatsächlich wurde relativ schnell Alarm gegeben, die Soldaten und auch FBI-Agenten haben sich verteilt und nach ihm gesucht.« Er holte tief Luft. »Sie müssen nah dran gewesen sein, denn Khalawihiri hat auf der Flucht einen FBI-Agenten getötet und mehrere Soldaten verletzt.«

Jade schwankte, doch Hawk fing sie rasch wieder auf. Vorsichtig legte er sie auf das Sofa und hockte sich daneben. Ihre Augen waren geschlossen, ihre schwarzen Haare boten einen starken Kontrast zu ihrer kalkweißen Haut. Mit dem Daumen wischte er über eine Träne, die über ihre Wange rollte.

»Das darf nicht sein. Du hattest versprochen, dass alles vorbei sein würde.« Jades Stimme war nur ein Hauch.

Ein starkes Schuldgefühl drückte auf seinen Brustkorb, auch wenn er nichts für die Flucht konnte. »Ich weiß. Es tut mir leid, Jade. Aber ich bin mir sicher, dass dir keine Gefahr von ihm droht. Er hätte keinen Grund, dir etwas anzutun.«

Ihre Lider hoben sich, und sie starrte ihn an. »Denkst du wirklich, dass es mir um mich geht? Was könnte mir denn jetzt noch passieren?« Sie deutete auf ihre Narben. Mit einem Ruck schob sie seine Hand beiseite und setzte sich auf. »Er hat bereits mehrere Menschen ermordet und wird vermutlich immer wieder töten, wenn ihm jemand im Weg ist, so lange, bis er gefasst ist.«

Damit hatte sie vermutlich recht, aber das sagte er lieber nicht laut. Nach allem, was er über Khalawihiri wusste, war er ein völlig kalter, gewissenloser Verbrecher, der sich das nahm, was er wollte. Egal wie. Dummerweise waren die Möglichkeiten, ihn zu finden, begrenzt. Niemand kannte seine wahre Identität und er hatte vermutlich sein Aussehen bereits radikal verändert. Zu schade, dass er nicht an seinen Schussverletzungen gestorben war, die er sich beim Angriff der SEALs auf sein Lager zugezogen hatte. Das hätte ihnen allen viel Ärger erspart und vor allem wäre der FBI-Agent in Quantico dann noch am Leben.

Hawk sprang auf, als Jade aufstand, bereit, sie zu stützen, sollte sie es benötigen. Doch als sie sich zu ihm umdrehte, loderte ein Feuer in ihren Augen, das er schon lange nicht mehr bei ihr gesehen hatte. Die Muskeln in ihren Wangen spannten sich an. Lange sah sie ihn schweigend an.

»Ich fahre nach Quantico.« Sie sagte es völlig emotionslos.

Hawk schüttelte den Kopf, er glaubte, sich verhört zu haben. »Wie bitte?«

Wortlos verließ sie das Zimmer, und er blieb ratlos zurück. Er hatte damit gerechnet, dass die Nachricht sie aufregen würde, aber nicht, dass sie auf die Idee kam, Khalawihiri selbst jagen zu wollen. Allein der Gedanke ließ bei ihm den Angstschweiß ausbrechen. Rasch folgte er ihr ins Schlafzimmer. Sehnsüchtig erinnerte er sich an die schönen Stunden, die sie hier gemeinsam verbracht hatten, bevor Jade nach Afghanistan aufgebrochen war. Was gäbe er darum, sich jetzt einfach mit ihr hier einschließen und alles andere vergessen zu können.

Hawk schob die Tür auf und beobachtete, wie Jade in ihrem Schrank wühlte. »Was tust du da?«

Jade blickte ihn an, als würde sie an seinem Verstand zweifeln. »Packen. Quantico ist zu weit weg, um am gleichen Tag wieder zurückzufliegen. Außerdem weiß ich nicht, wie lange ich dort bleiben werde.«

»Du fliegst nicht dorthin, Jade. Es gibt bereits genügend Leute, die an der Sache arbeiten.«

Ihre Augen verengten sich. »Ich glaube nicht, dass du mir etwas vorzuschreiben hast, Daniel.«

»Noch bin ich dein Vorgesetzter bei TURT.« Daran, wie ihr Gesicht blass wurde, erkannte er, dass sie seine Worte falsch aufgefasst hatte. Er ging einen Schritt auf sie zu, die Hand ausgestreckt. »Jade …«

Sofort wich sie zurück. »Willst du, dass ich kündige?«

Hawk rieb über seine Haare. »Nein, natürlich nicht. Sei bitte vernünftig. Sie würden dich wahrscheinlich gar nicht dort reinlassen, wenn alles abgesperrt ist.«

Jade warf eine Jeans in ihre Reisetasche. »Ich bin immer noch FBI-Agentin und habe jederzeit Zutritt zu Quantico. Und mein Ausweis vom Verteidigungsministerium wird mich auf die Militärbasis bringen, besonders wenn ich erzähle, dass ich an der Ergreifung Khalawihiris mitgewirkt habe.«

Damit hatte sie wahrscheinlich recht, aber er konnte sie nicht alleine dort hinfahren lassen. »Wenn ich dich absolut nicht überreden kann hierzubleiben, komme ich eben mit.«

Jade erstarrte. Mit weit aufgerissenen Augen starrte sie ihn an. »Warum willst du das tun?«

Die Frage ließ Ärger in ihm hochbrodeln, und er gab sich keine Mühe, ihn zu verbergen. »Was glaubst du wohl?« Als sie bei seiner heftigen Reaktion einen Schritt zurückstolperte, schloss er die Augen und fluchte stumm. Nachdem er sich unter Kontrolle gebracht hatte, öffnete er sie wieder. Furcht lag in Jades Blick und noch etwas anderes, das er nicht deuten konnte. »Ich fahre mit, um bei dir zu sein, Jade.«

Nach einem weiteren langen Blick nickte sie, und er glaubte, den Hauch eines Lächelns zu erkennen. »Danke.«

Sein Herz klopfte schneller, und er wusste, dass er hier raus musste, wenn er nicht seine guten Vorsätze, sie nicht zu bedrängen, über Bord werfen wollte. Es fiel ihm mit jedem Treffen schwerer, sie nicht einfach so lange zu küssen, bis sie zugab, dass da noch etwas zwischen ihnen war. So sehr er auch verstand, dass sie nach den Erlebnissen in Afghanistan Probleme damit hatte, einen anderen Menschen an sich heranzulassen, schmerzte ihn dieses Verhalten doch. Er wollte für sie da sein, sie halten, wenn die Erinnerungen sie plagten, ihr neuen Mut geben, ihr versichern, dass sie für ihn immer noch begehrenswert war. Aber wie sollte er das, wenn er sie nicht einmal berühren konnte, ohne dass sie zusammenzuckte? Wenn sie nicht mehr als drei Worte mit ihm redete? Deshalb freute er sich – so sehr ihn Khalawihiris Flucht auch ärgerte – über die Gelegenheit, mit Jade wegzufahren und ihr vielleicht in anderer Umgebung endlich klarmachen zu können, dass er sie immer noch liebte.

Doch er sagte ihr nichts davon. »Ich fahre schnell nach Hause und packe ein paar Sachen, dann leite ich auf der Basis alles in die Wege und komme anschließend hierher zurück und hole dich ab.«

»Okay.« Jade folgte ihm zur Haustür.

Er zog sie auf und drehte sich noch einmal zu Jade um. »Du wartest hier auf mich, ja?«

Diesmal reichte das Lächeln fast bis zu ihren Augen. »Versprochen.«

Hawk wartete, bis sie die Tür hinter ihm geschlossen und verriegelt hatte, bevor er sich auf den Weg zu seinem Auto machte. Zum ersten Mal seit langer Zeit fühlte er fast so etwas wie Hoffnung.

7

Kyla stützte sich mit ihren Händen an der Wand ab, während das heiße Wasser auf ihren Kopf und Rücken prasselte. So sehr sie es auch versuchte, sie konnte das Bedauern in Christophs Gesicht nicht vergessen, als sie seine Einladung zum Abendessen ausschlug. Ihr tat es auch leid, aber sie hatte immer noch nicht verarbeitet, dass *ihr* Hamid in Wirklichkeit ein deutscher Agent war. Er hätte sich jederzeit bei ihr melden können, hatte es aber vorgezogen, sie über seine Identität und die Tatsache, dass er noch am Leben war, im Ungewissen zu lassen. Seit sie ihn erkannt hatte, brodelte eine Mischung aus Wut, Freude und Erregung in ihr, die es ihr erschwerte, sich zu konzentrieren. Deshalb hatte sie sich dafür entschieden, dass es besser für sie war, so schnell wie möglich wieder abzureisen und einige tausend Kilometer zwischen sie zu legen.

Immerhin wusste sie jetzt, dass Hamid – nein, Chris – noch lebte und es ihm gut ging. Sie konnte die Ereignisse in Afghanistan nun endlich hinter sich lassen und ihn vergessen. Ihr Herz zog sich schmerzhaft zusammen und sie lehnte die Stirn an die Fliesen, während sich ihre Hände zu Fäusten ballten. Warum fand sie immer nur die Männer interessant, die unerreichbar für sie waren? Kyla verzog den Mund. Oder sie geriet an Männer, die es nicht verdienten, dass sie überhaupt Zeit in sie investierte. Die Frage war, zu welcher Kategorie Chris zählte.

Mit einem tiefen Seufzer richtete Kyla sich auf und drehte den Wasserhahn zu. Abrupt kehrte Stille ein, nur das Tröpfeln des Duschkopfs und das leise Summen der Lüftung waren zu hören.

Sie schlang sich ein Handtuch um den Körper und stieg aus der Duschwanne. Jetzt war sie zwar sauber und warm, aber innerlich war sie immer noch nicht zur Ruhe gekommen. Hätte sie Chris doch noch einmal treffen sollen, um herauszufinden, was wirklich zwischen ihnen war? Nein, das würde nur dazu führen, dass ihr der Abschied noch schwerer fiel.

Energisch rubbelte sie ihre Haare trocken und warf das Handtuch über die Stange. Kyla schnitt eine Grimasse, als sie ihre zerzauste Mähne im Spiegel sah. Das würde einige Zeit kosten, aber glücklicherweise hatte sie ja nichts anderes vor. Sie starrte sich an. Verdammt noch mal, sie war hier in Europa, in Berlin, und wollte den Abend allein im Hotelzimmer verbringen? Das wäre ihr früher nicht passiert. Zweifellos wäre sie in einen Club oder eine Kneipe gegangen und hätte sich einen schönen Abend gemacht. Entschlossen richtete sie sich auf und reckte ihr Kinn vor. Es gab keinen Grund, das heute nicht auch zu tun.

Ein Blick auf die Uhr zeigte ihr, dass der Abend noch jung war und sie genug Zeit hatte, um sich ordentlich zurechtzumachen. Wieder huschte der Gedanke durch ihren Kopf, Chris anzurufen, doch sie schob ihn energisch beiseite. Er hatte seine Chance gehabt und sie durch sein Schweigen verloren, sie würde jetzt sicher nicht hinter ihm herlaufen. Mit der Bürste entwirrte sie die verknoteten Strähnen ihrer Haare, bevor sie den vorhandenen Fön benutzte. Genervt von der schwachen Leistung des Geräts gab sie nach einigen Minuten auf. So würden ihre Haare nie trocken werden, deshalb steckte sie sie einfach in einem lockeren Knoten hoch und begann sich zu schminken.

Schließlich trat sie einen Schritt zurück und betrachtete sich zufrieden im Spiegel. Wenn Chris sie jetzt sehen könnte, würde er bestimmt nicht mehr an das verletzte und verdreckte Etwas denken, das er tagelang durch Afghanistan geschleppt hatte.

Kyla verdrehte die Augen, als sie merkte, dass ihre Gedanken schon wieder zu dem Agenten zurückgekehrt waren. Das musste dringend aufhören, sonst würde sie schreien. Oder ihn doch noch anrufen, und das wollte sie auf keinen Fall.

Sie steckte das Handtuch noch einmal zwischen ihren Brüsten fest und öffnete die Tür. Während sie im Geiste den Inhalt ihres Koffers durchging, löschte sie das Badezimmerlicht und trat ins Zimmer. Es dauerte einen Moment, bis sie erkannte, dass etwas nicht stimmte. Das Licht im Zimmer war aus, obwohl sie sicher war, es angelassen zu haben, bevor sie ins Bad gegangen war. Jeder Instinkt in ihrem Körper erwachte zum Leben, während sie in die Dunkelheit starrte. Sie konnte spüren, dass jemand mit ihr im Raum war. Instinktiv duckte sie sich. Mit einem dumpfen Geräusch schlug etwas in den hölzernen Türrahmen über ihrem Kopf. Adrenalin jagte durch ihren Körper, das Herz hämmerte ihr in der Brust. Sie wünschte, sie hätte eine Waffe dabei, dann würde sie sich nicht so nackt fühlen. Ganz davon abgesehen, dass sie tatsächlich nur mit einem Handtuch bekleidet war. Und das löste sich bereits durch ihre heftigen Bewegungen.

Aber das war ihr egal, sie wollte einfach nur eine Pistole haben und diesem Mistkerl, der in ihr Zimmer eingedrungen war, zeigen, was für eine dumme Idee das gewesen war. Doch leider gab es nichts, womit sie sich verteidigen konnte, nicht einmal ein Messer. Lautlos bewegte sie sich vorwärts und leicht zur Seite, damit der Einbrecher nicht wusste, wo sie war. So leise wie möglich hockte sie sich hin, um ein kleineres Ziel abzugeben. Noch immer konnte sie in dem dunklen Zimmer nichts erkennen, ein deutlicher Vorteil für ihren Angreifer, der sich wahrscheinlich schon an die Dunkelheit gewöhnt hatte. Wenn er schlau war, hatte er sogar Nachtsichtgläser dabei, die es ihm ermöglichen würden, sie auch unter diesen Lichtbedingungen im Zimmer auszumachen. Furcht kroch in ihr hoch, jeder Muskel in ihrem Körper war angespannt. Ihre Ohren schmerzten, so sehr versuchte sie, etwas zu hören.

Da! Ein leises Schaben ertönte links von ihr. Sofort warf sie sich nach rechts und kauerte sich hinter den schmalen Sessel, der zu einer kleinen Sitzgruppe gehörte. Sehr viel Platz war nicht in dem Raum, es war nur eine Frage der Zeit, bis sie von einer Kugel getroffen wurde. Ihre einzige Möglichkeit war der Angriff, denn wenn sie versuchte, das Zimmer zu verlassen, würde er sie rücklings erschießen. Wenn sie schon sterben musste, dann im Kampf. Das war es auch, was sie am meisten an ihrer Verletzung in Afghanistan gestört hatte: dass sie von hinten angeschossen worden war und überhaupt keine Gelegenheit gehabt hatte, sich zu wehren. Oder sich selbst zu retten.

Lautlos schob sie sich vor und erstarrte dicht auf den Boden gepresst, bis sie sicher war, dass ihr Gegner seinen Standort nicht gewechselt hatte. Nach einigen tiefen Atemzügen richtete sie sich auf und warf sich auf den Eindringling. Sie musste irgendeinen Laut von sich gegeben haben, denn er wirbelte herum, bevor sie ihn erreichen konnte. Sein Arm schnellte hoch, doch Kyla hatte die Bewegung vorausgesehen und riss blitzschnell ihr Knie in die Höhe. Der Mann stieß ein schmerzerfülltes Grunzen aus, als ihr Knie mit seinem Unterarm kollidierte, doch er hielt die Pistole fest im Griff. Ein Schuss löste sich und die Kugel schlug mit einem dumpfen Geräusch in die Wand ein.

Kyla wartete nicht, bis der Verbrecher sich von der Überraschung erholt hatte, sondern setzte sofort mit einem Ellbogen zwischen die Rippen nach. Mit einem heiseren Laut kippte er nach vorne, konnte sich aber auf den Beinen halten. Und er hatte immer noch die verdammte Waffe! Kyla ballte ihre Hand zur Faust und hieb damit auf sein Handgelenk. Doch auch diese Bewegung schien er vorauszusehen, denn er nutzte sofort die Gelegenheit und umklammerte ihren Unterarm mit seiner freien Hand. Schmerz schoss durch ihr Handgelenk, und sie biss auf ihre Lippe. Wer auch immer der Kerl war, er schien eine gute Kampfausbildung genossen zu haben.

Doch sie war besser. Nicht umsonst hatte sie monatelang mit den SEALs trainiert und jeden Trick gelernt, den es gab. Oder zumindest fast jeden. Kyla ließ sich gegen ihn sacken, womit sie ihn überraschte und aus dem Gleichgewicht brachte. Gleichzeitig schoss ihr Bein vor und sie holte ihn von den Füßen. Mit einem lauten Krachen landete er auf dem Holzboden und ließ endlich auch die Pistole fallen. Sofort schob Kyla sie mit dem Fuß beiseite, mit der Hand konnte sie die Waffe nicht erreichen. Der Angreifer wollte sich aufrichten, doch sie stieß ihn unsanft zurück und presste ihren Unterarm über seine Kehle.

»Halten Sie endlich still!«

Ihre Stimme klang erstaunlich laut in der Stille. Sie hoffte nur, dass der Mistkerl überhaupt Englisch verstand. Da er auch weiterhin gegen ihren Griff ankämpfte, verstärkte sie den Druck auf seinen Hals. Der Mann bäumte sich unter ihr auf. Kyla verlor ihren Halt und musste ihren Griff lockern. Das nutzte der Mistkerl sofort aus und katapultierte sie mit Gewalt von sich. Sie flog gegen die Tür und gab einen erstickten Schrei von sich, als ihr Kopf heftig dagegen stieß. Einen Moment lang sah sie Sterne, bevor sich ihre Sicht wieder klärte. Diese Zeit reichte dem Verbrecher, um die Oberhand zu gewinnen. Er rollte sich über sie und presste sie zu Boden. Noch immer sagte er kein Wort, und in der Dunkelheit konnte sie seine Gesichtszüge kaum erkennen.

»Warum tun Sie das?« Sie schaffte es, ihre Stimme ruhig klingen zu lassen.

Wieder erhielt sie keine Antwort. Stattdessen beugte der Mann sich zur Seite und schien etwas zu suchen. Die Waffe! Kyla versuchte, sich unter ihm aufzubäumen und ihn abzuschütteln, doch er war zu schwer. Seine Hüfte presste sich hart gegen ihre, und sie spürte, dass er erregt war. Eine ganz andere Art von Angst rieselte durch ihren Körper. Sie musste ihn unbedingt unschädlich machen, bevor er auf die Idee kam, sie nicht einfach nur umzubringen, sondern vorher noch seinen Spaß mit ihr zu haben. Die einfachste Methode – ihn dorthin zu treten, wo es wirklich wehtat – stand ihr leider nicht zur Verfügung, da ihre Beine unter seinen gefangen waren. Ihre Arme waren ebenfalls nutzlos an ihren Körper gepresst. Die Panik verstärkte sich. *Verdammt noch mal! Denk nach, Kyla!*

Inzwischen hatte der Angreifer offensichtlich das gefunden, was er suchte, denn er richtete sich auf und grinste sie an. Eine Messerklinge presste sich an ihre Kehle und schnitt in ihre Haut. Etwas Feuchtes lief an ihrem Hals hinunter. Kyla erstarrte.

»Schon besser. Eigentlich habe ich den Auftrag, dich sofort umzubringen, aber ich lasse mich gerne überzeugen, das noch ein wenig aufzuschieben.«

Kälte drang in Kylas Körper, nicht nur wegen der Worte, sondern noch mehr wegen des deutlich amerikanischen Akzents. War der Kerl schon in den USA beauftragt worden, sie zu töten und war ihr hierher gefolgt? Aber warum? Wer hätte etwas davon, wenn sie tot war? Letztlich war sie nur ein kleines Rad im Getriebe und konnte leicht ersetzt werden. Es machte einfach keinen Sinn.

Sie befeuchtete ihre trockenen Lippen. »Fahr zur Hölle.«

Amüsiert beugte er sich tiefer über sie. »Das werde ich sicher irgendwann, aber jetzt noch nicht. Zuerst will ich ein wenig Spaß haben. Und das ist deine eigene Schuld, du hättest ja nicht gegen mich kämpfen müssen. Sowas erregt mich immer.«

Da sich das Messer immer noch an ihre Kehle presste, schluckte Kyla die Beschimpfungen herunter, die ihr auf der Zunge lagen. Irgendwie musste es ihr gelingen, die Waffe an sich zu bringen, vorher konnte sie den Mistkerl nicht bekämpfen. Sie drehte ihren Kopf weg, als er sich noch tiefer über sie beugte und merkte, wie das Messer tiefer schnitt. Schmerz schoss durch ihre Kehle. Wenn er die Hauptschlagader erwischte, würde sie innerhalb kürzester Zeit verbluten, deshalb erstarrte sie.

»Sehr schlau von dir. Und jetzt halt still, wenn du nicht willst, dass ich dich sofort beseitige.« Wieder beugte er sich hinunter, seine Hand presste sich über ihren Mund und er begann an ihrem Hals hinunterzulecken. Er biss in ihre Schulter, bevor er sich weiter nach unten arbeitete.

Wut strömte heiß durch ihren Körper, bis sie glaubte, explodieren zu müssen. Es half auch nicht gerade, dass er ihr mit seiner großen Hand über Mund und Nase die Luft abdrückte. Das Summen in ihren Ohren wurde immer lauter, sie spürte, wie ihre Kraft schwand. Nein, das durfte sie nicht zulassen! Kyla öffnete den Mund und biss kräftig zu.

Mit einem beinahe unmenschlichen Jaulen zuckte der Verbrecher zurück, der metallische Geschmack von Blut füllte ihren Mund. Das Messer bewegte sich etwas von ihrem Hals weg, und sie nutzte diese Gelegenheit sofort. Sie stieß mit dem Kopf nach oben und traf den Verbrecher am Kehlkopf. Ein gurgelndes Geräusch ertönte, dann kippte er zur Seite. Durch den Zusammenstoß schmerzte ihr Kopf, doch darauf konnte sie jetzt keine Rücksicht nehmen. Mühsam kämpfte sie sich unter dem Verbrecher hervor und blieb schließlich schwer atmend auf dem kühlen Boden liegen. Es dauerte einige Sekunden, bis sie die Kraft aufbringen konnte, sich aufzurichten. Jeder Zentimeter ihres Körpers tat weh, wahrscheinlich würde sie morgen grün und blau sein. Aber das war zweitrangig. Sie lebte noch und hatte sich gegen den Auftragskiller behaupten können.

Als sie ein Geräusch an der Tür hörte, verflog ihre Befriedigung schlagartig. Mit angehaltenem Atem lauschte sie, während sie sich nach einer Waffe umsah. Ein Klopfen ertönte. Nach einem tiefen Atemzug stieg sie über den Verbrecher und blickte durch den Spion. Chris! Die Erleichterung, die sie bei seinem Anblick empfand, ließ ihre Knie weich werden. Langsam sank sie zu Boden und schlang die Arme um ihre Mitte.

Wieder klopfte es. »Kyla, mach bitte auf, ich muss dringend mit dir sprechen.«

Ein Schauer lief durch ihren Körper, während sie überlegte, was sie tun sollte. Aber eigentlich war es keine Frage: Sie brauchte Hilfe. Der Verbrecher musste in ein Krankenhaus gebracht werden, wenn er nicht schon tot war, und sie hatte keinen Nerv, sich mit den deutschen Behörden auseinanderzusetzen. Da war es sicher hilfreich, einen BND-Agenten an ihrer Seite zu haben.

Erneut polterte es an der Tür. »Ich komme jetzt rein.« Ein Klicken ertönte, dann schwang die Tür auf. Zumindest so weit, wie es der Körper des Eindringlings zuließ. Ein leiser Fluch ertönte und das Licht flammte auf.

Kyla blinzelte in der plötzlichen Helligkeit. Ein Blick auf ihre nackten Beine erinnerte sie daran, dass sie völlig unbekleidet war. Sogar das Handtuch hatte sie während des Kampfes verloren, es lag unter dem Verbrecher und war für sie unerreichbar. Sie zog ihre Knie an und schlang die Arme darum.

»Kyla?« Chris' Kopf erschien in der Türöffnung und seine Augen weiteten sich, als er sie entdeckte. »Oh Gott!« Ohne Rücksicht auf den Verbrecher schob er die Tür mit Gewalt weiter auf und trat in das Zimmer. Nach einem kurzen Blick auf den Mann, der mit bleichem Gesicht und auf die Kehle gepresster Hand dalag, kniete er sich neben sie und betrachtete sie besorgt. »Was ist passiert?«

Kyla begann zu lachen. Wie typisch für einen Agenten, zuerst zu fragen, was passiert war, anstatt sich zu erkundigen, ob es ihr gut ging. Seine Augenbrauen zogen sich zusammen, offensichtlich dachte er, dass sie den Verstand verloren hatte. Vielleicht hatte sie das auch. Tränen traten in ihre Augen und sie presste eine Hand auf den Mund. Tiefe Sorge stand in seinen blauen Augen, als er vorsichtig eine Hand ausstreckte und sie sanft um ihre Wange legte. Sein Blick glitt über ihren Hals und er wurde bleich. Sie konnte sich vorstellen, was er sah, aber sie wollte die Verletzung lieber nicht selber begutachten. Da sie noch aufrecht sitzen konnte, schien es nicht so schlimm zu sein.

»Ich rufe einen Arzt.« Er wollte sich aufrichten, doch sie legte rasch eine Hand auf seinen Arm.

»Das ist für mich nicht nötig, aber ich glaube, der Mistkerl braucht einen. Zumindest, sofern er noch lebt.« Sie atmete tief durch. »Kannst du nachsehen, ob er noch atmet? Ich habe ihn mit der Stirn am Kehlkopf erwischt.«

Chris beugte sich zu dem Mann hinüber und hielt einen Finger an seine Halsschlagader. »Ja.«

»Gut, ich will nämlich, dass er mir einige Fragen beantwortet.«

Chris zog sein Handy hervor und führte ein kurzes Telefonat auf Deutsch. Anschließend hockte er sich wieder neben sie. »Erledigt.« Er beugte sich über sie und legte ein Taschentuch an ihren Hals. Als er es wegzog, war es rot vor Blut. Seine Lippen pressten sich zusammen und er brachte sein Gesicht dichter an ihres heran. Zuerst dachte sie, er würde sie küssen, aber stattdessen betrachtete er eingehend den Schnitt an ihrem Hals. »Sagst du mir jetzt, was passiert ist?« Sein Blick glitt über ihren nackten Körper. »Hat er …?«

Stumm schüttelte sie den Kopf und zuckte zusammen, als der Schmerz durch ihren Hals zuckte. Automatisch wollte sie ihre Hand auf die Wunde legen, doch Chris kam ihr zuvor. Ihre Finger strichen über seine und sie zog rasch die Hand zurück. »Ich kam gerade aus der Dusche, und er hat mich überrascht.

Er wollte mich ermorden. Keine Ahnung warum, er sprach von einem Auftrag.« Als sie sah, dass sich seine Augen verdunkelt hatten und ein Muskel in seiner Wange zuckte, zog sich ihr Magen schmerzhaft zusammen. »Du kennst den Grund, oder?«

Chris zögerte. »Nein.«

Es war eindeutig, dass er log. »Warum bist du hier?«

Der Druck auf ihre Wunde wurde fester und sie zuckte zusammen. Sofort lockerte sich sein Griff. »Entschuldige. Du würdest mir nicht glauben, wenn ich sage, dass ich einfach mit dir zusammen sein wollte, oder?«

»Nicht wirklich.« Auch wenn sie es sich mehr als alles andere wünschte.

»Das hatte ich vermutet.« Er atmete heftig aus. »Ich habe erfahren, dass Khalawihiri aus dem Gefängnis entkommen ist.«

Der Schock ließ ihren Körper erstarren. »Was? Das kann nicht sein!«

Grimmig blickte Chris sie an. »Ich hätte auch gedacht, dass ihr besser auf ihn aufpassen würdet, aber anscheinend hat er die Gelegenheit genutzt und ist geflohen.«

In ihrem Kopf drehte sich alles, während sie versuchte, das Gesagte zu verdauen. Khalawihiri war in einem besonders gesicherten Militärgefängnis, wie hatte er von dort fliehen können? Jetzt befand sich der Mann wieder auf freiem Fuß, der vor einem halben Jahr der Kopf hinter dem geplanten Anschlag auf eine Ratsversammlung der Wolesi Jirga, des afghanischen Unterhauses, gewesen war. Ganz zu schweigen davon, dass er in seinem Versteck in den Bergen unzählige Kisten mit Waffen gelagert hatte. Er hatte damals geschworen, sich an denjenigen zu rächen, die an seiner Ergreifung beteiligt gewesen waren. Was sowohl die SEALs als auch die TURT/LEs einschloss, aber sie bezweifelte, dass er die Drohung wirklich wahr machen würde. Im Moment würde er sich wohl ganz darauf konzentrieren, seinen Verfolgern zu entkommen. Aber warum hatte sie bisher niemand davon informiert? Gut, sie hatte nicht direkt etwas mit ihm zu tun gehabt, aber sie hätte erwartet, dass Hawk sich bei ihr melden würde. Stattdessen wurde sie erst beinahe getötet und dann tauchte plötzlich Chris auf.

Ihre Augen verengten sich. »Warum hast du mich nicht einfach angerufen?«

Ein schwaches Lächeln hob seine Mundwinkel. »Ich wollte nicht, dass du das übers Telefon erfährst?« Seine Antwort klang wie eine Frage.

Sie schnaubte. »Das glaube ich dir nicht. Ich will die Wahrheit hören, Chris.«

Seine Hand legte sich wieder um ihre Wange. »Ich wollte dich noch nicht gehen lassen.«

Ein warmes Gefühl sickerte durch sie, das in dieser Situation völlig unangebracht war. Um sich davon abzulenken, schob sie ihn sanft zurück. »Ich denke, ich sollte mich besser anziehen, wenn hier gleich Polizisten und Sanitäter auftauchen.«

»Eine gute Idee.« Er lächelte sie an. »Auch wenn ich es für eine Schande halte.«

Kyla verdrehte die Augen und stemmte sich vorsichtig hoch. Zumindest versuchte sie es, aber sie schien keinerlei Kraft mehr zu besitzen. Sofort war Chris wieder bei ihr und half ihr behutsam hoch. Wahrscheinlich sollte es ihr peinlich sein, dass er sie nackt sah, aber sie konnte dafür keine Energie aufbringen. So lächelte sie ihn nur dankbar an, suchte sich ein paar Sachen aus ihrem Koffer und ließ sich zum Bett helfen. »Danke, den Rest schaffe ich alleine.«

Chris sah aus, als wollte er protestieren, aber dann nickte er nur knapp. »Ich kümmere mich solange um deinen Angreifer.«

Sie wartete, bis er mit dem Rücken zu ihr neben dem Verbrecher hockte, bevor sie sich rasch Slip, BH, Jeans und ein

Top anzog. Am liebsten hätte sie einen dicken Pullover genommen, aber er würde nur blutig werden, solange ihre Wunde am Hals noch nicht versorgt war. Da es sich gut anfühlte, auf der weichen Matratze zu sitzen, blieb sie einfach dort und nahm ihr Handy vom Nachttisch. Kyla schnitt eine Grimasse, als sie sah, dass mehrere unbeantwortete Anrufe aufgelaufen waren. Wahrscheinlich hatte sie das Klingeln nicht gehört, als sie im Bad gewesen war. Verärgert über sich selbst kontrollierte sie die Nummer und erkannte, dass es die vom TURT-Kommandozentrum war. Sie drückte auf Rückruf und wartete mit angehaltenem Atem darauf, dass jemand abnahm.

»TURT-Command, Colter.«

»Matt, hier ist Kyla. Du hast angerufen?«

»Verdammt, wo hast du gesteckt? Wir haben die ganze Zeit versucht, dich zu erreichen!« Er atmete tief durch. »Egal, jetzt bist du ja da. Ich weiß nicht, wie ich es möglichst schonend sagen soll: Khalawihiri ist letzte Nacht aus dem Gefängnis geflohen. Dabei hat er zwei Männer getötet, deren Identität noch nicht geklärt ist, und dann auf der Flucht durch Quantico noch einen FBI-Agenten. Niemand weiß, wo er sich jetzt aufhält oder wohin er will, aber es ist klar, dass er keine Skrupel hat, jeden umzubringen, der ihm im Weg steht.«

Oh Gott! Zwar hatte Chris ihr schon gesagt, dass Khalawihiri geflohen war, aber die Toten hatte er nicht erwähnt. Sie warf ihm einen wütenden Blick zu, den er nicht bemerkte, weil er ihr immer noch den Rücken zukehrte. »Wie ist das möglich? Er war in einem Militärgefängnis in Einzelhaft!«

Matt blieb einen Moment stumm. »Das wissen wir noch nicht genau. FBI und Militärpolizei ermitteln, ich wollte dich nur darüber informieren. Du weißt, dass er gedroht hat, sich an allen zu rächen, die bei seiner Ergreifung mitgewirkt haben, also halt die Augen offen, auch wenn du nur am Rande damit zu tun hattest.« Als sie nichts sagte, räusperte er sich. »Ich weiß, dass die Situation nicht einfach für dich ist, Kyla. Khalawihiri wird nicht lange frei sein, dafür wird gesorgt.«

»Und was machen wir?«

»Wir können nichts machen, wir haben in der Sache keinen offiziellen Auftrag. Es ist tatsächlich weder Aufgabe der TURTs noch der SEALs.« Er klang nicht so, als würde er sich darüber freuen.

»Aber wir können nicht zulassen, dass er frei herumläuft!«

»Hawk fliegt mit Jade gerade an die Ostküste.«

Kyla runzelte die Stirn. »Jade? Glaubst du, dass das eine gute Idee ist?«

»Nein, aber sie ließ sich nicht umstimmen, als sie gehört hat, dass Khalawihiri entkommen ist. Als FBI-Agentin nimmt sie es doppelt persönlich, dass er einen ihrer Kollegen getötet hat. Sie wäre alleine gefahren, aber das hat Hawk nicht zugelassen.«

»Vielleicht tut es ihr gut, wieder etwas zu tun.«

Matt gab einen skeptischen Laut von sich. »Wir werden sehen. Hawk wird sie sofort in das nächste Flugzeug stecken und nach Hause bringen, wenn es ihr schlechter geht.«

Die Frage war nur, ob ihm das gelingen würde. Wenn Jade sich etwas in den Kopf setzte, ließ sie sich durch nichts davon abhalten. Zumindest war es früher so gewesen. »Das ist gut.«

Matt räusperte sich. »Du wirkst nicht besonders überrascht über Khalawihiris Flucht, was geht da bei dir vor?«

In kurzen Sätzen schilderte Kyla den Angriff und Chris' Auftauchen. »Jetzt warten wir gerade auf Krankenwagen und Polizei, die jeden Moment kommen müssten.«

»Verdammt! Bist du verletzt?«

»Geringfügig.« Als er fluchte, versuchte sie ihn zu beruhigen. »Es geht mir gut, Matt. Ich lasse mich aber gleich auch noch mal durchchecken, mach dir keine Sorgen.« Sie bemerkte, dass Chris sich inzwischen umgedreht hatte und sie anstarrte. Sein Blick war nicht zu deuten.

»Das gefällt mir nicht. Besonders, dass er ein Amerikaner ist und offensichtlich ein Auftragskiller.« Kyla zuckte zusammen, als er ihre Gedanken bestätigte. »Und dieser Nevia …«

Sofort unterbrach sie ihn. »Er hat nichts damit zu tun.«

Etwas wie ein Lachen drang durch den Hörer. »Das dachte ich mir. Ich wollte nur wissen, ob er dich beschützen kann, solange du in Deutschland bist.«

»Ich bin nicht völlig unfähig, Matt, ich kann mich selbst schützen.« Zumindest die meiste Zeit. Es ärgerte sie, dass er dachte, sie würde Hilfe benötigen.

Ein tiefer Seufzer drang durch ihr Handy. »Du bist in einem fremden Land, und jeder kann Rückendeckung gebrauchen. Deshalb gehen wir SEALs auch nie alleine in eine unbekannte Situation.«

Röte stieg in ihre Wangen, als sie erkannte, dass er recht und sie überreagiert hatte. »Ich weiß.«

»Ich werde dafür sorgen, dass sie sicher nach Hause kommt.« Kylas Kopf ruckte hoch, als Chris plötzlich laut genug sprach, sodass Matt es am anderen Ende hören musste. »Du …«

Matt unterbrach sie. »Sag ihm, wir nehmen seine Hilfe dankend an.«

Ihre Zähne knirschten, als sie Chris anblickte. »Danke.« Er nickte ihr zu und wandte sich wieder um. »Matt, ich melde mich bei dir, wenn ich weiß, wann ich zurückkomme. Zuerst will ich wissen, warum mich dieser Mistkerl hier umbringen wollte und wer ihn beauftragt hat.«

»Sei bitte vorsichtig, Kyla. Ich rufe dich an, wenn Khalawihiri wieder in Gewahrsam ist.« Aber er klang nicht sehr zuversichtlich.

8

Chris lauschte mit einem Ohr, wie Kyla sich von diesem Matt verabschiedete – wer immer er auch war. Der Stich von Eifersucht verstärkte sich, als ihre Stimme sanfter wurde. In Gedanken ging er die Liste der bei TURT/LE beschäftigten Personen durch, die er sich vor Monaten besorgt hatte. Soweit er wusste, gab es dort nur einen Matt, nämlich Matt Colter, einen ehemaligen SEAL, der zusammen mit dem ehemaligen NSA-Agenten Daniel Hawk zur Führungsebene gehörte. Er schnitt eine Grimasse, als er sich vorstellte, gegen einen SEAL um Kyla kämpfen zu müssen. Ungläubig schüttelte er den Kopf, als er registrierte, was er da gerade gedacht hatte. Selbst wenn sie an einer Beziehung mit ihm interessiert wäre, war die Sache schon alleine durch die Entfernung unmöglich. Egal wie gerne er sie näher kennenlernen wollte.

Mit einem stummen Seufzer vergewisserte er sich, dass der Verbrecher noch lebte. Wo zum Teufel blieb der Krankenwagen so lange? Doch er stellte fest, dass gerade mal fünf Minuten vergangen waren, seit er den Raum betreten hatte. Es kam ihm wesentlich länger vor. Aber der Anblick von Kyla, über deren Hals und nackten Oberkörper das Blut lief, hatte ihn Jahre seines Lebens gekostet. Die Vorstellung, was ihr hätte passieren können, ließ das Blut in seinen Adern gefrieren. Und beinahe hätte er gemütlich auf seinem Sofa gesessen, während sie hier um ihr Leben kämpfte. Hätte sie ihn angerufen und von dem Überfall berichtet, wenn er nicht vorbeigekommen wäre? Es ärgerte ihn, dass er sich dessen nicht sicher war.

»Chris?«

Beim zögernden Klang ihrer Stimme blickte er auf. Das Top schmiegte sich wie eine zweite Haut an ihre Rundungen. Vermutlich war er ein Schwein, aber nachdem er sicher gewesen war, dass es ihr den Umständen entsprechend gut ging, hatte er seine Augen nicht von ihrem unglaublichen Körper wenden können. Seidenweiche Haut über gut ausgeprägten Muskeln und dazu eine richtige Hüfte und große Brüste. Der Traum seiner schlaflosen Nächte. Bisher hatte er all das nur erfühlt, während er sie in Afghanistan gepflegt hatte – und er hatte sich wirklich darum bemüht, sie nur dort zu berühren, wo es absolut nötig gewesen war – doch sie jetzt endlich nackt zu sehen, war mehr als er ertragen konnte. Vor allem, weil er nicht seinem Wunsch, sie zu berühren, nachgehen konnte.

Deshalb blickte er rasch in ihre Augen. »Ja?«

»Glaubst du, der Angriff auf mich hat etwas mit Khalawihiris Flucht zu tun?«

Eine gute Frage, auf die er keine Antwort wusste. Noch nicht, aber er würde alles dafür tun, sie zu finden. »Ich weiß es nicht. Allerdings glaube ich nicht, dass er selbst dahintersteckt. Er hatte einfach nicht genug Zeit, um dich ausfindig zu machen und jemanden aus den USA hierherzuschicken. Außerdem hattest du mit seiner Ergreifung nur indirekt etwas zu tun. Wenn er sich rächen will, wird er mit den offensichtlichen Zielen anfangen.«

Kyla atmete sichtbar auf. »Okay. Aber dann macht es noch weniger Sinn, dass mich jemand hier angreifen sollte.«

Dem konnte er nur zustimmen. Außer diejenigen, die Khalawihiri mit Waffen versorgt hatten, wollten jetzt dafür sorgen, dass keiner redete. Dazu würde auch der Mordversuch im Gefängnis passen. Bisher hatte niemand von seiner eigenen Beteiligung gewusst, aber Kylas Ausflug hierher war sicher vom Verteidigungsminister genehmigt worden, und das bedeutete, dass seine

Undercover-Identität jetzt vermutlich aufgeflogen war. Damit geriet nicht nur er selbst in Gefahr, sondern auch jeder in seiner Nähe. Zwar konnte der Angriff auf Kyla auch einen anderen Hintergrund haben, aber die zeitliche Nähe zu ihrem Gespräch und Khalawihiris Flucht machte ihn nervös. Auf jeden Fall würde er das tun, was er diesem Matt versprochen hatte: Er würde dafür sorgen, dass Kyla sicher wieder in die USA kam.

»Ich würde sagen, es kommt darauf an, wer davon weiß, dass du hier bist und was du hier tun wolltest. Und für wen es wichtig sein könnte, dich daran zu hindern.« Ihm gelang ein schiefes Grinsen. »Oder hast du irgendjemanden so sehr verärgert, dass er dich tot sehen will? Einen Ex-Freund vielleicht?«

Kyla starrte ihn wütend an. »Sehr witzig. Ich habe seit ...« Sie brach ab und Röte stieg in ihre Wangen.

Fasziniert beugte er sich vor. »Du hast was?« Was hatte sie sagen wollen? Dass sie seit Afghanistan keinen Freund gehabt hatte? Teile seines Körpers fanden die Vorstellung äußerst erregend. Kyla verschränkte die Arme über der Brust, was ihre Rundungen noch deutlicher herausstellte. Chris wischte mit der Hand über seinen Mund, um sicherzustellen, dass er nicht sabberte.

»Ich wüsste niemanden, der mich genug hassen würde, um mich umbringen zu lassen. Und bisher war ich nur auf der einen Mission in Afghanistan, wenn es also nicht Mogadir oder Khalawihiri sind, dann weiß ich nicht, wer es sonst auf mich abgesehen haben könnte.«

Das hatte er schon vermutet. »Vielleicht bringen wir den Angreifer zum Reden.« Aber die Wahrscheinlichkeit war gering, wenn es sich um einen Profi handelte.

Kylas skeptischer Gesichtsausdruck machte ihre Meinung klar. »Wie ...?«

Sie wurde von einem Klopfen an der Tür unterbrochen. Chris

öffnete sie und ließ die Rettungskräfte herein, die sich sofort um den am Boden liegenden Verletzten kümmerten.

Einer der Sanitäter blickte auf. »Was ist mit ihm passiert?«

Da er Deutsch sprach, antwortete Chris ihm. »Stirn gegen den Kehlkopf. Wo bringen Sie ihn hin?«

»Ins nächstliegende Krankenhaus.« Der Notarzt befestigte eine Atemmaske über dem Gesicht des Verletzten, verband sie mit einem Handbeutel und startete die Beatmung.

»Warten Sie auf die Polizei. Der Mann hat versucht, jemanden umzubringen und ist unter ständiger Bewachung zu halten.«

Genervt blickte ihn der Arzt an. »Momentan ist er sicher keine Gefahr.«

»Das ist mir völlig egal.« Glücklicherweise musste er nicht weiter diskutieren, weil in diesem Moment zwei Polizisten den Raum betraten. Chris erklärte ihnen mit kurzen Worten die Situation, woraufhin einer der Beamten begann, den Verbrecher auf Waffen und Papiere zu untersuchen. Als er am Körper nichts fand, hob er die Pistole und das Messer vom Boden auf und tütete beides ein.

»Sonst hat er nichts bei sich. Kommt mir wie ein Profi vor.«

»Kyla sagte, er hat amerikanisches Englisch gesprochen.«

Das brachte ihm ein Stirnrunzeln ein. Während einer der Sanitäter Kylas Halsverletzung versorgte, befragte der Polizist sie und Chris übersetzte, wenn Verständigungsschwierigkeiten auftraten. Nachdem der Verbrecher auf einer Trage abtransportiert worden war, beendete Kyla ihre Aussage.

»Da hatten Sie wirklich Glück, Ms Mosley.«

Chris sah, wie sich ihre Augen verengten, noch bevor er die Bemerkung des Polizisten übersetzt hatte. Interessant. Doch sie sagte nichts und sah ihn erwartungsvoll an. Chris hatte Mühe, sein Grinsen zu unterdrücken. »Kommissar Berthold meint, dass du Glück hattest, dem Verbrecher zu entkommen.«

»Sag ihm bitte, dass das rein gar nichts mit Glück zu tun hatte, sondern mit meiner Ausbildung als SWAT.«

Innerlich lachend übersetzte er für den Polizisten, der sofort rot anlief und sich entschuldigte.

Kylas Gesichtszüge wurden weicher und sie lächelte Berthold an. »Mir tut es auch leid. Sie haben recht, es war auch Glück dabei, denn der Mistkerl ist ein Profi und war bewaffnet.«

Damit hatte sie den Polizisten eindeutig überrascht. Und Chris auch, wenn er ehrlich war. Aber auch auf ihrer Odyssee durch Afghanistan hatte es Momente gegeben, in denen sie von ihrer normalerweise etwas schroffen Art abgewichen war. Sie hatten es ihm noch mehr erschwert, Kyla im Ungewissen über ihr Schicksal zu lassen.

Chris gab sich einen Ruck. »War das jetzt alles, Kommissar Berthold?«

»Ja, ich denke schon. Wenn möglich, möchte ich Sie bitten, morgen zum Revier zu kommen und Ihre Aussage zu unterschreiben.«

»Ich weiß nicht, ob Ms Mosley dann noch hier sein wird, sie wollte eigentlich gleich morgen zurück in die USA fliegen. Falls es nicht klappt, schicken Sie ihr einfach eine Kopie nach San Diego. Ihre Adresse haben Sie ja.«

Es war offensichtlich, dass das dem Polizisten nicht gefiel, aber schließlich nickte er. »Werden die USA ein Auslieferungsgesuch für den Verbrecher stellen, wenn wir ihn hier für den Angriff auf sie angeklagt haben?«

Chris übersetzte für Kyla, die mit den Schultern zuckte und das Gesicht verzog. »Au, verdammt. Ich weiß es nicht, dazu müssten wir erst seine Identität kennen und wissen, ob er in den USA gesucht wird.« Sie rieb über ihre Schläfe. »Im Moment bin ich auch zu müde, um darüber nachzudenken.«

Berthold verstand den Wink und reichte ihr die Hand. »Ich

hoffe, Ihr restlicher Aufenthalt in Deutschland ist angenehmer. Wenn Ihnen noch etwas einfällt, melden Sie sich bei mir.«

Nach einer weiteren Übersetzung schob Chris den Polizisten beinahe zur Tür hinaus. Als er sie endlich hinter ihm geschlossen hatte, lehnte er sich dagegen und blickte Kyla forschend an. »Soll ich dir helfen, deine Sachen zu packen?«

Ihre Augenbrauen hoben sich. »Da ist nicht viel zu packen.« Sie deutete zum Koffer. »Ist das deine sehr durchschaubare Methode, mir zu sagen, dass du mich woanders hinbringst?«

»Ich dachte, das wäre klar. Oder willst du in diesem Zimmer bleiben?«

Ein Beben lief durch ihren Körper und sie rieb mit den Händen über ihre nackten Arme. »Nicht unbedingt. Hast du eine andere Idee?«

»Ja.« Er ging zum Koffer und holte einen warmen Pulli mit weitem Ausschnitt heraus.

»Bitte, bedien dich doch.« Der Sarkasmus in ihrer Stimme war nicht zu überhören.

Chris ging auf sie zu und blieb dicht vor ihr stehen. »Halt den Mund, Kyla.«

Sie riss die Augen auf. »Du …«

Er zog vorsichtig den Pullover über ihren Kopf und schnitt ihren Protest damit wirkungsvoll ab. Als er sicher war, dass ihre Wunde nicht belastet wurde, half er ihr dabei, die Hände durch die Ärmel zu schieben. Als sie den Mund erneut öffnete, beugte er sich vor und presste seine Lippen auf ihre. Sofort spürte er wieder die Verbindung zwischen ihnen, die ihn schon in Afghanistan in Gewissensbisse gestürzt und schließlich dazu geführt hatte, dass er seine Undercovermission gefährdet hatte. Aber diesmal gab es keine Terroristen, die hinter ihnen her waren, und ihre Verletzung war nur oberflächlicher Natur.

Es dauerte nicht lange, bis ihre Lippen sich öffneten und sie den Kuss vertiefte. Ihre Hand grub sich in seinen Pullover, und sie zog ihn näher zu sich heran. Einen langen Moment genoss er die Gefühle, die ihn durchströmten, dann löste er sich von ihr und trat bedauernd zurück. Mit zitternden Fingern strich er eine Haarsträhne zurück, die ihr in die Stirn gefallen war. In ihren grünen Augen konnte er Verlangen entdecken, das rasch in Verwirrung umschlug.

Er legte seinen Finger auf ihre Lippen, als sie etwas sagen wollte. »So ungern ich das auch beende, ich denke, wir sollten von hier verschwinden, solange wir nicht wissen, ob dein Angreifer wirklich alleine war.«

Kyla räusperte sich. »Ja, natürlich. Chris …«

Zu gern wüsste er, was sie sagen wollte, aber dafür war jetzt nicht die Zeit. »Später, okay?« Ah, da war es wieder, das vertraute wütende Funkeln in ihren Augen. Er hatte den Impuls, es wegzuküssen, doch er konnte sich gerade noch zurückhalten. Jetzt war es wirklich notwendig, dass sie von hier verschwanden und sich einen sicheren Ort für die Nacht suchten. »Lass uns gehen.«

Während Kyla ihre Kosmetikartikel in eine kleine Tasche warf und diese in ihren Koffer stopfte, trat Chris zum Fenster, schob den schweren Vorhang ein Stück beiseite und blickte auf die Straße hinaus. Von hier aus konnte er nichts Verdächtiges sehen, aber es war sicherer, den Hinterausgang zu benutzen. Sollte der Verbrecher einen Komplizen haben, würde der inzwischen sicher gemerkt haben, dass etwas nicht stimmte, nachdem Polizei und Krankenwagen vorgefahren waren.

»Ich bin fertig.«

Chris drehte sich zu Kyla um, die inzwischen eine Jacke angezogen hatte und mit dem Koffer und einer Aktentasche in der Hand neben der Tür stand. Ihr Blick war auf den Boden gerichtet, auf dem immer noch die Blutflecken von ihrer Wunde zu sehen waren. Ihr Gesicht war unnatürlich blass, und sie schien am Ende ihrer Kräfte zu sein. Nicht, dass sie das jemals zugeben würde. Rasch ging er zu ihr und nahm ihr den Koffer aus der Hand. Er konnte ihr ansehen, dass sie dagegen protestieren wollte, es dann aber ließ. Gut, er hatte keine Lust, um solche Nichtigkeiten mit ihr zu kämpfen. Im Moment hatten sie andere Probleme.

Nach einem Blick durch den Spion öffnete er die Tür und trat in den Gang hinaus. Erst nachdem er beide Richtungen überprüft hatte, gab er Kyla ein Zeichen und führte sie rasch den Flur entlang zum Treppenhaus. Wenn jemand auf sie wartete, würde er bestimmt den Fahrstuhl im Blick haben, deshalb war es sicherer, die Treppen zu nehmen. Eine Hand hielt er dabei die ganze Zeit an der Waffe. Kyla folgte ihm ohne zu zögern und ohne einen Laut. Die Bewegung musste an ihrer Wunde zerren, aber sie bat nicht darum, dass er langsamer ging. Auch das erinnerte ihn an Afghanistan, wo sie ihm durch die Wildnis gefolgt war, ohne sich zu beklagen – und ohne etwas zu sagen zusammengebrochen war.

Rasch drehte er sich um und atmete auf, als sie ihn fragend ansah. »Diesmal sag Bescheid, wenn du nicht mehr kannst.«

Ihre Lippen pressten sich zusammen. »Es ist nur ein Kratzer, warum sollte ich nicht mithalten können?«

Wohlweislich antwortete er darauf nicht. Er wusste nicht, woher es kam, aber Kyla schien sich und allen anderen bei jeder Gelegenheit beweisen zu müssen, dass sie alles alleine schaffte. Glücklicherweise mochte er starke Frauen, die ihren eigenen Kopf hatten, sonst würde es auf Dauer ziemlich anstrengend werden. Kopfschüttelnd wandte er sich wieder um und ging weiter. Auch wenn ihre Beziehung nicht so gut begonnen hatte, hoffte er doch, dass sie lernte, ihm zu vertrauen. Denn das war in ihrer derzeitigen Situation vielleicht lebensnotwendig.

Eilig suchten sie sich einen Weg durch die Küche des Hotels, die um diese Uhrzeit voll von Menschen war, und schlüpften aus der Hintertür, die über einen kleinen Weg zum Parkplatz führte. Zielstrebig ging Chris zu einem Spalt im Zaun und bedeutete Kyla hindurchzuklettern, bevor er ihr folgte. Glücklicherweise hatte er seinen Wagen in einer Seitenstraße ein kleines Stück entfernt geparkt, sonst hätten sie sich jetzt ein anderes Fortbewegungsmittel suchen müssen. Er wäre das Risiko nicht eingegangen, dass vielleicht jemand am Auto auf sie wartete oder es manipuliert hatte. Heute Abend konnten sie es noch nutzen, aber spätestens morgen würde er sich etwas anderes überlegen müssen.

Als sie auf den breiteren Gehweg hinaustraten, verlangsamte er seinen Schritt, damit Kyla neben ihm gehen konnte. Er legte seinen Arm um ihre Taille und spürte, wie sie sich versteifte. »Das soll keine Anmache sein, es würde nur auffallen, wenn wir wie zwei Fremde nebeneinanderher hetzen würden.« Okay, das war nur ein Teil der Wahrheit. Er wollte sie auch ein wenig stützen, falls sie durch die Erlebnisse doch angeschlagener war, als sie zugab. Außerdem war es eine gute Gelegenheit, ihr nah zu sein.

Kylas Seitenblick zeigte ihm, dass sie seine Absichten genau durchschaut hatte, aber anstatt sich von ihm zu lösen oder eine spitze Bemerkung zu machen, entspannte sich ihr Körper wieder und schien sich regelrecht an ihn zu schmiegen. Es fühlte sich so gut an, dass er Mühe hatte, sich auf die Umgebung zu konzentrieren. Bisher war ihnen noch niemand begegnet, und er atmete ein wenig auf. Sollte der Angreifer einen Komplizen gehabt haben, schien der zumindest nicht gemerkt zu haben, dass sie nicht mehr im Hotel waren.

Sie waren noch einige Meter von seinem Auto entfernt, als ein Geländewagen in die Straße einbog und in hohem Tempo in ihre Richtung fuhr. Es blieb keine Zeit mehr, sich zu verstecken oder in Sicherheit zu bringen. Instinktiv zog er Kyla an sich und drehte sich so, dass er sie mit seinem Körper verdeckte und gleichzeitig als Schutzschild diente, sollte jemand anfangen zu schießen. Um es echt aussehen zu lassen, senkte er seinen Kopf und presste seinen Mund auf ihren, während er aus den Augenwinkeln die Straße beobachtete. Es war kein echter Kuss, aber das Gefühl ihrer weichen Lippen an seinen ließ ihn wünschen, er wäre es.

Kylas Augen waren offen und sie blickte ihn direkt an. Durch das schwache Licht der Straßenlampen konnte er ihren Gesichtsausdruck nicht erkennen, aber da sie sich nicht gegen seine Umarmung wehrte, schien sie den Ernst der Lage erkannt zu haben. Der Motor des Geländewagens heulte auf, und Chris spannte seine Muskeln an, um sie im Notfall aus der Schusslinie zu bringen. Dann brauste der Wagen vorbei und verschwand mit quietschenden Reifen um die Kurve. Da niemand auf sie geschossen hatte, ging er davon an, dass es sich nur um einen Idioten handelte, der die abendlichen Straßen als Rennbahn nutzte.

Mit einem ungeduldigen Laut löste Kyla sich von ihm, und er ließ sie bedauernd los. »Ich denke, wir können jetzt weitergehen, oder?«

Wärme stieg in seine Wangen. »Entschuldige. Ich wollte nur sichergehen, dass niemand mehr in der Nähe ist.«

Kylas ungläubiger Laut war nicht zu überhören, aber als er sie vorsichtig von der Seite anblickte, umspielte ein Lächeln ihre Lippen. In diesem Moment musste er die Hände zu Fäusten ballen, um sie nicht wieder an sich zu reißen und sie zu küssen – diesmal richtig. Glücklicherweise kamen sie gleich darauf bei seinem Auto an und er konnte sich damit ablenken, ihn auf Manipulationen oder ungebetene Gäste zu untersuchen, auch wenn er es immer noch für unwahrscheinlich hielt, dass jemand sich daran zu schaffen gemacht hatte. Schließlich öffnete er die

Beifahrertür und ließ Kyla einsteigen, bevor er um den Wagen herum ging.

Erst als sie im Auto saßen, sprach Kyla wieder. »Und was jetzt?«

»Wir werden die Nacht an einem sicheren Ort verbringen, und morgen bringe ich dich dann zum Flughafen.«

Es sah aus, als wollte sie etwas dagegen einwenden, aber schließlich nickte sie nur. »Danke für deine Hilfe.«

Ernst blickte er sie an. »Ich hätte mir einen schöneren Grund für unser Wiedersehen gewünscht.« Zum Beispiel seine Reise nach Kalifornien, die er schon fest eingeplant gehabt hatte. Allerdings hätte er sich wohl nur von Weitem davon überzeugt, dass es Kyla gut ging und sich ihr nicht zu erkennen gegeben. Chris startete den Motor und legte den ersten Gang ein.

Kylas Fingerspitzen berührten für einen winzigen Moment seine Hand. »Ich mir auch.« Der seltene Moment verging sofort wieder. »Aber im Gegensatz zu dir hatte ich keine Möglichkeit dazu, weil ich nicht wusste, wer und wo du warst.«

Chris unterdrückte ein Stöhnen. »Reicht es, wenn ich mich einmal ganz offiziell und in aller Form dafür entschuldige, oder wirst du mir das jedes Mal wieder vorwerfen?«

Sie drehte sich im Sitz zu ihm um und betrachtete ihn mit ihren grünen Augen. »Das kommt darauf an, ob du es ernst meinst. Tut es dir wirklich leid oder willst du nur, dass ich still bin?«

Vermutlich sollte er lügen, aber er brachte es nicht über sich. »Beides.«

Zu seiner Überraschung begann Kyla zu lachen. Fasziniert beobachtete er, wie sich ihr Gesicht dadurch veränderte, weicher wirkte. Schließlich wischte sie über ihre Augen und lächelte ihn an. »Danke für die ehrliche Antwort. Alles andere hätte ich dir sowieso nicht geglaubt.« Ein Grübchen bildete sich in ihrer Wange. »Und ich werde es dir sicher noch einige Male vorwerfen, bis ich der Meinung bin, dass du genug gelitten hast.« Ihr Lächeln erlosch. »Oder bis ich wieder in den USA bin, was immer davon eher geschieht.«

Chris nickte ihr zu und fuhr los. Wenig später hielten sie vor einem unauffälligen Mietshaus, das nach der Wende renoviert worden war.

Neugierig sah Kyla sich um. »Wohnst du hier?«

»Teilweise.« Er stieg aus dem Wagen und ging um ihn herum. Als er auf der Beifahrerseite ankam, hatte Kyla bereits die Tür geöffnet und schwang die Beine heraus.

Sie ignorierte seine Hand, als sie ausstieg. »Was für eine mysteriöse Aussage. Lernt ihr das in eurer Ausbildung als Agenten?«

Chris konnte nicht anders, er grinste sie an. »Das und noch vieles andere. Bist du beeindruckt?«

»Haha.« Trotz des sarkastischen Untertons konnte er am Zucken ihrer Mundwinkel erkennen, dass sie den Schlagabtausch genauso genoss wie er. »Bekomme ich noch eine richtige Erklärung oder willst du mich im Dunkeln lassen?« Sie nahm ihre Aktentasche von der Rückbank und blickte ihn fragend an.

Chris holte den Koffer aus dem Kofferraum, legte seine Hand auf Kylas Rücken und schob sie sanft in Richtung Haus. Auch wenn es hier sicher sein sollte, wollte er kein Risiko eingehen und allzu lange im Freien bleiben. »Ich habe eine offizielle Wohnung in einem anderen Stadtteil, bin dort aber nur selten.«

»Gefällt sie dir nicht?«

Er wurde ernst. »Doch, aber ich habe gelernt, dass es besser ist, vorsichtig zu sein. Zwar ist die Adresse nicht öffentlich zugänglich, aber wenn sie jemand herausbekommen will, ist es ein Kinderspiel.« Mit dem Schlüssel öffnete er die Haustür und schob sie auf. »Diese Wohnung dagegen kennt niemand und ich habe sie unter einem falschen Namen angemietet.«

Mit erhobenen Augenbrauen blickte sie ihn an. »Ist das nicht ein wenig übertrieben?«

Ein weiterer Beweis, dass Kyla noch nicht lange Agentin war.

»Nein. Ich habe in den letzten Jahren so viel gesehen und erlebt, dass diese Vorsichtsmaßnahme absolut notwendig ist.«

Ein Zittern lief durch Kylas Körper, und ihre Augen verdunkelten sich. »Das finde ich traurig.«

Chris hob die Schultern. »Ich habe mir den Job selbst ausgesucht, jetzt darf ich mich nicht beschweren.«

»Aber wie funktioniert das dann mit deinem ...?« Sie brach ab und eine leichte Röte stieg in ihre Wangen.

»Meinem was?«

Kyla wedelte mit der Hand. »Es geht mich nichts an.«

»Wenn es so ist, sage ich es dann schon. Also was wolltest du wissen?« Er blieb vor seiner Wohnungstür im zweiten Stock stehen und drehte sich zu ihr um.

Sie blickte an ihm vorbei zur Tür als sie antwortete. »Ich habe mich nur gewundert, wie das mit deinem Liebesleben funktioniert, wenn du nicht mal in deiner offiziellen Wohnung leben kannst.«

»Ganz einfach, ich habe keines.«

9

Jade versuchte, das Zittern ihrer Hände vor Hawk zu verbergen, der viel zu dicht neben ihr im Flugzeug saß. Seine Nähe machte sie unruhig, genauso wie die Vorstellung, bald wieder mit ihren ehemaligen Kollegen zu tun zu haben. Was hatte sie sich nur dabei gedacht? Als Hawk ihr von Khalawihiris Ausbruch erzählt hatte, war nur ein Gedanke in ihrem Kopf gewesen: Nach allem, was er angerichtet hatte, die Menschenleben, die er beinahe zerstört hätte, durfte er nicht frei herumlaufen. Sie krampfte ihre Hand um die Armlehne, um sich nicht nervös durch ihre Haare zu fahren. Noch immer vergewisserte sie sich bei jeder Gelegenheit, dass sie keine Glatze mehr hatte. Inzwischen waren ihre Haare sogar etwas länger als vor ihrer Gefangennahme, um damit die Narben auf ihrem Kopf verdecken zu können.

Hawk blickte sie fragend an, aber Jade reagierte nicht darauf. Sie hasste es, ihn immer wieder zu enttäuschen. Seit sie befreit worden war, hatte er sich liebevoll um sie gekümmert und versucht, ihr das Leben leichter zu machen. Warum er sich noch immer um sie bemühte, nachdem sie ihn so oft abgewiesen hatte, war ihr ein Rätsel. Zwar waren sie vor ihrer Abreise nach Afghanistan ein Paar gewesen, doch erst ein paar Wochen. Auf keinen Fall lange genug, um derart tiefe Gefühle zu bewirken. Immer öfter dachte sie, dass es vielleicht eher sein Schuldgefühl war, das ihn dazu trieb, sich um sie zu kümmern. Es gab zwar keinen Grund dafür, sich schuldig zu fühlen, aber sie konnte ihm ansehen, dass er es trotzdem tat.

Inzwischen hatte er es sogar aufgegeben, sie berühren zu

wollen, da sie jedes Mal zurückzuckte, wenn er nur in ihre Nähe kam. Dabei wünschte sie sich in ihrem Innern nichts mehr, als in den Arm genommen zu werden und einfach alles vergessen zu können. Doch das war nicht möglich. In ihren Albträumen erlebte sie jede Nacht wieder, wie Mogadirs Männer sie verletzt und gedemütigt hatten. Wie eine unendliche Schleife spielte es sich in ihrem Kopf ab, und sie wusste nicht, ob sie jemals darüber hinwegkommen würde und wieder eine normale Beziehung führen konnte. Deshalb versuchte sie, Hawk von sich zu stoßen, damit wenigstens er glücklich werden konnte. Auch wenn es mehr schmerzte als alles andere.

»Wir sind bald da. Ich habe einen Mietwagen für uns reserviert und ein Motelzimmer in Dumfries.« Er blickte auf die Uhr. »Ich denke, es ist besser, wenn wir erst morgen nach Quantico fahren.«

»*Ein* Zimmer?«

Hawks Mundwinkel kräuselte sich. »Genau genommen eine Suite mit zwei Schlafzimmern. Ich halte es für besser, zusammenzubleiben, solange Khalawihiri auf freiem Fuß ist und die Gegend unsicher macht.«

Jade nickte zustimmend. Vermutlich würde sie sich wirklich sicherer fühlen, wenn Hawk in der Nähe war, aber sie wollte nicht, dass er ihre Albträume mitbekam. Also würde sie wohl auf ihren Schlaf verzichten, was kein Problem sein sollte. »Wenn es noch nicht zu spät ist, wenn wir ankommen, möchte ich noch weiter nach Quantico fahren. Jede Minute zählt.«

Hawk blickte sie einen Moment stumm an. »Wir werden sehen, wann wir ankommen.«

Es war klar, dass er versuchen würde, sie möglichst aus den Ermittlungen herauszuhalten, aber das konnte sie nicht zulassen. Die Ergreifung Khalawihiris war zu wichtig, sowohl für das Land als auch für sie persönlich.

Es dauerte scheinbar unendlich lange, bis sie gelandet waren, ihr Gepäck bekommen hatten und dann endlich im Mietwagen saßen. Glücklicherweise hatte Hawk einen großen Geländewagen genommen, in dem Jade sich nicht so eingesperrt vorkam. Seit ihrer Gefangenschaft hatte sie ein Problem mit engen Räumen. Und mit Schlangen, Skorpionen, Messern, Wasser und allen möglichen anderen Dingen. Kurz gesagt: Sie war ein Wrack. Es war ein Wunder, dass Hawk sich überhaupt noch um sie bemühte. Er hatte sicher die Berichte der Ärzte und Psychiater gelesen und wusste genau, was ihr alles angetan worden war. Ein Schauer lief durch ihren Körper.

Sofort drehte Hawk die Heizung hoch. »Ist dir kalt?«

»Ein wenig. Ich bin wohl zu sehr an das kalifornische Wetter gewöhnt.«

Hawk lächelte sie an. »Nicht nur du.«

Jetzt im Spätherbst setzte bereits die Dämmerung ein, in einer halben Stunde würde es schon dunkel sein. Angespannt rutschte Jade auf ihrem Sitz herum und blickte auf die sie umgebenden Bäume. »Glaubst du, er ist überhaupt noch hier?«

Hawks Hände schlossen sich fester um das Lenkrad. »Ich weiß es nicht. Einerseits ist er zu Fuß unterwegs – jedenfalls gehen wir davon aus, da kein Auto in unmittelbarer Nähe als gestohlen gemeldet wurde – und wird durch die Kälte und Witterung behindert, andererseits wissen wir nichts über ihn. Es kann sein, dass er ein Survivalspezialist ist und ihm das alles nichts ausmacht. Vermutlich kennt er aus Afghanistan viel extremere Wetterlagen.«

»Ich verstehe nicht, warum bisher noch niemand etwas über ihn herausgefunden hat. Es wirkt so, als hätte er gar nicht existiert, bevor er in Afghanistan seine Terrorgruppe aufgebaut hat.«

Hawk nickte. »Nicht mal seine eigenen Gefolgsleute wissen etwas über ihn. Oder sie halten dicht. Auch Mogadir packt nicht aus, um sich selbst zu entlasten.«

Unwillkürlich zuckte Jade zusammen und griff in ihre Haare. Als sie merkte, was sie da tat, ließ sie ihre Hand rasch sinken. Ein vorsichtiger Blick zu Hawk zeigte, dass er ihre Reaktion gesehen hatte.

Seine grünen Augen verdunkelten sich. »Es tut mir leid, Jade. Ich hätte …«

Wütend fuhr sie dazwischen. »Was? Nie wieder in meiner Gegenwart den Namen dieses Verbrechers erwähnt?« Sie holte tief Luft. »Ich bin Agentin, Daniel, wenn ich nicht mal mehr das ertragen kann, wozu tauge ich dann noch?« Ihre Kehle zog sich zusammen und sie verstummte.

Hawk legte seine Hand auf ihre und ignorierte ihr Zusammenzucken. »Vor allem bist du ein Mensch, und du hast etwas durchgemacht, das jedem zu schaffen machen würde.«

»Dir auch?«

Er warf ihr einen ungläubigen Blick zu. »Glaubst du, ich habe auch nur eine Nacht durchgeschlafen, nachdem ihr verschwunden wart? Auch jetzt noch nicht. Du kannst sicher sein, dass meine Reaktion sich nicht von deiner unterscheiden würde, wäre ich an deiner Stelle gewesen.« Seine Finger drückten ihre. »Und ich hätte jederzeit mit dir getauscht, um dir das zu ersparen.«

Tränen stiegen in ihre Augen und sie drehte rasch das Gesicht zum Fenster, damit er es nicht sah. Jade wusste, dass er es ernst meinte, und das machte die Sache noch schlimmer.

»Jade …«

Sie entzog ihm ihre Hand. »Nicht.«

Ein tiefer Seufzer antwortete ihr. Warum gab Hawk nicht irgendwann auf? Innerlich war sie völlig gespalten. Sie wollte, dass er sie in Ruhe ließ, gleichzeitig wusste sie aber auch, dass sie zusammenbrechen würde, wenn er sich von ihr abwandte. Sie brauchte seine Stärke und seine Verlässlichkeit mehr als die

Luft zum Atmen. Es war völlig verworren, und sie verstand sich selbst manchmal nicht.

Hawks Stimme war leise, als er schließlich sprach. »Ich möchte dir helfen, Jade, aber das kann ich nicht, wenn du mich nicht lässt.«

Mit Mühe drehte sie sich zu ihm um und sah, dass auch seine Augen feucht glänzten. »Danke. Es … hilft mir, wenn ich weiß, dass du immer für mich da bist.«

»Dann werde ich da sein, solange du mich brauchst.«

Und danach? Doch sie stellte die Frage nicht laut, denn sie hatte kein Anrecht darauf, nachdem sie ihn so lange hingehalten hatte. Ob er inzwischen eine neue Freundin hatte? Sie wagte es nicht, ihn danach zu fragen oder einen der anderen TURT/LEs oder SEALs auszuhorchen, die sich regelmäßig bei ihr meldeten. Während sie zusammen waren, hatte sie Hawk als sehr körperlich kennengelernt, sowohl beim Sex als auch in allen anderen Situationen. Er hatte sie ständig berührt, und sie hatte es genossen. Wie sollte er ohne jeden Körperkontakt leben können? Denn von ihr bekam er ihn nicht. Der Gedanke sandte einen stechenden Schmerz durch ihr Herz.

Vor der Gefangenschaft und den Folterungen war sie eine starke, unabhängige Frau gewesen, sie musste unbedingt zu ihr zurückfinden, wenn sie jemals wieder glücklich sein wollte – und einem Mann eine vollwertige Partnerin. Ihr Hass auf Mogadir wuchs ins Unermessliche. Er hatte ihr all das genommen. Wenn sie ihn jemals in die Finger bekam, würde sie dafür sorgen, dass er bereute, sie berührt zu haben. Aber im Moment würde sie sich auf Khalawihiri konzentrieren, denn trotz ihrer persönlichen Erfahrungen wusste sie, dass er der gefährlichere der beiden Verbrecher war.

Erleichtert atmete sie auf, als sie beim Motel ankamen und sie sich für einen Moment in ihr Zimmer zurückziehen konnte.

Jade stellte sich vor den Spiegel und stützte sich mit beiden Händen an der Wand ab. Die schwarzen Haare lockten sich um ihr blasses Gesicht und hoben ihre blauen Augen hervor, die von dunklen Schatten umgeben waren. Mehrere dünne Linien zogen sich über ihr Gesicht, wo Mogadirs Schergen sie mit Messern verletzt hatten. Die Narben verunstalteten sie nicht, aber sie würden Jade ihr ganzes Leben lang an die Tortur erinnern. Nicht, dass die vier Tage und Nächte nicht sowieso in ihr Gedächtnis eingebrannt waren.

Unter ihrer Kleidung befanden sich noch wesentlich mehr Narben, ein Grund dafür, dass sie sich nicht mehr nackt betrachten mochte. Was würde Hawk wohl sagen, wenn er sie so sah? Wahrscheinlich würde er ihr versichern, dass sie für ihn immer noch schön war und ihm der Anblick nichts ausmachte. Aber das wäre gelogen – er würde sie jedes Mal als Opfer sehen, und das wollte sie nicht.

Mit einem ungeduldigen Laut fuhr sie mit der Bürste durch ihre Locken, bis sie halbwegs ordentlich wirkten. Anschließend trug sie eine dünne Schicht Make-up auf, damit sowohl die Narben als auch die Augenringe weniger hervorstachen. Zu Hause benutzte sie gar keine Schminke, aber in Gegenwart ihrer ehemaligen FBI-Kollegen wollte sie so professionell wie möglich wirken. Auch wenn sich vermutlich sowieso herumgesprochen hatte, was ihr zugestoßen war. Ein Zittern lief durch ihren Körper, aber sie weigerte sich, der Schwäche nachzugeben. Sie würde kühl und gefasst auftreten, egal was auch passierte. Das war sie dem getöteten Agenten, Hawk und auch sich selbst schuldig.

Als sie nach einem letzten kritischen Blick in den Spiegel ihr Zimmer verließ, wartete Hawk bereits im Wohnbereich auf sie. Er blickte auf, und für einen Moment meinte sie einen Hauch von Leidenschaft in seinen Augen zu erkennen, bevor er sich wieder der Mappe zuwandte, die er in der Hand hielt.

Zögernd trat Jade auf ihn zu, überzeugt, sich getäuscht zu haben. »Was ist das?«

»Der vorläufige Bericht, ich hatte darum gebeten, dass er hier zum Hotel gebracht wird, damit er uns gleich vorliegt, wenn wir ankommen.«

Zaghaft ließ sie sich neben ihm auf das Sofa sinken. »Irgendwelche neuen Erkenntnisse?«

»Anscheinend waren die beiden Toten im Gefängnis ehemalige Häftlinge, die sich dort gut auskannten. Wie es aussieht, haben sie entweder versucht, Khalawihiri herauszuholen oder ihn zu töten. Eine in der Zelle gefundene Ampulle mit einem kaum nachzuweisenden Gift deutet auf Letzteres hin.«

»Also hat er sich gewehrt, sie ausgeschaltet und ist dann auf dem Weg geflohen, den die beiden eigentlich nach der Tat als Fluchtweg nutzen wollten?«

Hawk nickte. »Das ist auch der Verdacht der Ermittler. Sie haben allerdings immer noch nicht herausgefunden, wer ihnen im Gefängnis geholfen hat. Denn irgendwer muss die Kameras manipuliert und den beiden Eindringlingen einen Ausweis besorgt haben.«

»Die Toten waren also ehemalige Soldaten, richtig? Glaubst du, sie haben auf eigene Faust gehandelt? Was hätten sie davon?«

Hawk legte die Mappe beiseite und rieb sein Kinn. »Das ist die große Frage. Für mich sieht es eher wie ein Auftrag aus, allerdings habe ich keine Ahnung, von wem.«

Irgendjemand wollte Khalawihiri also loswerden, doch warum? Um ihn zum Schweigen zu bringen? Da sie hier keine Antworten auf ihre Fragen erhalten würde, stand sie auf. »Fahren wir.«

Es war schwerer als erwartet, aus dem abgesicherten Gebiet zu entkommen. Überall schien er auf Patrouillen zu stoßen, die dazu noch wesentlich besser ausgerüstet waren als er selbst. Nicht nur, dass sie passend gekleidet waren und Verpflegung dabeihatten, nachts trugen sie Nachtsichtgläser und hatten damit einen entscheidenden Vorteil. Khalawihiri war sich fast sicher, dass sie auch Wärmebildkameras von Hubschraubern aus einsetzten, und es wurde immer schwieriger, sich rechtzeitig wieder unsichtbar zu machen. Was meist dadurch gelang, dass er sich in der Nähe der Suchmannschaften aufhielt. Doch das war ein gefährliches Spiel, das er nicht mehr lange durchhalten würde. Schon jetzt spürte er, dass die Kraft ihn verließ, zudem hatte er sich eine Erkältung eingefangen. Er wünschte, er hätte ein Auto, aber hier mitten im Wald stand dummerweise keines, das er stehlen konnte.

Ein Zittern lief durch seinen Körper, und er zog die Schultern hoch, um die Wärme zu konservieren. Leider war heute die Novembersonne viel zu schwach gewesen, um ihn zu wärmen, und inzwischen sah es verdächtig nach Regen aus. Das würde zwar seine Abdrücke verwischen, aber dafür auch seine neuen Spuren danach noch deutlicher zeigen. Khalawihiri unterdrückte im letzten Moment ein Niesen und wickelte sich enger in die gestohlene Jacke. Der Geruch von getrocknetem Blut stieg in seine Nase. Er hatte sicher keinen Spaß daran, die Kleidung eines Menschen zu tragen, den er getötet hatte, aber im Krieg war alles erlaubt. Und er befand sich eindeutig im Krieg, seit diese Mistkerle sein gut laufendes Geschäft gestört hatten.

Im Gefängnis hatte er unendlich viel Zeit gehabt, sich auszudenken, wie er sich bei ihnen dafür rächen würde. Nur musste er dafür erst einmal aus dieser elenden Gegend verschwinden. Khalawihiri rieb über sein Kinn, das Gefühl der glatten Haut war ungewohnt, nachdem er jahrelang einen Bart getragen hatte. Mit dem konfiszierten Messer hatte er sich rasiert, damit er nicht mehr so leicht zu erkennen war. In einem passenden Moment würde er sich einfach unter die Leute mischen und unauffindbar verschwinden.

Langsam stemmte er sich wieder in die Höhe und lauschte. Es war niemand in der Nähe, und das musste er ausnutzen, um endlich ein wenig weiterzukommen. Das Gebiet war riesig und seine Zeit lief langsam ab. Er würde sich heute Nacht ein Fahrzeug besorgen müssen, sonst würde er nie bis nach Washington kommen. Jeder Schritt durch das dichte Unterholz machte ihm wieder bewusst, warum er Städte vorzog. In Afghanistan hatte er sich zwar an die unwirtliche Natur gewöhnt, aber gemocht hatte er sie nie. Sie war nur ein Mittel zum Zweck gewesen. Sowie er genug Geld angespart hätte, wäre er sofort in die Zivilisation zurückgekehrt. Sein Ziel war beinahe erreicht gewesen, der Anschlag auf die Wolesi Jirga hätte sein Meisterstück werden sollen. Er hatte nur den Fehler begangen, den Warlord Mogadir für seine Zwecke einzuspannen. Davor war er ihm als zuverlässiger Verbündeter erschienen, doch er hatte sich offensichtlich getäuscht.

Wut strömte durch seine Adern. Wenn er in Sicherheit war, würde er sich daranmachen, Mogadirs Aufenthaltsort herauszufinden – vermutlich ein weiteres Militärgefängnis – und sich darum kümmern, dass er für immer schwieg. Und wenn er schon mal dabei war, würde er auch dafür sorgen, dass Hamid, von dem er geglaubt hatte, dass er ihm treu ergeben war, seinen Verrat bereute. Wie hatte ihm entgehen können, dass er mit den Deutschen zusammenarbeitete? Doch Hamid hatte vorher nie etwas getan, das Khalawihiri misstrauisch gemacht hätte. Und er war schon von Berufs wegen extrem argwöhnisch und überprüfte jeden Mann auf Herz und Nieren, bevor er ihn in seine Geschäfte einweihte. Hamid hatte nie auch nur einen Funken von Verdacht in ihm erweckt. Bis er plötzlich tagelang verschwunden war.

Hamid hatte nicht nur seine Aufgabe nicht erledigt, ihm eine der beiden amerikanischen Agentinnen zu bringen, sondern auch noch die Amerikaner im deutschen Camp gewarnt, dass sie in eine Falle liefen. Ohne seinen Verrat hätte Khalawihiri die meisten amerikanischen SEALs getötet, einen oder zwei ausgefragt und dann für viel Lösegeld freigelassen oder an die Terroristen weiterverkauft. Stattdessen war er selbst beinahe umgekommen, und seine Männer waren verhaftet worden. Und dafür würde Hamid büßen.

Glücklicherweise hatte Khalawihiri vorher sein Geld bereits auf ein sicheres Konto überwiesen, auf das er Zugriff haben würde, sowie er in Washington war. Danach konnte er seinen Rachefeldzug starten. Dieses Ziel gab ihm die Kraft weiterzukämpfen, auch wenn er sich noch so elend fühlte. Er war so in seine Gedanken vertieft, dass er beinahe zu spät die beiden Männer bemerkte, die nur wenige Meter vor ihm auf einem Baumstamm saßen.

»Die Marines sind zu blöd, ihre Gefangenen zu bewachen, und wir dürfen den Mist ausbaden. Ich habe mir mein Wochenende echt anders vorgestellt.« Der Mann mit der knurrigen Stimme war sicher bereits fünfzig und trug wetterfeste Zivilkleidung, die sich über seinem Bauch spannte.

Vermutlich war das einer der FBI-Agenten, die zur Suche abkommandiert worden waren. Khalawihiris Kopf schnellte hoch, als eine Frauenstimme antwortete.

»Hör auf zu jammern, Bob. Hoff lieber, dass wir den Verbrecher fassen, bevor er noch mehr Schaden anrichten kann.« Den Gefallen konnte er ihr leider nicht tun. Er wollte sich gerade zurückziehen, als sie weiterredete. »Bist du jetzt endlich fertig mit der Zigarette, damit wir weiterfahren können? Wir werden nicht dafür bezahlt, dass wir hier rumsitzen.«

Weiterfahren? Dann hatten sie einen Wagen in der Nähe? Lautlos erhob er sich und verschmolz mit den Bäumen. Er könnte ihn selbst suchen, aber es war einfacher, sich von den beiden

114

hinführen zu lassen. Es war nicht schwer, ihnen zu folgen, bei dem Lärm, den sie veranstalteten. Wer war auf die Idee gekommen, die beiden einzusetzen? Sie hatten eindeutig nie gelernt, sich geräuschlos zu bewegen. Oder sie hielten es nicht für nötig, weil sie davon ausgingen, dass er nicht mehr in der Nähe war. Eindeutig eine Fehlkalkulation, die sie teuer zu stehen kommen würde. Aber sein Mitleid hielt sich in Grenzen. Vermutlich hätte er sie gehen lassen, wenn sie kein Fahrzeug gehabt hätten, aber so musste er dafür sorgen, dass sie ihn nicht meldeten und er die Chance hatte, mit dem Wagen zu entkommen.

Lautlos folgte er ihnen und atmete auf, als er kurz darauf nicht nur einen Geländewagen, sondern auch eine Schotterstraße sah. Ein Schauer lief durch seinen Körper, er konnte die Wärme der Wagenheizung schon beinahe spüren.

»Steig schon ein, ich gehe noch schnell hinter einen Baum.« Der Mann warf seiner Kollegin den Schlüssel zu und verschwand wieder im Unterholz. Eine Falle? Um kein Risiko einzugehen, folgte Khalawihiri dem Agenten und verzog das Gesicht, als dieser tatsächlich den Reißverschluss seiner Hose herunterzog. Khalawihiri wartete, bis Bob beide Hände voll hatte, bevor er lautlos hinter ihn trat und ihm die Kehle durchschnitt. Ein gurgelnder Laut entfuhr dem Agenten, dann kippte er um.

Vermutlich sollte es ihm leidtun, den Mann mit aus der Hose hängendem Penis liegen zu lassen, aber es war seine eigene Schuld, wenn er nicht darauf achtete, was um ihn herum vorging. Khalawihiri wischte das Messer an der Hose des Toten ab und steckte es wieder in seine Jackentasche. Die Agentin würde schwieriger zu überwältigen sein. Sie kam ihm etwas aufmerksamer vor, und vor allem würde sie inzwischen im Wagen sitzen. Also musste er sich heranschleichen und sie überraschen. Eilig kehrte er zum Wagen zurück und kroch durch das Gebüsch, bis er sich direkt hinter dem Auto befand. Da sie auf der Fahrerseite saß, bewegte er sich an der Beifahrerseite entlang, bemüht, nicht ein Blatt zum Wackeln zu bringen. Die Vorderseite des Wagens stand zur Schotterstraße hin und war damit völlig frei.

So tief geduckt wie möglich kroch er daran vorbei, bis er neben der Fahrertür hockte. Khalawihiri duckte sich tiefer, als der Motor ansprang und das Fenster heruntersirrte. Sein Atem stockte. Wenn sie ihn jetzt entdeckte …

»Bob, nun komm endlich! Das kann ja wohl echt nicht so lange dauern!«

Khalawihiri wartete, bis sie das Fenster wieder hochfuhr, bevor er die Tür aufriss.

»Verdammt, musst du mich so erschrecken? Ich fahre …« Ihre Augen weiteten sich, als sie sah, dass nicht ihr Partner vor ihr stand, sondern ein Fremder.

Es dauerte einen Moment, bis sie reagierte und ihre Hand zu ihrer Waffe zuckte. Doch es war schon zu spät. Khalawihiri stieß blitzschnell zu, zog dann behutsam das Messer wieder aus ihrer Brust und fing sie auf, als sie ihm entgegenkippte. Er legte sie auf die Erde neben den Wagen und stieg ein. Sofort sickerte Wärme durch seine Kleidung, und er stöhnte genüsslich auf. Doch die Zeit drängte, er musste hier so schnell wie möglich weg. Irgendwann würde jemand die beiden Agenten vermissen und sich auf die Suche nach ihnen begeben. Je nachdem ob ihr Aufenthaltsort bekannt und ob jemand in der Nähe war, blieben ihm vielleicht nur ein paar Minuten, um seine Flucht sicherzustellen.

Khalawihiri trat auf das Gaspedal und ließ die beiden Toten in einer Staubwolke hinter sich. Um sich zu orientieren, schaltete er das Navigationsgerät ein und prägte sich den Weg ein, bevor er das Gerät aus der Verankerung riss und aus dem Fenster warf, damit ihn niemand darüber orten konnte. Während er eine Hand am Lenkrad behielt, durchwühlte er mit der anderen die Konsole und das Handschuhfach. Erleichtert, dass er keine Handys oder anderen Geräte mit GPS-Empfänger fand, lehnte er sich im Sitz zurück. Wenn er Glück hatte, konnte er mit diesem Wagen ein gutes Stück des Weges zurücklegen, bevor er ihn gegen einen anderen austauschte.

10

Unruhig blickte Jade zu dem Empfangskomitee, das sie auf dem beleuchteten Gelände vor dem Gefängnis erwartete. Mehr als einmal hatte sie sich auf der schweigsamen Fahrt gefragt, ob es nicht ein Fehler gewesen war, hierherzukommen. Was konnte sie in ihrem Zustand schon bewirken?

Als könnte er ihre Zweifel spüren, legte Hawk seine Hand auf ihre und drückte sie beruhigend. »Wir werden uns ein Bild von der Situation machen und dann entscheiden, was wir tun wollen. Vielleicht ist Khalawihiri ja inzwischen schon gefasst.«

Jade war dankbar für seine Ruhe und Stärke, auch wenn sie genauso wie er wusste, dass sie benachrichtigt worden wären, wenn der Verbrecher sich schon in Gewahrsam befände. Vor allem würden die Agenten und Militärs nicht so finster dreinblicken. Jade stieg mit zitternden Beinen aus dem Mietwagen und ging auf die Gruppe zu. Automatisch straffte sie ihren Rücken und hob ihr Kinn, in der Hoffnung, es würde ihr niemand ansehen, dass sie am liebsten weggelaufen wäre. Aber das würde sie nicht tun. Sie hatte darauf bestanden, hierherzukommen, nicht Hawk.

Einer der Männer trat vor, und ein Schock fuhr durch ihren Körper, als sie ihren früheren Ausbilder Guy Chambers erkannte. Einerseits freute sie sich, ihn zu treffen, andererseits hasste sie es, dass Guy sie in diesem Zustand sah. Es wäre einfacher, mit einem Fremden zu reden, der nicht wusste, wie sie früher ausgesehen und wie sehr sie sich verändert hatte.

»Jade, wie schön, dich zu sehen, auch wenn ich mir glück-

118

lichere Umstände gewünscht hätte.« Er nahm ihre Hand in seine und runzelte besorgt die Stirn, als sein Blick über ihr Gesicht glitt.

»Hallo, Guy. Es ist lange her.«

»So lange nun auch wieder nicht.« Sein Blick sagte deutlich, dass er sie aushorchen würde, sowie sie alleine waren.

»Guy, das ist Daniel Hawk, er ist einer der Leiter von TURT. Hawk, Special Agent in Charge Guy Chambers, er war einer meiner Ausbilder auf der Academy.«

Hawk nickte ihm zu. »Danke, dass Sie Zeit für uns haben. Ich nehme an, Khalawihiri ist noch auf der Flucht?«

Guys Lippen pressten sich zusammen. »Ja. Bisher keine Spur von ihm seit dem letzten Zwischenfall.«

Damit meinte er wohl den getöteten Agenten. »Wie kann es überhaupt sein, dass er aus dem Gefängnis entkommen ist? Die Sicherheitsvorkehrungen …«

Weiter kam sie nicht, denn einer der Militärs, ein General, seinem Abzeichen nach zu schließen, trat neben Guy. »Ich glaube nicht, dass Sie das etwas angeht, Ms Phillips.«

Guy verdrehte die Augen, während Hawk näher an sie herantrat. Doch Jade kam ihm zuvor. »Wenn Sie Ihren Job gemacht hätten, *Sir*, müsste ich gar nicht hier sein.«

Einer der Begleiter des Generals hustete, als tiefe Stille einsetzte. Vermutlich war sie zu weit gegangen, aber was hätte sie tun sollen, wenn er sie wie ein Schulmädchen behandelte?

Hawk legte warnend seine Hand auf ihren Rücken. »Wir haben ein berechtigtes Interesse daran, an der Wiederergreifung Khalawihiris beteiligt zu werden. Sie leiten die Show, aber wir bekommen von Ihnen sämtliche Informationen.«

»Sie …«

»Mein direkter Vorgesetzter ist der Verteidigungsminister, und Ihrer?«

Der General lief rot an, und Guy schüttelte den Kopf. »Ich denke, wir sollten hier alle an einem Strang ziehen, wenn wir verhindern wollen, dass der Verbrecher entkommt.«

»Ich sehe nicht, was diese TURT/LEs ...« Er zog den Namen in die Länge. »... überhaupt beitragen können. Aber ich lasse mich gerne eines Besseren belehren.«

Jade bemühte sich, einen neutralen Gesichtsausdruck zu behalten, war sich aber nicht sicher, ob ihr das gelang. Zu oft war sie bereits mit solchen Vorurteilen konfrontiert worden, sei es als Frau bei ihren männlichen FBI-Kollegen oder jetzt als TURT/LE-Agentin. Aber bis zu dem Desaster in Afghanistan hatte ihr das nicht allzu viel ausgemacht, weil sie wusste, was sie konnte. Jetzt jedoch war sie sich nicht mehr so sicher, ob sie wirklich etwas bewirken konnte. Auf keinen Fall aber würde sie vor dem General Schwäche zeigen.

»Zuerst einmal benötigen wir alle Informationen, auch die, die Sie bisher zurückgehalten haben.«

Röte stieg in die Wangen des Generals. »Sie können nicht ...«

Guy unterbrach ihn. »Natürlich bekommt ihr alle nötigen Informationen.«

»Wie konnten diese beiden Männer überhaupt in das Gefängnis kommen?«

Guy warf dem General einen Blick zu. »Anscheinend wurde die Chipkarte und der Code eines der regulären Wächter verwendet. Wir haben noch nicht herausgefunden, ob er etwas mit der Sache zu tun hat, oder ihm die Karte gestohlen wurde. Vielleicht ...« Er wurde vom Klingeln seines Handys unterbrochen. Stirnrunzelnd griff Guy in seine Jackentasche und zog es heraus. »Ja.« Er lauschte einen Moment, die Falten in seinem Gesicht vertieften sich, seine Haut wurde deutlich blasser. »Verstanden. Suchen Sie zuerst am zuletzt gemeldeten Standort. Und zapfen Sie das Navi an.« Wieder hörte er zu, bevor er unerwartet explodierte. »Dann versuchen Sie es mit den Handys! Es ist mir egal, wie sie es erreichen, aber finden Sie sie, und zwar schnell!«

Es musste etwas Schlimmes passiert sein, wenn Guy so die Fassung verlor. Normalerweise war der Agent in jeder Situation die Ruhe selbst. Ein Knoten bildete sich in Jades Magen. Hörte es denn niemals auf? Sie hatte mit ihrer Arbeit die Welt verbessern wollen, aber die schien immer nur noch finsterer zu werden.

Guy fluchte und steckte das Handy zurück in seine Tasche. »Ich muss los. Wie es aussieht, sind zwei meiner Leute verschwunden. Zumindest reagieren sie nicht und haben sich auch nicht abgemeldet.« Tiefe Sorge war ihm anzusehen.

»Sind sie zu Fuß unterwegs?« Anspannung lag in Hawks Stimme.

»Nein, mit einem Wagen. Sie patrouillieren die Schotterpisten, die zwischen Akademie und Stützpunkt durch den Wald führen.«

Jade konnte sich vorstellen, dass so ein Ziel besonders lohnend für Khalawihiri sein musste. Zu Fuß würde er bei der Witterung nicht entkommen können, aber wenn er ein Fahrzeug hatte …

»Wir kommen mit.«

Zuerst sah es so aus, als wollte Guy protestieren, doch dann nickte er nur knapp.

Der General trat vor. »Geben Sie mir die Koordinaten und alle Angaben zum Wagen, damit ich meine Männer informieren kann.« Durch den Ernst der Situation schien er für einen Moment den Konflikt vergessen zu haben. So gefiel er ihr deutlich besser.

»Hanks, Sie bleiben beim General und leiten alle Informationen weiter.«

Der Agent wirkte nicht sehr glücklich über den Befehl, versuchte aber nicht, Guy umzustimmen.

Jade folgte Hawk zum Mietwagen. »Wollen wir nicht bei Guy mitfahren?«

Hawk öffnete die Beifahrertür und wartete, bis sie eingestiegen waren. »Nein. Ich will nicht von ihm abhängig sein.
Außerdem halte ich es für sicherer, wenn wir mit mehreren
Autos fahren.« Er sagte nicht, warum, aber sie konnte es sich
vorstellen: Er wollte in der Lage sein, sie zum Hotel zurückzubringen, wenn sie der Sache nicht gewachsen war. Hawk stieg
auf der Fahrerseite ein und ließ den Motor an.

»Meinst du, die beiden Agenten sind tot?«

Hawk schwieg einen Moment, sein Blick lag auf den Bäumen,
die in der Dunkelheit kaum noch sichtbar waren. »So wie ich
Khalawihiri einschätze, ja. Er wird keine Zeugen zurücklassen
wollen. Bei dem, was ihn erwartet, wenn er wieder gefasst wird,
kann er sich keine Fehler leisten. Und auch kein Mitleid, sollte er
überhaupt zu so etwas fähig sein.« Hawk blickte sie eindringlich
an. »Deshalb möchte ich nicht, dass du auch nur in seiner Nähe
bist, Jade. Es ist zu gefährlich.«

Seine Besorgnis wärmte sie, machte sie aber gleichzeitig auch
wütend. »Ich bin Agentin, Hawk, keine Sekretärin. Ich weiß, was
ich tue und bin mir der Gefahr durchaus bewusst.«

Ein Muskel zuckte in seiner Wange. »Das waren die ver-
schollenen Agenten sicher auch.«

Jade zuckte zurück. »Das ist unfair.«

Hawk fuhr mit der Hand über seine Haarstoppel. »Ich weiß.
Aber ich habe dich bereits einmal verloren, ich glaube nicht, dass
ich das noch einmal ertragen könnte.«

»Daniel …« Ihr fehlten die Worte, sie konnte ihn nur stumm
anstarren.

»Nein, ich werde das nicht zurücknehmen. Ich bin es leid,
nicht sagen zu dürfen, was ich für dich empfinde. Wenn du noch
nicht so weit bist, warte ich auf dich, aber ich werde mich nicht
mehr verstecken.« Ohne sie anzusehen startete er den Wagen
und fuhr hinter Guy her.

Jade war wie erstarrt, unsicher ob sie lachen oder weinen sollte. Hawk wollte sie immer noch, und nach seinen direkten Worten war sie sich ziemlich sicher, dass er nicht nur aus Schuldgefühl bei ihr war, sondern weil er es wirklich sein wollte. Womit hatte sie einen Mann wie ihn verdient? Oder anders gesagt, er hatte mehr verdient als eine beschädigte Frau, die ihm nichts mehr zu bieten hatte als Albträume und Ängste. »Ich weiß nicht, ob ich dir je mehr geben kann, Daniel. Es ist nicht fair dir gegenüber.«

Er warf ihr einen kurzen Blick zu. »Glücklicherweise ist es meine Entscheidung, ob ich mich darauf einlassen kann. Und ich will dich, egal wie.«

Ein Flattern entstand in ihrer Herzgegend. »Du bist verrückt.«

Hawk grinste sie an. »Und das merkst du erst jetzt? Das hätte dir als FBI-Agentin schon viel früher auffallen müssen.«

Zum ersten Mal seit langer Zeit entstand in ihr der Drang zu lachen. Er erinnerte sie daran, warum sie vor all diesen Monaten auf Hawk aufmerksam geworden war. Sie war immer jemand gewesen, der alles im Leben viel zu ernst nahm. Hawk dagegen war fast immer gut gelaunt, er lachte und scherzte mit jedem und schaffte es spielend, die Stimmung zu heben. Seit dem ersten Tag hatte er es sich zur Mission gemacht, sie zum Lachen zu bringen – und es war ihm gelungen. Wirklich in ihn verliebt hatte sie sich aber, als ihr bewusst geworden war, dass er seine Arbeit und vor allem auch die Sicherheit seines Teams trotzdem ernst nahm. Er zog es nur vor, in allem das Positive zu sehen und sich dem Leben mit einem Lächeln zu stellen. Und was für eines.

»Du lächelst. Woran denkst du gerade?«

Hawks Frage riss sie aus ihren Gedanken. »An dich.« In der relativen Dunkelheit im Auto war sie sich nicht sicher, glaubte aber, seine Augen aufblitzen zu sehen.

»Gut.«

Bevor sie etwas erwidern konnte, bog der Wagen vor ihnen auf einen Schotterweg ab, der tief in die Wälder führte. Ein Schild sagte schlicht: *Military Base, 7 Meilen*. Die Anspannung in Jade verstärkte sich wieder, und sie schob alles andere beiseite. Jetzt zählte es nur, die beiden Agenten zu finden – möglichst lebend. Wie auf Bestellung klingelte ihr Handy.

»Ja?«

»Hier ist Guy. Wir haben sie gefunden. Kramer war sofort tot, Hicks ist schwer verletzt. Ein Krankenwagen ist auf dem Weg, aber es sieht nicht so aus, als würde sie überleben.«

Jade schloss die Augen. So viele Leben, die Khalawihiri auf dem Gewissen hatte. Doch er machte einfach weiter, während sie hier im Dunkeln herumstocherten. »Was ist mit dem Wagen?«

»Verschwunden. Den Spuren nach zu urteilen ist er Richtung Stützpunkt gefahren.« Guy blies hart den Atem aus. »Warum fährst du nicht wieder zurück, Jade? Hier kannst du nichts mehr ausrichten, und es ist nicht nötig, dass du das siehst.«

Jade warf dem vor ihnen fahrenden Wagen einen finsteren Blick zu. Noch ein Mann, der sie schonen wollte. Doch das würde sie nicht zulassen. »Ich will es sehen, Guy. Und danach werden wir Khalawihiris Spuren folgen.« Sie beendete das Gespräch, ohne ihm die Gelegenheit zu einer Erwiderung zu geben.

»Und?«

Jade blickte Hawk nicht an, aus Angst, was er in ihren Augen sehen würde. Sie hielt das Handy so fest, dass die Hülle unheilvoll knackte. Mit Mühe entspannte sie ihre Finger und berichtete Hawk, was Guy gesagt hatte.

»Mist.« Eine Falte erschien zwischen seinen Augenbrauen. »Wir sollten …«

Sie unterbrach ihn. »Sag jetzt nicht, zum Hotel zurückfahren, sonst muss ich dich hier aussetzen und allein weiterfahren.«

»Eigentlich wollte ich sagen: Clint Hunter informieren. Zwar werden die SEALs eigentlich nicht im Inland eingesetzt, aber da sie schon mal mit Khalawihiri zu tun hatten, sind sie sicher daran interessiert, ihn wieder hinter Gittern zu sehen.«

Jades Magen zog sich zusammen. Zwar hielt sie die Idee für gut, doch Captain Hunter war derjenige gewesen, dem sie im Camp der Deutschen erzählt hatte, was ihr in Mogadirs Festung angetan worden war – in der Annahme, ihn danach nie wieder sehen zu müssen. Er hatte sich auch nicht inkorrekt verhalten, nein, er war sehr mitfühlend und diskret gewesen. Aber sie konnte es nicht ertragen, dass jemand so viel darüber wusste. Noch nicht einmal Hawk hatte sie auch nur annähernd erzählt, was sie erlebt hatte. Und er war ihr Vorgesetzter. Noch jetzt stand ihr sein entsetzter Gesichtsausdruck vor Augen, als er sie zum ersten Mal nach ihrer Befreiung gesehen hatte. Auch wenn sie damals noch unter Schock gestanden hatte und von den Schmerzmitteln halb betäubt gewesen war, sie hatte seinen Blick nie vergessen. Damals war ihr klar geworden, dass Hawk sie nie wieder so ansehen würde wie vorher. Einfach nur wie eine normale Frau, die er begehrte. Nicht wie ein hilfloses Opfer.

»Jade?«

Verwirrt blickte sie Hawk an, der sie besorgt musterte. Es ging um Clint, richtig. »Wenn jemand Khalawihiri finden kann, dann die SEALs, aber ich weiß nicht, ob FBI und Marines das zulassen werden. Du weißt doch, die lieben ihre Machtkämpfe.«

Hawk nickte nachdenklich. »Vermutlich hast du recht. Aber ich denke, es kann nicht schaden, die Info weiterzugeben. Wenn sie nicht sowieso schon informiert sind. Ich könnte mir vorstellen, dass Matt als Erstes dort angerufen hat.«

Ja, das hörte sich nach Matt an. Er war nicht nur Clints bester Freund, sondern auch mit dessen Schwester Shannon liiert. In Afghanistan war Clints Team bei dem Versuch, Jade aus Mogadirs Festung zu befreien, mit dem Hubschrauber abgestürzt.

Neun SEALs und Night Stalkers waren gestorben. Ihretwegen, weshalb sie sich nicht vorstellen konnte, dass Clint sich freuen würde, wieder mit ihr zu tun zu haben.

Ihre Anspannung wuchs, als sie die Wagen sah, die kreuz und quer an der Straße standen. Auf einer kleinen Ausbuchtung der Schotterstraße waren zwei Männer damit beschäftigt, die Agentin am Leben zu halten. Guy stieg vor ihnen aus seinem Auto und warf ihr einen Blick zu, bevor er zu den anderen ging und sich neben die Verletzte hockte. Jade öffnete die Tür, aber sie konnte nicht hören, was er sagte, dafür war es zu laut. Mehrere Agenten und Militärs hielten sich rund um den Fundort auf, sicherten die Gegend ab und suchten nach Hinweisen. Wer der Täter war, wussten natürlich schon alle.

»Sicher?«

Jade nickte Hawk zu und stieg aus dem Wagen. Da sie nicht sicher war, wie sie auf den Anblick der verletzten Agentin reagieren würde, wartete sie, bis Hawk an ihrer Seite war, bevor sie sich der Frau näherte. Hawk legte seine Hand auf ihren Rücken und begleitete sie so zu Guy. Dankbar für die wortlose Unterstützung bemühte sie sich darum, ihre viel zu schnelle Atmung in den Griff zu bekommen. Sie musste ruhig bleiben, zu viel hing davon ab und das nicht nur bezogen auf die Wiederergreifung Khalawihiris. Wenn es ihr nicht gelang, diese Situation zu meistern, würde sie die TURT/LEs verlassen müssen – und auch ihren früheren Job als FBI-Agentin würde sie nicht wieder ausüben können.

Als würde Hawk ahnen, was in ihr vorging, beugte er sich hinunter und sprach in ihr Ohr. »Ich bin die ganze Zeit bei dir, es kann nichts passieren.«

Dankbar lehnte sie sich für einen winzigen Moment an ihn. »Mein Kopf weiß das, ich muss nur noch den Rest meines Körpers davon überzeugen.«

Seine Hand schloss sich um ihre. »Du schaffst das. Und wenn es dir zu viel wird, sag Bescheid, und wir fahren zurück zum Hotel.«

»Das wird nicht nötig sein.« Denn sie würde nicht versagen, verdammt! Jade straffte die Schultern und zog ihre Hand weg, bevor sie zu Guy trat. Nach einem tiefen Atemzug, der den Geruch von Wald und Blut mit sich brachte, senkte Jade den Blick. Das Gesicht der Agentin war totenbleich, ihre Augen waren geschlossen, die Lippen blutleer. Die Ersthelfer hatten ihre Jacke aufgeschlagen und den Pullover zerschnitten, um an die Wunde in ihrer Brust zu gelangen. Einer der Männer drückte Kompressen auf die Wunde, um den Blutfluss zu stoppen, während ein anderer sie beatmete. Guys Gesicht war verzerrt, sie konnte seine Wut förmlich spüren. Er blickte auf, als er sie bemerkte und erhob sich.

Jade räusperte sich. »Wie sieht es aus?« Zwar konnte sie es sich ungefähr vorstellen, aber sie hoffte auf eine positivere Antwort. Stumm schüttelte Guy den Kopf. Ihr Herz zog sich zusammen, und sie fühlte sich unglaublich hilflos. Die junge Agentin kämpfte um ihr Leben, und sie konnte rein gar nichts tun. Ein Blick in Hawks Gesicht zeigte ihr, dass es ihm ebenso ging.

Er räusperte sich. »Ist der Wagen schon gesehen worden?«

»Nein. Das Gebiet ist durchzogen mit etlichen solcher kleinen Straßen, er könnte überall sein. Mit dem gestohlenen Jeep kann er auch querfeldein fahren, solange das Gelände halbwegs eben ist. Wir haben einige Fahrzeuge draußen, die nach ihm suchen, außerdem haben alle die Beschreibung und das Kennzeichen. Wenn er irgendwo auftaucht, wird ihn jemand erkennen.«

Jade war sich da nicht so sicher, aber sie wusste, dass Guy etwas brauchte, an dem er sich festhalten konnte. Und vielleicht hatte er ja auch recht. »Was ist mit dem anderen Agenten?«

Guy neigte den Kopf zu den Bäumen hin. »Khalawihiri hat

ihn wohl überrascht. Seine Kehle ist durchschnitten, er hatte keine Chance.«

Übelkeit stieg in ihr auf, aber sie drängte sie zurück. »Hältst du uns weiter auf dem Laufenden?«

»Natürlich.« Guy blickte sie scharf an. »Was hast du vor?«

»Wir werden ihn auch suchen. Je mehr Leute, desto besser.« Sie spürte, wie Hawk sich neben ihr versteifte, doch er sagte nichts.

Guy dagegen gab einen protestierenden Laut von sich. »Jade …«

Sie nickte ihm nur zu und wandte sich zum Wagen um.

»Es ist viel zu gefährlich. Ich habe gerade gestern erst mit Khalawihiri gesprochen, der Kerl ist völlig gefühllos.« Guy strich über seine Haare. »Versuchen Sie, ihr das auszureden, Hawk.«

Jade erstarrte innerlich. Wenn Hawk ihm jetzt zustimmte, würde etwas in ihr zerbrechen.

»Wir wissen genau, wie gefährlich Khalawihiri ist. Er muss aufgehalten werden, um jeden Preis. Jade ist eine fähige Agentin, sie weiß, was sie tut.« Wärme sickerte durch ihren Körper, als Hawk ihre Entscheidung unterstützte.

»Passen Sie auf sie auf.« Guys Worte klangen beinahe wie ein Befehl.

»Das werde ich.«

Jade öffnete die Beifahrertür und setzte sich in den Wagen. Ihre Hände zitterten so sehr, dass sie Mühe hatte, den Gurt zu schließen. Sie blickte nicht auf, als Hawk sich in den Fahrersitz schwang und den Motor anließ. »Danke.«

Hawk beugte sich zu ihr hinüber, nahm ihr den Gurt aus der Hand und ließ ihn einrasten. »Ich weiß, dass du das Gefühl brauchst, etwas zu tun. Mir geht es genauso. Aber ich halte es nicht wirklich für sinnvoll, dass wir uns auch auf diese aussichtslose Verfolgung begeben.«

»Aber …«

Er ließ sie nicht ausreden. »Fahren wir erst mal los, solange die Spur noch frisch ist.« Hawk zog sein Handy heraus. »Ruf Matt an und berichte ihm, was hier los ist. Und frag ihn, ob er es irgendwie hinbekommt, dass sich die SEALs an der Suche beteiligen.«

Jade nahm das Handy entgegen. »Okay.«

Während sie die Nummer heraussuchte, ging ihr auf, was Hawk alles opferte, um bei ihr zu sein. Sein Job war in Coronado, sie konnte sich nicht vorstellen, dass er den Auftrag bekommen hatte, sich hierher zu begeben.

Sie ließ das Handy sinken. »Wann musst du wieder zurück?« Der Gedanke, alleine hierbleiben zu müssen, war furchtbar.

Hawk blickte sie einen Moment lang stumm an. »Ich werde so lange hier bleiben wie du.«

Angestrengt starrte Khalawihiri durch die nasse Windschutzscheibe in den dunklen Wald zu beiden Seiten der schmalen Straße. Durch den rutschigen Untergrund der Sand- und Schotterpiste kam er viel zu langsam vorwärts. Die Wahrscheinlichkeit, dass ihn jemand erkennen und anhalten würde, erhöhte sich immer mehr, je länger er in dem gestohlenen Wagen unterwegs war. Eigentlich hätte er ihn schon längst abstoßen sollen, aber er konnte sich nicht überwinden, wieder zu Fuß durch die feuchte Kälte zu laufen. Dazu kam die Müdigkeit, er hatte Probleme, seine Augen offen zu halten. Die Hände fest an das Lenkrad geklammert versuchte er, den Wagen auf der Piste zu halten. Seine Lider wurden immer schwerer, sein Kopf sank nach unten.

Ein lautes Krachen ertönte, Khalawihiri wurde mit Wucht nach vorne geschleudert. Etwas Weiches presste sich in sein Gesicht und schnürte ihm die Luft ab. Panisch kämpfte er dagegen an, aber er konnte sich nicht befreien. Es dauerte einen

Moment, bis er erkannte, dass es nur der Airbag war, der sich geöffnet hatte. Genervt schob er ihn beiseite und blickte durch die gesprungene Windschutzscheibe. Der Motorraum war durch die Kollision mit einem dicken Baumstamm zusammengedrückt. Mit der flachen Hand hieb er auf das Lenkrad und zuckte zusammen, als die Hupe ertönte. Verdammt! Er hätte schon vor einigen Minuten den Wagen in den Wald fahren sollen, um ihn zu verstecken. Jetzt war das Auto sofort für jeden sichtbar, der ihn suchte.

Mit einem Ruck öffnete er die Fahrertür, die glücklicherweise nicht verklemmt war und stieg aus. Sofort versanken seine Füße in nassem Gras, alten Blättern und Morast. Fluchend nahm er alles aus dem Auto, das er gebrauchen konnte, und stapfte in den Wald. Dabei versuchte er, so wenig Spuren wie möglich zu hinterlassen, aber er wusste, dass die eingesetzten Spürhunde ihn in kürzester Zeit finden würden. Deshalb musste er so schnell wie möglich von hier verschwinden und an einem Ort untertauchen, an dem die vielen verschiedenen Gerüche und Spuren seine verdecken würden.

Auch wenn viele dachten, dass er völlig skrupellos war – meist schreckte er davor zurück, Unbeteiligte und Unschuldige zu töten. Und das würde fast zwangsläufig eintreffen, wenn ihn jemand erkannte. Aber er hatte keine Wahl. Er musste überleben, egal was es kostete. Zu lange hatte er auf sein Ziel hingearbeitet, um es jetzt einfach so aufzugeben. Oder zumindest dafür zu sorgen, dass niemand anders davon profitierte. Mit neuer Entschlossenheit schlug er den direkten Kurs zum nächsten Ort ein.

11

»Kyla, wach auf.«

Mit einem unwilligen Brummen schmiegte sie sich tiefer in die Kissen und bemühte sich, die drängende Stimme auszuschalten, die dicht neben ihrem Ohr erklang. Zum ersten Mal seit scheinbar unendlich langer Zeit hatte kein Albtraum mehr ihren Schlaf gestört, und das wollte sie noch etwas auskosten, bevor sie aufwachte. Sie versuchte den Störenfried, wer auch immer es war, von sich zu schieben und traf dabei auf warme, nackte Haut. Langsam tastete sich ihre Hand daran entlang, bis sie auf Kleidung traf. Und noch etwas anderes, das sich unter ihren Fingerspitzen bewegte. Kylas Augen öffneten sich und sie keuchte auf, als sie im Halbdunkel des Raumes Hamids Gesicht nur wenige Zentimeter über ihrem sah. Nein, Christophs. Hitze stieg in ihre Wangen, als ihr klar wurde, dass ihre Finger auf seinem Slip lagen.

Rasch zog sie ihre Hand weg und versteckte sie unter der Decke. Beinahe erwartete sie, dass Chris sie wegen ihres Fehlgriffs auslachte, doch ausnahmsweise blieb er ernst.

»Bist du jetzt wach?«

Dumme Frage! Wie sollte sie schlafen, wenn er halb nackt neben ihr kniete? »Ja.«

Für einen Moment wurde sein Blick weicher. »Es tut mir leid, dass ich dich wecken musste, aber wir müssen sofort hier weg.«

Kyla setzte sich auf. »Was? Warum?« Beinahe erwartete sie, einen Angreifer zu sehen, doch die kleine Wohnung war bis auf das Summen des Kühlschranks totenstill.

Chris richtete sich auf und deutete auf ihre Kleidung, die ordentlich über einem Stuhl neben dem Bett hing. »Zieh dich an.«

»Sag mir erst, was los ist.«

Die Falten neben seinen Mundwinkeln wurden tiefer, ein Muskel zuckte in seiner Wange. »Irgendjemand hat in meiner Wohnung Feuer gelegt.«

Hektisch blickte sie sich um, bis sie verstand, was er meinte. »In deiner offiziellen Wohnung? Warum sollte das jemand tun?«

Grimmig blickte er sie an. »Anscheinend will uns jemand wirklich tot sehen. Also, falls du noch ein wenig leben möchtest, solltest du dich jetzt wirklich anziehen.« Er warf ihr die Kleidung zu.

Gehorsam zog sie den Pullover über das Top, das sie im Bett getragen hatte. »Aber ich dachte, diese Wohnung kennt niemand?«

Chris zog die Schubladen auf und warf einige Dinge in eine Reisetasche. »Würdest du dein Leben darauf verwetten?« Er warf ihr einen Blick über die Schulter zu. »Wenn es jemand wirklich ernst meint – und nach den Ereignissen im Hotel und jetzt dem Brand bin ich davon ziemlich überzeugt –, dann kann er auch diese Adresse herausfinden. Daher halte ich es für sicherer, von hier zu verschwinden, solange wir es noch können.«

Kyla stand auf und zog ihre Hose hoch. Dabei glitt ihr Blick über Chris' beinahe nackten Körper. »Willst du dich nicht anziehen?«

Er sah an sich hinunter, als hätte er vergessen, dass er in einem recht knappen Slip herumlief. »Vermutlich sollte ich das tun.«

Innerlich verdrehte sie die Augen. Männer waren so leicht zu durchschauen. Allerdings hätte sie nicht gedacht, dass Chris in so einer Situation noch daran denken konnte, sie mit seinem Körper beeindrucken zu wollen. Sie stockte. Gab es dieses Feuer wirklich oder hatte er das nur als Vorwand benutzt, um sie hier wegzubringen? Aber was sollte ihm das bringen?

Chris drehte sich zu ihr um und erstarrte, als er ihre Miene sah. Alarmiert blickte er sich im Raum um. »Was?« Automatisch fasste er an seine Seite, als wollte er nach einer Waffe greifen.

»Woher weißt du, dass deine Wohnung brennt?«

Offensichtlich hörte er das Misstrauen in ihrer Stimme, denn er richtete seine blauen Augen direkt auf sie. »Ich bin Agent, Kyla, ich habe meine Informationsquellen.« Als er sah, dass sie immer noch an ihm zweifelte, schüttelte er den Kopf. »Okay, das habe ich wohl verdient nach deinen bisherigen Erfahrungen mit mir. Komm mit.«

Zögernd folgte Kyla ihm ins Wohnzimmer, wo er den Computer anschaltete. Als er hochgefahren war, tippte er ›Berlin‹ und ›Feuer‹ im Browser ein und erhielt sofort mehrere Treffer von Nachrichtendiensten. Kyla hielt den Atem an, als er einen der Berichte anklickte und Bilder eines verheerenden Feuers erschienen, das einen ganzen Wohnblock einzuhüllen schien.

Mit dem Finger tippte Chris auf das Dachgeschoss des Hauses. »Das hier war meine Wohnung.« Er war blass, seine Lippen fest zusammengepresst.

Kyla legte eine Hand auf seine Schulter. »Es tut mir leid. Hoffentlich geht es deinen Nachbarn gut.« Sie deutete auf einen Kasten. »Da ist ein Mitschnitt aus einer Nachrichtensendung.«

Chris klickte ihn wortlos an. Unter ihren Fingern konnte sie seine angespannten Muskeln fühlen. Das Video füllte einen Teil des Bildschirms, es war eine Reporterin vor dem Hintergrund des brennenden Gebäudes zu sehen. Eine Hand hatte sie an ihr Ohr gepresst, wahrscheinlich um die Frage des Moderators im Studio über dem Hintergrundlärm des Feuers, der Feuerwehr, Polizei und der Menschenansammlung zu verstehen.

»Bisher ist noch nicht klar, was dieses gewaltige Feuer ausgelöst hat, aber sicher ist, dass ein Schaden in Millionenhöhe entstanden ist. Hunderte Menschen haben ihre Unterkunft und ihr gesamtes Hab und Gut verloren. Die Feuerwehr geht davon aus, dass es noch bis in die Morgenstunden dauern wird, bis der Brand vollständig gelöscht ist. Nach ersten Zeugenberichten scheint das Feuer in einer Wohnung des Dachgeschosses ausgebrochen zu sein, aber das muss erst noch verifiziert werden.«

Chris drehte seinen Kopf zu ihr und blickte sie durchdringend an. »Jetzt überzeugt?«

Kyla nickte und starrte weiter auf das Video. Die Feuerwehr versuchte mit mehreren Löschzügen, den Brand unter Kontrolle zu bringen, aber es sah nicht so aus, als würden sie große Fortschritte machen. Ein Schnitt erfolgte und auf den neuen Bildern sah sie, dass das Feuer deutlich an Kraft verloren hatte.

Wieder erschien die Reporterin vor der Kamera. »Unbestätigten Meldungen zufolge sind im Dachgeschoss die Leichen von zwei Menschen gefunden worden. Ob es sich dabei um den Wohnungseigentümer Christoph N. handelt, ist nicht geklärt. Bei der anderen Leiche soll es sich um eine Frau handeln. Mehr dazu live in unserer nächsten Sondersendung.« Das Video endete und einen Moment lang blieben sie wie erstarrt stehen.

»Oh Gott!« Kylas Hand spannte sich unwillkürlich an. »Aber wie kann das sein? Es lebt doch sonst niemand in deiner Wohnung, oder?«

Harte Falten durchzogen Chris' Gesicht. »Nein. Aber egal wer es ist, solange die Verbrecher denken, dass wir tot sind, haben wir die Gelegenheit, hier zu verschwinden, ohne dass uns jemand sucht.«

»Aber …«

Er ließ sie nicht ausreden. »Möchtest du sterben?«

Wütend funkelte sie ihn an. »Natürlich nicht!«

Seine Stimme wurde sanfter. »Gut, denn das möchte ich auch nicht. Und deshalb ist es wichtig, dass die Verbrecher noch ein wenig länger glauben, dass sie Erfolg hatten. Sowie du in Sicherheit bist, werde ich den Irrtum aufklären.«

Kyla sagte nichts mehr, denn sie wusste, dass es die einzig vernünftige Vorgehensweise war. Trotzdem taten ihr die Angehörigen der beiden Opfer leid, die auf ihre Liebsten warteten, die doch nie wieder nach Hause kommen würden. Irgendwie verstand sie auch immer noch nicht, wie die beiden überhaupt in Chris' Wohnung gekommen waren und was sie dort taten, aber er hatte recht: im Moment war nicht die richtige Zeit dafür. Wenn sie ungesehen verschwinden wollten, dann mussten sie es jetzt tun.

»Wohin gehen wir jetzt? Hast du noch eine geheime Wohnung, vielleicht irgendwo auf dem Land?«

Chris reagierte mit einem schwachen Lächeln. »Nein. Wir fahren zum Flughafen, ich sorge dafür, dass du sicher wieder nach Hause kommst.«

Seine Antwort versetzte ihr einen Stich. »Und was ist mit dir? Wenn sie sogar bereit sind, deine Wohnung in Brand zu setzen und damit den Tod von unbeteiligten Menschen zu riskieren, was glaubst du, machen sie mit dir, wenn sie merken, dass du noch lebst?«

»Sie werden versuchen, mich so schnell wie möglich umzubringen. Aber das können sie nur, wenn sie mich auch finden.« Er legte seine Hand um ihren Arm. »Keine Angst, ich kann damit umgehen.«

Vermutlich stimmte das, aber sie machte sich trotzdem Sorgen um ihn. Wenn diese Mistkerle halbwegs kompetent waren – und bisher sah es so aus –, dann würde es für Chris schwer werden. Sie beobachtete ihn, während er sich rasch anzog. »Kann dir dein Arbeitgeber helfen?«

Chris schnitt eine Grimasse. »Sie würden mich in eine vermeintlich sichere Wohnung stecken, bewacht von anderen

Agenten oder Polizisten. Mal ganz davon abgesehen, dass ich mir dabei eingesperrt vorkommen würde, je mehr Leute wissen, wo ich bin, desto wahrscheinlicher ist ein Leck. Die Verbrecher wären innerhalb kürzester Zeit dort.«

Damit hatte er wahrscheinlich recht, aber der Gedanke, dass er alleine möglichen Mordversuchen ausgesetzt sein würde, gefiel ihr noch viel weniger.

»Wenn du noch ins Bad musst, mach das jetzt, am Flughafen ist es zu gefährlich.«

Kyla folgte seinem Vorschlag und versuchte, sich so gut wie möglich herzurichten. Viel konnte sie nicht tun, denn für ein ausgiebiges Make-up war keine Zeit – mal ganz davon abgesehen, dass sie auch keine Lust dazu hatte. Ihre Haare band sie in Ermangelung eines Lockenstabs zu einem schlichten Zopf zusammen. Mit einem tiefen Seufzer gab sie schließlich auf. Wieder traf sie Chris in einer Situation, in der sie nicht in Bestform war, aber das war nicht zu ändern. Er würde sie einfach so akzeptieren müssen, wie sie war. Kopfschüttelnd verließ sie das Bad. Als hätten sie nicht gerade ganz andere Probleme.

Als sie ins Wohnzimmer zurückkam, blieb sie ruckartig stehen. Chris wartete bereits mit ihrem Koffer und seiner Tasche auf sie, doch irgendetwas an ihm war anders. Er hatte im Gegensatz zu vorher einen Anzug an, aber das allein war es nicht. Irgendetwas stimmte nicht mit seinem Gesicht. Sie trat näher heran und starrte ihn an. Seine Wangen wirkten irgendwie … runder, die Lippen voller. Zögernd legte sie einen Finger an seine Wange und zog ihn sofort wieder weg, als er einsank.

»Wie hast du das gemacht?«

»Gelpolster. Sehr praktisch, wenn man sein Aussehen dezent verändern will.«

Erst jetzt bemerkte sie, dass seine Augen grün waren und er die Haare in einem Seitenscheitel trug. Als Letztes setzte er noch eine Brille auf. Jetzt hätte sie ihn vermutlich nicht mehr als Hamid wiedererkannt. Zumindest, bis sich sein Mundwinkel hob und er sie angrinste.

»Du solltest deinen Gesichtsausdruck sehen.«

Kyla schnitt eine Grimasse. »Kriege ich auch eine Verkleidung?«

Chris schüttelte den Kopf. »Dafür fehlt die Zeit, da du ja deine Papiere benutzen musst, um nach Hause zu fliegen. Oder hast du einen falschen Pass dabei?«

»Leider nicht. Eigentlich wollte ich mich hier nur kurz mit dir treffen und dann ganz normal wieder zurückkehren. Woher sollte ich wissen, dass nicht nur Khalawihiri fliehen, sondern auch noch jemand versuchen würde, mich zu töten?« Vielleicht taugte sie tatsächlich nicht als Agentin. Vorsichtig blickte sie ihn an, konnte aber keine Geringschätzung in seinen Augen erkennen.

»Du konntest es nicht wissen, und ich habe es auch nicht erwartet, sonst hätte ich dich gar nicht erst herkommen lassen.«

Als hätte er sie daran hindern können. Gott, wie schaffte er es nur immer, sie ständig wütend zu machen! »Lass uns endlich gehen, bevor noch jemand auf die Idee kommt, auch diese Wohnung anzuzünden.«

Sofort verschwand der Humor aus Chris' Augen und ihr tat die Bemerkung beinahe leid. »Du hast recht.« Er trat zur Tür, blickte durch den Spion und öffnete sie schließlich. In der Hand hielt er eine Pistole.

»Hast du noch eine Waffe?« Kyla wollte ungern ohne jede Möglichkeit zur Verteidigung von den Verbrechern überrascht werden.

»Ich habe schon eine, aber du dürftest sie nicht mit dir führen. Wenn du dabei erwischt wirst, gibt es gewaltige Komplikationen.« Er drückte kurz ihre Hand, als er ihr Zögern bemerkte.

»Warum machen wir es nicht so: Die Ersatzwaffe ist seitlich in meiner Tasche. Wenn du die Tasche trägst, kommst du jederzeit dran, aber es kann dir keiner einen Strick draus drehen, wenn du die Pistole nicht in der Hand oder am Körper hast.«

Erleichtert lächelte Kyla ihn an. »Danke.« Sie nahm die Tasche entgegen und tastete die Seitentasche ab. Tatsächlich, da war eine eindeutige Beule im Stoff.

Wortlos nahm Chris ihren Koffer und trat auf den Hausflur hinaus. Seine Waffe war nicht mehr zu sehen. Kyla folgte ihm rasch und sah sich unruhig um. Mitten in der Nacht herrschte im Haus Totenstille, trotzdem hatte sie das Gefühl, beobachtet zu werden, als sie an den anderen Wohnungstüren vorbeigingen. Das war sicher nur Einbildung, Chris schien zwar wachsam zu sein, aber es sah nicht so aus, als erwartete er hier wirklich Ärger. Vermutlich kannte er alle Nachbarn persönlich oder hatte sie erst einmal durchleuchtet, bevor er hier eingezogen war.

Aus ihren Augenwinkeln sah sie eine Bewegung in einer dunklen Ecke des Hausflurs und wirbelte herum. Automatisch schob sich ihre Hand in die Tasche und zog die Pistole heraus. Bevor sie entscheiden konnte, ob ihnen Gefahr drohte, hatte Chris sich bereits vor sie geschoben, womit ihre Waffe direkt auf seinen Rücken deutete. Vorsichtig löste sie ihren Zeigefinger vom Abzug, damit sie den Idioten nicht versehentlich erschoss. Mit der anderen Hand stupste sie ihn an, doch er rührte sich nicht. Genervt überlegte sie, sich an ihm vorbeizuschieben, aber sie wollte seine Konzentration nicht stören, wenn er einen Angreifer im Visier hatte.

»Du kommst spät.«

Irritiert lauschte sie seinen deutschen Worten und erkannte, dass die Anspannung seinen Körper verlassen hatte. Er war immer noch wachsam, aber offensichtlich kannte er denjenigen, der in der Dunkelheit des Gangs auf sie lauerte.

Der Mann antwortete ihm leise, aber zu schnell, als dass sie ihn hätte verstehen können. Chris drehte sich zu ihr um und legte seine Hand auf ihren Arm. »Alles in Ordnung, es ist nur die Verstärkung.«

»Und das hättest du mir nicht früher sagen können? Zum Beispiel als wir oben in der Wohnung waren? Ich hätte ihn erschießen können – oder dich, da du so unvorsichtig warst, dich vor eine geladene und entsicherte Waffe zu stellen.«

Sie war sich nicht sicher, glaubte aber seinen Mundwinkel zucken zu sehen. Einerseits schürte das ihren Ärger, aber es erinnerte sie auch daran, dass sein Humor bereits in Afghanistan in den merkwürdigsten Situationen hervorgeblitzt war.

»Ich wusste, dass du mich nicht erschießen würdest.«

Kyla widerstand heldenhaft dem Drang, ihre Haare zu raufen. Oder wahlweise Chris in den Hintern zu treten. »Ach ja, woher?«

»Nenn es Eingebung.« Er wurde wieder ernst. »Lass uns gehen.«

Der Fremde war inzwischen nähergekommen, und sie konnte ihn deutlicher sehen. Er nickte ihr zu, sagte aber nichts. Angestrengt starrte sie ihn an. Irgendwie kam er ihr bekannt vor, aber sie konnte ihn nicht zuordnen.

»Henning gibt uns ein wenig Rückendeckung, solange wir noch hier sind.«

Sowie Chris den Namen sagte, erkannte sie den Mann. Hätte er seine Uniform angehabt, wäre ihr das wahrscheinlich eher gelungen. Er war einer der Soldaten der deutschen Eliteeinheit KSK, in deren Lager Hamid sie in Afghanistan gebracht hatte. Durch ihre Verletzung hatte sie in der kurzen Zeit, die sie dort verbracht hatte, fast nur die Krankenstation gesehen, erinnerte sich aber noch gut daran, dass Henning Mahler die deutschen Soldaten angeführt hatte, als sie den SEALs zu Hilfe gekommen waren. Allein dafür hatte er ihren Dank verdient.

»Hallo. Schön, Sie wiederzusehen, auch wenn die Gegebenheiten wieder alles andere als ideal sind.«

Kurz blitzten seine Zähne auf, als er sie angrinste. »Wir müssen uns wirklich mal unter normalen Bedingungen treffen.« Er antwortete ebenfalls auf Englisch.

Chris trat sofort dazwischen. »Nein, das müsst ihr nicht. Und jetzt raus hier.«

Wenn sie sich nicht täuschte, wollte er nicht, dass sie sich zu lange mit Henning unterhielt. Weil er es aus irgendeinem Grund für zu gefährlich hielt, oder weil er eifersüchtig war? Zu schade, dass ihr keine Zeit blieb, das genauer zu erkunden. Aber im Moment war nur wichtig, hier herauszukommen, ohne auf Verbrecher zu treffen. Jede Spur von Wärme verschwand in ihr, als sie sich an das in Flammen gehüllte Gebäude erinnerte und daran, dass zwei Menschen gestorben waren, nur weil sie zur falschen Zeit am falschen Ort gewesen waren.

Als könnte er ihre Gefühle spüren, schloss Chris seine Finger um ihre Hand und drückte beruhigend. »Gehen wir. Je eher du in Sicherheit bist, desto besser.«

Rasch verließen sie das Haus und gingen die Straße entlang zum Auto. Da es sich um eine reine Wohngegend handelte, war es auch hier völlig menschenleer. Obwohl sie wusste, dass Henning in der Nähe war, konnte sie ihn nicht mehr sehen, sobald sie das Haus verlassen hatten. Beeindruckt von seinen Fähigkeiten beschloss sie, sich noch ein paar Tricks von den SEALs zeigen zu lassen, wenn sie erst wieder in Coronado war. Sie sah den KSKler erst wieder, als er Chris Feuerschutz gab, während der rasch den Wagen untersuchte. Nachdem sicher schien, dass niemand einen Sprengsatz angebracht oder das Auto auf andere Weise manipuliert hatte, warf Chris Koffer und Tasche auf die Rückbank und hielt Kyla die Beifahrertür auf. Dankbar ließ sie sich hineinsinken und stellte die Aktentasche zwischen ihre

140

Beine. Auch wenn ein Auto nicht wirklich sicher war, sollte jemand auf sie schießen, kam sie sich darin doch wesentlich geschützter vor als auf der Straße. Chris schien es auch so zu gehen, denn er wechselte nur ein paar Worte mit Henning, bevor er ebenfalls einstieg und sofort losfuhr.

Kyla drehte sich nach dem Soldaten um, doch er war bereits wieder mit der Dunkelheit verschmolzen. »Kommt er nicht mit?« Es kam ihr unhöflich vor, dass sie sich noch nicht einmal von ihm verabschiedet hatte.

Chris warf ihr einen kurzen Blick zu. »Er hat einen eigenen Wagen und sorgt dafür, dass uns niemand folgt.«

Beruhigt lehnte sie sich im Sitz zurück, auch wenn sie es immer noch nicht über sich brachte, die Waffe aus der Hand zu legen. Während Kyla angestrengt aus dem Fenster starrte und nach einem Verfolger Ausschau hielt, fuhr Chris sie auf zahllosen Umwegen zum Flughafen. Als sie endlich dort ankamen und in das Parkhaus fuhren, lagen ihre Nerven blank. Sie war es nicht gewöhnt, sich so hilflos zu fühlen. Das wurde noch durch die fremde Umgebung verstärkt – und den mysteriösen Mann neben ihr. Auch wenn sie jetzt wusste, dass er ein deutscher Agent und nicht etwa ein afghanischer Verbrecher war, kannte sie ihn nicht genug, um nachvollziehen zu können, warum er in Afghanistan so gehandelt hatte. Oder warum er jetzt dafür sorgte, dass sie zum Flughafen kam, anstatt sich um seine abgebrannte Wohnung zu kümmern. Vielleicht wollte er sie einfach nur so schnell wie möglich loswerden.

Kyla seufzte laut und erntete dafür von Chris einen fragenden Blick, den sie aber ignorierte. Stattdessen stieg sie nach einem weiteren Rundblick aus. Noch immer war der Himmel pechschwarz, und das würde er noch einige Stunden bleiben. Der bei ihrer Ankunft extrem geschäftige Flughafen war in der Nacht deutlich ruhiger, was es ihr leichter machte, darauf zu achten, ob ihnen jemand auflauerte. Trotzdem konnte sie Henning wieder nicht entdecken, so sehr sie auch nach ihm Ausschau hielt. War er ihnen doch nicht gefolgt oder vielleicht aufgehalten worden? Besorgnis breitete sich in ihr aus. Eine Berührung an ihrem Arm ließ sie erschreckt herumwirbeln.

Besorgt blickte Chris sie an. »Was hast du?«

»Ich kann Henning nirgends entdecken. Glaubst du, es geht ihm gut?«

Seine Miene entspannte sich. »Ja, ich habe ihn schon gesehen. Er hält sich außer Sichtweite und beobachtet, ob wir ungewollte Aufmerksamkeit erregen.«

Noch einmal sah Kyla sich um. »Wie auch immer er das macht, ich will das auch können.«

Chris lächelte sie an. »Komm, wir besorgen ein Ticket und setzen uns dann in ein Café.«

»Ich habe bereits ein Ticket, ich muss nur noch angeben, wann ich fliegen will.« Sie setzte sich in Bewegung, um die Sache schnell hinter sich zu bringen. Glücklicherweise war ein Schalter der Fluggesellschaft besetzt, und sie kam sofort dran. Ohne sich umzudrehen wusste sie, dass Chris hinter ihr stand. Es war wie in Afghanistan, seine Nähe ließ ihre Haut prickeln. Mit Mühe konzentrierte sie sich auf die Angestellte der Fluggesellschaft und legte ihr Blankoticket auf den Tresen.

»Guten Tag, ich möchte gerne das Ticket gegen eines nach Washington, D.C. umtauschen. Wann geht der nächste Flug?«

Die Frau lächelte sie müde an. »Kleinen Moment, ich sehe nach.«

Eine Hand legte sich auf ihre Schulter. »Kann ich dich kurz sprechen?«

Mit einem stillen Seufzer drehte sich Kyla zu Chris um und ging ein paar Schritte zurück, damit sie ungestört waren. »Ja?«

»Ich dachte, du kehrst nach San Diego zurück.«

Kyla zuckte mit den Schultern und schnitt eine Grimasse, als die Bewegung an ihrer Halswunde zerrte. »Das hatte ich auch ursprünglich vor, aber nachdem ich jetzt weiß, dass nicht nur Khalawihiri entkommen ist, sondern sich auch Jade dort aufhält, halte ich es für wichtiger, an die Ostküste zu fliegen.«

»Hast du das mit deinen Vorgesetzten abgesprochen?«

Schweigend starrte Kyla ihn an. Es hatte ihn gar nicht zu interessieren, was sie Hawk und Matt sagte und was nicht! Natürlich würden die beiden alles andere als erfreut sein, wenn sie in Quantico auftauchte, aber sie konnten nichts dagegen tun. Sie würde Jade nicht noch einmal im Stich lassen.

Chris blickte sie durchdringend an. »Du lässt dich nicht umstimmen, oder?«

»Nein.« Sie verschränkte ihre Arme über der Brust. »Ich muss das machen.«

Kopfschüttelnd ging Chris zum Schalter und lächelte die Frau freundlich an. »Wir nehmen zwei Plätze für den Flug nach Washington. Wäre es möglich, dass wir am Notausgang sitzen? Sie wissen schon, wegen der langen Beine.«

Sprachlos starrte Kyla ihn an. Was tat er da? Da sie ihn im Moment nicht darauf ansprechen konnte, blieb ihr nichts anderes übrig, als gute Miene zum bösen Spiel zu machen, während die Angestellte die Flüge buchte, ihnen ihre Tickets aushändigte und eine angenehme Reise wünschte.

Sowie sie außer Hörweite waren, wandte sie sich zu Chris um. »Was soll das? Es war nie die Rede davon, dass du mit in die USA fliegst!«

»Bisher dachte ich ja auch, dass du nach Kalifornien zurückkehrst und dort auf dem Navystützpunkt in Sicherheit bist. Da du aber nach Washington fliegst und dich – wie ich dich kenne – in die Suche nach Khalawihiri einmischst, halte ich es für besser, wenn ich mitfliege.« Als sie den Mund öffnete, um dagegen zu protestieren, redete er schnell weiter. »Du glaubst doch nicht, dass wer auch immer hinter den Anschlägen auf dich und auf meine Wohnung steckt, aufgegeben hat? Sowie er oder sie erfährt, dass wir noch leben und noch dazu in den USA sind, wird es neue Mordversuche geben. Wenn sie uns finden.«

Das war ihr bewusst, aber sie konnte dennoch nicht verstehen, warum er das tat. »Was ist mit deinem Job? Ich kann mir nicht vorstellen, dass deine Vorgesetzten es gutheißen, wenn du einfach so ohne ein Wort verschwindest.«

Chris zuckte mit den Schultern. »Im Moment werden sie denken, dass ich tot bin. Ich werde mich irgendwann bei ihnen melden und die Sache erklären.«

»Und was ist, wenn sie dich deswegen entlassen?«

Sein Gesicht spannte sich an und ein merkwürdiger Ausdruck trat in seine Augen, den sie nicht deuten konnte. »Das werden sie nicht. Aber selbst wenn … es gibt wichtigere Dinge im Leben.«

Sie konnte ihm ansehen, dass er nicht weiter darüber reden wollte. Trotzdem hakte sie nach. »Und die wären?«

»Dafür zu sorgen, dass Khalawihiri wieder hinter Gitter kommt, zum Beispiel.« Sein Blick wurde intensiver. »Oder dass du am Leben bleibst.«

Unsicher sah sie ihn an. »Ich kann alleine auf mich aufpassen.«

Seine Mundwinkel hoben sich. »Das weiß ich, aber ich schlafe ruhiger, wenn ich mich jederzeit davon überzeugen kann.«

Ihr Herz klopfte schneller. »Warum?«

»Ich denke, die Antwort darauf kennst du, Shahla.«

12

Mühsam starrte Jade in die Dunkelheit. Schon vor mehreren Stunden war die Sonne untergegangen, und auf die schmalen Wege zwischen den hohen Bäumen drang kein Mondschein – wenn der Mond nicht sowieso hinter dicken Wolken versteckt gewesen wäre. Bisher hatten sie keine Spur von Khalawihiri oder dem Auto der Agenten gefunden. Aber wenn der Verbrecher den Wagen irgendwo in den Wald gefahren hatte, um ihn zu verstecken, würden sie ihn nachts sowieso nicht finden. Selbst am Tag wäre es vermutlich schwierig. Zudem konnte er das Gebiet schon längst verlassen haben. Zwar waren überall Straßensperren aufgebaut worden, aber das Wegenetz war zu weitläufig und zu verworren, um sämtliche Straßen abzudecken. Besonders, wenn Khalawihiri einen stattlichen Vorsprung hatte.

Verzweiflung drohte sie zu überwältigen. Zwar konnte sie sich nicht ganz erklären, warum es ihr so wichtig war, Khalawihiri eigenhändig ins Gefängnis zurückzubringen, schließlich hatte nicht er sie in Afghanistan eingesperrt und gefoltert, aber sie fühlte es in jeder Zelle ihres Körpers. Als könnte sie einen Weg zurück ins Leben finden, wenn sie etwas dazu beitrug, den Verbrecher zu fassen. Dabei war das lächerlich, nichts würde sie wieder zu dem Menschen machen, der sie vorher gewesen war. Mogadir hatte ihr etwas genommen, das nicht so leicht wieder aufzubauen war: den Glauben an sich selbst, das Vertrauen in ihre Fähigkeiten. Sie warf Hawk einen kurzen Seitenblick zu. Und das Vertrauen in andere.

Etwas blitzte im Licht der Scheinwerfer auf. »Halt an!«

Hawk trat sofort auf die Bremse und der Wagen kam schlitternd zum Stehen. Nur wenige Meter vor ihnen ragte das Heck eines Geländewagens auf den Weg. »Ruf Chambers an, das sieht aus wie der gesuchte Wagen.«

»Kannst du das Nummernschild sehen?«

»Nein, aber ich will auch nicht näher dran, falls Khalawihiri in der Nähe ist. Es könnte eine Falle sein.«

Angst überfiel sie, doch Jade unterdrückte sie. Jetzt war keine Zeit für einen Zusammenbruch. Sie hatte Hawk versprochen, dass sie der Aufgabe gewachsen war, und sie würde eher sterben, als zuzugeben, wie nervös sie der Gedanke machte, sie könnte in einer gefährlichen Situation erstarren. Es hing nicht nur ihr Leben davon ab, sondern auch Hawks, solange sie hier unterwegs waren. Jade biss die Zähne zusammen und zog das Handy heraus. Rasch wählte sie die Nummer des FBI-Agenten und gab ihm ihre Position durch. Chambers bestand darauf, dass sie auf Verstärkung warteten, aber Jade wusste nicht, ob sie das tun konnten. Wenn Khalawihiri hier noch irgendwo in der Nähe war, durften sie sich die Chance nicht entgehen lassen, ihn zu fassen, bevor er weiteres Unheil anrichtete.

»Ist Verstärkung unterwegs?«

Jade drehte sich im Sitz zu Hawk um. »Ja. Es wird allerdings mindestens zwanzig Minuten dauern, bis sie hier sind.«

Ein Muskel zuckte in Hawks Wange, seine Hände krampften sich um das Lenkrad. Jade wusste, dass er sofort losgestürmt wäre, wenn sie nicht mit im Auto säße.

Jade löste ihren Gurt und legte die Hand auf den Türgriff. »Ich sehe nach, ob der Motor noch warm ist.«

Blitzschnell schlangen sich Hawks Finger um ihren Arm. »Auf keinen Fall! Vielleicht wartet er nur darauf, dass wir aussteigen und er uns abschießen kann.«

»Das mag sein, aber wir können hier auch nicht einfach nur

sitzen bleiben, während er entkommt. Vielleicht ist er noch in der Nähe und wir können ihn festnehmen. Außerdem hätte er sonst sicher schon angefangen zu schießen.«

Hawk rieb über seine Stirn, als würde sie schmerzen. »Was hat Chambers dazu gesagt?«

»Wir sollen hier warten.«

»Dann sollten wir das lieber tun.« Seinen Worten fehlte jede Überzeugungskraft. Jade konnte seinem Gesicht ansehen, wie dringend er sich auf die Suche nach dem Verbrecher begeben wollte.

»Nein, das denke ich nicht. Könntest du damit leben, wenn wir Khalawihiri hätten erwischen können, aber ihn wegen unserer Feigheit haben entkommen lassen?«

Ein Muskel zuckte in Hawks Wange. »Es hat nichts mit Feigheit zu tun, wenn man gesunden Menschenverstand einsetzt und vorsichtig ist.«

»Wir können auch vorsichtig sein und trotzdem herausfinden, ob der Verbrecher hier noch irgendwo in der Gegend ist.« Sie zog ihren Arm aus seinem Griff und stieß die Beifahrertür auf.

Mit einem fast unhörbaren Fluch löschte Hawk das Innenraumlicht und die Scheinwerfer. Anstatt seine eigene Tür zu benutzen, rutschte er hinter ihr her, bis seine Wärme ihren Rücken einhüllte. Sofort kam sie sich sicherer vor und sie widerstand dem Drang, sich gegen Hawk zu lehnen und den Rest zu vergessen. Jetzt war es nur wichtig, Khalawihiri aufzuspüren, alles andere war nebensächlich. Als Hawk sie sanft anstupste, ließ sie sich aus dem Wagen gleiten und ging hinter der Tür in Deckung. Sie konnten nur hoffen, dass Khalawihiri nicht auf der gegenüberliegenden Seite in den Wald eingetaucht war und sie jetzt direkt im Schussfeld hatte. Hawk drängte sich an ihr vorbei, sodass er in der offenen Tür kauerte und sie mit seinem Körper deckte.

Als kein Schuss ertönte, entspannte er sich ein wenig und drehte seinen Kopf in Jades Richtung. »Bleib hier, ich sehe mir den Wagen an.« Seine Stimme war so leise, dass sie ihn kaum verstand.

Bevor sie protestieren konnte, war er schon unterwegs. Tief geduckt und mit der Waffe im Anschlag lief er zum Unglückswagen und blickte hinein. Anscheinend war er leer, denn Hawk schlich daran entlang, bis er die Motorhaube erreichte. Er legte seine Hand auf das zerstörte Metall und zog sie eilig wieder zurück. Nachdem er eine Weile in den Wald geblickt und gelauscht hatte, drehte er sich zu ihr um und gab ihr ein knappes Zeichen, zu ihm zu kommen.

Jades Beine zitterten, als sie rasch die offene Strecke überbrückte und sich neben ihn hockte. Ihre Waffe hielt sie zu Boden gerichtet, falls sich ein Schuss löste. »Glaubst du, er ist noch in der Nähe?« Auch sie flüsterte jetzt.

»Lange kann er jedenfalls noch nicht weg sein.«

Unbehaglich blickte sie sich um, der dunkle Wald wirkte bedrohlich. Doch dann riss sie sich zusammen. Khalawihiri war auch nur ein Mensch und er war sicher von seiner langen Flucht erschöpft. Jetzt war die beste Gelegenheit, ihn zu finden, besonders, wenn er sich bei dem Unfall vielleicht verletzt hatte. Gebückt bewegte sie sich um Hawk herum und verlor vor Schreck beinahe das Gleichgewicht, als er ihren Arm packte und sie zu sich heranzog.

Er brachte sein Gesicht dicht an ihres heran. »Was glaubst du, was du da tust?«

Jade presste ihre Lippen zusammen. »Meinen Job.«

Hawks Augen verengten sich. »Der besteht nicht darin, dich umbringen zu lassen!« Obwohl er leise sprach, war seine Verärgerung deutlich zu hören.

»Aber auch nicht darin, einen Verbrecher entkommen zu lassen, der schon unzählige Menschen getötet hat und nicht ruhen wird, bis er sein Ziel erreicht hat.« Ihre Stimme wurde sanfter. »Wir können ihn nicht einfach laufen lassen, Daniel.«

»Das habe ich auch nicht vor.« Mit den Fingern strich er über ihre Wange. »Aber ich möchte, dass du hier beim Auto bleibst und auf die anderen wartest.«

Während die liebevolle Geste ihr beinahe Tränen in die Augen getrieben hätte, weckten die Worte ihren Widerspruch. »Auf keinen Fall. Wenn wir gehen, machen wir das zusammen.«

»Jade …«

»Wer soll dir Rückendeckung geben, wenn du alleine durch den dunklen Wald rennst?«

Hawk beugte sich vor und legte seine Stirn an ihre. »Weißt du nicht, wie furchtbar es für mich wäre, wenn dir etwas zustoßen sollte?«

Jade schloss die Augen, damit er die Tränen nicht sah, die sich darin bildeten. »Doch, das weiß ich. Aber warum denkst du, dass es mir anders geht, wenn du dich in Gefahr begibst?« Es war ihr egal, dass sie damit zugab, noch etwas für ihn zu empfinden. Wenn Khalawihiri wirklich dort auf sie lauerte, dann konnte es gut sein, dass einer von ihnen nicht zurückkommen würde, und sie wollte Hawk nicht im Ungewissen über ihre Gefühle lassen. Sein Griff spannte sich um ihren Arm an, unter ihrer Hand konnte sie sein Herz heftig pochen spüren. Wann hatte sie ihre Hand auf seine Brust gelegt? Egal, es fühlte sich zu gut an, um sie wegzuziehen.

Da ihre Augen geschlossen waren, kam die leichte Berührung seiner Lippen an ihren unerwartet. Ihre Lider hoben sich, aber sie rückte nicht von ihm ab. Offenbar durch ihre fehlende Reaktion ermutigt, vertiefte Hawk den Kuss, seine Zungenspitze strich über ihre Unterlippe. Auch wenn sie wusste, dass es keine gute Idee war, ihn noch näher heranzulassen, öffnete sich ihr Mund und sie hieß seine Zunge willkommen. Für einen winzigen

Moment war es wie früher, die vertraute Art, wie er sie küsste, seine Nähe, sein Geruch, sein Geschmack, und sie vergaß alles um sich herum. Erst als er sich zögernd von ihr löste, erinnerte sie sich wieder daran, wo sie waren.

Bedauernd schob sie ihn von sich, blieb aber weiterhin in Deckung hinter dem Wagen. Wegen der Dunkelheit war es unmöglich, Hawks Gedanken in seinem Gesicht abzulesen, aber das war vielleicht auch besser so. Auch wenn sie den Kuss genossen hatte, musste sie Hawk klarmachen, dass sie deshalb nicht ihre Beziehung wieder aufnehmen konnten, als wäre nichts geschehen. Aber das würde warten müssen, zuerst mussten sie sich um Khalawihiri kümmern, dessen Vorsprung immer größer wurde, während sie hier herumtändelten.

Hawk schien ihren letzten Gedanken zu erahnen, denn er drehte sich um und schob sich langsam vorwärts. »Bleib dicht hinter mir. Sowie du etwas hörst, wirf dich zu Boden.«

Jade verdrehte ihre Augen, drückte aber nur kurz seinen Arm, damit er wusste, dass sie ihn verstanden hatte. Auch wenn sie ein halbes Jahr nicht gearbeitet hatte und die Geschehnisse in Afghanistan sie immer noch belasteten, hatte sie nicht alles vergessen, was sie in ihrem Training als FBI-Agentin und bei den TURT/LEs gelernt hatte.

Gemeinsam schlichen sie so leise wie möglich durch die dicht stehenden Bäume, was wegen der Dunkelheit recht schwierig war. Wie sollte man all die Äste und Stolperfallen umgehen, wenn man sie nicht rechtzeitig sah? Immerhin hatte es geregnet und die Zweige unter ihren Füßen gaben nur einen dumpfen Laut von sich, wenn sie unter ihrem Gewicht brachen. Immer wieder blieben sie stehen und lauschten, doch außer den Geräuschen, die der Wind im Geäst verursachte, war nichts zu hören. Entweder weil Khalawihiri schon außer Reichweite war, oder weil er sich irgendwo verkrochen hatte und sich ruhig verhielt.

Schließlich hielt Hawk an und drehte sich zu ihr um. »Das bringt so nichts. Wir können nicht sicher sein, dass er überhaupt in diese Richtung gegangen ist. Er könnte auf der anderen Seite der Straße sein oder sonst wo. Es ist besser, wir kehren zum Auto zurück und warten dort auf die anderen. Mit Spürhunden und Wärmebildkameras können sie ihn sicher finden.«

So gern sie auch dagegen protestieren wollte, sie wusste, dass Hawk recht hatte. Es brachte nichts, blind durch den Wald zu stolpern, wenn sie nicht einmal wussten, wo Khalawihiri war. »Okay.«

Aufmunternd drückte Hawk ihre Hand. »Wir kriegen ihn, Jade.«

Sie erwiderte den Druck, bevor sie ihre Hand rasch wegzog. »Hoffentlich kommen die anderen bald.«

In einiger Entfernung ertönte ein lauter Knall und Jade zuckte zusammen. Sie blickten sich an, bevor sie losrannten. Jades rauer Atem klang laut in ihren Ohren, nur übertönt vom Knacken und Rascheln, das jeden ihrer Schritte begleitete. Sie machten etwa so viel Lärm wie eine Herde Elefanten, Khalawihiri würde keine Mühe haben, sie kommen zu hören. Vor allem konnten sie direkt in eine Falle laufen. Automatisch wurde sie langsamer und versuchte, den Umgebungsgeräuschen zu lauschen. Ein Prickeln lief über ihren Nacken, sie hatte das Gefühl als wären von allen Seiten Augen auf sie gerichtet. Dabei war das gar nicht möglich, der Schuss war deutlich weiter entfernt gewesen.

Oder? Sie konnte es nicht mit Gewissheit sagen, und das machte sie nervös. Hawk war auch langsamer geworden und wandte sich jetzt zu ihr um. Zumindest glaubte sie das, in der mondlosen Dunkelheit konnte sie nicht sicher sein. Er war nur wenige Meter vor ihr, aber das erschien ihr plötzlich viel zu weit entfernt. Bevor sie die Strecke überwinden konnte, hörte sie einen dumpfen Laut und dann ein Krachen im Unterholz, als würde etwas Großes hindurchbrechen. So angestrengt sie auch starrte, sie konnte nicht erkennen, was das war.

Vorsichtig trat sie einen Schritt vor. »Daniel?« Sein Name war nur ein Hauch.

Keine Antwort. Ein Schauer lief durch ihren Körper, und sie hob ihre Waffe, während sie angestrengt dorthin starrte, wo sie ihn gerade eben noch gesehen hatte. Oder hatte sie sich das nur eingebildet? War er weitergelaufen und inzwischen schon zu weit entfernt, um sie zu hören? Nein, er würde sie nie alleine lassen, das wusste sie. Mühsam versuchte sie, ihren rasenden Herzschlag zu beruhigen, damit sie besser hören konnte. Es war totenstill um sie herum. Aber Hawk konnte nicht einfach spurlos verschwunden sein, er musste hier in der Nähe sein.

Jade hockte sich hin, damit sie ein kleineres Ziel abgab und begann, den Boden um sich herum abzutasten, während sie sich langsam in Richtung der Stelle bewegte, wo sie Hawk zuletzt gesehen hatte. Ihre Hände glitten über feuchtes Laub, von Moos glitschige Steine und matschigen Boden. Keine warme Haut und feste Muskeln oder wenigstens Kleidung. Es war, als hätte sich Hawk in Luft aufgelöst. Panik schnürte ihr die Kehle zu, als sie ihn auch nach einigen Minuten, die ihr wie Stunden vorkamen, noch nicht gefunden hatte.

»Daniel, sag mir, wo du bist. Wenn du nicht reden kannst, gib einfach einen Laut von dir.« Ihre Stimme war nicht mehr als ein krächzendes Flüstern.

Doch so sehr sie auch lauschte, es blieb völlig still. Ihr Nacken kribbelte, ihre Zähne klapperten vor Anspannung. Mit letzter Kraft riss sie sich zusammen. Sie durfte jetzt nicht zusammenbrechen, Hawk brauchte sie. Ihre Hand glitt in die Hosentasche und sie zog ihr Schlüsselbund heraus. Erleichtert atmete sie auf, als ihre Finger die winzige Taschenlampe ertasteten, die daran befestigt war. Sie drückte auf den Knopf und ein dünner, aber starker Lichtstrahl glitt über die Umgebung. Damit gab sie ihre Position bekannt, falls Khalawihiri sie beobachtete, aber sie musste es riskieren. Hawk musste hier irgendwo sein, und falls er verletzt war, brauchte er so schnell wie möglich Hilfe. Doch dafür musste sie ihn erst einmal finden.

So dicht am Boden wie möglich ließ sie den Strahl über die Umgebung wandern. Nichts. Die Angst breitete sich weiter in ihr aus, und ihre Hand zitterte so sehr, dass sie kaum die Lampe halten konnte. Sie schloss ihre Hand so fest darum wie sie konnte, aus Furcht, den Schlüsselbund zu verlieren und damit ganz im Dunkeln zu stehen. Es schien Stunden zu dauern, bis sie eine Stelle entdeckte, an der der Boden aufgewühlt war. Rasch folgte sie den Spuren, die von dort ausgingen, bis sie an einen steilen Abhang kam. Die Erde brach einfach ab und ging in einen Steilhang über. Im Dunkeln war das nicht zu entdecken, selbst mit dem Lichtstrahl musste sie direkt an den Rand treten, um ihn zu bemerken.

Mit der Taschenlampe leuchtete sie hinunter, aber das Licht reichte nicht bis zum Boden. Die Spuren zeigten allerdings deutlich, dass jemand hier heruntergerutscht war. »Daniel?«

Wieder erhielt sie keine Antwort. Ihre Kehle schnürte sich bei der Vorstellung zu, dass Hawk dort unten verletzt liegen könnte. Oder vielleicht war er auch schon tot. Nein, das durfte sie nicht denken, sonst würde sie zusammenbrechen und konnte ihm nicht mehr helfen. Nach einem tiefen Atemzug steckte sie die Waffe und den Schlüsselbund zurück in ihre Tasche und machte sich an den beschwerlichen Abstieg. Immer wieder rutschte sie aus und konnte sich erst in letzter Sekunde festhalten. Ihre Handflächen brannten von den Wunden, die sie sich an scharfkantigen Steinen und Dornen zugezogen hatte. Doch das merkte sie kaum, sie konzentrierte sich nur darauf, so schnell wie möglich hinunterzukommen und Hawk zu finden.

Jade machte einen weiteren Schritt nach unten und verlor das Gleichgewicht, als plötzlich der Hang unter ihrem Fuß nachgab und sie in die Tiefe stürzte. Verzweifelt suchte sie einen Halt, doch es gab keinen. Instinktiv schützte sie den Kopf mit ihren Armen und rutschte auf dem Rücken den Abhang hinunter. Nach wenigen Sekunden kam sie hart auf und presste die Lippen fest aufeinander, um keinen Schmerzenslaut von sich zu geben. Sie war nur wenige Meter gefallen, aber trotzdem tat ihr alles weh. Wie musste es da erst Hawk gehen, wenn er von ganz oben heruntergerutscht war?

Glücklicherweise hatte sie sowohl Waffe als auch Taschenlampe vorher weggesteckt, sonst hätte sie sie vermutlich bei dem Sturz verloren. Mit zitternden Fingern zog sie ihr Schlüsselbund heraus. Hoffentlich funktionierte die Lampe noch. Sie drückte den Knopf und atmete auf, als der Lichtstrahl die Dunkelheit durchdrang. Rasch leuchtete sie die Umgebung ab. Wenn Hawk den Abhang hinuntergestürzt war, musste er hier irgendwo in der Nähe sein.

»Daniel?« Die dichte Vegetation am Grund der Senke schien ihre Stimme zu verschlucken.

Als immer noch keine Antwort kam, begann sie damit, die Umgebung systematisch abzusuchen. Wenn Hawk bei Bewusstsein wäre, würde er auf ihre leisen Rufe reagieren. Also musste er bewusstlos sein – oder tot. Da sie die zweite Möglichkeit nicht akzeptieren konnte, konzentrierte sie sich ganz auf die erste. Er musste irgendwo dicht am Abhang liegen, nur so weit entfernt, wie ihn der Schwung hätte tragen können. Außer Khalawihiri hatte ihn weggeschleppt, aber sie glaubte nicht, dass der Verbrecher hier unten war. Was hätte er davon?

Langsam bewegte Jade sich vorwärts, bis sie über ein Hindernis stolperte. Sie konnte sich gerade noch abfangen und leuchtete mit der Taschenlampe nach unten. Ihr Herz blieb für einen

Moment stehen, als sie ein Bein erblickte, das unter einem Busch herausragte. »Oh Gott, Daniel!«

Jade ließ sich auf die Knie fallen und schob rasch die Zweige beiseite, die ihr die Sicht verdeckten. Ihre Angst nahm zu, als sie Hawk so regungslos dort liegen sah. Da er auf dem Bauch lag und sein Gesicht ihr abgewandt war, konnte sie nicht erkennen, ob er noch lebte. Zögernd beugte sie sich über ihn und legte ihre Hand auf seinen Rücken. Es dauerte ein paar Sekunden, bevor sie seinen Herzschlag und auch seine Atemzüge ausmachen konnte. Erleichtert atmete sie auf, auch wenn es sie immer noch beunruhigte, dass er sich nicht rührte. Sie kroch neben ihn in das Gestrüpp und strich mit den Fingerspitzen über seine Wange. Mit der Taschenlampe leuchtete sie ihn ab, konnte aber keine Verletzung erkennen. Am liebsten würde sie ihn auf den Rücken drehen, aber sie hatte Angst, dass er sich eine Verletzung am Rückgrat zugezogen haben könnte und die Bewegung ihm schaden würde.

Daher beugte sie sich noch tiefer hinunter und sprach direkt in sein Ohr. »Daniel, kannst du mich hören?« Sein Augenlid zuckte, aber sonst war keine Reaktion zu spüren. Jade legte ihre Hand um seinen Kopf. »Du musst jetzt aufwachen, Daniel. Wir müssen hier weg.«

Ein tiefes Stöhnen erklang, scheinbar unendlich langsam öffneten sich Hawks Augen. Die Erleichterung war so groß, dass sie umgefallen wäre, wenn sie nicht bereits gesessen hätte. Zwar wusste sie noch nicht, wie schwer er verletzt war, aber immerhin reagierte er auf ihre Stimme. Eine Träne lief über ihre Wange, aber sie lächelte ihn zittrig an. »Willkommen zurück.«

»L…licht.«

Rasch senkte sie die Taschenlampe zu Boden, damit sie Hawk nicht weiter blendete. »Entschuldige.«

»Jade?« Er versuchte, sich zu bewegen, doch sie hinderte ihn daran.

»Ja, ich bin hier. Bleib ruhig liegen, bis ich herausgefunden habe, ob du verletzt bist.« Behutsam strich sie über seine Wange. »Tut dir etwas weh?«

Ein atemloses Lachen erklang, bevor es in einem Stöhnen endete. »Alles.«

Das war nicht sonderlich hilfreich, auch wenn sie ihn gut verstehen konnte. Wenn das Adrenalin in ihrem Körper abgeebbt war, würde sie sicherlich auch unzählige Blessuren von dem Sturz spüren.

»Okay, tut irgendetwas besonders weh? Hast du Probleme beim Atmen?«

Eine Weile schwieg Hawk, seine Augenbrauen zogen sich zusammen. »Mein Kopf. Alles andere scheint halbwegs zu funktionieren.«

Jade biss auf ihre Lippe. Sollte er eine ernsthafte Kopfverletzung haben, musste er auf schnellstem Wege in ein Krankenhaus. Zwar schien er klar denken zu können, aber die Auswirkungen eines Schädelbruchs oder eines Blutgerinnsels könnten auch später noch auftreten. Noch einmal ließ sie ihre Hände durch seine Haare gleiten, doch sie konnte keine Verletzungen feststellen. »Kannst du deinen Rücken ganz steif halten? Dann drehe ich dich um.«

»Ja.«

Vorsichtig schob sie ihre Hand unter seinen Nacken, um ihn zu stützen, und drehte dann mit der freien Hand seinen Oberkörper um, bis er auf dem Rücken lag. In der Dunkelheit konnte sie es nicht richtig erkennen, glaubte aber, dass sein Gesicht sehr blass war. Eine steile Falte erschien zwischen seinen Augenbrauen, sein Atem ging heftig. Blut überzog seinen Wangenknochen und verschwand in seinem Haaransatz. Übelkeit stieg in ihr auf, aber sie ignorierte es. Jetzt war es nur wichtig, herauszufinden, was Hawk fehlte und ihn zu stabilisieren, bis Hilfe kam. Sanft drehte sie seinen Kopf zur anderen Seite und untersuchte die Wunde. Ein breiter, aber harmloser Kratzer zog sich über seine Wange, die gefährlichere Verletzung war eine dicke Beule ein Stück über seiner Schläfe.

Sowie Jade sie berührte, zuckte Hawk zusammen. »Entschuldige. Ich denke, wir haben den Grund für deine Kopfschmerzen gefunden. Ein Hühnerei ist nichts dagegen.« Über der Beule war die Haut aufgeplatzt, daher das viele Blut. »Fühlst du dich schwindelig?«

Hawks Lippen pressten sich aufeinander. »Ein wenig.«

Wahrscheinlich mindestens eine Gehirnerschütterung, er musste dringend in ein Krankenhaus. Schweigend machte sie sich daran, den Rest seines Körpers zu untersuchen. Zwar hatte sie keine größeren medizinischen Kenntnisse, aber es schien zumindest nichts gebrochen zu sein. Was schon beinahe einem Wunder gleichkam.

Als sie wieder bei seinem Gesicht ankam, blickte Hawk sie fragend an. »Was ist eigentlich passiert?«

»Du bist einen Abhang hinuntergefallen. Er war in der Dunkelheit nicht zu sehen.«

Hawk verzog den Mund. »Und was ist mit Khalawihiri?«

»Nach dem Schuss habe ich nichts mehr gehört. Ich denke aber, er ist nicht mehr in der Nähe, wir sollten also relativ sicher sein, bis die Kavallerie kommt.« Jedenfalls hoffte sie das. Aber es brachte auch nichts, Hawk in seinem Zustand nervös zu machen. »Ich rufe jetzt Guy an, damit er jemanden hierherschickt und uns herausholt.«

Sie holte ihr Handy heraus, das den Sturz glücklicherweise heil überstanden hatte und schaltete es an. Sofort blinkte ihr eine Meldung entgegen: Kein Empfang. Verdammt! Hilflos ließ sie das Handy sinken und sah Hawk an.

»Was ist?«

»Ich bekomme hier unten keinen Empfang.« Jade rieb über ihre Stirn, während sie den Abhang hinaufblickte. Entweder konnte sie versuchen, hochzuklettern und dort Empfang zu bekommen, aber dann müsste sie Hawk alleine lassen, und das wollte sie mit seiner Kopfverletzung und der drohenden Gefahr durch Khalawihiri nicht. Oder sie konnte hier warten, bis Guy und seine Leute eintrafen und dann hoffen, dass sie gefunden wurden. Beides war gefährlich und könnte für Hawk tödlich enden.

»Dann müssen wir wieder hoch.«

Ihr Kopf ruckte zu ihm herum. »Das geht nicht. Schon das Runterklettern war nahezu unmöglich, wir würden hier nie hochkommen, erst recht nicht in deinem Zustand.«

»Dann suchen wir uns einen anderen Weg. Ich möchte hier jedenfalls nicht die Nacht verbringen, falls uns niemand findet.« Er winkelte die Arme an und schob seinen Oberkörper langsam hoch.

Sofort stützte Jade ihn, denn es war klar, dass es ihm alleine nie gelingen würde, sich aufzusetzen. »Sei bitte vernünftig, es ist viel zu gefährlich mit einer Gehirnerschütterung oder möglicherweise noch viel schlimmeren Verletzungen durch einen Wald zu stolpern.«

Hawk presste die Lippen zusammen und zog die Beine an. »Ich lasse dich hier nicht ungeschützt herumsitzen, nur weil ich so blöd war, einen Abhang zu übersehen.« Er schlang seinen Arm um ihre Schultern und stand mit ihrer Hilfe auf.

Zwar war sie immer noch der Meinung, dass es eine dumme Idee war, aber sie kannte Hawk gut genug, um zu wissen, dass er genau das tun würde, was er sich in den Kopf gesetzt hatte. Sie musste nur einen geeigneten Weg finden, wie sie ihn zurück zum Auto bekam.

13

Hawk unterdrückte ein Stöhnen, als er mit Jades Hilfe auf die Füße kam. Jeder Muskel und Knochen in seinem Körper schmerzte von dem Sturz, und die Vorstellung, in diesem Zustand durch den Wald laufen und womöglich einen Terroristen abwehren zu müssen, ließ seinen Kopf beinahe explodieren. Schwarze Punkte flimmerten vor seinen Augen, die seine Nachtsicht nicht gerade verbesserten, und jede Bewegung löste Übelkeit in ihm aus. Als er schwankte, verstärkte sich sofort Jades Griff um seine Taille. Am liebsten würde er ihr sagen, wie stolz er darauf war, wie sie die Situation meisterte, aber er wusste, wie sie darauf reagieren würde, deshalb ließ er es lieber. Anscheinend hatte sie im richtigen Moment ihre Stärke wiedergefunden, um sie beide hier herauszuholen.

Zum Glück, denn er war derzeit nicht dazu in der Lage. Hauptsache, er blieb auf den Beinen, bis sie beim Auto ankamen – oder zumindest an einer Stelle mit Telefonempfang –, denn tragen konnte sie ihn auf keinen Fall.

»Bereit?« Ihrer Stimme war die Anstrengung anzuhören, ihn aufrecht zu halten. Trotz ihrer Größe von 1,80 Metern war er zwanzig Zentimeter größer und vor allem sicher fünfzig Kilo schwerer als Jade. Hawk versuchte, sich etwas von ihr zu lösen, doch sie zog ihn sofort wieder an sich. »Stütz dich auf mich, denn wenn du umfällst, kriege ich dich nicht wieder hoch.« Er schnitt eine Grimasse, gab aber einen zustimmenden Laut von sich. »Ich möchte, dass du mir sofort sagst, wenn es dir schlechter geht, Daniel. Ich werde auf keinen Fall deine Gesundheit riskieren.«

»Okay.« Es war allerdings eine Lüge. Er würde alles tun, um sie in Sicherheit zu bringen, egal, was es ihn kostete. Nur weil er ihr nichts abschlagen konnte, waren sie überhaupt hier. Wenn Jade jetzt durch sein Verschulden zu Schaden kam ...

Hawk verdrängte rasch den Gedanken und konzentrierte sich darauf, vorsichtig einen Fuß vor den anderen zu setzen. Die ersten Schritte schmerzten höllisch, aber irgendwann hatte sein Körper sich an die Bewegung gewöhnt und meldete nur noch ab und zu einen Schmerz. Das galt allerdings nicht für seinen Kopf, dem die Bewegung überhaupt nicht guttat. Das Blut hämmerte in seinen Schläfen, und seine Sicht wurde immer schlechter. Allerdings konnte er in der Dunkelheit sowieso nicht viel erkennen. Der Lichtstrahl schien schwächer zu werden und er stolperte immer öfter. Es kostete ihn jedes Mal mehr Kraft, sich vorwärtszubewegen, und mehr als einmal hatte er sich bereits zur Seite gebeugt und übergeben.

Er konnte Jades Sorge spüren, aber sie sagte nichts, sondern stützte ihn immer mehr. Nach einiger Suche fanden sie schließlich eine Stelle, die flach genug war, um von dort aus hochzuklettern. Jade ging hinter ihm und schob ihn praktisch hoch, während er beinahe auf allen vieren den Hang hinaufkroch. Oben setzte er sich hin und lehnte seinen Rücken an einen Baumstamm. Jade ließ sich neben ihn fallen, und eine Weile waren nur ihre heftigen Atemzüge zu hören.

»Ich hätte in den letzten Monaten mehr trainieren müssen. Yoga bereitet nicht wirklich auf solch eine Situation vor.« Die Erschöpfung war in ihrer Stimme deutlich zu hören, genauso wie der Selbstvorwurf.

Hawk öffnete die Augen und blickte in Jades Richtung. Er konnte nur einen etwas helleren Schatten erkennen. »Du musstest dich erst einmal erholen. Es erwartet niemand von dir, dass du sofort wieder fit bist.«

»Ich erwarte es von mir, schließlich hatte ich monatelang nichts anderes zu tun. Und ich war körperlich schon nach kurzer Zeit wieder auf dem Damm.« Ihre Stimme war fast nur ein Hauch, als sie weitersprach. »Ich hätte nie zulassen dürfen, dass sie mir meine Stärke nehmen.« Sie klang so einsam und besiegt, dass er es kaum aushielt.

Blind tastete er nach ihrer Hand und drückte sie. »Jade …«

Abrupt setzte sie sich auf und entzog ihm ihre Finger. »Anstatt hier herumzusitzen sollte ich lieber versuchen, Guy zu erreichen, damit du so schnell wie möglich in ein Krankenhaus kommst.«

Er hatte zwar nicht vor, in ein Krankenhaus zu gehen und Jade alleine zu lassen, aber es wäre doch gut, endlich diesen elenden Wald verlassen zu können. Ein leuchtendes Rechteck erschien in Jades Hand, gleich darauf piepste das Handy.

Jade gab einen triumphierenden Laut von sich. »Wir haben Empfang. Guy hat schon eine SMS geschrieben und gefragt, wo zum Teufel wir sind, als er uns nicht erreichen konnte. Sie sind in fünf Minuten am Auto. Ich sage ihm wohl besser, dass wir nicht beim Auto geblieben sind und er uns retten darf.« Ein Hauch von Scham klang in ihren Worten mit und versetzte Hawk einen Stich.

»Wir können ihnen auch entgegengehen.« Wenn er überhaupt wieder hochkam; durch das Sitzen waren seine Muskeln erneut steif geworden.

Jade gab einen missmutigen Laut von sich. »Wenn ich noch wüsste, in welche Richtung wir gehen müssen, könnten wir das tun. Durch deinen Sturz und die Suche nach einer geeigneten Stelle zum Hochklettern bin ich mir nicht mehr sicher, wo die Straße ist. Außerdem hat die Taschenlampe ihren Geist aufgegeben.«

Also lag es doch nicht nur an seinen Augen, dass er kaum etwas sehen konnte, das war beruhigend. Er hatte keine Ahnung, wie es Jade gelungen war, sie überhaupt bis hierher zu bringen. »Dann warten wir.« Langsam schloss er wieder die Augen und genoss das Gefühl von Jades Körper an seiner Seite. Er musste ihr unbedingt noch sagen, wie froh er war, einfach nur bei ihr sein zu können …

»Daniel! Komm schon, wach endlich auf!«

Die drängende Stimme drang langsam in sein Bewusstsein. *Jade!* Er wollte sich aufsetzen, doch etwas Schweres drückte ihn hinunter, nicht einmal seine Arme konnte er bewegen, sie schienen wie aus Blei. Mühsam öffnete er ein Auge und blinzelte in die Dunkelheit.

»Jade?« Seine Stimme klang, als käme sie von weit her. Das Wort war kaum zu verstehen. Eine weiche Hand legte sich um seine Wange, und er schmiegte sich in die Berührung.

»Oh Gott, ich dachte schon, ich hätte dich verloren! Du bist einfach weggesackt, während ich telefoniert habe.« Ihre Stimme zitterte hörbar.

»Tut mir … leid.« Er befeuchtete seine trockenen Lippen mit der Zunge und schmeckte Blut und Dreck. Sein Magen hob sich, doch er schaffte es, die Übelkeit zurückzudrängen. »Sind die anderen schon angekommen?«

»Nein, aber sie müssten gleich da sein. Guy wird uns mithilfe des GPS-Chips in meinem Handy finden.«

»Gut.« Seine Lider wurden schwerer, aber er zwang sich, der Schwäche nicht nachzugeben, weil er wusste, dass Jade sich dann um ihn sorgen würde. Außerdem könnte es immer noch sein, dass Khalawihiri in der Nähe war. »Hast du deine Waffe noch griffbereit?«

Wortlos hob Jade ihre andere Hand, in der sie einen Gegenstand hielt. Er nahm an, dass es eine Pistole war. »Gut.« Mit einiger Mühe hob er seine Hand und legte sie über ihre. »Ich bin froh, dass du bei mir bist, Jade. Aber wenn Khalawihiri auftauchen sollte, möchte ich, dass du dich in Sicherheit bringst.« Es war klar, dass er ein perfektes Ziel abgab, wenn er hier lag wie ein gestrandeter Wal.

Jade beugte sich dichter über ihn, sodass er beinahe das Funkeln ihrer Augen ausmachen konnte. »Du glaubst doch nicht im Ernst, dass ich dich im Stich lasse, oder? Der Gedanke an dich hat mich damals in Mogadirs Festung durchhalten lassen. Ich schulde dir mein Leben.«

Zwar wäre es ihm lieber gewesen, sie hätte ihm gesagt, dass sie ihn liebte, aber es war schon ein guter Anfang, wenn sie zugab, an ihn gedacht zu haben. Darauf konnte er aufbauen. »Jade ...«

Sie ließ ihn nicht ausreden, sondern presste ihren Mund sanft auf seinen. Diesmal schlossen sich seine Augen und für einen winzigen Moment vergaß er alle Schmerzen und auch die Gefahr, in der sie schwebten. Es zählte nur Jades Mund an seinem, ihr Atem, der sich mit seinem mischte.

Motorengeräusch ließ sie auseinanderfahren. Jade richtete sich auf, ihre Hand verschwand von seiner Wange. Den Verlust spürte er beinahe körperlich. Mit einem tiefen Stöhnen stemmte er sich auf seine Ellbogen, aber weiter kam er nicht aus eigener Kraft. »Hilf mir hoch.«

»Ich halte es für besser, wenn du hier still liegen bleibst.« Ihre Hand legte sich auf seine Brust, als würde sie seinen Herzschlag prüfen.

»Je näher wir dran sind, desto schneller kommen wir hier raus. Und da wir durch die Geräusche jetzt die Richtung der Straße kennen, können wir ihnen entgegengehen.«

Jade blickte ihn lange schweigend an, bis sie schließlich nickte. »Okay. Aber sowie du nicht mehr kannst, sagst du Bescheid.«

Damit hatte er kein Problem, er war schließlich nicht lebensmüde. »Abgemacht.« Er hielt Jade seine Hände entgegen und unterdrückte ein Stöhnen, als der Schmerz durch seinen Brustkorb schoss. Wenn schon diese kleine Bewegung so schmerzte, konnte er sich gut vorstellen, was es ihn kosten würde aufzustehen, geschweige denn, seinen Körper in Bewegung zu setzen.

Bemüht, Jade nichts davon an seinem Gesichtsausdruck erkennen zu lassen, biss er seine Zähne zusammen und gab keinen Laut von sich, als sie ihn vorsichtig hochzog. Beinahe verlor sie dabei ihr Gleichgewicht und wäre auf ihn gefallen, doch sie konnte sich gerade noch abfangen. Schließlich standen sie beide keuchend aufrecht.

»Es wäre sehr nett, wenn du ein paar Kilos verlieren würdest, bevor du dich noch einmal verletzt.«

Hawks Augenbraue schoss nach oben, was einen stechenden Schmerz an seiner Schläfe auslöste. Er presste die Hand an seinen Kopf. »Nennst du mich etwa fett?«

»Nein, nur schwer. Warum können auch keine SEALs in der Nähe sein, die dich zum Wagen tragen?«

Ja, und danach würden sie es ihn nie wieder vergessen lassen, dass er durch seine eigene Ungeschicklichkeit verletzt worden war. »Nein, danke.«

In der Dunkelheit konnte er Jades Blick auf sich fühlen. »Warum nicht? Ich dachte, du verstehst dich gut mit den SEALs.«

»Mit den meisten schon. Aber ich bin keiner von ihnen, und das lassen sie mich unbewusst auch deutlich spüren.«

Jade drückte sanft seine Seite. »Das wusste ich nicht.«

Hawk hob die Schultern und zuckte vor Schmerz zusammen. »Sie machen es nicht absichtlich. Es ist einfach die Art, wie sie sich mit ein paar Worten oder Handbewegungen verständigen, deren Bedeutung nur sie verstehen. Ihre Ausbildung und ihre Missionen schweißen sie zusammen, da ist es nur natürlich, dass ein Außenstehender wie ich nicht in den inneren Kreis gelassen wird.«

»Das tut mir leid.«

Hawk biss die Zähne zusammen, um nicht noch mehr zu sagen. Jade war tagelang gefoltert worden und er jammerte, weil er sich manchmal wie ein Außenseiter fühlte. Es wurde Zeit, sich wieder auf die wichtigen Dinge zu konzentrieren. »Gehen wir.«

Jade trat näher und schob ihre Schulter unter seine Achsel. »Stütz dich auf mich und geh so langsam wie nötig.«

Dankbar für die Hilfe schob er einen Fuß vor und atmete gegen den Schmerz an, den die Bewegung in seinem ganzen Körper auslöste. Erleichtert bemerkte er, dass Jade in ihrer rechten Hand weiterhin ihre Waffe hielt und wachsam die Umgebung im Auge behielt. Die Gefahr hatte anscheinend die Agentin in ihr wieder zum Vorschein treten lassen, die vorher verschüttet gewesen war.

Beinahe automatisch setzte Hawk einen Fuß vor den anderen und bemühte sich, sein Gewicht nicht zu sehr auf Jade zu stützen. Er hatte jedes Zeitgefühl verloren, deshalb blieb er überrascht stehen, als auf einmal ein Lichtstrahl auf sie fiel. Verspätet versuchte er sich zu ducken und riss Jade dabei mit sich. Noch im Fallen drehte er sich, damit er nicht auf ihr landete. Da er sie umklammert hielt, konnte er sich nicht mit den Armen abstützen und prallte ungebremst auf den Boden. Sein Körper erstarrte, als der Schmerz in einer Schockwelle durch ihn raste. Sein Blick blieb an Jades Gesicht hängen, die ihn mit weit aufgerissenen Augen anstarrte. Ihre Lippen bewegten sich, doch er verstand sie nicht. Er konnte die Gegenwart von anderen Menschen spüren, der Suchtrupp war eingetroffen. Beruhigt, dass Jade jetzt in Sicherheit war, schloss er die Augen und ließ los.

Auch Stunden später gelang es Jade nicht, die Furcht um Hawk ganz zu verdrängen. Seine Augen hatten sich geschlossen, und er war einfach unter ihr zusammengesackt. Für einen winzigen

Moment hatte sie gedacht, er wäre tot, doch schließlich hatten ihre zitternden Finger einen kräftigen Puls an seinem Hals erfühlt. So sehr sie das auch erleichtert hatte, die Tatsache, dass er nicht wieder aufgewacht war, egal was sie auch versuchte, löste in ihr die schlimmsten Befürchtungen aus. Die Fahrt zur Krankenstation der Militärbasis kam ihr unendlich lange vor, und die Wartezeit, bis die erlösende Nachricht kam, dass Hawk nur etliche Prellungen und eine Gehirnerschütterung davongetragen hatte, schien ewig zu dauern.

Jade beugte sich über das Bett und strich mit dem Zeigefinger über die Furche zwischen Hawks Augenbrauen. Selbst im Schlaf schien er trotz starker Schmerzmittel noch Schmerzen zu haben, und Jade wünschte, sie könnte sie lindern. Doch sie war machtlos, wenn es um diesen Mann ging. Sowie er in der Krankenstation aufgewacht war, hatte er verlangt, dass sie ihn ins Hotel brachte. Der Arzt hatte widerwillig zugestimmt, da keine akute Gefahr bestand, sofern jemand bei ihm blieb und ihn alle paar Stunden weckte.

Und nun saß sie hier an seinem Bett und wünschte, sie könnte ihm die Erschöpfung aus dem Gesicht wischen. Oder sich einfach neben ihn legen und seine Nähe genießen. Aber dann würde sie sofort einschlafen, und das durfte sie nicht, solange Hawk noch verletzt war. Also begnügte sie sich damit, ihren Blick über ihn wandern zu lassen und die Veränderungen der zehn Monate seit ihrer Beziehung an ihm zu katalogisieren. Angefangen von den tieferen Falten in Augen- und Mundwinkeln, über den Gewichtsverlust, der die Knochen in seinem Gesicht schärfer hervorstehen ließ, bis hin zu den ersten grauen Stoppeln in seinen blonden Haaren. Noch schlimmer fand sie aber, dass er sein Lachen und seine lockere Art verloren hatte. Es tat ihr weh, zu sehen, wie viel ihn ihre Gefangenschaft gekostet hatte. Und sie fühlte sich schuldig.

Natürlich wusste sie, dass allein Mogadir die Schuld daran trug, aber tief in ihr sagte eine Stimme, dass sie selbst es war, die den Geschehnissen so viel Macht einräumte. Wenn sie so weitermachte, hatte der Warlord gewonnen. Wut stieg in ihr hoch, auf Mogadir, aber auch auf sich selbst. Es gab so viele Menschen, die ihr angeboten hatten, ihr zu helfen, aber sie hatte jeden abgewiesen. Aus Scham, aber auch, weil sie glaubte, die Sache selbst durchstehen zu müssen.

Die Psychiaterin hatte immer wieder versucht, sie dazu zu bringen, wieder Gefühle zuzulassen, diejenigen, die ihr nahestanden wieder an sich heranzulassen, aber es war ihr nicht gelungen. Zu sehr fühlte sie sich von dem beschmutzt, was Mogadirs Männer ihr angetan hatten. Wenn sie es gekonnt hätte, hätte sie jeden Zentimeter ihres Körpers abgeschrubbt, bis sie nicht mehr die Berührungen der Bastarde spüren konnte. Aber das ging nicht. So musste sie sich damit zufriedengeben, dass sie die Männer während ihres letzten Angriffs getötet hatte und Mogadir im Gefängnis schmorte.

Trotzdem hatte sie immer noch das Gefühl, dass ihr Körper nicht mehr ihr gehörte, er fühlte sich ... fremd an. Sie blickte an sich herunter und schnitt eine Grimasse, als sie ihre dreckige Kleidung sah. Vermutlich sollte sie duschen und sich etwas Sauberes anziehen, damit sie bereit war, wenn es eine neue Spur von Khalawihiri gab.

Jade stand abrupt auf, zu unruhig, um noch länger stillzusitzen. Sie beugte sich über Hawk und hauchte einen Kuss auf seine Stirn. Als sie sich aufrichtete, bemerkte sie, dass seine Augen offen waren.

Erschreckt zuckte sie zusammen. »Entschuldige, ich wollte dich nicht wecken.«

Ein leichtes Lächeln hob seine Mundwinkel. »So werde ich gerne geweckt.«

Erleichtert erkannte sie, dass es ihm besser gehen musste, wenn er schon wieder in der Lage war, zu flirten. Seine Worte lösten in ihr ein innerliches Beben aus, das sie nicht ganz zuordnen konnte. Aber so sehr sie auch alles vergessen und sich einfach nur an ihn schmiegen wollte, fühlte sie sich dazu noch nicht in der Lage. Und selbst wenn sie es könnte, war Hawk verletzt und sollte sich ausruhen.

»Kommst du ein paar Minuten alleine zurecht? Ich muss dringend duschen und aus den dreckigen Sachen rauskommen.«

»Kein Problem. Ich beneide dich, der Arzt hat mir streng verboten zu duschen.« Seine Hand wanderte vorsichtig zu der Kopfwunde, die mit mehreren Stichen genäht worden war.

»Vielleicht kannst du morgen ein Wannenbad nehmen, wenn du dich besser fühlst.« Sein entsetzter Gesichtsausdruck brachte sie beinahe zum Lachen. »Soll ich dir noch irgendwas bringen?«

Hawk betrachtete sie ausgiebig, bis sein Blick ihren traf. Wärme trat in seine Augen, und ihre Kehle wurde eng. Schon länger fragte sie sich, was er in ihr sah, wenn er sie so anblickte. Sah er ihr neues, gebrochenes Ich oder ein Echo der Frau, die sein Bett geteilt hatte? Sie war nicht sicher, ob sie die Antwort überhaupt wissen wollte und drehte sich um.

»Ich brauche nur eines.« Seine leise Stimme klang rau.

Sie wagte nicht, ihn anzuschauen. »Was?« Ihr Herz schlug schneller, während sie auf seine Antwort wartete.

»Dich.«

Tränen traten in ihre Augen. »Daniel …«

»Nein, ich nehme auch das nicht zurück. Seit ich dich zum ersten Mal gesehen habe, bin ich dir verfallen, und daran hat sich nichts geändert.«

Ihr Hals schnürte sich zusammen. »Doch, ich.«

Einen Moment lang herrschte Stille. »Sieh mich an, Jade.«

Zögernd drehte sie sich um und versank in seinen Augen.

168

»Dort, wo es zählt, bist du noch die gleiche Frau, in die ich mich verliebt habe.«

»Aber …«

Er ließ sie nicht ausreden. »Natürlich sind die letzten Monate nicht spurlos an dir vorübergegangen, genauso wenig wie an mir. Aber du bist immer noch die einzige Frau, die ich will.«

Am liebsten hätte sie sich auf ihn gestürzt, aber da das in seiner Lage nicht ging, schlug sie verbal zu: »*Du* warst nicht der Folter eines Warlords ausgesetzt, der nichts ausgelassen hat, um Informationen aus dir herauszubekommen. *Dich* haben sie nicht nackt an einen Pfahl gebunden oder eine Steinigung mit ansehen lassen. *Du* hast keine Schnitte am ganzen Körper oder dachtest, du müsstest in einer engen Holzkiste ertrinken. Und vor allem haben sie dich nicht an eine Wand gekettet und …« Ihre Stimme versagte, als die Erinnerungen wieder auf sie einstürmten. Brutale Hände, die gierig über ihren nackten Körper glitten und auch vor den intimsten Stellen keinen Halt machten. Und dann …

Jade stürzte ins Bad, hob den Toilettendeckel und übergab sich. Ein Rauschen füllte ihre Ohren, während sie würgte, bis sie nichts mehr im Magen hatte. Nur langsam drang die äußere Welt wieder in ihre Wahrnehmung. Sie saß auf den kalten Fliesen, ihre Stirn stützte sich auf ihren Unterarm, der wiederum auf dem Wannenrand lag. Wärme drang an ihren Rücken, die sie sich nicht erklären konnte. Aber sie fühlte sich zu schwach, um herauszufinden, was es war. Zumindest bis die Wärme sich bewegte und ein Luftzug ihren Nacken streifte. Mit dem Ärmel wischte sie Schweiß und Tränen aus dem Gesicht und verzog angewidert den Mund, als sie dabei nur den Dreck verteilte, der ihre Kleidung bedeckte. Vermutlich war die Dusche jetzt wirklich angebracht. Mit einem tiefen Seufzer hob sie den Kopf.

»Geht es dir jetzt besser?«

Jade erstarrte, als die vertraute Stimme dicht hinter ihr erklang. Jetzt wusste sie, woher die Wärme kam. Hawk musste ihr gefolgt sein und saß hinter ihr auf den harten Fliesen. »Geh wieder ins Bett, Daniel. Der Arzt hat gesagt, du brauchst Ruhe.«

Ein rauer Laut ertönte hinter ihr. »Und du glaubst, ich kann ruhig im Bett liegen, während es dir schlecht geht?«

Seine Finger glitten über ihren Nacken und begannen eine sanfte Massage ihrer verkrampften Muskeln. Jades Lider sanken herab, doch sie riss die Augen sofort wieder auf. Sie durfte Hawk nicht so nah an sich heranlassen, sonst würde sie ganz zusammenbrechen.

Abrupt setzte sie sich gerade hin und entging damit Hawks Berührung. »Ich muss duschen. Geh ins Bett zurück, damit du nicht umfällst.« Sie war stolz darauf, dass ihre Stimme halbwegs normal klang.

»Dann muss ich wohl den Rest der Nacht hier verbringen.«

Ihr Kopf ruckte zu ihm herum. »Wie bitte?«

Der Ausdruck auf Hawks Gesicht passte nicht zu seinen leichten Worten. Seine Augen bohrten sich in ihre. »Ich denke nicht, dass ich alleine hier wieder hochkomme.«

Jade unterdrückte ein Stöhnen. Anscheinend musste sie heute noch einmal Gewichtheben, bevor sie endlich in die Dusche kam. Langsam stemmte sie sich am Wannenrand hoch. Mitleid kam in ihr auf, als sie Hawks zusammengesunkenen Körper sah. Es musste furchtbar schmerzhaft für ihn gewesen sein, zu ihr zu kommen, trotzdem hatte er es getan. Und das, nachdem sie ihm die furchtbarsten Dinge an den Kopf geworfen hatte. Das Blut wich aus ihrem Kopf, als sie sich daran erinnerte, was sie ihm alles erzählt hatte. Niemand wusste, was ihr in Mogadirs Festung genau angetan worden war – bis vor einigen Minuten zumindest. Und jetzt wusste sie auch, was sein Blick bedeutet hatte: Er bedauerte sie!

Jade presste die Lippen aufeinander und hielt ihm schweigend ihre Hände hin, damit er aufstehen konnte. Je schneller er aus dem Bad verschwand, desto eher konnte sie versuchen, ihre Beherrschung wiederzuerlangen. Morgen würde sie nach San Diego zurückfliegen. Es war ein Fehler gewesen, hierherzukommen. Sie konnte nichts ausrichten, solange sie nicht mit sich selbst im Reinen war. Im Gegenteil, sie brachte andere damit in Gefahr, wie sie heute bewiesen hatte.

Hawks Hände schlossen sich um ihre, und er stand mit ihrer Hilfe auf. Einen Moment lang standen sie sich schweigend gegenüber, dann ließ er sie los und verließ ohne ein weiteres Wort das Bad. Die Tür schloss sich mit einem leisen Klicken hinter ihm. Obwohl sie es so gewollt hatte, fühlte sie sich jetzt noch einsamer als vorher.

14

Kyla schreckte hoch, als jemand ihren Arm berührte. Desorientiert sah sie sich um und erkannte, dass sie sich noch im Wartebereich des Flughafens befand. Sie hätte nicht erwartet, dass sie in dieser Situation schlafen konnte, aber anscheinend wirkte Chris' Gegenwart beruhigend auf sie.

»Wir müssen los, Shahla.«

Überrascht wandte sie sich zu Chris um. »Ist es schon so spät?« Die Sitze um sie herum füllten sich langsam, und das machte sie unruhig. Jeder dieser Menschen könnte angeheuert worden sein, um sie zu töten. Wie sollte sie es etliche Stunden eingepfercht in einem Flugzeug aushalten?

»Es ist halb sieben, das Boarding beginnt in ein paar Minuten.«

Ein Schauer lief ihr über den Rücken. »Müssen wir gleich als Erste rein?«

Verständnis lag in Chris' Augen. »Nein, wir warten bis kurz vor Schluss, ich will sehen, ob sich jemand für uns interessiert.«

Also war sie nicht die Einzige, die einen weiteren Mordversuch während des Fluges befürchtete. Leider beruhigte sie das nicht gerade. Wortlos stand sie auf und folgte Chris zu einer Stelle nahe der Rolltreppe, die ihnen ein wenig Deckung verschaffte, während sie gleichzeitig die anderen Fluggäste beobachten konnten. Aus den Augenwinkeln sah sie eine Bewegung und erkannte Henning Mahler, der näher gerückt war. Der KSKler blickte nicht in ihre Richtung und gab auch durch nichts preis, dass er sie kannte. Nur schade, dass sie sich nicht ordentlich von ihm verabschieden und sich bei ihm bedanken konnte.

Chris legte einen Arm um sie und zog sie dicht an sich. Mit dem Gesicht berührte er ihre Haare. Was zum Teufel machte er da? Sie wollte sich von ihm lösen, doch er hielt sie mit überraschender Kraft fest.

»Starr ihn nicht so an, wir wollen nicht, dass er entdeckt wird.« Seine Stimme erklang dicht an ihrem Ohr und war nur für sie zu verstehen.

Vor allem hatte er recht, und das ärgerte sie. »Ich muss müder sein, als ich dachte.«

Als Antwort drückte er noch einmal ihren Arm, diesmal sanfter. »Ich weiß, aber ich denke nicht, dass es außer mir und Henning jemand bemerkt hat.«

»Und selbst wenn, denken sie wahrscheinlich, dass ich ihn einfach nur heiß finde.«

Diesmal war der Druck fester und Chris beugte sich vor, bis sie nur noch ihn sehen konnte. Ein unbestimmbarer Ausdruck lag in seinen Augen. »Du findest ihn heiß?«

Nun ja, ganz objektiv gesehen, war er das tatsächlich, mit seinem muskulösen Körper, den schwarzen Haaren und strahlend grünen Augen. Dummerweise reagierte sie jedoch nur noch auf den Mann neben sich, aber das durfte sie ihm nicht zeigen. »Ja. Welche Frau würde ihn nicht bewundern?«

Chris schob sich noch weiter vor, bis seine Nase beinahe ihre berührte. »Meine.« Es lag ein Grollen in seiner Antwort, das einen Schauer über ihren Rücken sandte.

»Chris …«

Weiter kam sie nicht, denn er hatte die letzten Zentimeter überbrückt und presste seine Lippen auf ihre. Überrascht blieb sie stocksteif stehen, während die Gefühle in ihr explodierten. Verlangen kämpfte mit Wut über seine Täuschung in Afghanistan, aber es war klar, welche Emotion gewann, als Chris seine Hände über ihren Rücken gleiten ließ und der Kuss sanfter wurde. Wie von selbst öffneten sich ihre Lippen und sie gewährte seiner Zunge Einlass. Als hätte er nur darauf gewartet, vertiefte er den Kuss. Kylas Hände gruben sich in sein Jackett, und sie genoss das, wovon sie seit Monaten geträumt hatte. Ihre Umgebung verschwand, während sie sich nur auf den Mann in ihren Armen und ihre Gefühle konzentrierte.

Nach einer gefühlten Ewigkeit hob Chris den Kopf und beendete den Kuss. Ein bedauernder Laut entfuhr ihr. Chris lächelte sie an, in seinen Augen stand unmissverständliches Verlangen, das nicht einmal die Kontaktlinsen verbergen konnten. »Ich fürchte, wir erregen zu viel Aufmerksamkeit wenn wir jetzt nicht aufhören.«

»Warum?« Sowie die Frage heraus war, verdrehte sie innerlich die Augen. Wie schaffte Chris es nur immer, ihr Gehirn auszuschalten?

Seine Zähne blitzten auf. »Weil ich dich sonst in irgendeine Ecke zerren und dafür sorgen werde, dass du noch mehr von diesen erregenden Lauten von dir gibst.«

Oh ja! Kyla schaffte es gerade noch, die Worte herunterzuschlucken, aber an der Art wie sich Chris' Griff an ihrem Rücken verstärkte, schien er sie ihr angesehen zu haben. Ihre Wangen wurden heiß, und sie machte sich eilig von ihm los. »Ich meinte: Warum hast du mich geküsst?« Sie konnte es nicht verhindern, dass das letzte Wort eine träumerische Note enthielt.

Chris legte den Kopf schräg und starrte sie eindringlich an. Schließlich zuckte er mit den Schultern. »Ich wollte dich von Henning ablenken. Außerdem dient es unserer Tarnung als Liebespaar.«

Kyla wusste nicht, ob sie lachen oder schreien sollte, so offensichtlich war die Ausrede. Aber sie tat nichts von beidem, sondern hob nur fragend eine Augenbraue. »Ich wusste nicht, dass wir eine gemeinsame Tarnung haben.«

»Jetzt schon.«

Kyla schüttelte den Kopf. »Aber du willst mich jetzt nicht jedes Mal küssen, wenn ich es wage, einen anderen Mann anzuschauen, oder?«

Sein Mundwinkel hob sich. »Warum nicht? Ich küsse dich gerne, falls du es nicht gemerkt haben solltest.«

Um ihm nicht zu zeigen, wie sehr ihr sein Eingeständnis gefiel, schob sie ihn von sich. »Idiot.«

Er stolperte zurück. »Hey, denk bitte dran, wie kräftig du bist, ich bin so etwas nicht gewohnt.«

Sie grinste ihn an. »Was? Warst du in letzter Zeit etwa nur mit schwachen Frauen zusammen?«

Überraschend ernst blickte er sie an. »Nein. Genau genommen mit gar keiner nach Afghanistan. Und auch mit keiner währenddessen.« Mit einem Finger klappte er ihren Mund zu, der vor Überraschung offenstand. »Ich hätte nicht gedacht, dass ich dich mal sprachlos erlebe, Shahla.«

»Du …«

Die Aufforderung zum Boarden kam durch die Lautsprecher und unterbrach sie. Sie hätte sowieso nicht gewusst, wie sie den Satz beenden sollte. Wenn es der Wahrheit entsprach, was er gesagt hatte, dann würde sie zu gerne wissen, ob er wegen ihr keine Frau mehr angerührt hatte. Nach so langer Zeit musste er doch völlig ausgehungert sein. Sie vermisste den Sex auch, wenn sie ehrlich war, aber sie war nicht bereit, deswegen mit jemandem zu schlafen, den sie nicht wenigstens sehr mochte. Und der sie erregte.

Chris hatte sich umgedreht und beobachtete die Schlange, die sich vor dem Schalter bildete. Es schien, als hätte er bereits alles vergessen, was eben geschehen war und worüber sie gesprochen hatten. Sie wünschte, sie könnte auch einfach einen Hebel umlegen und von Kyla der Frau zu Kyla der Agentin wechseln.

Mit zusammengebissenen Zähnen drehte sie sich ebenfalls um und beobachtete die Menge, die es anscheinend kaum abwarten konnte, in das Flugzeug zu kommen. Sie hingegen genoss jeden Moment, den sie nicht in dieser Blechbüchse verbringen musste. Niemand schien sie zu beachten, und Kyla entspannte sich ein wenig. Vielleicht waren die Verbrecher wirklich darauf hereingefallen und dachten nun, dass sie tot wären. Bis sie ihren Fehler bemerkten, würden Kyla und Chris längst in den USA sein und entsprechende Sicherheitsmaßnahmen einleiten können.

Sie hatte noch in der Nacht bei Matt angerufen und ihm vom Brand und ihrem Plan, nach Washington zu fliegen, erzählt. Er war wie erwartet dagegen gewesen, aber davon ließ sie sich nicht aufhalten. Was konnte er schon von Kalifornien aus dagegen tun? Zähneknirschend hatte er schließlich doch versprochen, jemanden zum Schutz dorthin zu schicken. Zwar konnte sie sich nicht vorstellen, wie das funktionieren sollte, schließlich hatte sie nicht die Absicht, die ganze Zeit an einem sicheren Ort zu verbringen, aber sie war nicht so dumm, die Hilfe abzulehnen, die ihr angeboten wurde.

Zuerst hatte sie überlegt, Chris nichts davon zu erzählen, damit er sich nicht dafür entschied, in Deutschland zu bleiben, aber das wäre unfair gewesen. Und unprofessionell. Doch Chris hatte sie nur schweigend angesehen und ›gut‹ gesagt. Hoffentlich war ihre Erleichterung nicht allzu offensichtlich gewesen. Kyla schüttelte den Kopf. Was war an diesem Mann, dass sie sich immer wieder so idiotisch aufführte? Sie hatte in ihrem Leben nun wirklich schon genug tolle Männer kennengelernt, auch solche, die besser aussahen und freundlicher waren, aber keiner von ihnen hatte ihre Gefühle so durcheinandergebracht wie Chris.

»Niemand zu sehen, der ein übermäßiges Interesse an euch zeigt.«

Rasch drehte Kyla sich zu Henning Mahler um, der unbemerkt neben ihnen aufgetaucht war. Korrektur: von ihr unbemerkt, Chris schien damit gerechnet zu haben, denn er nickte nur. Wenigstens hatte der deutsche Soldat Englisch geredet, damit sie ihn auch verstand.

Sie lächelte ihn an. »Danke für Ihre Hilfe.«

»Es war mir ein Vergnügen. Glücklicherweise war ich gerade in Berlin, normalerweise bin ich in Calw stationiert.«

Wo auch immer das war. »Wenn Sie mal in den USA sind, kommen Sie vorbei, dann gebe ich einen aus.« Kyla ignorierte Chris' wütenden Blick. Es war nur höflich, das anzubieten. Obwohl sie zugeben musste, dass sie es auch ein bisschen genoss, Chris eifersüchtig zu machen.

Mahler lächelte sie an, seine grünen Augen funkelten vergnügt. Offensichtlich hatte er genau erkannt, was sie beabsichtigte. »Gerne. Ich habe mit meinem Team auch eine Einladung der SEALs als Dank für unsere Unterstützung, vielleicht kann ich das verbinden.«

»Das würde mich freuen.«

Chris ergriff ihre Hand. »Die meisten sind jetzt im Flugzeug. Lass uns gehen.« Er wandte sich an Mahler. »Danke, ich schulde dir was.«

Mahler grinste ihn an. »Ja, und ich werde dich daran erinnern.«

Chris' Miene entspannte sich etwas. »Mach das.« Er schüttelte seine Hand, ließ Kyla aber nicht los. Deutlicher hätte er seinen Besitzanspruch nicht machen können.

»Gute Reise. Ich werde hier weiter beobachten und euch Bescheid geben, wenn mir jemand verdächtig erscheint.« Er beugte sich zu Kyla hinunter und küsste ihre Wange. »Seien Sie vorsichtig. Und lassen Sie Chris nicht alles durchgehen, er ist so schon zu herrisch.«

Kyla lachte. »Da können Sie sicher sein.«

Chris stöhnte auf. »Danke, mein *Freund*.«

»Immer gerne.« Mahler wurde ernst. »Ich wünschte wirklich, ich könnte mit euch kommen und dafür sorgen, dass dieser Dreckskerl nie wieder das Tageslicht erblickt. Leider bin ich hier momentan stark eingebunden, und ich bezweifle auch, dass die US-Regierung einen Einsatz deutscher Soldaten auf ihrem Gebiet gutheißen würde.«

»Damit hätten Sie recht. Im Moment lassen sie ja nicht mal die SEALs eingreifen, obwohl die sicher bessere Chancen hätten, Khalawihiri zu fassen. Und das nur wegen dummer Gesetze.« Ein Aufruf an die Passagiere des Fluges dröhnte durch die Lautsprecher. »Wir sollten jetzt wohl wirklich gehen. Ich möchte nicht, dass sie meinen Namen durchsagen.« Sie drückte noch einmal Mahlers Hand. »Bis bald.« Kyla zwinkerte ihm zu, bevor sie sich umwandte.

Sie ignorierte Chris' düstere Miene und ging mit ihrem Handgepäck zum Schalter. Es war nicht nötig, sich umzudrehen, um zu wissen, dass Chris dicht hinter ihr war. Nachdem sie ihren Ticketabschnitt in Empfang genommen hatte, ging sie über die Fahrgastbrücke zur Maschine.

Kurz vor der Maschine holte Chris sie ein. Sein Arm schlang sich um ihre Taille, sein Atem streifte ihr Ohr. »Du spielst mit dem Feuer, Shahla.«

Sie blieb stehen und drehte sich zu ihm um. »Warum?« Er blickte sie nur stumm an. »Was genau willst du von mir, Hamid?« Mit Absicht benutzte sie seinen Decknamen, um ihn daran zu erinnern, dass er sie von Anfang an belogen hatte. »Du bist BND-Agent und lebst in Deutschland. Mein Leben ist in den USA. Ich denke nicht, dass etwas daraus werden kann, und es wäre besser, wenn du das im Hinterkopf behältst, bevor du Anspruch auf mich erhebst.«

Auch wenn ihr seine besitzergreifende Art gefiel. Oder vielleicht gerade deshalb. Wie leicht könnte sie sich daran gewöhnen, nur um diesen Mann in ein paar Tagen wieder gehen lassen zu müssen. Wenn es ihr schon vorher nicht gelungen war, ihn zu vergessen, wie sollte es ihr dann jetzt gelingen? Jetzt, da sie wusste, wer er war und wie seine Küsse schmeckten.

Ein Ausdruck, den sie nicht deuten konnte, stand in Chris' Augen. Er öffnete den Mund, aber in diesem Moment kam ein weiterer Fahrgast den Gang entlang. »Später.«

Nachdem sie ihre Plätze gefunden und es sich halbwegs gemütlich gemacht hatten, wünschte Kyla, sie hätte die Unterhaltung gar nicht erst begonnen. Jetzt musste sie stundenlang im Flugzeug hocken, ohne zu wissen, wie Chris darüber dachte. Und das machte sie wahnsinnig. Nervös blätterte sie in der Bordzeitschrift, steckte sie aber schnell in die Sitztasche zurück. Sie hatte weder Interesse an irgendwelchen zollfreien Waren noch am Fernsehprogramm an Bord. Immerhin hatte Chris für sie die beiden Plätze vor dem Notausstieg gebucht, sodass sie die Beine ausstrecken konnten und alleine in ihrer Reihe saßen.

Chris schien völlig von der Anzeige auf dem Bildschirm im Gang fasziniert zu sein: Uhrzeit, Geschwindigkeit, Höhe, Entfernung zum Ziel. Grandios. Als wenn es irgendetwas ändern würde, wenn man diese Informationen hatte. Sie waren hier gefangen, bis sie wieder landeten und das Flugzeug verlassen konnten. Und das würde erst in – sie blickte auf die Uhr – knapp neun Stunden geschehen. Kyla unterdrückte ein Stöhnen und sah aus dem Fenster auf die Wolken unter sich. Anscheinend lag Europa unter einer dicken Wolkendecke. Die Sonne gestern musste ein Ausrutscher gewesen sein. Vermutlich würde in Washington ähnliches Wetter sein, was es nicht gerade erleichtern würde, Khalawihiri zu finden.

Ob es Jade gut ging? Hoffentlich mutete ihre Partnerin sich nicht zu viel zu. Kyla war zwar sicher, dass Hawk gut auf sie aufpassen würde, aber vor ihren Gefühlen würde er sie nicht beschützen können. Wenn die Erinnerungen an ihre Gefangenschaft wieder hochkamen … Ein Schauer lief durch ihren Körper und sie krampfte ihre Hand um die Armlehnen.

Finger strichen sanft darüber. »Alles in Ordnung?«

Kyla biss in ihre Unterlippe. »Ich habe gerade an Jade gedacht. Sie sollte nicht dort sein.«

Chris nickte. »Das stimmt. Genauso wenig wie du.«

Wut sprudelte in ihr auf. »Du …«

Er legte einen Finger auf ihre Lippen. »Nicht so laut. Ich weiß, dass du das Gefühl hast, dort sein zu müssen, das hätte ich an deiner Stelle auch. Aber das heißt nicht, dass es auch wirklich sinnvoll ist, dich dem auszusetzen und möglicherweise auch noch in Gefahr zu bringen.«

»Aber ich kann nicht einfach zu Hause sitzen und die Hände in den Schoß legen, wenn dieser Verbrecher frei ist.«

Chris lächelte. »Das weiß ich, und genau deshalb sind wir hier.«

Da ein dicker Kloß ihre Kehle blockierte, nickte sie lediglich. Warum musste der einzige Mann, der sie wirklich zu verstehen schien, so weit entfernt leben? Es war einfach ungerecht. Jade hatte Hawk wenigstens direkt vor ihrer Nase. Sofort setzte ihr schlechtes Gewissen ein, weil sie wusste, was Jade durchgemacht hatte und wie schwer es ihr fiel, wieder in ein normales Leben zurückzufinden. Und Hawk hatte dabei das Nachsehen, weil er Jade immer noch liebte, sie ihn aber nicht mehr an sich heranließ. Vielleicht würde es ihm bei dem Trip in den Osten gelingen, durch Jades Abwehr zu brechen und ihr zu zeigen, dass sie noch lieben konnte. Kyla wünschte es ihr von ganzem Herzen. Mit geschlossenen Augen lehnte sie ihren Kopf an die Rückenlehne und versuchte zu schlafen. Dummerweise gelang ihr das trotz Chris' beruhigender Nähe auch diesmal nicht.

Kurz darauf wurde das Frühstück serviert, und sie gab den Versuch auf. Zu allem Überfluss begann auch noch die Wunde an ihrem Hals zu jucken, und das Dröhnen der Flugzeugmotoren verursachte ihr Kopfschmerzen. Schließlich hielt sie es nicht mehr aus. Sie öffnete ihren Gurt und stand auf.

Sofort blickte Chris vom Bildschirm auf. »Wo willst du hin?«

Kyla beugte sich zu ihm hinunter und sprach direkt in sein Ohr. »Wenn du das wissen willst, komm mit.«

Seine Augenbrauen schossen in die Höhe. »Ich denke nicht, dass ...«

Sie löste die Schnalle seines Gurtes, und ihre Finger strichen dabei versehentlich über seinen Schaft. Chris sog scharf den Atem ein, sein Blick bohrte sich in ihren. Kyla spürte, wie ihre Wangen warm wurden.

»Kyla ...«

Abrupt drehte sie sich um und marschierte den Gang entlang zu den Toiletten. Sie brauchte jetzt dringend einen Moment ganz für sich. Sie hatte sich geirrt, es wäre besser gewesen, wenn sie sich in Deutschland von Chris verabschiedet hätte. Dann hätte sie endlich mit der ganzen Sache abschließen und wieder zu ihrem normalen Leben zurückfinden können. Immerhin gab es jetzt kein großes Geheimnis mehr, sie wusste, wer er war und warum er sie in Afghanistan gerettet hatte. Fall erledigt, und sie konnte sich anderen Dingen zuwenden. Wenn es nur so einfach wäre ...

Kyla trat in einen Toilettenraum und schob die Tür hinter sich zu. Bevor sie jedoch den Riegel vorschieben konnte, wurde sie von außen aufgestoßen. Erschreckt zuckte sie zurück und konnte gerade noch einem Zusammenstoß entgehen.

Chris schob sich in den winzigen Raum und verriegelte die

Tür hinter sich, ohne den Blick von ihr abzuwenden. »Also gut, willst du mir erzählen, was das Ganze soll?«

»Nichts, ich wollte nur …«

Als sie nicht weitersprach, hoben sich seine Augenbrauen. »Was? Einen Quickie in der Flugzeugtoilette?«

Kyla starrte ihn mit offenem Mund an. »Nein!« Sie sah sich um, aber es gab keinen Ausweg, da Chris die Tür blockierte. »Igitt, einen unromantischeren Ort kann ich mir kaum vorstellen. Ich glaube nicht, dass ich hier in Stimmung kommen könnte, ganz zu schweigen davon, dass es viel zu eng für irgendwelche körperlichen Verrenkungen ist.«

Sein Mundwinkel hob sich. »Du wärst überrascht.«

»Ehrlich, du hast das schon mal gemacht?«

Diesmal grinste Chris offen. »Nein. Ich sagte nur, dass alles möglich ist, wenn man es nur genug will.«

»Oder verzweifelt genug ist.«

»Oder das.« Chris wurde ernst. »Sagst du mir jetzt, was los ist?«

Kyla sank ein wenig in sich zusammen. »Der lange Flug macht mich nervös.«

Als sie nichts weiter sagte, hakte er nach. »Das ist alles?« Zögernd blickte Kyla sich in dem kleinen Raum um. Ein Finger legte sich unter ihr Kinn und zwang sie, Chris' Augen zu begegnen. »Wir haben nicht viel Zeit, bevor jemand an die Tür hämmert. Wenn du etwas zu sagen hast, dann tu es jetzt.«

Kyla straffte die Schultern. »Du hast mir vorhin nicht geantwortet. Was willst du von mir, Chris?«

Er stieß einen rauen Laut aus. »Wenn ich es wüsste, würde ich es dir sagen. Ich weiß nur, dass mich irgendetwas drängt, in deiner Nähe zu sein. Es ist …« Er fuhr mit einer Hand durch seine kurzen Haare. »… als wenn ich nur dann richtig lebendig bin, wenn wir zusammen sind. Das ist völlig irrational, aber ich kann nichts dagegen tun.« Ein halbes Lachen entfuhr ihm. »Glaub mir, ich habe versucht, dich in den letzten Monaten zu vergessen, aber es ist mir nicht gelungen.«

Kyla schwieg einen Moment und versuchte, das Gesagte zu verdauen. Wie konnte es sein, dass Chris genau das Gleiche fühlte wie sie? Irgendetwas war zwischen ihnen und würde auch so schnell nicht vergehen, das war offensichtlich. Ihr gelang ein zitterndes Lächeln. »Danke.«

»Wie, das war alles?«

»Ja. Du hast meine Frage beantwortet, jetzt kann ich etwas ruhiger sein.«

»Und ich dachte, als Dank gibt es doch noch einen Quickie.« Sein Zwinkern zeigte, dass er es nicht ernst meinte.

Kyla stellte sich auf die Zehenspitzen und legte ihre Lippen auf seine. Nach einem sanften Kuss löste sie sich von ihm. »Wie wäre es stattdessen nachher mit einem Longie?« Sie wartete seine Antwort nicht ab, sondern schob sich an ihm vorbei und öffnete den Riegel. Chris trat von hinten an sie heran, sodass sie seine Erektion an ihrem Po spüren konnte. »Das war wirklich gemein, Shahla. Wie soll ich jetzt den Rest des Fluges überstehen?«

Kyla rieb ihre Rückseite an ihm und schloss für einen Moment die Augen. »Das, lieber Hamid, ist offensichtlich *dein* Problem.« Zufrieden hörte sie sein unterdrücktes Stöhnen und öffnete die Tür.

Eine ältere Dame blickte ihr erstaunt entgegen. »Oh, ich dachte, die Toilette wäre frei.«

»Tut mir leid, noch nicht ganz.« Die Augen der Frau wurden runder, als die Tür hinter Kyla ins Schloss fiel und die Besetzt-Anzeige erschien. »Benutzen Sie lieber eine andere, das kann ein wenig dauern.« Mit einem zufriedenen Lächeln ging sie zu ihrem Sitz zurück. Als Chris einige Minuten später auftauchte, glitt ihr Blick wie von selbst zu seiner Hüfte.

Warnend funkelte Chris sie an. »Lass es!«

Unschuldig hob Kyla den Blick. »Was denn? Ich sitze hier ganz brav.«

»Kleines Biest.«

Empört sah sie ihn an. »Das habe ich gehört.«

Seine Augenbrauen hoben sich. »Seit wann sprichst du Deutsch?«

Hitze stieg in ihre Wangen und sie wandte den Kopf ab. »Ich wollte deine Nachricht selbst lesen können, also habe ich einige Deutschstunden genommen.«

Seine Finger legten sich unter ihr Kinn und er drehte ihr Gesicht zu sich. »Du überraschst mich immer wieder, Kyla.«

15

Khalawihiri hätte nie gedacht, dass es so einfach sein würde, den Suchmannschaften zu entgehen. Tatsächlich brauchte er nur den Umstand auszunutzen, dass sie ihn ganz woanders vermuteten. Als er gemerkt hatte, dass er zu Fuß nicht weiterkam, hatte er sich in der Nähe des zerstörten Autos versteckt und gewartet, bis jemand vorbeikam. Zuerst wollte er denjenigen ebenso beseitigen wie die beiden FBI-Agenten zuvor, doch als die Frau aus dem Wagen stieg und er in ihr die von Mogadir entführte und gefolterte Agentin erkannte, überlegte er es sich anders. Da sie und ihr Kumpan ihn nicht direkt bedrohten und gleich darauf in den Wald eintauchten, war es nicht nötig, sie zu töten. Im Nachhinein stellte es sich auch als Vorteil heraus, denn die beiden hatten im Wald irgendein Problem, und damit waren die Suchmannschaften noch abgelenkter.

Die Hunde folgten seiner Spur, bemerkten allerdings nicht, dass er auf dem gleichen Weg zum Auto zurückging. Damit endete die Fährte im Nirgendwo, während er es sich im Kofferraum des Mietwagens der Agentin bequem machte. Soweit er das mitbekam, wurden die Agentin und ihr Freund nach einiger Zeit in einem Ambulanzwagen abtransportiert. Während die Soldaten und FBI-Agenten das gesamte Waldstück durchkämmten, fuhr ein junger Rekrut den Mietwagen der Agentin aus dem Sperrgebiet und stellte ihn schließlich vor einem Motel in Dumfries ab – ohne zu merken, dass Khalawihiri sich hinten in dem Auto befand. Die Täuschung mit der Fährte war recht riskant gewesen, weil die Hunde ihn bestimmt bemerkt hätten, wenn sie zurückgekommen wären, bevor der Wagen weggefahren wurde, aber es hatte sich gelohnt.

Während er im Kofferraum lag, hatte Khalawihiri überlegt, ob er den Wagen kurzschließen und mit ihm weiterfahren sollte, doch dann hatte er sich dagegen entschieden. Im Moment wusste niemand, wo er sich befand und wenn es irgendwie ging, wollte er es dabei belassen. So würde er verschwinden, ohne dass jemand seiner Spur folgen konnte. Also kletterte er aus dem Kofferraum, nachdem er sicher war, dass sich niemand in der Nähe aufhielt, erkundete die Gegend und stellte fest, dass er sich deutlich außerhalb des Militärgebiets aufhielt. Und nur einige hundert Meter von ihm entfernt befand sich eine Highway-Auffahrt.

Es war ein Leichtes gewesen, einen Wagen zu finden, der frühestens am nächsten Tag vermisst werden würde, ihn aufzubrechen und einfach loszufahren. In weniger als einer Stunde kam er in Washington an und tauchte in der Stadt unter. Beinahe enttäuschend nach all den Sicherheitsvorkehrungen, dass es ihm so einfach gemacht worden war zu fliehen. Aber umso besser, so hatte er ein wenig Zeit, sich zu erholen und einen Plan zu entwickeln, bevor er zuschlug. Er holte sich Geld aus einem seiner Verstecke, kaufte sich etwas zu essen, nahm sich ein Zimmer in einer kleinen Pension am Prospect Hill und genoss zum ersten Mal seit langer Zeit eine ausgiebige heiße Dusche. Wie lange er mit geschlossenen Augen unter dem Strahl stand, konnte er hinterher nicht sagen, aber es reichte, um für einige Zeit die Erinnerungen an die Monate im Gefängnis zu unterdrücken.

Er war noch nicht einmal sonderlich schlecht behandelt worden, wäre er in Afghanistan in ein Gefängnis gekommen, hätte er viel mehr gelitten. Trotzdem nahm er den Amerikanern übel, dass sie sich in seine lukrativen Geschäfte eingemischt hatten, und das würden sie büßen. Und natürlich hatte er auch nicht den Verräter vergessen. Für ihn würde er eine besondere Überraschung einplanen.

Zuerst musste er sich allerdings ein internetfähiges Gerät besorgen, damit er sich über alles informieren konnte, was in der Zwischenzeit passiert war. Zwar hatte er versucht, auch im Gefängnis auf dem Laufenden zu bleiben, doch es war ihm nicht immer möglich gewesen. Morgen würde er als Erstes Kontakt zu seinem Netzwerk aufnehmen und sich über den Stand der Dinge erkundigen. Soweit er wusste, waren viele seiner Männer verhaftet und ebenfalls in die USA gebracht worden, aber vielleicht waren ja noch welche übrig, die er vor Ort für seine Zwecke nutzen konnte.

Khalawihiri öffnete seine Augen und begann, sich gründlich mit den zur Verfügung gestellten Duschgel- und Shampooproben zu waschen. Der ungewohnte Geruch ließ ihn genüsslich einatmen. Es war Jahre her, seit er das letzte Mal parfümierte Seife benutzt hatte. Im Gefängnis gab es nur übel riechendes Standardzeugs, und in Afghanistan hatte er absichtlich darauf verzichtet, um nicht aufzufallen.

Da er nicht wusste, ob er nicht eventuell mitten in der Nacht verschwinden musste, zog er mit einer Grimasse seine schmutzige Kleidung wieder an und legte sich damit ins Bett. Zuallererst musste er einkaufen gehen. In diesem Zustand würde er zu sehr auffallen. Er sank mit einem Seufzer in die weiche Matratze und schlief ein, während er sich noch ausmalte, wie er sich an seinen Feinden rächen würde.

Hawk hielt die Augen geschlossen, als sich scheinbar Stunden später endlich die Badezimmertür öffnete und Jade den Raum betrat. Selbst wenn er versucht hätte, wieder einzuschlafen, konnte er das nach Jades Zusammenbruch nun nicht mehr. Zwar hätte er geahnt oder eher befürchtet, was ihr alles in Afghanistan angetan worden war, doch es von ihr selbst zu hören und mitzuerleben, wie ihr von den Erinnerungen schlecht wurde, war eine ganz andere Sache. Es führte ihm noch viel deutlicher vor Augen, wie sehr Jade immer noch unter den Ereignissen litt. Wie konnte er da von ihr verlangen, alles zu vergessen und ihr altes Leben wieder aufzunehmen? Oder sogar die Beziehung zwischen ihnen zu erneuern? Es war ein Wunder, dass sie ihm überhaupt erlaubt hatte, sie zu küssen. Er sollte sich schämen, weil er die Situation im Wald ausgenutzt hatte.

Sein Herz klopfte schneller, als er hörte, wie Jade sich auf den Stuhl neben dem Bett setzte und tief seufzte. Sie musste noch viel müder sein als er, nach allem, was sie heute – oder vielmehr gestern – erlebt hatte. Aber es war klar, dass sie nicht von seiner Seite weichen würde, solange sie glaubte, dass noch eine Gefahr wegen der Gehirnerschütterung bestand. Zwar glaubte er das nicht, aber er konnte wegen der permanenten Kopfschmerzen sowieso nicht mehr klar denken.

Schließlich hielt er es nicht mehr aus und öffnete sein Auge ein winziges Stück. Jade hatte sich von Kopf bis Fuß in eine Decke gewickelt und sah aus, als würden ihr jeden Moment vor Erschöpfung die Lider zufallen. Tiefe Schatten lagen unter ihren rot geränderten Augen. Sein Herz zog sich zusammen, als er erkannte, dass sie geweint hatte. Auch wenn er nur am Rande dafür verantwortlich war, hielt er es doch nicht mehr aus. Er wollte endlich etwas für sie tun, und wenn es nur eine Schulter war, an die sie sich anlehnen konnte. Die Frage war nur, ob sie es annehmen würde. Es gab nichts, das er sich in diesem Moment mehr wünschte, deshalb öffnete er vollständig die Augen und blickte Jade direkt an.

Es dauerte eine Weile, bis sie bemerkte, dass er wach war. Abrupt setzte sie sich auf und beugte sich zu ihm vor. »Geht es dir schlechter? Brauchst du etwas?«

Langsam nickte er und hielt rasch die Hand hoch, als Jade ihn besorgt anblickte. »Es geht mir ganz gut, aber ich brauche tatsächlich etwas.«

In ihrem Blick war eindeutig Vorsicht zu erkennen. »Und was?«

»Ich möchte, dass du dich zu mir legst.« Rasch redete er weiter, als sie den Mund öffnete um abzulehnen. »Ich habe keine Hintergedanken. Ich möchte einfach nur, dass du es bequem hast und ein wenig schlafen kannst.«

»Daniel ...«

Wieder ließ er sie nicht ausreden. »Bitte, Jade, tu mir den Gefallen. Du bist völlig sicher vor mir, selbst wenn ich wollte, könnte ich in meinem derzeitigen Zustand nichts tun, das du noch nicht möchtest.« Als ihm klar wurde, was er gerade gesagt hatte, redete er rasch weiter. »Natürlich würde ich nie etwas tun, das du nicht möchtest, nur um das klarzustellen.«

Erstaunlicherweise erschien ein zögerndes Lächeln auf ihrem Gesicht. »Das hatte ich auch nicht angenommen.«

Mit Mühe rückte Hawk ein Stück zur Seite und schlug die Bettdecke zurück. »Bitte, Jade. Ich möchte dich einfach nur halten und dafür sorgen, dass du deinen Schlaf bekommst.«

Jade beäugte das breite Bett und Hawk hielt automatisch den Atem an. Schließlich nickte sie kurz. »Ich lege mich hin, aber ich darf nicht schlafen, sondern muss aufpassen, dass es dir nicht schlechter geht.«

Da er ihre Zustimmung um keinen Preis verlieren wollte, nickte er nur stumm. Wenn sie erst einmal im Bett war, würde er schon dafür sorgen, dass sie schlief.

Ihre Augen verengten sich, als könnte sie seine Gedanken lesen. »Keine Tricks, Daniel.«

»Okay.« Es war ja schließlich nicht seine Schuld, wenn sie einschlief, oder?

Hoffnung stieg in ihm auf, als Jade sich aus der Decke schälte und sich vorsichtig neben ihn legte. Wärme durchströmte ihn, dass sie selbst jetzt noch an seinen Komfort dachte. Sie trug einen dicken Schlafanzug, der ihre Formen vollständig verhüllte, aber seine Erinnerung beschwor sofort Bilder herauf, wie sie früher ausgesehen hatte, wenn sie in sein Bett gekommen war – oder er in ihres. Rasch unterdrückte er diese Gedanken, damit Jade sie nicht an seinem Gesichtsausdruck ablesen konnte. Er meinte es völlig ernst, dass es ihm reichte, wenn sie einfach nur neben ihm lag.

Liebevoll zog er die Decke über sie und drehte seinen Kopf zu ihr, um sie ansehen zu können. Es fühlte sich so gut an, sie endlich wieder neben sich zu haben, ihre Wärme zu fühlen. Ihr Blick tauchte in seinen und sein Herzschlag beschleunigte sich. In ihren blauen Augen konnte er Nervosität, aber auch etwas wie Zufriedenheit entdecken. Und das war weit mehr, als er in den letzten Monaten erlebt hatte.

Jade hob ihre Hand und legte sie an seine Wange. »Schlaf jetzt, ich passe auf dich auf.«

Ein Lächeln hob seine Mundwinkel, und er schloss gehorsam die Augen. Er würde alles tun, um Jade glücklich zu machen. Alles.

Es dauerte nicht lange, bis Jades gleichmäßige Atemzüge ihm zeigten, dass sie eingeschlafen war. Vorsichtig drehte Hawk sich zu ihr um und schlang seinen Arm um ihre Taille. Er hielt den Atem an, bis er sicher war, dass sie nicht aufwachte, dann rückte er noch ein Stück näher. Als ihre Rückseite an ihn geschmiegt war, schloss er zufrieden wieder die Augen. Wenn er auch sonst nicht viel tun konnte, wollte er ihr zumindest ein Gefühl der Sicherheit geben. Es war ihm völlig egal, dass sein Körper gegen diese Position rebellierte, er würde sie um nichts auf der Welt aufgeben. Mit einem zufriedenen Seufzer glitt er in den Schlaf.

Jade schreckte unvermittelt aus dem Schlaf hoch. Etwas hielt sie gefangen! Sie versuchte, den Fesseln zu entkommen, doch es gelang ihr nicht. Panik stieg in ihr auf, während sie gegen das ankämpfte, was sie von Kopf bis Fuß einhüllte. Hatten sie sich eine neue Foltermethode ausgedacht, um ihren Willen zu brechen und sie dazu zu bringen, das zu verraten, was sie erfahren hatte? Nein, sie würde nichts sagen, egal, was sie ihr auch antaten. Jade unterdrückte den Schluchzer, der in ihrer Kehle aufstieg. Als könnten sie noch viel tun, das schlimmer war, als das, was sie bereits überlebt hatte. Wenn doch nur Hawk bei ihr wäre und sie sich einfach an ihm festhalten könnte – und wenn es nur für ein paar Minuten wäre. Aber er war nicht hier, und es konnte gut sein, dass sie ihn nie wieder sah. Wie so oft glaubte sie beinahe seinen unverwechselbaren Duft riechen zu können, doch das war nur eine Täuschung.

Ein Zittern lief durch ihren Körper, und das Stahlband legte sich enger um ihre Taille. Wärme drang an ihren Rücken, etwas Hartes presste sich an ihren Po. Erst jetzt erkannte sie, dass sie nicht gefesselt war, sondern von jemandem festgehalten wurde. Einem erregten Mann, um genau zu sein. Nein! Übelkeit stieg in ihr auf, und sie wusste, dass sie das nicht zulassen konnte. Bevor sie weiter darüber nachdenken konnte, rammte sie ihren Ellbogen nach hinten, und es war ihr ziemlich egal, wo sie ihren Angreifer traf. Ein Schmerzenslaut erklang hinter ihr, der Griff lockerte sich. Sofort nutzte Jade die Gelegenheit und krabbelte aus seiner Reichweite. Sie fiel ein ganzes Stück hinunter und schlug hart auf dem Boden auf. Schmerz schoss durch ihre Knie und Handgelenke, doch sie kroch einfach weiter.

Sie wusste, dass sie nicht entkommen konnte, sie waren stets zu zweit, und die Tür der Zelle oder des Folterraums war immer verschlossen. Mogadir war zu schlau, um nachlässig zu sein, und seine Männer wussten, was sie erwartete, wenn sie einen Fehler machten: Folter oder der Tod. Wobei nach ihrer Meinung Letzteres vorzuziehen war.

Jade kroch weiter, bis sie die Wand erreichte und kauerte sich dagegen. So konnte sich zumindest niemand von hinten an sie heranschleichen.

»Jade?«

Oh Gott, woher kannten sie ihren Namen? Hatte sie ihn irgendwann während der Folter preisgegeben? Kälte breitete sich in ihr aus, als ihr ein anderer Gedanke kam: Sie hatten Kyla gefangen genommen und folterten sie ebenso wie Jade! Sie hatte Mogadir nicht geglaubt, als er ihr das blonde Haarbüschel gezeigt hatte, aber vielleicht war ihre Partnerin doch hier irgendwo in der Festung und musste unaussprechliche Qualen erleiden. Tränen stiegen in Jades Augen, denn das bedeutete auch, dass niemand zu ihrer Rettung kommen würde. Das Attentat auf die Wolesi Jirga würde stattfinden und viele Menschen würden getötet werden. Und was das Schlimmste war: Sie hatte in ihrer Mission versagt. Sie würde völlig umsonst sterben und alle zurücklassen, die sie liebte. Ihre Familie, ihre Freunde – und Hawk.

Licht flammte auf und blendete sie. Sie konnte nur einen riesigen Umriss sehen, der sich auf sie zubewegte. Jade suchte nach einem Ausweg, aber es gab keinen. Sie schlang die Arme um ihren Kopf, um sich zu schützen und vergrub ihr Gesicht an ihren Knien. Ihr gesamter Körper spannte sich in Erwartung der Schläge an. Doch es kam nichts. Eine warme Hand legte sich auf ihre Schulter, und Jade zuckte zusammen. Quälender als die Misshandlungen war es, wenn Mogadir versuchte, sie mit seiner freundlichen Art zu täuschen. Er wusste, wie sehr sie sich inzwischen nach einer sanften Berührung sehnte, nach einem freundlichen Wort.

»Jade, ich bin es, Hawk.«

Hawk? Nein, das musste eine Täuschung sein, Hawk war Tausende von Kilometern entfernt. Eine Hand strich über ihre Haare, sanft und so vertraut, dass ihre Tränen überliefen. Trauer lähmte ihren Körper. Das war es, sie konnte nicht mehr. Mogadir hatte es geschafft, sie zu brechen.

»Bitte Jade, sieh mich an. Du bist in Sicherheit, niemand wird dir etwas tun.«

Es hörte sich an wie Hawks Stimme, aber ihr Verstand musste ihr einen Streich spielen. Vielleicht war sie jetzt völlig verrückt geworden. Mit sanfter Gewalt wurden ihre Arme von ihrem Kopf gelöst und ihr Kinn angehoben. Jade hielt die Augen geschlossen, weil sie nicht sehen wollte, wie Mogadir sie triumphierend angrinste.

»Sieh mich an, Fibi.«

Das Kosewort konnte Mogadir nicht kennen, Hawk benutzte es nur, wenn sie alleine waren. Aber das hieß … Ihre Lider hoben sich und sie starrte den Mann an, der vor ihr hockte. Es war tatsächlich Hawk! Aber wie …? In einem Rutsch kamen alle Erinnerungen zurück und sämtliche Muskeln in ihrem Körper verwandelten sich vor Erleichterung in Pudding. »Daniel.« Ihre Stimme war nur ein Hauch und klang, als käme sie von weit her.

»Ich bin bei dir. Es ist alles in Ordnung.« Seine Finger glitten über ihre Wange, so als müsste er sich davon überzeugen, dass es ihr gut ging. Falten durchzogen sein Gesicht, und Besorgnis leuchtete ihr aus seinen grünen Augen entgegen. »Ich rufe besser einen Arzt, der dich durchcheckt. Du hast mir wirklich Angst eingejagt, Jade.«

Sie bemühte sich um ein beruhigendes Lächeln, doch es gelang ihr nicht. Zu nah war noch die Furcht. »Ich mir auch.« Sie versuchte, sich an der Wand aufzurichten, doch sie sackte wieder in sich zusammen. »Ich brauche keinen Arzt. Es gibt nichts, was er tun kann, um diese Flashbacks zu stoppen. Glaub mir, ich habe alles probiert.«

»Jade ...«

Sie legte ihre Finger auf seine Lippen. »Kannst du mich bitte einfach zum Bett bringen? Bitte.«

Hawk zögerte noch einen Moment, doch dann hielt er ihr seine Hand hin und zog sie hoch. Sie wollte wegen seiner Verletzungen protestieren, doch er brachte sie mit einem Blick zum Schweigen. Anschließend legte er seinen Arm um ihren Rücken und stützte sie auf dem kurzen Weg zum Bett. Da sie von ihren Erinnerungen noch zu angegriffen war, lehnte sie nur ihre Wange an seine Brust und ließ ihm seinen Willen.

Laut klopfte sein Herz an ihrem Ohr, offensichtlich hatte sie ihm tatsächlich Angst gemacht. Sie hatte sich nie selbst in solch einer Episode erlebt, aber sie konnte sich vorstellen, wie es auf jemand anderen wirken musste, wenn sie geistig völlig woanders war und ihr Gegenüber nicht einmal erkannte. Besonders wenn es jemand war, dem sie so nahe gestanden hatte.

Vorsichtig setzte Hawk sie auf der Matratze ab und beugte sich über sie. »Kann ich dir etwas bringen?«

»Wasser, bitte.« Jades Hand zitterte, als sie kurz darauf den Plastikbecher an den Mund setzte, es aber schaffte, einen Schluck zu trinken, ohne etwas zu verschütten. Ihre Kehle fühlte sich an wie ausgedörrt, als wäre sie tatsächlich stundenlanger Folter ausgesetzt gewesen, mit gerade so viel Nahrung und Wasser, dass sie nicht starb. Auch jetzt, noch Monate später, schaffte sie es nicht, irgendwo hinzugehen, ohne für alle Fälle etwas zu trinken mitzunehmen. Tat sie das nicht, durchlebte sie regelrechte Durstattacken, die sich zu allumfassender Panik steigerten, wenn sie nicht sofort etwas trank.

Schließlich setzte sie die Flasche ab und legte sich im Bett zurück. »Danke.« Hawk setzte sich auf den Stuhl und nahm ihre

Finger zwischen seine Hände. Es lag so viel Wärme in seinen Augen, dass sich ihre Kehle zusammenzog. »Entschuldige, dass ich dich erschreckt habe, das wollte ich nicht.« Sie holte tief Luft. »Das ist einer der Gründe, warum ich …«

Als sie nicht weitersprach, schoben sich Hawks Augenbrauen zusammen. »Warum du mich auf Abstand hältst?« Jade nickte. Seine Hände drückten fester. »Es ist schlimm, das mitzuerleben, aber es ist noch viel schwerer zu wissen, dass du so etwas alleine durchmachst und ich nicht bei dir sein kann. Dich nicht halten und die Erinnerungen wenigstens für kurze Zeit verdrängen kann.«

Ihre Stimme war rau, so sehr bemühte sich Jade, die Tränen zu unterdrücken. »Das weiß ich, Daniel. Aber ich möchte nicht, dass du mich so siehst. Ich ertrage mich selbst nicht mehr.« Sie wollte ihr Gesicht abwenden, aber Hawk ließ das nicht zu.

»Sieh mich an, Jade.« Er wartete, bis sie sich ihm wieder zugewandt hatte, bevor er weitersprach. »Ich meinte das, was ich im Krankenhaus in Deutschland gesagt habe: Ich möchte jeden Schritt mit dir gemeinsam gehen. Mir ist klar, dass es nicht einfach wird, aber ich bin mir sicher, dass wir es gemeinsam schaffen können.« Er beugte sich vor und küsste sie auf die Stirn. »Für mich bist du immer noch die Jade, in die ich mich damals verliebt habe.«

Tränen liefen ihre Wangen hinunter. »Aber die bin ich eben nicht mehr! Kannst du das denn nicht sehen?«

»Innen bist du noch die gleiche, Jade. Sieh dich an, du bist stark, mutig und mitfühlend, genauso wie früher. Natürlich kannst du aus solch einer Erfahrung nicht völlig unverändert hervorgehen, aber ich bin mir sicher, dass du stärker werden kannst als vorher.«

Wenn sie ihm doch nur glauben könnte! »Und wie mache ich das?« Ihre Stimme war nur noch ein Hauch.

»Indem du dir jeden Tag sagst, dass du gewonnen hast. Du bist hier und kannst tun, was du willst, während Mogadir im Gefängnis schmort. *Du* kannst entscheiden wie dein weiteres Leben aussehen soll, wie viel Macht du Mogadir einräumst. Du hast Freunde und Verwandte, die dich lieben, Jade. Lass sie an dich ran und lass dir von ihnen helfen.« Seine Finger strichen über ihre Wange. »Wir sind immer für dich da. Aber wir können dir nur helfen, wenn du uns sagst, was du brauchst.«

Was Hawk sagte, war für sie nichts Neues, aber bisher war sie unfähig gewesen, auf ihn und auch alle anderen zuzugehen. Sie wusste nicht, was die Veränderung ausgelöst hatte, aber sie hatte auf einmal das Gefühl, dass sich die eisige Umklammerung in ihr ein wenig gelöst hatte. Vielleicht … »Leg dich zu mir.«

Seine Augen verdunkelten sich. »Ich weiß nicht, ob das so eine gute Idee ist, beim letzten Mal hat das wahrscheinlich deine Angst ausgelöst.«

Ja, vermutlich, aber davon würde sie sich nicht aufhalten lassen. Außer sie wollte ihr ganzes Leben lang allein verbringen. »Hast du nicht gerade gesagt, ich soll sagen, was ich brauche? Gerade brauche ich dich.«

Ohne weitere Einwände legte sich Hawk neben sie und blickte sie besorgt an. »Ist das so okay?«

»Nein, leg dich auf den Rücken.« Wortlos gehorchte er. Jade zögerte einen winzigen Moment, dann bettete sie ihren Kopf auf seine Schulter und legte ihre Hand auf seine Brust. Da ihre Welt sich nicht auflöste und auch sonst nichts Schlimmes geschah, schmiegte sie sich mit einem zufriedenen Seufzer enger an ihn. Es fühlte sich richtig an. »Gute Nacht, Daniel.«

Sie spürte, wie sich sein Körper entspannte. »Schlaf schön, Fibi.«

Mit einem Lächeln schlief sie ein.

16

Sanfte Finger strichen über ihren Nacken und tauchten in den Ausschnitt ihres Nachthemds. Ein Kribbeln lief durch ihren Körper und Jade presste sich dichter an den warmen Körper neben ihr. Sie wusste, wer es war, auch wenn er nichts sagte. Hawk. Seit sie ihn zum ersten Mal gesehen hatte, spürte sie das Verlangen, ihm die Kleidung vom Leib zu reißen und sich an seinem muskulösen Körper zu reiben. Obwohl das normalerweise gar nicht ihrer Art entsprach, war sie machtlos dagegen gewesen. Jetzt, wo sie es endlich durfte, ließ sie sich keine Sekunde davon entgehen. Und auch Hawk schien nicht genug von ihr zu bekommen, wie seine Erektion, die gegen ihren Oberschenkel drückte, deutlich machte.

Jade hob den Kopf und ließ ihre Zunge über Hawks Brust gleiten, bis sie bei seiner harten Brustspitze ankam. Gierig schloss sie den Mund darüber und begann zu saugen. Ein Brummen dröhnte durch Hawks Brustkorb, offensichtlich genoss er, was sie dort tat. Mit ihren Fingern reizte sie seinen anderen Nippel, während ihr Bein über seinen harten Schaft rieb. Doch ihr Verlangen trieb sie weiter, sie brauchte mehr von ihm, viel mehr. Sie rückte von ihm ab, was Hawk einen enttäuschten Laut entlockte, der rasch in Verlangen umschlug, als sie seine Boxershorts herunterzog. Wie von selbst schloss sich ihre Hand um seinen Penis, sowie er befreit war.

»Jade.«

Die Sehnsucht in seiner Stimme steigerte ihre Erregung noch mehr, und sie drückte ihre Hüfte gegen seine, um die Begierde zu *stillen. Das Nachthemd behinderte sie, deshalb zog sie es schnell aus, um Hawks Haut an ihrer spüren zu können. Oh Gott, ja. Jade rieb sich an ihm und stöhnte auf, als ihre harten Brustspitzen sich noch fester zusammenzogen. Es war beinahe zu viel, und sie öffnete ihre Beine. Sofort schob Hawk seinen behaarten Oberschenkel dazwischen und presste ihn gegen ihren Eingang. Die Erregung steigerte sich, bis sie es nicht mehr aushielt und sich rhythmisch gegen ihn bewegte. Ihre Hand strich über seinen Schaft, aus dessen Spitze Flüssigkeit sickerte. Die Gewissheit, dass Hawk genauso erregt war wie sie, spornte sie an.*

Sein Schaft zuckte in ihrer Hand, als sie ihm in die Brust biss. Ihre Finger schlossen sich fester um ihn, und sie konnte seinen rasenden Herzschlag unter ihren Lippen spüren. Mit der Zunge strich sie über die zuvor verletzte Stelle und widmete sich dann wieder seinen Brustwarzen. Hawks Hand wanderte an ihrem Rücken hinunter und legte sich auf ihren Po. Ihr Innerstes zog sich zusammen, und sie musste sich auf die Lippe beißen, um nicht sofort zu kommen. Was war nur los mit ihr? Sie benahm sich, als wäre sie völlig ausgehungert, dabei hatten sie sich in dieser Nacht bereits drei Mal geliebt.

Hawks Finger spannten sich auf ihrem Po an, während er ihre Hüfte näher an sich heranzog. Nun lag sie halb auf ihm und sein Bein rieb noch stärker über ihre Klitoris. Ein Zittern lief durch ihren Körper, als seine Hand sich weiter nach unten bewegte und ein Finger in sie glitt. Es fehlte nicht viel und sie würde explodieren. Mit ihrem Daumen rieb sie über seine Penisspitze und wurde mit einem weiteren Stöhnen belohnt. Langsam fuhr ihre Hand an seinem Schaft auf und ab, dann immer schneller als sie sich dem Höhepunkt näherte. Beinahe verzweifelt drängte sie sich an ihn.

Als er einen weiteren Finger in sie schob, erstarrte sie. Mit aller Macht rollte der Orgasmus durch ihren Körper und ließ sie erschöpft zurück. Als sie wieder klar denken konnte, bemerkte sie die Feuchtigkeit an ihren Fingern, Hawk war auch gekommen. Mit einem zufriedenen Lächeln schmiegte sie sich an ihn.

Jade schreckte auf und blickte sich um. Es war dunkel im Zimmer. War sie kurz eingeschlafen, und Hawk hatte das Licht ausgemacht? Nein, irgendetwas stimmte hier nicht. Zwar spürte sie seinen warmen Körper noch neben sich, aber sie waren beide angezogen – zumindest mehr oder weniger. Warum hätte Hawk sie wieder anziehen sollen? Normalerweise schmiegte er sich nackt an sie und warf nur eine Decke über sie, nachdem sie sich geliebt hatten.

Eine Sekunde später fiel ihr wieder ein, was im Laufe des Jahres passiert war, und sie erstarrte. Sie waren gar nicht mehr zusammen, und Jade hatte ihr Möglichstes getan, um ihm fernzubleiben. Doch jetzt lag sie an ihn gepresst, ein Bein über seine geworfen, ihr Eingang an seinen muskulösen Schenkel gepresst. Im Gegensatz zu ihrer Fantasie hatte sie noch einen Slip an, doch er war feucht von ihren Säften. Offensichtlich war zumindest ihr Orgasmus keine Einbildung gewesen, sondern die Realität. Sie musste unbedingt hier weg, bevor Hawk aufwachte und die Feuchtigkeit an seinem Oberschenkel bemerkte. Oh Gott, sie hatte ihn ausgenutzt, während er schlief!

Vorsichtig versuchte sie, ihr Bein zurückzuziehen, doch eine Hand auf ihrem Schenkel verhinderte das.

»Geht es dir gut?« Hawks raue Stimme erklang dicht an ihrem Ohr.

Panisch begann ihr Herz zu rasen. »J…ja. Entschuldige, ich muss …«

»Du bleibst einfach so liegen und erholst dich.« Beruhigend strich seine Hand über ihre Hüfte.

Erholen? Wovon? Davon, dass sie sich ihm aufgedrängt hatte? »Ich kann nicht …«

Hawk drehte sein Gesicht zu ihr und sein Atem strich in einem Seufzer über sie. »Jade, lass es gut sein und schlaf.«

Sie wünschte, sie könnte es, aber ihr Gewissen ließ das nicht zu. »Daniel, es tut mir so leid, ich habe geträumt, dass wir ...« Sie schluckte schwer. »... jedenfalls habe ich anscheinend ...« Jade brachte es nicht fertig, es auszusprechen.

»Ich freue mich, dass du einen Orgasmus hattest, Jade. Das zeigt mir, dass du dich bei mir sicher genug fühlst, um loszulassen.« Seine Stimme war leise, fast nur ein Hauch, aber sie konnte deutlich seine Sehnsucht und Liebe darin hören.

»Aber ich habe dich benutzt!«

Ein lautloses Lachen erschütterte seine Brust. »Glaubst du das wirklich? Ich habe selten etwas Erregenderes erlebt.« Liebevoll glitt seine Hand an ihrem Körper hinauf. »Von mir aus kannst du mich so oft benutzen, wie du willst.«

Wärme kroch durch ihren Körper, und sie schmiegte sich instinktiv enger an Hawk. »Das wäre nicht gerecht dir gegenüber.«

»Warum sollte es das nicht sein? Ich muss nicht kommen, um dabei meinen Spaß zu haben, das solltest du wissen.« Das stimmte, er hatte sie auch früher oft befriedigt, ohne selbst etwas dafür zu verlangen. Ein leises Lachen drang an ihr Ohr, so als könnte er ihre Gedanken hören. »Und zur Not kann ich mir selbst helfen, mit der Erinnerung an die Laute, die du von dir gibst, wenn du erregt bist, das Gefühl deines Körpers an meinem ... das reicht locker.«

Jade wusste nicht, ob sie lachen oder weinen sollte, deshalb zwickte sie ihn in den Arm. »Du bist unmöglich.«

»Warum? Im letzten Jahr habe ich viel Zeit mit meiner Hand verbracht. Du warst erst nicht da und dann ...«

Jade schwieg einen Moment. »Du hättest dir jemand anderen suchen sollen, Daniel. Jemanden, der dir das geben kann, was du brauchst.«

Hawk legte seine Stirn an ihre. »Ich will aber nur dich, Jade.«

Tränen traten in ihre Augen. »Ich weiß aber nicht, ob ich jemals …«

Hawk unterbrach sie. »Lass uns einfach einen Schritt nach dem anderen gehen. Immerhin weiß ich jetzt, dass du mich immer noch willst. Zumindest hoffe ich, dass du an mich gedacht hast, als du …«

Jade legte einen Finger auf seinen Mund. »Natürlich habe ich von dir geträumt. Genauer gesagt von uns. Nur bist du in meinem Traum auch …«

Sein Stöhnen unterbrach sie. »Hör bitte auf, sonst muss ich aufstehen.«

Also hatte er keinen Höhepunkt erlebt. Am liebsten hätte sie ihn wie in ihrem Traum in die Hand genommen und Hawk dabei geholfen, doch das traute sie sich noch nicht. Sie wusste nicht, ob der Anblick eines nackten Penis sie nicht zurück in den Albtraum stürzen würde. »Entschuldige, ich …«

Hawk brachte sie mit einem sanften Kuss zum Schweigen. »Es ist alles in Ordnung, schlaf jetzt.«

So sehr sie es auch wollte, wusste sie doch, dass sie jetzt nicht schlafen konnte. Aber es reichte ihr schon, einfach neben Hawk zu liegen und seinen tiefen Atemzügen lauschen zu können.

Hawk erwachte mit einem Ruck, doch er blieb still liegen, bis er sicher war, was ihn geweckt hatte. Etwas kitzelte an seinem Hals, und er lächelte, als er erkannte, dass es Jades Haare waren. Ihr Kopf lag auf seiner Schulter, eine Hand über seinem Herzen, die andere hatte sie unter seinen Oberschenkel geschoben. Wie oft war er morgens genau so aufgewacht und hatte sich die Zeit genommen, Jades Nähe zu genießen? Während des Trainings wirkte sie oft unnahbar, weil sie so auf ihr Ziel fokussiert war, dass alles andere in den Hintergrund trat. Auch er. Aber in ihrem

Haus oder auch seiner Wohnung war sie anders, zugänglicher, liebevoll und, wie er schnell herausgefunden hatte, schmiegte sie sich beim Schlafen gerne an ihn.

Seine Kehle wurde eng. Seit sie aus Afghanistan zurückgekehrt war, hatte Jade kaum mit ihm gesprochen und war immer zurückgewichen, wenn er sie berühren wollte. Deshalb war es zugleich herzzerreißend und wunderschön, sie endlich wieder im Arm halten zu können. Vorsichtig zog er sie näher an sich und lächelte, als Jade seufzte und sich automatisch noch enger an ihn schmiegte. Ihr Atem strich über seine Brustwarze und löste einen Schauer in ihm aus. Vermutlich war er masochistisch veranlagt, dass er es genoss, sie einfach nur zu halten, während gleichzeitig sein lange vernachlässigter Schaft schmerzlich pochte. Die Erregung hatte sogar seine Kopfschmerzen so weit zurückgedrängt, dass er sie kaum noch spürte.

Die Erinnerung daran, wie Jade sich im Schlaf an ihm gerieben und sich selbst zum Höhepunkt gebracht hatte, half auch nicht gerade. Wie gerne hätte er ihr dabei geholfen oder die Gelegenheit genutzt, ebenfalls einen Orgasmus zu erleben, doch das wäre nicht richtig gewesen. So hatte er nur still daliegen und in der Dunkelheit ihren rauen Atemzügen lauschen können. Und ihre Feuchtigkeit an seinem Oberschenkel spüren, während sie ihren Eingang gegen ihn presste. Gott, wie gerne hätte er seine Hand in ihren Slip geschoben und … Hawk schloss die Augen und stellte sich vor, was geschehen wäre, wenn er ihre Klitoris berührt hätte, wenn er seine Finger tief in sie …

Wie ein Fieber jagte die Erregung durch seinen Körper. Die Sehnsucht nach Jade war so stark, dass er sich kaum beherrschen konnte. Vermutlich sollte er aufstehen und nebenan seiner Lust nachgeben, aber er brachte es nicht über sich, Jade zu verlassen. Wer wusste schon, wie sie reagieren würde, wenn sie in seinen Armen aufwachte, vielleicht war dies für lange Zeit die einzige

Gelegenheit, ihr noch einmal nahe zu sein. Hawk schnitt eine Grimasse, als die engen Boxershorts seinen wachsenden Penis einschnürten. Langsam bewegte er seine Hand nach unten und schob sie in die Shorts. Das erleichterte Aufatmen ging in ein leises Stöhnen über, als die Berührung seiner Finger die Erregung verstärkte.

Stocksteif blieb er liegen, während sein Herz wild hämmerte. Vorsichtig zog er die Hand zurück und konnte ein weiteres Stöhnen kaum unterdrücken, als sein Schaft noch weiter anschwoll. Auf einmal bewegte sich Jade neben ihm, und er erstarrte.

»Daniel?«

Er räusperte sich. »Ja?«

»Was ist los? Dein Herz schlägt so schnell, als wärst du einen Marathon gelaufen.«

Hawk schnitt eine Grimasse. »Nichts. Schlaf weiter.«

Sie hob ihren Kopf von seiner Schulter und diesmal stöhnte er wirklich auf. Ein Klicken ertönte und er blinzelte gegen das Licht der Nachttischlampe an. Besorgt glitt ihr Blick über ihn und ihre Augen weiteten sich, als sie seine Erektion erblickte. Hawk versuchte, die Decke über sich zu ziehen, doch sie hinderte ihn daran.

Rasch zog er seine Hand das restliche Stück aus der Boxershorts und setzte sich auf. »Entschuldige, ich gehe ins Bad.«

Hawk schob seine Beine aus dem Bett und wollte gerade aufstehen, als sich Jades Hand auf seine Schulter legte. »Warte.«

Ihre Berührung half seiner Beherrschung nicht gerade, und er biss die Zähne zusammen. Zögernd drehte er sich zu ihr um. Jade hatte sich ebenfalls aufgesetzt, ihre Brustspitzen waren durch das Oberteil deutlich sichtbar. Ihre Zähne gruben sich in ihre Unterlippe, Unsicherheit stand in ihren Augen.

Mit dem letzten Rest an Geduld brachte er seine Zähne wieder auseinander. »Was ist?«

»Bleib bitte hier.«

»Das ist keine gute Idee, Jade. Ich …« Er brach ab und räusperte sich. »Ich muss kommen.«

Ein geisterhaftes Lächeln hob ihre Mundwinkel. »Das dachte ich mir. Ich weiß, es ist viel verlangt, aber …« Sie brach ab und leckte nervös über ihre Lippen.

Sofort hob sich sein Schaft, so als wollte er sie auf sich aufmerksam machen. Hawk legte unauffällig seine Hand darüber. »Aber?«

»Könnte ich vielleicht zusehen?«

Das kam völlig unerwartet. Erregung rieselte durch seinen Körper, und die Vorstellung, dass sie ihn dabei beobachtete, wie er sich selbst befriedigte, erregte ihn über alle Maßen. »Bist du sicher?«

Das brachte ihm ein weiteres Lächeln ein. »Nein, aber ich möchte es probieren.« Sie atmete tief durch. »Ich muss zumindest versuchen, mir wieder ein normales Leben aufzubauen. Mogadir soll keine Macht mehr über mich haben.«

Hawk beugte sich langsam zu ihr hinüber und legte seine Hand an ihre Wange. »Du weißt, dass ich alles für dich tun würde. Aber wenn es dir zu viel wird, sag mir sofort Bescheid, dann höre ich auf. Versprochen?«

Jade nickte stumm, die Augen riesengroß in ihrem Gesicht.

Er wusste nicht, ob er das Richtige tat, aber er konnte der Versuchung nicht widerstehen, Jade noch einen Moment länger nahe zu sein und ihr vor allem zu zeigen, wie viel sie ihm bedeutete und was sie in ihm auslöste. Langsam legte er sich wieder hin und schloss seine Hand um seine Erektion. Die Wärme sickerte durch den dünnen Stoff seiner Boxershorts und sein Schaft reagierte sofort. Jade saß weiterhin neben ihm, ihr Blick wanderte zwischen seinem Gesicht und seiner Hüfte hin und her. Allein die Tatsache, dass sie hier neben ihm war und ihn mit einem so hungrigen Gesichtsausdruck betrachtete, steigerte seine Erregung ins Unermessliche.

Mit leichtem Druck massierte er seinen Penis, um nicht sofort zu kommen. Seine andere Hand ließ er über seinen Oberkörper bis zu seiner Brustwarze gleiten. Unter leicht gesenkten Lidern beobachtete er, wie sich Jades Gesicht rötete und Verlangen in ihre Augen trat. Das war gut, erschwerte ihm allerdings, sich zu beherrschen. Ihr Mund öffnete sich, und er hielt angespannt den Atem an.

»Ich möchte dich sehen.«

Ein Schauer lief durch seinen Körper, und er schloss für einen Moment die Augen. Als er sich wieder unter Kontrolle hatte, hob er die Lider, um Jades Gesichtsausdruck zu sehen, während er langsam seine Boxershorts hinunterschob und seinen Schaft befreite. Erst als er sicher war, dass sie sich nicht davor fürchtete, entspannte er sich ein wenig und legte die Hand um seine Erektion. Seine raue Handfläche glitt über seine empfindliche Haut und ihm stockte der Atem. So oft er sich auch in den letzten zehn Monaten selbst befriedigt hatte, nichts fühlte sich so gut an wie sich zu berühren, während Jade nur wenige Zentimeter entfernt saß und ihm mit heißen Augen dabei zusah. Allerdings bedeutete das auch, dass er bereits nach einigen wenigen Bewegungen kurz vor dem Höhepunkt stand.

Hawk biss die Zähne zusammen und drängte ihn zurück. Zwar musste er unbedingt kommen, aber er wollte auch so lange wie möglich für Jade durchhalten. Vor zwei Tagen hätte er nie damit gerechnet, dass sie ihn bitten würde, sich vor ihren Augen zu befriedigen. Aber jetzt war sie hier mit ihm im Bett, und es lag ein solcher Hunger in ihrem Gesichtsausdruck, dass er sich wünschte, er könnte sie an sich ziehen und sich in ihr vergraben. Da das nicht ging, musste er ihr eine so gute Show liefern, dass sie beim nächsten Mal vielleicht sogar mitmachen würde.

Sein Schaft stand steil in die Höhe, Feuchtigkeit glitzerte an der Spitze. Hawk fuhr mit dem Daumen darüber und stöhnte auf. Da er es nicht mehr ertragen konnte, ließ er auch seine andere Hand an seinem Körper hinuntergleiten und umfasste seine Hoden. Sie waren hart, ein sicheres Zeichen, wie dicht er vor dem Orgasmus stand. Ein Blick auf Jade zeigte ihm, dass auch sie erregt war. Ihre Brustspitzen drängten sich hart gegen ihr Oberteil, ihre Hand presste sie sich gegen ihren Schoß. Ihr Mund stand einen Spalt offen, und sie atmete schwer. Ihre Blicke trafen sich, und Jade beugte sich langsam vor. Fest schloss Hawk seine Hand um seinen Penis, um einen vorzeitigen Höhepunkt zu verhindern. Er hielt den Atem an und wartete darauf, was Jade tun würde.

Sie lehnte sich über ihn und streifte seinen Mund mit ihren Lippen. Hitze schoss durch seinen Körper, und er brauchte seine gesamte Beherrschung, um sie nicht an sich zu reißen und sie so zu küssen, wie er es brauchte. Seine Hände wollten Jade berühren, über ihre weiche Haut streicheln und ihre Kurven erkunden, doch er zwang sich, sie weiterhin um seinen Schaft zu lassen. Hawk zuckte zusammen, als sich ihre Hand auf seine Brust legte, während sie gleichzeitig den Mund öffnete und mit ihrer Zunge über seine Lippen strich. Fest presste er die Augen in dem Versuch zusammen, nicht sofort zu explodieren.

Jades Zunge schlüpfte in seinen Mund und der Kuss wurde intensiver. Ihre Finger strichen über seine Brustwarze und er wusste, dass er es nicht länger aushalten würde. Bedauernd beendete er den Kuss und sah in Jades dunkelblaue Augen.

»Es tut mir leid, ich kann es nicht mehr unterdrücken.«

Ein Lächeln huschte über ihr Gesicht. »Das sollst du auch nicht.« Sie blickte auf seinen Schaft und streckte zögernd die Hand danach aus. »Darf ich …?«

Wie von selbst hob sich Hawks Hüfte, wenn möglich wurde

sein Penis noch steifer. »Du kannst alles mit mir machen, Jade.«
Seine Stimme war so rau, dass es mehr ein Grollen war.

Ernst blickte sie ihn an. »Danke.«

Hawks Herz hämmerte in seiner Brust, als Jades Finger an
seinem Schaft hinabglitten. Seine eigenen Hände grub er in das
Bettlaken und überließ es Jade, ihn zum Höhepunkt zu bringen.
Zuerst zögernd, dann immer sicherer schlossen sich ihre Hände
um seine Erektion. Er zwang sich, ganz still liegen zu bleiben,
um sie nicht zu verschrecken, während er eigentlich mit aller
Kraft in ihre Hände pumpen wollte, bis er sich ergoss. Aber das
konnte er nicht tun, denn er wollte, dass Jade die Oberhand
behielt und bestimmte, was geschah. Sie sollte sich sicher fühlen
und wieder Freude daran empfinden, einen männlichen Körper
zu erkunden. Wenn er dafür ein wenig leiden musste, war ihm
das egal. Vor allem, da es sich tausend Mal besser anfühlte, von
ihren Händen berührt zu werden.

»Du fühlst dich gut an.«

Hawks Augen flogen auf. Jade hockte neben seiner Hüfte und
schien völlig in den Anblick seines Schafts vertieft zu sein. »Ich
stehe ... dir jederzeit ... gerne zur Verfügung.«

Das ließ sie aufblicken, ein Lächeln hob ihre Mundwinkel.
»Das kann ich mir vorstellen.«

Dieses kurze Aufblitzen der alten Jade war zuviel für ihn. Mit
einem rauen Laut explodierte er. Jades Griff um ihn festigte
sich und er pumpte in ihre Hände, während sich sein gesamter
Körper anspannte. Nach scheinbar unendlich langer Zeit sank
er schwer atmend auf die Matratze zurück. Mit Mühe öffnete
er seine Augen und blickte Jade besorgt an. Was er sah, ließ
ihn seine Furcht, dass er sie durch seinen Ausbruch erschreckt
haben könnte, schnell vergessen. Noch immer hielt sie seinen
Schaft in der Hand und streichelte ihn sanft. In ihren Augen
standen Tränen, aber sie lächelte.

Hawk löste seine Hände aus dem Bettlaken und breitete seine Arme aus. »Komm zu mir.«

Ohne zu zögern schmiegte sich Jade an ihn und hauchte einen Kuss auf seine Schulterbeuge. »Danke.«

Ein Lachen rumpelte in seiner Brust. »Ich glaube, ich habe zu danken. Das war unglaublich.«

Sie hob den Kopf und blickte ihn eindringlich an. »Das war es. Und es war sehr nett von dir, mir deinen Körper zur Verfügung zu stellen, obwohl ich dich in den letzten Monaten so schlecht behandelt habe. Ich wusste, dass ich dir trauen konnte und wie sehr du gelitten hast, aber ich konnte mich nicht eher dazu bringen, dir wieder nahe zu kommen.«

Sein Herz zog sich schmerzhaft zusammen. »Warum nicht? Ich würde dir nie wehtun.«

»Ich weiß. Aber ich wollte nicht … dass du mich so siehst. Du solltest mich so in Erinnerung behalten, wie ich vorher war. Vollständig, ohne seelische und körperliche Narben.« Sie legte ihren Kopf wieder auf seine Schulter. »Ich kann mich selbst nicht mehr ertragen.«

Hawk küsste ihren Scheitel. »Du bist für mich genauso wunderbar wie früher. Ich möchte bei dir sein und für dich da sein. Wenn du mich lässt.«

»Nur, wenn ich auch für dich da sein kann. Ich möchte nicht wie ein Klotz an deinem Bein hängen.«

»Abgemacht.« Zufrieden schloss Hawk die Augen und zog Jade enger an sich. Zum ersten Mal seit langer Zeit hatte er das Gefühl, dass vielleicht doch alles gut ausgehen würde.

17

Captain Clint Hunter legte das Telefon auf den Tisch und trat zum Fenster. Von hier aus konnte er einen Großteil des Geländes der SEAL-Basis in Little Creek überblicken, ein Anblick, den er normalerweise sehr genoss. Doch im Moment konnte er nur an Jade Phillips denken, daran, wie sie ausgesehen hatte, als das Team sie in Afghanistan aus der Festung des Warlords Mogadir befreite. Und noch schlimmer: was sie ihm von den Folterungen dort erzählt hatte. Der Schmerz darüber und vor allem das Unbehagen, mit ihm sprechen zu müssen, obwohl sie wahrscheinlich gehofft hatte, nie wieder etwas mit ihm zu tun zu haben, war ihrer Stimme deutlich anzuhören gewesen. Die Wut über das, was ihr angetan worden war, mischte sich mit der über Khalawihiris Flucht.

Die Nachricht darüber hatte er schon gestern bekommen und seitdem versucht, seine Vorgesetzten dazu zu bringen, SEALs bei der Suche einzusetzen. Ja, normalerweise wurden sie nicht auf amerikanischem Boden eingesetzt, aber das war ein Sonderfall. Sie konnten nicht zulassen, dass Khalawihiri entkam. Dafür hatten sie alle zu viel verloren. Trauer drückte auf sein Herz, als er an seine Männer und die Night Stalkers dachte, die beim Hubschrauberabsturz in der Nähe von Mogadirs Festung gestorben waren. Alles gute Männer, zum Teil sogar Freunde, die sie jeden Tag aufs Neue vermissten. Er umfasste so fest die Fensterbank, dass seine Fingerknöchel weiß wurden. Von dem siebenköpfigen Team hatten nur drei Männer überlebt, zwei davon schwer verletzt.

Bisher war es ihm noch nicht gelungen das Alpha Squad von Team 8 wieder aufzubauen, weil es ihm nicht richtig erschien, die getöteten Mitglieder einfach so zu ersetzen. Und auch nicht den kommandierenden Offizier des Teams, Nathan Redfield, dessen Bein bei dem Absturz schwer verletzt worden war und der bisher noch nicht wieder im aktiven Dienst stand. Genau genommen hatte Clint in einigen Minuten einen Termin mit ihm, denn Red drängte darauf, endlich wieder als SEAL arbeiten zu können. Tests hatten gezeigt, dass sein Bein den Belastungen standhielt, doch es musste erst noch die psychologische Bewertung abgewartet werden. Er konnte die Ungeduld seines Freundes gut verstehen, aber wenn es um die Sicherheit des Teams ging, durften sie sich keinen Fehler leisten.

Die beiden anderen überlebenden SEALs Robert ›Bull‹ Payne und Kevin ›Tex‹ Mayfield waren bereits seit Monaten wieder im Dienst – allerdings vorübergehend in anderen Teams untergebracht. Sie leisteten gute Arbeit, fragten ihn allerdings auch regelmäßig, wann sie endlich in ›ihr‹ Team zurückkehren konnten. Clint wünschte, er könnte die Zeit zurückdrehen und Iceman, Face, Snoopy, Nachos und Gillette wieder zum Leben erwecken, doch das war leider nicht möglich. Selbst wenn er das Team neu formierte, würde es nie wieder das Gleiche sein. Mühsam schüttelte er die Gedanken ab und konzentrierte sich auf das drängendere Problem: die Ergreifung Khalawihiris. Bei dem Angriff auf dessen Camp hatten sie gemerkt, dass er sehr gut ausgerüstet und vor allem informiert war. Mogadir war im Gefängnis seinem Einfluss entzogen, aber wenn er dazu beitragen konnte, Khalawihiri – erneut – zu fassen, würde er das tun.

Clint fuhr herum, als es kurz an seine Tür klopfte, bevor sie aufgerissen wurde. Red stürmte in den Raum, und seine düstere Miene ließ keinen Zweifel offen, dass er von den neuesten Ereignissen gehört hatte. Vor dem Einsatz in Afghanistan war Red immer gut gelaunt gewesen, und es hatte Clint gutgetan, jemanden um sich zu haben, der seine eher ernste, stille Art ausglich. So wie es früher mit Matt gewesen war. Natürlich verstand er Red, schließlich hatte er Ähnliches bereits vor Jahren durchgemacht, als Ghost, eines seiner Teammitglieder, während einer Mission gestorben war, aber trotzdem fehlte der alte Red ihm.

»Du kommst früh.«

Red blieb mitten im Raum stehen, anstatt sich wie früher auf die Kante des Schreibtischs zu setzen. Noch etwas, das sich leider geändert hatte. »Stimmt das, was ich gehört habe? Dieser Mistkerl ist geflohen?«

Clint nickte knapp. »Er hat anscheinend zwei ehemalige Soldaten getötet – von denen niemand weiß, was sie dort eigentlich zu suchen hatten – und ist anschließend einfach verschwunden. Bei der Flucht hat er drei FBI-Agenten getötet.«

Ein Muskel zuckte in Reds Wange, seine Hände ballten sich zu Fäusten. »Und sie haben ihn bisher noch nicht erwischt?«

»Nein.«

Reds grüne Augen verengten sich. »Sind SEALs angefordert worden?«

Clint unterdrückte einen Seufzer. »Ich habe versucht, dem Oberkommando klarzumachen, dass es sinnvoll ist, SEALs einzusetzen, um Khalawihiri zu fangen, aber bisher sträuben sie sich. Eine Sache der Zuständigkeiten.«

»Verdammte Bürokratie! Und in der Zwischenzeit verschwindet dieser Verbrecher auf Nimmerwiedersehen. Haben die nicht kapiert, dass sie nur eine Chance haben, solange die Spur noch heiß ist?« Er fuhr mit beiden Händen durch seine rotbraunen Haare, bis sie zu allen Seiten abstanden. Die Wut war ihm deutlich anzusehen.

»Das FBI scheint zu denken, dass sie es auch ohne uns schaffen, vermutlich, weil es ihnen peinlich ist, dass Khalawihiri direkt vor ihrer Nase verschwunden ist. Die Marines dürfen auch nur auf ihrem Stützpunkt nach ihm suchen, alles, was außerhalb des Gebiets ist, übernimmt das FBI mit Unterstützung der Polizei.« Clint verzog den Mund. »Jade Phillips hat eben angerufen.«

An der Art, wie Red zusammenzuckte, war zu sehen, dass er den Namen sofort erkannte. »Was wollte sie?«

»Sie ist seit gestern zusammen mit Hawk in Quantico, um Khalawihiris Spuren zu folgen.«

Fassungslos blickte Red ihn an – so ziemlich die Reaktion, die er auch gezeigt hatte. »Was? Wie konnte Hawk das zulassen? Es ist doch offensichtlich, dass dieser Verbrecher kein Problem damit hat, jeden zu töten, der ihm im Weg ist.«

»Jades Antwort darauf war, dass sie nicht nur TURT/LE-, sondern auch FBI-Agentin ist und weiß, was sie tut. Aber sie ist schlau genug zu wissen, dass sie die Hilfe der SEALs brauchen, besonders nachdem sie Khalawihiri gestern Abend fast geschnappt hätten, er ihnen aber wieder durch die Finger geflutscht ist.«

Red schob seine Hände in die Hosentaschen. »Und jetzt?«

Unruhig ging Clint durch den Raum und lehnte sich schließlich gegen seinen Schreibtisch. Mit den Fingern rieb er über seine Stirn. »Offiziell sind meine Hände gebunden. Solange ich keinen Einsatzbefehl bekomme, kann ich kein Team aussenden.«

Red schob das Kinn vor. »Das hat dich doch früher auch nicht abgehalten.«

Ärger stieg in Clint auf, als sein Freund ihn an die Rettungsaktion erinnerte, die er zusammen mit Team 8 durchgeführt hatte, um seine Schwester Leigh aus der Hand eines Irren zu befreien. »Wenn ich mich recht erinnere, hast du dich freiwillig gemeldet.« Red hatte es sogar so gedreht, dass es offiziell als Übung galt, und deshalb schuldete er seinem Freund sehr viel.

Red neigte den Kopf. »Das stimmt. Und ich würde es wieder tun. Khalawihiri muss gestoppt werden, egal wie.«

»Der Meinung bin ich auch, deshalb werde ich in Kürze aufbrechen. Aber ich kann keinem Team-Mitglied die Order geben, mich zu begleiten. Denn diesmal würde niemand glauben, dass es sich um eine Übung handelt, und ich möchte nicht, dass jemand deswegen in Schwierigkeiten gerät. Die Obrigkeit hat ziemlich deutlich gemacht, dass die SEALs sich zurückhalten sollen.«

Ein Grinsen huschte über Reds Gesicht, das fast an alte Zeiten erinnerte. »Dann ist es ja gut, dass ich noch nicht offiziell wieder im Dienst bin.« Das Lächeln verging so schnell wieder, wie es gekommen war. »Wie sieht es mit Bull und Tex aus?«

»Tex ist gerade mit seinem Team auf einer Mission, Bull hat Urlaub. Er hält sich in Seattle bei seinen Eltern auf.« Clint konnte deutlich Reds sehnsüchtigen Ausdruck bei dem Wort ›Mission‹ erkennen. Auch wenn er selbst inzwischen seit mehreren Jahren fast nur noch administrativ tätig war, vermisste er immer noch die Einsätze. In Afghanistan hatte er unerwartet einspringen müssen, weil in seinem alten Team 11 einige Mitglieder verletzt worden waren, und sich wohler gefühlt als seit Langem. Zumindest wenn man davon absah, dass er sich ursprünglich nur dort aufgehalten hatte, weil sein Team mit dem Hubschrauber abgestürzt war und er die Bergung leitete.

Red atmete tief durch. »Meinst du, Bull wäre bereit, seinen Urlaub ein wenig anders zu verbringen?«

Clint zuckte mit den Schultern. »Wir können ihn ja einfach fragen.« Rasch suchte er die Kontaktnummer heraus und wählte sie.

»Ja?« Das tiefe Grollen von Bulls Stimme drang durch den Hörer.

»Hier ist Clint. Ich hoffe, ich störe nicht.«

»Nein. Kleinen Moment.« Ein merkwürdiges Rauschen ertönte, wahrscheinlich hielt Bull das Telefon zu. »Tut mir leid, Mom, es ist mein Boss, ich gehe kurz raus.« Im Hintergrund war ein dumpfes Knallen zu hören, dann das Geräusch von Regen, der auf ein Dach prasselte. »So, bin wieder da. Was gibt's?«

In knappen Worten erzählte Clint ihm von Khalawihiris Flucht, die Bull mit einem heftigen Fluch kommentierte. »Offiziell haben wir mit der Suche nach Khalawihiri nichts zu tun, FBI und Marines wollen uns dort nicht sehen.«

Bull schnaubte. »Seit wann lassen wir uns davon abhalten?«

Clint musste grinsen. »Bisher noch nie. Aber das Oberkommando hat den eindeutigen Befehl gegeben, dass wir uns dort nicht einmischen.«

»Mist. Als könnten sie nicht alle Hilfe gebrauchen, die sie bekommen können. Was passiert jetzt?«

»Red und ich werden uns die Sache ansehen, ganz privat natürlich.«

»Ich nehme den nächsten Flieger. Wo treffen wir uns?«

»Flieg am besten nach Stafford. Bist du sicher, dass du deinen Urlaub unterbrechen willst?«

Bull senkte die Stimme. »Ihr rettet mir hier das Leben, ich langweile mich zu Tode. Ich liebe meine Eltern, aber wenn ich noch eine Minute länger mit ihnen Bridge spielen muss, stürze ich mich von der Klippe. Wie komme ich zu euch?«

Die Vorstellung, dass der große und kräftig gebaute SEAL mit seinen Eltern Karten spielte, war zu witzig. Hastig unterdrückte Clint ein Lachen und räusperte sich. »Wir holen dich am Flughafen ab. Sag uns Bescheid, wann du ankommst.«

»Alles klar. Bis dann.«

Clint beendete das Gespräch, steckte das Handy in seine Hosentasche und wandte sich zu Red um. »Bull ist dabei.«

Red nickte. »Gut. Wie gehen wir weiter vor?«

Clint rieb über seine kurzen Haare. »Zuerst muss ich mich beurlauben lassen, und dann müssen wir die Ausrüstung zusammensuchen, die wir und Bull benötigen.«

Red ging zur Tür. »Okay, dann los. Je länger wir warten, desto mehr Vorsprung hat der Verbrecher.«

Clint folgte ihm aus dem Büro und spürte, wie die altbekannte Anspannung vor einer Mission von ihm Besitz ergriff. So ernst der Anlass auch war, er freute sich, endlich wieder mehr tun zu können, als im Büro zu sitzen oder die jungen SEALs auszubilden. Vor der Tür legte er seine Hand auf Reds Schulter. »Gehen wir.«

Ernst blickte Red ihn an. »Danke.«

Clint konnte sich vorstellen, wie es für seinen Freund gewesen sein musste, nicht den Beruf ausüben zu können, den er liebte. Nicht zu wissen, ob er mit seinem verletzten Bein jemals wieder als SEAL auf eine Mission gehen konnte. Zwar war er selbst damals nach Ghosts Tod freiwillig aus dem Dienst ausgeschieden, aber er hatte sein Leben als SEAL und seine Kameraden trotzdem jeden Tag vermisst. Es war beinahe, als würde einem die Luft zum Atmen genommen und man würde jeden Tag ein Stück mehr verkümmern. Und er kannte noch jemanden, dem es so gehen musste. »Vielleicht sollten wir I-Mac fragen, ob er mitmacht.«

Ensign John MacPhearson von SEAL-Team 11 war bei der Explosion in Mogadirs Festung schwer an der Wirbelsäule verletzt worden, für eine Weile hatte es so ausgesehen, als wäre er dauerhaft gelähmt. Das war glücklicherweise nicht eingetreten, aber noch immer machten ihm die geschädigten Nerven Probleme, und er hatte bisher den aktiven Dienst in Coronado nicht wieder aufnehmen können.

»Sicher, dass er schon bereit dafür ist?« Zweifel war in Reds Stimme zu hören.

»Er soll nicht mit uns durch den Wald laufen, aber wenn er uns technisch unterstützen würde, wäre das eine große Hilfe.« I-Macs Spitzname kam nicht von ungefähr. Er war ein Zauberer, wenn es um Computer und die Beschaffung geheimer Informationen ging.

»Kann er denn schon gehen?«

»Ja, zumindest über kürzere Strecken. Aber wenn er nicht reisen kann, ist es sicher auch möglich, dass er uns von Kalifornien aus unterstützt. Wenn er uns überhaupt helfen will.«

Zehn Minuten später und mit I-Macs ungläubigem ›Da fragst du noch?‹ im Kopf bereitete Clint ihre unerlaubte Aktion vor. Da er wusste, dass sein eigenmächtiges Handeln Auswirkungen auf seinen Job haben konnte, hatte er auch mit seiner Lebensgefährtin Karen gesprochen, die ihn wie erwartet sofort unterstützte. Aber er hatte an ihrer Stimme auch gehört, dass sie sich um ihn sorgte. Er liebte sie fast noch mehr dafür, dass sie ihm seinen Freiraum gab, obwohl sie auch an ihre Tochter Maya denken mussten.

Als das Flugzeug in Washington landete, war Kyla schon lange bereit, endlich aus dieser Blechbüchse zu entkommen.

Chris schien ihre Unruhe zu erkennen, denn er legte seine Hand auf ihren Oberschenkel und drückte ihn. »Nur noch ein paar Minuten. Hältst du das aus?«

Kyla funkelte ihn wütend an. »Natürlich. Oder hast du vergessen, dass ich viel länger mit dir in einem dunklen, muffigen Keller ausgeharrt habe?«

Chris grinste sie an. »Ja, weil ich dich betäubt hatte. Wärst du wach gewesen, hätte ich mich wahrscheinlich auf dich setzen müssen, um dich zum Bleiben zu bewegen. Ich kann mich an die eine oder andere Situation erinnern, in der ich dich gerade noch festhalten konnte.«

Kyla bezwang den Drang, ihm die Zunge herauszustrecken und begnügte sich damit, seine Hand von ihrem Bein zu entfernen. Sein amüsierter Blick verbesserte ihre Stimmung nicht unbedingt, vor allem, weil ihnen beiden klar war, dass seine Einschätzung völlig richtig war. Sie hasste es, still sitzen zu müssen, sie wollte sich immer vorwärtsbewegen, etwas tun. Außerdem machte es sie nervös, dass ihr Telefon noch nicht angeschaltet war. Hoffentlich ging es Jade gut! Und noch besser wäre es, wenn sie Khalawihiri schon geschnappt hätten. Allerdings würde das auch bedeuten, dass Chris sich vermutlich in das nächste Flugzeug zurück setzen würde. Und sie wollte ihn noch nicht wieder gehen lassen. Nicht, bevor sie herausgefunden hatte, was wirklich zwischen ihnen war.

Kyla wurde bewusst, was sie da gerade dachte. Es war nur wichtig, den Terroristen zu fassen, alles andere war zweitrangig. Und wenn sie sich das oft genug sagte, würde sie es vielleicht sogar glauben.

»Du bist so still, woran denkst du?«

Mit einem Seufzer drehte sie sich wieder zu Chris um, nachdem sie überprüft hatte, ob jemand sie hören konnte. Aber der Sitz vor ihnen war durch den Notausstieg weit genug weg und die Leute hinter ihnen waren selbst in ein Gespräch vertieft. Trotzdem senkte sie die Stimme. »Daran, was uns erwartet. Und ob sie Khalawihiri schon gefangen haben.«

Unter Chris' verständnisvollem Blick wurde ihr warm. »Das werden wir in wenigen Minuten wissen. Aber wenn ich tippen sollte, würde ich sagen, dass er noch auf freiem Fuß ist.«

Irritiert blickte sie ihn an. »Woher willst du das wissen?« Chris sah aus dem Fenster und schien völlig vom Anblick der geschäftigen Rollbahnen gefangen zu sein. Als er nicht antwortete, stieß sie ihn mit dem Ellbogen an. »Hey, bekomme ich heute noch eine Antwort?«

217

»Wenn ich eines über Khalawihiri weiß, dann, dass er immer etwas in der Hinterhand hat. Er ist erfinderisch und kann sich veränderten Situationen blitzschnell anpassen. Außerdem ist er hochintelligent und bereit, jeden zu töten, der ihm im Weg steht. Dazu ist er noch unberechenbar.« An Chris' Augen konnte sie sehen, dass er es völlig ernst meinte.

»Das mag sein, aber er ist in einem eingeschränkten Gebiet unterwegs und es sind Dutzende Soldaten und FBI-Agenten hinter ihm her. Die sind ja nicht alle völlig unfähig.«

»Natürlich nicht. Aber es ist einfacher, als einzelner Mann durch die Maschen zu schlüpfen. Vor allem hat er eine gewaltige Motivation: seine Freiheit und sein Leben.« Das Anschnallzeichen erlosch mit einem Ping, als sie bei ihrer Parkposition ankamen, und Chris löste seinen Gurt. Um sie herum brandete Lärm auf, als die anderen Passagiere aufstanden und ihr Handgepäck an sich nahmen. »Und wenn ich mich nicht sehr täusche, hat er hier deutlich bessere Beziehungen und Möglichkeiten, als ihr denkt.«

»Weil er Amerikaner ist?«

Chris beugte sich zu ihr hinüber und senkte seine Stimme. »Habt ihr euch nicht gefragt, warum ihr seine Identität nicht herausfinden könnt? Wäre er ein einfacher amerikanischer Staatsbürger, hättet ihr längst seinen Namen.«

Kylas Magen verknotete sich. »Das ist uns auch aufgefallen. Dadurch wissen wir aber immer noch nicht, wer oder was er ist.«

»Ich tippe auf einen eurer Geheimdienste.«

»Aber dann wäre er doch längst identifiziert worden!«

Chris' skeptischer Blick sprach Bände. »Nicht, wenn er gut ist. Oder wenn sein Arbeitgeber nicht will, dass herauskommt, wer er ist. Für mich klingt es nach einer Vertuschungsaktion.«

Kyla schwieg einen Moment und kaute auf ihrer Unterlippe.

»Meinst du, die könnten auch den Mordversuch an mir in Auftrag gegeben haben?«

Chris hob die Schultern. »Möglich ist es.«

»Entschuldige, wenn ich das nicht so locker nehmen kann. Ich hänge zufällig an meinem Leben!« Wütend funkelte sie ihn an.

Seine Miene war ernst, als er ihr antwortete. »Ich nehme dein Leben ganz und gar nicht locker, das kannst du mir glauben. Oder was denkst du, warum ich hier mit dir im Flugzeug sitze?«

Kylas Mund wurde trocken. »Khalawihiri?«

Chris schüttelte den Kopf. »Khalawihiri mag *ein* Grund sein, aber der Hauptgrund bist du. Khalawihiri können auch andere fangen, aber ich muss sicherstellen, dass es dir gut geht.«

Verwirrung und Freude mischten sich in ihr. »Warum?«

Er schnitt eine Grimasse. »Hast du keine leichtere Frage? Ich weiß nur, dass ich schon in Afghanistan das Gefühl hatte, dich unbedingt schützen zu müssen. Entgegen meinen eigentlichen Plänen und Interessen.«

Vermutlich war es besser, dass er ihr nicht seine unsterbliche Liebe geschworen hatte, aber sie war doch ein wenig enttäuscht. »Du weißt, dass ich deinen Schutz nicht brauche. Wenn du also nur deshalb hier bist, solltest du besser wieder zurückfliegen.«

Chris stöhnte auf. »Gott, kannst du anstrengend sein!«

»Das wusstest du schon vorher.«

Er grinste sie an. »Ja, und seltsamerweise mag ich das an dir. Man weiß nie, was im nächsten Moment passiert.«

Sie kam sich irgendwie vor wie ein Überraschungspaket. Und wenn er nun feststellte, dass nur Socken darin waren? Würde er sich dann verabschieden, und sie würde nie wieder etwas von ihm hören?

»Ich weiß nicht, was du gerade denkst, aber hör auf damit. Ich meinte das absolut positiv.«

Da ihr momentan eine passende Antwort fehlte, stand sie auf. Sofort schlangen sich Chris' Finger um ihr Handgelenk und er zog sie wieder hinunter. Um keinen Aufruhr zu verursachen, setzte sie sich widerstandslos wieder hin.

»Was soll das? Wir müssen …«

»Lass uns warten, bis die meisten anderen draußen sind, damit wir einen besseren Überblick haben. Außerdem dauert es sowieso, bis die Koffer da sind.« Sein Daumen strich dabei hypnotisierend über ihr Handgelenk, aber sie wusste nicht, ob er es überhaupt bemerkte.

Süßlich lächelte sie ihn an. »Denkst du auch dran, dass du zum Immigrations-Schalter musst? Vielleicht solltest du schon mal losgehen.«

»Auf keinen Fall. Wir gehen zusammen. Wenn ich anstehen muss, wirst du das wohl auch tun.«

Kyla wollte erst protestieren, aber da sie eigentlich auch lieber mit ihm zusammenbleiben wollte, lenkte sie ein. »Ganz wie du willst, BND.«

Er grinste sie an, ließ aber ihre Hand nicht los. Das Gefühl seiner sanften Bewegungen an ihrem Puls war seltsam erregend, und sie rutschte unruhig auf dem Sitz herum.

Als die Türen geöffnet wurden, setzten sich die Menschenmassen in Bewegung, und das Flugzeug leerte sich überraschend schnell. Schließlich konnten sie den Gang betreten, ohne erdrückt zu werden. Sie nahmen ihr Handgepäck und verließen die Maschine. Im Terminal stellten sie sich an der langen Schlange zur Einreise für ausländische Bürger an.

Kyla deutete auf die wesentlich kürzere für US-Bürger. »Dort könnte ich jetzt stehen.«

Chris grinste sie nur an. »Da siehst du mal, wie schwer es uns Normalsterblichen immer gemacht wird, wenn wir mal einreisen wollen.«

Neugierig blickte Kyla ihn an. »Warst du schon öfter in den USA?«

»Hin und wieder.«

Als er nicht mehr hinzufügte, hakte sie nach: »Im Einsatz für den BND?«

Seine Augenbraue hob sich. »Du weißt, dass das der Geheimhaltung unterliegt.«

Na und? Es interessierte sie trotzdem. »Warst du in den letzten vier Monaten hier?«

»Nein. Ich hatte zu viel in Deutschland zu tun, nachdem ich so lange weg war. Unter anderem musste ich erklären, warum plötzlich die Amis aufgetaucht sind und uns Khalawihiri vor der Nase weggeschnappt haben. Oder wie es ihm gelungen ist, meine Tarnung aufzudecken.«

Kyla zuckte innerlich zusammen. Irgendwie hatte sie gar nicht daran gedacht, dass Chris auch mit seinen Leuten Ärger bekommen haben könnte, weil er seine Mission gefährdet hatte um sie zu retten. »Und was hast du gesagt?«

Ein Mundwinkel hob sich. »Dass mich ein grünes Augenpaar dermaßen abgelenkt hat, dass mir alles andere egal war.«

»Das hast du nicht gesagt!«

»Nein, aber es hätte der Wahrheit entsprochen. Tatsächlich habe ich es wie eine geplante Aktion von KSK und SEALs erscheinen lassen, die zur Folge hatte, dass eine unmittelbare terroristische Bedrohung ausgeschaltet wurde. Dem habe ich meine eigentliche Aufgabe untergeordnet. Devil und Clint haben mir dabei geholfen.«

»Sehr geschickt.«

Ohne Vorwarnung wurde er ernst. »Ich bin gut in meinem Job, Kyla.«

»Das weiß ich, schließlich habe ich leibhaftig erlebt, wie gut deine Tarnung war. Ich wollte nicht wahrhaben, dass du zu den Terroristen gehörst, aber ich konnte es auch nicht ausschließen.«

Vermutlich war ihr anzusehen, wie viel diese Ungewissheit sie gekostet hatte, denn Chris beugte sich zu ihr hinunter. »Es tut mir leid, Kyla. Ich hätte dir gerne gesagt, wer ich bin, aber ich konnte es nicht riskieren.«

Bevor sie etwas erwidern konnte, erklang eine Stimme neben ihnen. »Bitte hier entlang, Reihe 3 macht gleich auf.«

Ohne es zu bemerken, waren sie bereits fast bei den Schaltern angekommen. Als sie an der Reihe waren, gab sie Chris den Vortritt, da es bei ihm wesentlich länger dauern würde. Sie beobachtete, wie seine Fingerabdrücke elektronisch mit denen in seinem Pass verglichen wurden und man ihm Fragen zu Dauer und Zweck seines Besuches stellte. Schließlich war sie an der Reihe und legte ihren Ausweis vor.

Der Schalterbeamte blickte sie verwundert an. »Sie hätten sich nicht hier anstellen müssen, Miss.«

Sie lächelte ihn an und deutete auf Chris. »Ich weiß, aber ich gehöre zu ihm.«

18

Nach scheinbar unendlich langer Zeit verließen sie endlich das Flughafengebäude – Chris war in einen Hinterraum gebeten worden, weil die Pistole in seinem Gepäck entdeckt worden war. Dann hatte es einige Zeit gedauert, den Beamten klarzumachen, dass er kein Terrorist war und vor allem die Erlaubnis hatte, eine Waffe bei sich zu führen. Während der ganzen Zeit ließ ihn Kylas Bemerkung nicht los. ›*Ich gehöre zu ihm*‹. Wahrscheinlich hatte sie es gar nicht so gemeint, aber der Neandertaler in ihm hatte sich mit den Fäusten auf die Brust geschlagen und dabei laut gegrunzt. Und danach wollte er sie sich über die Schulter werfen und sie in seine Höhle schleppen, aber er schaffte es gerade noch, diesen Drang zu unterdrücken. Chris verzog den Mund. Vor allem, weil er hier gar keine Unterkunft hatte.

Kyla stieß ihm ihren Ellbogen in die Rippen, und er zuckte erschrocken zusammen. Als er sie fragend anblickte, verdrehte sie die Augen. »Du hast mir überhaupt nicht zugehört, oder?«

»Doch, natürlich.« Verzweifelt kramte er in seinem Gedächtnis, worüber sie eben geredet hatten. Genau, es ging um das Telefonat mit Jade Phillips. »Wo sind die beiden jetzt?«

Kyla seufzte auf. »Das hatte ich dir eben bereits erzählt. Sie sind weiterhin in einem kleinen Motel in Dumfries, solange sich Hawk von seinen Verletzungen durch einen schweren Sturz im Wald erholt.«

»Die beiden sind ein Paar?« Er konnte sich ausmalen, wie schlimm es sein musste, wenn ein geliebter Mensch von einem Terroristen gefoltert wurde.

Die Freude erlosch auf Kylas Gesicht und wurde durch Qual ersetzt. »Sie waren es vor Afghanistan, seitdem …« Ihre Stimme sank herab. »Ich weiß nicht, ob Jade jemals wieder einem Menschen voll vertrauen kann. Oder ob sie je überwinden kann, was ihr angetan wurde.«

»Ich habe Jade nie kennengelernt, aber wenn sie so stark ist wie du, dann bin ich mir sicher, dass sie einen Weg finden wird.« Alleine die Vorstellung, dass es Kyla hätte sein können, die in Mogadirs Gefängnis gefoltert wurde, ließ einen kalten Schauer über seinen Rücken laufen. Wie hatte er jemals daran denken können, sie bei Khalawihiri abzuliefern? Nie hätte er eine unschuldige Frau einem Terroristen ausliefern können. Sein verschüttetes Unrechtsbewusstsein hätte das verhindert. Doch Kyla hatte ihm damals auch die Augen geöffnet, dass es so nicht weitergehen konnte.

Kyla blieb stehen und hielt ihn fest, bis er sich zu ihr umdrehte. »Ich war nie so stark wie Jade. Ich bin mir ziemlich sicher, dass ich nicht so lange dort durchgehalten hätte wie sie. Schon alleine, weil die Wut mit mir durchgegangen wäre und sie mich vermutlich sofort getötet hätten, um mich bloß wieder loszuwerden.«

Chris legte seine Hände auf ihre Schultern und zog sie dicht an sich heran. »Sag so etwas nicht! Du hättest überlebt, genauso wie Jade.«

Unsicherheit war in ihren Augen zu erkennen und beinahe so etwas wie Dankbarkeit. »Vielleicht. Glücklicherweise musste ich das nicht testen.« Diesmal war das Schuldgefühl deutlich zu bemerken. »Wusstest du, dass Jade nur gefangen genommen wurde, weil sie versucht hat, die Kerle von mir wegzulocken, da ich verletzt war?«

»Das kannst du nicht wissen. Vermutlich wäre sie sowieso gefasst worden, die Männer waren in der Überzahl.«

Kyla schnaubte. »Na und? Wenn ich nicht angeschossen worden wäre, hätten sie uns nie erwischt.«

Wenn es ihr half, ließ er sie in dem Glauben.

»Ich verstehe nur nicht, warum mich niemand gefunden hat, ich war nun nicht gerade besonders gut versteckt in dem zerstörten Haus.«

Er könnte ihr sagen, woran das lag, schwieg aber wieder. »Lass uns weitergehen, oder willst du hier übernachten?«

»Nicht unbedingt.« Sie reihten sich in der Schlange für die Mietwagen ein. »Und glaub ja nicht, dass ich es nicht merke, wenn du das Thema wechselst.«

Chris zuckte mit den Schultern. »Du bist ja auch Agentin.«

»Irgendwann wirst du es mir sowieso sagen müssen.«

Er unterdrückte ein Stöhnen. »Ich *muss* gar nichts.«

Ernst sah sie ihn an. »Stimmt, aber es wäre nett, wenn du es tätest.« Als er weiter schwieg, wurde ihr Blick flehend. »Verstehst du nicht, dass ich wissen muss, was passiert ist? Es ergibt alles einfach keinen Sinn.«

Warum schaffte er es nie, ihr etwas abzuschlagen? Anstatt sie anzusehen, beobachtete er die Umgebung. Die Menschen um sie herum waren mit ihren eigenen Dingen beschäftigt und beachteten sie nicht weiter. Gut, denn das, was er sagen würde, war nicht für fremde Ohren gedacht. Er schlang seinen Arm um Kylas Taille und zog sie an sich.

Sofort erstarrte sie. »Was …?«

Chris beugte sich zu ihr hinunter und sprach direkt in ihr Ohr. »Du willst wissen, warum dich niemand in dem Haus oder im Keller gefunden hat?«

Zögernd nickte sie. »Ja.«

»Ich habe dafür gesorgt, dass sie dir nicht zu nahe kamen.«

»Wie …?«

»Das willst du nicht wissen.«

Beinahe unerwartet nickte sie. »Das stimmt. Danke, dass du auf mich aufgepasst hast, als ich es nicht konnte.« Sie drehte den Kopf und küsste ihn direkt auf den Mund.

Mist, wenn sie weiterhin so faszinierend vielschichtig blieb, würde er nie von ihr loskommen. Und er wusste auch nicht, ob er das überhaupt wollte. Es konnte nichts daraus werden, das war schon durch ihre unterschiedliche Herkunft und ihre Berufe vorgegeben. Auch wenn er sich noch so sehr wünschte ... Bedauernd löste er sich von ihr.

Kyla zog ihn mit sich zum Mietwagenschalter. »Wir sind dran. Oder hast du es dir anders überlegt?«

»Wohl kaum.«

Chris blieb im Hintergrund und beobachtete die Umgebung, während Kyla die Papiere ausfüllte. Wenig später gingen sie in die Parkgarage zu dem gemieteten Wagen. Er wartete, bis Kyla auf der Fahrerseite eingestiegen war und setzte sich dann auf den Beifahrersitz. »Wo wollen wir eigentlich hin?«

»Erst mal zu Jade und Hawk, würde ich sagen. Von dort aus sehen wir weiter.« Sie hob eine Augenbraue. »Oder hast du eine andere Idee?«

»Wir sind hier in deinem Revier, ich richte mich da ganz nach dir.« Zumindest solange sie keine Dinge vorschlug, die sie unnötig in Gefahr bringen würden.

»Gut.« Damit schien das Thema für Kyla erledigt, sie startete den Motor und fuhr los.

Chris war es nicht gewöhnt, Beifahrer zu sein, aber er wusste, dass Kyla das Gefühl brauchte, etwas unter Kontrolle zu haben – und wenn es nur das Lenkrad war. Also lehnte er sich bequem im Sitz zurück und beschränkte sich darauf, den Verkehr zu beobachten. Es dauerte nicht lange, bis er den Wagen hinter ihnen bemerkte. Zwar wechselte dieser häufiger die Spur und versteckte sich hinter anderen Autos, aber Chris' Instinkt sagte ihm, dass der Fahrer ihnen folgte. Anscheinend hatten die Verbrecher also gemerkt, dass Kyla und er nicht dem Brandanschlag zum Opfer gefallen waren. Vermutlich hätte er auch seine Vorgesetzten inzwischen schon anrufen sollen, aber jetzt war es sowieso zu spät.

»Fahr auf den nächsten Rastplatz.«

Kyla blickte ihn kurz an. »Warum?« Ihrem Gesichtsausdruck war zu entnehmen, dass auch sie sich der Gefahr bewusst war.

»Ich will sehen, ob der Wagen hinter uns auch abfährt.«

Kyla blickte in den Rückspiegel. »Du meinst die schwarze Limousine, oder?«

»Genau die. Sehr unauffällig, fehlen nur noch die getönten Scheiben.«

»Wer weiß, vielleicht haben sie welche, die sich auf Knopfdruck verdunkeln.«

Chris grinste sie an. Die Frau war eine Wucht. In Afghanistan hatte es sich hin und wieder schon angedeutet, aber dort war sie von ihrer Verletzung behindert gewesen. Doch jetzt, im gesunden und fitten Zustand, war sie die Ruhe selbst. Mühsam zwang er sich, nur auf die Bedrohung zu achten. Aus seiner Tasche holte er die Pistole und überprüfte das Magazin. Ein Ersatzmagazin steckte er in seine Jackentasche.

»Okay, nächster Rastplatz in zwei Meilen. Fahr ganz normal weiter und versuch dann hinter irgendetwas zu parken, damit ich ungesehen rauskomme. Ich nehme mir die Kerle vor.« Kyla murmelte vor sich hin. »Was?«

»Was stellst du dir vor, was ich in der Zeit mache? Meine Hände in den Schoß legen und abwarten, ob du lebendig zurückkommst?«

»Wir haben nur eine Waffe, und im Wagen bist du sicherer.«

Kylas Zähne blitzten auf. »Falsch.«

Irritiert blickte er sie an. »Was ist falsch?«

»Sieh mal in meinen Koffer, darin liegt ein Beutel.«

Wortlos öffnete Chris ihn und zog den Beutel heraus. Darin lag eine Pistole samt Munition. »Wo kommt die denn her? In Berlin warst du noch unbewaffnet, und damit wärst du auch nicht durch den Sicherheitsbereich gekommen.«

Kyla zuckte die Schultern. »Während du beschäftigt warst, habe ich den Beutel aus einem Schließfach geholt. Eine Freundin hat ihn dort deponiert.«

»Eine Freundin.«

Ihr zufriedenes Lächeln ließ ihn wünschen, er könnte sie so lange küssen, bis sie beide atemlos waren. »Genau genommen Clint Hunters Lebensgefährtin. Sie arbeitet im Pentagon.«

»Die Waffenexpertin?«

»Du bist gut informiert.« Als er nichts dazu sagte, zuckte sie mit den Schultern. »Ich dachte mir, ich könnte ein wenig Feuerkraft gebrauchen, deshalb habe ich mir die Waffe von ihr in ein Fach legen lassen, als ich wusste, dass wir hierher fliegen.«

»Du steckst voller Überraschungen.«

»Vergiss das bloß nicht.« Kyla fuhr auf die Zufahrt zum Rastplatz, der schwach beleuchtet in der Dunkelheit auftauchte. Nach außen wirkte sie extrem ruhig, aber er konnte ihre Anspannung trotzdem spüren.

Langsam rollten sie über den Parkplatz, bis Chris die passende Stelle entdeckte. »Da drüben, hinter dem Toilettengebäude. Park so, dass eine Lücke zwischen dem Haus und dem Wagen bleibt. Vielleicht haben wir ja Glück und sie gehen in die Falle.«

Für einen Sekundenbruchteil blickte sie ihn an. »Sei vorsichtig.«

»Du auch, Shahla.« Mit der Hand am Türgriff wartete er auf den richtigen Moment.

Die Pistole fest im Griff öffnete er die Tür und sprang gebückt hinaus. Es war kein Geräusch zu hören, als Kyla die Tür zuzog und gleichzeitig weiter in die Parklücke fuhr. Rasch hechtete

Chris hinter die Hütte – im letzten Moment, denn nur wenige Sekunden später erfassten Scheinwerfer seinen vorherigen Standort, als der Wagen des Verfolgers in die Lücke fuhr. In der Dunkelheit konnte er es nicht genau erkennen, meinte aber, dass mindestens zwei Männer im Auto saßen. Verdammt! Er hatte gehofft, der Fahrer wäre alleine, und er könnte ihn ohne größeres Aufsehen außer Gefecht setzen. Und ohne Kyla dabei in Gefahr zu bringen. Von hier aus konnte er sie nicht sehen, aber er vermutete, dass sie noch im Auto saß.

Zeitgleich stießen die beiden Männer ihre Türen auf und stiegen aus. Sie berieten sich kurz und wandten sich dann dem Mietwagen zu. Chris hielt den Atem an, als sie sich bückten und hineinblickten. Er musste unbedingt näher dran, denn er konnte schlecht mitten auf einem öffentlichen Rastplatz anfangen zu schießen. Im Notfall würde er das tun, aber wenn es ging, wollte er die Männer lebend, damit er sie befragen konnte. Einer der Männer öffnete die Beifahrertür, und die Innenraumbeleuchtung ging an. Der Wagen war leer. Unruhig blickte Chris sich um. Wo war Kyla hin? In der kurzen Zeit hätte sie doch gar nicht das Auto verlassen und sich verstecken können.

»Wo sind sie hin?« Die Verbrecher blickten sich ratlos über dem Dach des Mietwagens an.

»Keine Ahnung. Aber sie müssen noch irgendwo in der Nähe sein. Such sie, ich bleibe hier und passe auf das Auto auf.«

Der andere murmelte etwas vor sich hin und bewegte sich auf Chris' Versteck zu. Im schwachen Lichtschein war seine Pistole deutlich zu erkennen. Lautlos zog Chris sich ein wenig zurück, damit der Mann ihn nicht sah. Er würde ihn näher herankommen lassen, damit er ihn außer Gefecht setzen konnte, ohne dass eine Waffe abgefeuert wurde. Als es aussah, als würde der Verfolger zögern, verursachte Chris ein leises Geräusch. Sofort ruckte der Kopf des Mannes herum, und er ging zielstrebig auf die Stelle zu, an der Chris sich versteckte. Währenddessen war dieser lautlos einige Meter seitlich ausgewichen, bis er von einem Busch verdeckt wurde. Sein Gegner lief genau in die Falle.

Als er an ihm vorbeikam, schlug Chris auf dessen Arm, die Pistole fiel zu Boden. Überraschend schnell erholte sich der Mistkerl von dem unerwarteten Angriff und wehrte Chris' nachfolgenden Tritt mit einer Drehung ab. Offensichtlich hatte er einige Erfahrung im waffenlosen Nahkampf. Doch davon ließ Chris sich nicht aus dem Konzept bringen. Mit einigen gezielten Schlägen und Tritten setzte er den Mann außer Gefecht. Er massierte seinen Arm, der nach einem Gegentreffer genau auf die Muskeln seltsam taub war. Aber damit konnte er sich jetzt nicht befassen, er musste so schnell wie möglich Kyla und den zweiten Angreifer finden. Allerdings mochte er den überwältigten Mann auch nicht einfach so liegen lassen. Um zu überprüfen, wie lange er noch bewusstlos sein würde, beugte Chris sich über ihn. Der Mann würde so schnell nicht wieder aufwachen.

Unruhig blickte Chris sich um. Wo war Kyla nur geblieben? Wenn der zweite Verbrecher sie gefunden hatte … Lautlos bewegte er sich auf das nahe Gebüsch zu, hinter dem ein kleines Waldstück begann. Hinter einem Baum blieb er stehen und lauschte angestrengt. In der Dunkelheit war es völlig unmöglich, irgendwelchen Spuren zu folgen, deshalb musste er sich ganz auf sein Gehör verlassen. Schließlich hörte er ein leises Knacken und wandte sich in die Richtung, aus der das Geräusch gekommen war. Lautlos bewegte er sich vorwärts und verschmolz mit der Nacht.

Chris hatte den zweiten Mann schnell aus den Augen verloren und sich nur auf den anderen Verbrecher konzentriert. Aber Kyla konnte noch nicht weit gekommen sein. Als Chris ein erstickter Laut ans Ohr drang, befürchtete er, dass er zu spät kommen könnte. So schnell wie möglich schlich er auf die Kampfgeräusche zu. Nur wenige Sekunden später konnte er zwei dunkle Schemen erkennen, die zwischen den Bäumen gegeneinander kämpften.

Sofort erkannte er Kyla, auch wenn nur wenig Licht durch die Äste der Bäume drang. Woher die Gewissheit kam, wusste er nicht, es war einfach so. Als wenn sein Herz ihres spüren konnte. Chris schob seine Sorge um Kyla beiseite und konzentrierte sich darauf, wie er ihren Gegner ausschalten konnte, ohne sie zu gefährden. Schließlich näherte er sich dem Mann von hinten und versuchte, ihn unschädlich zu machen, bevor er seine Pistole benutzen konnte. Chris' Wut explodierte, als er sah, wie der Mann Kyla niederschlug. Er beugte sich über sie und griff in ihre Haare. Chris war kurz davor, den Bastard zu erschießen, aber da er Kyla nicht gefährden wollte, entschied er sich für eine andere Taktik.

Es gelang Chris, sich dem Verbrecher bis auf zwei Meter zu nähern, bevor der ihn bemerkte. Doch damit hatte Chris gerechnet, sprang blitzschnell vor und trat gegen dessen Arm, sodass die Pistole in hohem Bogen durch die Luft flog und im Unterholz landete. Sofort stürzte Chris sich wieder auf ihn und trieb ihn gleichzeitig von Kyla weg. Gemeinsam landeten sie auf dem feuchten Waldboden, und Chris rollte sich auf den Angreifer, um ihn am Aufstehen zu hindern. Mit einigen gezielten Faustschlägen setzte er ihn außer Gefecht.

Schwer atmend stand Chris auf und hockte sich neben Kyla, die gerade mühsam versuchte, sich aufzurichten. Er legte seine Hand auf ihre Schulter und drückte sie sanft zurück. »Bleib erst mal liegen. Wo bist du verletzt?«

»Gar nicht, ich habe nur einen Moment lang keine Luft bekommen.« Diesmal setzte sie sich mit seiner Hilfe auf. Sie warf einen Blick auf den Verbrecher und schnitt eine Grimasse. »Lebt er noch?«

»Vermutlich. Mich interessiert aber eher, dass du noch lebst.«
Um nicht zu sagen, dass er an überhaupt nichts anderes hatte
denken können.

Kyla lächelte ihn an und legte ihre Hand auf seine. »Danke.«

Chris beugte sich vor und küsste sie sanft, bevor er sich bedauernd von ihr löste. »Wir sollten uns wohl besser um die beiden
Mistkerle kümmern, bevor sie abhauen oder andere in Gefahr
bringen.«

»Damit hast du völlig recht. Hilfst du mir hoch?«

Die Tatsache, dass sie seine Hilfe annahm, zeigte ihm, dass
sie doch angeschlagen war. Oder sollte sie tatsächlich endlich
erkannt haben, dass sie nicht schwächer wirkte, wenn sie sich hin
und wieder helfen ließ? Eine interessante Frage. Chris ging zu
dem Verbrecher und warf ihn sich kurzerhand über die Schulter,
als er feststellte, dass der Mann immer noch bewusstlos war.

»Gehen wir.«

Kyla trat neben ihn. »Soll ich dir damit helfen?«

»Nicht nötig. Aber vielleicht kannst du uns den schnellst-
möglichen Weg zum Parkplatz suchen.«

»Was ist eigentlich mit dem anderen Angreifer passiert?«

Chris versuchte, das Gewicht des Mannes etwas besser zu ver-
teilen. »Der liegt hoffentlich noch bewusstlos hinter der Hütte.
Ich hatte es etwas eilig und habe mir nicht die Zeit genommen,
ihn zu verschnüren.«

Kyla warf ihm einen Blick zu, den er in der Dunkelheit nicht
deuten konnte, aber schließlich nickte sie nur. Innerhalb kürzester Zeit überquerten sie den Parkplatz und Chris atmete auf,
als er sah, dass der zweite Mann noch genau dort lag, wo er ihn
zurückgelassen hatte. Er ließ den anderen Verbrecher neben
ihn fallen und bückte sich, um zu überprüfen, ob er immer noch
bewusstlos war.

»Der hier schläft auch noch.« Aus den Augenwinkeln sah er eine Bewegung. Mit der Pistole in der Hand wirbelte er herum, erkannte dann aber, dass es nur einer der Trucker war, die hier auf dem Parkplatz pausierten. Schnell ließ er die Waffe verschwinden. »Und wir bekommen gleich Besuch. Vielleicht solltest du den Leuten erklären, dass wir zu den Guten gehören.«

Kyla schnitt eine Grimasse. »Warum tust du das nicht, und ich rufe in der Zwischenzeit die Polizei und Hawk an?«

Chris durchsuchte die beiden Bewusstlosen auf Papiere und Waffen. »Warte kurz, ich hole was aus meiner Tasche.«

Mit Kabelbindern kehrte er kurz darauf zurück. Auf Kylas hochgezogene Augenbrauen hin zuckte er nur mit den Schultern. »Man weiß nie, wozu man sie gebrauchen kann.« Schnell band er die Hand- und Fußgelenke der beiden Männer zusammen, während Kyla sich entfernte, um in Ruhe die Telefonate führen zu können.

Chris sammelte das Waffenarsenal der Männer ein und trug es zum Auto, um es darin einzuschließen. Er wollte nicht, dass die Waffen in falsche Hände gerieten, bis die Polizei eintraf.

»Was ist hier los?«

Chris drehte sich langsam zu der rauen Stimme um. Der kräftig gebaute Trucker stand vor ihm. »Diese beiden Kerle haben uns angegriffen. Wir haben sie überwältigt und warten jetzt auf die Polizei.«

Natürlich reichte das dem Mann nicht als Erklärung aus und Chris brauchte eine Weile, bis er ihn davon überzeugt hatte, dass er sich lieber zurückziehen sollte.

Kyla kehrte gleich darauf wieder und schüttelte den Kopf. »Ich kann dich wirklich keine zwei Minuten alleine lassen.«

Chris lächelte sie an. »Nein, wohl nicht.«

Das brachte ihm ein Augenrollen ein. »Hawk hat gesagt, wir sollen nach D. C. zurückfahren, sie treffen uns dort. Anscheinend ist Khalawihiri verschwunden und sie finden keine neue Spur von ihm.«

Das klang nicht gut. »Okay. Kommt die Polizei gleich?«

»Sie kommen, so schnell es geht. Was vermutlich noch einige Zeit dauern kann.« Sie blickte in den Wagen. »Haben die beiden Papiere bei sich?«

»Nicht am Körper, aber vielleicht in ihrem Wagen.«

Kyla blickte dorthin und biss auf ihre Lippe. »Wir sollten wohl auf die Polizei warten …«

Er unterbrach sie. »Ich weiß nicht, wie es dir geht, aber ich möchte wissen, wer hinter uns her ist. Und zwar nicht erst in ein paar Wochen, wenn alle Spuren ausgewertet sind, sondern jetzt.«

»Das sehe ich genauso. Trotzdem habe ich hier eigentlich keine Befugnis zu einer Durchsuchung. Wenn das jemand herausfindet …«

»Können sie uns immer noch anklagen. Wichtiger ist im Moment, dass wir am Leben bleiben.«

Kyla stieß einen Seufzer aus. »Stimmt. Hast du zufällig auch Handschuhe dabei?«

Seine Mundwinkel hoben sich. »Das nicht, aber Taschentücher.«

Wortlos hielt sie ihre Hand auf. »Wie wäre es, wenn ich den Wagen durchsuche, während du versuchst, die beiden Idioten zu wecken und noch etwas aus ihnen herauszubekommen? Zwar glaube ich nicht, dass sie es uns so leicht machen werden und uns erzählen, wer sie beauftragt hat, aber es kann nicht schaden, es zu versuchen.«

Wärme schoss durch seinen Körper, als sie genau das vorschlug, was auch er vorhatte. Er beugte sich zu ihr und küsste sie leicht auf die Lippen.

Mit großen Augen starrte sie ihn an. »Wofür war das?«

»Ich finde es heiß, wenn du die Polizistin gibst.«

Kyla stieß ihn von sich. »Blödmann. Geh und mach dich nützlich.«

»Ja, Ma'am.« Aus seinen Augenwinkeln sah er noch das Lächeln auf ihrem Gesicht, als er sich umdrehte.

19

Kyla blickte Chris hinterher und versuchte, ihren Herzschlag wieder unter Kontrolle zu bringen. Ob er so raste, weil es gerade verdammt knapp gewesen war – der Angreifer war kurz davor gewesen, sie zu erschießen, als Chris eingriff – oder weil sie seinen Kuss immer noch auf ihren Lippen spürte, wusste sie nicht. Mühsam riss sie sich zusammen. Wenn die Polizei auftauchte, wollte sie mit ihrer Durchsuchung fertig sein. Zwar waren sie im Prinzip Kollegen, aber genau deshalb wusste sie, wie die Polizisten auf ihre Einmischung reagieren würden. Mithilfe des Taschentuchs öffnete sie vorsichtig die Tür.

Methodisch durchsuchte sie den Wagen und wurde schließlich fündig: In einer kleinen Tasche befand sich eine Brieftasche mit Ausweisen und Karten sowie ein Mietvertrag für das Auto. Rasch schrieb sie die Daten auf einen Zettel und steckte ihn in ihre Hosentasche, bevor sie alles wieder zurücklegte und die Wagentür zuschob. Gerade noch rechtzeitig, denn als sie sich umdrehte, fuhr bereits ein Polizeiwagen auf den Rastplatz und hielt auf sie zu. Chris erhob sich von dort, wo er versucht hatte, die Verbrecher zum Reden zu bringen, und kam zu ihr herüber.

Als er sich neben sie stellte, musste sie sich zwingen, sich nicht an ihn zu lehnen. Kyla biss die Zähne zusammen und hielt sich extra steif, so als könnte sie ihre Gedanken damit auslöschen. Auch Chris' Muskeln waren angespannt, vielleicht weil er noch nicht wusste, wie er von den amerikanischen Polizisten empfangen werden würde. Und damit hatte er gar nicht mal so unrecht, es war nie vorauszusehen, wie sie reagieren würden.

Tatsächlich waren die beiden Polizisten zuerst mehr als skeptisch, was Kyla und vor allem Chris anging, doch nachdem Kyla sie überzeugt hatte, dass sie zu den Guten gehörten, konnten sie tatsächlich die notwendigen Aussagen innerhalb von zehn Minuten erledigen. Kyla und Chris sagten größtenteils die Wahrheit, ließen allerdings alles weg, was TURT/LE und Khalawihiri betraf. Das waren geheime Informationen, die nicht an einen einfachen Polizisten weitergegeben werden durften. Dementsprechend konnte sie auch keinen möglichen Grund nennen, warum es diese Männer vermutlich auf sie abgesehen hatten. Der Polizist war damit eindeutig nicht zufrieden, aber es war nicht anders möglich.

Hawk hatte versprochen, sich darum zu kümmern, dass die Verbrecher nicht so schnell wieder freikamen und die Ermittlungen von jemandem mit Hintergrundwissen übernommen werden würden. Die Männer würden intensiv befragt werden, so lange, bis herauskam, wer dahintersteckte. Wenn sie redeten.

Schließlich kam der Krankenwagen und die beiden Männer, die immer noch nicht ansprechbar waren, wurden abtransportiert. Nachdem Kyla und Chris das Versprechen abgegeben hatten, am nächsten Morgen ins Police Department zu kommen und eine Aussage zu machen, durften sie endlich weiterfahren. Oder vielmehr zurück nach D. C.

Kyla wartete, bis sie wieder im Mietwagen saßen, bevor sie ihren Gefühlen Luft machte. »Ich habe keine Lust mehr, ständig überfallen zu werden, ohne dass ich weiß, wer oder was dahintersteckt!«

Chris, der die ganze Zeit verdächtig still gewesen war, wandte ihr sein Gesicht zu. »Das werden wir bald herausfinden.«

Kyla warf ihm einen irritierten Blick zu. »Woher willst du das wissen? Hast du jetzt schon Vorahnungen wie Devil?«

Er lächelte schief. »Eher nicht. Aber ich bin sicher, dass du nicht ruhen wirst, bis du es herausgefunden hast. Die Typen haben keine Chance gegen dich.«

Kyla richtete ihren Blick wieder auf die Straße, damit er ihre Gefühle nicht lesen konnte. Wie konnte es sein, dass jemand, mit dem sie nur ein paar Tage verbracht hatte, so genau auf ihrer Wellenlänge war? Er hatte sie eben nicht nur gerettet, er gab ihr gleichzeitig ein Gefühl von Sicherheit und hatte es mit seiner Bemerkung geschafft, dass sie sich besser fühlte. Es war beinahe so, als könnte er in ihre Seele blicken, und das machte ihr Angst. Nicht nur, weil sie noch nie jemanden so dicht an sich herangelassen hatte, sondern auch, weil sie nicht wusste, wie sie es überstehen sollte, wenn er sie wieder verließ. Sie musste aufpassen, dass er ihr nicht noch näherkam.

Seine Hand legte sich über ihre. »Wir werden uns etwas überlegen.«

Kylas Kopf schnellte herum, und sie starrte ihn fassungslos an. Woher wusste er, was sie gerade gedacht hatte? Hoffentlich hatte sie es nicht laut ausgesprochen! Da sie nicht wusste, was sie sagen sollte, nickte sie nur. Chris drückte ihre Hand und ließ sie dann wieder los. Mit Mühe bezwang sie den Drang, ihn zu bitten, sie festzuhalten und nie wieder loszulassen. So viel zum Thema Abstand halten. Es würde in einem Desaster enden, das war jetzt schon klar. Den Rest der Fahrt konzentrierte sie sich ganz darauf, sie sicher zum Ziel zu bringen, und versuchte, die Gedanken daran, wie viel ihres Herzens sie seit Afghanistan schon an Chris verloren hatte, zu verdrängen.

Chris teilte seine Aufmerksamkeit gerecht zwischen dem, was außerhalb des Wagens vorging, und seiner Begleiterin. Es war nicht schwer gewesen, Kylas Zerrissenheit zu bemerken, und er konnte ihre Gefühle nachvollziehen. Ihm selbst ging es ja nicht anders, außer vielleicht, dass er sich eingestanden hatte, dass etwas Besonderes zwischen ihnen war, das sie erkunden mussten – sonst würden sie den Rest ihres Lebens darüber nachgrübeln. Seine Mundwinkel hoben sich. Er freute sich schon darauf, seiner Shahla das klarzumachen. Denn sie würde sich mit Händen und Füßen dagegen wehren, das war sicher. Sein Anflug von Humor verging. Zuerst mussten sie sich ein sicheres Versteck suchen, denn sobald die Auftraggeber mitbekamen, dass ihre Leute versagt hatten, würden sie es erneut probieren.

Sein Blick glitt über die anderen Autos, die in Richtung Washington fuhren, doch diesmal war kein Verfolger zu entdecken. Auch Kyla sah immer wieder in den Rückspiegel, aber an ihrer halbwegs entspannten Haltung war abzulesen, dass auch sie niemanden gesehen hatte, der ihnen folgte. Seine Pistole behielt er in Reichweite, er würde kein Risiko eingehen, wenn es um Kylas Leben ging.

Gerade als sie in der Stadt ankamen, klingelte plötzlich sein Handy. Es war so lange stumm gewesen, dass er im ersten Moment erschreckt zusammenfuhr. Mit einem Seitenblick auf Kyla zog er es aus seiner Jackentasche und sah auf das Display. Sein Chef, das hatte ihm gerade noch gefehlt. Einen Moment lang überlegte er, das Gespräch einfach nicht anzunehmen, doch er wusste, dass das die Sache nur hinauszögern würde.

»Ja?«

»Krüger hier. Sind Sie das, Nevia?«

Chris rollte mit den Augen. »Da es mein Handy ist, das Sie angerufen haben: ja.«

»Kommen Sie mir nicht so! Hier ist der Teufel los und daran sind nur Sie schuld!« Chris konnte förmlich vor sich sehen, wie sich Krügers Gesicht langsam rot färbte und die Adern in seiner Stirn hervortraten.

»Das kann ich mir nicht vorstellen, ich bin ja noch nicht mal da.« Okay, das war gelogen. Er konnte sich sogar sehr gut vorstellen, was dort gerade los war.

»Genau darum geht es! Sie sind einfach verschwunden, ohne mich zu informieren. Das konnten Sie vielleicht in Afghanistan machen, aber hier herrschen andere Sitten. Wussten Sie, dass Ihre Wohnung abgebrannt ist und darin zwei Menschen ums Leben gekommen sind? Zuerst dachten wir, das wären Sie gewesen, doch dann stellte sich zum Erstaunen aller heraus, dass die Opfer Unbekannte waren und Sie stattdessen untergetaucht sind, ohne das mit mir abzusprechen. Wo zum Teufel sind Sie?«

»Das kann ich Ihnen derzeit nicht sagen, diese Leitung ist nicht sicher.« Inzwischen glaubte er nicht mehr daran, dass überhaupt irgendetwas im BND sicher war. Wenn jemand an Daten oder Personen herankommen wollte, würde ihm das auch gelingen. Wie sehr gut bei seiner Wohnung zu beobachten gewesen war. Allerdings konnte er sich nicht erklären, wer die beiden Toten waren. Eigentlich hatte nur ein Nachbarsjunge einen Schlüssel, der für ihn nach dem Rechten sah und die Blumen goss, wenn er nicht da war. Sein Magen krampfte sich zusammen, als er sich vorstellte, dass es Pascal sein könnte, der in seiner Wohnung gestorben war. Verdammt!

Ein Geräusch beinahe wie ein Röcheln war zu hören. »Das geht so nicht, Nevia! Sie mögen ja ein Undercover-Agent sein, aber solange Sie in Berlin eingeteilt sind, haben Sie sich an unsere Regeln zu halten. Und dazu gehört, sich abzumelden und Urlaub zu beantragen, wenn Sie verreisen wollen.« Krüger holte tief Luft. »Ich will einen vollständigen Bericht, und zwar bis morgen früh.«

»Meiner Zeit oder Ihrer?«

»Sie …!«

Chris beendete das Gespräch und steckte das Handy zurück in seine Jackentasche. Vermutlich würde die Sache ein Nachspiel für ihn haben. Womöglich würde er entweder suspendiert oder sofort entlassen werden, aber er konnte es im Moment nicht ändern. Sein Instinkt sagte ihm, dass derjenige, der sie beseitigen lassen wollte, Kontakte in die obersten Etagen hatte – sowohl in Deutschland als auch in den USA. Wenn er seinem Vorgesetzten jetzt also erzählte, wo er war und was los war, dann würde das vermutlich sofort weitergegeben werden. Und er würde lieber seinen Job verlieren, als Kyla noch mehr in Gefahr zu bringen. Wenn Khalawihiri gefasst war und sie herausgefunden hatten, wer hinter dem Mordversuch an Kyla steckte und seine Wohnung in Brand gesteckt hatte, konnte Chris seine Beweggründe erklären. Mit viel Glück würde er vielleicht seinen Job behalten. Zwar liebte er seine Arbeit, doch gerade nach seiner Infiltrierung von Khalawihiris Terroristengruppe war er nicht mehr sicher, ob es noch das Richtige für ihn war. Doch darüber würde er irgendwann in Ruhe nachdenken müssen.

»Wer war das?«

Erst jetzt erinnerte er sich daran, dass Kyla direkt neben ihm saß. Allerdings konnte sie die Worte seines Chefs nicht gehört haben. »Mein Chef. Er war etwas … ungehalten, dass ich ohne ein Wort verschwunden bin und ihm auch nicht sagen wollte, wo ich mich gerade aufhalte.«

Kyla blickte ihn kurz an. Sorge stand deutlich sichtbar in ihren Augen. »Wird das Konsequenzen für dich haben?«

Chris zuckte mit den Schultern. »Vermutlich.«

»Chris …«

»Ich finde die Situation auch nicht toll, das kannst du mir glauben. Aber ich kann niemandem vertrauen und will nicht, dass du noch mehr in Gefahr gerätst.«

»Ich weiß, aber vielleicht ist es besser, wenn du nach Deutschland zurückkehrst.« Ihre Stimme klang rau, so als müsste sie sich zwingen, die Worte auszusprechen.

»Um mich dort umbringen zu lassen? Eher nicht. Zuerst muss die Sache hier geklärt werden, vorher werde ich auch nicht sicher sein.« Er strich mit einem Finger über ihre Wange. »Wir hängen da zusammen drin, Kyla. Wir werden herausfinden, wer es auf uns abgesehen hat – gemeinsam.«

»Aber …«

Wieder ließ er sie nicht ausreden. »Nach dem, was ich dort in Afghanistan gesehen habe, will ich nichts mehr, als Khalawihiri hinter Gittern oder tot zu sehen. Er …« Chris brach ab und presste seine Lippen zusammen.

Die Erinnerung, was der Verbrecher alles getan und von seinen Männern verlangt hatte, ließ Übelkeit in ihm aufkommen. Seine Hände ballten sich zu Fäusten und er wünschte, er könnte all das einfach vergessen. Aber das war nicht möglich, wie er in den vergangenen Monaten festgestellt hatte. Es war tief in sein Gedächtnis eingebrannt. Die Folterungen, die Schreie, das Leid. Seine Haut begann zu jucken, wie so oft, wenn er das Gefühl hatte, den Schmutz nie wieder loszuwerden. Und die Schuld. Er hätte Khalawihiri ausschalten sollen, als er die Gelegenheit dazu hatte, doch sein Auftrag war gewesen, Informationen zu sammeln und herauszufinden, was der Verbrecher vorhatte und vor allem, mit wem er zusammenarbeitete. Trotzdem …

»Chris, geht es dir gut?«

Kylas besorgte Stimme drang in sein Bewusstsein. Mit Mühe schüttelte er seine Gedanken ab und zwang sich zu einem Lächeln. »Ja, natürlich.«

Es war offensichtlich, dass sie ihm nicht glaubte, aber sie nickte nur. »Wir werden ihn kriegen. Egal wie.«

Diesmal fühlte sich sein Lächeln echter an. »Ja.« Sie kamen in der Gegend um den Capitol Hill an, in der das Hotel lag. »Hält

Hawk es wirklich für eine gute Idee, in ein Hotel im belebtesten Stadtteil zu gehen, wenn uns jederzeit wieder jemand angreifen könnte? Ich will keine Unbeteiligten in Gefahr bringen.«

Kyla hob die Schultern. »Ich weiß nicht, was er genau vorhat, aber ich denke, wir können uns darauf verlassen, dass er alles geplant hat. Er würde Jade nie in Gefahr bringen.«

»Dann hätte er sie vermutlich besser in Kalifornien gehalten.«

Kylas Augenbraue zuckte in die Höhe. »Und warum glaubst du, dass sie auf ihn gehört hätte? Jade ist eine fähige TURT/LE-Agentin und noch dazu vom FBI.«

Es gefiel ihm, wie Kyla ihre Partnerin verteidigte. »Das weiß ich alles, aber sie hat auch viel durchgemacht. Khalawihiris Flucht hat sicher alles wieder aufgerissen, oder?«

Einen Moment lang schwieg Kyla. »Bei mir jedenfalls schon. Ich kann nur erahnen, wie Jade sich fühlen muss.«

Sie bogen in die Zufahrt zum Hotel ein und Chris konzentrierte sich darauf, die Umgebung zu beobachten. Wenn jemand einen Hinterhalt plante, war hier der geeignete Ort dafür. Ein Mann tauchte im Schein der Laternen vor dem Hotel auf, und Chris griff automatisch zur Waffe.

»Nicht schießen, das ist Hawk.« Belustigung schwang in ihrer Stimme mit.

Chris entspannte sich etwas, behielt die Pistole aber in der Hand. »Ich schieße selten, ohne mich vorher vergewissert zu haben, dass es sich wirklich um einen Verbrecher handelt.«

Kyla grinste ihn an. »Das wird Hawk sicher freuen.«

Es war erstaunlich, wie viel lockerer sie war, seit sie ihren Vorgesetzten gesehen hatte. Er fragte sich, ob da nicht doch etwas war. »Sicher, dass dieser Hawk nicht dein Freund ist?«

Erstaunt blickte Kyla ihn an. »Wie kommst du denn darauf? Ich würde schon sagen, dass Hawk auch ein Freund ist, aber wenn du eine Liebesbeziehung meinst, dann überlasse ich ihn gerne Jade.« Sein skeptischer Blick fiel ihr wohl auf, denn sie lachte. »Ich stehe eher auf dunkle, mysteriöse Typen.« Als ihr klar wurde, was sie gerade gesagt hatte, klappte sie hörbar den Mund zu.

Ein tiefes Gefühl der Befriedigung durchfuhr ihn. »Das höre ich gerne.«

Sie schoss ihm einen genervten Blick zu, konzentrierte sich dann aber auf das Einparken. Sowie der Wagen stand, tauchten aus der Dunkelheit mehrere Figuren auf, die sich rund um das Auto verteilten.

Chris' Herzschlag verdoppelte sich. War es doch eine Falle? »Wer sind diese Typen?«

Kyla blickte unsicher durch ihre Seitenscheibe. »Ich habe keine Ahnung. Sie sehen fast aus wie ...« Chris hatte seine Hand schon am Türgriff und war bereit, sich auf die Männer zu stürzen – auch wenn sie wirkten, als könnten sie sich zur Wehr setzen –, als Kyla plötzlich loslachte. »Alles in Ordnung, das ist Clint Hunter. Ich vermute mal, er hat ein paar seiner SEALs mitgebracht.«

SEALs, ja, das passte. Der eine sah aus, als könnte er einen Gegner mit bloßen Händen in zwei Stücke reißen. Chris blickte in Kylas Richtung und erkannte Hunter nun auch. Er war ihm nur einmal kurz in Khalawihiris Lager begegnet, und sein Gesicht war damals mit Tarnfarbe geschwärzt gewesen. Erleichtert entspannte er sich ein wenig, steckte die Waffe aber noch nicht weg. Schließlich bedeutete ihre Anwesenheit nicht, dass keine Verbrecher in der Nähe waren, auch wenn die Wahrscheinlichkeit etwas geringer wurde. Die Frage war nur, warum sie hier waren. Normalerweise sollte es doch reichen, wenn vier Agenten auf einem Haufen waren, die alle mit Waffen umgehen konnten. Außerdem war er sich ziemlich sicher, dass die SEALs keinen offiziellen Auftrag hatten, hier zu sein.

Chris griff nach Kylas Hand, als sie ihre Tür öffnen wollte. »Sei vorsichtig.«

Sie blickte ihn lange an und lächelte dann. »Das bin ich immer.«

Chris nickte, drückte noch einmal ihre Finger und ließ sie dann bedauernd los.

20

Rasch stieg Chris aus und blickte sich aufmerksam um. Zwei der SEALs sicherten die Gruppe nach beiden Seiten ab, während Hawk auf sie zukam und Kyla umarmte. Sofort meldete sich Chris' Eifersucht, und er hätte sie am liebsten zurückgerissen, doch er schaffte es gerade noch, sich zu beherrschen. Aber auch nur, weil Hawk sie schon nach kurzer Zeit wieder losließ.

Clint schob sich vor ihn und verdeckte ihm die Sicht auf Kyla. »Hallo, schön, dass wir uns wiedersehen, ich hätte mir allerdings andere Umstände gewünscht.«

Chris ergriff die ausgestreckte Hand. »Ja, ich auch.« Er blickte um ihn herum und sah gerade noch wie Kyla eine Frau umarmte, vermutlich Jade. »Was ist passiert?«

Clint zog eine Augenbraue hoch. »Ich dachte, das wüssten Sie.«

Chris ließ sich von dem SEAL nicht aus der Ruhe bringen. »Natürlich, aber ich will wissen, was seit Kylas Anruf passiert ist, dass hier ein halbes SEAL-Team aufläuft.«

Ernst blickte Clint ihn an. »Das sollten wir nicht hier draußen besprechen.«

»Dann gehen wir eben rein.«

Er erhielt ein knappes Kopfschütteln als Antwort. »Wir bringen euch woanders hin. Der Platz hier ist zu öffentlich.«

Wie er es sich gedacht hatte. »Ihr hättet auch anrufen und uns einen neuen Treffpunkt nennen können.«

Diesmal mischte Hawk sich ein. »Sie wollten sicherstellen, dass euch niemand dorthin folgt.«

Es war doch immer wieder schön, wenn man für inkompetent gehalten wurde. Scheinbar waren ihm seine Gedanken anzusehen, denn Clint grinste ihn an. »Reine Vorsichtsmaßnahme, bitte nicht persönlich nehmen.« Er deutete auf die anderen SEALs. »Das sind Bull und Red, sie sind zu eurem Schutz da.«

Es widerstrebte ihm, von anderen abhängig zu sein, aber es wäre dumm, die Hilfe der SEALs abzulehnen. So nickte er nur und sah, wie Kyla das Gleiche tat. An ihrer Miene konnte er erkennen, dass auch sie nicht sonderlich glücklich mit der Situation war.

Hawk kam auf ihn zu und schüttelte seine Hand. »Wir kennen uns noch nicht persönlich. Ich bin Daniel Hawk. Danke, dass du Kyla damals zum Lager des KSK gebracht hast. Wir stehen in deiner Schuld.«

Chris nickte. »Es war mir ein Vergnügen.«

Hinter Hawk erklang ein nicht gerade leises Räuspern. Kyla trat hervor, einen Arm um Jades Taille gelegt. »So kam es mir auch vor. Darf ich vorstellen? Jade Phillips, Christoph Nevia.«

Absichtlich hielt Chris ihr nicht die Hand hin, sondern blieb still und so harmlos wie möglich stehen. Jade wirkte beinahe zerbrechlich, obwohl sie deutlich größer war als Kyla. Ihre helle Haut leuchtete im Licht der Laternen.

Schließlich lächelte sie ihn zögernd an. »Du bist also der geheimnisvolle Hamid. Es ist schön zu sehen, dass du wirklich existierst, nachdem ich so viel von Kyla über dich gehört habe.«

Chris wusste nicht, was er dazu sagen sollte, deshalb blickte er Kyla fragend an. In der Dunkelheit konnte er nicht sicher sein, glaubte aber Röte auf ihren Wangen zu sehen. Faszinierend. »So, was hat sie denn erzählt?«

Kyla mischte sich ein, bevor Jade antworten konnte. »Nichts Wichtiges. Können wir jetzt endlich los, oder wollen wir hier stehen bleiben, bis uns die Verbrecher finden?«

Das trieb ihnen schlagartig jeglichen Humor aus.

Clint übernahm das Kommando. »Okay, Bull fährt mit Jade und Hawk, ich mit Kyla und Christoph. Red, du fährst hinterher und stellst sicher, dass uns niemand folgt.«

»Aye, Captain Hunter, Sir.«

Das brachte ihm einen genervten Blick ein. »Beweg deinen Hintern, Red.«

Red grinste ihn an. »Schon besser.«

Clint schüttelte den Kopf und deutete auf den Mietwagen. »Den lassen wir besser hier und nehmen mein Auto.«

Das klang vernünftig, deshalb holten sie schnell ihre Sachen heraus und stiegen in Clints in der Nähe geparkten Wagen um. Auf der Rückbank befand sich ein Kindersitz, neben den sich Kyla ohne zu zögern setzte.

»Tut mir leid, es ging alles ein wenig schnell und ich hatte keine Zeit, ihn herauszunehmen.«

Kyla lächelte ihn an. »Kein Problem. Eine Tochter, oder? Wie alt ist sie jetzt?«

»Drei Jahre. Glücklicherweise kommt Maya nach ihrer Mutter.«

Chris setzte sich auf den Beifahrersitz und zog die Tür zu. Er wartete bis Clint losgefahren war, bevor er die Frage erneut stellte. »Okay, was ist los?«

Diesmal antwortete Clint darauf. »Wir stellen nur sicher, dass euch nichts passiert. Der erneute Überfall auf euch hat gezeigt, dass ihr immer noch in Gefahr seid. Vielleicht erfahren wir was von den beiden Angreifern, aber bis wir Zugriff auf sie haben, wissen wir nicht, wer dahintersteckt.«

»Ich habe mir die Namen und Ausweisnummern der beiden notiert. Vermutlich sind sie falsch, aber vielleicht ist es ein Anhaltspunkt.« Kyla stützte ihren Arm auf Chris' Rückenlehne und berührte dabei seine Schulter.

Er unterdrückte den Impuls, seine Wange an ihrem Arm zu reiben. »Zumindest ist es besser als nichts.«

Clint nickte. »Wenn es euch recht ist, gebe ich sie an I-Mac weiter, er kann meist aus den winzigsten Informationen noch etwas Nützliches herausholen. Er kommt morgen hierher, um uns zu unterstützen.«

Kyla hob die Schultern. »Gerne. Ich selbst wüsste gar nicht, was ich damit machen sollte.« Sie stockte. »Ist I-Mac denn fit genug dafür? Mein letzter Stand war, dass er seinen Dienst noch nicht wieder aufnehmen konnte.«

Einen Moment lang herrschte Stille, dann blies Clint den Atem aus. »Es geht ihm schon wesentlich besser als vor vier Monaten, aber er kann noch nicht wieder auf eine Mission gehen, wenn du das meinst. Derzeit arbeitet er noch von zu Hause aus.«

»Wird er denn je wieder …?«

»Wenn es nach ihm geht: ja. Aber ich glaube, Nurja hofft, dass er sich einen anderen Job sucht. Computerexperten sind immer gefragt.«

»Lebt Nurja noch bei ihm? Ich habe lange nichts mehr von ihr gehört.« Kyla verzog unglücklich den Mund. »Kein Wunder, schließlich sind wir daran schuld, dass sie nicht nur ihren Mann verloren hat, sondern beinahe selbst zu Tode gefoltert wurde.«

»Ja, Nurja und die Kinder sind noch bei ihm. Und wenn du mich fragst, tut es ihm gut, nicht alleine zu Hause herumzuhocken und zu grübeln.«

Kyla blickte Clint an. »Glaubst du, er wird die Teams verlassen?«

Er hob die Schultern. »Normalerweise würde ich sagen ›nie im Leben‹, aber durch die Verletzung hat er sich verändert. Allerdings bin ich zu weit weg und kann nicht wirklich beurteilen, welchen Einfluss Nurja auf ihn hat.«

Kyla grinste ihn an. »Glaubst du I-Mac und Nurja …?« Clint

blickte sie nur schweigend im Rückspiegel an. »Okay, okay, ich weiß schon, du hältst dich aus solchen Dingen raus.«

»Genau.«

Kyla schwieg einen Moment. »Aber wäre das nicht ein tolles Happy End, wenn sie nach all dem Kummer …« Abrupt brach sie ab, Röte stieg in ihre Wangen, die Chris selbst in der relativen Dunkelheit des Wagens erkennen konnte. »Vergesst es.«

Wie süß, die starke Kyla war insgeheim eine Romantikerin. Chris musste lachen, als sie ihm einen fiesen Blick zuwarf. Sie murmelte etwas vor sich hin, das verdächtig nach ›Blödmann‹ klang und wandte sich dem Fenster zu.

Chris beschloss, dass eine Ablenkung angebracht war. »Wo fahren wir denn nun genau hin?«

»Zu Reds Haus. Es liegt etwas außerhalb und bietet genug Platz für alle. Ich hätte euch auch angeboten, bei mir zu wohnen, aber mit Maya …«

Kyla legte eine Hand auf seine Schulter. »Das ist doch verständlich. Wir würden deine Tochter auch nicht in Gefahr bringen wollen.«

Clint räusperte sich. »Danke.«

Er bog in eine schmale Stichstraße ein, die nach einigen hundert Metern vor einem gewaltigen Haus endete. Umgeben war es von einem riesigen, wenn auch etwas verwilderten Grundstück. Es wirkte beinahe wie eine der alten Südstaatenvillen – nur in schlechterem Zustand.

»Wow.« Kyla hatte sich vorgebeugt und starrte das Anwesen an. »Und Red lebt hier ganz alleine?«

Clint schaltete den Motor aus. »Im Moment ja. Er hat es vor ein paar Jahren von einer Großtante geerbt, hatte aber nie die Zeit, es zu renovieren. Nach seiner Verletzung …« Er brach ab, ein Muskel zuckte in seiner Wange.

Aus seiner Bemerkung schloss Chris, dass dieser Red einer der bei der Mission verletzten SEALs war. Am besten fragte er Kyla später danach, Clint wirkte nicht so, als wollte er darüber reden.

Kyla schien es auch zu spüren, denn sie wechselte das Thema. »Seid ihr offiziell im Einsatz?«

»Nein. Red ist noch nicht wieder im aktiven Dienst und Bull und ich haben Urlaub genommen.« Clint verzog das Gesicht. »Die oberen Herrschaften halten es nicht für nötig, die SEALs einzubeziehen, obwohl ein bekannter Terrorist frei hier herumläuft. Es ist scheinbar kein Problem, uns in die hintersten Winkel der Welt zu schicken, um Terroristen zu bekämpfen, aber wenn einer in unserem Wohnzimmer ist, kriegen sie kalte Füße.« Mit einem angewiderten Laut stieß er die Fahrertür auf und stieg aus.

Kyla verließ ebenfalls das Fahrzeug. Chris gesellte sich zu ihr und holte ihr Gepäck aus dem Wagen.

Kyla schnitt eine Grimasse. »Hätte ich gewusst, dass die Reise länger dauert, hätte ich mehr Kleidung mitgenommen.«

Clint drehte sich zu ihr um. »Matt kann etwas aus deiner Wohnung holen und hierher schicken. Oder Karen besorgt etwas aus der Stadt.«

Kyla nickte stumm. Es war offensichtlich, dass es ihr nicht gefiel, hier eingesperrt zu sein – genauso wenig wie ihm, aber im Moment hatten sie keine andere Wahl. Zuerst brauchten sie mehr Informationen, damit sie wussten, womit sie es genau zu tun hatten. Oder vielmehr mit wem. Unwillkürlich trat er dichter an Kyla heran, während sie darauf warteten, dass Red ihnen die Tür aufschloss. Egal, wer ihre Gegner waren, Chris würde nicht zulassen, dass sie Shahla etwas antaten. Sie gehörte zu ihm, auch wenn sie sicher die Erste wäre, die das abstreiten würde.

Matt Colter biss die Zähne zusammen und legte das Telefon vorsichtig auf den Tisch zurück, obwohl er den Drang verspürte, es quer durch den Raum zu werfen. Gerade hatte er mit dem für

TURT zuständigen Mitarbeiter im Verteidigungsministerium darüber gesprochen, wie gefährlich es war, wenn Informationen über die Missionen der Agenten durchsickerten. Denn es war völlig klar, dass der Angriff auf Kyla in Deutschland genau darauf zurückzuführen war. Irgendjemand hatte den Grund ihres Aufenthalts weitergegeben und damit Kyla und den deutschen Agenten in Gefahr gebracht. Hoffentlich hatte der Beamte nun begriffen, dass ab sofort sämtliche Details über die TURTs nur noch im allerkleinsten Kreis und mit der höchsten Geheimhaltungsstufe weitergegeben werden durften.

Normalerweise würde Hawk diese Aufgabe übernehmen, als NSA-Agent war er es eher gewohnt, sich mit diversen Regierungsbeamten herumzuschlagen. Doch da dieser sich gerade mit Kyla und diesem Nevia traf, musste Matt sich wohl oder übel darum kümmern, damit so etwas nicht noch einmal geschah. Er stand auf und ging zum Fenster. Ohne wirklich etwas wahrzunehmen, blickte er hinaus auf den Strand.

Clint und sein Team kümmerten sich sowohl um Jade und Hawk als auch um Kyla und Nevia, so konnte er wenigstens sicher sein, dass es kein Leck gab. Das war natürlich nur eine Übergangslösung, bis sie Khalawihiri ausgeschaltet und herausgefunden hatten, wer es auf Kyla abgesehen hatte. Da auch Nevia im Visier der Täter war, lag die Vermutung nahe, dass es mit den Informationen zusammenhing, die er während seiner Zeit in Khalawihiris Gruppe gesammelt hatte. Irgendjemand wollte verhindern, dass sie an die amerikanischen Geheimdienste weitergegeben wurden. Naheliegend war sicher Khalawihiri, aber der schied aus, weil er zu der Zeit noch in den USA gewesen war. Auch als Auftraggeber kam er Matts Ansicht nach nicht infrage, da er im Gefängnis keinen Zugang zu den Verbrechern hatte und auf der Flucht wohl kaum Zeit und die Möglichkeit, jemanden anzuheuern.

252

Also musste es jemand anders sein, der versuchte, seine eigenen Interessen zu schützen. Irgendwelche Warlords oder Terroristengruppen aus Afghanistan? Nein, die Wahrscheinlichkeit, dass sie Zugang zu den Informationen erhielten und so schnell handeln konnten, war sehr gering. Außerdem hatte Kyla gesagt, ihr Angreifer in der Wohnung wäre Amerikaner gewesen. Leider konnten sie mit dem Mann nicht mehr reden, weil er vor einigen Stunden gestorben war. Sein behandelnder Arzt wollte erst nicht so recht damit herausrücken, aber es klang so, als wäre nicht die Verletzung, die Kyla ihm zugefügt hatte, die Todesursache gewesen. Was es auch war – nun konnte er ihnen nicht mehr sagen, wer ihn beauftragt hatte.

Frustriert massierte Matt seine schmerzenden Schläfen. Manchmal wünschte er sich seine SEAL-Zeiten zurück, als er sich noch nicht mit solchen Dingen befassen musste. Aber das ließ sich nicht mehr ändern, auch wenn er immer noch fit war, wurde er doch langsam älter und hätte das Team sowieso verlassen müssen. Deshalb hatte er die Gelegenheit genutzt, bei den neu gegründeten TURTs mitzumachen, so hatte er wenigstens eine sinnvolle Aufgabe und konnte auf dem SEAL-Stützpunkt bleiben. Und er konnte jeden Abend nach Hause zurückkehren und die Nacht mit Shannon verbringen. Ein winziges Lächeln brach durch, als er sich vorstellte, wie Clint reagieren würde, wenn er das zu ihm sagen würde. Es machte ihm immer wieder ungeheuren Spaß, seinen Freund damit zu necken, dass er mit seiner Schwester zusammen war.

Mit einem Seufzer wandte er sich wieder dem Problem zu, dass er sich hier um die administrativen Dinge kümmern musste und nicht dort sein konnte, wo die Action war. Wieder einmal. Was würde er darum geben, jetzt an der Ostküste zu sein und dabei helfen zu können, Khalawihiri dingfest zu machen. Matt blickte auf den Schreibtisch. Vielleicht könnte er …

Ein leises Klopfen ertönte und Matt wandte sich der Tür zu. »Herein.« Offenbar würde er wieder einmal Überstunden machen müssen. Es war zwar fast Feierabend, jedenfalls für die meisten der TURTs, aber derjenige hinter der Tür hielt sich anscheinend nicht daran.

Die Tür öffnete sich und Vanessa Martin, eine der neuen TURT/LE-Agentinnen, trat ein, blieb aber zunächst auf der Schwelle stehen. »Entschuldige, störe ich?«

»Nein, komm rein.« Als sie immer noch zögerte, meldeten sich seine Instinkte. Irgendetwas machte ihr zu schaffen, das konnte er deutlich sehen. Gleichzeitig wirkte Vanessa, als wollte sie jeden Moment flüchten. Eine Eigenschaft, die er noch gar nicht bei ihr bemerkt hatte. Bisher war sie ihm wie jemand vorgekommen, der genau wusste, was er wollte. »Was hast du auf dem Herzen?«

Vanessa schloss die Tür hinter sich und kam langsam näher. Matt blickte sie genauer an. Sie würde doch wohl keinen Annäherungsversuch starten? Sowie der Gedanke durch seinen Kopf schoss, verwarf er ihn wieder. Sie wirkte nicht, als wäre sie auf der Suche nach einer Affäre, ganz im Gegenteil. Ihr verschwitzter Trainingsanzug, in dem sie offensichtlich direkt vom Sport gekommen war, ihr ungeschminktes Gesicht und die in einem Zopf gebändigten roten Haare zeigten, dass sie eindeutig etwas anderes im Sinn hatte.

»Ich weiß, wer Khalawihiri ist.«

Matt starrte sie mit offenem Mund an. Damit hatte er nun nicht gerechnet. »Wie bitte?«

Sie verzog den Mund und begann, an einer Haarsträhne zu zupfen, die sich aus dem Zopf gelöst hatte. Als sie erkannte, was sie da tat, ließ sie den Arm sinken und verschränkte ihre Hände miteinander. »Wie du ja weißt, komme ich von der CIA. Ein Freund von mir ...« Vanessa brach ab und blickte sich unbe-

254

haglich um. »Ist der Raum abhörsicher? Ich möchte nicht, dass er in Schwierigkeiten gerät.«

Kurzentschlossen schnappte Matt sich seine Schlüssel und steckte das Telefon in seine Hosentasche. »Gehen wir ein Stück.«

21

Matt folgte ihr aus dem Raum und schlug dann den Weg zum Strand ein. Solange sie leise sprachen, sollte das Rauschen der Wellen sie übertönen – wenn überhaupt jemand lauschte. Schließlich brach er das Schweigen. »Okay, ein Freund von dir ...«

Vanessa trat näher an ihn heran und sprach noch leiser als vorher. »Weniger ein Freund als vielmehr ein Kollege bei der CIA.«

»Und weiter?« Matt wusste, dass er ungeduldig klang, aber ihm ging das Spionage-Gen völlig ab.

»Er ist auf eine Information bezüglich Khalawihiri gestoßen und findet es nicht richtig, dass sie zurückgehalten wird.«

Das konnte er allerdings verstehen, schließlich ging es hier um die Identität eines Terroristen. »Wer hält sie zurück?«

»Die CIA.« Vanessa holte tief Luft und blickte auf das Meer hinaus, während sie sprach. »Khalawihiri heißt eigentlich Jason Black und war früher CIA-Agent.«

Matt konnte sich nur mit Mühe zurückhalten, aber er wollte erst die ganze Geschichte hören, deshalb schwieg er.

»Vor einigen Jahren war er in Unregelmäßigkeiten verstrickt – welche, hat mein Kollege mir nicht erzählt – und sollte ausgemustert werden.«

Jetzt konnte er doch nicht an sich halten. »Ausgemustert im Sinne von eliminiert?«

Sie nickte knapp. »Doch bevor das geschehen konnte, kam er bei einem Unfall ums Leben. Oder zumindest dachte man das. Die Akte wurde geschlossen.«

»Doch er hat seinen Tod nur fingiert und ist stattdessen nach Afghanistan gegangen, um dort Waffengeschäfte zu machen und terroristische Anschläge vorzubereiten?«

Unglücklich verzog Vanessa den Mund. »Es sieht so aus.«

Matt fuhr mit der Hand durch seine Haare. »Und die CIA will nichts mit diesen Informationen anstellen, nachdem Khala... Black jetzt auf der Flucht ist? Wenn man weiß, wer er ist, kann man vielleicht leichter Anhaltspunkte finden, wo er jetzt sein könnte oder was er nun tun wird.«

»Genau der Meinung war mein Kollege auch, nur leider denken die oberen Herren, dass sie die Angelegenheit selbst lösen können.«

Frustriert blickte Matt sie an. »Na toll. Ich dachte, im Zuge der Terroranschläge wäre erkannt worden, wie falsch solch eine Denkweise ist und dass wir uns nur dann schützen können, wenn alle Geheimdienste und sonstigen Organisationen zusammenarbeiten. Genau deshalb wurde TURT gegründet.«

Vanessa blickte ihn ernst an. »Nur weil die CIA auch ein paar Agenten abgestellt hat, die sich zu TURTs ausbilden lassen, heißt das nicht, dass sie bereit sind, alle Informationen zu teilen. Sie sind nun mal der Meinung, dass sie besser sind als alle anderen und ihre Arbeit am wichtigsten ist.« Eine gewisse Bitterkeit schwang darin mit, aber Matt hatte nicht die Zeit, nachzuhaken.

Wie sollte er gegen solche Denkweisen angehen? Natürlich hatten die einzelnen Dienste ihre spezifischen Aufgaben, in denen sie besser waren als andere, aber genau deshalb setzte sich TURT aus allen zusammen. Und es wurde erwartet, dass sie von allen Seiten die nötigen Informationen bekamen, um ihre Arbeit effektiv erledigen zu können. Wenn sich die CIA nicht an die Vereinbarungen hielt, sämtliche relevanten Informationen zu teilen, konnte TURT nur eingeschränkt funktionieren. Matt biss die Zähne zusammen, um seinen Ärger zurückzuhalten. Vanessa war mit den Informationen zu ihm gekommen und das rechnete er ihr hoch an.

»Ist dein Kollege sicher, dass es sich um diesen Black handelt?«

»Ja. Er kennt ihn persönlich und hat ihn auf dem nach seiner Gefangennahme erstellten Foto erkannt. Als er seinen Vorgesetzten darauf ansprach, wurde ihm nahegelegt, das zu vergessen und sich um seine eigentlichen Aufgaben zu kümmern.«

Matts Wut steigerte sich noch. »Wann war das?«

Vanessa strich sich eine Haarsträhne aus den Augen, die der Wind hineingeblasen hatte. »Kurz nach Khalawihiris Flucht aus dem Gefängnis. Vorher wurde das Bild anscheinend überhaupt nicht unter den Agenten verbreitet. Mit Absicht, schätze ich. Und auch jetzt hat er es eher zufällig zu Gesicht bekommen. Aber es wurde sofort unter den Teppich gekehrt, und er wurde angewiesen, niemandem davon zu erzählen.«

»Aber er hat es dir erzählt.«

Ihre Stirn verzog sich sorgenvoll. »Ja, und ich befürchte das Schlimmste für ihn, wenn das jemals herauskommen sollte. Deshalb habe ich gezögert, damit zu dir oder Hawk zu gehen, weil er in Gefahr geraten könnte, wenn der CIA bewusst wird, dass er die Information weitergegeben hat.«

Matt konnte das verstehen, aber es war wichtiger, dass Black gefasst wurde, deshalb musste er die Information nutzen. »Kann uns dein Kontakt weitere Hintergrundinformationen über Black geben? Wir müssen so viel über ihn wissen, wie nur möglich, um ihn zu fassen.«

Vanessa biss unglücklich auf ihre Lippe. »Ich werde ihn fragen, aber es ist seine Entscheidung, ob er sein Leben dafür riskieren will.«

Am liebsten hätte Matt sie gedrängt, aber er wusste, dass es nichts bringen würde. Der CIA-Agent musste seine Entscheidung selbst treffen und sie konnten nur hoffen, dass es die richtige war. »Gut, frag ihn bitte, und sag mir sofort Bescheid, wenn du etwas hörst.« Er sagte nicht dazu, dass die Zeit drängte, denn das wusste Vanessa genauso gut wie er.

Nach einem letzten Blick auf das Meer nickte sie knapp. »Okay.«

Matt lächelte sie an. »Danke.«

»Bitte, auch wenn ich mir fast wie ein Verräter vorkomme. Bei der CIA wird einem so eingebläut, nie irgendjemandem außerhalb der Agency zu vertrauen und Informationen zu teilen, dass einem unwohl wird, wenn man nur darüber nachdenkt. Aber ich weiß, dass es richtig ist, was ich tue.«

Dankbar legte Matt seine Hand auf ihre Schulter. »Das ist es.« Er spürte einen Blick in seinem Rücken und drehte sich rasch um. Wie immer schlug sein Herz schneller, als er Shannon auf sich zukommen sah. Er wusste zwar, dass er starrte, aber er konnte es nicht ändern. Auch wenn sie bereits seit mehreren Jahren zusammenlebten, hatte sie noch nichts von der Faszination eingebüßt, die sie auf ihn ausübte. Ihre energischen Schritte, die Art, wie ihre rotbraune Mähne um ihre Schultern züngelte, das Feuer in ihren dunklen Augen. Und ihr Mund. Hitze breitete sich in ihm aus, und er vergaß alles um sich herum.

Dicht vor ihm blieb sie stehen und blickte ihm tief in die Augen. »Einen Moment lang habe ich mich gefragt, ob ich mir Sorgen machen muss.« Sie lächelte langsam. »Aber dann habe ich deinen Blick gesehen.«

Matt zog sie an sich und küsste sie sanft auf den Mund. »Du brauchst dir keine Gedanken zu machen, ich gehöre dir mit Haut und Haaren.«

Ihre Augen blitzten. »Ich weiß.«

Ein Räuspern erklang hinter ihnen und Matt erinnerte sich daran, dass sie nicht allein waren und er Shannon nicht einfach verschlingen konnte. Mit Shannon im Arm drehte er sich zu Vanessa um, in deren Gesicht ein seltsamer Ausdruck stand.

Shannon lächelte Vanessa an. »Hallo, ich bin Shannon.«

»Vanessa Martin. Entschuldigt mich, ich muss los.« Mit einem flüchtigen Lächeln drehte sie sich um und joggte über den Strand zu den Gebäuden zurück.

Fragend sah Shannon ihn an. »Lag es an mir?«

Matt schüttelte den Kopf. »Nein, sie hat etwas zu tun.«

Shannon schnitt eine Grimasse. »Ich hätte wahrscheinlich nicht so demonstrativ meinen Anspruch auf dich erheben sollen. Aber als ich gesehen habe, wie nah ihr beieinanderstandet und wie du sie berührt hast, ist bei mir eine Sicherung durchgebrannt, und ich wollte klarmachen, dass du mir gehörst.«

Er hob die Augenbrauen. »Ich habe ihre Schulter angefasst, nichts anderes.«

Shannon nickte zerknirscht. »Ich weiß.«

Matt grinste sie an. »Aber ich liebe es, wenn du so besitzergreifend bist.« Sie bohrte ihm ihren Ellbogen in die Seite. »Uff. He, was soll das?«

»Glaub nicht, dass du mich mit süßen Worten um den Finger wickeln kannst. Denk dran, dass ich davon lebe, mir solche Sätze auszudenken.«

Matt wackelte mit den Augenbrauen. »Ich erlaube dir auch, ihn in deinem nächsten Buch zu verwenden.«

Shannon hob das Kinn. »Das habe ich gar nicht nötig. Wahrscheinlich hast du ihn sowieso aus einem meiner Bücher geklaut.«

Schlagartig wurde Matt ernst. »Ich meinte jedes Wort genauso, wie ich es gesagt habe. Ich liebe dich, Shannon Hunter und nur dich. Finde dich damit ab.«

Ihre Lippen zitterten, als sie ihn anlächelte. »Oh, das habe ich schon länger, und ich werde dich bestimmt nicht wieder hergeben.«

Matt beugte sich zu ihr hinunter und küsste sie mit all der Leidenschaft und Liebe, die er für sie empfand. Erst als er keine Luft mehr bekam, beendete er den Kuss und sah tief in Shannons glasige Augen. »Gut.« Er trat zurück, um nicht der Versuchung zu erliegen, sie hier am Strand zu lieben. »Was machst du überhaupt hier?«

Ein Mundwinkel hob sich. »Recherche. Ich brauchte mal wieder ein wenig SEAL-Feeling für mein aktuelles Manuskript.«

Ein Grollen stieg aus seiner Kehle. »Ich hoffe, du hast dir keinen der Rekruten zu genau angeschaut.« Schließlich liefen sie hier im Training oft nur in Shorts entlang. Zwar wusste er, dass er immer noch mit ihnen mithalten konnte, aber er wurde schließlich auch nicht jünger.

»Aber nein, ich habe immer brav die Augen geschlossen, wenn sie zu nahe kamen.« Sie lachte über seinen Gesichtsausdruck. »Entspann dich, niemand kann mit dir mithalten.« Ihre Hand strich durch das T-Shirt über seine ausgeprägten Brustmuskeln. »Obwohl ich nichts dagegen hätte, dich wieder etwas öfter zu sehen.«

Sofort wurde Matt ernst. »Es tut mir leid, im Moment ist hier einfach zu viel los und …«

Sie legte ihre Finger auf seine Lippen. »Der andere Grund, weshalb ich hier bin, ist dich zum Essen zu entführen. Ich weiß, dass du nicht genug isst, wenn du dir Sorgen machst.«

Wärme breitete sich in ihm aus, und er küsste ihre Fingerspitzen. »Ich wollte jetzt sowieso eine Pause machen. Zwar weiß ich nicht, ob ich nicht noch mal los muss, aber ein paar Stunden werde ich schon haben.« Wenn er das Telefon mitnahm, war er jederzeit zu erreichen, falls etwas passierte.

Shannon strahlte ihn an. »Schön. Wenn du dich beeilst, haben wir vielleicht sogar Zeit für eine Vorspeise und ein Dessert.«

Das Blut schoss so schnell in seinen Unterleib, dass ihm beinahe schwindelig wurde. Sofort stand wieder ihr erstes Date auf der Ranch ihrer Eltern vor seinen Augen, als sie ihn zum Essen in ihrer Hütte eingeladen hatte und sie es nicht geschafft hatten, sich bis nach der Mahlzeit zu beherrschen. Er hatte sie gegen die Wand gepresst und sich so tief in ihr vergraben, wie er nur konnte. Als er Shannon anblickte, war in ihren Augen die Erinnerung daran zu erkennen.

Sie lächelte ihn an. »Vielleicht kannst du mir vor dem Essen noch die neuesten Staubsauger zeigen …«

Matt stöhnte auf bei ihrer Andeutung an seine damalige Tarnung als Staubsaugervertreter. »Wirst du mir das jemals verzeihen?«

»Das habe ich schon lange. Aber das heißt nicht, dass ich dich nicht weiterhin daran erinnern werde, wenn ich Lust dazu habe.«

Matt schob sein Gesicht dicht an ihres heran. »Okay, aber dann beschwer dich nicht, wenn ich dir die neuesten Saugtechniken ganz genau demonstriere.« Seine Lippen berührten ihre. »Immer und immer wieder.«

Kyla blickte sich in dem Raum um, der ihr von Red zugewiesen worden war und seufzte tief auf. Das Zimmer war schon in Ordnung, zwar einfach eingerichtet, aber es enthielt alles, was man benötigte. Nein, es nervte sie, dass sie hier tatenlos herumsitzen und sich beschützen lassen sollte. Zwar war sie froh, die SEALs an ihrer Seite zu haben und sich wenigstens für die Nacht keine Gedanken machen zu müssen, aber spätestens morgen würde sie rastlos werden.

Kopfschüttelnd ging Kyla zum Bett, um ihren Koffer auszupacken. Viel hatte sie nicht darin, aber es würde vielleicht helfen, ihre Anspannung etwas zu lösen. Sie wusste nicht, ob es an dem langen Flug lag, dem Kampf mit den Verbrechern oder der Tatsache, dass sich Chris im Nebenzimmer aufhielt und sie ihn in der Dusche hören konnte, die sich ihre beiden Räume teilten. Er hatte die Tür zu ihrem Zimmer nicht verriegelt und es stellte ihre Beherrschung auf eine harte Probe, sie nicht einfach zu öffnen und zu ihm in die Dusche zu steigen. Obwohl sie ihn geküsst und im Flugzeug mit ihm geflirtet hatte, war sie nicht sicher, ob es eine gute Idee war, dieser Anziehung nachzugeben. Oder nein, sie war sicher, dass es ein Fehler wäre. Waren es ein paar bestimmt sehr schöne und aufregende Stunden wert, später den Schmerz zu ertragen, den es unweigerlich nach sich ziehen würde?

Bei jedem anderen Mann hätte sie gar nicht darüber nachgedacht, sondern den Moment genossen und die Sache danach abgehakt. Bei Chris konnte sie das nicht, wie sich schon nach Afghanistan gezeigt hatte. Dabei wusste sie noch nicht einmal, was es genau an ihm war, das sie so anzog. Nur weil er anders war als die Männer, die sie gewohnt war? Zum Teil bestimmt, aber da war noch etwas anderes an ihm, das sie nicht in Worte fassen konnte.

Kyla bemerkte, dass ihre Hand schon auf dem Türgriff zum Bad lag und zog sie rasch zurück. Wie war sie hierhergekommen? Sie presste ihre Lippen zusammen und stapfte zum Bett zurück. Es machte sie nervös, wenn sie ihrem eigenen Körper nicht mehr trauen konnte. Heftig zog sie den Reißverschluss ihres Koffers auf und riss ein Kleidungsstück heraus. Sie war gerade dabei, die Jeans im Schrank zu verstauen, als es an die Verbindungstür klopfte.

Misstrauisch blickte sie auf. »Ja?« Die Tür öffnete sich und Chris erschien im Spalt. Er trug nur ein Handtuch um die Hüfte, Wassertropfen glitzerten auf seiner nackten Brust. Kyla starrte ihn mit offenem Mund an. Als sie merkte, was sie da tat, klappte sie ihn rasch zu und bedachte Chris mit einem wütenden Blick. »Wolltest du etwas?«

Sein Mundwinkel hob sich. »Ich wollte dir nur sagen, dass das Bad jetzt frei ist.«

»Und du konntest dich nicht erst dafür anziehen?«

Diesmal grinste er sie offen an. »Doch, aber ich hielt es nicht für nötig.« Er drehte sich um und schlenderte ins Bad zurück.

Dabei bemerkte Kyla die blau schillernde Prellung auf seinem Rücken. »Warte!«

Chris blickte über seine Schulter zurück. »Was?«

Zögernd ging Kyla auf ihn zu und strich behutsam über den Bluterguss. »Hast du eine Salbe für deine Prellungen?« Stumm schüttelte Chris den Kopf. Gänsehaut hatte sich auf seinem Körper gebildet. »Dann besorge ich welche von Red.«

»Das ist nicht nötig.«

»Ich denke schon. Wenn du mir nicht glaubst, schau in den Spiegel.«

Sie wartete nicht ab, ob er das tat, sondern machte sich auf die Suche nach dem SEAL. Sie fand ihn in angeregter Diskussion mit Clint, Bull und Hawk. Jade war nirgends zu sehen. Zu gerne hätte sie an dem Gespräch teilgenommen, aber die drei brachen ab, sowie sie ihre Anwesenheit bemerkten. Das ärgerte sie, aber Chris' Verarztung hatte Vorrang.

»Habt ihr eine Salbe gegen Prellungen?«

Hawk erhob sich und blickte sie besorgt an. »Geht es dir gut?«

Kyla rang sich ein Lächeln ab. »Ja. Die Salbe ist für Chris.« Gut, ihr Körper fühlte sich von dem Angriff in ihrem Hotelzimmer und dem Kampf auf dem Parkplatz auch noch steif an, aber das mussten sie ja nicht wissen.

»Ich habe welche. Jade müsste wissen, wo sie ist.«

»Okay, dann störe ich euch nicht länger.«

Clint sah sie ernst an. »Ihr braucht eure Ruhe. Morgen sprechen wir über alles.«

Kyla nickte nur und verließ den Raum. Warum dachten Männer immer, dass sie die Frauen schonen mussten? Sie ermüdete nicht schneller als ihre männlichen Kollegen! Aber sie wusste, dass es nichts bringen würde, jetzt mit ihnen darüber zu diskutieren. Schon gar nicht mit SEALs, deren Beschützerdrang erfahrungsgemäß noch ausgeprägter war.

Sie ging den Flur zurück und klopfte an die Tür von Jades Zimmer, das schräg gegenüber von ihrem eigenen lag.

Jade öffnete die Tür einen Spalt und zog sie dann weiter auf, als sie Kyla erkannte. »Ach, du bist es.«

»Wen hattest du denn sonst erwartet?«

Tiefe Röte überzog Jades blasse Haut. »Äh, Daniel.«

Kyla konnte nicht anders, sie musste grinsen. »Aha. Das freut mich, Jade.«

Ein zaghaftes Lächeln erschien auf dem Gesicht ihrer früheren Partnerin. »Mich auch. Es ist noch nicht …« Sie brach ab und blickte zur Seite. »Ich versuche es. Daniel war immer für mich da und es tut mir weh, ihn so … einsam zu sehen.«

Kyla legte ihre Hand auf Jades Arm. »Ich bin sicher, du machst ihn sehr glücklich damit. Soweit ich es mitbekommen habe, hat er seit unserer Rückkehr keine andere Frau angesehen. Und er hat nur von dir geredet.«

Jade nickte. »Ich weiß. Ich habe versucht, ihm zu sagen, dass er mich loslassen soll, aber er hat nicht auf mich gehört. Selbst als ich ihn immer wieder von mir gestoßen habe.«

»Er liebt dich.«

»Ja. Trotz allem, was geschehen ist.«

Wut stieg in Kyla auf. »Nichts davon war deine Schuld!«

»Ich weiß das, aber es hat mich trotzdem verändert, und ich will nicht, dass Daniel sich verpflichtet fühlt, mit mir zusammen zu sein – aus Mitleid.«

Kyla verzog den Mund. »Ich nehme an, er hat dir endlich klargemacht, dass es nicht so ist.«

Jades Lächeln wurde breiter. »Ja.«

»Das freut mich unglaublich für euch.«

»Danke.« Jade blickte sie neugierig an. »Und weshalb bist du nun gekommen? Ich dachte, du wärst mit deinem Deutschen beschäftigt.«

Kyla schnitt eine Grimasse. »Wie kommst du denn darauf?«

Jade verschränkte die Arme über der Brust. »Ich habe die Geschichten über Hamid gehört und ich habe deinen Gesichtsausdruck gesehen, als du in seiner Nähe warst.«

Kyla bemühte sich, sich ihre Gefühle nicht ansehen zu lassen. »Hawk sagte, du hättest hier eine Salbe gegen Prellungen, die wollte ich holen.« Ein ganz unauffälliger Themawechsel, aber Jade sprach sie nicht darauf an. Wahrscheinlich weil sie wusste, wie es war, wenn man über bestimmte Dinge nicht reden wollte oder konnte.

Stattdessen zeigte sich Besorgnis in ihrem Blick. »Bist du verletzt?«

»Ich nicht, aber Chris hat ein paar Blutergüsse abbekommen.«

Jade nickte nur und verschwand im Zimmer. Kurz darauf tauchte sie mit einer Tube wieder auf. »Es wäre nett, wenn du sie danach wieder zurückbringst. Daniels Prellungen gehen zwar schon zurück, aber er wird noch ein paar Tage etwas davon haben.«

»Aber sonst geht es ihm gut?«

Erneut stieg Röte in Jades Wangen und Kyla fragte sich, was in den letzten Tagen zwischen ihnen vorgefallen war. »Die Verletzungen scheinen ihn nicht sonderlich zu behindern.«

Kyla fragte lieber nicht, bei welcher Gelegenheit ihre Partnerin das festgestellt hatte. »Das ist gut. Bis nachher.«

22

Mit der Salbe ging sie zu ihrem Zimmer zurück, zögerte dann und klopfte stattdessen an Chris' Tür. Kein Grund, durch das Bad zu gehen und damit noch mehr Intimität zu schaffen als nötig. Chris öffnete beinahe sofort die Tür und sie unterdrückte ein Stöhnen, als sie sah, dass er nur einen knappen Slip trug. Hätte er sich nicht wenigstens etwas anziehen können, das ihn etwas mehr bedeckte? Sie wollte ihm die Salbentube in die Hand drücken, doch er trat zurück und winkte sie herein. Widerstrebend folgte sie ihm ins Zimmer, ihr Blick wanderte gegen ihren Willen zu seinem Bett. Hinter sich hörte sie das leise Klacken des Türschlosses, und sie wirbelte herum.

Chris lehnte mit dem Rücken am Holz und blickte sie durchdringend an. »Weißt du, wie gerne ich dich jetzt packen und auf das Bett werfen würde?«

Kylas Mund wurde trocken, und sie wusste nicht, was sie darauf antworten sollte. ›Warum tust du es dann nicht?‹ lag ihr zwar auf der Zunge, aber das wäre nicht besonders klug.

Chris stieß sich ab und kam langsam auf sie zu. »Sprachlos? Das kenne ich gar nicht von dir.«

Kyla stand wie angewurzelt da und hielt die Tube wie eine Waffe vor sich. »Was …« Sie räusperte sich. »Was willst du denn hören?« Verdammt, war das ihre Stimme, die so atemlos klang? Sie sollte so schnell wie möglich von hier verschwinden, bevor sie einen Fehler beging.

Chris trat dicht vor sie und ignorierte die Salbe, obwohl sie ihm beinahe in die Brust stach. Seine Augen hatten sich verdunkelt. »Am liebsten so etwas wie ›Tu mit mir, was du willst, Chris‹ aber mir würde auch schon ein ›Tolle Idee, Chris‹ reichen.« Er zwinkerte ihr zu und ihre Anspannung löste sich etwas.

»Haha, sehr witzig.«

Noch näher trat er heran und sie konnte seine Körperwärme spüren. »Glaubst du wirklich, ich mache Witze?«

Sie blickte nach unten und sah seine beeindruckende Erektion, die kaum mehr in dem engen Slip Platz fand. »Nein, eigentlich nicht.«

Seine Augen funkelten. »Gut.«

Mit Mühe schaffte Kyla es, sich nicht das winzige Stück Stoff vorzulehnen und ihre Lippen auf seinen verführerischen Mund zu pressen. Stattdessen trat sie einen Schritt zurück. »Ich bin nur hier, um dir die Salbe zu bringen, Chris.«

»Zu schade.«

Schließlich drehte er sich um und präsentierte ihr seinen muskulösen Rücken. »Ich komme nicht an die Stelle heran, wärst du bitte so nett?«

Am liebsten wollte Kyla ablehnen, aber das konnte sie nicht, weil er recht hatte. Mit einem unhörbaren Seufzer schraubte sie die Tube auf und drückte die Salbe auf die Prellung. Im ersten Moment zuckte Chris zusammen, doch dann hielt er still. Zögernd berührte Kyla mit den Fingerspitzen seine warme Haut und verteilte vorsichtig die Creme auf dem Bluterguss. Er sah wirklich unangenehm aus, besonders weil er direkt über der Niere saß.

»Tut das weh?«

»Nicht übermäßig.«

Kyla ließ ihren Blick über seinen Rücken wandern und hielt inne, als sie dort schwache Narben sah, die beinahe aussahen wie die Spuren einer Peitsche. Mit den Fingern fuhr sie darüber. »Woher hast du die?« Die Frage war heraus, bevor sie es verhindern konnte.

Chris drehte sich um und ihre Hände fielen herunter. »Fertig?« Sein Gesichtsausdruck war verschlossen, seine Augen hart.

»Auf dem Rücken ja. Hast du noch woanders Prellungen?«

»Wenn ja, kann ich mich selbst darum kümmern.«

Kyla wusste, sie sollte jetzt gehen, aber sie brachte es nicht über sich. Chris litt, das war deutlich zu sehen und sie wollte ihre unbedachten Worte wieder gutmachen, aber sie wusste nicht, wie. »Ich helfe dir gerne. Danach muss ich die Salbe dann zurückbringen, weil Hawk sie auch noch braucht.«

Chris nickte knapp und sah an sich herunter. »Ich sehe nichts.«

Kyla trat noch einen Schritt zurück. »Heb die Arme.« Wortlos gehorchte er. Langsam betrachtete sie jeden Zentimeter seines Körpers. An einigen Stellen waren kleinere blaue Flecken zu sehen, aber nichts, das einer Behandlung bedurfte. »Umdrehen.«

Sein Zögern war deutlich zu bemerken, aber schließlich drehte er sich um. Ihr Magen krampfte sich zusammen, als sie noch einmal die Anzeichen der Misshandlung sah. Über seinem Schulterblatt hatte er eine große Tätowierung, die sie nicht recht deuten konnte. Auf ihr waren arabische Schriftzeichen zu erkennen. Aber nachdem er so wegen der Narben reagiert hatte, wagte sie es nicht, ihn darauf anzusprechen. Sie wollte die Untersuchung gerade abbrechen, als sie einen dunklen Fleck an seiner Hüfte, direkt unterhalb des Slips bemerkte. Ohne etwas zu sagen, hockte sie sich hinter ihn und zog seinen Slip herunter. Chris sog scharf den Atem ein, sagte aber nichts. Seine Hände waren zu Fäusten geballt. Kyla beugte sich vor und begutachtete die Stelle. Es war kein Bluterguss, wie sie zuerst gedacht hatte, sondern eine ältere Narbe, die über seine gesamte Hüfte reichte. Sie war sich nicht sicher, aber es wirkte wie eine Brandnarbe. Bevor sie wusste, was sie tat, beugte sie sich vor und presste einen sanften Kuss darauf.

Ein Schauer lief durch Chris' Körper. »Kyla …«

Da er nicht sagte, dass sie aufhören sollte, legte sie ihre Wange daran und rieb über die Narbe. Die Vorstellung, dass er irgendwann so schwer verletzt worden war und gelitten hatte, tat ihr weh. Am liebsten hätte sie die Erinnerung daran mit Küssen ausgelöscht, aber sie wusste, dass das nicht ging. Sie erhob sich und widmete sich den Narben auf seinem Rücken. Erst als sie jede einzelne davon geküsst hatte, trat sie zurück.

Seltsam unsicher, was sie jetzt tun sollte, begann sie sich in Richtung des gemeinsamen Badezimmers zurückzuziehen. »Es tut mir leid …« Sie brach ab, als Chris sich zu ihr umdrehte und sie das Feuer in seinen Augen sah.

Sämtliche Muskeln in seinem Körper waren angespannt, und sein Schaft schaute aus dem heruntergezogenen Slip heraus. Nervös leckte Kyla über ihre Lippen und sah, wie sich der Penis als Antwort darauf noch vergrößerte.

»Kyla.«

Zögernd ließ sie ihren Blick an seinem Körper nach oben wandern, bis sie bei seinem Gesicht ankam. Seine Wangen waren gerötet, seine Augen glitzerten. Es war keine Frage, was er wollte.

»Komm her.«

Einen winzigen Moment lang flackerte Vernunft in ihr auf, doch dann schob Kyla sie beiseite. Warum sollte sie diesen Augenblick vergeuden, wenn sie doch beide das Gleiche wollten und wussten, worauf sie sich einließen? Und sie wollte Chris, daran gab es keinen Zweifel.

Chris trat einen Schritt auf sie zu und hielt ihr seine Hand hin. »Du denkst zu viel.«

Ein Lächeln glitt über ihr Gesicht. »Glaubst du? Vielleicht habe ich mir gerade überlegt, was ich alles mit dir anstellen kann, wo ich dich schon mal mehr oder weniger nackt in meiner Reichweite habe.«

»Und was ist dabei herausgekommen?« Seine Finger schlossen sich um ihre, und er zog sie mit sich in Richtung Bett.

»Wie wäre es, wenn ich dir das lieber zeige?« Ohne Vorwarnung schubste sie ihn, und er fiel rücklings auf die Matratze. Da erst fiel ihr wieder seine Verletzung ein und sie sah ihn besorgt an. »Habe ich dir wehgetan?«

Er grinste sie an. »Noch nicht.«

»Vielleicht sollten wir doch lieber nicht …«

Chris ließ sie nicht ausreden, sondern zog sie auf sich. »Oh doch, wir sollten. Unbedingt.«

Das brachte sie zum Lächeln. »Du klingst beinahe verzweifelt.«

Seltsam ernst sah er sie an. »Du glaubst nicht, wie sehr ich es mir wünsche. Und brauche.«

Kyla stützte sich über ihm auf und beugte ihren Kopf zu ihm hinab. »Ich glaube dir.« Ihre Lippen streiften über seinen Mund. »Mir geht es nämlich genauso.« Den Rest flüsterte sie beinahe.

Ein Schauer lief durch ihren Körper, als seine warmen Hände über ihren Rücken strichen. »Du hast eindeutig zu viel an.«

»Du bist doch ein toller Agent, sicher fällt dir dazu eine Lösung ein.«

»Und ob.«

Sie gab einen erschrockenen Laut von sich, als Chris ihr das T-Shirt mit einem Ruck über den Kopf zog. Mit angehaltenem Atem wartete Kyla darauf, dass er ihren BH ausziehen und ihre Brüste berühren würde, doch stattdessen strich er mit seinen Fingern sachte über das breite Pflaster, das immer noch über der Schnittwunde an ihrem Hals klebte. Es war gerade diese Mischung aus Härte, Humor und Sanftheit, die sie an Chris so anzog. Sie wusste nie, wie er im nächsten Moment reagieren würde, und das machte das Zusammensein mit ihm so spannend.

Besorgnis stand in seinen blauen Augen. »Habe ich dir eben wehgetan? Ich hatte deine Verletzung vergessen.«

Kyla senkte ihre Hüfte und rieb sich an seinem Schaft. »Bist du sicher, dass du jetzt reden willst?«

Anstelle einer Antwort glitten seine Hände nach unten und legten sich über ihren Po. So hielt er sie gefangen, während er gleichzeitig seine Hüfte anhob. Gemeinsam stöhnten sie auf. »Reden wird tatsächlich überbewertet.« Seine Stimme klang atemlos. »Und du hast immer noch zu viel an.«

Sie konnte sich vorstellen, wie sich der raue Stoff ihrer Jeans an seinem empfindlichen Penis anfühlen musste.

Mit einer Bewegung, die sie nicht hatte kommen sehen, rollte er sie herum und stützte sich über ihr auf. »Viel zu viel.«

Innerhalb kürzester Zeit hatte er ihre restlichen Kleidungsstücke entfernt, und sie lag völlig nackt auf der Matratze. Bevor sie sich unwohl fühlen konnte, hatte auch er seinen Slip ausgezogen und schob sich wieder über sie. Die Glut in seinen Augen fachte ihre Erregung noch weiter an. Sie öffnete die Beine und spürte dort zum ersten Mal seinen harten Schaft ohne Stoffbarriere. Automatisch umklammerte sie mit ihren Beinen seine Oberschenkel und presste ihn damit noch dichter an sich. Oh Gott, das fühlte sich sogar noch besser an, als sie es sich erträumt hatte – und das sollte schon etwas heißen.

Chris legte seine Stirn an ihre, sein Atem strich über ihr Gesicht. »Vielleicht sollten wir eine kurze Pause einlegen.«

Kyla ließ ihre Hände über seinen Rücken wandern. »Warum, kannst du schon nicht mehr?« Ihre Fingernägel kratzten leicht über seine Muskeln.

Sein Schaft zuckte und löste damit auch in ihr ein Beben aus. »Im Gegenteil, ich will nicht, dass es so schnell vorbei ist.«

»Wie wäre es …« Ihre Zungenspitze berührte seinen Mund, »… wenn wir das auf die nächste Runde verschieben?«

Chris stieß ein tiefes Stöhnen aus. »Du schaffst mich, Shahla.«

Zufrieden, dass es ihr gelungen war, endlich einmal die Oberhand zu gewinnen, küsste sie ihn mit all der Leidenschaft, die in ihr war. Chris schien eingesehen zu haben, dass sie wirklich nicht mehr reden wollte, denn er grub seine Hände in ihre Haare und ließ sich in den Kuss fallen. Die Gefühle explodierten in ihr, und sie wusste nicht, was sie zuerst tun sollte. Was sie zuerst berühren, spüren oder schmecken wollte. Ihre Hände glitten an seinem Rücken hinunter und legten sich auf seinen Po. Ausgiebig erkundete sie seine ausgeprägten Hügel und die tiefe Spalte dazwischen. Beinahe wünschte sie, sie könnte sehen, was sie da berührte, aber dafür müsste sie seinen Mund aufgeben und dazu konnte sie sich nicht durchringen. Sein Geschmack war wie eine Droge, die ihren Verstand benebelte und nur noch das Verlangen übrig ließ.

Ein protestierender Laut entfuhr ihr, als Chris sich schließlich von ihr löste und sich auf seine Arme stützte. Seine Augen waren beinahe schwarz, seine Lippen vom Kuss gerötet. Bevor sie weiter protestieren konnte, legte er eine Spur von Küssen und sanften Bissen an ihrem Hals entlang. Kyla hob das Kinn und gab ihm bereitwillig Zugang zu ihrem Körper. Dieses Angebot nutzte Chris gerne. Er bewegte sich weiter nach unten und rieb mit seiner Wange über ihre Brust. Sofort wurde ihre Brustwarze hart und bettelte um Aufmerksamkeit. Mit der Zunge umrundete Chris die Spitze und blies anschließend darüber. Gänsehaut überzog Kylas Körper, und ihr Unterleib zog sich verlangend zusammen.

Auffordernd hob sie sich ihm entgegen und Chris zögerte nicht länger. Sein Mund schloss sich um ihre Brustwarze, und er begann kräftig zu saugen. Gleichzeitig schob er sich weiter nach unten und Kyla wimmerte, als sie dadurch den Kontakt zu seinem Schaft verlor. Sie spürte ein Vibrieren, als Chris lautlos lachte. Unauffällig spannte sie die Muskeln an und hakte ihren Arm um Chris' Ellbogen. Als er seinen Kopf hob, um zur anderen Brust zu wechseln, zog sie ihm den Arm weg und rollte sich mit ihm herum, bis sie oben lag.

Chris grinste sie an. »Du hättest auch einfach was sagen können.«

»Aber warum denn? So hat es viel mehr Spaß gemacht.« Sie lächelte ihn zuckersüß an. »Dir etwa nicht?«

Seine Hände glitten an ihren Seiten hinauf. »Doch, absolut.« Er zupfte an ihren Brustspitzen. »Und was hast du jetzt vor?«

»Ich nehme mir das, was ich haben will.«

Verlangen trat in seine Augen. »Bedien dich. Ich stehe dir voll und ganz zur Verfügung.«

Ein Schauer lief ihr über den Rücken, und ihr Unterleib zog sich zusammen. Kyla setzte sich auf und ließ ihren Blick über Chris' Körper wandern. Am liebsten hätte sie ihn von Kopf bis Fuß berührt und geküsst, doch das musste sie später nachholen. Ihre Hand legte sich um seinen Schaft und sie spürte, wie er zusammenzuckte. Sein Penis schwoll noch weiter an und Kyla war es nicht mehr genug, ihn nur zu berühren, sie wollte ihn schmecken. Ohne Vorwarnung drehte sie sich um und hockte sich tief über ihn, damit sie seine Erektion mit dem Mund erreichen konnte. Chris gab einen erstickten Laut von sich, als sich ihre Lippen um die Spitze seines Schafts schlossen. Seine Hände schlossen sich um ihre Hüfte und er zog sie weiter nach hinten in Richtung seines Kopfes. Erst jetzt ging Kyla auf, dass Chris gerade einen erstklassigen Blick auf ihren nackten Unterleib hatte, aber die Unsicherheit machte sofort wieder der Erregung Platz, als seine Finger über ihre Scham strichen.

Da sich sein Oberkörper zwischen ihren Beinen befand, waren sie weit gespreizt, und Chris nutzte das sofort aus. Er tauchte mit den Fingern in ihre Feuchtigkeit ein und verteilte sie auf ihrem empfindlichen Fleisch. Kylas Herz hämmerte gegen ihre Brust und sie hatte Mühe, sich auf ihre Aufgabe zu konzentrieren. Mit einem rauen Laut ließ sie seinen Schaft tiefer in ihren Mund gleiten und erkundete ihn mit ihrer Zunge. Ihre Hand schloss sich um seine Härte, gerade als sein Finger tief in sie glitt. Ein Stöhnen brach aus ihr heraus, und sie hatte Mühe, sich zu konzentrieren. Besonders, als Chris nur wenige Sekunden später bereits den zweiten Finger in sie schob, während er gleichzeitig mit dem Daumen über ihre Klitoris strich. Kyla ließ seinen Schaft aus ihrem Mund gleiten und schob gleichzeitig ihre Hüfte weiter nach hinten, sodass er noch tiefer in sie drang. Sofort nutzte er die Gelegenheit und berührte mit seiner Zungenspitze ihre Klitoris. *Das fühlte sich so gut an …*

An seinen Fingern konnte Chris das Zucken ihrer inneren Muskeln spüren und verstärkte seine Bemühungen noch. Ein dritter Finger glitt in sie, gleichzeitig saugte er an ihrer Klitoris. Ihre Beine zitterten, und er wusste, dass sie nicht mehr lange durchhalten würde. Da er in ihr sein wollte, wenn sie kam, gab er ihr einen Klaps auf den Po. Ein Zittern lief durch ihren Körper, auch wenn sie ihren Kopf zu ihm umwandte und ihn mit einem wütenden Blick bedachte. Chris leckte noch einmal über ihre Klitoris, bevor er den Kopf hob und sie anlächelte. Mit der Hand strich er über die Stelle, die er geschlagen hatte.

»Du …« Ihre Worte verklangen, als er wieder zu saugen begann, stärker als zuvor.

Er liebte ihre unabhängige Art, aber es war gut zu wissen, wie er sie im Notfall zum Schweigen bringen konnte. Die erregten Laute, die sie ständig ausstieß, das Stöhnen, die unkontrollierten Bewegungen ihrer Hüfte, zeigten ihm auch so, dass er auf dem richtigen Weg – und sie kurz vor dem Orgasmus war. Zeit für eine Veränderung, auch wenn er ihren Mund um seinen Penis vermissen würde. Chris zog seine Finger aus ihr zurück und ignorierte ihren protestierenden Laut als er auch seinen Mund entfernte. Mit seinen Händen an ihrer Hüfte gab er ihr einen kleinen Schubs, durch den sie das Gleichgewicht verlor und neben ihn auf das Bett fiel.

»He ...«

Sofort war er über ihr und presste seinen Mund auf ihren. Ohne zu zögern, erwiderte Kyla den Kuss. Ihre Geschmäcker vermischten sich, und er hatte Mühe, seinen Höhepunkt zurückzuhalten. Mit einer Hand tastete er nach dem Nachttisch und zog die Schublade auf. Er nahm das Kondom heraus, das er vorher optimistisch hineingetan hatte. Er war sich keineswegs sicher gewesen, dass sie sich lieben würden, aber nach den vergangenen heißen Küssen hatte er es gehofft. Und sich unter der Dusche vorgestellt, wie es wäre, wenn sie zu ihm unter den Strahl steigen würde und ...

Rasch öffnete er die Verpackung und streifte das Kondom über seinen Schaft. Chris stützte sich über Kyla auf und wartete, bis sie die Augen öffnete. Ihr verhangener Blick ließ ihn beinahe die Beherrschung verlieren. »Kyla ...«

Diesmal unterbrach sie ihn. »Worauf wartest du noch?« Ihre Stimme wurde sanfter. »Komm zu mir.«

Genau das wollte er hören. Chris biss hart auf seine Lippe, als er seinen Schaft in sie schob. Es fühlte sich so gut an, heiß und eng, dass er am liebsten nie wieder herausgekommen wäre. Kylas Beine schlangen sich um seine Taille und zogen ihn damit noch tiefer in sich. Schweiß bildete sich auf seiner Stirn, und er hatte Mühe, sich zurückzuhalten. Es half auch nicht gerade, dass sie ihre Fingernägel in seinen Rücken grub, während ihre Fersen sich an seinen Po pressten. Er musste sich bewegen. *Jetzt. Sofort.* Langsam, unendlich langsam hob er seine Hüfte und glitt beinahe aus ihr heraus. Zur Strafe bohrten sich Kylas

Fingernägel tiefer in seine Haut, doch er ließ sich davon nicht beirren. Er wollte jede Sekunde mit ihr auskosten, damit er sich immer daran erinnern konnte, wie es sich anfühlte, in ihr zu sein. Ihren rasenden Herzschlag zu spüren und ihre Haut, die sich an seiner rieb.

Chris schloss seine Augen, um jeden Gedanken daran, dass es eine einmalige Sache sein könnte, zur Seite zu schieben. Es zählte nur das Hier und Jetzt, keine Vergangenheit und keine Zukunft. Erneut schob er sich tief in sie und genoss die Art, wie ihr Atem stockte. Seine Lider hoben sich.

Ihre Augen glühten, als sie ihn anblickte. »War das etwa schon alles?«

Ein Lachen stieg in ihm auf, und da sich Kylas Augen verengten, hatte sie es offensichtlich bemerkt. Wenn sie mehr wollte, würde sie es auch bekommen. Chris zog ihre Arme von seinem Rücken und presste ihre Handgelenke auf die Matratze. Kylas Atem wurde heftiger, aber an der nur schwachen Gegenwehr konnte er erkennen, wie sehr sie es genoss, von ihm festgehalten zu werden. Interessant. Er hätte erwartet, dass sie auch im Bett lieber dominant sein würde. Chris senkte den Kopf und küsste sie mit all der Leidenschaft, die sich in ihm angestaut hatte. Gleichzeitig zog er sich wieder aus ihr zurück und genoss ihren protestierenden Laut.

Chris ließ ihre Arme los und sah zufrieden, dass Kyla sie trotzdem nicht bewegte. Rasch schob er ein Kissen unter ihre Hüfte und legte dann ihre Beine über seine Schultern. Damit war sie völlig offen für ihn. Chris stützte sich über ihr auf und glitt wieder in sie. Gemeinsam stöhnten sie auf, Gänsehaut bildete sich auf seinem gesamten Körper. Gierig tauchte er seine Zunge in ihren Mund, während er immer wieder in sie stieß. Es war ein unglaubliches Gefühl, so eng mit ihr verbunden zu sein, jede ihrer Regungen, jedes Zittern, jedes Zucken ihrer Muskeln spüren zu können. Ihr Herz schlug gegen seines, es schien beinahe, als hätten sie selbst darin einen gemeinsamen Rhythmus gefunden. Ein Kribbeln lief sein Rückgrat hinauf und er wusste, dass ihm nicht mehr viel Zeit blieb.

Immer wieder hob ihm Kyla ihre Hüfte entgegen, und er folgte ihrem Wunsch nach härteren Stößen. Wieder hielt er ihre Arme fest, doch diesmal verschränkte er seine Finger mit ihren. Immer schneller stieß er in sie und kam beinahe von dem Gefühl, wie seine Hoden gegen ihren Po prallten. Mit Mühe hielt er sich zurück, er wollte auf keinen Fall ohne Kyla kommen. Beinahe verzweifelt küsste er sie, schob in einer Imitation des Geschlechtsakts seine Zunge in ihren Mund. Er senkte seine Hüfte, sodass sein Schambein bei jeder Bewegung über ihre Klitoris rieb. Noch einmal stieß er hart in sie und spürte endlich, wie sich ihre Muskeln um ihn herum zusammenzogen.

Kyla bog sich ihm entgegen und kam mit einem Schrei, den er mit seinem Mund erstickte. Ihre Hände hielten seine so fest umklammert, dass es schmerzte, aber das war ihm völlig egal. Mit einem rauen Stöhnen vergrub er sich so tief in ihr, wie er konnte, und erreichte den Höhepunkt. Er hielt unbewusst den Atem an. Als schwarze Punkte vor seinen Augen flimmerten, schnappte er gierig nach Luft. Immer wieder tauchte er in sie ein, bis er schließlich auf ihr zusammenbrach. Kylas Beine glitten von seinen Schultern, ihr Griff wurde schlaff. An seiner Brust spürte er das wilde Hämmern ihres Herzens und ihre heftigen Atemzüge.

Ein Lächeln hob seine Mundwinkel. Er war genau dort, wo er jetzt sein wollte. Chris vergrub sein Gesicht an Kylas Hals und atmete tief ihren Duft nach Frau und Sex ein. Oh ja, er konnte sich gut vorstellen, noch viele, viele Male genau hier zu liegen. Sein Schaft in ihrem feuchten Kanal, ihr kurviger und trotzdem muskulöser Körper unter ihm. Oder neben ihm. Oder auch über ihm. Das Wie war ihm egal, solange sie in seiner Nähe war und er sie berühren konnte. Aber vermutlich sollte er jetzt von ihr runter, sonst erdrückte er sie womöglich noch. Chris versuchte, sich von ihr zu lösen, doch sowie er sich bewegte, schlang Kyla Arme und Beine um ihn und hielt ihn auf sich fest. Wärme breitete sich in seinem Brustkorb aus, und er küsste sie sanft.

»Bin ich dir nicht zu schwer?«

Stumm schüttelte sie den Kopf.

Da es ihm komisch vorkam, dass Kyla so still war, hob er den Kopf und blickte ihr ins Gesicht. Sie versuchte, es wegzudrehen, doch er legte seine Hand um ihre Wange und hinderte sie daran. Röte überzog ihre feuchten Wangen, ihre Lippen waren geschwollen. Man sah ihr eindeutig an, dass sie gerade ausgiebig geliebt worden war. Zumindest wenn man sie nur oberflächlich betrachtete. Chris wartete so lange, bis sie die Augen öffnete und sein Magen zog sich zusammen, als er den Schmerz darin sah.

»Habe ich dir wehgetan?«

Kyla zögerte, doch schließlich antwortete sie doch. »Nein, es war genau das, was ich wollte. Was ich brauchte.« Der Hauch eines Lächelns huschte über ihre Lippen. »Es war unglaublich, ich denke, das weißt du.«

»Warum schaust du dann so unglücklich?«

Kyla stieß ein Lachen hervor, das nichts mit Freude zu tun hatte. »Natürlich, ich hätte wissen müssen, dass du das bemerken würdest. Jeder andere Mann hätte sich einfach zur Seite gedreht und wäre eingeschlafen.«

Ernst blickte er sie an. »Ich bin nicht wie andere Männer.«

»Genau das ist mein Problem. Bei jedem anderen könnte ich den Sex genießen und akzeptieren, dass es nur von kurzer Dauer sein wird.«

Chris konnte nicht verhindern, dass sich ein zufriedenes Lächeln auf seinem Gesicht ausbreitete. Sein Herz klopfte schneller, als Kyla praktisch zugab, dass er ihr etwas bedeutete und sie mehr von ihm wollte als schnellen Sex.

Wütend stieß sie mit der Hand gegen seine Schulter. »Wie schön, dass du das lustig findest! Geh runter von mir, du … du Hornochse.«

Seine Augenbrauen schossen in die Höhe. »Hornochse? Etwas Besseres ist dir nicht eingefallen?« Er presste seine Hüfte an ihre und ihre Augen weiteten sich, als sie seinen wieder halb erigierten Penis spürte.

Ihr Körper erstarrte unter ihm. »Nein. Und jetzt lass mich hoch.«

Offensichtlich war das Feuer in Kyla zurückgekehrt, eine Tatsache, die ihn ungemein freute. Es war ihm wesentlich lieber, als wenn sie traurig oder verletzt war. Mit einem Ruck rollte er sich herum und zog Kyla mit sich, sodass sie auf ihm landete. Schnell schlang er seine Arme um sie, damit sie nicht flüchten konnte. Einen Moment lang kämpfte Kyla gegen ihn an, dann erkannte sie wohl, dass sie nicht gewinnen konnte und ließ sich schwer auf ihn sinken.

Chris wartete, bis sie ihm in die Augen sah. »Ich habe nicht über dich gelacht, Kyla, ganz im Gegenteil. Ich bin froh, dass du auch so empfindest und mich nicht nur als Zeitvertreib siehst.«

Die Wut in ihren Augen wurde durch Unsicherheit ersetzt. »Meinst du das ernst?«

»Über so was würde ich nie scherzen.«

Kyla schloss die Augen und ließ ihren Kopf auf seine Brust sinken. »Dann haben wir ein Problem.«

Chris tat nicht so, als wüsste er nicht, wovon sie sprach. »Wir werden es lösen, das verspreche ich dir. Aber ich denke, erst mal sollten wir das genießen, was wir haben. Sorgen über die Zukunft können wir uns immer noch machen, wenn wir uns wirklich sicher sind.« Natürlich war er sich längst sicher, aber er wollte sie nicht verschrecken. Vor allem wollte er verhindern, dass sie sich jetzt aus Angst, später verletzt zu werden, von ihm zurückzog.

»Ich weiß nicht, ob das eine so gute Idee ist, Chris.« Ihre Stimme klang gedämpft an seiner Brust.

Es schmerzte ihn, wie verloren sie wirkte. Er vergrub seine Finger in ihren Haaren und strich beruhigend über ihren Kopf. »Das ist es, vertrau mir.«

Ihre Hand legte sich über sein Herz. »Seltsamerweise tue ich das.«

Der Kloß in seiner Kehle hinderte ihn am Sprechen, aber vermutlich konnte sie das wilde Pochen seines Herzens deuten. Er presste sie enger an sich und küsste ihren Scheitel. Egal, was in den nächsten Tagen passierte, er würde dafür sorgen, dass sie beide ihre Chance bekamen.

23

Ein lautes Klopfen weckte Kyla aus ihrem totenähnlichen Schlaf. Sie wollte ihren Kopf unter dem Kissen vergraben, stieß dabei aber mit ihrer Nase an einen harten Widerstand. Mühsam öffnete sie die Augen und stellte fest, dass sie auf einem nackten Mann lag. Die Erinnerung an die Erlebnisse der vergangenen Nacht stieg in ihr auf, und ihr Kopf schnellte hoch. Tiefblaue Augen blickten sie amüsiert an. Bevor sie etwas sagen konnte, klopfte es erneut.

»Nevia, sind Sie da drin?« Hawk.

Ein tiefer Seufzer wehte über sie. »Ja, kleinen Moment noch, ich komme gleich raus.«

»Wissen Sie, wo Kyla ist? Ich kann sie nirgends finden.«

Chris grinste sie an und öffnete den Mund. Rasch legte sie ihre Hand darüber und hinderte ihn am Sprechen. Sie blitzte ihn wütend an und schüttelte den Kopf. Seine Augen funkelten schelmisch.

»Nevia?«

Zögernd zog Kyla ihre Hand zurück. Sie wollte nicht riskieren, dass Hawk ins Zimmer kam und sie mit Chris im Bett erwischte.

»Sie ist gerade im Bad, glaube ich. Ich werde ihr Bescheid sagen, wenn sie rauskommt.« Kyla wusste nicht, wie er es machte, dass seine Stimme so normal klang, aber sie war dankbar dafür. Vermutlich hatte es doch Vorteile, wenn man mit einem Agenten schlief.

Hawk räusperte sich. »Okay. Wir treffen uns unten.«

»Alles klar. Ich bin in zehn Minuten da.«

Seine Schritte entfernten sich von der Tür, und die Anspannung wich aus Kylas Körper. Dann erinnerte sie sich daran, wo sie war und versuchte, sich aufzurichten. Doch sie kam nicht gegen die Arme an, die weiterhin um sie geschlungen waren und sie an Chris' nackten Körper fesselten. Sein harter Schaft zuckte zwischen ihren Beinen und Kyla unterdrückte ein Stöhnen. Sie wusste nicht, wie er es schaffte, dass sie ihn bereits wieder begehrte, normalerweise hatte sie sich deutlich besser unter Kontrolle.

Seine Finger strichen über ihren Rücken nach unten. »Hast du gut geschlafen?«

Sie hörte die Frage und spürte sie gleichzeitig als Vibration durch seinen Brustkorb. Nur mit Mühe schaffte sie es, sich nicht an ihm zu reiben und zu schnurren. »Besser als seit Langem.« Zufrieden leuchteten seine Augen auf, und sie erkannte, dass sie zu viel gesagt hatte. Es wäre besser, wieder ein wenig Abstand zwischen sie zu bringen. »War ich dir nicht zu schwer? Du hättest ruhig etwas sagen können.«

Seine Hand legte sich über ihren Po. »Du warst genau da, wo ich dich haben wollte.« Er hob die Hüfte und sein Schaft rieb über ihre empfindlichste Stelle.

Der Atem stockte in ihrer Kehle. »Chris …«

»Wenn ich nicht wüsste, dass Hawk in ein paar Minuten wieder vor der Tür stehen wird, würde ich dort weitermachen, wo wir letzte Nacht aufgehört haben.«

Oh Gott, wie sollte sie ihm widerstehen, wenn er solche Dinge sagte? »Dann werde ich jetzt wohl besser aufstehen.« Anstatt energisch zu klingen, kam der Satz beinahe als Frage heraus. Gefolgt von einem Schauer, als Chris' Finger in ihren Spalt glitt.

»Ja, vermutlich.« Seine Stimme klang rau.

Atemlos versuchte Kyla, das Verlangen zu unterdrücken, das sie durchrieselte. »Dafür musst du mich aber loslassen.«

Seine Arme schlossen sich enger um sie. »Und wenn ich nicht will?«

Sie presste die Beine zusammen und klemmte damit seinen Penis ein. »Dann würde ich all die Tricks anwenden müssen, die ich von den SEALs gelernt habe.«

Seine Augen verdunkelten sich. »So was lernst du von den SEALs?«

Ihr Lachen überraschte sie selbst. »Nein, den Trick habe ich mir selbst beigebracht. Allerdings musste ich ihn bisher noch nie anwenden.«

»Dann ist es ja gut.«

Seine Arme lösten sich von ihr und Kyla richtete sich rasch auf. Sie wusste, dass sie so schnell wie möglich von hier verschwinden musste, bevor sie sich doch noch auf Chris stürzte und sich das von ihm holte, was ihr Körper so dringend benötigte. Nackt ging sie durch das Zimmer und sammelte ihre Kleidung ein, die um das Bett herum verstreut lag. Sie konnte Chris' Blick auf sich fühlen, der ihr durch das Zimmer folgte. Bevor sie ins Bad trat, blickte sie zu ihm zurück und vergaß alles um sich herum.

Er lag genauso im Bett, wie sie ihn verlassen hatte und hatte sich nicht die Mühe gemacht, sich wieder zuzudecken. Seine Arme hatte er hinter dem Kopf verschränkt, seine Augen waren halb geschlossen. Kyla presste ihre Kleidung an sich und starrte seinen wunderschönen Körper an. Zwar war Chris schlank, aber die Muskeln hoben sich unter seiner Haut klar hervor. Ein Anblick, der ihr das Wasser im Mund zusammenlaufen ließ. Ganz zu schweigen von seinem Schaft, der sich steil aufgestellt hatte und ihr zuzuwinken schien. Wie gerne würde sie alles andere vergessen und diesen Mann genießen, der sie besser zu verstehen schien als alle anderen. Und der jenseits des Atlantiks lebte.

Dieser Gedanke half ihr, sich umzudrehen und ins Bad zu flüchten. Sie schloss leise die Tür hinter sich und lehnte sich dagegen. Verdammt, wie hatte ihr das passieren können? Noch nie war ihr ein Mann so nahegegangen, dass sie überhaupt über eine ernsthafte Bindung nachdachte, und jetzt entwickelte sie Gefühle für einen ausländischen Agenten, mit dem eine gemeinsame Zukunft völlig aussichtslos war. Klar, sie könnten sich ein- oder zweimal im Jahr treffen, aber sie war sich ziemlich sicher, dass ihr das nicht reichen würde.

Mit schwerem Herzen stieß Kyla sich von der Tür ab und stieg in die Dusche. Sie musste dringend den Geruch von Sex abwaschen, wenn sie nicht wollte, dass ihre Kollegen oder die SEALs merkten, was sie in der Nacht getrieben hatte. Andererseits hätte sie sich aber gerne noch länger mit Chris' beruhigendem Duft umgeben. Kyla hielt ihr Gesicht in den Wasserstrahl und versuchte, ihr Gleichgewicht wiederzufinden. Das Wasser trommelte auf ihren Kopf und ihre Schultern, und sie konnte fühlen, wie sie sich langsam ein wenig entspannte.

»Nicht erschrecken, ich bin es nur.«

Chris' Stimme erklang über dem Rauschen des Wassers und sie zuckte trotz seiner Worte erschrocken zusammen. Sie drehte sich rasch um und entdeckte ihn auf der anderen Seite der durchsichtigen Duschabtrennung. Sein Blick glitt an ihrem Körper nach oben, bevor er auf ihre Augen traf. »Was tust du hier?«

»Ich dachte, ich rasiere mich schon mal, sonst dauert es zu lange.« Seine Augenbrauen hoben sich. »Oder ich könnte dir den Rücken waschen.«

Stumm schüttelte sie den Kopf, und er wandte sich mit einem Schulterzucken zum Waschbecken um. Eine Weile betrachtete sie seine nackte Rückenansicht, während er den elektrischen Rasierer über sein Kinn führte. Es dauerte eine Weile, bis sie bemerkte, dass er sie genauso im Spiegel betrachtete. Mit einem innerlichen Stöhnen drehte sie sich abrupt um und setzte ihre Dusche fort. Sie war es nicht gewöhnt, sich mit einem Mann –

oder sonst jemandem – ein Badezimmer zu teilen und wusste nicht recht, wie sie sich verhalten sollte. Schließlich entschied sie, dass sie ihn einfach ignorieren und sich so schnell wie möglich fertig machen würde.

Als sie das Wasser abdrehte und die Tür der Dusche öffnete, stand Chris bereits da und hielt ihr ein großes Handtuch hin. Mit einem dankbaren Nicken nahm sie es entgegen und wickelte es rasch um ihren Körper. Anstatt sie zu umarmen, wie sie es fast erwartet hatte, ging Chris um sie herum und stieg in die Dusche. Mit großen Augen sah sie ihm nach.

Er zwinkerte ihr zu. »Wartest du auf mich?«

Stumm nickte sie und beobachtete, wie er die Tür der Duschkabine hinter sich zuzog. Dann erinnerte sie sich daran, dass Hawk und die anderen unten auf sie warteten, gab sich einen Ruck und trat zum Waschbecken. Sie stöhnte unterdrückt auf, als sie das erregte Glitzern in ihren Augen sah und ihre geröteten Wangen. Jeder, der sie sah, würde genau wissen, was sie getrieben hatte. Da sie es nicht ändern konnte, beschränkte sie sich darauf, ihre nassen Haare zu einem Knoten zusammenzudrehen und an ihrem Hinterkopf festzustecken, bevor sie ihre Zähne putzte. Gerade als sie ihre Zahnbürste zurück in das Glas stellte, wurde hinter ihr das Wasser abgedreht und die Tür der Duschkabine öffnete sich. Ihre Augen trafen Chris' im Spiegel und ihr Atem stockte. Es war offensichtlich, dass ihn die Dusche kein bisschen abgekühlt hatte.

Rasch griff sie nach einem Handtuch und warf es Chris zu. Sie traute sich nicht, in seine Nähe zu kommen, solange sie das Bedürfnis hatte, ihm jeden einzelnen Wassertropfen vom Körper zu lecken. Nach einem letzten langen Blick auf ihn rannte sie beinahe in ihr Zimmer und schloss die Tür hinter sich. Sie ließ das nasse Handtuch auf den Boden fallen und suchte frische Kleidung aus ihrem Koffer. Nachdem sie sich angezogen hatte, entschied sie sich, eine dünne Schicht Make-up aufzutragen, um zumindest halbwegs präsentabel zu wirken. Sie schämte sich nicht dafür, mit Chris geschlafen zu haben, aber es musste auch nicht jeder sofort sehen, sobald sie den Raum betrat.

Als sie fertig war, klopfte sie an die Tür zum Badezimmer. »Bist du fertig?«

Anstelle einer Antwort öffnete sich die Tür und Chris trat vollständig angezogen in ihren Raum. »Ja. Lass uns gehen.« Er legte seine Hand auf ihren Rücken und führte sie zur Tür.

Kyla blieb stehen und schüttelte seine Hand ab. »Wäre es nicht besser, wenn wir jeweils aus unserem eigenen Raum kommen?«

Amüsiert blickte Chris sie an. »Du denkst doch nicht wirklich, dass wir so irgendjemanden täuschen können, oder?«

»Nein, vermutlich nicht.« Kyla straffte ihre Schultern, öffnete die Tür und trat auf den Flur hinaus.

Jade hielt sich im Hintergrund, als I-Mac in seinem Rollstuhl ins Wohnzimmer rollte. Es schmerzte zu sehr, den früher so lebhaften SEAL in seiner Beweglichkeit so stark eingeschränkt zu sehen. Besonders da es ihre Schuld war, dass er die Verletzungen überhaupt erlitten hatte. Gut, genau genommen war Mogadir dafür verantwortlich, aber wenn I-Mac sich nicht in der Festung aufgehalten hätte, um sie zu retten, wäre er auch nicht in die Explosion geraten. Eine Hand legte sich um ihre Taille, und sie zuckte zusammen, bevor sie erkannte, dass es Hawks war. Mit Mühe entspannte sie sich und lehnte sich gegen ihn. Seine Wärme in ihrem Rücken gab ihr die Kraft, nicht zurückzuweichen und sich irgendwo zu verstecken, als I-Mac auf sie zukam, nachdem er die anderen begrüßt hatte.

Er wirkte schmaler als vorher, seine Gesichtszüge kantiger. Falten hatten sich in seine Haut gegraben, die wahrscheinlich von den Schmerzen herrührten. Seine blauen Augen, in denen sonst oft der Humor aufblitzte, hatten nun etwas von ihrem Glanz verloren und blickten wesentlich ernster. Nur seine Haare waren noch genauso leuchtend rot wie früher. Jade bemühte sich, ihn nicht ihr Mitleid spüren zu lassen, aber sie glaubte nicht, dass sie viel Erfolg damit hatte.

Trotzdem lächelte er sie an. »Hallo, Jade. Es ist schön, dich wiederzusehen.« Er hielt ihr nicht die Hand hin, vermutlich war er instruiert worden, dass sie Berührungen nicht ertrug.

Deshalb war sie selbst über sich erstaunt, als sie sich herunterbeugte und ihn auf die Wange küsste. »Es ist auch schön, dich zu sehen, John.«

Diesmal kräuselten sich auch seine Augenwinkel, als sein Blick zu Hawk glitt, der immer noch dicht hinter ihr stand. »Hallo, Hawk.«

»I-Mac.«

Bildete sie es sich nur ein, oder klang Hawk sehr kurz angebunden? Sie wollte sich zu ihm umdrehen, aber sein Griff um ihre Taille verstärkte sich. Da sie keine Szene machen wollte, ließ sie es geschehen und konzentrierte sich wieder auf I-Mac – oder vielmehr auf die Person, die hinter ihm stand. Sie trug westliche Kleidung, hatte aber ein Kopftuch um, das ihre Haare und den unteren Teil ihres Gesichts verdeckte. Jade starrte sie an. *Nurja?* Zwar hatte sie gehört, dass die Afghanin bei I-Mac lebte und sich um ihn kümmerte, aber sie hatte nicht erwartet, dass sie mitkommen würde.

»Ihr kennt euch ja noch, oder?« I-Mac blickte über seine Schulter, und die Frau nickte. »Nurja hat darauf bestanden, mich zu begleiten, weil ja einer darauf achten muss, dass ich die Anweisungen des Arztes einhalte.«

Nurja warf ihm einen undeutbaren Blick zu, bevor sie sich zu ihr umwandte. »Hallo, Jade.« Nurja sprach Englisch mit einem deutlich vernehmbaren Akzent.

Jade war ein wenig verlegen. Eigentlich wäre es richtig gewesen, Nurja zu besuchen, nachdem sie sich beide halbwegs von ihren Verletzungen erholt hatten, aber Jade hatte es nicht über sich gebracht. Zu groß war die Angst, von den Erinnerungen wieder in den Abgrund gerissen zu werden. Wahrscheinlich war das ein Fehler gewesen. Jetzt bedauerte sie es, denn sie konnte sich vorstellen, wie schwer es für Nurja gewesen sein musste, sich nach der Tortur und dem Verlust ihres Ehemannes mit ihren fünf Kindern plötzlich in einer völlig anderen Welt zurechtzufinden.

»Ich freue mich, dich zu sehen, Nurja. Wie geht es deinen Kindern?«

»Sehr gut, sie haben sich schon gut … eingelebt. Sie sind bei Rose, solange ich hier bin.« Ein Lächeln war in ihrer Stimme zu hören.

Offensichtlich hatte sich Nurja mit Rocks Lebensgefährtin angefreundet, was Jade freute. Die Expertin für fremde Kulturen wusste sicher genau, wie sie der Afghanin den Einstieg hier erleichtern konnte. Und vor allem beherrschte sie auch deren Sprache nahezu perfekt.

»Das ist schön. Rose kümmert sich sicher gut um sie.« Jade blickte zur Treppe, als sie hörte, dass jemand herunterkam.

Kyla betrat vor dem Deutschen den Raum und errötete, als sich ihr alle Blicke zuwandten. Erstaunt blickte Jade sie genauer an. Normalerweise genoss ihre Partnerin es, wenn sie so viel Aufmerksamkeit bekam. Christophs Miene veränderte sich dagegen nicht. Ein leichtes Lächeln spielte um seine Mundwinkel, während er die anwesenden Personen im Blick behielt. Als Kyla Nurja und I-Mac erblickte, ging sie rasch auf sie zu. Aus der Nähe konnte Jade sehen, dass die Lippen ihrer Partnerin leicht geschwollen waren und in ihren Augen ein besonderer Glanz lag. Ein Blick auf Christoph zeigte ein ähnliches Bild. Man brauchte

289

kein Agent zu sein, um zu erkennen, was die beiden in der Nacht getan hatten.

Ohne zu zögern begrüßte Kyla sowohl Nurja als auch I-Mac mit einer Umarmung. Offensichtlich hatte ihre Partnerin kein Problem damit, ihre Zuneigung zu zeigen. Hawk rieb unauffällig über Jades Rücken, so als könnte er ihre Unruhe spüren. Dankbar lehnte sie sich gegen ihn. Es war nicht so, dass sie ihrer Partnerin das Glück nicht gönnte, denn das tat sie. Sie wünschte nur, sie selbst könnte sich dazu überwinden, mehr auf andere Menschen zuzugehen. Schon vor Afghanistan war sie ein eher zurückhaltender Typ gewesen, doch durch die Ereignisse dort hatte sie sich regelrecht von allen anderen abgeschottet. Sogar von denen, die sie liebten.

Bevor sie etwas sagen konnte, trat Clint vor und wandte sich an die versammelte Gruppe. »Nachdem wir nun alle da sind, sollten wir anfangen. Matt hat sich gemeldet: Eine seiner Agentinnen hat ihm erzählt, Khalawihiri sei ein ehemaliger CIA-Agent namens Jason Black. Er gilt als tot. Anscheinend ist der CIA aber schon seit einiger Zeit klar, dass es sich bei ihm um Khalawihiri handelt.«

Kyla unterbrach ihn. »Warum sagt die Agentin es dann erst jetzt?«

»Weil sie es auch gerade erst erfahren hat. Sie versucht, weitere Informationen über ihn zu besorgen, aber ich denke, wir sollten auch nicht untätig bleiben.« Sein Blick traf I-Macs. »Ich möchte, dass du versuchst, so viel wie möglich über Black herauszufinden. Vielleicht hat er irgendwelche Konten, die er jetzt nach seiner Flucht anzapft. Such auch nach Verwandten oder Freunden. Und nach möglichen Gegnern, die genug Einfluss haben, um ihn im Gefängnis beseitigen zu lassen.«

I-Mac hob die Augenbrauen. »Sonst noch was?«

»Ja, ich habe gerade erfahren, dass die beiden Männer, die Kyla und Chris auf dem Parkplatz überfallen haben, verschollen

sind. Und auch ihr Wagen ist von einem bewachten Polizeigelän-
de verschwunden.« Clint hob die Hand, als alle durcheinander-
redeten. »Ich gehe davon aus, dass sie genauso beseitigt wurden,
wie der Mann, der Kyla in Deutschland überfallen hat. Kyla
hat sich zum Glück einige persönliche Daten notiert. Versuch,
herauszufinden, wer die Typen waren und wer sie beauftragt
hat.« Grimmig lächelte Clint I-Mac an. »Das war erst mal alles.«

»Na, dann brauche ich einen ruhigen Raum und jemanden,
der meinen Kram reinbringt.« Es war ihm anzusehen, wie sehr
es ihn ärgerte, dass er das nicht selbst machen konnte.

Bull machte sich ohne ein Wort auf den Weg und kam kurz
darauf schwer beladen zurück.

Hawk schüttelte den Kopf. »Was hast du da denn alles mitgebracht? Willst du hier einziehen?«

»Sehr witzig. Ich bin davon ausgegangen, dass ihr hier nicht
die Ausrüstung habt, die ich benötige, also habe ich alles mitgebracht, was mir sinnvoll erschien.«

Red mischte sich ein. »Ich zeige dir ein Arbeitszimmer.« Er
blickte zwischen I-Mac und Nurja hin und her. »Wie viele Zimmer braucht ihr?«

Nurja senkte den Kopf und I-Mac funkelte Red wütend an.
»Zwei.«

Red nickte. »Dann folgt mir. Ihr bekommt Zimmer im Erdgeschoss.«

Jade blickte ihnen hinterher und lächelte, als sie sah, wie
Nurja ihre Hand auf I-Macs Schulter legte, während er den
Rollstuhl mithilfe der Greifreifen fortbewegte.

»Und was machen wir jetzt? Es bringt ja nichts, wenn wir hier
nur den ganzen Tag rumsitzen und …«

Clint unterbrach Kyla. »Zuerst frühstücken wir und überlegen uns währenddessen, wie wir weiter vorgehen.« Sein Blick
traf Christophs. »Es wäre hilfreich, wenn Sie uns alles über

Khalawihiri – Jason Black – erzählen, was Sie wissen. Und wenn möglich auch über seine Waffengeschäfte.«

»Natürlich. Aber ich muss gleich dazu sagen, dass ich bis eben nicht wusste, wer Khalawihiri wirklich ist. Ich hatte immer den Verdacht, dass er kein gebürtiger Afghane ist und dass er irgendwo gut ausgebildet wurde, aber CIA hätte ich nicht vermutet. Im Nachhinein kann ich allerdings sagen, dass es passt.«

Ein Schauer lief über Jades Rücken, als sie daran dachte, wie viel Schaden Black angerichtet hatte und noch hätte anrichten können, wenn er nicht gestoppt worden wäre. Wenn er es geschafft hatte, sich jahrelang in Afghanistan als Rebellenführer auszugeben, wie sollten sie ihn dann hier finden, wo er noch viel mehr Möglichkeiten hatte unterzutauchen? Eines war klar: Black würde sich nicht noch einmal gefangen nehmen lassen. Sollten sie ihn finden, würde er bis zum Tod kämpfen, und es würde ihm egal sein, wen er dabei mit in den Abgrund riss.

24

Sein Herzschlag erhöhte sich, als Jason Black auf das geschlosse-
ne Tor zuging. Nach seinem erzwungenen Aufenthalt im Marine
Corps Brig in Quantico hatte er keinerlei Verlangen danach, so
schnell wieder hinter Gefängnismauern zu kommen. Aber es ließ
sich nicht ändern, wenn er einen Schuldigen bestrafen wollte.
Er hatte sämtliche Vorsichtsmaßnahmen getroffen, um nicht
erkannt zu werden. Außerdem würde niemand damit rechnen,
dass er freiwillig ein Gefängnis betrat, allein deshalb sollte er in
Sicherheit sein.

Vor dem Wachhaus blieb er stehen und blickte dem Wachmann durch die kugelsichere Scheibe in die Augen. Er war
noch relativ jung, würde also vorsichtig – aber auch leichter zu
beeindrucken sein. Black holte seinen Ausweis heraus und hielt
ihn vor die Scheibe. »Guten Tag. Ich bin Special Agent Meyers
vom Federal Bureau of Investigation und gekommen, um mit
dem Gefangenen Jehudin Mogadir zu sprechen.«

Die Augen des Wächters weiteten sich alarmiert. »Ich denke
nicht, dass das möglich ist, Sir. Wir haben keinen Gefangenen
mit diesem Namen in unserer Einrichtung.«

Black unterdrückte ein Grinsen und bemühte sich um seinen
besten scharfen Blick. »Sehen Sie diese Marke? Die besagt, dass
ich genau weiß, wer Häftling in Ihrem Gefängnis ist. Und dass
ich ein Anrecht darauf habe, mit ihm zu sprechen.«

Der Mann wurde blass. »Es tut mir leid, Sir, davon habe ich
keine Kenntnis. Aber ich kann meinen Vorgesetzten rufen.«

Black ließ seine Ungeduld durchschimmern. »Dann tun Sie

das, ich habe nicht den ganzen Tag Zeit.« Um nicht zu sagen: Er hatte noch sehr viel zu tun. Aber er wollte es sich auf keinen Fall entgehen lassen, mit Mogadir zu sprechen.

Mit einem knappen Nicken beendete der Wächter die Sprechverbindung und griff zum Telefonhörer. Anhand seiner Lippenbewegungen konnte Black nachvollziehen, dass er einen Vorgesetzten anrief und um Weisung bat. Um eine gelangweilte Miene bemüht, spürte er, wie sich dennoch seine Muskeln anspannten. Noch konnte er umkehren, ohne dass ihn jemand erkannte. Nein, er hatte lange genug das getan, was andere von ihm wollten, vier Monate waren genug. Er hatte sich geschworen, sich nie wieder jemandem unterzuordnen. Und dazu gehörte auch, seinen Rachefeldzug durchzuziehen – ohne Rücksicht auf Verluste. Seine Zeit lief ab, das war ihm bewusst. Aber er würde nicht zulassen, dass er alleine unterging.

Black richtete sich gerader auf, als der Wachmann die Sprechverbindung zwischen ihnen wieder öffnete. »Ich brauche Ihren Ausweis für unsere Unterlagen.«

Damit hatte er gerechnet und war vorbereitet. Er legte den gefälschten FBI-Ausweis in die Schublade und beobachtete, wie der Wachmann ihn überprüfte. Die Fälschung war so gut, dass kaum jemand sie erkennen würde, daher überraschte es ihn nicht, als der Wachmann schließlich nickte, den Namen und die Ausweisnummer notierte und ihn zurückgab. Die Investition hatte sich gelohnt. Nur gut, dass er immer noch seine alten Kontakte hatte, die nicht nur schnell waren, sondern auch gutes Material lieferten.

»Melden Sie sich im Haupthaus beim Wachhabenden, er wird Sie zum gewünschten Insassen bringen.«

Black bemühte sich, sein triumphierendes Grinsen zu unterdrücken und nickte stattdessen kühl. »Danke.«

Ein Klicken ertönte und das Tor schwang vor ihm auf. Seine

Handflächen waren feucht, als er das Gefängnisgelände betrat. Alles in ihm schrie danach, umzudrehen und so weit wegzulaufen, wie er nur konnte, aber er zwang sich stattdessen, auf das Gebäude zuzugehen. Aus den Augenwinkeln beobachtete er die mit Gewehren ausgestatteten Wachen auf den Wachtürmen. Sein Nacken prickelte, wie immer, wenn er eine Gefahr spürte, aber er drehte sich nicht um. Niemand würde ihn in seiner Verkleidung erkennen, und er würde sich nicht lange hier aufhalten. Nur lange genug, um Mogadir klarzumachen, dass er Versager nicht duldete.

Er meldete sich bei dem Wachhabenden und wurde zu einem fensterlosen Raum geführt, in dem das einzige Mobiliar aus einem Tisch und zwei am Boden festgeschraubten Stühlen bestand. Mit zusammengebissenen Zähnen drängte er seine unangenehmen Erinnerungen zurück und nickte knapp, als der Wärter ankündigte, dass er nun den Gefangenen holen würde. Allein in dem stickigen Raum bemühte er sich um eine gleichmäßige Atmung. Scheinbar unendlich lange Zeit später öffnete sich die Tür und Mogadir wurde von einem Wächter hineingeführt. Mit einem klirrenden Geräusch wurde er zum Stuhl geführt und dort angekettet. Wahrscheinlich müsste er jetzt wohl Mitleid mit dem Warlord empfinden, doch es war ihm ziemlich egal, wie Mogadir hier behandelt wurde. Nach seiner dummen Aktion hatte er nichts Besseres verdient.

Black wartete, bis der Wächter den Raum verlassen hatte, bevor er sich umdrehte. Der früher so gepflegte Warlord trug verblichene und dreckige Gefängniskleidung, seine Haare und sein Bart waren seit Monaten nicht geschnitten worden. Blutergüsse zeigten sich an seinen Handgelenken unter den Handschellen. Offensichtlich trug er die Ketten öfter und war damit nicht einverstanden.

Ohne jedes Erkennen starrte Mogadir ihn feindselig an. »Wird das wieder ein neues Spiel? Ihr Amerikaner lernt nie dazu.« Er sprach Paschtu.

Black setzte sich ihm gegenüber und antwortete in der gleichen Sprache. »Kein Spiel.«

Mogadirs Augen weiteten sich. »Wer bist du?«

»Jemand, den du besser nicht verärgert hättest. Durch deine Idiotie wurde mein Plan zerstört und meine Geschäfte zunichte gemacht.« Diesmal lag Schärfe in seiner Stimme.

Mogadir wurde blass. »Kha…« Er brach ab, als Black ihm mit einer schnellen Handbewegung das Wort abschnitt. »Wie kommst du hierher? Ich dachte, du wärst auch irgendwo eingesperrt.«

Black lächelte breit. »Ich habe so meine Methoden.« Seine Augen bohrten sich in Mogadirs. »Und ich bin hier, um mit demjenigen zu reden, der Schuld an der ganzen Misere ist.«

»Es ist nicht meine Schuld!« Mogadir wollte aufspringen, aber die Ketten hinderten ihn daran. »Ich habe die Agentin entführen lassen, um den Verrat zu verhindern! Ich musste herausfinden, was sie wusste. Du hättest an meiner Stelle das Gleiche getan.«

Abrupt beugte Black sich vor und sprach mit betont ruhiger und leiser Stimme. »Ich hätte nie etwas so Hirnrissiges getan, denn mir war klar, dass das die Aufmerksamkeit der US-Regierung in Form ihrer Spezialeinheiten auf mich lenken würde. Etwas, woran du offensichtlich nicht gedacht hast.«

»Sie haben von mir keinerlei Informationen über unseren Plan oder über dich bekommen.« Die Unsicherheit war Mogadir deutlich anzusehen.

Blacks Hand schoss vor und er umklammerte den Arm des Warlords. »Ach ja? Ich habe die Funksprüche abgehört. Darin wurde eindeutig gesagt, dass die Informationen über den Anschlag von dir stammen. Und eine deiner Gefangenen hat ein Gespräch belauscht, in dem mein Name fiel.« Mogadir war bei jedem Wort blasser geworden. »Also was glaubst du, wem ich die Schuld daran gebe?«

Mogadir riss seinen Arm los und stolperte zurück, soweit es die Kette zuließ. »Wache!«

Langsam stand Black auf. »Ein Wort zu irgendjemandem hier und dein Tod wird sehr schmerzhaft sein.«

Der Wachmann kam in den Raum, die Hand auf seinem Schlagstock. »Gibt es ein Problem?«

Black lächelte ihn an. »Nein. Ich bin fertig hier.«

Vanessa blickte erneut auf die Uhr. Dorian kam bereits zwanzig Minuten zu spät, und das machte sie unruhig. Es hatte sie einige Überredungskunst gekostet, ihren ehemaligen Kollegen überhaupt dazu zu bewegen, sie in dem kleinen Café in einer ruhigen Seitenstraße von Washington zu treffen. Wenn er jetzt nicht auftauchte, konnte das heißen, dass er es sich anders überlegt hatte, oder von irgendetwas daran gehindert wurde. Und normalerweise hätte er sie zumindest darüber informiert, wenn er nicht kommen würde. Schließlich hatte sie sich extra ins Flugzeug gesetzt und war einmal über das ganze Land geflogen, um ihn zu treffen.

Ein Kribbeln lief über ihren Nacken, und Vanessa blickte sich rasch um. In dem kleinen Café war es am Vormittag ruhig, nachdem die Frühstücksgäste gegangen waren. Sie sah niemanden, der sie beachtete, aber ihre Instinkte hatten sie bisher noch nie getrogen. Es war eindeutig Zeit, von hier zu verschwinden. Vanessa winkte die Bedienung heran und bezahlte ihren Kaffee. Anschließend nahm sie ihren Rucksack und ging in Richtung der Toiletten im hinteren Bereich des Cafés. Sowie sie außer Sichtweite der anderen Gäste war, drehte sie ab und verließ das Gebäude durch die Hintertür. Jetzt zahlte es sich aus, dass sie sich vorher über die Begebenheiten informiert hatte.

Schnell setzte sie eine Mütze auf und durchquerte die Gasse, bevor sie in den Menschenstrom auf der Straße eintauchte. Sofort passte sie sich der Geschwindigkeit der anderen Menschen an und tat so, als hätte sie alle Zeit der Welt. Gleichzeitig hielt sie Ausschau nach einem möglichen Verfolger, doch noch immer sah sie niemanden. Vielleicht übertrug sich nur das ungute Gefühl wegen Dorian auf sie, aber sie würde trotzdem vorsichtig sein. Um nicht erkannt zu werden, trug sie eine unauffällige Perücke, Jeans und eine dicke Jacke. Nach ihrer Zeit im deutlich wärmeren Kalifornien hatte sie die auch dringend nötig.

Vanessa zog die Schultern hoch, während sie überlegte, was sie jetzt machen sollte. Zurückfliegen kam nicht infrage, sie musste dringend mit Dorian sprechen. Selbst wenn Matt sie nicht darum gebeten hätte, weitere Informationen zu besorgen, hätte sie das getan. Sie konnte absolut nicht nachvollziehen, wie die CIA so dumm sein konnte, Blacks Identität zu verschleiern. Verstanden sie nicht, dass sie alle zusammenarbeiten mussten, um den Terroristen ihre schreckliche Arbeit nicht noch zu erleichtern? Genau das war der Grund, warum sie sich bei TURT beworben hatte. Sie hielt es in der CIA nicht mehr aus, der ewige Kampf um die besten Informationen hatte sie zermürbt.

Eigentlich hatte sie erwartet, dass die Geheimdienste nach den Anschlägen auf das World Trade Center und das Pentagon verstanden hatten, dass sie weitere Terrorakte nur mit besserer Zusammenarbeit verhindern konnten, aber offensichtlich war das nicht so. Welchen Grund konnte es geben, Blacks Namen nicht weiterzugeben? Sie konnte sich nur einen vorstellen: Die CIA wollte sich selbst um das ›Problem‹ kümmern. Da sie bereits beim ersten Mal versagt hatten, bezweifelte sie, dass es diesmal klappte. Black war hervorragend ausgebildet, und er wusste, wie die CIA arbeitete. Er würde nicht so dumm sein, sich finden zu lassen.

Wütend ging Vanessa die Straße entlang und entschied dann, dass sie das Risiko eingehen musste. Sie würde Dorians Wohnung aufsuchen, und wenn er nicht dort sein sollte, was sie vermutete, würde sie auf ihn warten. Glücklicherweise wohnte er nicht allzu weit entfernt, sodass sie zu Fuß dorthin gehen konnte. Je weniger Leute sie für längere Zeit sahen, desto sicherer war sie. Vanessa schnaubte. Offensichtlich war sie schon viel zu lange bei der CIA gewesen, wenn sie hinter jedem Baum Gefahr lauern sah. Selbst wenn die CIA wüsste, dass sie informiert war, würden sie sie nicht gleich beseitigen lassen. Oder? Dass sie sich dessen nicht sicher war, zeigte ganz deutlich, dass sie genau zur richtigen Zeit zu den TURTs gewechselt hatte.

In der Nähe des Gebäudes, in dem Dorian wohnte, blieb sie vor einem Schaufenster stehen und beobachtete aus den Augenwinkeln die Straße. Erst als sie sich einige Minuten lang davon überzeugt hatte, dass niemand das Haus beobachtete, näherte sie sich langsam dem Eingang. Bereit, jederzeit zu fliehen, schob sie die Haustür auf und schüttelte den Kopf. Man sollte doch annehmen, dass die Leute irgendwann mal lernen würden, dass offene Haustüren in einer Stadt gefährlich waren. Für sie war es allerdings gerade äußerst praktisch, so musste sie nicht auf der Straße warten. Rasch stieg sie durch das düstere Treppenhaus die Stufen bis ins Obergeschoss hinauf.

Als sie vor der Tür stand, strömten die Erinnerungen auf sie ein. Genau genommen hatte sie Matt nicht ganz die Wahrheit gesagt. Dorian war ein ehemaliger Kollege, ja, aber sie waren auch eine Zeit lang zusammen gewesen. Vor ein paar Jahren hatten sie sich in aller Freundschaft getrennt, weil sie merkten, dass sie nicht wirklich ineinander verliebt waren. Sie waren beide erleichtert gewesen und auch danach noch gute Freunde geblieben. Dorian war einer der wenigen, der sie darin bestärkt hatte, zu den TURT/LEs zu gehen, vermutlich, weil er spürte, dass sie immer unglücklicher wurde. Es lag sicher auch an ihrer früheren Beziehung, dass Dorian sich jetzt an sie gewandt hatte.

Ein kleines Lächeln glitt über ihr Gesicht. Trotz der Umstände freute sie sich darauf, ihn zu sehen. Durch das harte Training der letzten Monate hatte sie kaum Zeit gefunden, sich um ihre Freunde zu kümmern. Das sollte sie dringend tun, bevor sie auf eine Undercovermission geschickt wurde. Jades und Kylas Beispiel hatte allen gezeigt, wie schnell bei einem Einsatz etwas schiefgehen konnte. Nicht alle TURTs würden lebendig zurückkommen. Der Gedanke war ernüchternd. Kopfschüttelnd richtete Vanessa sich auf und klopfte an die Tür. Als wie erwartet niemand öffnete, holte sie ihr Werkzeug heraus.

Mit einem leisen Klicken öffnete sich die Tür, und sie trat nach einem letzten Rundblick in die Wohnung. Lautlos zog sie die Tür hinter sich zu und durchquerte den Flur. Es herrschte das übliche Chaos, anscheinend hatte er es immer noch nicht gelernt, hinter sich aufzuräumen. Verdammt, sie hatte ihn wirklich vermisst. Nicht als Liebhaber, aber als Freund. Vanessa steckte den Kopf in jedes Zimmer, an dem sie vorbeikam und verzog den Mund, als sie in der Küche das dreckige Geschirr entdeckte, das sich im Spülbecken stapelte. Es war ihr schon immer ein Rätsel gewesen, warum er es nicht sofort in den Geschirrspüler steckte.

Im Wohnzimmer entdeckte sie, dass er sich einen noch größeren Fernseher gekauft hatte, dafür aber immer noch die alte Dartscheibe an der Wand hing. Wie oft hatten sie sich eine Schlacht darüber geliefert, wer mit Kochen dran war oder über das Fernsehprogramm entscheiden würde? Unzählige Male, wie an den vielen kleinen Löchern rund um die Scheibe zu erkennen war. Bittersüße Erinnerungen stiegen in ihr auf. Sie hatten eine gute Zeit zusammen gehabt und sie bereute keine Minute davon. Lächelnd ging sie weiter, blickte kurz in das Bad und steuerte dann den letzten Raum an, das Schlafzimmer. Auch hier hallte in ihr ein Echo der gemeinsamen Zeit wider. Fast meinte sie, ihn in dem großen Bett liegen zu sehen, aber da spielte ihr die Erinnerung sicher einen Streich.

Durch die vorgezogenen Vorhänge lag der Raum im Dunkeln, und sie konnte im schwachen Licht des Flurs nur Umrisse ausmachen. Vanessa blinzelte, doch der Eindruck eines Körpers unter der Bettdecke blieb. Konnte es sein, dass Dorian noch schlief? Nein, er war ein ausgebildeter CIA-Agent, er hätte ihr Klopfen gehört. Außerdem war er schon immer ein Morgenmensch gewesen und würde um diese Uhrzeit nicht mehr im Bett liegen. Rasch ging sie um das Bett herum und zog die Vorhänge auf. Es war vermutlich nur Einbildung gepaart mit der Dunkelheit und der unordentlichen Bettdecke. Nur schien ihr Instinkt das anders zu sehen, der sich mit aller Macht meldete.

Zögernd drehte sie sich um und erstarrte, als sie die zerzausten dunklen Haare sah, die unter der Bettdecke herausschauten. »Dorian?«

Ihr Herz begann schneller zu klopfen, als er nicht reagierte. Ein ungutes Gefühl bildete sich in ihrer Magengrube. Sie trat zum Bett und zog die Decke ein Stück zurück. Dorians Augen waren geschlossen und für einen Moment dachte sie, dass er tatsächlich nur schlief. Aber dann berührte sie seine Schulter und zuckte zurück: Sie war kalt. Viel kälter als sie bei einem lebendigen Menschen sein durfte, der noch dazu unter der Bettdecke lag.

»Oh Gott, nein! Dorian!« Sie drehte ihn um, sodass er auf dem Rücken lag, und bemerkte die wächserne Farbe seiner Haut. Blind vor Tränen legte sie ihre Finger auf seine Halsschlagader, konnte aber keinen Puls feststellen. »Komm schon, Dorian!« Aber sie wusste, dass er sie nicht mehr hörte. Er war tot, vermutlich schon seit Stunden.

Während die Tränen über ihre Wangen liefen, deckte sie auch

den Rest seines Körpers auf, doch sie konnte keine Wunden entdecken. Er schien einfach im Schlaf gestorben zu sein. Aber das konnte nicht sein. Auf keinen Fall war er an einer natürlichen Ursache gestorben – gestern hatte er sich noch sehr lebendig angehört. Was bedeutete, dass ihn jemand auf äußerst heimtückische Art und Weise ermordet hatte, die sich nur schwer würde nachweisen lassen. Wenn er wegen seines Wissens über Black getötet worden war, befand sie sich ebenfalls in Gefahr, solange sie sich hier aufhielt. Sie musste so schnell wie möglich von hier verschwinden.

Vanessa legte eine Hand an seine Wange, beugte sich vor und küsste seine Stirn. »Es tut mir so leid, Dorian.« Sie deckte ihn wieder zu und stand auf.

Auch wenn sie hierbleiben und sich um ihn kümmern wollte, bis ein Krankenwagen eintraf, konnte sie das nicht tun. Sie war schon auf halbem Weg zur Wohnungstür, als ihr einfiel, was Dorian ihr vor langer Zeit einmal gesagt hatte: *Wenn mir etwas passieren sollte, findest du das, woran ich zuletzt gearbeitet habe, in meinem Safe.*

Also kehrte sie in sein Schlafzimmer zurück, öffnete den Kleiderschrank und schob die Sachen beiseite, die auf dem Boden lagen. Anschließend hob sie das lose Brett an und erblickte die Stahltür eines kleinen Safes. Wenn sie sich jetzt noch an die Kombination erinnern könnte, die er ihr genannt hatte! Es war ein Datum gewesen, ein Tag, der für ihn wichtig war. Als ihr die Zahlen einfielen, schnürte sich ihr Hals zusammen. Es war ihre erste Verabredung gewesen, kurz nachdem sie bei der CIA angefangen hatte. Die Zahlen verschwammen vor ihren Augen, doch davon ließ sie sich nicht abhalten. Ein leises Klicken ertönte, und die Tür öffnete sich. Vanessa schob ihre Hand hinein und tastete blind nach dem Inhalt. Schließlich erfühlte sie eine dünne Mappe und zog sie heraus.

Ein kurzer Blick hinein zeigte ihr, dass es sich um Informationen über Jason Black handelte. Rasch stopfte sie die Unterlagen in ihren Rucksack, schloss den Safe und verdeckte ihn wieder mit dem Holzbrett. Anschließend schob sie eilig die Sachen zurück und schloss die Schranktür. Nach einem letzten Blick auf Dorian wischte sie alles ab, was sie berührt hatte und eilte aus der Wohnung. Nachdem sie sich davon überzeugt hatte, dass niemand in der Nähe war, rannte sie die Treppen hinunter und verließ das Haus.

Vanessa entfernte sich so schnell wie möglich von Dorians Wohnung. Erst als sie sicher war, dass niemand sie mehr finden würde, wählte sie Matts Nummer. Sie berichtete ihm von Dorians Tod und ihrem Fund und bat ihn, die Polizei zu informieren. Mit tief ins Gesicht gezogener Mütze ging sie schließlich weiter und versuchte, das Gefühl abzuschütteln, dass ihr jemand folgte.

25

Hawk entschuldigte sich, als sein Handy klingelte, und trat aus dem Raum heraus, den sie als Besprechungszimmer nutzten. Als er Matts Nummer erkannte, überkam ihn ein ungutes Gefühl. »Ja?«

»Matt hier. Ich habe eben die Nachricht bekommen, dass Mogadir im Gefängnis gestorben ist.«

Hawk atmete überrascht ein. Damit hatte er nicht gerechnet. »Woran?«

»Er hat heute Morgen über Unwohlsein geklagt, ist ins Krankenhaus gekommen und dort wenige Stunden später gestorben.«

»Er hatte also keine äußeren Verletzungen, es war kein Mord?«

Matt gab ein Schnauben von sich. »Das habe ich nicht gesagt. Wir müssen die Autopsie abwarten, aber ich gehe davon aus, dass er irgendwie vergiftet wurde.«

Auch wenn es unprofessionell war, spürte Hawk eine tiefe Befriedigung, dass der Mann, der Jade so gequält hatte, nun tot war. »Aber ich dachte, Mogadir wäre auch in Einzelhaft gewesen.«

»Das war er, aber er hatte kurz vor seinem Tod unangekündigten Besuch.«

»Wen? Ich dachte, es dürften nur offizielle Ermittler zu ihm.«

»Das ist das Lustige an der Sache, angeblich war es ein FBI-Agent namens Meyers. Recherchen haben ergeben, dass Agent Meyers zum fraglichen Zeitraum in einer Besprechung war und auch keinen Grund hatte, Mogadir zu besuchen. Ein klarer Fall von Identitätsklau. Durch die Überwachungskameras haben wir den Besucher auf Band, aber die Qualität ist zu schlecht, um Genaueres zu sagen. Ich schicke die Aufnahmen an I-Mac, damit er ein wenig daran zaubert. Mein Gefühl sagt mir, dass es entweder Black war oder jemand, der irgendwie in die Sache in Afghanistan verstrickt war und jetzt alle Zeugen beseitigen will.«

»So wie es bei Black versucht wurde.«

»Genau.« Ein tiefer Seufzer drang durch die Leitung. »Der zweite Grund für meinen Anruf ist schlimmer. Ich hatte Vanessa nach Washington geschickt, um sich mit ihrem CIA-Informanten zu treffen. Er ist nicht zum vereinbarten Treffpunkt gekommen, und sie hat ihn tot in seiner Wohnung aufgefunden.«

»Verdammt!« Offensichtlich war immer noch jemand über alles informiert, was Black betraf und handelte äußerst schnell, wenn irgendwo eine Bedrohung auftauchte. Anscheinend machten sie nicht einmal vor CIA-Agenten halt.

»Mord?«

»Auch hier kein offensichtliches Verbrechen, aber Vanessa sagte, er hatte ihres Wissens keine Krankheiten oder sonstigen Probleme. Und es war nirgends eine Verletzung zu sehen. Ich habe die Polizei verständigt, es wird eine Untersuchung geben, aber ich bin ziemlich sicher, dass sie nichts finden werden.«

»Ist es Zufall, dass an einem Morgen zwei Menschen auf unerklärliche Weise sterben?«

»Ich glaube jedenfalls nicht daran. Eher an eine Verbindung zur CIA.«

Das hatte er befürchtet. »Also bekommen wir keine weiteren Informationen über Black?«

»Vanessa hat im Safe des CIA-Agenten Unterlagen über Black gefunden, die er ihr wohl zum Treffen hatte mitbringen wollen. Sie ist damit auf dem Weg zu euch.«

»Gut. Jetzt muss ich mir nur noch überlegen, wie ich Jade das mit Mogadir möglichst schonend beibringe.« In den letzten

Tagen hatte sie solche Fortschritte gemacht, dass er nur ungern dieses empfindliche Gleichgewicht stören wollte.

»Viel Glück dabei. Und wenn ich dir helfen kann, sag Bescheid.«

»Danke, bis nachher.«

Hawk schob das Handy in seine Hosentasche und ging in den Raum zurück. Clints Blick traf seinen und Hawk gab mit einer leichten Kopfbewegung zu verstehen, dass er auf den Flur kommen sollte. Rasch trat er zurück, damit Jade ihn nicht sah. Es wäre nicht gut, wenn er ihr die Neuigkeiten über Mogadir in einem Raum voller Menschen geben würde. Aber er konnte sie auch nicht erst beiseite nehmen und die anderen im Ungewissen lassen.

Clint zog die Tür hinter sich zu und blickte ihn fragend an. »Was hast du erfahren?«

Hawk berichtete ihm, was er von Matt gehört hatte. »Ich werde Jade beiseite nehmen und ihr woanders davon erzählen. Kannst du dich solange um alles andere kümmern?«

»Natürlich.« Clint legte seine Hand auf Hawks Schulter. »Ich hoffe, Jade kann jetzt Ruhe finden, nachdem Mogadir tot ist.«

Hawk nickte. »Das hoffe ich auch. Wenn Vanessa kommt, kann sich vielleicht Kyla um sie kümmern, ich glaube, die beiden verstehen sich ganz gut.«

»Alles klar. Nehmt euch die Zeit, die ihr braucht.«

»Danke. Schickst du bitte Jade raus?«

»Natürlich.« Clint öffnete die Tür und trat wieder in den Raum.

Unruhig wartete Hawk, bis Jade auf den Flur kam. Fragend blickte sie ihn an, während sie die Tür hinter sich zuzog. »Ist etwas passiert?« Als er nicht sofort antwortete, trat etwas wie Angst in ihre Augen. »Sag es mir, Hawk. Hat Black noch jemandem etwas angetan?«

Eventuell schon, aber das war im Moment nicht wichtig. Hawk räusperte sich. »Mogadir ist tot.«

Jades Mund öffnete sich, aber kein Laut drang heraus. Instinktiv trat Hawk auf sie zu und wollte sie in die Arme nehmen, aber Jade schüttelte den Kopf.

»Wie ist es passiert?« Ihre Stimme klang ruhiger, als er erwartet hatte.

»Genau wissen wir das noch nicht. Es sieht nach natürlichen Ursachen aus. Zumindest gab es keine offensichtlichen Wunden.«

Jade drehte sich um und ging den Flur entlang in Richtung Haustür. Hawk legte seine Hand auf ihre Schulter und spürte, wie sie zusammenzuckte. Verdammt, genau das hatte er befürchtet. Das, was er in den letzten Tagen an Vertrauen wiedergewonnen hatte, war durch die Nachricht wieder zunichtegemacht worden.

»Wo willst du hin?«

Jade drehte sich nicht zu ihm um, sondern nahm ihre Jacke vom Garderobenhaken. »Zum Gefängnis, oder wo auch immer Mogadir hingebracht wurde.«

»Jade …«

Sie wirbelte zu ihm herum. »Verstehst du denn nicht, Daniel? Ich muss ihn selbst sehen, muss sicher sein, dass er nie wieder einem Menschen ein Leid zufügen kann.«

Doch, das verstand er nur zu gut, aber er wusste trotzdem nicht, ob es eine gute Idee war. Aber da er Jade nie etwas abschlagen konnte, besonders, wenn er die Qual in ihren Augen sah, griff er nach seiner eigenen Jacke. »Ich sage den anderen Bescheid und dann finde ich heraus, wohin seine Leiche gebracht wurde.«

Jades Augen glitzerten feucht. »Danke.«

Hawk trat näher an sie heran und strich sanft mit einem Finger

307

über ihre Wange. »Du weißt, dass ich alles für dich tun würde. Selbst wenn ich mir nicht sicher bin, ob es gut für dich ist.«

Jade beugte sich vor und küsste sein Kinn. »Ja, das weiß ich.« Sie zog ihre Jacke an. »Ich warte hier auf dich.«

Nach einigen Anrufen bekam Hawk heraus, wohin Mogadir gebracht worden war. Nachdem er die Information an die anderen weitergegeben hatte, zog er seine Jacke an und folgte Jade aus dem Haus. Während der Fahrt zum Institut für Rechtsmedizin erzählte er Jade von Vanessa und dem Tod ihres CIA-Kollegen.

Jade biss auf ihre Unterlippe. »Das muss schwer für sie sein. Glaubst du, die beiden Todesfälle hängen zusammen?«

Hawk hob eine Schulter. »Sofern es kein natürlicher Tod war – und davon gehe ich aus –, denke ich schon, dass alles mit Black zusammenhängt. Ob es aber der gleiche Mörder war … keine Ahnung. Jemand, der hinter Black her ist, dürfte eigentlich keinen Grund haben, Mogadir zu töten, denn offiziell wusste ja niemand von ihrer Verbindung – und schon gar keinen, einen CIA-Agenten umzubringen. Außerdem ist die Wahrscheinlichkeit relativ gering, dass Black von seiner Identifizierung durch einen seiner früheren Kollegen wusste. Den umzubringen hätte Black nicht viel gebracht, da ja dessen Vorgesetzte mindestens die gleichen Informationen über ihn haben, wenn nicht sogar noch mehr.«

»Könnte die CIA wirklich einen ihrer eigenen Männer ermordet haben? Ich kann mir das einfach nicht vorstellen – zumindest nicht, wenn derjenige nichts verbrochen hat.«

Hawk bog in die Straße zum Krankenhaus ein, in dessen Nähe das Institut für Rechtsmedizin lag. »Aus Sicht der CIA hat er Geheimnisverrat begangen, und das wird dort nicht gern gesehen.«

Jade runzelte die Stirn. »Schon, aber kapieren die denn nicht, dass es jetzt das Wichtigste ist, Black zu finden, und dass dahinter alles andere zurückstehen muss?«

Hawk verzog den Mund. »Offensichtlich nicht.« Während seiner Zeit bei der NSA hatte er Ähnliches erlebt, und es war einer der Gründe, warum er gegangen war.

Ernüchterung stand in Jades Gesicht geschrieben. »Es wird sich nie etwas ändern, oder? Die einzelnen Geheimdienste werden immer ihr eigenes Süppchen kochen, und wir TURTs werden zwischen den Fronten aufgerieben oder als Kanonenfutter benutzt.«

Hawk legte seine Hand auf ihren Oberschenkel. »Das wird nicht passieren. Wenn wir die Beweise haben, dass die CIA nicht kooperiert und lebenswichtige Informationen zurückgehalten hat, werde ich zum Verteidigungsminister gehen und ihm klarmachen, dass das so nicht funktioniert.«

Jade lächelte schwach. »Ich kann es mir lebhaft vorstellen.«

»Der Verteidigungsminister hat mir damals ganz deutlich gesagt, dass ich mich sofort melden soll, wenn etwas nicht so funktioniert, wie es sollte. Und ich denke, jetzt ist es soweit.«

Jade legte ihre Hand über seine. »Pass nur auf, dass du nicht auf die Abschussliste der CIA gerätst.«

Hawk zuckte mit den Schultern. »Es hat nie jemand gesagt, dass mein Job ungefährlich wäre. Und ich werde bestimmt nicht meine Agenten auf lebensgefährliche Missionen schicken und selbst die Gefahr scheuen. Außerdem ist es lebensnotwendig, dass ihr alle Informationen bekommt, die es gibt. Wenn ich merke, dass etwas zurückgehalten wird, schicke ich keinen Agenten mehr ins Feld.«

»Das ist gut.« Nachdenklich blickte Jade ihn an. »Vielleicht fühlt sich die CIA bedroht, weil wir einen Teil ihrer Aufgaben übernommen haben.«

»Das mag sein, aber es sollte ihnen auch klar sein, dass die Bedrohung durch Terroristen immer größer wird und sie gar nicht überall sein können. Es geht hier um den Schutz unseres

Landes, aller freien Länder, nicht darum, wer weiter pinkeln kann.« Als Jade auflachte, wurde ihm bewusst, was er gesagt hatte. Hitze stieg in seine Wangen. »Entschuldige.«

Jade drückte seine Hand. »Wärst du Politiker, würde ich dich sofort wählen.«

Hawk verzog den Mund. »Bloß nicht, ich wäre völlig ungeeignet, die ganze Zeit nur zu reden und nie etwas zu tun.«

»Genau deshalb würde ich dich wählen.«

Wärme breitete sich in ihm aus. Kein Wunder, dass er sich in Jade verliebt hatte. Sie war nicht nur schön und klug, sondern sie teilte seine Abneigung gegen jede Art von Trug und inhaltsloser Laberei.

Hawk fuhr in eine Parklücke und wandte sich ihr zu. Ihr Blick lag auf dem Gebäude, doch er konnte ihre Anspannung in der steifen Körperhaltung erkennen. »Bist du bereit?«

Als sie sich zu ihm umdrehte, sah er die Entschlossenheit in ihren Augen. Es war klar, dass sie sich nicht davon abbringen lassen würde, Mogadirs Leiche selbst zu sehen. »Gehen wir.«

Es kostete einige Überredungsarbeit, die Rechtsmedizinerin zu überzeugen, ihnen einen Blick auf Mogadir zu gestatten, doch schließlich standen sie im Sezierraum.

Dr. Grace Mendoza blickte sie mit gerunzelter Stirn an. »Normalerweise lasse ich hier nur die ermittelnden Polizisten oder FBI-Agenten herein. Oder Angehörige, die ein Opfer identifizieren müssen.«

Hawk lächelte sie gewinnend an. »Es ist wirklich sehr nett, dass Sie uns Zugang gewähren. Unsere Organisation war vor einigen Monaten an der Ergreifung Mogadirs beteiligt, deshalb besteht von unserer Seite ein hohes Interesse daran, zu erfahren, ob es wirklich der Warlord ist, und woran er gestorben ist.«

Mendozas Miene änderte sich nicht, wenn möglich wurden

die Falten noch tiefer. »Die Gefängnisleitung hat mir bestätigt, dass es sich um den Gefangenen Jehudin Mogadir handelt, von daher gehe ich davon aus, dass mir die richtigen Informationen vorliegen. Was die Todesursache angeht – ich wollte gerade die Autopsie durchführen, als Sie aufgetaucht sind.«

Hawk bemühte sich, seinen Widerwillen vor Obduktionen nicht zu zeigen. »Wir stören Sie auch nicht lange. Wir wollen nur einen kurzen Blick auf ihn werfen und das Ergebnis der Autopsie reicht als Kopie für unsere Unterlagen.«

Mendoza nickte knapp und warf dann einen besorgten Blick auf Jade. »Ich muss Sie warnen, es ist kein schöner Anblick. Er hatte wohl in den letzten Minuten seines Lebens starke Krämpfe.«

Jades Gesicht war totenblass, aber sie hielt sich aufrecht. Beinahe wünschte Hawk, sie würde sich an ihn lehnen, aber er wusste, dass sie dann noch eher zusammenbrechen würde. Die einzige Hilfe, die er ihr geben konnte, war, die Sache möglichst schnell zu beenden.

»Danke für die Warnung.« Er gab der Rechtsmedizinerin ein Zeichen, das Tuch vom Gesicht zu entfernen und trat hinter Jade, um sie im Notfall auffangen zu können.

Hawk schnitt eine Grimasse, als er Mogadirs entstelltes Gesicht sah. Offensichtlich hatte er keinen leichten Tod gehabt, und vermutlich war das nur gerecht, nach dem, was er Jade und Hunderten anderer Menschen angetan hatte. Von Jade hörte er keinen Laut, was ihm Sorgen bereitete. Ihre Hände hatte sie an ihren Seiten zu Fäusten geballt, und Hawk befürchtete schon, dass sie die Beherrschung verlieren und auf Mogadir losgehen könnte.

»Ist er das?«

Dr. Mendozas Stimme riss ihn aus seinen Gedanken, und er drehte sich dankbar zu ihr um. »Ja, er ist es. Haben Sie schon

311

mal jemanden gesehen, der an natürlichen Ursachen gestorben ist und dabei so aussah?«

»Wenn derjenige vorher Krämpfe hatte, ja. Für weitere Aussagen werden Sie auf die Autopsie und das toxikologische Gutachten warten müssen.« Ihr Blick lag weiterhin auf Jade, die sich noch keinen Millimeter bewegt hatte. »Geht es Ihnen gut, Miss Phillips?«

Hawk erschrak, als Jade sich zu ihnen umdrehte. Ein Fieber brannte in ihren Augen, das ihm Angst machte. Automatisch trat er auf sie zu und berührte ihren Arm. Ein Schauer lief deutlich sichtbar durch ihren Körper.

Schließlich kehrte ein wenig Leben in sie zurück und ihr Blick traf den der Rechtsmedizinerin. »Ja, danke.«

Hawk erkannte, dass er Jade dringend hier rausbringen musste, bevor sie womöglich zusammenbrach. »Dr. Mendoza, es wäre nett, wenn Sie mir den Autopsiebericht zufaxen oder mailen würden.« Er gab ihr seine Visitenkarte.

»Natürlich. Ich werde versuchen, es heute noch zu schaffen, aber es kann dauern, bis die toxikologischen Gutachten fertig sind.«

»Ich verstehe. Versuchen Sie bitte, das so schnell wie möglich fertig zu bekommen.«

Mendoza blickte ihn scharf an. »Warum ist es eigentlich so wichtig, woran der Verbrecher gestorben ist? Ich würde doch annehmen, dass Sie froh sind, ihn los zu sein.«

Hawk schwieg einen Moment. »Wenn es nur um ihn ginge, hätten Sie recht. Aber es steckt noch mehr dahinter, und wir müssen klären, wie Mogadir gestorben ist, damit wir wissen, womit wir es zu tun haben.« Ob es Black gewesen war oder ob es weitere Mitspieler gab, von denen sie bisher noch nichts wussten? Der Tod von Vanessas Informanten schien darauf hinzudeuten.

Die Rechtsmedizinerin nickte. »Ich verstehe. Ich werde mich beeilen.« Ein weiterer Blick streifte Jade. »Falls Sie etwas zu trinken brauchen, wir haben oben im Wartebereich einen Automaten.«

Hawk lächelte sie an. »Danke.« Rasch nahm er Jades Hand und drückte sie beruhigend. »Gehen wir.«

»Ja.« Ihre roboterhafte Art machte ihm langsam wirklich Sorgen.

Er musste sie so schnell wie möglich zu Reds Haus bringen, damit sie dort die Privatsphäre hatte, um sich fallen lassen zu können. Hawk konnte sich nur ansatzweise vorstellen, wie sie sich fühlen musste. »Auf Wiedersehen, Dr. Mendoza. Vielen Dank für Ihre Hilfe.«

Nach einem kurzen Abstecher zum Getränkeautomaten brachte er Jade zum Auto zurück. Noch immer hatte sie nichts gesagt, sie bewegte sich wie auf Autopilot. Seine Sorge steigerte sich mit jeder Minute. Er öffnete die Beifahrertür und wartete, bis Jade sich hineingesetzt hatte, bevor er sich über sie beugte und den Gurt anlegte. Nachdem er ihre Tür sanft geschlossen hatte, stieg er auf der Fahrerseite ein.

Er öffnete die Cola-Dose und hielt sie ihr hin. »Hier, trink.«

Jade nahm ihn gar nicht richtig wahr, als sie das Getränk entgegennahm und an den Mund setzte. Nach einem letzten besorgten Blick schnallte er sich an, ließ den Motor an und steuerte den Wagen aus der Parklücke. Während der Fahrt warf er ihr immer wieder Seitenblicke aus den Augenwinkeln zu, aber Jade schien völlig in ihre Gedanken versunken zu sein. Vor Reds Haus hielt er an und schaltete den Motor aus. Jade hielt die Dose mit beiden Händen umklammert und starrte geradeaus.

»Komm, lass uns reingehen.« Sanft nahm er ihr die Dose ab und öffnete ihren Gurt.

Unendlich langsam wandte Jade ihm das Gesicht zu und blinzelte, als würde sie aus einem tiefen Schlaf erwachen. »Ich kann jetzt niemanden sehen.«

Hawks Herz zog sich zusammen, als er das Zittern in ihrer Stimme hörte. »Kein Problem. Ich bringe dich zu deinem Zimmer.«

»Danke.«

Bevor er um das Auto herumgehen konnte, hatte sie bereits ihre Tür geöffnet und war ausgestiegen. Hawk legte seine Hand auf ihren Rücken und geleitete sie zum Haus. Red öffnete ihnen die Tür, sagte aber nichts, als Hawk hinter Jades Rücken den Kopf schüttelte. Schweigend stiegen sie die Treppe hinauf und gingen den Flur entlang zu ihrem Zimmer. Jade öffnete die Tür und ging hinein, doch Hawk blieb auf der Schwelle stehen. Er wollte nichts lieber, als sie in seine Arme zu nehmen und sich um sie zu kümmern, aber das musste warten, bis er den anderen berichtet hatte, was er erfahren hatte.

Jade drehte sich zu ihm um und blickte ihn fragend an. »Kommst du nicht?«

»Gleich, erst rede ich noch schnell mit Clint und den anderen.« Mit einer Hand hielt er sich am Türrahmen fest, um nicht der Verlockung nachzugeben und zu ihr zu gehen. »Warum legst du dich nicht ins Bett und ruhst dich ein wenig aus? Soll ich dir etwas zu essen oder zu trinken mitbringen?«

Stumm schüttelte sie den Kopf. »Nur dich.«

Ihre Worte trafen ihn direkt ins Herz. Er zwang sich zu einem Lächeln. »Das kriege ich hin. Ich bin sofort wieder da.«

Leise schloss er die Tür hinter sich, bevor er losrannte. In den vergangenen Monaten hatte er ständig gehofft, dass sie ihn so ansehen und ihm sagen würde, dass ihn brauchte. Jetzt war es endlich soweit und er musste erst etwas anderes erledigen. Er war schon fast soweit wieder umzudrehen, als Kyla ihm entgegenkam.

Besorgt blickte sie ihn an. »Wie geht es Jade?«

»Sie ist ziemlich aufgewühlt, deshalb will ich sie nur ungern längere Zeit alleine lassen.«

»Das verstehe ich. Soll ich mal nach ihr sehen?«

»Nein!« Hawk spürte Hitze in seine Wangen schießen, als Kyla ihn erstaunt ansah. »Entschuldige. Danke für das Angebot, aber ...«

Sie lächelte ihn an. »Ich verstehe schon, du willst derjenige sein, der sich um sie kümmert.«

Dankbar berührte er ihren Arm. »Genau.« Rasch erzählte er ihr, was er im Institut für Rechtsmedizin erfahren hatte. »Wir müssen jetzt abwarten, was bei der Autopsie herauskommt. Aber so wie die Leiche aussah, kann ich mir eigentlich nicht vorstellen, dass es ein natürlicher Tod war.«

Kylas Lippen pressten sich zusammen. »Egal, wodurch er gestorben ist, er hatte es auf jeden Fall verdient. Kümmere dich gut um Jade, sie braucht dich jetzt.«

»Das werde ich.« Hawk drückte noch einmal ihren Arm, bevor er sich umdrehte und die Treppe wieder hinauflief.

26

Jade presste ein Handtuch gegen ihre geschlossenen Augenlider, aber es gelang ihr nicht, den schrecklichen Anblick von Mogadirs Leiche loszuwerden. Ihre Erwartung, dass sie sich freuen würde, ihn tot zu sehen, war nicht eingetreten. Es erfüllte sie vielmehr mit Erleichterung, dass er nie wieder jemandem etwas antun konnte, so wie ihr und unzähligen anderen. Und sie war wütend, weil sie jetzt keine Gelegenheit mehr erhalten würde, ihm zu zeigen, dass er nicht gewonnen hatte. Er hatte ihr einen Teil von sich genommen, den sie früher für selbstverständlich gehalten hatte: ihr Selbstbewusstsein. Das Gefühl, alles überstehen zu können, das auf sie zukam. Doch diese Schwäche würde sie nicht mehr zulassen. Ab sofort würde sie ihr Leben so gestalten, als hätte es Jehudin Mogadir und seine sadistischen Gefolgsleute nie gegeben.

Jade kehrte ins Zimmer zurück und setzte sich auf die Bettkante. Nicht nur sie selbst hatte unter Mogadirs Taten leiden müssen, sondern auch so viele um sie herum: die SEALs und Night Stalkers, Kyla, Nurja und Hawk. Zwar war Hawk weder körperlich verletzt noch gefangen genommen worden, doch er musste trotzdem leiden, weil sie ihn aus ihrem Leben ausgeschlossen hatte. Das hatte er nicht verdient – und sie auch nicht. Sie gab sich nicht der Illusion hin, dass sie keine seelischen Narben von der Folter zurückbehalten würde, aber sie würde sich davon nicht mehr verkrüppeln lassen. Mit den Fingern fuhr sie die Narben in ihrem Gesicht nach. Wenn Hawk es schaffte, sie anzusehen und trotzdem zu lieben, würde ihr das auch gelingen.

Auch wenn die körperlichen Spuren deutlich daran erinnerten, was sie durchgemacht hatte, so waren sie auch Zeichen dafür, dass sie überlebt hatte. Mogadir hatte sie in seiner Festung nicht gebrochen, und sie würde eher sterben, als ihm jetzt noch Macht über sich einzuräumen.

Ihr Kopf schnellte hoch, als sich die Tür öffnete. Sie entspannte sich, als sie Hawk erkannte, der in das Zimmer trat. Sein Gesichtsausdruck war schwer zu deuten, aber sie glaubte, Unsicherheit darin zu erkennen. Und das tat ihr weh.

Jade streckte eine Hand nach ihm aus. »Komm her.«

Erleichterung glitt über seine Züge, und er kam rasch auf sie zu. Dicht vor ihr blieb er stehen und nahm ihre Hand in seine. »Wie geht es dir?«

Sie horchte in sich hinein. »Überraschend gut. Auch wenn ich mich darüber ärgere, dass ich Mogadir nicht selbst für seine Taten zur Rechenschaft ziehen konnte.«

Hawks Lippen pressten sich zusammen, eine Ader pochte an seiner Schläfe. »Das geht mir allerdings auch so. Ich wünschte, ich hätte vor Monaten einige Zeit mit ihm allein verbringen können und …«

Jade legte ihre Finger auf seinen Mund. »Nicht, er ist es nicht wert. Und immerhin hast du ihn damals in Afghanistan beim Hubschrauber k. o. geschlagen, als er auf mich losgehen wollte.«

Seine Augen weiteten sich. »Daran erinnerst du dich noch?«

Mit dem Finger fuhr sie seine Oberlippe nach. »Ich erinnere mich an alles.«

»Entschuldige, ich …«

Wieder ließ sie ihn nicht ausreden. »Ich bin froh darüber, denn so weiß ich, dass ich mich die ganze Zeit über unter Kontrolle hatte. Mogadir hat es nicht geschafft, mich zu brechen.«

Hawk gab einen unterdrückten Laut von sich, Schmerz stand

in seinen Augen. »Oh Gott, Jade, ich wünschte, ich hätte dir das ersparen können.«

Sie lächelte schief. »Ich mir auch, aber es ist nun mal passiert und lässt sich nicht mehr ändern. Ich muss lernen, damit zu leben. In den letzten Monaten ist mir das nicht gelungen, aber ich werde mich bessern.« Sie atmete tief durch. »Kannst du mich bitte umarmen?«

Hawks Arme schlangen sich so schnell und fest um sie, dass sie einen erschrockenen Laut von sich gab. Sofort zog er sich wieder zurück. »Es tut mir leid …«

Jade ignorierte seine Entschuldigung und schmiegte sich an ihn. »Halt mich fest, Daniel.«

Diesmal umarmte er sie vorsichtiger, aber es fühlte sich so gut an, von seiner Stärke umgeben zu sein, dass sie sich noch enger an ihn presste. Wenn sie könnte, würde sie in ihn hineinkriechen. Hawk schien das zu spüren, denn seine Arme legten sich wieder fester um sie. Mit den Fingern strich er beruhigend durch ihre Haare. Jade stieß einen zufriedenen Seufzer aus.

»Besser?« Hawks Frage war ein tiefes Brummen in seiner Brust.

Wortlos nickte sie. Ihr Gesicht presste sich an seinen Hals und sie genoss es, seine Haut an ihrer zu spüren. Tief atmete sie seinen Geruch ein, und als ihr das nicht genug war, testete sie mit der Zungenspitze seinen Geschmack. Ein Beben lief durch Hawks Körper, aber er hinderte sie nicht an ihrer Erkundung. Im Gegenteil, er legte den Kopf zur Seite, um ihr mehr Raum zu geben. Jade nutzte das sofort aus und legte eine Spur von Küssen von seinem Kinn bis zum Ausschnitt seines Hemdes. Unter ihrer Hand spürte sie das schnelle Klopfen seines Herzens und konnte nur noch an eines denken: seine nackte Haut auf ihrer zu fühlen. Ihre Finger zitterten, als sie den obersten Knopf seines Hemdes öffnete.

Hawks Körper erstarrte. »Jade.«

Sie biss auf ihre Lippe. »Lass mich, bitte.«

Seine Arme schlossen sich fester um sie, dann kippte er plötzlich nach hinten. Erschreckt keuchte Jade auf, doch dann lächelte sie, als Hawks Rücken die Matratze berührte und sie auf ihm zum Liegen kam. Noch immer hielt er sie fest, aber sein Griff war lockerer geworden, damit sie sich befreien konnte, wenn sie sich zu eingeengt vorkam. Dass er so genau wusste, was sie brauchte, ließ ein warmes Gefühl durch ihren Körper kriechen. Seine große Hand wanderte langsam über ihren Rücken und gab ihr damit die Freiheit, sich über ihm aufzustützen. In seinen grünen Augen stand ein solches Verlangen, dass es ihr den Atem verschlug. Anscheinend hatte er Angst, ihr seine Erregung zu zeigen, denn seine Lider schlossen sich. Als könnte sie nicht an seinen Gesichtszügen erkennen, wie mühsam er sich beherrschte.

Knopf für Knopf öffnete sie sein Hemd und presste Küsse auf seine nackte Brust. Er schmeckte und roch so gut, so sehr nach Daniel, dass ihr der Kopf schwamm. Wie hatte sie all die Monate ohne ihn leben können? Ohne ihn zu berühren, ohne von ihm berührt zu werden? Ihr Herz schmerzte und ihre Kehle wurde eng, als sie sich vorstellte, dass sie ihn beinahe für immer verloren hätte. Wenn Hawk nicht so beharrlich gewesen und immer wieder zu ihr zurückgekommen wäre, befände sie sich jetzt nicht hier, auf Knien über ihm. Sie schob ihre Hände in den Ausschnitt seines Hemdes und ließ sie über seine nackte Brust gleiten. Er war noch genauso muskulös wie früher, aber sie hatte das Gefühl, dass kein Gramm Fett mehr an seinem Körper war.

Mit den Lippen fuhr sie die Linien seiner Muskeln nach, bis sie bei seinen Brustwarzen ankam. Gierig strich sie mit der Zungenspitze darüber und spürte Hawk unter sich zusammenzucken. Seine Hand grub sich in ihren Pullover. Mit einem

Lächeln nahm sie die harte Spitze in den Mund und schabte mit ihren Zähnen darüber. Ein kehliges Stöhnen war die Antwort, und Jade spürte, wie sich Feuchtigkeit in ihrem Unterleib sammelte. Oh Gott, am liebsten würde sie jeden Zentimeter seines Körpers neu erkunden, aber das würde zu lange dauern. Sie wollte ihn in sich spüren, jetzt, sofort.

Bevor er dagegen protestieren konnte, hatte sie den Knopf seiner Hose geöffnet und den Reißverschluss heruntergezogen. Seine Hand umfing ihre Finger, bevor sie seine Hose herunterziehen konnte.

»Jade, ich denke nicht …«

Sie beugte sich vor und presste ihre Lippen auf seine, um ihn zum Schweigen zu bringen. Erst als sie keine Luft mehr bekam, hob sie den Kopf. »Ich brauche dich, Daniel, jetzt sofort.«

Seine Finger glitten über ihren Rücken. »Ich bin immer für dich da, das weißt du.«

»Dann liebe mich.« Ihre Stimme zitterte.

»Das tue ich.«

Frustriert richtete sie sich auf. »Verstehst du mich absichtlich nicht? Ich möchte, dass du mich berührst, dass du deinen harten Schaft in mich schiebst und mich alles andere vergessen lässt.«

Röte stieg in Hawks Wangen, seine Augen glitzerten. »Ich habe dich gleich verstanden, aber ich weiß nicht, ob es gut für dich ist, wenn du in deinem aufgewühlten Zustand solche Entscheidungen triffst.«

Ärger brodelte in ihr. »Es ist meine Entscheidung, Daniel. Und ich weiß, was ich will. Wenn du dafür nicht zur Verfügung stehst, dann sag es!«

Er legte seine Hände um ihr Gesicht und blickte ihr tief in die Augen. »Ich kann mir nichts Schöneres vorstellen, als dir endlich wieder so nahe zu kommen. Natürlich stehe ich zur Verfügung, ich möchte nur nicht, dass du es hinterher bereust.«

Tränen traten in ihre Augen und sie blinzelte sie zurück. »Ich werde es nicht bereuen. Bitte, Daniel.«

Anstelle einer Antwort küsste er sie mit so viel Verlangen, dass das Blut in ihren Adern kribbelte und sie für einen Moment vergaß, zu atmen. Keuchend presste sie ihre Stirn an seine. Es ging ihr eindeutig zu langsam. Noch immer hatte Hawk sie nicht richtig berührt. Nicht so wie vor Afghanistan und wie sie es sich mehr als alles andere wünschte. Als wäre sie nicht beschädigt, sondern eine normale, begehrenswerte Frau. Offensichtlich musste sie noch deutlicher werden, um Hawk dazu zu bringen, die Offensive zu ergreifen.

Jade richtete sich auf und widmete sich wieder Hawks Hose. Diesmal hinderte er sie nicht daran, als sie ihre Hand in seine Boxershorts schob und ihre Finger um seine Erektion schloss. Seine harte Länge pulsierte in ihrer Hand, und ein Gefühl der Macht durchströmte sie. Nur ihretwegen war er so erregt, dass sich seine Hüfte ihr entgegenhob, als sie ihre Finger an seinem Schaft entlanggleiten ließ. Bevor sie ihn weiter erkunden konnte, bäumte Hawk sich unter ihr auf und warf sie dadurch auf die Matratze. Überrascht lag sie einfach nur da und blinzelte ihn an, als er sich über sie schob. Dann lächelte sie und legte ihre Hände an seine Brust.

»Darauf habe ich gewartet.«

Hawk senkte den Kopf und schloss die Augen. »Du machst mich fertig.« Seine Lider hoben sich und er sah sie ernst an. »Versprich mir, dass du es sagst, wenn ich etwas tue, das dir unangenehm ist oder dich ängstigt.«

Ja, sie hatte gewonnen! »Okay.«

Nach einem intensiven Kuss, der ihr beinahe die Sinne raubte, gab es für Hawk kein Halten mehr. Seine Hände schoben sich unter ihren Pullover und legten sich über ihre schmerzenden Brüste. Jade bewegte sich unruhig unter ihm, als er ihre Brustspitzen reizte und ihre Erregung damit immer mehr entfachte. Sie riss an seinem Hemd, bis er den Wink verstand und heraus- schlüpfte. Ohne dass sie etwas sagen musste, machte er kurzen Prozess mit seiner Hose und der Boxershorts, und lag schließlich nackt auf ihr. Anschließend schob er ihren Pullover samt T-Shirt hoch, und sie stöhnte auf, als sich seine nackte Brust an ihre presste. Das fühlte sich so gut an! Sie könnte Stunden damit verbringen, sich einfach nur an ihm zu reiben, doch im Moment brauchte sie etwas anderes.

Ihre Beine schlangen sich um seine Hüfte und sein Penis kam zum ersten Mal in Kontakt mit ihrem Eingang. Zwar nur durch ihre Hose, aber es reichte, um das Sehnen in ihr zu ver- stärken. Jetzt erst merkte sie, dass Hawk ihn bisher von ihr ferngehalten hatte. Und sie liebte ihn nur noch mehr dafür. Jetzt aber wollte sie ihn an sich und in sich spüren, ohne irgendwelche hinderlichen Kleidungsstücke. Hawk schien es auch so zu gehen, denn seine Finger glitten zu ihrem Hosenbund. Als er zögerte, hob sie ihm ihre Hüfte entgegen. Er verstand, öffnete ihre Hose und zog sie herunter.

Jades Atem stockte, als dabei sein Atem ihre freigelegte Scham streifte. Ihre Finger gruben sich in das Bettlaken und sie schloss die Augen, um nicht das Mitleid in Hawks Miene zu sehen, wenn er die Narben auf ihrem Körper sah. Mit einem Ruck zog er die Hose über ihre Füße und ließ sie auf den Boden fallen. Ihre Socken folgten dem Rest ihrer Kleidung. Einen Moment lang konnte sie nur seine tiefen Atemzüge hören und sie fragte sich, was er da tat. Wollte er sie vielleicht doch nicht?

»Jade, sieh mich an.« Seine tiefe Stimme löste Vibrationen in ihrem Körper aus.

Mühsam zwang sie sich dazu, Hawks Blick zu erwidern. Er- leichterung durchflutete sie, als sie darin nur Liebe und Ver- langen erkannte. Es befreite sie viel wirkungsvoller, als Worte es gekonnt hätten. Sie löste ihre Hände vom Laken und legte sie auf Hawks Schultern. Für einen Moment erstarrte er, bevor ein Lächeln über sein Gesicht glitt, als sie ihn näher zu sich heranzog. Er beugte sich hinunter und küsste ihre Hüfte. Erregung strömte durch ihren Körper, und sie ließ sich auf das Bett zurücksinken.

»Zieh deinen Pullover aus.«

Ohne darüber nachzudenken folgte sie Hawks Bitte und verschränkte dann die Arme über dem Brustkorb, als sie sich an die Narben auf ihren Brüsten erinnerte. Hawk schob sich an ihr hoch und zog eine Spur von Küssen über ihren Bauch nach oben. Jade zögerte, als er bei ihren Armen ankam, aber dann war es ihr doch wichtiger, seinen Mund auf ihren Brüsten zu spüren, und sie ließ die Arme zur Seite fallen. Hawk nutzte den uneingeschränkten Zugang und leckte über ihre Brustwarze. Jade unterdrückte ein Stöhnen, als die Gefühle durch ihren Körper schossen. Wie früher ahnte Hawk genau, was sie wollte, und begann, an der Spitze zu saugen. Unruhig bewegte Jade sich unter ihm, ihre Hände glitten über seine Rippen.

Ein Finger berührte ihren Eingang und Jade zuckte zusammen. Sofort hielt Hawk still, um ihre Reaktion zu testen. Als sie ihre Fingernägel in seine Seiten bohrte und ihm ihre Hüfte entgegenhob, glitt sein Finger weiter. Er konnte ihre Feuchtigkeit fühlen und musste nun wissen, wie sehr sie seine Berührungen genoss. Sanft umkreiste er ihre Klitoris, berührte sie, bewegte den Finger weiter nach hinten und testete ihre Bereitschaft. Er saugte fester und schob seinen Finger ein kleines Stück in sie. Zu ihrer Erleichterung steigerte sich ihre Erregung dadurch nur, und sie konnte es gar nicht erwarten, seinen Schaft in sich zu spüren.

Wieder hob sie ihm die Hüfte entgegen, und der Finger tauchte tiefer in sie. Hawks Zähne fuhren über ihre Brustwarze

323

und sie stieß ein Stöhnen aus. Sie ließ ihre Beine zu beiden Seiten kippen und öffnete sich ihm damit ganz. Hawk schob seinen Unterleib näher an sie, die Länge seines Penis presste sich gegen sie. Jade biss auf ihre Unterlippe, um die Laute zu unterdrücken, die aus ihrem Mund dringen wollten. Ein zweiter Finger drang in sie und die Gefühle verstärkten sich noch. Oh Gott, sie wusste nicht, ob sie es aushalten würde! Als sie merkte, dass ihre Fingernägel Spuren auf seinem Rücken hinterließen, zwang sie sich dazu, ihren Griff zu lockern.

Hawk biss in den weichen Hügel ihrer Brust, und sie zuckte zusammen. Sein Kopf hob sich und sie versank in den glitzernden Tiefen seiner Augen. »Halt mich so fest, wie du möchtest, ich werde nicht zerbrechen.«

»Ich möchte dich nicht verletzen.« Ihre Stimme war nur ein raues Flüstern.

Ein Lächeln hob seine Mundwinkel. »Das tust du nicht. Du glaubst nicht, wie sehr es mich erregt, wenn du mich so sehr willst, dass du alles um dich herum vergisst.«

Hitze explodierte in ihr. »Das ist gut zu wissen.« Absichtlich fuhr sie mit ihren Fingernägeln über seine Brust und beobachtete, wie sich seine Augen verdunkelten.

Er senkte seinen Kopf und küsste sie mit so viel Leidenschaft, dass ihr die Luft wegblieb. Ein weiterer Finger drang in sie und weitete sie. Wenn er sich nicht beeilte, würde sie allein davon kommen. Blind tastete sie nach seinem Schaft und schloss ihre Hand darum. Er wurde noch härter, und sie wusste, dass auch Hawk es nicht mehr abwarten konnte, endlich in ihr zu sein. Deshalb berührte sie seine Hand und brachte seinen Penis in Position, als er seine Finger aus ihr herauszog. Mit der Hand fuhr sie an seiner harten Länge hinauf und berührte sanft die Hoden. Hawk unterbrach den Kuss und schnappte nach Atem.

»Jade …«

Sie hob die Hüfte und seine Spitze tauchte in sie ein. *Ja, mehr!* Doch bevor sie ihn tiefer in sich ziehen konnte, legte Hawk eine Hand auf ihre Hüfte und sein Schaft glitt wieder aus ihr heraus. Jade stieß einen enttäuschten Laut aus.

»Ich habe … kein Kondom … dabei.« Jedes Wort klang, als müsste Hawk es aus sich herauspressen.

Dass er in dieser Situation noch daran denken konnte, zeigte, wie viel er sich aus ihr machte, aber sie hatte nicht vor, sich davon aufhalten zu lassen. »Wir brauchen keines, ich nehme die Pille. Ich wurde in den letzten Monaten etliche Male getestet und ich weiß, dass du dich auch regelmäßig testen lässt.«

Sein Gesicht wirkte wie aus Stein gemeißelt, ein Muskel zuckte in seiner Wange. »Bist du sicher?«

Bittend blickte sie ihn an. »Komm zu mir, Daniel.«

Seine Beherrschung brach und er drang tief in sie ein. Einen Moment lang verharrte er dort, und bewegte sich erst, nachdem er in ihrem Gesicht erkannt hatte, dass sie es genoss, ihn in sich zu fühlen. Erst langsam, dann immer schneller bewegte er sich, seine feuchte Haut glänzte im Licht der Lampe. Jades Erregung steigerte sich immer mehr, bis sie nichts anderes mehr fühlte. Ihr ganzer Körper summte, alles, was in den letzten Monaten tot gewesen war, erwachte zu neuem, prickelndem Leben.

Jade zog die Beine an und hob ihm bei jedem Stoß die Hüfte entgegen. Dadurch drang er noch tiefer in sie, bis sie glaubte, ihn direkt in ihrem Herzen spüren zu können. Gierig nahm sie jede Regung in sich auf, froh, endlich wieder das Leben spüren, die Nähe zu einem anderen Menschen genießen zu können. Plötzlich presste Hawk seine Hüfte an ihre und sie dachte schon, dass er bereits seinen Orgasmus erlebte, doch er schob seine Hände unter ihren Rücken und drehte sich mit ihr um, sodass sie auf ihm lag. Sie waren immer noch verbunden, sein Schaft ein harter Pfahl in ihr. Langsam hob sie den Kopf und blickte

Hawk an. Seine Augen waren nur noch schmale Schlitze, seine Lippen fest zusammengepresst. Anscheinend fiel es ihm schwer, sich zurückzuhalten. Und genau das befreite sie.

Rasch setzte sie sich auf und stöhnte, als sich sein Penis dadurch noch tiefer in sie schob und eine Stelle in ihr berührte, die einen Schauer über ihr Rückgrat sandte. Auch wenn es gar nicht nötig war, genoss sie es doch, dass Hawk ihr freie Hand gab und sie zu nichts zwang. Versuchsweise bewegte sie ihre Hüfte vorwärts und stöhnte mit Hawk gemeinsam auf. Sie fiel nach vorne und stützte ihre Hände auf Hawks Brust. Unter ihrer Handfläche konnte sie das schnelle Klopfen seines Herzens spüren. Ihre Finger gruben sich in seine Muskeln, während sie sich ein wenig zurück bewegte, um dann erneut vorwärtszustoßen.

Hitze schoss durch ihren Körper, ihre Sicht verschwamm. Doch sie wollte mehr. Jade zog die Beine an und hockte sich über Hawk. So konnte sie noch mehr Kraft aufbringen. Hawk legte eine Hand auf ihren Po, die andere legte sich um seinen Schaft und hielt ihn aufrecht. Als Jade sich erneut über ihn senkte, strichen seine Fingerknöchel über ihre Klitoris und sie musste auf ihre Lippe beißen, um nicht laut aufzuschreien. Schneller, immer schneller hob und senkte sie ihren Körper und spürte, wie Hawks Penis in ihr noch größer wurde. Ihr Atem drang rau aus ihrer Kehle.

Hawk richtete sich auf, und die Gefühle wurden durch die veränderte Stellung noch intensiver. Seine Lippen legten sich verlangend auf ihre. Jade schlang ihre Arme um seinen Hals und presste sich an ihn. Seine Brusthaare reizten ihre Spitzen zu harten Punkten. Ihr gesamter Körper begann zu zittern als sie dem Höhepunkt entgegenstrebte. Hawks Finger schlossen sich um ihre Klitoris und die Woge der Erregung brach über ihr zusammen. Ihr Schrei wurde von Hawks Mund gedämpft, während er sie sanft auf die Matratze sinken ließ und sich über ihr aufstützte. Sein Schaft war immer noch tief in ihr vergraben und ihr wurde bewusst, dass er nicht mit ihr zusammen gekommen war.

Mühsam öffnete sie die Augen und blickte zu ihm hoch. Seine Augen waren beinahe schwarz, in seiner Miene stand die Anstrengung, sich zurückzuhalten. Es dauerte einen Moment, bis sie verstand, dass er sichergehen wollte, ob es ihr gut ging. Ihre Lippen zitterten, als sie ihn anlächelte, ihre Hände auf seinen Po legte und ihn an sich presste. Mehr war nicht nötig, um seine Beherrschung brechen zu lassen. Mit einem rauen Laut stieß er heftig in sie und ihr Unterleib begann erneut zu prickeln, als er dabei über ihre Klitoris rieb.

Immer härter trieb er seinen Penis in sie und machte sie damit unheimlich glücklich, denn sie wollte nicht, dass er sie behandelte, als wäre sie zerbrechlich. Nur für einen Augenblick wollte sie sich wie eine ganz normale Frau fühlen, die mit dem Mann ihrer Träume zusammenkam, um etwas so Grundlegendes wie Sex zu genießen. Ein Schauer lief durch ihren Körper, als Hawk tief aufstöhnte und sich in ihr ergoss. Als er sich von ihr herunterbewegen wollte, klammerte sie sich mit Armen und Beinen an ihn und zwang ihn so, auf ihr liegen zu bleiben. Es fühlte sich so gut an, seinen rasenden Herzschlag an ihrem zu spüren, das Salz auf seiner Haut zu schmecken.

Nach einigen Minuten hob Hawk den Kopf und blickte sie besorgt an. Mit einem Finger wischte er über ihre Wange. »Habe ich dich verletzt?«

»Nein.« Sie küsste seinen Finger. »Ich bin einfach nur glücklich.«

Das brachte Hawks Augen zum Leuchten und er lächelte sie an. »Und ich erst.«

Zufrieden schloss Jade die Augen und entschied, dass sie diesen Moment der Ruhe verdient hatte.

27

Gespannt beobachtete Kyla, wie I-Macs Finger über seinen Laptop flogen. Red hatte ihm einen ganzen Arbeitsplatz samt weiterer Monitore und Tastatur aufgebaut. Wozu der SEAL das alles brauchte, war ihr ein Rätsel, aber er hatte die Sache offensichtlich im Griff. Ein Lächeln hob ihre Mundwinkel, als Nurja neben ihm stehen blieb und eine Hand auf seine Schulter legte. In Afghanistan hätte sie das nie getan, aber hier schien sie sich sicher genug zu fühlen, einen Mann in Gegenwart anderer zu berühren. I-Mac unterbrach seine Arbeit und blickte Nurja fragend an.

»Möchtest du einen Kaffee, John?« Nurjas Stimme war leise, fast unhörbar.

»Das wäre nett, danke.« Er blickte ihr nach, als sie den Raum verließ und schüttelte den Kopf. »Ich habe ihr schon so oft gesagt, dass sie mich nicht zu bedienen braucht, aber sie besteht darauf, dass sie es gerne macht und es so lange tun wird, wie ich sie brauche.«

»Wenn sie es möchte, dann lass sie. Eine der Lektionen von Rose' Unterrichtsstunden beinhaltet, dass alle Menschen unterschiedlich sind und wir ihnen nicht gegen ihren Willen unsere Kultur aufzwingen sollten. Wahrscheinlich freut Nurja sich, wenn sie dir etwas Gutes tun kann.«

I-Mac sah sie mit einem schwachen Lächeln an. »Das weiß ich. Einige Monate des Zusammenlebens mit Nurja haben mich das gelehrt.« Er sah zur Tür und senkte die Stimme. »Aber es macht mich wahnsinnig, weil ich mir dann immer wie ein Invalide vorkomme.«

Das konnte sie zwar verstehen, aber da musste er durch. »Du bist ein SEAL, das wirst du doch wohl noch ertragen können.«

I-Macs Augen weiteten sich, dann grinste er sie an. »Verdammt, ich habe dich vermisst.«

Das Klappern von Geschirr kündigte Nurjas Rückkehr an. Ihr Blick glitt vom einen zum anderen, als wüsste sie, dass sie über sie geredet hatten. »Entschuldige, ich hätte dich auch fragen sollen.«

Kyla lächelte sie an. »Nein, das hättest du nicht. Ich kann mir selbst etwas holen, wenn ich durstig bin.« Sie beugte sich über I-Macs Schulter. »Hast du schon etwas herausbekommen?«

Er zog eine Augenbraue hoch. »Glaubst du, es kommt eher etwas dabei heraus, wenn du ständig fragst?«

Verlegen zuckte sie mit den Schultern. »Was auch immer hilft …« Sie ignorierte Chris' wissenden Blick. »Es fällt mir nur schwer, hier herumzusitzen, während Black da draußen ist, Leute umbringt oder sich vielleicht gerade nach Timbuktu absetzt.«

Clint räusperte sich. »Das geht uns allen so.«

Das Klingeln an der Tür bewahrte Kyla vor weiteren Rechtfertigungen. Sofort gingen die SEALs in Verteidigungsstellung, während Red die Haustür öffnete. Kurz darauf kam er zurück, hinter ihm betrat Vanessa das Zimmer. Auch wenn sie äußerlich ruhig wirkte, war an ihren geröteten Augen abzulesen, wie sehr sie der Tod ihres Ex-Kollegen getroffen hatte.

Sofort ging Kyla zu ihr. »Hallo Vanessa. Komm herein und setz dich. Möchtest du etwas trinken?«

Vanessa ließ sich in einen der Sessel sinken. »Gibt es etwas Hochprozentiges?«

Red ging zum Highboard. »Whisky?«

»Ja, danke.« Sie nahm das Glas entgegen und trank einen tiefen Schluck. Wenn es einer verdient hatte, dann Vanessa. Sie schloss kurz die Augen. Als die Agentin sie wieder öffnete, war der Kummer darin beinahe verschwunden. Danach stellte sie das Getränk auf den Couchtisch und lehnte sich vor. »Ist Hawk hier?«

»Ja, aber er ist im Moment unabkömmlich. Du hast Unterlagen über Jason Black gefunden?« Bei dem Ausdruck von Trauer, der über Vanessas Gesicht glitt, hätte Kyla sie am liebsten in den Arm genommen, aber sie wusste, dass die Agentin jetzt etwas zu tun brauchte, das sie ablenken würde.

Wortlos holte Vanessa eine dünne Mappe aus ihrem Rucksack und hielt sie Kyla hin. »Dorian hatte sie in seinem Safe versteckt, deshalb hat der Mörder sie nicht gefunden.«

Clint mischte sich ein. »Sicher, dass es Mord war?«

Vanessas Augen verengten sich. »Und wer sind Sie?«

»Entschuldigung, Captain Clint Hunter, Navy SEALs. Das sind Bull und Red und am Computer sitzt I-Mac, aber den kennen Sie wahrscheinlich. Und das dort neben Kyla ist Christoph Nevia.« Er ließ dessen Nationalität und Arbeitgeber weg.

Vanessa nickte, ihre Miene wurde etwas weicher. »Ich entschuldige mich auch, das war gerade unhöflich. Ja, ich bin sicher, dass es Mord war, auch wenn ich keine offensichtlichen Wunden an ihm gesehen habe. Dorian war kerngesund. Außerdem ist es eine Methode der CIA, Menschen so zu beseitigen, dass es wie ein natürlicher Tod aussieht.«

»So wie bei Mogadir.«

Vanessa blickte Chris durchdringend an. »Was ist mit Mogadir?«

Kyla übernahm die Erklärung. »Er ist tot. Offenbar hatte er irgendwelche Krampfanfälle und ist daran gestorben. Kurz vorher hatte er einen unbekannten Besucher. Angeblich ein FBI-Agent namens Meyers, doch der war zu der Zeit ganz woanders.«

»Black?«

»Das versuchen wir gerade herauszufinden.«

»Okay, ich habe jetzt die Videos von den Überwachungskameras des Gefängnisses.« I-Mac klickte erneut, und ein körniges Foto erschien auf dem Bildschirm. »Das hier ist die beste Aufnahme.«

Sofort versammelten sich alle um seinen Arbeitsplatz und blickten gespannt auf das Bild. Eine Weile herrschte Stille, bis Kyla es nicht mehr aushielt. »Das könnte ja jeder sein.«

»Chris?«

»Ich bin mir nicht sicher. Kann ich ein Video sehen, auf dem er sich bewegt?«

Schweigend spielte I-Mac eine Sequenz ab. Darauf war ein hochgewachsener Mann zu sehen, der einen Gang entlangging.

Chris beugte sich vor und starrte die Figur intensiv an. Schließlich nickte er. »Das ist er.«

»Ja? Woran siehst du das?«

Chris drehte sich zu Red um. »Die Art, wie er den Kopf ein wenig zur rechten Seite kippt. Das hat er auch in Afghanistan schon gemacht, ich hatte immer das Gefühl, dass er vielleicht auf einer Seite ein wenig schwerhörig ist.«

Vanessa setzte sich ruckartig auf. »Black wurde vor Jahren im Einsatz bei einer Explosion verletzt, auf dem rechten Ohr ist er fast taub.« Als alle sie erstaunt anblickten, zuckte sie mit den Schultern. »Ich habe im Taxi ein wenig in den Unterlagen geblättert.«

Clint sah Chris an. »Okay, noch etwas?«

»Es sieht so aus, als würde er seine linke Seite ein wenig schonen.«

»Dort, wo ihn die Kugeln der Deutschen getroffen haben.«

Chris nickte. »Genau. Außerdem ist da dieser Ausdruck in den Augen … Das Bild ist wirklich schlecht und vielleicht bilde ich es mir nur ein, aber ich sehe da die typische Arroganz und den Rachedurst Khalawihiris.« Kyla konnte deutlich das Echo der Erinnerungen in seiner Stimme hören.

Während die anderen darüber diskutierten, was das bedeutete, schob sich Kyla dichter neben Chris. »Geht es dir gut?«

Er lächelte sie an, aber nur mit den Lippen. »Natürlich.«

Sie berührte seinen Arm. »Du musst mir nichts vorspielen.«

Für einen Moment ließ er seine Maske fallen und sie sah die Wut dahinter. »Weißt du, wie oft ich in meiner Zeit dort genau diesen Ausdruck in seinem Gesicht gesehen habe? Jedes Mal, wenn er jemanden bestraft hat, meist durch Folter oder Tod, oder wenn er Andeutungen über seine Pläne gemacht hat.« Seine Hand schloss sich über ihrer. »Wie oft wollte ich ihn einfach unschädlich machen und nach Hause zurückkehren, aber mein Auftrag lautete zu beobachten, und nicht einzugreifen. Weißt du, wie viele Menschen jetzt noch leben könnten, wenn ich ihn früher aus dem Verkehr gezogen hätte?«

Es tat ihr weh, den Selbstvorwurf in seiner Stimme zu hören. »Du hattest deine Befehle. Außerdem hat dein Eingreifen den Anschlag verhindert, und dadurch wurden viele Menschen gerettet.« Sie flüsterte nur noch. »Und du hast mich gerettet.«

Seine Gesichtszüge wurden etwas weicher. »Das war allerdings das Beste, was ich tun konnte.«

Clint räusperte sich. »Okay, gehen wir davon aus, dass es sich wirklich um Jason Black handelt. Damit ist wohl die Frage geklärt, wo er sich aufhält – oder zumindest vor einigen Stunden noch. Was will er hier in D. C.? Hat er hier ein Versteck? Oder Kontakte?«

»In der Akte steht nur, dass seine Eltern bereits tot sind und er keine Geschwister hat. Keine Frau und Kinder. Er war schon immer ein Einzelgänger, solche Typen werden besonders gerne von der CIA angeworben.« Als alle sie anblickten, lächelte Vanessa matt. »Ja, ich auch. Obwohl es auch Ausnahmen gibt.« Sie hob das Kinn. »In der Akte sind all seine bisherigen Wohnungen und Kontakte aufgelistet – sofern bekannt. Aber ich kann mir nicht vorstellen, dass er so dumm ist, sich dort erwischen zu lassen.«

Clint strich über seine kurzen Haare. »Das nicht, aber vielleicht können wir darin ein Muster erkennen. Vorlieben. Irgendwas.«

I-Mac streckte seine Hand nach der Mappe aus. »Ich mache mich gleich an die Arbeit. Vielleicht finde ich was, das uns hilft.«

Kyla reichte sie ihm und blickte auf die Uhr. Am liebsten würde sie nach Jade sehen, aber sie hatte das Gefühl, dass sie jetzt nicht gestört werden wollte. Und da Hawk sich um sie kümmerte, hatte sie vermutlich alles, was sie brauchte. Frustriert schob sie ihre Hände in die Hosentaschen. »Und was machen wir solange?«

Chris wackelte mit den Augenbrauen. »Wie wäre es …?«

Rasch unterbrach sie ihn. »Das bestimmt nicht.« Röte stieg in ihre Wangen und sie sah sich heimlich um. Niemand schien ihrer Unterhaltung zu lauschen. Wütend drehte sie sich zu Chris um. »Du …«

»Also ich finde es immer wichtig, die Waffen zu reinigen, aber wenn du dazu keine Lust hast, können wir auch etwas anderes machen.«

Mit Mühe widerstand sie der Versuchung, ihn zu boxen. »Kannst du endlich aufhören, dich ständig über mich lustig zu machen? Das hast du in Afghanistan schon getan.«

Chris wurde schlagartig ernst. »Nein, das habe ich nicht.«

»Ach nein? Du hättest mich täuschen können.«

Er senkte seine Stimme noch weiter. »Ich habe mich gefreut, endlich wieder auf eine Frau zu treffen, die sich nicht alles gefallen lässt. Nicht ich habe dich gerettet, Kyla, sondern du mich.« Er stockte. »Nach so langer Zeit in Khalawihiris Gruppe hatte ich mich selbst fast verloren. Du hast mich wieder daran erinnert, wie es ist, sich lebendig zu fühlen und Freude zu empfinden.«

Mit einem stummen Seufzer erkannte Kyla an, dass Chris diese Runde wieder gewonnen hatte. Wie sollte sie einem Mann böse sein, der so etwas zu ihr sagte? Und damit ihre Schutzmauer völlig untergrub. Da sie ihn vor all den anderen Leuten nicht umarmen konnte, beschränkte sie sich darauf, mit ihren Fingerspitzen seine Hand zu berühren. »Komm, polieren wir unsere Pistolen.«

Nach einem letzten Blick aus dem Fenster schlüpfte Black aus der Tür in die Gasse. Sein derzeitiges Quartier besaß nicht gerade fünf Sterne, aber im Grunde war es auch nicht schlimmer als sein Camp in den Bergen Afghanistans und sogar bedeutend besser als die Zelle im Gefängnis. Seit Hamids Verrat und seiner anschließenden Verhaftung hatte sich eine solche Wut in ihm aufgestaut, dass er oft dachte, er müsste daran ersticken. Seine Hand krampfte sich um den Türgriff und er atmete tief durch. Ein und aus, ein und aus, bis der Druck in seinem Brustkorb nachließ.

Ohne Vorwarnung traf ihn etwas am Oberkörper und tauchte ihn in eine Welt aus Schmerz. Black kippte nach hinten und erkannte, dass er sich nicht mehr rühren konnte. Furcht mischte sich mit Wut, und er kämpfte verbissen gegen die Hilflosigkeit an. Wie konnte das sein? Niemand wusste, dass er hier war! Handelte es sich womöglich um einen normalen Raubüberfall, ohne dass der Täter etwas von seiner Identität ahnte?

Der beißende Schmerz ließ Tränen in seine Augen schießen, die er wegblinzelte, um seinen Angreifer erkennen zu können. Doch es war nichts zu sehen. Das schummrige Licht im Apartment half auch nicht gerade, deshalb schloss er für einen Moment die Augen. Sein Herz klopfte so laut, dass er nichts anderes hören konnte. Black versuchte, sich zu bewegen, aber noch immer gehorchten ihm seine Muskeln nicht. Stattdessen zuckten sie, als hätte er einen gewaltigen Stromstoß bekommen. Genau, das war es: Es war mit einem Taser auf ihn geschossen worden. Die Stromstöße der Elektroschockpistole verursachten ein Versagen der Muskeln und starke Schmerzen.

Mit Schmerzen konnte er umgehen, nicht aber damit, hilflos dazuliegen und sich nicht verteidigen zu können. Irgendwie musste es ihm gelingen, sich wieder zu bewegen und die Projektile aus seiner Brust zu entfernen, die der Taser in seinen Körper geschossen hatte, bevor ihn weitere Stromstöße trafen.

»Ich hoffe, Sie haben ihn nicht umgebracht.«

Etwas Kaltes berührte seine Halsschlagader. »Nein, er lebt noch. Ist nur ein wenig benommen. In ein paar Minuten sollte er wieder soweit fit sein, dass Sie mit ihm reden können.«

Ja, komm, warte noch ein wenig, dann zeige ich dir, wie fit ich bin. Nachdem Black nun wusste, dass sie ihn nicht sofort töten würden, entspannte er sich ein wenig. In Afghanistan hatte er seinen Körper so trainiert, dass er auch unter Schmerzen noch funktionierte – das würde ihm hier zugutekommen. Zwar wusste er noch nicht, wer sein Gegner war, doch das würde er schnell genug herausfinden. Er tippte auf seine Waffenlieferanten, denn die brauchten ihn lebend, wenn sie ihr Geld bekommen wollten. Die CIA würde ihn einfach töten, und die anderen würden keinen Taser benutzen, sondern sein Versteck mit Waffengewalt stürmen und versuchen, ihn so zu überwältigen.

»Ziehen Sie die Dinger raus. Ich will nicht, dass er aus Versehen getötet wird, bevor ich mit ihm fertig bin.«

Das war die einzige Warnung, die er bekam, bevor jemand an den Drähten riss und die Widerhaken auf dem Weg nach draußen durch sein Fleisch schnitten. Die Zähne fest zusammengepresst versuchte Black, den heißen Schmerz und seine Wut zu unterdrücken. *Ruhig, ganz ruhig.* Seine Zeit würde kommen, und zwar dann, wenn es niemand erwartete. Deshalb ließ er es ohne Gegenwehr zu, als er wenig später hochgezerrt und auf einen Stuhl gesetzt wurde. Seine Hände wurden mit Klebeband hinter seinem Rücken gefesselt und an der Stuhllehne befestigt. Amateure.

»Wie lange dauert das denn noch, bis er endlich wieder ansprechbar ist?«

Absichtlich ließ Black seinen Kopf zur Seite hängen, so als hätte er immer noch keine Kontrolle über seine Muskeln. Jemand packte ihn an den Haaren und riss seinen Kopf nach hinten. Endlich konnte er denjenigen sehen, der es gewagt hatte, hier einzudringen, und konnte sich gerade noch ein zufriedenes Lächeln verkneifen. Oh ja, er würde Spaß daran haben, Senator Cullen zu zeigen, dass er nur ein kleines Licht war, das Black ohne Probleme auslöschen konnte. Er kannte ihn noch aus CIA-Tagen, aber er wusste, dass der Senator nicht ahnte, wen er wirklich vor sich hatte. Mit Mühe hielt Black seine Miene ausdruckslos, damit er sich nicht verriet. Noch ein paar Minuten, und er würde seine Arme wieder bewegen können.

Cullen zog sich einen Stuhl heran und setzte sich mit einem angewiderten Gesichtsausdruck darauf. »Eine ziemlich heruntergekommene Behausung haben Sie hier. Aber vermutlich sind Sie aus Afghanistan nichts Besseres gewohnt, was?« Als Black nicht auf seine Worte reagierte, verzog Cullen den Mund und blickte über seinen Kopf hinweg. »Hatten Sie nicht gesagt, dass die Wirkung nicht lange anhält? Meine Zeit ist knapp, ich muss in einer Stunde zu einer Senatssitzung.«

Was seine Kollegen wohl sagen würden, wenn er dort nicht auftauchte?

»Ein Taser wirkt bei jedem anders. Es dürfte aber nicht mehr lange dauern.« Der Mann hinter ihm klang ungeduldiger als vorher. »Ich habe Ihnen vorher schon gesagt, dass es einfacher wäre, ihn mit normalen Waffen zu überwältigen. Aber Sie wollten ja unbedingt dieses Spielzeug ausprobieren.«

»Wie soll ich in der Sitzung meine Meinung dazu äußern, ob ich es für eine geeignete Waffe für unsere Polizisten und Soldaten halte, wenn ich es nie selbst getestet habe?«

Black spürte, wie die Wut weiter an die Oberfläche kroch und wusste, dass er bald seinen Angriff starten musste, wenn er sich nicht verraten wollte. Unter gesenkten Lidern heraus blickte er sich im Zimmer um und konnte niemanden außer dem Senator erkennen. Hinter sich spürte er nur den einen Mann, aber es könnte natürlich sein, dass noch jemand lautlos in einer Ecke stand und ihn beobachtete. Trotzdem musste er das Risiko eingehen. Unauffällig drehte er mit den Fingern seinen Ring um, den er auf dem Mittelfinger trug. Es war immer wieder stümperhaft, wie wenig die Verbrecher von heute auf so etwas achteten. Er würde immer als Erstes einem Gefangenen sämtlichen Schmuck abnehmen – und auch alles andere.

Mit der scharfkantigen Seite ritzte er das Klebeband an, nur ein wenig, damit der Mann hinter ihm das nicht bemerkte.

»Das dauert mir alles zu lange. Sorgen Sie endlich dafür, dass er mir zuhört!« Cullens Stimme hatte einen weinerlichen Klang angenommen, der Black beinahe zu einem verächtlichen Schnauben hinriss. Hastig biss er auf seine Zunge und konzentrierte sich darauf, weiter den Bewusstlosen zu spielen.

Der Mann hinter ihm zog fester an seinen Haaren, ein Gesicht erschien über ihm. »Keine Angst, er hört ihnen zu, auch wenn er sich vielleicht noch nicht bewegen oder sprechen kann.«

Die Position war perfekt. Mit einem Ruck befreite Black seine Hände vom Klebeband, schlang sie um den Oberkörper des Mannes und zog kräftig daran. Mit einem unterdrückten Aufschrei kippte der Mann nach vorne, über Black und den Stuhl hinweg und landete mit einem dumpfen Laut auf dem Kopf. Durch sein Gewicht stürzte der Stuhl um und Black fand sich auf dem Boden wieder. Er registrierte, dass der Senator ihn völlig regungslos und

337

mit offenem Mund anstarrte. Das reichte, um sich aufzurappeln und sich auf ihn zu stürzen. Da seine Beweglichkeit noch eingeschränkt war, beschränkte er sich darauf, Cullen mit sich zu Boden zu reißen und ihn mit seinem Gewicht dort zu halten. Angst stand in dessen Augen, während er sich nur schwach wehrte.

Black presste einen Arm auf die Kehle seines Feindes. »Bleiben Sie ruhig liegen, sonst töte ich Sie.« Das hatte er zwar sowieso vor, doch das brauchte der Senator ja nicht zu wissen. Außerdem musste Black ihn ruhigstellen, bis er wieder sämtliche Muskeln benutzen konnte. Würde Cullen auf die Idee kommen, sich jetzt heftig zu wehren, könnte er ihn sogar überwältigen.

Daher atmete er heimlich auf, als der Senator unter ihm erschlaffte. »O…okay.«

Black richtete sich auf und zog Cullen mit sich nach oben. »Setzen Sie sich auf den Stuhl.« Erst dachte er, der Senator würde sich weigern, doch schließlich richtete er den Stuhl auf und ließ sich darauf sinken.

Rasch durchsuchte Black den auf dem Boden liegenden Muskelmann auf Waffen und zog eine Pistole aus seinem Schulterholster. Schon besser. Er richtete sie auf Cullen, während er sich bückte, um die Rolle Klebeband aufzuheben, die auf dem Fußboden lag.

»Was haben Sie vor?« Cullens Stimme zitterte bedenklich.

Black zog eine Augenbraue hoch. »Was denken Sie, wie ich darauf reagieren sollte, wenn Sie hier einbrechen und mich tasern?«

»Sie könnten mich einfach gehen lassen und wir vergessen die Sache.«

Black schnaubte amüsiert. »Das halte ich für unwahrscheinlich.«

Rasch wickelte er das Klebeband um Brust, Hand- und Fußgelenke des Senators und fesselte ihn damit effektiv an den Stuhl. Der verweichlichte Politiker würde sich auf keinen Fall selbst befreien können. Besonders nicht, wenn Black seinen Lakaien außer Gefecht setzte. Er legte die Pistole auf die Kommode und nahm sich stattdessen den Taser. Netterweise war es ein Modell, das auch ohne die Drähte funktionierte. Um es zu testen, hielt er den Kontakt direkt an die Kehle des Lakais und drückte ab. Der Körper des Mannes bäumte sich auf, als der Strom die Muskeln zusammenzog. Black hatte oft genug mit Waffen zu tun gehabt, um zu wissen, dass er damit einen Menschen töten konnte, wenn er es darauf anlegte. Da er aber Cullen nur ein wenig Schmerz bereiten und ihn nicht länger außer Gefecht setzen wollte, regelte er die Stärke des Stromstoßes herunter.

Als er sicher war, dass der Muskelmann so schnell nicht wieder aufwachen würde, stand Black auf und wandte sich wieder Cullen zu. Dieser blickte ihn mit schreckgeweiteten Augen an, hatte aber keinen Mucks von sich gegeben, um seinem Angestellten zu helfen. Egoistischer Bastard!

»Kommen wir zur Sache, ich habe heute noch etwas vor.« Er trat näher an Cullen heran, dessen Augen wie gebannt auf dem Taser lagen. »Was wollen Sie von mir?«

»Wir haben Mogadir beobachten lassen, weil wir wussten, dass Sie versuchen würden, ihn zu töten. Von dort aus sind wir Ihnen hierher gefolgt.«

Blacks Miene blieb ausdruckslos. Zwar hatte er einkalkuliert, dass ihn jemand auf dem Überwachungsband des Gefängnisses erkennen könnte, aber er hatte nicht erwartet, dass jemand schon dort auf ihn warten würde. Eindeutig eine Fehlkalkulation, die ihn beinahe alles gekostet hätte. Allerdings war es unmöglich, dass sie ihm hierher gefolgt waren, er hätte sie bemerkt.

Er packte Cullen am Hemd und zog ihn näher an sich heran. »Wie sind Sie mir gefolgt?«

Der Senator blickte einen Moment zur Seite, ein eindeutiges Zeichen, dass er lügen würde. »Mit dem Wagen.«

339

Ohne Vorwarnung schlug Black zu. Sein Handrücken kollidierte mit der Wange des Senators und der Ring hinterließ eine blutige Spur. »Lügen Sie mich nicht an, Cullen.«

Der Senator atmete heftig, der Geruch von Angst stieg auf. »Aber wir sind mit dem Auto …«

»Ich will nicht wissen, *wie* Sie hierhergekommen sind, sondern woher Sie wussten, wo ich zu finden bin.«

Cullen presste die Lippen zusammen, erkannte dann aber wohl, dass er besser redete, wenn er weitere Schmerzen vermeiden wollte. »Ein Peilsender an Ihrem Wagen.«

Verdammt, das hieß, dass sein Aufenthaltsort, obwohl er sein Auto nicht direkt vor dem Haus geparkt hatte, vermutlich deutlich mehr Leuten bekannt war und er jederzeit weiteren Besuch erhalten konnte. Es war eindeutig Zeit, hier abzuhauen. Aber vorher wollte er noch alles erfahren, was der Senator wusste. »Warum sind Sie hinter mir her?«

Als ihm die Antwort nicht schnell genug kam, drückte er den Taser an Cullens Arm. Sowie der erste Strom durch dessen Körper floss, begann er zu wimmern. »Ich stehe unter Druck. Die Waffenlieferanten wollen das Geld, das ihnen versprochen wurde, oder ihre Waffen zurück.«

Wut stieg in Black auf, denn die gleiche Regierung, die solche Verräter wie Cullen nährte, hatte auch die Waffen konfisziert, die er in Afghanistan hatte verkaufen wollen. Was die Regierung wohl dazu sagen würde, wenn herauskam, dass einer der beliebtesten Senatoren dabei geholfen hatte, das illegale Waffengeschäft mit Terroristen in Afghanistan und anderen Ländern aufzubauen? Dabei waren sowohl seine weitreichenden Beziehungen als auch seine Tätigkeit im Committee on Armed Services äußerst hilfreich.

Mit beiden Händen stützte Black sich auf die Lehnen des Stuhls. »Ihr habt die Sache verbockt! Mir war zugesagt worden, dass nicht gegen meine Gruppe vorgegangen wird, während ich den Anschlag vorbereite. Ihr wolltet, dass ich die Wolesi Jirga in die Luft jage, damit das Land weiterhin instabil bleibt und noch mehr Waffen benötigt werden.«

»Davon weiß ich nichts …«

Weiter kam Cullen nicht, denn Black sandte einen weiteren Stromstoß in seinen Körper, diesmal in den Oberschenkel. Er zuckte unkontrolliert. Blut trat aus seinem Mund, wahrscheinlich hatte er sich auf die Zunge gebissen.

Black legte seine Hand um Cullens Hals und drückte zu. »Sie waren einer derjenigen, die die Sache eingefädelt haben. Halten Sie mich nicht für blöd, Cullen, ich bin genau informiert, wer in der Sache drinsteckt, und ich werde mir jeden Einzelnen von Ihnen vornehmen. Sie sollten also besser mit mir kooperieren, wenn Sie nicht wollen, dass es noch bedeutend ungemütlicher für Sie wird.«

Der Senator zitterte unter seinem Griff. »Hören Sie, Black, Sie machen einen Fehler. Ich bin sicher, wir können eine Lösung finden, die uns allen dient. Wie wäre es …?«

Doch Black hörte schon nicht mehr zu. Der Kerl kannte seine wahre Identität. Damit hatte er einen Vorteil gegenüber seinen Feinden verloren. Schroff unterbrach er Cullens Gestammel. »Woher haben Sie den Namen?«

Verwirrt blickte der Senator ihn an. »Was?«

»Sie haben mich Black genannt. Woher haben Sie den Namen?«

»Äh …«

»Lügen Sie mich besser nicht an.«

Schweiß perlte auf Cullens Gesicht und vermischte sich mit dem Blut. »Wir haben einen Informanten in der CIA. Er hat uns kontaktiert, sowie er davon erfuhr.«

»Ich nehme an, dann waren es Ihre Leute, die versucht haben, mich im Gefängnis umbringen zu lassen.« Der Senator antwortete nicht darauf, aber sein Gesichtsausdruck sprach Bände. Immerhin nett zu wissen, dass die CIA noch nicht so weit gesunken war, ihn in Gewahrsam ermorden zu lassen. »Von wem hat der Informant es erfahren?«

»Das weiß ich nicht.« Der Taser entlud den Strom und der Senator schrie schmerzerfüllt auf. »Ein Agent namens Dorian Phelbs, er hat eine ehemalige Kollegin informiert, die jetzt bei den TURT/LEs arbeitet.«

»Schildkröten?«

»Eine geheime Antiterrorgruppe, die undercover ermittelt. Sie sind auf den SEAL- und anderen Militärstützpunkten stationiert.«

Ah, das erklärte einiges. Die beiden Agentinnen in Afghanistan gehörten zu diesem Schildkrötenverein und hatten Mogadir ausspioniert, als sie erwischt wurden. Kein Wunder, dass Mogadir sie unbedingt in seine Gewalt hatte bringen wollen. Aber zurück zum Wesentlichen: Er erinnerte sich an Phelbs, er hatte einige Male mit ihm zu tun gehabt und ihn gemocht. Ein weiterer loser Faden, den er würde kappen müssen.

»Wo finde ich Phelbs?«

Cullens Gesicht verzog sich. »Inzwischen wohl in der Leichenhalle, er wurde beseitigt.«

Eine Mischung aus Bedauern und Erleichterung durchzuckte ihn. »Warum?«

»Weil er Informationen weitergetragen hat. Es war zu unsicher, ihn am Leben zu lassen.«

»Ach ja, die andere Agentin. Wie heißt sie?«

»Vanessa Martin.«

»Wurde sie auch erledigt?«

Cullen befeuchtete nervös seine Lippen. »Nein. Sie ist untergetaucht.«

Mit einem enttäuschten Seufzer hielt Black den Taser an die Genitalien des Senators und betätigte den Abzug. Nachdem die Schreie einem Stöhnen gewichen waren, lächelte er den Senator an. »Versuchen wir es noch mal.«

28

Seinen Kopf auf die Handfläche gestützt, blickte Hawk auf Jade hinunter. Es tat gut, sie endlich einmal entspannt zu sehen. Ihre Augen waren geschlossen, und ihre Brust hob sich mit tiefen Atemzügen. Zu gerne würde er mit einem Finger ihre Gesichtszüge nachziehen, doch er wollte sie nicht wecken. Nach den Ereignissen der letzten Tage und den unruhigen Nächten brauchte sie den Schlaf dringend. Deshalb begnügte er sich damit, sie mit seinen Blicken zu streicheln und die Wärme ihres Körpers an seinem zu genießen.

Ein leises Klopfen ertönte an der Tür, und Hawk stöhnte unterdrückt auf. Es wäre auch zu schön gewesen, wenn er die Zeit mit Jade einfach nur hätte genießen können. Andererseits waren sie auch nicht zum Spaß hier, und es wurde Zeit, dass er seine Aufgabe erledigte. Rasch schlüpfte er aus dem Bett und schlich zur Tür. Er öffnete sie einen Spalt und erblickte Kyla.

Besorgt sah sie ihn an. »Alles in Ordnung mit Jade?«

Glücklicherweise redete sie leise. »Ja, sie schläft gerade.«

Kylas Blick glitt zu seinen zerzausten Haaren und dann tiefer, zu seiner nackten Brust, und sie begann zu lächeln. »Ich verstehe.«

Hawk rieb verlegen über sein Kinn. Eine Ablenkung musste her, und zwar schnell. »Ist Vanessa inzwischen eingetroffen?«

Kylas Augen verdunkelten sich. »Ja. Ich glaube, der tote Agent war ein engerer Freund, als sie behauptet hat. Sie versucht zwar, es zu verbergen, aber sie ist ziemlich fertig.«

»Mist.« Es war seine Pflicht als einer der Anführer von TURT, sich um seine Agenten zu kümmern. »Ich komme sofort runter.«

»Okay. Was ist mit Jade?«

Hawk blickte hinter sich, wo Jade immer noch regungslos im Bett lag. »Ich glaube, ich lasse sie noch etwas schlafen. Die ganze Sache hat sie sehr mitgenommen.« Die Untertreibung des Jahrhunderts.

Kyla nickte. »Dann sehe ich dich unten.«

Hawk schloss leise die Tür hinter ihr und ging zum Bett zurück. Rasch zog er sich an und beugte sich dann noch einmal über Jade. Seine Hand berührte beinahe ihre Haare, bevor er sie widerwillig zurückzog. Stattdessen schrieb er ihr eine kurze Nachricht, damit sie sich nicht wunderte, wo er abgeblieben war, und verließ lautlos das Zimmer.

Als er den Einsatzraum betrat, kehrte schlagartig Stille ein, und alle wandten sich zu ihm um. Hitze stieg in seine Wangen und er funkelte sie wütend an. »Was?«

Clint lächelte ihm beruhigend zu. »Nichts.«

Hawk wandte sich Vanessa zu, die zusammen mit I-Mac auf den Monitor starrte. »Vanessa.«

Zögernd wandte sie sich zu ihm um, und er konnte sehen, dass Kyla mit ihrer Einschätzung richtig gelegen hatte. Trauer stand deutlich sichtbar in ihren Augen, gepaart mit großer Wut. »Ich will denjenigen kriegen, der das zu verantworten hat, Hawk.«

Er legte seine Hand auf ihren Arm. »Wir werden alles dafür tun.« Aber sie wussten beide, dass das schwierig werden würde, sollte die CIA den Agenten getötet haben. Es würde kaum nachzuweisen sein und könnte ungeahnte Konsequenzen haben, wenn sie sich mit der CIA anlegten. »Welche Informationen haben wir über Black?«

Angespannt hörte Hawk zu, während die anderen ihm berichteten, was sie bisher erfahren hatten. Leider war es nicht allzu viel und vor allem nichts, was sie auf Blacks Spur brachte. Frustriert schwiegen sie schließlich. Besonders den SEALs war anzumerken, dass sie endlich etwas *tun* wollten, normalerweise wurden sie erst einbezogen, wenn es um einen Einsatz ging.

Vor allem Red strahlte eine rastlose Energie aus, die wohl damit zusammenhing, dass er durch seine Verletzung zu lange aus dem Verkehr gezogen gewesen war. »Verdammt noch mal, es muss doch etwas geben, das wir tun können! Es kann nicht sein, dass dieser Mistkerl fröhlich durch D. C. rennt, in ein Gefängnis spaziert und jemanden umbringt – und wir sitzen hier nur rum.«

»Solange wir nicht wissen, wo sein Unterschlupf ist, oder wo er das nächste Mal zuschlägt, dürfte es schwierig sein, ihn zu finden.« Chris' Stimme klang ruhig wie immer. Während Red ihn wütend anfunkelte, wandte Hawk sich an den Deutschen. »Was schlägst du vor?«

Chris hob die Schultern. »Alles, was Black bisher getan hat, zeugt davon, dass er sehr organisiert ist. Ich nehme an, er wird sich schon vor Jahren einen Unterschlupf zugelegt haben, in den er sich bei Gefahr zurückziehen kann. Offensichtlich ist es ja sogar der CIA nicht gelungen, ihn aufzuspüren.«

Vanessa mischte sich ein. »Sie hielten ihn für tot.«

»Ist das wirklich so? Ich kann mir nicht vorstellen, dass die CIA sich so einfach täuschen lässt. Ich glaube eher, dass sie es zwar wussten, ihn aber nicht finden konnten. Also haben sie ihn für tot erklärt und geduldig gewartet, bis er wieder auftauchte.«

Vanessa wurde blass. »Oder sie wussten genau, wo er war und was er tat und haben ihn gewähren lassen, weil es ihren Interessen diente.«

Über die Möglichkeit wollte Hawk lieber gar nicht erst nachdenken.

»Tolle Aussichten.« Kyla verzog den Mund. »Und jetzt müssen wir warten, bis er einen Fehler macht? Was ist, wenn das nie passiert?«

Eine berechtigte Frage, auf die niemand eine Antwort hatte. Sie konnten nur darauf hoffen, dass sich bald etwas ergab. Schließlich konnten sie nicht ewig im Osten bleiben. Noch hielten Hawks Vorgesetzte still, aber sehr bald würden sie verlangen, dass er nach Coronado zurückkehrte. Mit oder ohne Jade. Und das bedeutete, er würde eine Entscheidung treffen müssen, und er wusste jetzt schon, wie sie ausfiel. Noch einmal wollte er Jade nicht verlieren.

»Ich habe hier etwas.« I-Macs Stimme durchbrach seine Gedanken. Der SEAL vergrößerte ein Bild auf dem Monitor und deutete darauf. »Das ist Senator Cullen. Er wurde vor Kurzem tot aufgefunden, interessanterweise vor dem Eingang des Firmensitzes von Knox Weapons, einem der wichtigsten Mitglieder der National Rifle Association.«

Hawk trat näher und betrachtete das Foto. Der Tote war nackt und den Spuren an seinem Körper nach zu urteilen, war er gefoltert worden.

Vanessa atmete scharf ein. »Cullen war immer ein Unterstützer der Waffenlobby. Er saß auch im Committee on Armed Services. Viele vermuten, dass er von den Waffenherstellern gekauft ist. Oder besser: war.«

Hawk betrachtete den Toten genauer. »Glaubst du, er hatte etwas mit den Waffen zu tun, die in Blacks Lager gefunden worden sind?«

I-Mac hob die Schultern. »Möglich ist es zumindest. Irgendwer muss Black schließlich die Waffen geliefert haben. Lustigerweise gibt es keinerlei Informationen darüber, welche Waffen in Blacks Camp in Afghanistan gefunden wurden. Ein seltsamer Zufall, oder?«

Clints Augenbrauen schoben sich zusammen. »Das kann nicht sein, es ist noch vor Ort eine Liste erstellt worden.«

»Tja, jetzt ist sie zumindest weg und sämtliche digitalen Kopien auch.«

Chris holte sein Handy heraus. »Ich frage beim KSK nach, ob sie die Auflistung noch haben.« Er ging auf den Flur.

»Wo hast du das Foto überhaupt gefunden? Ich kann mir nicht vorstellen, dass die Polizei das schon freigegeben hat.«

»Haben sie nicht, das hier ist von einem Reporter, der über den Waffenhersteller Francis Knox recherchiert hat und dabei auch Fotos vom Firmensitz machen wollte. Dabei hat er den Toten entdeckt und fotografiert. Anscheinend fand er es wichtiger, die Öffentlichkeit zu informieren, als die Polizei.«

Clint gab ein Grollen von sich. »Ich hasse diese Typen!«

Kurz darauf kam Chris in den Raum zurück. »Henning Mahler schickt mir eine Liste per Mail.« Er wandte sich an I-Mac. »Ich nehme an, ich kann hier auf meinen Webmailer zugreifen.«

Der SEAL hob eine Augenbraue. »Mit meinem Computer kann ich komplizierte Berechnungen vornehmen, in gesicherte Systeme hacken, Staaten …«

Hawk mischte sich rasch ein, bevor I-Mac sich in einen seiner endlosen Monologe steigerte. »Die kurze Antwort reicht. Ich nehme an, es war sowieso nur eine rhetorische Frage.«

Chris nickte dankbar.

I-Mac strich über seine verstrubbelten Haare. »Ja, Webmailer geht.«

»Gut. In einer Viertelstunde haben wir die Liste. Henning sagte, sie haben die Waffenfabrikate notiert, wer die Waffen allerdings geliefert hat, konnte nicht nachvollzogen werden. Wenn es Papiere dazugegeben hat, wurden sie vernichtet oder sie befinden sich hier in den USA. Die Deutschen hatten nichts mit der Aufräumaktion zu tun.«

Clint verzog den Mund. »Ich hätte dabeibleiben sollen, anstatt mit dem Team zum KSK-Lager zurückzukehren.«

»Es konnte ja niemand wissen, dass die Unterlagen verschwinden würden – und Black aus dem Gefängnis flieht.«

Kyla bewegte sich unruhig. »Die Frage ist, was wir jetzt unternehmen werden. Es hilft uns ja nicht, Black zu finden, wenn wir nicht wissen, wer die Waffen geliefert oder ob er diesen Politiker getötet hat.«

Womit sie zweifellos recht hatte, aber wenigstens würden sie so vielleicht dahinterkommen, wer Black in Afghanistan mit Waffen belieferte und damit die Regelungen des internationalen Waffenhandels umgangen hatte, die klar besagten, dass keine Waffen an Extremisten geliefert werden durften. Es wäre für Hawk eine große Befriedigung, die Hintermänner hochgehen zu lassen.

»Je mehr wir wissen, desto eher können wir entscheiden, wie wir Black am besten finden können.« Der ganze Raum schien die Luft anzuhalten, doch Kyla ging bei dieser Antwort nicht auf Chris los wie erwartet, sondern bedachte ihn mit einem langen Blick.

»Das ist zwar logisch, aber auch irgendwie unbefriedigend.« Sie funkelte die anderen wütend an, als sie in Gelächter ausbrachen. »Was ist?«

I-Mac grinste sie an. »Das klang irgendwie überhaupt nicht nach dir. Ich glaube, jemand hat einen besänftigenden Einfluss auf dich.« Er warf einen bedeutsamen Blick auf Chris.

Kyla lief rot an und löste damit noch mehr Heiterkeit aus.

»Was ist so lustig?«

Hawk drehte sich zu Jade um, die in der Türöffnung stand. Der Hauch eines Lächelns lag auf ihrem Gesicht, so als wüsste sie nicht, ob sie noch lachen konnte. Ein Stich fuhr durch sein Herz, und er ging rasch zu ihr, als die anderen schwiegen. Er leg-

349

te seinen Arm um ihre Schultern und zog sie an sich. »Kyla sagte eben, es wäre unbefriedigend, auf Informationen zu warten.«

Jades Lächeln verbreiterte sich, als ihr Blick zu Kyla glitt. »Wirklich?«

Kyla zuckte mit den Schultern. »Ich weiß nicht, warum ihr das so lustig findet.« Aber sie zwinkerte Jade dabei zu. Dann wurde sie ernst. »Trotzdem müssen wir Black finden, bevor er noch mehr Leute tötet oder ganz untertaucht. Uns läuft die Zeit davon.«

Sofort verschwand jede Spur von Humor aus den Gesichtern.

I-Mac blickte Chris an. »Wie heißt der Webmailer?«

Chris beugte sich vor, tippte eine Adresse ein und loggte sich ein. Hawk konnte nicht genau sehen, was für eine Seite es war, aber sie sah ziemlich offiziell aus. Vermutlich irgendwas mit besonderer Sicherung für BND-Agenten. Nach ein paar weiteren Passwörtern rief er seine Mails ab und nickte schließlich. »Sie ist da. Soll ich die Liste ausdrucken?«

»Ja, am besten gleich mehrmals, damit wir alle einen Blick darauf werfen können.«

Der Drucker begann Papier auszuspucken und I-Mac verteilte die Listen. Anschließend begann er, auf seine Tastatur einzuhämmern. Hawk betrachtete die Auflistung. Es waren die üblichen Hersteller von Kriegswaffen. Ob einer oder alle von den Lieferungen gewusst hatten, würden sie sicher nicht in absehbarer Zeit herauskriegen. Die Typen würden sofort eine Armada von Anwälten einschalten, sowie sie mit der Sache in Verbindung gebracht wurden.

I-Mac drehte sich zu ihnen herum. »Einer der Hersteller ist Knox. Und nicht nur das, in den letzten Jahren hat er begonnen, Aktien der anderen Unternehmen im großen Stil zu kaufen. Er sitzt inzwischen in etlichen Aufsichtsräten und hat Zugang zu geheimen Informationen. Um genau zu sein, hat er bei all den

Lieferanten auf der Liste in irgendeiner Form die Finger im Spiel.«

»Ich denke, es ist an der Zeit, mit dem Verteidigungsminister zu reden. Ich will eine Erklärung dafür haben, warum unsere Auflistung der Waffen verschwunden ist.« Hawk faltete die Liste und steckte sie in seine Hosentasche.

»Ich komme mit.«

Hawks Kopf fuhr zu Jade herum. »Es ist besser, wenn du dich noch ein wenig ausruhst, Jade.«

Eine Spur ihrer alten Kraft blitzte in ihren Augen auf. »Ich werde ja wohl noch ein Gespräch führen können.«

Hawk stieß einen lautlosen Seufzer aus. Am liebsten würde er Jade mitnehmen, aber das ging nicht. Er brachte seinen Mund dicht an ihr Ohr und senkte die Stimme, damit die anderen ihn nicht hörten. »Tu mir den Gefallen und bleib hier. Ich weiß nicht, wie lange es dauern wird, und ich bin mir ziemlich sicher, dass der Verteidigungsminister nur mit mir allein reden wird.«

Jades Gesichtsausdruck konnte er ansehen, dass ihr nicht gefiel, was er sagte, aber schließlich nickte sie widerwillig. »Okay, aber versuch, den Verteidigungsminister nicht zu hart anzugehen, ich möchte dich nicht als Chef verlieren.«

Hawk lachte auf. »Keine Chance.« Er küsste sie auf die Stirn und richtete sich auf. Ein Lächeln spielte um seine Mundwinkel, als er sah, dass die anderen alle die Augen abgewendet hatten. Sehr unauffällig. »Wenn es sonst nichts zu besprechen gibt, fahre ich jetzt.«

Clint schüttelte den Kopf. »Melde dich, wenn du etwas erfährst, das uns in der Suche nach Black weiterhelfen kann.«

»Alles klar. Bis später.« Nach einem letzten Blick auf Jade verließ Hawk den Raum und zog seine Jacke an.

Kyla folgte ihm auf den Flur. »Wie geht es Jade wirklich? Müssen wir irgendetwas beachten?«

Hawk überprüfte, ob er Portemonnaie und Handy in seiner Jackentasche hatte. »Im Moment geht es ihr ganz gut, glaube ich. Sie ist stärker als in den letzten Monaten, aber versucht bitte trotzdem, sie nicht zu erschrecken, damit sie nicht in Gedanken zurück in die Zeit in Mogadirs Festung versetzt wird.«

»Okay, ich denke, das kriegen wir hin. Du solltest aber trotzdem schnell zurückkommen.«

Hawk nickte ihr zu. »Ich beeile mich.«

Zufrieden sah er sich im Fernsehen den Bericht über das Auffinden von Cullens Leiche an. Die Reporter taten zwar, als wären sie betroffen, aber in ihren Augen konnte er die Sensationsgier erkennen. Sollten sie sich daran aufgeilen, ihm war es egal, solange seine Nachricht angekommen war. Black lehnte sich vor, als Knox vor die Kameras trat. Er wirkte ruhig und gelassen wie immer, aber in seiner Miene glaubte Black einen Hauch von Besorgnis zu entdecken. Gut so. Zu schade, dass er nicht mehr Zeit gehabt hatte, sonst hätte er sich den Mistkerl auch noch vorgenommen. Aber immerhin kannte er jetzt die Pläne – zumindest soweit Cullen darin eingeweiht gewesen war.

Wunderbarerweise deckten sich deren Ziele zu neunzig Prozent mit Blacks eigenen, von daher machte es ihm nichts aus, einfach abzuwarten, bis sie in die Tat umgesetzt wurden, um sie dann für seine Zwecke zu nutzen. Und Knox konnte rein gar nichts dagegen tun. Das war fast der beste Punkt der Sache. Gut, bis auf den, dass er Hamid für seinen Verrat büßen lassen würde. Cullen zu foltern, war einfach nur eine Methode gewesen, ihn schnell zum Reden zu bringen, bei Hamid würde es rein zu seinem Vergnügen geschehen. Ihn einfach nur zu töten, wäre eine viel zu geringe Strafe. Wenn er dann noch Zeit hatte, würde er sich die anderen vornehmen, aber im Grunde würde es auch reichen, sie Knox' Leuten zu überlassen. Tot war tot.

Black schaltete den Fernseher aus und wandte sich wieder den Akten zu, die er auf dem Hotelbett ausgebreitet hatte. Es wurde Zeit, seine nächsten Zielpersonen auszusuchen, die er sich vornehmen würde, wenn er die Sache hier in Washington erledigt hatte. Vielleicht wäre es auch gar nicht so schlecht, diese vorzuziehen, solange hier so intensiv nach ihm gesucht wurde. Sie würden alle ihre Strafe bekommen, egal, wie lange es dauerte.

29

Kyla kehrte ins Besprechungszimmer zurück und gesellte sich zu Jade. »Habe ich irgendwas verpasst, während ich draußen war?«

»Nichts Weltbewegendes, die anderen haben Chris ein wenig in die Zange genommen bezüglich seiner Absichten dir gegenüber, aber er hat sich gut geschlagen.«

»*Was?*« Ihre Stimme war so laut, dass die Männer schuldbewusst zusammenzuckten. Kyla starrte sie wütend an. »Seid ihr völlig übergeschnappt? Es geht euch rein gar nichts an, was mein Leben oder das von Chris betrifft. Ihr habt kein Recht, euch einzumischen.«

I-Mac lächelte sie beruhigend an. »Du gehörst zu uns, Kyla, und wir wollen nicht, dass du verletzt wirst.«

Kyla seufzte lautlos. Wenn er sie so ansah, konnte sie ihm nicht böse sein, und das wusste der Mistkerl genau. Sie setzte ihre strengste Miene auf. »Es ist meine Entscheidung, und ich werde mit den Konsequenzen leben müssen, nicht ihr.«

I-Mac wurde ernst. »Da irrst du dich. Wenn du unglücklich bist, hast du schlechte Laune, und die müssen wir dann alle ertragen. Von daher interessiert es uns schon, ob das mit diesem Deutschen was Ernstes ist oder nicht.«

Kyla atmete scharf aus. »Idiot.«

Die anderen SEALs grinsten und selbst Jade lächelte. Ihr Blick glitt zu Chris, aber es war seiner Miene nicht anzusehen, was er dachte. Er bewegte sich auf sie zu, und sie hielt insgeheim den Atem an.

»Es hat mir nichts ausgemacht, die Wahrheit zu sagen.«

Skeptisch blickte sie ihn an. »Und die wäre?«

»Dass ich das gerne dir sage, aber ganz bestimmt nicht einem Haufen neugieriger Waschweiber.«

Kyla musste lachen, als sie die tödlichen Blicke der SEALs sah. Chris ließ sich davon offensichtlich nicht beeindrucken, sein Blick lag ruhig auf ihr.

»Danke.« Er nickte ihr zu und wollte sich wieder umdrehen, doch sie hielt ihn am Arm fest. »Und Chris, nachdem du mich jetzt neugierig gemacht hast, will ich es auch wissen.«

Ein langsames Lächeln breitete sich auf seinem Gesicht aus, das ihr den Atem verschlug. »Das sage ich dir später, wenn wir allein sind.«

Hitze bildete sich in ihrem Magen und breitete sich in ihrem ganzen Körper aus. Verdammt, wie machte er das? In seiner Gegenwart verwandelte sie sich regelmäßig in einen zitternden Pudding. Da ihr die Worte fehlten, warf sie ihm nur einen strengen Blick zu. Jedenfalls hoffte sie, dass er streng war und nicht etwa sehnsüchtig oder verlangend. An der Art wie sich seine Augen verdunkelten, war es wohl Letzteres. Sie presste die Hände an die Oberschenkel, damit sie nicht dem Verlangen nachgab, ihn an sich zu reißen und zu küssen, bis sie beide keine Luft mehr bekamen.

»Soll ich einen Feuerlöscher holen?«

Reds trockene Bemerkung riss Kyla aus ihrer Verzückung. Wütend funkelte sie ihn an. »Sehr witzig.«

Er hob nur die Schultern. »Ich habe keine Lust, dass mein Haus in Flammen aufgeht.« Nachdenklich blickte er an die Decke. »Obwohl, mit dem Geld der Versicherung könnte ich mir ein neues Haus kaufen, in dem nicht so viel zu tun ist. Also macht ruhig weiter.«

»Können wir dann jetzt wieder zur Sache kommen?« I-Macs

Frage unterbrach das Geplänkel. Sein Tonfall versprach Neuigkeiten.

Erleichtert wandte Kyla sich ihm zu. »Ich bin sehr dafür.«

I-Mac deutete hinter sich auf den Monitor. »Es ist gerade eine
Nachricht reingekommen, dass Cullens Fahrer verletzt, aber
lebendig aufgefunden wurde. Er ist gefesselt und geknebelt in
eine Gasse gelegt worden. Seiner Aussage nach wurden sie von
einem Unbekannten angegriffen, der ihn dazu gezwungen hat,
sie zu einem verlassenen Haus in Virginia zu fahren. Dort hat er
ihn dann außer Gefecht gesetzt und in den Kofferraum gesperrt.
Er ist erst wieder in der Gasse aufgewacht.«

»Er lügt.« Zum ersten Mal mischte sich Bull in die Diskussion
ein. »Es war Black, und ich könnte wetten, der ›Fahrer‹ weiß
das auch genau. Außerdem ergibt es keinen Sinn, bis ganz nach
Virginia zu fahren, den Senator dort zu foltern und zu töten, den
Fahrer aber am Leben zu lassen. Und warum sollte der Täter
dann beide in die Stadt zurückfahren und an verschiedenen Orten
loswerden? Das ist nicht nur gefährlich, sondern auch reine Zeit-
verschwendung. Mir kam Black bisher immer sehr effizient vor.«

»Stimmt, aber die Frage bleibt, warum er den Fahrer nicht
auch umgebracht hat.«

Clint trat neben I-Mac. »Gibt es auch Fotos?«

Schweigend öffnete I-Mac einige Dateien. Auf den Fotos
war ein muskulöser Mann zu sehen, der größtenteils unverletzt
schien.

»Wie soll Black diesen Brocken außer Gefecht gesetzt und
dann auch noch über weite Strecken getragen haben?«

»Es ist die Rede von einem Taser. Aber das erklärt natürlich
nicht das Transportproblem.«

»Wo hast du die Infos eigentlich her?«

I-Mac zog die Augenbrauen hoch. »Bist du sicher, dass du das
wissen willst, East?«

Kyla wunderte sich schon lange nicht mehr über die seltsamen Spitznamen, die sich die SEALs gegenseitig gaben. Aber sie hätte tatsächlich gerne gewusst, woher I-Mac die Daten hatte. Wahrscheinlich auf illegalem Wege beschafft. Was ihr prinzipiell egal war, solange sie ihnen halfen, Black zu finden. »Wird dort gesagt, wo genau dieses verlassene Haus in Virginia sein soll?«

»Ja. Die Polizei ist sicher schon dort.«

»Lohnt es sich, sich dort umzuschauen? Irgendwie muss der Typ ja auf die Idee gekommen sein, es als Ort des Mordes zu nennen.«

Clint zuckte mit den Schultern. »Es kann zumindest nicht schaden. Red, Bull, Chris, gehen wir.«

Während I-Mac resigniert auf den Monitor starrte, stellte sich Kyla den Männern in den Weg. »Wenn ihr glaubt, dass ich hierbleibe, habt ihr euch getäuscht.«

»Kyla …«

»Ich bin nicht nur TURT/LE-Agentin, sondern auch Scharfschützin in einem SWAT-Team. Wer von euch ist Scharfschütze?« Niemand sagte etwas. »Das dachte ich mir.«

»Es sollte aber jemand das Haus hier bewachen, wir können nicht alle wegfahren, und Chris brauchen wir, damit er Black für uns identifiziert, falls er uns über den Weg läuft.«

Mit einem Knall stieß I-Macs Rollstuhl gegen die Tischplatte, als er sich abrupt umdrehte. »Auch wenn ihr das gerne vergesst, bin ich immer noch ein SEAL. Und Jade ist FBI-Agentin und TURT/LE, Vanessa ist CIA-Agentin und TURT/LE. Ich bin sicher, dass wir selbst auf uns aufpassen können. Wir brauchen keine Babysitter.«

Clint blickte ihn ruhig an. »So war es nicht gemeint und das weißt du.«

»Dann geht endlich und findet den Terroristen. Wir halten hier die Stellung und versuchen, weitere Informationen zu bekommen. Wenn ich etwas herausfinde, melde ich mich. Und ich will informiert werden, wenn bei euch etwas geschieht.«

Clint salutierte. »Aye, Sir.«

Rasch sammelten sie die benötigte Ausrüstung zusammen. Neben jeder Menge Waffen und Munition waren das auch schusssichere Westen. Bull nahm außerdem eine ganze Kiste mit Sprengsätzen und anderen explodierenden Vorrichtungen mit. Als Kyla ihn fragte, wozu er die brauchte, zuckte er nur mit den Schultern. »Man kann nie wissen.«

Tatsächlich erinnerte Kyla das sehr an Rock, der auch immer auf alles vorbereitet gewesen war und ständig einige seiner ›Spielzeuge‹ bei sich trug. Sie stellte tatsächlich fest, dass sie ihre Kollegen aus Coronado vermisste – und ihre Arbeit. Selbst wenn sie in nächster Zeit keine Einsätze mehr bekam, wollte sie nicht nach New York in das SWAT-Team zurückkehren. Ihr Platz war jetzt bei den TURTs und dem Kampf gegen den Terrorismus.

Ihr Blick glitt zu Chris. Sie wünschte, sie könnten mehr Zeit zusammen verbringen, aber sie mochte Chris deswegen so gern, weil er seine Arbeit genauso ernst nahm wie sie ihre. Zu dumm, dass sie fast sechstausend Meilen voneinander entfernt lebten. Da der Gedanke sie jedoch nur traurig stimmte, schob sie ihn schnell beiseite. Sie hatten eine Aufgabe zu erledigen, auf die sie sich voll und ganz konzentrieren musste. Mit fest zusammengebissenen Zähnen schlüpfte sie in die schusssichere Weste und zog ihre warme Jacke darüber. Es gab keinen Grund, auch noch zu frieren.

Die SEALs machten es genauso, auch wenn deren Jacken deutlich dünner waren. Zwar arbeitete Kyla schon einige Zeit mit ihnen zusammen, aber sie wusste immer noch nicht, wie sie es schafften, die Kälte total auszublenden. Vielleicht war das der wahre Nachteil bei Frauen: Sie hatte bisher noch keine kennengelernt, die nicht ständig fror. Zumindest im November bei fünf Grad. Immerhin regnete es nicht, wofür sie sehr dankbar war. Ein letztes Mal kontrollierte sie ihre Pistole, die sie zwecks leichterer Erreichbarkeit in ihre Jackentasche steckte.

»Alle bereit?« Clint hatte eindeutig seinen SEAL-Captain-Tonfall angenommen, auf den selbst sie und Chris reagierten.

Es machte Kyla nichts aus, wenn der SEAL das Kommando übernahm, er hatte wesentlich mehr Erfahrung in solchen Einsätzen. Solange er sie als vollwertiges Mitglied behandelte und ihre Stärken nutzte, war sie zufrieden. Auch Chris integrierte sich einfach in das Team, obwohl sie ihn vorher als Einzelgänger eingeschätzt hätte. Genau genommen schien es ihm sogar zu gefallen, in einem Team arbeiten zu können. Vielleicht lag es auch daran, dass er in Afghanistan so lange völlig abgeschnitten hatte agieren müssen.

Sie nahmen zwei Wagen, um im Notfall darauf zurückgreifen zu können, und fuhren auf der Interstate 395 in Richtung Virginia. Einige Meilen hinter der Grenze bogen sie auf eine kleinere Straße ab, von der aus sie dann auf die Einfahrt zu dem von I-Mac genannten Grundstück fuhren. Sofort meldete sich Kylas innere Stimme und warnte sie, dass etwas nicht stimmte. Doch was genau, blieb ihr verborgen. Auch die SEALs waren angespannt, was darauf hindeutete, dass ihr Gefühl sie nicht trog. Da es aber keinen sichtbaren Hinweis gab, konnten sie nur hoffen, dass alles gut ging.

Kyla atmete auf, als sie schließlich etwa hundert Meter von dem alten Haus entfernt anhielten. Sie musste dringend aus dem Wagen raus und ein wenig der angestauten Energie loswerden. Ihre Hand lag bereits auf dem Türgriff, als Clint sich zu ihr umdrehte.

»Noch nicht. Mir gefällt die Sache nicht.«

Damit sprach er das aus, was auch ihr im Kopf herumging. Jetzt fiel ihr auch auf, was sie so störte: Eigentlich sollte es vor

Polizisten nur so wimmeln, wenn der Senator hier ermordet worden war. Stattdessen herrschte Stille, sie schienen völlig allein zu sein.

Kyla verzog den Mund. Vielleicht hatte sich auch jemand sehr gut versteckt und wartete nur darauf, dass sie ausstiegen. »Was machen wir jetzt?«

»Zuerst rufe ich I-Mac an, nur um mich zu vergewissern, dass die Infos korrekt waren.« Er wählte die Nummer und schaltete das Handy auf Lautsprecher. Nach wenigen Sekunden meldete sich I-Mac. »Hier Clint. Woher genau hast du die Info über das Haus?«

»Aus der Datenbank der Polizei. Ich habe auf den Vernehmungsbericht des Fahrers zugegriffen. Warum? Was ist bei euch los?« Seiner Stimme war deutlich anzuhören, wie gerne er jetzt bei ihnen gewesen wäre.

»Es ist niemand hier, und es sieht auch nicht so aus, als wäre in letzter Zeit jemand hier gewesen.«

Im Hintergrund war rasches Tippen zu hören. »Ich verstehe das nicht. Es stand hier ganz deutlich, dass ...« I-Macs Stimme wurde undeutlicher, dann wieder klarer. »Seltsam, jetzt ist der Bericht nicht mehr in der Datenbank.« Weiteres Tippen, dann ein Fluch. »Ihr solltet ganz schnell von dort verschwinden, es könnte eine Falle gewesen sein. Verdammt noch mal, ich hätte merken müssen, dass da etwas nicht stimmt! Es tut mir leid, Clint.«

»Kein Problem. Wir sehen uns nur ein wenig um und fahren dann zurück.«

»Das halte ich für keine ...« Die Verbindung brach mit einem Knacken ab.

Für einen Moment herrschte Stille im Wagen. Der zweite Jeep war neben ihnen zum Stehen gekommen und das Fenster fuhr herunter.

»Was ist los?« Die Besorgnis war Red anzusehen.

Clint berichtete knapp, was sie von I-Mac erfahren hatten. »Ich bin dafür, dass wir uns hier ein wenig umsehen. Es muss einen Grund dafür geben, dass gerade dieser Ort in dem Bericht genannt wurde, und den will ich herausfinden.« Er drehte sich zu Kyla um. »Bleib du hier mit Chris bei den Autos und gebt uns Rückendeckung, falls jemand kommt. Falls wir jemanden dort finden, bringen wir ihn mit, damit Chris ihn identifiziert.«

Kyla wollte protestieren, aber sie würde die SEALs nie überstimmen können. »Wenn ihr in zehn Minuten nicht wieder hier seid, komme ich hinterher.«

Clint grinste sie an. »Ich verlasse mich darauf.« Er reichte ihr ein Headset. »Zur Sicherheit bleiben wir über Funk in Kontakt.«

»Alles klar.«

Nachdem sie die Umgebung eine Weile beobachtet hatten, stiegen sie aus. Kyla lehnte sich mit dem Gewehr in der Hand gegen das Auto und sah zu, wie die SEALs in das kleine Waldstück eintauchten, das an das Grundstück grenzte. Zwar glaubte sie nicht, dass das viel nützen würde, zumal die Wagen direkt sichtbar vor dem Haus standen, aber vermutlich war es sicherer, als ohne Deckung auf das Haus zuzugehen. Sie hielt den Atem in der Erwartung an, gleich Schüsse zu hören, doch es blieb alles ruhig. Auch durch das Headset hörte sie nichts, die SEALs hatten entweder das Mikrofon ausgeschaltet oder bewegten sich völlig lautlos.

Chris gesellte sich zu ihr, und sie genoss für einen winzigen Moment seine Nähe. Er stand ihr zugewandt und beobachtete die Einfahrt hinter ihr. Zumindest konnte sich niemand anschleichen, ohne dass sie es bemerkten. Seine Augenbrauen waren zusammengezogen. »Was hast du?«

Er blickte sie kurz an. »Ich frage mich, warum jemand wollte, dass wir hierher kommen.«

Kyla rieb über ihre Stirn, hinter der sich ein dumpfer Schmerz bemerkbar machte. »Ich verstehe auch nicht, was das soll. Wenn uns hier niemand angreift, was …?« Ihre Augen weiteten sich, als ihr ein Gedanke kam. »Was ist, wenn sie uns nicht irgendwo hinlocken wollten, sondern von Reds Haus fernhalten? Jade!« Mit zitternden Fingern kramte sie ihr Handy hervor und wählte Jades Nummer. Ungeduldig lauschte sie dem Freizeichen, doch ihre Partnerin ging nicht dran. Schließlich sprach sie eine Nachricht auf die Mailbox, bevor sie sich zu Chris umwandte. »Sie meldet sich nicht.«

»Dann ruf I-Mac an.«

Rasch suchte sie seine Nummer heraus und rief ihn an. Diesmal kam sofort die Mailbox. »Verdammt noch mal!« Wütend und ängstlich zugleich blickte sie Chris an. »Was machen wir jetzt?«

»Ich würde sagen, so schnell wie möglich zurückfahren und hoffen, dass wir nicht zu spät kommen.«

Ihre Finger zitterten, als sie das Mikrofon aufdrehte. »Clint, ich kann weder Jade noch I-Mac telefonisch erreichen. Ich befürchte, dass da etwas nicht stimmt. Wir müssen sofort zurück!«

Clint fluchte leise. »Wir kommen sofort.«

Sie schaltete das Mikro aus. »Ich hätte Jade nie alleine lassen dürfen! Was ist, wenn ihr jetzt etwas passiert?«

Chris schlang seine Arme um sie und zog sie dicht an sich. »Jade ist eine fähige Agentin, ihr wird nichts passieren.«

Verzweifelt blickte Kyla ihm in die Augen. »Und wenn doch? Ich könnte es nicht ertragen, wenn sie noch einmal verletzt oder sogar getötet wird.«

Chris' Augen verdunkelten sich. »Es ist nicht deine Schuld, weder heute noch in Afghanistan. Und ich bin mir ziemlich sicher, dass Jade dir das auch sagen würde.«

Damit hatte er vermutlich recht, aber es half ihr nicht wirklich, das erdrückende Schuldgefühl loszuwerden. Mit Mühe stieß sie es zumindest so weit beiseite, dass es sie nicht bei ihrer Aufgabe behinderte. Kyla schob das Kinn vor. Sie würde jeden zerfetzen, der es wagte, Jade etwas anzutun.

Langsam entspannte sich ihr Griff um die Waffe und sie ließ ihre Stirn an Chris' Brust sinken. »Danke.«

Sie spürte seine Lippen an ihren Haaren. »Gerne. Du bist eine unwahrscheinlich starke Frau, Kyla, aber du kannst nicht alles kontrollieren. Manche Dinge liegen außerhalb unserer Macht, und wir können nur versuchen, das Beste daraus zu machen.«

Kyla seufzte. »Ich weiß, aber deshalb gefällt es mir noch lange nicht.«

Chris lachte leise. »Das habe ich auch nicht angenommen.« Er presste einen Kuss auf ihre Lippen. »Wo wir gerade alleine und die Waschweiber außer Hörweite sind ...«

Kyla hielt den Atem an. »Chris ...« Einerseits wollte sie hören, was er zu sagen hatte, andererseits hatte sie aber auch Angst davor. Wenn nun seine Gefühle nicht so tief waren wie ihre? Oder, vielleicht noch schlimmer, wenn er das Gleiche für sie empfand, aber trotzdem bald nach Deutschland zurückkehren musste?

»Ich halte es für wichtig, es dir jetzt zu sagen. Wir wissen nicht, was uns heute noch erwartet.«

Kyla holte tief Luft und nickte. »Okay.«

Ein Lächeln glitt über sein Gesicht. »Du musst aber nicht so schauen, als würdest du vor einem Erschießungskommando stehen.«

Kyla spürte, wie sie rot wurde. »Entschuldige.«

»Kein Problem, ich bin selbst ein wenig nervös.« Er trat von ihr zurück und schloss seine Hände um ihre. Ein wenig störte das Gewehr in ihrer Hand die Romantik, aber ihr Herz begann trotzdem schneller zu klopfen. »Shahla, seit ich dich zum ersten

Mal gesehen habe, gehst du mir nicht mehr aus dem Kopf. Ich weiß, dass es nicht einfach sein wird, aber ich möchte mit dir zusammen sein, dich noch besser kennenlernen, alles über dich erfahren, was es gibt.« Mit seinen tief blauen Augen blickte er sie ernst an. »Kyla, ich …«

Über den Kopfhörer erklang Clints Stimme. »Steigt schon mal ein.«

Kyla drehte das Mikrofon auf. »Alles klar.« Bedauernd blickte sie Chris an. »Entschuldige, Clint hat sich gerade gemeldet, wir sollen einsteigen.«

Chris strich über ihre Wange, bevor er zurücktrat. »Wir setzen das nachher fort.«

Sie lächelte ihn an. »Ich bestehe darauf.« Verdammt, warum hätte Clint sich nicht zehn Sekunden später melden können? Zu gerne hätte sie gewusst, was Chris sagen wollte. Dass er sie mochte? Oder sogar liebte? Bedauernd blickte sie Chris nach, der zu dem anderen Wagen hinüberging. Als könnte er ihre Augen auf sich spüren, drehte er sich zu ihr um. Sein intensiver Blick ließ Wärme in ihr aufsteigen, und für einen Moment tauchte sie völlig darin ein.

Während Clint durch das offensichtlich seit mehreren Jahren unbewohnte Haus schlich, nahm das schlechte Gefühl immer mehr zu. Es konnte durchaus sein, dass diese Aktion lediglich als Ablenkungsmanöver diente, um sie aus Reds Haus zu locken, aber er glaubte nicht, dass das alles war. Woher hätten die Verbrecher wissen sollen, wer von ihnen das Haus verließ und wer nicht? Nein, es ergab viel mehr Sinn, sie alle zu töten. Und dazu war diese abgelegene Gegend sehr gut geeignet.

Er trat auf den Flur zurück und schaltete sein Mikrofon an. »Red, Bull, Abzug.« Von Red kam eine Bestätigung, Bull jedoch schwieg. »Bull?«

»Ich fürchte, wir haben hier ein kleines Problem.« Der ominöse Klang von Bulls Stimme ließ die Haare in seinem Nacken hochstehen.

Verdammt, genau das hatte er befürchtet. »Wo bist du?«

»Im Keller, aber kommt nicht hier runter.«

Gemeinsam mit Red, der in diesem Moment aus dem Obergeschoss kam, ging er rasch die Kellertreppe hinunter, die in einem engen, feuchten Verschlag endete.

Bull hockte in einer Ecke und betrachtete etwas, das verdammt wie eine Bombe aussah. Er fuhr herum, als sie hinter ihn traten. »Ich hatte doch gesagt, dass ihr wegbleiben sollt, es ist zu gefährlich.«

Clint zog nur eine Augenbraue hoch und ignorierte Bulls Bemerkung. »Ist es das, wonach es aussieht?«

Bulls Gesichtsausdruck war grimmig. »Jup. Und sie lässt sich nicht so ohne Weiteres entschärfen. Es gibt auch keinen Zeitzünder, sie könnte also jederzeit hochgehen. Deshalb hatte ich gesagt, ihr sollt oben bleiben.«

Unbehaglich rollte Clint seine Schultern. »Und was machst du dann noch hier?«

»Ich wollte vorher noch das hier dokumentieren.« Er deutete mit seiner Taschenlampe auf die Inschrift, die an einem der Metallteile angebracht war. *Knox Weapons*.

Das konnte ein Zufall sein, oder auch nicht. Es war auf jeden Fall eine Spur, der sie nachgehen sollten, schließlich war auch Cullens Leiche vor Knox' Firmensitz abgelegt worden. Clint zog sein Handy hervor und machte ein Foto von der Bombe und noch einmal von dem Schriftzug in einer Nahaufnahme. »Okay, jetzt aber raus hier.«

Red war bereits an der Treppe, als Clint sich umdrehte, und lief immer zwei Stufen auf einmal nehmend hinauf. Offensichtlich war sein Freund tatsächlich fit und konnte bald den Dienst wieder aufnehmen. Zumindest solange sie nicht alle hier in wenigen Sekunden zerfetzt wurden. Er sprintete die Treppe hoch, hinter sich hörte er Bulls schwere Tritte. Sein Herz hämmerte im Takt seiner Schritte, und er hatte das unangenehme Gefühl, dass ihnen die Zeit davonlief. Er folgte Red durch die Küche zur Hintertür, durch die sie ins Haus gekommen waren. Als sie draußen waren und in Richtung des Waldes rannten, der direkt hinter dem Grundstück begann, atmete Clint auf.

Gerade als er dachte, sie hätten es geschafft, ertönte ein lauter Knall, gefolgt von einem grollenden Bersten. Die Druckwelle hob ihn von den Füßen und schleuderte ihn einige Meter weiter. Obwohl er versuchte, sich abzurollen, landete er schmerzhaft auf dem Boden. Wie betäubt blieb er einen Moment liegen, bevor er sich herumwälzte. Es dröhnte konstant in seinen Ohren, und er schüttelte den Kopf, um sich von dem unangenehmen Geräusch zu befreien. Als er erkannte, dass es nichts brachte, richtete er sich fluchend auf. Bull und Red lagen einige Meter von ihm entfernt.

Clint schnitt eine Grimasse, als er sah, dass Bull gegen einen Baumstamm geschleudert worden war. Schwankend kam er auf die Füße und lief mit unsicheren Schritten auf Bull zu. Er hatte nicht vor, noch einen seiner Männer zu verlieren! Und diesmal wäre es wirklich seine Schuld, weil er ohne einen Befehl gehandelt hatte. Aber die Konsequenzen für ihn selbst waren ihm egal, solange seine Männer gesund waren. Red setzte sich auf, ein blutiger Kratzer zog sich über sein Gesicht, doch sonst schien er unverletzt zu sein. Er gab Clint ein Zeichen, dass alles okay war und blickte nun seinerseits zu Bull.

»Verdammt!«

Jedenfalls glaubte Clint, das Wort an seinen Mundbewegungen erkennen zu können. Jetzt klingelte es auch noch in seinen Ohren. Clint erreichte Bull gerade, als der seinen Arm bewegte.

Erleichtert, dass er noch lebte, kniete Clint sich neben ihn und berührte ihn vorsichtig an der Schulter.

»Alles okay?« Er hörte seine eigenen Worte seltsam dumpf und wusste nicht, ob Bull ihn überhaupt verstehen konnte.

Die Augen des SEALs öffneten sich langsam, und er bewegte seine Lippen. Ob er etwas sagte oder nur stöhnte, konnte Clint nicht erkennen. »Kannst du aufstehen?« Vermutlich schrie er, aber es war wichtig, dass Bull ihn verstand. Sie konnten hier nicht bleiben, denn es könnte jederzeit jemand kommen, um zu überprüfen, ob sie bei der Explosion gestorben waren. Und selbst wenn nicht, machte es ihm Sorgen, dass Jade und I-Mac nicht zu erreichen waren. Sie mussten sofort zu Reds Haus zurück.

Mit einem Ruck rollte sich Bull auf den Rücken. Sein verzerrtes Gesicht zeigte deutlich, dass er große Schmerzen haben musste, trotzdem setzte er sich langsam auf. Vermutlich sollten sie auf einen Krankenwagen warten, aber da die Zeit drängte, half Clint ihm. »Gebrochene Knochen?«

Bull bewegte langsam alle Glieder und schüttelte dann den Kopf. »Höchstens ein paar Rippen.«

Das war sicher schmerzhaft, aber hoffentlich nicht lebensbedrohlich. Auf jeden Fall würden sie ihn ins Krankenhaus bringen müssen, wenn sie in die Stadt zurückfuhren. »Kannst du aufstehen?« Clint half ihm auf die Beine und stützte ihn einen Moment, bis er sicher stand. »Okay?«

Bull nickte.

Erleichtert atmete Clint auf und blickte sich nach Red um. Sein Freund hatte sich wie erwartet darum gekümmert, dass sich ihnen niemand näherte. Auf ein Handzeichen hin kam er auf sie zu. »Alles klar?«

Langsam schien er etwas mehr zu hören, das Rauschen allerdings blieb. »Ja. Zu den Wagen.«

30

Erschrocken zuckte Kyla zusammen, als plötzlich ein lauter Knall ertönte. Sie wirbelte zum Haus herum und sah gerade noch, wie es mit einem lauten Krachen in sich zusammenfiel. Glas, Holz- und Metallteile regneten in einem weiten Umkreis auf den Boden. Wenn die SEALs noch darin gewesen waren ... Chris, der bereits auf dem Weg zu dem anderen Wagen gewesen war, stieß einen Fluch aus und begann, auf das Haus zuzugehen. Kyla erwischte ihn gerade noch an der Jacke und hielt ihn fest.

»Warte, ich versuche sie erst über Funk zu erreichen, vielleicht waren sie schon draußen.« Sie drehte ihr Mikrofon auf. »Clint, melde dich.«

Mit angehaltenem Atem wartete sie, doch es kam keine Antwort. Verdammt! Ihr Herz zog sich bei der Vorstellung zusammen, dass die drei Männer tot sein könnten. Ihr Blick traf den von Chris, und auch ihm war anzusehen, dass ihm die Situation an die Nieren ging. Stumm schüttelte sie den Kopf.

Seine Lippen pressten sich zusammen. »Ich suche sie, bleib du hier und gib mir Deckung.«

Kyla wollte protestieren, aber es war tatsächlich die sinnvollste Lösung, da sie die Scharfschützin war. »Sei bitte vorsichtig.«

Chris nickte knapp und ging zu dem anderen Wagen, in dem sich die Waffen befanden. Das Aufheulen eines Motors ließ Kyla herumfahren, automatisch hob sie das Gewehr und ging hinter dem Auto in Deckung. Mehrere Wagen kamen die Auffahrt hinauf und blieben in einer Wolke aus aufgewirbeltem Sand ein Stück entfernt stehen. War es die Polizei oder das FBI, die jetzt erst kamen, um im Haus die Spuren zu sichern oder war es jemand, der sie endgültig beseitigen wollte? Auf jeden Fall würde sie kein Risiko eingehen, solange sie nicht wusste, wem sie hier gegenüberstand.

Von ihrem jetzigen Standort aus konnte sie Chris nicht sehen, und das machte sie nervös, auch wenn sie wusste, dass er auf sich selbst aufpassen konnte. Ohne Vorwarnung eröffneten die Neuankömmlinge das Feuer. Das Knattern von Maschinengewehren mischte sich mit einzelnen Pistolenschüssen. Kugeln schlugen mit einem metallischen Geräusch in die Wagen ein, die Scheiben zerbarsten und Glaskrümel regneten auf Kyla hinunter. Damit hatte sich wohl die Frage erledigt, ob es sich um Gesetzeshüter handelte …

Mit einem Arm schützte sie ihre Augen, während sie sich in eine bessere Position brachte, um die Verbrecher angreifen zu können. Vorsichtig lugte sie an der hinteren Stoßstange vorbei und zuckte zurück, als sofort weitere Schüsse auf sie abgefeuert wurden. Verdammt, wer waren diese Kerle? Egal, jetzt zählte nur, dass sie so schnell wie möglich ausgeschaltet wurden, damit sie endlich zurück zu den anderen fahren konnten. Denn mittlerweile war es offensichtlich, dass es sich bei der ganzen Aktion um eine Falle handelte. Sie waren extra aus dem Haus gelockt worden. Falls die Verbrecher ihren Unterschlupf schon kannten, waren Jade und die anderen nun in großer Gefahr. Doch darüber mochte Kyla lieber gar nicht nachdenken.

Mit fest zusammengepressten Lippen hob sie ihr Gewehr an die Schulter und atmete tief durch, bis sie die innere Balance erreichte, die es ihr erlaubte, ihre Gefühle beiseitezuschieben und sich ganz auf ihre Aufgabe zu konzentrieren. Die jahrelange Übung in den SWAT-Teams machte sich bemerkbar. Sie zielte, drückte ab und lächelte grimmig, als sie einen Schrei hörte. Sie gab einige weitere Schüsse ab, die die Verbrecher dazu zwangen, selbst hinter ihren Wagen in Deckung zu gehen.

»Bleib in Deckung, Kyla, wir übernehmen.« Erleichtert atmete sie auf, als Clints Stimme durch den Kopfhörer drang.

»Ich bin froh, dass ihr noch lebt. Seid ihr unverletzt?«

»Mehr oder weniger.«

Was auch immer das hieß, aber da das Gewehrfeuer wieder aufbrandete, hatte sie keine Zeit, darüber nachzudenken. Erneut hob sie den Kopf und versuchte, einen Blick auf Chris zu erhaschen. Diesmal gelang es ihr, denn er hatte sich inzwischen um das Auto herumgearbeitet. Obwohl er äußerlich ruhig wirkte, meinte sie, eine seltsame Spannung in ihm wahrzunehmen. So als hätte er etwas vor, das ihr garantiert nicht gefallen würde. Sofort gab sie ihm mit Handzeichen zu verstehen, dass er in Deckung bleiben sollte, doch er ignorierte sie. Oder er verstand sie nicht.

Weitere Schüsse fielen, und Kyla musste sich wieder hinter den Kotflügel ducken, um nicht getroffen zu werden. Mit dem Rücken presste sie sich gegen das Metall des Wagens, während sie ein neues Magazin ins Gewehr schob. Als sie eine kurze Feuerpause nutzte, um nach Chris zu sehen, war er gerade dabei, sich weiter in Richtung der Verbrecher vorzuarbeiten. Furcht erfasste sie, als sie erkannte, was er vorhatte: Er wollte sich hinter die Männer schleichen und sie von dort aus unschädlich machen. Dafür musste er einige Meter freier Fläche überqueren – deutlich sichtbar für alle. Die Angreifer würden sich nicht mal richtig anstrengen müssen, um ihn zu treffen. Er war eine lebendige Zielscheibe mit einem großen Fadenkreuz auf der Brust. Zwar trug er eine schusssichere Weste, aber das würde ihm in dem Fall auch nicht helfen.

Da er kein Funkgerät dabei hatte, konnte sie ihm leider nicht ihre Meinung sagen und auch nicht davon berichten, dass die

SEALs lebten und sie unterstützen würden. So musste sie sich damit begnügen, ihm Deckung zu geben, indem sie die Verbrecher dazu zwang, sich hinter ihre Wagen zurückzuziehen.

Gerade hatte sie einen perfekten Schuss gesetzt und einen der Angreifer verletzt, als sie aus den Augenwinkeln sah, wie Chris getroffen wurde. Es schien wie in Zeitlupe abzulaufen: Eine Kugel durchschlug seinen Oberschenkel, und er drehte sich um die eigene Achse, bevor er zu Boden fiel. Entsetzt starrte sie ihn an. *Nein, Chris!* Er versuchte, sich aufzusetzen und ihre Finger verkrampften sich um den Griff ihres Gewehrs. Übelkeit stieg in ihr auf, als sie das Blut sah, das seine Jeans durchtränkte. Er brauchte dringend ärztliche Hilfe, aber es gab keine Möglichkeit, ihn in ein Krankenhaus zu bringen, bevor die Verbrecher nicht außer Gefecht gesetzt waren. Wenigstens lag er nach dem Sturz wieder im Schutz des Autos und konnte nicht von weiteren Kugeln getroffen werden.

Kyla presste ihre Zähne zusammen und atmete tief durch. Irgendetwas musste sie tun, um Chris zu helfen. »Clint, Chris ist angeschossen, wir müssen die Sache jetzt beenden!«

»Wir haben es gesehen, sind schon dabei.«

Das dauerte alles zu lange! Sie konnte doch nicht zusehen, wie Chris langsam verblutete. Vorsichtig kroch sie hinter dem Auto heraus, doch sofort spritzte nur wenige Zentimeter vor ihr der Sand auf. Rasch zog sie sich wieder zurück. Es half Chris nicht, wenn sie ebenfalls verletzt oder sogar getötet wurde.

Hilflos sah sie zu, wie von der anderen Seite ein Mann auf Chris zulief. Wo kam der jetzt auf einmal her? Die Angreifer waren doch alle hinter ihren Autos in Deckung gegangen, und sie hätte es bemerkt, wenn einer die freie Fläche überquert hätte. Sie wollte auf ihn schießen, doch die anderen Verbrecher gaben ihr keine Gelegenheit dazu. So konnte sie nur tatenlos beobachten, wie der Verbrecher sich auf Chris stürzte. Der wehrte sich heftig, und für einen Moment dachte Kyla, dass er gewinnen könnte, doch dann traf ihn ein Tritt an der Wunde. Chris schrie auf und krümmte sich zusammen. Während er sich nicht wehren konnte, holte der Verbrecher aus und schlug ihm mit der Pistole gegen die Schläfe. Chris sackte bewusstlos in sich zusammen. Der Mann packte ihn unter den Armen und zerrte ihn zu einem der Wagen, während die anderen Verbrecher weiter auf ihre Gegner feuerten.

Kyla versuchte einen Schuss abzugeben, aber sie hatte Angst, Chris zu treffen, da ihr nicht genug Zeit blieb, um richtig zu zielen. Verzweifelt suchte sie nach einer Möglichkeit, aber ihr fiel nichts ein, wie sie Chris helfen konnte. »Clint, ein Mann schleppt Chris zum Wagen der Verbrecher.« Ihr Atem stockte, als sie ihn von dem Gefängnisvideo erkannte. »Oh Gott, es ist Black! Wir dürfen nicht zulassen, dass er Chris mitnimmt!«

Clints Fluch drückte das aus, was auch sie empfand. »Ich habe von hier aus kein freies Schussfeld. Er ist genau hinter den Wagen.« Bull und Red bestätigten, dass es ihnen genauso ging.

Solange die Verbrecher auf sie schossen, kamen sie auch nicht aus dem Waldstück heraus. Nur Kyla war in einer etwas besseren Position, doch reichte die auch nicht, um Chris zu retten. Angst und Wut vermischten sich, als Black den Kofferraum öffnete und Chris unsanft hineinbeförderte. Anschließend lief er geduckt zur Fahrerseite und blieb damit weiterhin außer Reichweite.

Sie musste etwas tun, sonst war Chris verloren! Black würde ihn töten, so viel war sicher. Da er ihn nicht gleich erschossen hatte und sich die Mühe machte, ihn von hier fortzubringen, plante er vermutlich einen deutlich längeren und schmerzhafteren Tod für Chris. *Oh Gott, nein!* Ohne Rücksicht auf ihre eigene Sicherheit stand Kyla auf und zielte auf Black. Gerade als sie zum Schuss ansetzte, spürte sie einen brennenden Schmerz an ihrem Arm. Sie zuckte zusammen und ihre Kugel ging ins Leere, während Black im Wagen verschwand. Der Motor startete und der Wagen rollte los, bevor noch die Fahrertür geschlossen war.

Kyla rannte los, doch sie kam nicht zu Chris durch, weil in diesem Moment die anderen Verbrecher anfingen, auf das flüchtende Auto zu schießen. Warum taten sie das? Gehörte Black doch nicht zu ihnen? Aber das war jetzt nebensächlich. Wenn sie den Wagen erreichte, wäre sie in direkter Schusslinie und sofort tot. Sie stieß einen gequälten Laut aus, der ihr selbst einen Schauer über den Rücken jagte, als sich der Wagen immer weiter von ihr entfernte. *Chris!*

»Kyla, geh in Deckung, verdammt noch mal! Tot nützt du Chris auch nichts.« Clints raue Stimme in ihrem Ohr riss sie aus ihrer Verzweiflung und ließ sie abtauchen, während die Verbrecher noch mit dem fliehenden Wagen beschäftigt waren.

Sie musste sofort hinter Black her, damit er keine Gelegenheit hatte, Chris zu töten. Dafür brauchte sie einen Wagen und musste hier vor allem endlich raus. Diesmal kamen Schüsse aus der Richtung des Waldes, und Kyla riskierte einen Blick. Die drei SEALs traten zwischen den Bäumen hervor und schossen auf die Verbrecher, die sich sofort der neuen Bedrohung zuwandten, nachdem das flüchtende Auto nicht mehr in Reichweite war.

»Jetzt, Kyla!«

Geduckt rannte sie los. Hoffentlich waren die Verbrecher so abgelenkt, dass sie sie nicht bemerkten. Erleichtert atmete sie auf, als sie bei einem der beiden verbliebenen Wagen ankam und durch die Scheibe den Schlüssel stecken sah. Gerade als sie die Tür öffnen wollte, ertönte ein Ruf und ein bewaffneter Mann tauchte vor ihr auf. Er war zu nah, als dass sie ihr Gewehr hätte in Stellung bringen können, deshalb nutzte sie es als Prügel und versetzte dem Mann einen Schlag auf den Arm. Mit einem Schmerzenslaut ließ er die Pistole fallen, gab jedoch nicht auf, wie sie gehofft hatte, sondern stürzte sich auf sie. Kyla versetzte ihm einen weiteren Hieb, diesmal gegen das Kinn. Mit grimmigem Gesichtsausdruck beobachtete sie, wie ihr Gegner in sich zusammensank.

Rasch stieg sie in den Wagen und zog die Tür hinter sich zu. Als sie den Motor startete, eröffneten die Verbrecher erneut das Feuer auf sie. Kyla duckte sich und zuckte zusammen, als die Kugeln gegen das Metall schlugen und die Seitenscheibe zerstörten. Mit zitternden Fingern griff sie zum Schlüssel und drehte ihn herum. Erleichtert atmete sie auf, als der Motor sofort ansprang.

Einen winzigen Moment zögerte sie noch, denn es behagte ihr nicht, die SEALs hier im Stich zu lassen. Diesen Augenblick nutzte einer der Verbrecher und riss die Beifahrertür auf. Kyla griff zum Gewehr, das sie auf den Beifahrersitz gelegt hatte, aber sie wusste, dass sie nicht schnell genug sein würde. Plötzlich ging ein Ruck durch den Körper des Mannes, ein Blutfleck breitete sich an seiner Schulter aus. Schmerz und Verwirrung standen in seinen Augen. Kyla nutzte den Moment, um ihn zurückzustoßen und die Tür zu schließen, während sie gleichzeitig aufs Gaspedal trat. Der Wagen schoss rückwärts und schlingerte.

»Kommt ihr alleine zurecht, Clint?«

»Natürlich, fahr los. Und bestell Black einen schönen Gruß von uns.«

Kyla lächelte grimmig. »Das werde ich.«

Mit quietschenden Reifen wendete sie den Wagen und fuhr die kurvige Einfahrt so schnell entlang, wie es ging, trotzdem hatte sie das schreckliche Gefühl, dass sie zu spät kommen würde. Black hatte einen großen Vorsprung, sie konnte nur hoffen, ihn noch vor dem Highway zu erwischen.

Zufrieden lächelte Black, als er im Rückspiegel niemanden entdeckte, der ihm folgte. Die ganze Sache war überraschend einfach gewesen, er hatte deutlich mehr Widerstand erwartet. Nachdem er von Cullen den Ort erfahren hatte, an dem sich Hamid und die SEALs versteckt hielten, war er dorthin gefahren und hatte die Umgebung des Hauses ausgekundschaftet. Bevor er etwas unternehmen konnte, waren Hamid, eine Agentin und ein paar SEALs dort weggefahren – direkt in die Falle, die Knox' Leute ihnen gestellt hatten. Also war er ihnen dorthin gefolgt und hatte sich in dem kleinen Waldstück auf die Lauer gelegt. Zuerst wollte er zugreifen, bevor die von Knox angeheuerten Verbrecher ankamen, doch es hatte sich keine Gelegenheit ergeben. Die Agentin, mit der Hamid – nein, Christoph Nevia – bei den Wagen blieb, sah aus, als wüsste sie, wie sie mit dem Gewehr umzugehen hatte, das sie in der Hand hielt.

Wenn er ihre Körpersprache richtig deutete, fühlte sich Nevia zu der Frau hingezogen, und Black hatte kurz überlegt, ob er auch sie mitnehmen sollte – einfach um Nevia damit noch mehr zu quälen. Eine schöne Vorstellung, die aber logistisch nicht möglich war, daher beschränkte er sich darauf, den Verräter alleine in seine Gewalt zu bringen. Und das war tatsächlich lächerlich einfach gewesen, nachdem Knox' Leute aufgetaucht waren. Die gegnerischen Gruppen waren so miteinander beschäftigt gewesen, dass er sich einfach an Nevia heranschleichen konnte. Vermutlich hätte er ihn nicht mal verletzen müssen, aber so war es leichter gewesen, ihn zu überwältigen, und außerdem hatte es ihm eine große Befriedigung verschafft, ihm Schmerzen zu bereiten.

Sein Lächeln verging, als er sich vorstellte, wie er sich für den Verrat rächen konnte. Nevia würde sterben, so viel war klar, aber es würde kein leichter Tod sein. Er würde dafür leiden müssen, dass er sich in seine Gruppe eingeschlichen und ihn verraten hatte. Nur seinetwegen war er angeschossen worden und im Gefängnis gelandet, und er plante, sich für jede einzelne Minute zu revanchieren. Doppelt und dreifach. Und er hatte genau den richtigen Ort dafür gewählt, den er bereits früher für ähnliche Zwecke genutzt hatte. Glücklicherweise war noch alles genauso wie damals, wie er bei einer kurzen Erkundung festgestellt hatte. Seine Hände krampften sich um das Lenkrad, um den Impuls zu unterdrücken, Nevia schon jetzt aus dem Kofferraum zu zerren und seinen aufgestauten Hass an ihm auszulassen. Aber es war sicherer, erst einmal von hier zu verschwinden. Wenn es ums Geschäft ging, hatte er sich noch nie von seinen Gefühlen leiten lassen, was sich bisher immer ausgezahlt hatte.

Wieder sah er in den Rückspiegel und fluchte, als er weit hinter sich ein Paar Scheinwerfer entdeckte. Glücklicherweise war es inzwischen beinahe dunkel, und da er ohne Licht fuhr, war er für den Verfolger noch nicht zu entdecken. Aber es war besser, kein Risiko einzugehen. Beim nächsten kleinen Feldweg bog er ab und ließ den Wagen hinter einem kleinen Baumbestand ausrollen. Er schaltete den Motor aus und stieg aus dem Wagen. Rasch ging er hinter einem Baum in der Nähe der Straße in Deckung und wartete auf den nachfolgenden Wagen. Wenige Sekunden später raste dieser mit unverminderter Geschwindigkeit vorbei. Im schwachen Schimmer der Instrumentenbeleuchtung glaubte er, lange blonde Haare zu erkennen, doch das Auto fuhr zu schnell, um sicher zu sein.

Black wartete noch einige Minuten, dann kehrte er zu seinem Wagen zurück. Mit der Faust schlug er auf den Kofferraumdeckel. »Und, freust du dich schon auf unser Rendezvous?« Es kam keine Antwort, aber das störte ihn nicht weiter. Nevia würde schon bald schreien, das war sicher.

Unruhig lief Jade im Zimmer auf und ab. Sie hätte mit den anderen mitfahren sollen, wenn sie schon nicht bei Hawk sein konnte. Es machte sie nervös, nichts tun und nur abwarten zu können.

»Was ist denn das für ein Mist?« I-Macs Stimme schreckte sie aus den Gedanken.

Sie blieb neben ihm stehen. »Was ist denn los?«

Frustriert schlug I-Mac auf die Tastatur, die ein unheilvolles Knacken von sich gab. »Ich habe keine Internetverbindung mehr! Sie ist einfach abgebrochen und lässt sich nicht wieder starten, egal was ich auch versuche.«

»Vielleicht liegt es am Kabel?«

I-Mac blickte sie genervt an. »Es gibt keines, das Internet läuft hier über Funk.« Er zog etwas aus dem PC, das wie ein USB-Stick aussah. »Hierüber läuft das Internet, und das Teil scheint nicht defekt zu sein, es bekommt nur keine Verbindung zum Funknetz.«

Vanessa holte ihr Handy heraus. »Mit meinem Smartphone müsste ich Zugriff aufs Internet haben.«

Jade trat zu ihr und blickte über ihre Schulter. Vanessa gab ihr Passwort ein und tippte dann auf das Symbol fürs Internet. Nach wenigen Sekunden erschien die Meldung, dass es keine Verbindung gab. »Das ist seltsam, vorhin habe ich noch mit Matt telefoniert.«

Jade spürte ein Kribbeln in ihrem Nacken und rieb mit der Hand darüber, um das unangenehme Gefühl zu vertreiben. »Mein Handy liegt oben, ich probiere es dort mal aus.« Rasch verließ sie den Raum und lief die Treppe hinauf. Vermutlich gab es eine ganz einfache Erklärung dafür, dass der Funk nicht mehr zu funktionieren schien, aber es war schon seltsam, dass das genau jetzt passierte. Sie öffnete die Tür zu ihrem Schlafzimmer und wurde sofort von der Erinnerung daran überschwemmt, wie Hawk sie vor kurzer Zeit hier geliebt hatte. Sie meinte sogar noch seinen Geruch wahrnehmen zu können. Tief sog sie den Atem ein und spürte, wie sie sich ein wenig entspannte.

Es war nur eine kleine technische Störung, das war alles.

Zwar ärgerlich, aber sicher nur von kurzer Dauer. So etwas kam doch häufig vor, besonders in Gegenden, in denen das Funknetz nicht so gut ausgebaut war. Jade entdeckte ihr Handy auf dem Nachttisch und ging damit zum Fenster, um möglichst wenige Barrieren zwischen dem Telefon und dem Funksignal zu haben. Doch es half nichts, auch ihr Handy zeigte an, dass es kein Signal empfing. Verdammt! Leider gab es im ganzen Haus kein altmodisches Telefon, das an einer Leitung hing, wie Red erzählt hatte. Es lohnte sich für ihn nicht, weil er ein Handy besaß und sowieso meist unterwegs war. Der Nachteil daran war, dass sie nach dem Ausfall des Funknetzes keinerlei Möglichkeit hatten, jemanden zu kontaktieren. Zur Not könnten sie sicher zum nächsten Nachbarn fahren, aber der lebte ein ganzes Stück entfernt.

Die Unruhe kehrte zurück, stärker als zuvor. Gänsehaut überzog ihre Arme, und ihre Narben begannen zu kribbeln. Ein sicheres Zeichen dafür, dass sie kurz vor einem Anfall stand. Ihr Atem ging immer schneller. Sie musste dringend zu den anderen zurück, wenn sie nicht wieder einen Flashback erleiden wollte. Ihre Hand krampfte sich um das Handy und sie wünschte, sie könnte jetzt Hawks Stimme hören. Ihr Blick glitt aus dem Fenster. Es wurde bereits wieder dunkel, Regenwolken hingen bedrohlich am Horizont. Der verwilderte Garten wirkte in dem düsteren Licht noch unheimlicher.

Sie wollte sich gerade abwenden, als sie aus den Augenwinkeln eine Bewegung sah. Angestrengt starrte sie in das Gebüsch, das einige Meter vom Haus entfernt endete. Doch da war nichts. Wahrscheinlich nur eine Täuschung, vielleicht vom Wind verursacht. Trotzdem trat sie einen Schritt zur Seite, damit sie nicht durch das Fenster zu sehen war und beobachtete weiterhin den Garten. Zuerst geschah nichts und sie dachte schon, dass ihre Fantasie mit ihr durchgegangen war, doch dann löste sich langsam ein Schatten aus den Büschen und bewegte sich auf

das Haus zu. Da war jemand! Und eindeutig kein harmloser Besucher, denn die Einfahrt befand sich auf der anderen Seite des
Hauses. Das Herz hämmerte in ihrer Brust, als nach und nach
weitere Figuren in der Dämmerung sichtbar wurden.

Oh Gott! Sie musste sofort die anderen alarmieren, aber
sie sah, dass das Handy immer noch keine Verbindung hatte.
Rasch lief sie los und jagte die Treppe herunter. Den Impuls,
die anderen laut schreiend zu warnen, unterdrückte sie, denn
sie wusste nicht, ob schon jemand im Haus war und dadurch
ebenfalls vorgewarnt wurde. Als sie unten ankam, hörte sie ein
leises Klirren aus einem der Räume und wusste, dass es bereits
zu spät war. Sie holte tief Atem und stieß einen durchdringenden
Ruf aus. Jedenfalls wollte sie das, aber schon nach dem ersten
schrillen Ton schob sich eine Hand vor ihren Mund und schnitt
ihr die Luft ab. Ein Arm legte sich wie ein Stahlband um ihren
Brustkorb und drückte so fest zu, dass ihre Rippen zusammengepresst wurden.

Nach einer kurzen Schrecksekunde begann sie, sich zu wehren. Ihre Angst mischte sich mit der Erinnerung an die furcht-
baren Erlebnisse in Afghanistan und machte aus ihr eine Furie,
die sich mit allem wehrte, was ihr zur Verfügung stand. Der
Mann hinter ihr fluchte unterdrückt, ließ sie aber nicht los.

Eine Tür ging auf und Vanessa erschien. »Jade, was …?«
Sie verstummte abrupt, als sie die Situation erkannte. Blitz-
schnell griff sie nach ihrer Pistole, die in einem Holster an ihrer
Hüfte hing. Doch bevor sie die Waffe ziehen konnte, ertönte ein
ploppendes Geräusch und Vanessa kippte mit einem erstickten
Laut nach hinten um.

Nein! »Hmhmmmhm.« Jade versuchte freizukommen, um
Vanessa zu helfen, doch der Verbrecher verstärkte nur seinen
Griff um sie.

Wer auch immer diese Mistkerle waren, sie hatten offensichtlich kein Problem damit, Frauen zu erschießen. Da Kyla, Chris und die SEALs unterwegs waren, genauso wie Hawk, blieben nur noch sie und I-Mac übrig, um sie alle zu retten. Eine psychisch angeknackste Frau und ein Mann im Rollstuhl – die Aussichten waren mehr als schlecht, vor allem, da es nicht nur ein Verbrecher war, sondern mindestens fünf, zumindest hatte sie so viele Personen hinter dem Haus gesehen.

»Vorwärts und keinen Laut.« Der Mann stieß sie unsanft nach vorne.

Als sie an Vanessa vorbeikam, warf sie einen Blick nach unten. Die Agentin lag still da, ein großer Blutfleck hatte sich auf ihrer Brust ausgebreitet, sodass Jade nicht genau erkennen konnte, wo sie getroffen worden war. Übelkeit stieg in ihr auf, und das Summen in ihren Ohren wurde lauter. Verbissen kämpfte sie dagegen an, denn sie wusste, dass sie verloren waren, wenn sie sich nicht im Hier und Jetzt halten konnte, sondern ihre Erinnerung an die Tage in Mogadirs Festung die Oberhand gewann.

Ein Schauer lief durch ihren Körper, als sie daran dachte, was sie dort gesehen und wie hilflos sie sich gefühlt hatte. Sie hatte nie eine Gelegenheit gehabt, sich selbst zu befreien, doch hier hatte sie wenigstens eine Chance, wenn auch eine kleine. Und vor allem war sie nicht allein. Das war es, was ihr in Afghanistan am meisten zugesetzt hatte: das Gefühl von allen abgeschnitten zu sein und der Verlust der Hoffnung, dass jemand kommen und sie retten würde. Jetzt wusste sie, dass weder Hawk noch die anderen TURT/LEs oder SEALs sie jemals aufgegeben hatten. Das gab ihr Kraft und vor allem den Willen, nicht zu versagen. Vor allem der Gedanke, was es Hawk antun würde, wenn sie jetzt starb, stärkte ihre Entschlossenheit.

Äußerlich gab sie vor, aufgegeben zu haben und wehrte sich nicht länger gegen ihren Gegner. Ihre Muskeln zuckten jedoch in dem Verlangen, gegen ihn zu kämpfen. Es musste bald etwas geschehen: Falls Vanessa noch nicht tot war, brauchte sie umgehend ärztliche Hilfe. Auf Drängen des Mannes stieß sie die Tür zum Besprechungszimmer auf und trat ein. I-Mac drehte den Kopf zu ihr um und sah für einen winzigen Moment überrascht aus.

Mit unbewegter Miene blickte er schließlich den Mann hinter ihr an. »Was wollen Sie?«

Der nahm seine Hand von Jades Mund und richtete stattdessen eine Waffe auf I-Mac. »Sie töten. Aber vorher will ich noch wissen, wo sich Khalawihiri aufhält.«

I-Macs Augenbraue schoss in die Höhe. »Woher sollen wir das wissen? Sie haben doch mit ihm Geschäfte gemacht, nicht wir.«

Der Verbrecher versteifte sich. »Wie kommen Sie darauf?«

I-Mac drehte den Rollstuhl voll zu ihm herum und legte seine Hände auf die Armstützen. »Da Sie offensichtlich nicht zu einer der Regierungsagenturen oder dem Militär gehören, bleiben nicht mehr viele Leute übrig, die ein Interesse an Khalawihiri haben könnten.«

Jades Blick fiel auf seine Hände und sie sah, dass er ihr unauffällig Zeichen gab. SEAL-Kommandos! Er wiederholte immer wieder etwas, das so viel bedeutete wie ›Abtauchen‹. Okay, sie war absolut dafür, doch wie sollte sie das anstellen, wenn der Arm des Verbrechers immer noch um ihren Oberkörper geschlungen war? Immerhin war der Griff nicht mehr ganz so fest, der Mann war eindeutig von I-Macs Worten abgelenkt.

»Du weißt gar nichts, Krüppel!«

I-Mac lächelte nur kalt. »Nein? Ich glaube eher, dass ich mehr weiß als ihr. Wahrscheinlich hat es euch ziemlich wütend gemacht, als er den Senator erledigt hat, oder? Es ist aber auch zu ärgerlich, sein Sprachrohr in der Regierung zu verlieren.«

Mit den Fingern signalisierte er ihr ›Jetzt‹ und Jade sackte in sich zusammen. Der Verbrecher bekam sie nicht mehr richtig zu fassen und sie landete auf dem Boden. Ein Röcheln erklang, und bevor sie sich wegrobben konnte, stürzte der Verbrecher auf sie. Das Gewicht seines Körpers auf ihrem löste einen Erinnerungsschub aus: Sie befand sich wieder in ihrer Zelle und einer von Mogadirs Männern schob sich auf sie. Er öffnete seine Hose und presste ihre Beine auseinander, während sein Kumpan sie festhielt. Sie versank in einem Strudel von Furcht, Abscheu und Hass. Dann war da Blut, das auf sie floss und das Gewicht des Mannes, das es ihr unmöglich machte, sich darunter herauszuwinden. Sie war gefangen und konnte nur darauf warten, dass sie irgendwann getötet wurde.

31

»Jade!« Ein harsches Flüstern an ihrem Ohr, eine sanfte Berührung an ihrer Wange, das Gewicht wurde von ihr heruntergehoben. »Komm schon, Jade, steh auf. Es sind sicher noch mehr Männer hier.«

Zögernd öffnete sie die Augen und erkannte I-Mac über sich. Sorge stand in sein Gesicht geschrieben. »Was ist passiert?«

»Der Verbrecher ist auf dich gefallen, und du hast für eine Weile auf nichts reagiert.«

Mit seiner Hilfe richtete sie sich auf und warf einen Blick auf den Verbrecher. Ein Messer steckte tief in seiner Brust, ein genauer Treffer ins Herz. Sie wusste nicht, wie I-Mac das auf diese Entfernung geschafft hatte, aber das war ihr auch egal. Hauptsache der Mistkerl war tot. Ihr Atem stockte, als sie sich daran erinnerte, was vorher passiert war. »Vanessa ist angeschossen worden und braucht dringend Hilfe.« Sie mochte nicht daran denken, dass die Agentin vielleicht schon tot war.

I-Macs Lippen pressten sich zusammen. »Hast du Nurja irgendwo gesehen?«

»Nein. Aber es sind mindestens fünf Männer. Jetzt nur noch vier.« Sie sah zu, wie er das Messer aus der Brust des Mannes zog und an dessen Kleidung abwischte. »Hast du noch eine Waffe für mich? Meine ist oben in der Tasche.«

I-Mac stand unvermittelt auf und half ihr auf die Füße. Er ging zu seinem Rollstuhl und holte mehrere Pistolen aus einer Tasche, die daran befestigt war.

Jade starrte ihn mit offenem Mund an. »Du kannst *gehen*?«

383

Ein angespanntes Grinsen erschien auf seinem Gesicht und verschwand sofort wieder. »Natürlich. Allerdings nicht für lange und manchmal setzen meine Muskeln einfach aus, deshalb nehme ich den Rollstuhl immer mit.«

Es war tatsächlich nicht die typische Geschmeidigkeit eines SEALs, mit der er sich bewegte, aber das sah sie nur, weil sie monatelang mit den Soldaten trainiert hatte. »Weiß Nurja davon?«

Röte stieg in I-Macs Wangen. »Sie weiß, dass ich gehen kann, allerdings nicht, wie gut. Ich möchte nicht, dass sie ihre Aufgabe als beendet ansieht und versucht, sich und ihre Kinder auf andere Weise zu ernähren.«

Jade musste lächeln. »Warum sagst du ihr nicht einfach, dass du sie gerne in deiner Nähe hast? Ich bin sicher, sie würde bei dir bleiben.«

Zweifelnd sah I-Mac sie an. »Glaubst du?«

»Ja. Und jetzt sollten wir uns um die Verbrecher kümmern.«

Sofort war I-Mac wieder im Einsatz. Er drückte ihr eine Waffe in die Hand und zwei Ersatzmagazine, die anderen ließ er in seinen Hosentaschen verschwinden. »Du siehst nach Vanessa, und ich gebe euch Deckung. Danach suchen wir das ganze Haus ab – in der Küche fangen wir an.«

Weil er Nurja dort vermutete, nahm Jade an. Auch sie wollte nicht, dass der Afghanin etwas passierte. Deshalb nickte sie nur und folgte ihm zur Tür. Das Herz hämmerte in ihrer Brust, als I-Mac das Licht löschte, die Tür lautlos aufschob und durch den Spalt blickte. Wenn noch einer der Verbrecher auf dem Flur war, wäre dies der Moment, in dem sie am verwundbarsten waren. Fast erwartete sie schon, den Einschlag einer Kugel in I-Macs drahtigen Körper zu hören, doch es geschah nichts. Offenbar waren die Verbrecher gerade woanders beschäftigt. Sie mochte sich nicht vorstellen, womit.

Ein Zittern lief durch ihren Körper, und sie umfasste die Pistole fester. Nein, sie würde sich nicht von ihrer Vergangenheit besiegen lassen, sondern ihren Job machen. Ihr Peiniger war tot, und sie weigerte sich, ihr Leben weiterhin von ihm diktieren zu lassen. Wenn sie jemals wieder ihr normales Leben zurückgewinnen wollte, musste sie heute darum kämpfen.

I-Mac schlich vorwärts, und sie folgte ihm, ohne zu zögern. Auch wenn er körperlich nicht hundertprozentig fit war, gab es an seinen Instinkten und seiner Erfahrung nichts auszusetzen. Zielsicher bewegte er sich durch den dunklen Flur und sicherte ihn. Dann nickte er ihr zu. Rasch kniete sie sich neben Vanessa und legte ihre Finger an deren Halsschlagader. Es dauerte einen Moment, bis sie einen schwachen Puls fühlte. Mit Tränen in den Augen blickte sie zu I-Mac auf und nickte ihm zu.

Ein Stöhnen drang über Vanessas Lippen, und Jade beugte sich schnell über sie. »Bleib ganz ruhig, ich kümmere mich um dich.«

Vanessa ergriff mit überraschender Kraft ihre Hand. »Sorg dafür ... dass diese ... Mistkerle ... zur Hölle fahren.«

Jade erwiderte den Druck. »Das werde ich.«

Rasch zog sie ihren Pullover aus und presste ihn auf die Wunde, die sich glücklicherweise weiter in Richtung Schulter befand, als sie es vorher gedacht hatte. Trotzdem verlor Vanessa viel Blut und musste dringend in ein Krankenhaus. Der Pullover würde zwar nicht viel bringen, aber vielleicht ausreichen, um die Agentin am Leben zu halten, bis sie zu einem Arzt kam. Vanessa schob ihre Hand weg und legte ihre eigene auf den Pullover. »Gib mir meine ... Pistole und geh!«

Zögernd tat Jade, worum Vanessa sie bat. Jade wollte sie nicht alleine lassen, aber sie musste I-Mac unterstützen, sonst kamen sie nicht gegen die Verbrecher an und würden alle sterben. »Halt durch.«

385

Vanessa fletschte die Zähne. »Ich bin zäh.«

Das konnten sie nur hoffen.

I-Mac war beinahe bei der Küche angekommen, deshalb beeilte Jade sich, ihm zu folgen, achtete aber gleichzeitig darauf, dass sich ihnen niemand von hinten näherte. Der alte Dielenboden knarrte an einigen Stellen, daher bemühte Jade sich, möglichst vorsichtig aufzutreten, um die Verbrecher nicht zu warnen. Wo waren sie überhaupt? Sie hätte erwartet, dass sie zuerst das Erdgeschoss absuchen würden. Ihr Magen hob sich bei dem Gedanken, dass sie Nurja gefunden haben könnten und sie nun quälten. Nein, das würden sie nicht tun, schließlich waren sie nicht in Afghanistan. Diese Männer würden sie vermutlich sofort erschießen, so wie sie es mit Vanessa versucht hatten. Alles andere wäre nicht effektiv, denn sie mussten wissen, dass die anderen SEALs bald wiederkommen würden. Ihr Herz setzte einen Schlag aus. Außer sie hatten dafür gesorgt, dass Kyla und den anderen ein ähnliches Schicksal widerfuhr. War alles nur eine Falle gewesen, die dazu diente, dass sie getrennt wurden und damit leichter zu besiegen waren? Es war durchaus möglich. Hoffentlich passierte ihnen nichts!

Jade schüttelte die negativen Gedanken ab und schloss zu I-Mac auf. Der gab ihr das Zeichen zurückzubleiben, während er die Küchentür mit seinem vollen Körpergewicht aufschob und in einer fließenden Bewegung abrollte. Jade gab ihm währenddessen von der Tür aus Deckung. Wie sie schnell feststellten, war das unnötig, denn der Raum war leer. I-Mac berührte mit den Fingern eine Tasse, die auf dem Küchentisch stand, und an seinem Gesichtsausdruck konnte Jade ablesen, dass der Tee noch warm war. Nurja war also vor Kurzem noch hier gewesen, doch wo war sie jetzt? Hatte sie sich versteckt, oder hatten die Verbrecher sie gefunden und mitgenommen? Es gab nur eine Möglichkeit, das herauszufinden.

I-Macs Lippen waren fest zusammengepresst, als er zur Tür zurückging. Sie konnte ihm die Sorgen ansehen, die er sich um Nurja machte. Sie verließen die Küche so, wie sie sie betreten hatten: der SEAL vorweg, und Jade sicherte ihn von hinten. Nach einem kurzen Blick auf Vanessa, die in der dunklen Umgebung nur als hellerer Fleck auf dem Boden zu erkennen war, wandte I-Mac sich in die andere Richtung. Die Weitläufigkeit des Gebäudes wirkte sich jetzt negativ aus: Zu zweit konnten sie unmöglich sämtliche Zimmer kontrollieren, vor allem könnte jederzeit jemand von hinten an sie herankommen. Wahrscheinlich war es besser, nur so lange zu bleiben, bis sie Nurja gefunden hatten, und dann so schnell wie möglich von hier zu verschwinden und Unterstützung zu rufen.

Auch die nächsten beiden Räume waren leer, und langsam lief ihnen die Zeit davon. I-Macs Humpeln wurde mit jedem Schritt deutlicher, es war offensichtlich, dass ihn langsam die Kraft verließ. Jade sagte nichts, denn selbst wenn sie ihm gerne geraten hätte, sich irgendwo hinzusetzen, konnten sie sich das nicht leisten. Besorgt beobachtete sie, wie I-Mac die Tür öffnete und wieder auf den Flur trat. Sie folgte ihm rasch. Dann geschah alles ganz schnell. Ein Schatten erschien hinter I-Mac und jemand packte ihn. Der SEAL ging zu Boden, als er sein Bein falsch belastete.

Sofort hob Jade die Waffe und richtete sie auf den Angreifer. »Zurücktreten, oder ich schieße.« Während sie sprach, presste Jade sich mit dem Rücken an die Wand, damit sich ihr niemand von hinten nähern konnte.

»Das denke ich nicht, wenn du nicht willst, dass dein Freund ein hübsches Loch im Schädel hat.«

Im Halbdunkel konnte sie erkennen, dass es keine leere Drohung war, er hielt eine Pistole direkt an I-Macs Schläfe. *Verdammt! Was sollte sie tun?*

»Leg die Waffe weg, und du überlebst die Sache hier vielleicht sogar.«

Ja – wer's glaubte ... »Nein.«

»Glaubst du, ich mache Witze? Mir persönlich ist es völlig egal, ob ihr lebt oder sterbt.«

»Warum sollte ich dann tun, was Sie sagen?«

Sein Lächeln wurde hässlich. »Weil ich die Sache auch ganz unangenehm für euch gestalten kann. Ich denke, ich werde bei den Stellen anfangen, an denen eine Schusswunde zwar schmerzhaft, aber nicht lebensbedrohlich ist. Kniescheiben sind immer ein gutes Ziel oder Hände und Füße.«

Hatte sie vorhin wirklich gedacht, diese Kerle wären besser als die Folterer in Mogadirs Festung? Sie alle verband offensichtlich die Lust am Quälen und Töten.

Jade hielt ihre Waffe weiterhin auf den Mann gerichtet. »Sie machen da allerdings einen Denkfehler: Ich werde Sie mit dem ersten Schuss töten.«

Auf dem Gesicht des Verbrechers breitete sich Abscheu aus. »Gibt es keine normalen Frauen mehr, die sich nicht für einen weiblichen Rambo halten?«

Das verdiente keine Antwort, deshalb blickte Jade ihn nur abschätzig an.

I-Mac dagegen konnte sich einen Kommentar nicht verkneifen. »Für mich sind die Frauen genau richtig. Ich muss sie nicht unterdrückt sehen, nur um mich männlicher zu fühlen. Aber du scheinst es nötig zu haben.«

Das brachte ihm einen Schlag mit der Pistole ein. Jade zuckte bei dem dumpfen Geräusch zusammen, welches das Metall auf seinem Schädel verursachte.

I-Mac schwankte, richtete sich dann aber mühsam wieder auf. »Fühlst du dich jetzt stärker?«

Jade wusste, dass er versuchte, den Verbrecher außer Fassung zu bringen, damit er einen Fehler beging, doch die Sache konnte auch sehr schnell nach hinten losgehen. Ein kurzes Zucken mit dem Finger am Abzug genügte, und er wäre tot. Den nächsten Schlag parierte I-Mac, verlor dabei aber sein Gleichgewicht und stürzte gegen den Mann. Zusammen gingen sie zu Boden. In dem düsteren Gang sah Jade nur ein Gewimmel von Körpern, ohne sie genau zuordnen zu können. Frustriert hob sie die Waffe. Wenn sie jetzt schoss, könnte sie genauso gut I-Mac treffen. Unruhig verfolgte sie den Kampf und suchte nach einem Weg, wie sie dem SEAL helfen konnte. Allerdings kam er vermutlich ohne ihre Einmischung besser zurecht, selbst wenn er noch mit seiner alten Verletzung zu kämpfen hatte.

Sie war so in den Kampf vertieft, dass sie nicht merkte, wie sich ihr jemand näherte, bis sich etwas in ihre Seite presste. Jade erstarrte. Wie hatte sie auch nur für eine Sekunde die Umgebung aus den Augen verlieren können? Sie wirbelte herum und riss ihr Knie hoch. Gleichzeitig schlug sie mit dem Arm die Pistole herunter, die auf ihre Körpermitte zielte. Der Angreifer stieß einen unmenschlichen Laut aus, als ihr Knie mit seinen Genitalien kollidierte. Ein Ploppen ertönte, als er die Waffe aus Reflex abfeuerte. Glücklicherweise hatte Jade sich rechtzeitig zur Seite gedreht, sodass die Kugel sie verfehlte.

Ihre lang aufgestaute Wut brach sich Bahn, sie stürzte sich auf den Mann und schlug wie eine Besessene auf ihn ein. Der Verbrecher ging zu Boden, als sie ihm die Beine wegstieß, doch er kämpfte weiter gegen sie an. Das stachelte ihren Zorn nur noch mehr an, und sie spürte, wie ihr die Realität erneut entglitt und sie zurück in die Vergangenheit geworfen wurde. Ein wilder Schrei entfuhr ihr, und sie kämpfte um ihr Leben. Sie sah und hörte nichts anderes mehr, die Welt um sie herum versank in Dunkelheit. Ihr Atem rasselte in der Lunge und ihr Herzschlag dröhnte dumpf in ihren Ohren.

Erst als sich Arme um ihren Oberkörper schlangen und sie von dem am Boden liegenden Mann wegzogen, erwachte sie aus ihrer Trance. Sofort begann sie gegen die Umklammerung anzukämpfen.

»Halt still, Jade, ich bin es, I-Mac. Ich glaube, der Kerl hat genug.«

Als sie seine Stimme erkannte, sackte sie gegen ihn und gab den Widerstand auf. »Ich …« Ihre Kehle zog sich zusammen und sie brachte keinen Ton mehr heraus.

Beruhigend strich I-Mac über ihren Arm. »Ich weiß. Diese Kerle gehen in nächster Zeit nirgendwohin.«

Zögernd löste Jade sich von ihm und drehte sich zu ihm um. »Danke.«

Ein Lächeln glitt über sein Gesicht. »Es war mir ein Vergnügen.«

Jade blickte auf die am Boden liegenden Männer und verzog den Mund. »Lass uns die beiden schnell fesseln und dann Nurja suchen, damit wir endlich hier rauskommen.« Die Wände schienen immer näherzurücken, und sie sehnte sich nach frischer Luft.

»Genau mein Plan.« I-Mac holte einige Kabelbinder aus der Küche und verschnürte damit die Hand- und Fußgelenke der Verbrecher. Vermutlich würde es sowieso noch einige Zeit dauern, bis sie wieder aufwachten, aber sie wollten kein Risiko eingehen.

Auf dem Weg durch das Haus übernahm I-Mac wieder die Führung, und Jade sicherte sie nach hinten ab. Nachdem sie alle unteren Räume durchsucht hatten, stiegen sie die knarrende Treppe zum Obergeschoss hinauf. Egal wie vorsichtig sie auch auftraten, wenn sich dort oben ein Verbrecher befand und er nicht völlig taub war, würde er sie kommen hören. Aber sie hatten keine andere Wahl, denn sie würden Nurja auf keinen Fall hier zurücklassen.

Sie begannen beim ersten Raum und arbeiteten sich langsam vor. Schließlich kamen sie wieder bei der Treppe an – keine Spur von der Afghanin oder den restlichen Verbrechern.

Ratlos sahen sie sich an, ein Muskel zuckte in I-Macs Wange. »Bist du sicher, dass es mehr Männer sind?«

Im Geiste ging Jade noch einmal die Szene durch, die sie vom Fenster aus beobachtet hatte und nickte schließlich. »Ich habe fünf Personen gesehen, aber es kann natürlich sein, dass die anderen draußen Wache halten.«

»Oder sie haben Nurja in ihre Gewalt gebracht und ...« Seine Stimme brach und er räusperte sich. »Gehen wir wieder runter. Irgendwo muss es doch eine Spur geben.«

Rasch folgte Jade ihm die Treppe hinunter. »Wir müssen Vanessa dringend in ein Krankenhaus bringen.«

I-Mac drehte sich zu ihr um. »Ich weiß, aber ich kann Nurja hier nicht zurücklassen.« Er strich über seine Haare. »Bring du Vanessa raus, ich bleibe hier.«

»I-Mac ...« Sie brach ab, als sie einsah, dass sie ihn auf keinen Fall würde umstimmen können. Und sie konnte ihn verstehen, wenn es um Hawk ginge, würde sie genauso handeln. »Okay.«

Erleichtert blickte er sie an. »Danke.«

»Lass es mich nicht bereuen. Ich werde extrem sauer, wenn du dich umbringen lässt.«

I-Mac grinste sie an. »Hab ein wenig Vertrauen, schließlich bin ich ein SEAL.«

»Ja, aber nicht unverwundbar.« Wie die Ereignisse in Afghanistan auf dramatische Weise gezeigt hatten.

I-Mac zwinkerte ihr zu und setzte seinen Weg nach unten fort.

Besorgt beobachtete sie, wie sein Gang immer unsicherer wurde. Wie sollte er in diesem Zustand sich selbst oder Nurja beschützen? Egal wie stark sein Wille war, der Körper musste schließlich mitspielen. Aber sie wusste, wie er reagieren würde, wenn sie es erwähnte, deshalb schwieg sie. Im Erdgeschoss angekommen ging sie rasch zu Vanessa. Erleichtert atmete sie auf, als die Agentin ihr entgegenblickte. Sie hatte sich aufgerichtet und lehnte jetzt mit dem Rücken an der Wand. Jade konnte erkennen, wie viel es sie kostete, bei Bewusstsein zu bleiben. »Wir verschwinden jetzt von hier. Kannst du gehen, wenn ich dich stütze?«

Vanessa schnitt eine Grimasse. »Ich werde es zumindest versuchen. Habt ihr noch welche erwischt?«

»Drei Männer, einer ist tot.«

»Und Nurja?«

»Wir haben sie noch nicht gefunden. I-Mac wird sich darum kümmern.«

»Aber …« Vanessa begann zu husten und krümmte sich zusammen. »Du solltest … mit ihm gehen. Nicht gut … wenn er … alleine ist. Keine … Rückendeckung.«

Das sah Jade genauso, aber sie wusste auch, dass Vanessa sterben würde, wenn sie nicht endlich zu einem Arzt kam. Jade schob Vanessas Arm über ihre Schulter und schnitt eine Grimasse als sie deren tiefes Stöhnen hörte. Offensichtlich bereitete ihr die Bewegung starke Schmerzen. Aber Jade wusste nicht, was sie sonst tun sollte, sie konnte die Agentin schlecht hinaustragen. Und I-Mac war durch seine Verletzungen wahrscheinlich noch nicht in der Lage dazu.

So vorsichtig wie möglich half Jade Vanessa auf die Beine und schwankte unter dem Gewicht der Verletzten, die sich schwer auf sie stützte. Jade trat einen Schritt vor und atmete erleichtert auf, als Vanessa sich ebenfalls vorwärtsbewegte – wenn auch nur sehr langsam. »Geht es?«

»Muss ja. Besonders bei der … Alternative.«

Während sie langsam zur Tür gingen, blickte Jade über ihre Schulter zu I-Mac zurück. Er stand zwischen Küche und Treppe und gab ihnen von dort aus Deckung. Es musste schwer für ihn sein, nicht einfach loszustürmen und nach Nurja zu suchen, deshalb war sie umso dankbarer.

Sie wollte sich gerade umdrehen, als sie aus den Augenwinkeln eine Bewegung hinter I-Mac sah. »Vorsicht, hinter dir!«

Der SEAL reagierte sofort auf ihren Ruf, doch es war schon zu spät. Jade wollte nach ihrer Waffe greifen, doch sie war zwischen ihrem Körper und Vanessas eingeklemmt. Wie in Zeitlupe beobachtete sie, wie I-Mac herumfuhr und sich dabei duckte, doch es reichte ein gezielter Tritt, um ihn aus dem Gleichgewicht zu bringen. Hart landete er auf dem Boden, rollte aber sofort weiter, um kein festes Ziel abzugeben. Der Gedanke war gut, nur der Flur viel zu eng, um das zuzulassen. I-Mac schien das auch zu erkennen, denn er wechselte mitten in der Bewegung die Richtung.

Damit hatte er den Verbrecher überrascht, der kurz vor ihm zurückwich, dann aber seine Pistole direkt auf I-Macs Kopf richtete. Auf diese Entfernung würde er ihn nicht verfehlen. »Bleib ruhig liegen, sonst töte ich dich sofort.«

I-Mac erstarrte, und Jade konnte beinahe hören, wie er nach einem Ausweg suchte. Aber da war keiner. »Was willst du?«

Unauffällig hatte Jade mittlerweile ihre Hand zwischen sich und Vanessa geschoben und ihre Waffe aus dem Hosenbund gezogen. Aber sie konnte noch nicht eingreifen, solange der Verbrecher jeden Moment den Abzug betätigen konnte, sowie sie auf ihn schoss. Es war zu gefährlich, eigentlich eine ausweglose Situation.

»Zuerst mal will ich, dass deine Freundinnen näherkommen. Wenn eine von ihnen versucht zu fliehen, bist du tot. Wenn eine versucht, mich anzugreifen ...«

»Bin ich tot?« Offenbar hatte I-Mac seinen Humor noch nicht ganz verloren.

»Nein, dann sind sie tot. Haben wir uns verstanden?«

Wie gerne würde sie diesem Mistkerl seine Überheblichkeit austreiben, aber leider hatte er momentan alle Karten in der Hand.

I-Mac machte wieder Handzeichen, die in der Dunkelheit schwer zu deuten waren. Als sie verstand, was er vorhatte, schüttelte sie automatisch den Kopf.

»Hast du vielleicht irgendwas dagegen zu sagen? Glaubst du, ich hätte ein Problem damit, eine Frau zu erschießen?« Er grinste sie an. »Deine Freundin weiß, wie gut ich zielen kann. Zähes Ding übrigens, ich hätte gedacht, dass sie jetzt längst tot ist.«

Vanessa stieß ein Grollen aus. »Das würde … dir so … passen.«

Erst schwieg er verdutzt, dann begann er zu lachen. »Zu schade, dass wir keine Zeit haben, unter anderen Umständen hätte ich es genossen, mich etwas länger mit dir zu befassen. Aber jetzt kommen wir zur Sache: Sag mir, was ihr über Khalawihiris Aufenthaltsort herausgefunden habt.«

»Nein.« Obwohl er auf dem Boden lag und eine Waffe auf seinen Kopf gerichtet war, klang I-Macs Antwort völlig ruhig.

Jades Herz dagegen fühlte sich an wie ein Presslufthammer, ihr Mund war staubtrocken. Sie wollte nicht zusehen, wie I-Mac erschossen wurde!

»Hast du dir das auch gut überlegt? Hältst du ein paar lausige Informationen für wichtiger als dein Leben und das deines Harems?« Er trat I-Mac in die Seite.

Jade zuckte automatisch zusammen. Sie wusste genau, wie sich so etwas anfühlte, fast meinte sie, den Schmerz am eigenen Leib zu spüren. Der SEAL reagierte darauf mit einem Angriff auf die Beine des Verbrechers. Nur ein kleines Zucken am Abzug der Pistole und I-Mac wäre tot. Sie musste …

Ein lauter Knall ertönte und alle erstarrten.

394

32

Stechender Schmerz drang in sein Gehirn, und Chris tauchte aus der Bewusstlosigkeit auf. Seine Lider hoben sich, doch es blieb weiterhin dunkel um ihn herum. Sein Herz begann zu hämmern, als er sich daran erinnerte, was passiert war. Jason Black war aus dem Nichts aufgetaucht und hatte ihn angeschossen. Sie hatten gekämpft und dann … erinnerte er sich an gar nichts mehr.

Die Geräusche deuteten darauf hin, dass er sich jetzt in einem Auto befand. Vorsichtig hob er die Arme und tastete seine Umgebung ab. Seine Finger trafen auf Metall. Ein Kofferraum, wie erwartet. Black musste ihn niedergeschlagen und in den Wagen geschafft haben. Aber was war mit Kyla passiert? Er konnte sich noch an ihren entsetzten Gesichtsausdruck erinnern, als er angeschossen worden war. Wahrscheinlich hatte sie keine freie Schussbahn gehabt, um den Verbrecher zu beseitigen und deshalb versucht, zu ihm zu gelangen, hatte das aber offensichtlich nicht geschafft. Gott sei Dank! Er konnte sich vorstellen, was Black mit ihr gemacht hätte, wäre sie ebenfalls in seine Hände gefallen.

Erneut schoss ein glühender Schmerz durch sein Bein und seinen Kopf, als der Wagen über unebenen Boden holperte. Einen Moment lang schloss er die Augen und kämpfte darum, bei Bewusstsein zu bleiben. Er legte seine Hand über die schmerzende Stelle und spürte Feuchtigkeit an seinem Oberschenkel. Blut. Die Jeans schien davon getränkt zu sein. Er musste sein Bein dringend verbinden, damit er nicht noch mehr Blut verlor und zu schwach wurde, um sich gegen Black zur Wehr zu setzen.

Sofern er die Gelegenheit dazu erhielt. Black könnte den Wagen auch einfach in einen See fahren und ihn ertrinken lassen. Ein sehr unschöner Gedanke.

Wahrscheinlicher war aber, dass Black ihn selbst töten wollte, mit seinen eigenen Händen, um ihn dabei noch ausgiebig zu quälen und für seinen vermeintlichen Verrat büßen zu lassen. Er wusste, was passieren würde, er hatte es in Afghanistan oft genug mit ansehen müssen. Chris biss die Zähne zusammen. Nein, er würde nicht aufgeben und diesem Bastard die Sache erleichtern. Er würde einen Weg finden, um sich zu befreien. Und wenn das nicht klappte, würde er mit allem kämpfen, was in ihm steckte.

Eilig tastete er seine Taschen ab, fand jedoch weder seine Waffe noch das Handy. Entweder hatte er beides verloren, oder Black hatte ihm die Sachen abgenommen. Vermutlich war Black nicht so dumm gewesen, das Handy mit ins Auto zu nehmen, damit die anderen der GPS-Spur folgen konnten.

Das Holpern hörte plötzlich auf, und der Wagen kam schaukelnd zum Stehen. Das Motorengeräusch verstummte. Seine Zeit lief ab. Wenn er nicht wie ein Opferlamm zur Schlachtbank geführt werden wollte, musste er dringend etwas finden, das er als Waffe verwenden konnte. Hastig suchte er den gesamten Innenraum des Kofferraums ab, aber da war nichts – nicht einmal ein Wagenheber oder ein Warndreieck. Nur der übel riechende Teppich, auf dem er lag, und irgendwelche alten Lappen, die auch nicht wesentlich besser rochen. Chris schnitt eine Grimasse, als er einen davon nahm, fest um die Wunde schlang und verknotete. Er unterdrückte seinen Schmerzensschrei, um Black nicht darauf aufmerksam zu machen, dass er wach war und sich wehren konnte.

Der Lappen würde den Blutfluss etwas stoppen, aber sollte er den heutigen Tag überleben, würde er vermutlich eine Blutvergiftung davontragen. Außer seinen harschen Atemzügen herrschte völlige Stille. Was machte Black nur? Er hatte erwartet, dass der Verbrecher ihn sofort aus dem Wagen zerren würde, aber nichts passierte. Vielleicht waren sie in einer bewohnten Gegend, wo er nicht einfach einen blutenden Mann aus dem Kofferraum holen konnte? Oder er hatte noch etwas anderes zu erledigen, bevor er sich um Chris kümmerte. Ein Schauer lief über seinen Rücken, seine Nackenhaare richteten sich auf. Er musste hier raus, und zwar sofort!

So leise wie möglich testete er sämtliche Nischen und Ösen des Kofferraums, doch nichts half ihm dabei, seinem Gefängnis zu entkommen. Tatsache war, dass er hier nicht rauskam, bis Black ihn herausließ. Und Chris war sich ziemlich sicher, dass der Mistkerl ihm keine Gelegenheit bieten würde, ihn zu überwältigen.

Unverletzt hätte er vielleicht eine kleine Chance, aber er spürte bereits, wie der Blutverlust ihn schwächte. Wenn er noch lange hier gefangen war, würde sich Black gar nicht mehr die Mühe machen müssen, ihn zu töten. Vielleicht wäre das der bessere Weg. Sowie ihm der Gedanke durch den Kopf schoss, wehrte sich alles in ihm dagegen. Er würde kämpfen, wenn es sein musste bis zum letzten Atemzug. Erschreckt zuckte er zusammen, als etwas mit einem lauten Krachen auf den Kofferraumdeckel schlug. Sein gesamter Körper spannte sich an, als er sich zum Angriff bereit machte.

Doch es ertönte nur Blacks verhasste Stimme. »Und, freust du dich schon auf unser Rendezvous?«

Chris presste die Lippen zusammen und hielt den Atem an, doch der Kofferraumdeckel öffnete sich nicht. Stattdessen erklang Blacks Lachen, und kurz darauf sprang der Motor wieder an. Offensichtlich waren sie noch nicht am Ziel ihrer Reise angekommen. Chris atmete tief durch und versuchte, seine Ruhe wiederzufinden, die normalerweise sein größter Vorteil war. Doch diesmal wollte sie sich nicht so recht einstellen. Stattdessen erschien Kylas Bild vor seinem inneren Auge. Wie gern würde er sie noch ein letztes Mal sehen und ihr sagen, wie sehr er sie bewunderte – und dass er sie liebte. Egal wie unmöglich eine Beziehung zwischen ihnen schien, er wollte, dass sie wusste, was er für sie empfand und wie sehr er sich wünschte, sie hätten eine gemeinsame Zukunft.

In Gedanken stellte er sich vor, wie Kylas Augen anfangen würden zu leuchten, wie sie sich zu ihm vorbeugen und ihn so verlangend küssen würde, dass er sich auf der Stelle in ihr vergraben wollte. Seine Vorstellung wurde so real, dass er meinte, sie in seinen Armen zu spüren. Wie in Trance nahm er ihren Duft wahr und genoss das Gefühl ihres Körpers an seinem. Viel zu früh löste sie sich wieder von ihm und trat einen Schritt zurück. Ihre Augen verdunkelten sich und sie sagte etwas, das er leider nicht hören konnte. Es war, als wäre eine gläserne Wand zwischen ihnen, durch die sie sich sehen konnten, aber nicht mehr hören oder sich berühren. Chris presste seine Hände an diese durchsichtige Barriere, doch er konnte sie nicht mehr durchdringen, so sehr er es auch versuchte.

»Kyla!« Sie schüttelte den Kopf und bewegte die Lippen, während sie sich langsam rückwärts bewegte. »Nein, bleib bei mir, bitte!« Verzweiflung breitete sich in ihm aus, selbst wenn er wusste, dass es besser war, wenn Kyla nicht in Blacks Nähe kam.

Und plötzlich war die Barriere weg, und er konnte deutlich ihre Stimme hören. »Halte durch, Chris. Ich komme zu dir.«

»Nein, nicht …« Doch sie war schon verschwunden und ließ ihn allein zurück. Das Gefühl des Verlustes war so groß, dass er eine Hand auf sein schmerzendes Herz presste.

Nur langsam kam er wieder zu sich und wurde sich bewusst, dass er das Geräusch des Motors nicht mehr hören konnte.

Rasch richtete er sich auf, soweit das beengte Innere des Kofferraums es zuließ, und lauschte. Ein Knirschen ertönte, so als
würde jemand um den Wagen herumgehen. Nun war seine
Zeit also endgültig abgelaufen. Black war auf Rache aus und
kannte keine Gnade. Ein Klacken ertönte, und der Deckel des
Kofferraums hob sich langsam. Chris machte sich für einen
Angriff bereit, doch bereits die leichte Bewegung jagte einen
stechenden Schmerz durch sein Bein. Es würde ihn wundern,
wenn er damit überhaupt noch laufen konnte.

Helles Licht blendete ihn, und er schloss rasch die Augen.

»Hallo, Hamid. Oder sollte ich Christoph sagen? Du glaubst
nicht, wie sehr ich mich darüber freue, dass wir uns noch einmal
treffen.«

Ja, das konnte er sich lebhaft vorstellen. Vorsichtig blinzelte
Chris gegen das Licht an, das aus einer Taschenlampe kam, die
direkt auf sein Gesicht gerichtet war. In der anderen Hand hielt
Black eine Pistole.

»Wie, du hast gar nichts zu sagen? Aber keine Angst, das
kommt noch. Du wirst um Gnade winseln, *mein Freund.*« Die
letzten Worte sprach er mit so viel Hass aus, dass Chris ein kalter
Schauer über den Rücken lief.

Er befeuchtete seine trockenen Lippen. »Warum bist du nicht
einfach abgehauen? Niemand hätte dich gefunden, du könntest
frei sein.«

Blacks Lippen verzogen sich zu einem hässlichen Lächeln.
»Oh, das werde ich tun – sobald ich alles erledigt habe, was ich
mir während meiner Zeit im Gefängnis ausgemalt habe.«

Chris musste nicht fragen, was das war. »Mogadir?«

»Unter anderem. Ich habe noch einiges vor, wenn ich mit dir
fertig bin.«

»Sie werden dich finden und aufhalten.« Jedenfalls hoffte er
das.

»Wohl kaum. Was glaubst du, wie ich jahrelang unentdeckt leben konnte? Ich bin gut in dem, was ich tue.«

Chris könnte jetzt erwidern, dass er wohl nicht gut genug war, denn schließlich hatten sie ihn gefasst, aber es wäre nicht klug, ihn im Moment zu reizen. Es wäre vermutlich ein angenehmerer Tod, gleich erschossen zu werden, doch er wollte so viel Zeit wie möglich schinden, um doch noch entkommen zu können.

»Genug geredet, komm da raus.«

»Das geht nicht, mein Bein …« Weiter kam er nicht, denn Black schlug ihm mit der Pistole gegen den Wangenknochen, griff den Kragen seiner Jacke und zerrte ihn brutal aus dem Kofferraum. Vom Schmerz in Gesicht und Bein halb bewusstlos, konnte Chris sich nicht abfangen und stürzte auf den harten Asphaltboden. Pure Agonie schoss durch seinen Oberschenkel und ließ ihn würgen. Es dauerte einen Moment, bis er die Übelkeit zurückgedrängt hatte und sich auf etwas anderes konzentrieren konnte. Black! Chris hob den Kopf und bemühte sich, etwas durch sein rasch zuschwellendes Auge zu erkennen. Doch da war nur Dunkelheit, Black hatte offensichtlich die Taschenlampe ausgemacht.

Chris stützte sich mit einer Hand an der Stoßstange des Autos ab und richtete sich langsam auf. Black stand immer noch neben ihm, aber nicht nah genug, um ihn angreifen zu können, und hielt die Pistole auf Chris gerichtet.

»Ich kann nicht verstehen, wie ich in Afghanistan nicht erkennen konnte, dass du ein verweichlichter Deutscher bist. Du musst ein guter Schauspieler sein.«

Oder Black war so hochmütig, dass er geglaubt hatte, unverwundbar zu sein. Aber auch das behielt Chris für sich.

»Steh jetzt auf, ich habe nicht den ganzen Tag Zeit.«

Langsam und quälend zog Chris sich am Wagen hoch, bis er schwankend stand. »Ich glaube nicht, dass ich gehen kann.«

Verächtlich blickte Black ihn an. »Entweder du läufst, oder ich ziehe dich hinter mir her. Überleg dir, was angenehmer für dich ist.«

Chris machte einen Schritt und biss auf die Lippe, um das Stöhnen zurückzuhalten, als der Schmerz beinahe unerträglich wurde. Wo auch immer Black mit ihm hinwollte, wenn es weiter als ein paar Meter weg war, würde er es nicht schaffen. Ein weiterer Schritt, und er schwankte. Mit einem angewiderten Laut ergriff Black seinen Arm und zog ihn vorwärts. Chris stolperte nach vorne und fiel auf die Knie. Der harte Ruck sandte einen weiteren unerträglichen Schmerzstoß durch seinen Körper.

Bevor er sich aufrappeln konnte, packte Black seinen Kragen. »Gut, dann eben anders.«

Ein Schlag traf Chris am Hinterkopf, und er verlor das Bewusstsein.

Ein kreischendes Geräusch zerrte an seinem Trommelfell. Chris versuchte, dem Lärm dadurch zu entgehen, dass er seine Hände über die Ohren presste, doch er konnte sie nicht bewegen. Die Erkenntnis, dass etwas nicht stimmte, zuckte durch seinen Verstand, aber es dauerte einen Moment, bis er sich erklären konnte, was passiert war. Black musste ihn niedergeschlagen und irgendwohin gebracht haben. Nach dem pochenden Schmerz zu urteilen, den er in seinem Bein und diversen anderen Körperteilen spürte, war Black dabei nicht zimperlich gewesen. Aber zumindest schien Chris noch nicht so viel Blut verloren zu haben, dass er nicht wieder aufgewacht war. Ein gutes Zeichen.

Der Lärm verstummte abrupt, die Stille klingelte in seinen Ohren. »Du kannst damit aufhören, dich bewusstlos zu stellen, ich kann sehen, dass du wach bist.«

Chris bemühte sich darum, so viel Ruhe wie möglich auszustrahlen, als er die Augen öffnete. Es war wohl zu viel verlangt gewesen, darauf zu hoffen, dass Black das Interesse an ihm verloren und ihn einfach irgendwo zurückgelassen hatte. Sein Blick glitt über seine Umgebung, und es dauerte einen Moment, bis er alles erfasst hatte. Er war an eine riesige metallene Platte gebunden, um ihn herum ein bis an die Decke gefliester riesiger Raum mit allerlei seltsamen Geräten und etwas, das wie eine Förderanlage aussah. Seine Beine waren leicht gespreizt, und dazwischen befand sich ein wenige Zentimeter breiter Spalt im Metall. Seine Hände waren über seinem Kopf zusammengebunden und an etwas befestigt.

Versuchsweise zog er an seinen Fesseln, doch sie waren zu fest, um sich aus eigener Kraft daraus befreien zu können. Chris blickte zur Seite, suchte nach etwas, das ihm helfen könnte, und entdeckte Black, der eine Art Fernbedienung in der Hand hielt.

»Das wurde auch Zeit. Bist du bereit für deine Strafe?«

Wut kroch in Chris hoch. »Wenn jemand eine Strafe verdient hat, bist du das. Warum tauschen wir also nicht einfach?«

Black grinste ihn an. »Wie schön, dass du deinen Humor noch nicht verloren hast. Lass mich nachdenken: Nein. Du gefällst mir da, wo du bist, sehr gut.«

Bevor Chris antworten konnte, ertönte wieder der ohrenbetäubende Lärm, und er blickte in die Richtung, aus der er zu kommen schien. Wenn er nicht festgebunden gewesen wäre, hätte er vor Schreck einen Satz von der metallenen Platte gemacht, auf der er befestigt war. Eine Kreissäge mit riesigen Zacken tauchte zwischen seinen Füßen auf und bewegte sich zwischen seinen Beinen langsam nach oben. Chris versuchte, sich nach hinten zu schieben, doch er konnte sich keinen Zentimeter bewegen. Verzweifelt suchte er nach einem Ausweg, aber das Sägeblatt kam unausweichlich näher. Schweiß trat auf seine Stirn und tränkte seine Kleidung. Seine Hand- und Fußgelenke schmerzten, wo die Fesseln an ihnen rieben. Aus den Augenwinkeln sah er eine Bewegung, schaffte es aber nicht, den Blick von der Säge abzuwenden, die jetzt auf Höhe seiner Knie angekommen war.

»Gefällt dir der Anblick? Ich finde, es hat beinahe etwas Hypnotisches, wie das Sägeblatt immer näherkommt. Normalerweise werden Schweine damit zerteilt, aber ich denke, bei einem Menschen wird es genauso gut funktionieren. Mit dem kleinen Unterschied, dass die Schweine dabei schon tot sind. Wie lange es wohl dauert, bis du stirbst? Erst wenn die Säge beim Herzen ankommt oder schon früher?«

Verzweifelt versuchte Chris zu entkommen, aber er war gefangen. So wollte er nicht sterben! Und schon gar nicht durch Black. Die Säge war inzwischen auf der Mitte seiner Oberschenkel angekommen. Nur noch wenige Zentimeter und sie würde in seinen Körper schneiden. Er spreizte die Beine weiter, um noch ein paar Sekunden zu erringen und hörte Black lachen.

Seine Wut brach sich Bahn. »Du verdammter Sadist!«

Black hob eine Augenbraue. »Merkst du das etwa erst jetzt? Außerdem solltest du besser um Gnade flehen, als mich zu beleidigen, meinst du nicht?« Er wedelte mit der Fernbedienung. »Schließlich liegt dein Schicksal in meiner Hand. Wortwörtlich.«

Chris biss sich in die Unterlippe, bis er Blut schmeckte, aber er gab keinen Laut von sich. Schon allein, weil es genau das war, was Black wollte. Und diese Genugtuung wollte er ihm nicht geben. Auch nicht, wenn er dafür starb. Sein Herz hämmerte so laut, dass es in seinen Ohren beinahe das Kreischen der Säge übertönte. Chris schloss die Augen und stellt sich Kylas Gesicht vor. Ihre großen grünen Augen und die weichen Lippen. Die Art, wie sich ihre Mundwinkel nach oben bogen, wenn sie sich über etwas amüsierte, oder sich zusammenpressten, wenn ihr etwas missfiel. Meistens ging es dabei um ihn. *Es tut mir leid, Kyla. Leb wohl.*

Seine Hände ballten sich zu Fäusten, und er bereitete sich auf den reißenden Schmerz vor, wenn die Säge in sein Fleisch eindrang. Er meinte, schon die Hitze des Sägeblatts durch seine Jeans zu spüren, als das Geräusch plötzlich verstummte. Seine Augen sprangen auf, und er sah, dass die Säge nur einen Zentimeter vor seinem Hoden zum Stillstand gekommen war. Wenn Black jetzt stoppte, um gleich darauf wieder anzufangen, würde er ihn töten. Sein Blick glitt zu dem Verbrecher. Der schien nur darauf gewartet zu haben.

»Ich könnte dich hier zerteilen wie ein Stück Vieh, aber du hast Glück, das würde mir viel zu schnell gehen. Ich will, dass du erst leidest.« Er grinste. »Zerteilen kann ich dich am Ende immer noch.«

Chris hasste ihn dafür, dass er sich tatsächlich darüber freute, gefoltert zu werden, damit er noch ein wenig länger leben könnte und die Chance für eine Flucht stieg. Wie er das bewerkstelligen sollte, war ihm zwar nicht klar, aber irgendwie musste es ihm gelingen, denn die Vorstellung, dass Black gewinnen könnte, war unerträglich. Black legte die Fernbedienung zur Seite und trat hinter Chris, sodass er nicht mehr sehen konnte, was der Bastard dort tat.

»Brauchst du für deine Drecksarbeit inzwischen schon Geräte?«

Black lachte amüsiert. »Aber nein, ich werde nur dafür sorgen, dass du mir nicht entkommst.« Etwas zog an seinen Handgelenken und hob sie in die Luft. Black beugte sich über ihn. Jeglicher Humor war aus seinem Gesicht verschwunden, sein Hass war deutlich sichtbar. »Nicht noch einmal. Und falls du denkst, dass dich wieder jemand retten wird – Knox' Männer sorgen gerade dafür, dass niemand überlebt.«

Chris' Herz zog sich vor Furcht um Kyla und die anderen zusammen, aber er hielt seine Stimme ruhig. Sowohl die SEALs

404

als auch die TURT/LEs waren gut ausgebildet, sie würden sich zu wehren wissen. »Seit wann arbeiten sie mit dir zusammen? Ich dachte, sie wollen dich loswerden, nachdem du ihnen nicht das geliefert hast, was sie verlangten.«

Black löste die Fesseln an seinen Fußgelenken, doch gerade als Chris ihn treten wollte, legte Black seine Hand auf die Schusswunde und drückte fest zu. Schmerz raste durch seinen Körper, und er versuchte, dem Griff zu entkommen, doch Black war zu stark und Chris' Körper durch den Blutverlust zu sehr geschwächt.

»Oh, das tun sie auch. Knox hat nur eines im Sinn: mich auszuschalten, bevor jemand davon erfährt, dass er mit einem Terroristen Geschäfte gemacht hat.« Black trat rasch zurück und nahm die Fernbedienung wieder in die Hand. »Aber ich bin schlauer und habe einen Weg gefunden, sie für meine Zwecke zu nutzen.«

»Cullen.«

»Genau. Netterweise hatte er davon gehört, dass meine ehemalige CIA-Kollegin mit Unterlagen über mich bei euch untergeschlüpft ist und Knox eine Aktion gegen euch plante. Sehr praktisch.«

Ohne Vorwarnung drückte er auf einen Knopf und Chris wurde an den Armen nach oben gezogen. Quälende Schmerzen schossen durch seine Schultern und Handgelenke sowie durch seinen geplagten Oberschenkel, der unsanft über die Platte gezogen wurde. Eine Blutspur zog sich über das Metall, der Verband hatte sich anscheinend gelöst. Mit einem Ruck, der erneute Pein durch sein Bein trieb, löste sich sein Körper von dem Metallbrett, und er hing an seinen Armen in der Luft. Seine Füße baumelten etliche Zentimeter über dem Boden, der aus einem Gitter bestand.

Aus dieser Perspektive konnte er auch endlich erkennen, wo

er sich befand: in einem Schlachthof. Damit ergab auch Blacks Bemerkung mit den Schweinen einen Sinn. Mit der Säge wurden sonst Tiere zerteilt und die Hälften dann an dem Förderband hängend zur nächsten Station transportiert. Chris wurde übel und wünschte sich, er hätte nie die Dokumentation gesehen, in der der Weg Schritt für Schritt beschrieben worden war. Immerhin schien Black ihn nicht auch noch abfackeln zu wollen, der Arbeitsgang kam früher dran.

»Und, wie gefällt es dir da oben?«

Chris antwortete nicht darauf, sondern versuchte stattdessen, seine Hände zu befreien.

»Gib dir keine Mühe, du kommst aus den Fesseln nicht heraus, solange du an dem Haken hängst.«

Leider hatte Black damit völlig recht, durch sein Körpergewicht zog er die Knoten nur noch fester. Schon jetzt hatte er kaum noch Gefühl in seinen Händen. Aber seine Beine waren frei, und wenn er damit genug Schwung gab, würde er sich vielleicht von dem Haken lösen können.

Als könnte er seine Gedanken lesen, kam Black mit einem Seil in der Hand auf ihn zu. Mit dem letzten Rest an Kraft, den er noch in sich hatte, kämpfte Chris gegen dessen Versuch an, seine Beine zusammenzubinden. Es gelangen ihm einige Tritte, und er registrierte befriedigt Blacks schmerzerfülltes Grunzen, als er ihn an der Brust traf, doch dann erwischte der Verbrecher seinen verletzten Oberschenkel und Chris sah Sterne, als der Schmerz erneut durch seinen Körper schoss. Black nutzte die Ablenkung und wickelte das Seil um seine Fußgelenke. Anschließend band er das Ende um das Bodengitter, sodass Chris seine Beine nicht mehr heben konnte. Er war völlig hilflos! Wie sollte er Black jetzt noch entkommen? Vor Erschöpfung und vom Blutverlust zitterte er am ganzen Körper.

Zufrieden nickte Black ihm zu. »So gefällst du mir schon viel besser. Wie fühlt es sich an, einem anderen Menschen völlig ausgeliefert zu sein?« Chris antwortete nicht. Er hatte nicht vor, bei Blacks perfiden Spielchen mitzumachen. »Du willst also nicht mit mir reden, auch gut. Mal sehen, ob du in ein paar Minuten immer noch so stumm bleibst.« Black holte ein Messer aus seiner Jackentasche und hielt es Chris vor die Augen. »Erkennst du das? Gut, es ist nicht dasselbe wie in Afghanistan, aber das gleiche Modell.«

Ein weiterer Schauer lief durch Chris, als er sich daran erinnerte, was Black den Afghanen angetan hatte, die ihn verärgert hatten. Und er war sich ziemlich sicher, dass der Verbrecher sich für ihn noch schlimmere Foltermethoden ausgedacht hatte. Falls ihn jemand retten wollte, war jetzt ein sehr guter Zeitpunkt. Noch war nichts irreparabel verletzt, aber das konnte sich schnell ändern, wenn Black mit seiner Tortur begann.

Black trat näher und ließ den Blick über Chris' Körper wandern. »Ich sehe, du erinnerst dich. Ich muss sagen, ich freue mich schon besonders darauf, dich zum Schreien zu bringen. Das habe ich mir vier lange Monate ausgemalt.«

Das beruhigte Chris nicht wirklich, genauso wenig wie die scharfe Schneide des Messers, das jetzt unter den Halsausschnitt seines T-Shirts glitt. Erst jetzt merkte er, dass er seine Jacke, die schusssichere Weste und den Pullover nicht mehr anhatte. Black hatte offensichtlich vorausgeplant. Mit einem reißenden Geräusch gab der Stoff nach und teilte sich in der Mitte seiner Brust. Ein Brennen begleitete die Bewegung des Messers, eine dünne rote Linie bildete sich auf seiner Haut. Der Schmerz war noch erträglich, aber Chris wusste, dass das nur der Anfang war.

Black schnitt auch die Ärmel durch und warf das T-Shirt zur Seite. Mit der Messerspitze fuhr er über seine Haut. Nur mit Mühe unterdrückte Chris ein Beben. Er wollte dem Mistkerl nicht die Genugtuung geben, ihm zu zeigen, wie sehr ihm die Situation an die Nieren ging. Aber das konnte sich Black wahrscheinlich selbst ausmalen. Chris hasste es, so hilflos und den Launen eines Sadisten ausgeliefert zu sein. Er hatte keine Möglichkeit, seine empfindlichsten Stellen zu schützen, sondern konnte nur abwarten, was sich Black für ihn ausgedacht hatte. Der betrachtete scheinbar fasziniert, wie ein Blutstropfen über Chris' Bauch lief und dann im Bund seiner Jeans verschwand.

»Tut es dir schon leid, mich verraten zu haben?«

Chris hatte Mühe, seine Zähne auseinanderzubekommen. »Keine Sekunde. Du hast bekommen, was du verdient hast. Wie kann jemand, der mal für die CIA gearbeitet hat, auf die andere Seite wechseln und Waffen in ein Land liefern lassen, das vom Krieg zerfressen wird?«

Black lachte. »Warum denkst du, dass die CIA auf der richtigen Seite steht? Du glaubst gar nicht, was für ein kleiner Schritt das nur war.« Mit einem Schulterzucken ging er um Chris herum. »Außerdem, was sollte mich so ein unwichtiges Land wie Afghanistan interessieren? Meinst du, ich wäre jemals freiwillig dorthin gegangen, wenn es mir nicht genau die Anonymität und das Umfeld geboten hätte, das ich brauchte, um endlich das zu bekommen, was mir zusteht?«

Chris' Schultermuskeln verspannten sich in der Erwartung, dass Black das Messer in seinen Rücken stoßen würde. »Und was steht dir zu außer der Todesstrafe?«

Wieder lachte Black amüsiert. »Langsam wirst du amerikanischer als wir. Ich dachte, die Deutschen sind so liberal und absolut gegen so etwas Drastisches wie die Todesstrafe?«

»In bestimmten Fällen mache ich eine Ausnahme.«

Die Messerspitze berührte sein Schulterblatt und Chris schloss die Augen. Er wusste, was Black dort sah.

»Du hast kein Recht, diese Tätowierung zu tragen.« Jeglicher Humor war aus seiner Stimme verschwunden.

Jedes Mitglied von Khalawihiris Terrorgruppe trug ein etwa acht Zentimeter großes Tattoo auf dem Schulterblatt, das ihre Zugehörigkeit deutlich machen sollte. Er hatte es entfernen wollen, sobald er in Deutschland ankam, doch er war bisher zu beschäftigt gewesen, und vielleicht hatte er es auch als Teil seiner Strafe angesehen. Jetzt wünschte er sich, es schon vor Monaten weggelasert zu haben.

»Das tue ich sicher nicht, weil ich es so schick finde oder noch daran erinnert werden möchte.«

»Dann hast du bestimmt nichts dagegen, wenn ich es entferne.«

Noch bevor Chris irgendwie reagieren konnte, spürte er einen brennenden Schmerz an der Stelle. Ihm brach am ganzen Körper der Schweiß aus, als Black quälend langsam die Tätowierung mit dem Messer umrundete. Ein Zucken ging durch seine Muskeln, das er nicht kontrollieren konnte. Erneut versuchte er, seine Beine zu befreien, doch er schaffte es wieder nicht. Der Schmerz steigerte sich zu einem rasenden Ungetüm, als der Verbrecher die tätowierte Haut Stück für Stück in schmale Streifen schnitt. Zwar konnte Chris nichts sehen, aber er hatte ähnliche Aktionen oft genug in Afghanistan beobachtet, um genau zu wissen, was noch kommen würde. Er hielt seinen Körper stocksteif und betete, dass die Tortur bald vorüber war. Dunkelheit umwaberte ihn, es fehlte nicht viel und er würde das Bewusstsein verlieren. Doch das konnte er nicht zulassen.

Die Zähne fest in seine Unterlippe gegraben, überstand Chris die Qualen, als Black die Hautstreifen einzeln abzog. Blut lief über seinen Rücken, und er wusste, dass er nicht mehr lange durchhalten würde. *Kyla*.

33

Frustriert stieg Hawk in den Mietwagen. Der Termin beim Verteidigungsminister hatte ihn nicht wirklich weitergebracht. Zwar hatte der versprochen, nachzuforschen, wo die Auflistung von Blacks Waffenarsenal geblieben war, doch er konnte nicht zusichern, dass die Übeltäter gefasst wurden. Außerdem war der Minister nicht besonders glücklich darüber, dass die TURT-Agenten ohne ausdrücklichen Auftrag nach Black suchten. Doch nach Hawks Anmerkung, dass ein entflohener Terrorist auf amerikanischem Boden vielleicht doch Grund genug war, um die derzeit nicht anderweitig benötigten Agenten zu aktivieren, hatte der Politiker schließlich zugestimmt, die Mission offiziell zu erlauben.

In einem Nebensatz hatte er schließlich noch die Bombe fallen lassen, dass einer der beiden ehemaligen Soldaten, die Black im Gefängnis töten wollten, früher bei Knox angestellt gewesen war. Damit war für Hawk eindeutig bewiesen, dass Knox etwas mit Blacks Waffenlieferungen zu tun hatte. Doch Knox war nicht etwa sofort verhaftet worden, sondern sollte lediglich observiert werden, bis ihm etwas Schwerwiegendes nachgewiesen werden konnte. Als wäre er so dumm, sich in irgendeiner Weise zu verraten, nachdem er seit Jahrzehnten unbehelligt seinen Geschäften nachgegangen war. Aber die Verbindung zu dem Soldaten im Gefängnis, das war etwas, das Knox zu Fall bringen konnte.

Hawk biss die Zähne zusammen. Und wenn er undercover einen Agenten in Knox' Organisation einschleusen musste – er würde dafür sorgen, dass der Waffenfabrikant unterging. Die Lage in Afghanistan war sowieso schon ein Pulverfass, wenn nun herauskam, dass die USA Waffen an Terroristen lieferten, würde das alles vernichten, wofür sie seit Jahren gearbeitet hatten. Und das nur, damit sich Einzelne bereichern konnten und das Land gezielt am Abgrund hielten.

Ein Hupen ertönte hinter ihm, und Hawk bemerkte, dass die Ampel auf Grün umgesprungen war. Irritiert sah er sich um. Wo war er überhaupt? Er war wie auf Autopilot losgefahren, ohne auf den Weg zu achten. Ein deutliches Zeichen dafür, dass er sich noch lange nicht von Jades Entführung und all den anderen Ereignissen erholt hatte. Hätte ihm jemand gesagt, dass ihm eine Frau einmal so viel bedeuten könnte, dass er dafür sogar seinen Job vernachlässigte, er hätte es nicht geglaubt. Bei seinen Kollegen und Vorgesetzten der NSA war er immer als ein Agent bekannt gewesen, der sich durch nichts erschüttern ließ und seinen Job tat, egal, was auch passierte. Er war nie kalt oder gefühllos gewesen, aber er hatte die Eigenschaft besessen, sich voll auf eine Sache konzentrieren zu können, ohne eine Ablenkung zu dulden.

Das klappte nicht mehr, seit er Jade kannte. Natürlich funktionierte er noch – zumindest solange Jade in Sicherheit war –, aber nicht mehr so perfekt wie vorher. Und das musste er, wenn er die TURT/LEs leiten wollte, Leben hingen davon ab, dass er schnelle und korrekte Entscheidungen traf. Er konnte nur hoffen, dass er sich jetzt, da Jade sich anscheinend auf dem Weg der Besserung befand und Black hoffentlich bald ausgeschaltet war, wieder hundertprozentig auf seinen Job konzentrieren konnte. Wenn ihm das nicht gelang, würde er kündigen müssen, so sehr ihm die Arbeit auch fehlen würde. Aber er verlangte von den TURT-Agenten Perfektion und musste diesen Maßstab dann auch bei sich selbst ansetzen.

Kurz entschlossen gab er die Adresse von Knox' Stadthaus in das Navigationsgerät ein. Zwar hatte er keinerlei Befugnis, aber er wollte ihm gegenüberstehen und sehen, ob Knox seine Beteiligung an den Waffengeschäften durch irgendeine Regung verriet. Vermutlich war das eher unwahrscheinlich, aber er musste es zumindest versuchen.

Es wäre untertrieben, zu sagen, dass seine Laune mehr als schlecht war, als er endlich bei Knox' pompösem Stadthaus ankam. Sie besserte sich auch nicht, als ihm die Tür von einem livrierten Butler geöffnet wurde, der ihn zum Empfangszimmer des Fabrikanten geleitete, nachdem Hawk ihm seinen offiziellen Ausweis des Verteidigungsministeriums gezeigt hatte. Alleine der Teppich unter seinen Füßen kostete vermutlich mehr, als er in einem Jahr verdiente. Das würde ihn an sich nicht stören – ihm reichte es, wenn er genug Geld hatte, um damit komfortabel zu leben –, wenn er nicht genau wüsste, womit Knox sich seinen Reichtum erkauft hatte.

Seine Hände ballten sich zu Fäusten, als er in das opulent ausgestattete Zimmer trat, in dem Knox gerade in einem Sessel gemütlich seine Zeitung las und dabei einen Cognac trank. Als er aufblickte und Hawk entdeckte, wirkte er erst irritiert, doch dann breitete sich ein Lächeln über sein Gesicht aus, das Hawk einen Schauer über den Rücken trieb.

Knox stand auf und hielt ihm die Hand hin. »Guten Abend, mit wem habe ich das Vergnügen?«

Warum kam es Hawk so vor, als wüsste sein Gesprächspartner das bereits? »Agent Daniel Hawk. Ich würde Ihnen gerne ein paar Fragen stellen.« Dabei ignorierte er die ausgestreckte Hand.

Mit einem Schulterzucken zog Knox sie zurück und deutete stattdessen auf einen zweiten Sessel. »Setzen Sie sich doch, kann ich Ihnen etwas zu trinken anbieten? Whisky, Scotch?«

»Nein danke, ich muss noch fahren.« Außerdem würde er eher verdursten, als in diesem Haus etwas zu trinken.

Knox ließ sich wieder in seinen Sessel sinken und blickte ihn erwartungsvoll an. »Nun, Agent Hawk, was führt Sie zu mir?«

»Wollen Sie denn gar nicht meine Marke sehen?«

Mit einem Lächeln lehnte Knox sich zurück. »Das ist nicht nötig, ich weiß, wer Sie sind.«

»Woher?«

»Ich habe meine Quellen, genau wie Sie. Also, was wollen Sie von mir? Die Polizei hat mich bereits befragt und auch das FBI.«

»Denen Sie nichts gesagt haben.«

Knox hob die Hände. »Wie sollte ich auch? Ich weiß nichts über die Ermordung des armen Senators, außer, dass der Wachdienst den armen Cullen vor der Tür meines Firmensitzes gefunden hat.«

»Das muss ein Schock gewesen sein.« Seine Skepsis war ihm deutlich anzuhören. Irgendwie musste ihm seine sonst so gepriesene Diplomatie abhandengekommen sein, seit er das Haus betreten hatte.

»Natürlich. Ich kenne den Senator schon seit vielen Jahren, und für einen Politiker war er ein sehr angenehmer Mensch.«

»Weil er das getan hat, was Sie ihm gesagt haben?«

Knox' Augenbrauen schossen in die Höhe. »So viel Macht habe ich nicht, obwohl ich mir das natürlich wünschen würde.« Er beugte sich vor, und das Lächeln verschwand von seinem Gesicht. »Sie sollten jetzt endlich sagen, weshalb Sie hier sind, Hawk, denn ich habe Besseres zu tun, als mich in meinem eigenen Haus von Ihnen beleidigen zu lassen.«

Hawk unterdrückte eine weitere bissige Bemerkung. Es half ihm nicht, wenn er sofort vor die Tür gesetzt wurde. »Eigentlich wollte ich nur fragen, ob Sie schon einmal etwas von jemandem

namens Khalawihiri gehört haben.« Er beobachtete genau Knox'
Gesichtsausdruck und glaubte, ein kleines Zucken des linken
Auges zu bemerken.

»Kawali... nein, ich denke nicht, dass ich jemanden kenne, der
so heißt. Ein seltsamer Name, spanisch?«

»Nein, afghanisch. Ich finde es schon sehr seltsam, dass Sie
nie von ihm gehört haben, schließlich haben Sie ihm jede Menge
Waffen nach Afghanistan geliefert.«

Knox stemmte sich hoch und baute sich vor Hawk auf, was
beeindruckender gewirkt hätte, wenn er ihm nicht nur bis zur
Brust reichen würde. »Wollen Sie damit andeuten, ich hätte die
Regelungen des internationalen Waffenhandels verletzt?«

»Aber nein, das wollte ich nicht nur andeuten, sondern habe
es schwarz auf weiß. Haben Sie etwas dazu zu sagen?«

Ein Muskel zuckte in Knox' Wange. »Nein, das habe ich nicht,
schon gar nicht Ihnen gegenüber. Sie haben hier keinerlei Be-
fugnisse. Überhaupt ist diese ganze TURT/LE-Geschichte die
reinste Lachnummer.«

Hawk trat dichter an ihn heran und bezwang den Drang, seine
Hand um den Hals des Mannes zu legen. »Sie dürften darüber
gar keine Informationen haben.«

Verächtlich verzog Knox den Mund. »Sie glauben gar nicht,
was ich alles weiß. Vor allem weiß ich alles über Ihren schwach-
sinnigen Versuch, mit Ihrem kleinen Team von Verlierern und
kaputten Gestalten einen flüchtigen Terroristen zu fassen.« Knox
grinste ihn an. »Die Sache ist zum Scheitern verurteilt, das muss
Ihnen klar sein. Was werden Sie Ihren Vorgesetzten sagen, wenn
Sie Ihnen beibringen müssen, dass Ihr Team tot ist?«

Tot? Wie aus Reflex schnellte seine Faust vor und traf Knox
genau am Kinn. Dessen Augen verdrehten sich und er kippte
nach hinten um, ohne einen Laut von sich zu geben. Mühsam
hielt Hawk sich davon ab, dem Kerl das zu geben, was er verdient

hatte. Dafür war später noch Zeit genug, jetzt musste er hier raus und sich davon überzeugen, dass es den anderen gut ging.

Schnellen Schrittes verließ er das Empfangszimmer und durchquerte den langen Flur zur Haustür. Gerade als er nach dem Türknauf griff, tauchte lautlos der Butler neben ihm auf. Instinktiv wirbelte Hawk herum und hielt ihm seine Pistole direkt unter die Nase. Als er sah, dass der Mann unbewaffnet war, ließ er die Waffe sinken.

»W…wollen Sie schon gehen, Sir?«

»Ja.«

Ohne ein weiteres Wort öffnete Hawk die Tür und verließ das Haus. Noch auf der Vordertreppe zog er sein Handy heraus und wählte Jades Nummer. Anstelle eines Freizeichens kam sofort die Mailbox. Hawk beendete die Verbindung und atmete tief durch, um sich zu beruhigen. Vermutlich hatte Jade das Handy einfach nur nicht aufgeladen oder es ausgeschaltet. Trotzdem ging er schneller zu seinem Wagen, während er Kylas Nummer wählte. Es ertönte ein Freizeichen, aber obwohl er es ewig lange läuten ließ, ging Kyla nicht dran. Was zum Teufel war da los? Eine Nummer hatte er noch, dann war er mit seinem Latein am Ende. Rasch stieg er in seinen Wagen und ließ den Motor an, gleichzeitig rief er bei Clint an.

»Ja.«

Clints knappe Antwort ließ sämtliche Alarmglocken in ihm anschlagen. »Hier ist Hawk. Was ist da bei euch los? Ich habe versucht, Jade zu erreichen, aber sie geht nicht dran. Und auch Kyla …«

Im Hintergrund hörte er Lärm, der Clints Antwort überlagerte. »… gerade unterwegs … Haus. … Überfall …«

»Clint! Ich kann dich kaum verstehen. Was ist mit Jade? Warum seid ihr unterwegs?«

Einen Moment lang herrschte Rauschen, dann klang Clints

Stimme lauter. »Wir haben einen Hinweis in Virginia überprüft und sind dabei überfallen worden. Chris wurde angeschossen und von Black entführt. Kyla ist ihm gefolgt, ich habe bisher noch nichts von ihr gehört. Wir sind auf dem Weg zurück zum Haus, weil wir weder Jade noch I-Mac erreichen konnten. Bist du dort in der Nähe?«

»Ich kann in zehn Minuten da sein.«

Clint schwieg einen Moment. »Wir brauchen noch mindestens eine halbe Stunde. Hawk …«

»Ich werde mich darum kümmern.« Mit einem flauen Gefühl im Magen steckte Hawk das Handy wieder ein und gab Gas.

Durch Knox' Andeutung und Clints Schilderung der Geschehnisse befürchtete er das Schlimmste. *Nein!* Es durfte Jade nichts passiert sein. Er würde es nicht ertragen, sie noch einmal zu verlieren. Auch wenn er kein SEAL war, hatte er seit dem Start von TURT viel mit den anderen trainiert und konnte in einem Kampf bestehen, wenn es darauf ankam. Außerdem gab es keine Alternative, er konnte nicht warten, bis Clint und die anderen ankamen, wenn Jades Leben auf dem Spiel stand.

Grimmig holte er die Ersatzmunition aus dem Handschuhfach. Während einer weiteren Rotphase steckte er die Pistole in seinen Hosenbund. Normalerweise zog er friedliche Lösungen vor, aber wenn jemand das Haus überfallen hatte und Jade und die anderen bedrohte, würde er nicht zögern, jeden zu beseitigen, der ihm in den Weg kam.

Es schienen Stunden zu vergehen, doch in Wahrheit waren es nur wenige Minuten, bis er endlich bei Reds Haus ankam. Er fuhr an der Auffahrt vorbei und parkte ein Stück entfernt, um sich nicht gleich zu verraten. Anschließend joggte er zurück und nutzte die Deckung der Bäume und Sträucher, die das Grundstück überwucherten. Alles war still, er konnte kein Zeichen dafür entdecken, dass jemand in das Haus eingedrungen war. Natürlich könnte es sein, dass niemand hier war und bei Jade und den anderen alles in Ordnung war, doch er glaubte nicht daran. I-Mac war ein Technikfreak, er würde es sofort merken, wenn etwas mit der Verbindung nicht stimmte, und Abhilfe schaffen.

Noch einmal holte Hawk das Handy heraus, um Jade anzurufen, doch das Display zeigte abermals keinen Empfang an. Sein Nacken kribbelte, und er sah sich unruhig um. Irgendetwas stimmte hier nicht, er konnte es fühlen. Vorsichtig schlich er sich näher heran, bis er nur noch wenige Meter von der Haustür entfernt war. Er überlegte gerade, wie er nun am besten weiter vorgehen sollte, als im Haus ein Schuss ertönte. Sofort rannte er los und stieß dabei fast mit einem Mann zusammen, der gerade um die Hausecke kam. Bevor der Verbrecher reagieren konnte, warf Hawk sich auf ihn und riss ihn zu Boden.

Er hielt sich nicht lange auf, sondern schlug dem Mann mit seiner Waffe gezielt gegen die Schläfe, um ihn auszuschalten. Als der Körper unter ihm schlaff wurde, rollte Hawk sich herunter und stand auf. Vorsichtig sah er sich um, doch es schien niemand anders in der Nähe zu sein. Aus dem Haus war nichts mehr zu hören, und er spürte, wie sein Puls in die Höhe schoss. Entschlossen ging er auf die Haustür zu. Normalerweise würde er erst die Umgebung erkunden und sich dann von der hinteren Seite her nähern, aber Jade war dort drin, und wenn die Möglichkeit bestand, dass sie in diesem Moment schwer verletzt irgendwo lag, konnte er sich nicht damit aufhalten.

Entsetzt beobachtete Jade, wie I-Mac zusammenzuckte. Oh Gott, er war getroffen! Da sie Vanessa stützte, konnte sie nicht zu ihm laufen, aber sie konnte den verdammten Mistkerl erschießen, der über ihm stand. Doch bevor sie abdrücken konnte, schwankte der Verbrecher und stürzte auf I-Mac. Der stieß einen Fluch aus und versuchte, sich unter dem Körper herauszuwinden.

Sie half Vanessa, sich auf den Boden zu setzen und rannte zu ihm. Irgendwie musste es ihm gelungen sein, an eine Waffe zu kommen und den Mann zu erschießen, während der über ihm stand. Nachdem sie überprüft hatte, ob der Verbrecher noch lebte – er war tot –, packte sie ihn an der Schulter und zog ihn von I-Mac herunter. Anschließend kniete sie sich neben den SEAL.

»Bist du verletzt?«

»Nein.« I-Mac grinste sie an. »Das war ein toller Schuss. Ich habe gar nicht gesehen, wie du abgefeuert hast.«

Verwirrt starrte Jade ihn an. »Das habe ich auch nicht. Ich dachte, du hättest ihn erschossen.«

»Nein.« Sein Grinsen erlosch. »Wer war es dann?«

Jade hörte ein leises Keuchen und wirbelte zur Küche herum. Ihre Waffe im Anschlag schlich sie dorthin und hörte hinter sich ein leises Fluchen, als I-Mac versuchte, auf die Beine zu kommen. Aber darauf konnte sie nicht warten, wenn wirklich noch ein weiterer Verbrecher im Haus war. An der Wand neben der Tür entdeckte sie einen Schatten, dort kauerte jemand auf dem Boden.

Nurja! Das Tuch war heruntergerutscht und gab ihre kurzen schwarzen Haare frei. Das Gesicht hatte sie in einer Armbeuge verborgen, in der anderen Hand hielt sie eine Pistole. Erleichtert sank Jade auf den Boden vor Nurja. Offensichtlich hatte sie den mysteriösen Schützen gefunden.

Zögernd legte Jade eine Hand auf Nurjas Arm und spürte sie zusammenzucken. »Ich bin es, Jade. Es ist alles in Ordnung.« Sanft schloss sie ihre Finger um die Waffe und entfernte sie aus Nurjas verkrampftem Griff.

I-Mac trat neben sie und lehnte sich gegen den Türrahmen, als könnte er sich kaum aufrecht halten. »Nurja?«

Bei dem Klang von I-Macs Stimme ging Nurjas Kopf hoch, und sie blickte ihn mit geröteten Augen an. »Ich d…dachte …«

Mit einer Grimasse hockte I-Mac sich neben die Afghanin. »Es ist alles in Ordnung, Nurja.« Mit einer liebevollen Geste zog er das Tuch wieder über ihre Haare. »Danke, du hast mir das Leben gerettet.«

Eine Träne lief über ihre Wange. »Ich … habe mich v…versteckt hier …« Sie deutete auf die Küchentür. »… zu viel Angst. Doch dann …« Sie brach ab und schloss gequält die Augen.

»Du hast den Kampf auf dem Flur gehört und hast den Verbrecher erschossen. Ich wusste doch, dass es eine gute Idee war, dir Schießunterricht zu geben.«

Sein Versuch, die Situation aufzulockern, ließ Nurjas Tränen noch heftiger fließen. Sie schlug die Hände vor ihr Gesicht, Schluchzer ließen ihre Schultern beben. Hilflos blickte I-Mac Jade an. Sie bedeutete ihm, die Afghanin zu umarmen und beobachtete, wie der SEAL zögernd seine Arme um Nurja legte. Nurjas Körper versteifte sich erst, doch dann presste sie sich an ihn, als wäre jeder Millimeter zwischen ihnen noch zu viel. I-Macs Lippen verzogen sich schmerzlich, doch er legte nur seine Wange an ihren Kopf und wiegte sie sanft hin und her. Er murmelte leise Worte in ihr Ohr und schien völlig vergessen zu haben, dass Jade noch neben ihnen hockte.

Rasch erhob sie sich und kehrte zu Vanessa zurück. Einerseits wollte sie den beiden ein wenig Privatsphäre geben, andererseits musste sie aber auch dafür sorgen, dass Vanessa endlich zu einem Arzt kam. Und es könnte immer noch sein, dass Verbrecher sich im Haus befanden – oder zumindest auf dem Grundstück. Wie um ihre Befürchtung zu bestätigen, hörte sie in diesem Moment Glas klirren.

»Was war …?«

Mit einer Geste bedeutete sie Vanessa zu schweigen und

schlich in Richtung Haustür, von wo aus das Geräusch gekommen war. Sie presste sich in eine Nische neben der Tür und sah, wie sich eine Hand durch die zerstörte Glasscheibe schob und die Klinke herunterdrückte.

Jade hob ihre Waffe und richtete sie direkt auf die Brust des Mannes, der in diesem Moment in das Haus trat. »Hände hoch, sofort!«

Der Mann blieb stocksteif stehen. Schließlich atmete er tief durch. »Jade?«

Erleichterung breitete sich in ihr aus, als sie die Stimme erkannte. »Hawk!« Am liebsten hätte sie sich in seine Arme geworfen und einfach nur die Tatsache genossen, dass er endlich da war, doch dafür hatten sie jetzt keine Zeit. »Wir müssen sofort hier raus. Vanessa ist angeschossen worden und schwer verletzt, sie muss dringend in ein Krankenhaus, und unsere Telefone funktionieren nicht.«

»Was ist passiert?«

»Mehrere Verbrecher haben uns überfallen, sie wollten Informationen über Black, und es war ihnen egal, wen sie dafür töten mussten. Es kann sein, dass draußen auch noch welche lauern.«

»Einen habe ich bereits unschädlich gemacht.« Hawks warme Hand legte sich an ihre Wange. »Ich bin froh, dass es dir gut geht. Ich habe schon das Schlimmste befürchtet, nachdem ich euch nicht erreichen konnte.«

Einen winzigen Moment schmiegte sie sich in die Berührung, dann trat sie bedauernd zurück. »Die Verbrecher müssen wohl das Funksignal blockiert haben.«

»Okay, machen wir, dass wir hier rauskommen. Ich trage Vanessa und du gibst uns Rückendeckung.«

Es dauerte nur wenige Minuten, bis sie schließlich im Auto saßen. I-Mac hatte darauf bestanden, selbst zu laufen. Den Rollstuhl hatten sie zusammengeklappt in den Kofferraum gelegt, damit er ihm später zur Verfügung stand. Jade warf einen Blick in den Rückspiegel. Nurja kümmerte sich auf der Rückbank um Vanessas Verletzung, und I-Mac blickte ständig über die Schulter, so als wollte er sich vergewissern, dass sie wirklich noch da war. Auf seinem Schoß lag der Laptop, er hatte sich geweigert, das Haus ohne ihn zu verlassen. Sie hätte das lustig gefunden, wenn sie sich nicht solche Sorgen um Hawk machen würde. Er war im Haus geblieben, um sich um die überlebenden Verbrecher zu kümmern und dafür zu sorgen, dass sie nicht entkamen.

Die Möglichkeit, dass Hawk in Gefahr geraten könnte, wenn noch mehr Verbrecher auftauchten, ließ sie aufs Gaspedal treten. Sowie sie außer Reichweite der Funkstörung waren, rief I-Mac bei Clint an und berichtete ihm, was passiert war. Entsetzt atmete sie ein, als er erzählte, was draußen in Virginia passiert war, und dass Kyla jetzt alleine unterwegs war, um Chris zu retten. Wie sollte ihre Partnerin alleine gegen jemanden wie Black ankommen, besonders wenn er den Mann in seiner Gewalt hatte, den Kyla offensichtlich liebte?

Glücklicherweise waren aber die SEALs nur noch wenige Kilometer vom Haus entfernt und würden Hawk bald unterstützen. Wenn die Lage dort unter Kontrolle war, würden alle ausschwärmen können und nach Chris und Black suchen. Sie mussten ihn einfach finden, bevor es für den Deutschen zu spät war. Auch wenn Kyla immer so stark wirkte, Jade wusste, dass sie den Verlust nicht verkraften würde.

34

Kylas Hände schlossen sich fester um das Lenkrad, als sie auf die nur von ihren Scheinwerfern beleuchtete Straße starrte. Sie hatte ihn verloren. Nicht, dass sie das nicht schon vor etlichen Minuten befürchtet hatte, aber sie hatte entgegen jeder Wahrscheinlichkeit gehofft, doch noch eine Spur von dem Wagen zu finden, in dem Black mit Chris im Kofferraum geflohen war. Verzweiflung breitete sich in ihr aus, als sie sich eingestehen musste, dass es nichts brachte, ziellos durch die Dunkelheit zu fahren.

Sie zuckte zusammen, als ihr Handy klingelte. Rasch hielt sie es ans Ohr. »Ja?«

»Hier ist I-Mac. Clint sagte, du könntest meine Hilfe gebrauchen.« Im Hintergrund hörte sie Motorengeräusche und Stimmen.

Ja, endlich! »Was ist da bei euch los? Ich konnte weder Jade noch irgendwen anders erreichen.«

»Wir fahren gerade zum Krankenhaus – eine lange Geschichte.«

Erschrocken hielt Kyla den Atem an. »Geht es allen gut?«

»Vanessa wurde angeschossen und hat viel Blut verloren. Wir anderen sind weitgehend unverletzt. Clint ist schon informiert und hat mir erzählt, was bei euch passiert ist. Hast du Chris und Black schon gefunden?«

Ihre Kehle zog sich zusammen und sie musste sich räuspern, bevor sie sprechen konnte. »Nein. Es ist, als wären sie vom Erdboden verschluckt. Sie können inzwischen überall sein, hier gibt es zu viele Straßen und Feldwege.«

Durch die Leitung hörte sie schnelles Tippen. »Moment, ich rufe gerade die Adresse auf, die mir Joe Spade nach der Sache in Afghanistan gegeben hat.«

Kyla hatte Joe in Afghanistan getroffen, nachdem Hamid – nein, Chris – sie zum Lager des KSK gebracht hatte. Er arbeitete bei der National Geospatial-Intelligence Agency und war ein Spezialist darin, Satellitenbilder über jede nur mögliche Ecke der Welt zu bekommen und vor allem auszuwerten. Auf diese Art hatte er in kürzester Zeit in einer wilden Bergregion in Afghanistan Khalawihiris Camp ausfindig gemacht. Ein wenig Hoffnung kam in ihr auf. Wenn I-Mac Zugriff auf das Programm hatte und den Wagen finden könnte …

»Ich fange dort an, wo ihr in die Falle gegangen seid.« Im Hintergrund ertönte ein Hupen und ein Fluch, der eindeutig nach Jade klang.

Kyla biss auf ihre Lippe. Sie wollte ihm sagen, dass sie erst ins Krankenhaus fahren sollten, doch dann könnte es für Chris schon zu spät sein, deshalb schwieg sie. I-Mac würde selbst wissen, was machbar war. Und Nurja würde sicher auch darauf achten, dass er es nicht übertrieb. »Geht es Nurja auch gut?«

I-Mac schwieg kurz, dann senkte er die Stimme. »Sie ist etwas durcheinander, weil sie einen der Verbrecher erschossen hat. Aber sie ist stark, sie wird das überstehen.« Es war ihm deutlich anzuhören, wie stolz er auf sie war.

»Das ist gut.«

»Okay, ich hab's. Jetzt suche ich die richtige Uhrzeit heraus …« Schweigen, dann ein zufriedenes Grunzen. »Da seid ihr ja. Gut, ich weiß jetzt, in welchem Auto Chris ist. Auf dem Satellitenfoto kann ich kein Kennzeichen sehen, hast du dir das gemerkt?«

Kyla schloss für einen Moment die Augen und riss sie dann sofort wieder auf, als das Auto schlingerte. Nach kurzem Überlegen nannte sie ihm das Kennzeichen. »Es war ein dunkelblauer

Wagen, Chevrolet, wenn ich mich recht erinnere. Vielleicht können Clint und die anderen noch mehr dazu sagen.« Sie hatte nur Augen für Chris gehabt. Ihr Magen zog sich vor Angst zusammen. Es musste ihr einfach gelingen, ihn zu retten! Sie konnte sich nicht vorstellen, damit leben zu müssen, dass er ihretwegen gestorben war.

»Alles klar. Hier in dem Gebiet rund um Washington, D.C. gibt es eine großflächige und konstante Satellitenüberwachung, damit sollten wir ihn finden können. Ich habe das Programm zwar schon einige Male ausprobiert, aber nie, wenn die Zeit drängte. Ich werde versuchen, ob ich Joe Spade erreichen kann, damit er mir hilft. Ich melde mich dann wieder bei dir.«

»Danke. Und beeil dich bitte, ich glaube nicht, dass Chris noch viel Zeit hat.« Wenn er nicht bereits tot war. Sie hatte keinen Zweifel daran, dass Black ihn hasste und mit Freude ins Jenseits befördern würde.

»Ich weiß. Bis dann.«

Mit brennenden Augen lenkte Kyla den von den Verbrechern geliehenen Wagen an den Straßenrand und schaltete den Motor aus. Sie lehnte ihre Stirn gegen das Lenkrad und atmete heftig aus. Ein Zittern lief durch ihren Körper, als sie sich vorstellte, was Chris vielleicht in diesem Moment erleiden musste. »Halt durch, Chris, ich komme, so schnell ich kann.«

Es brachte nichts, noch weiter zu fahren, wenn sie nicht einmal wusste, ob sie überhaupt in die richtige Richtung unterwegs war. Nervös überprüfte sie alle paar Sekunden ihr Handy, doch es gab noch keine Nachricht von I-Mac. Schließlich stieg sie aus und öffnete den Kofferraum, um zu sehen, ob es darin etwas gab, das ihr dabei helfen würde, Black zu überwältigen. Ein grimmiges Lächeln verzog ihre Lippen, als sie ein wahres Arsenal an Schusswaffen und Munition entdeckte. Zwar hatte sie ihr Gewehr, aber es war immer gut, noch Ersatz zu haben.

Rasch steckte sie eine Pistole und genug Ersatzmunition ein und schloss den Kofferraum wieder.

Das Klingeln ihres Telefons ließ sie zur Fahrertür stürzen. Atemlos presste sie es ans Ohr. »Ja?«

»I-Mac hier. Zusammen mit Joe und seinen Kollegen habe ich jetzt den Standort des gesuchten Wagens aus den Satellitenbildern ermittelt. Glücklicherweise ist das NGA-Hauptquartier in Springfield nur wenige Meilen entfernt, und sie haben in der Region um D.C. ein Modellsystem aufgebaut, mit dem sie fast sekundengenau Satellitenbilder gewinnen und so auch Bewegungen von Verdächtigen nachverfolgen können.«

Kyla setzte sich und ließ den Motor an. »Wo finde ich ihn?«

»Anhand des GPS-Signals deines Handys habe ich deinen jetzigen Standort herausgefunden. Ich werde dich hinführen.«

Erleichtert atmete Kyla auf. Inzwischen wusste sie selbst kaum noch, wo sie gerade war. In der Dunkelheit sah alles gleich aus. »Kann losgehen.«

»Fahr auf der Straße weiter, etwa zwei Meilen, dann bieg nach links ab in Richtung Fairfax. Von da aus gebe ich dir dann weitere Instruktionen.«

»Gut, danke. Wie weit bin ich insgesamt entfernt?«

»Etwa zehn Meilen.«

Ihr Magen krampfte sich zusammen. Das bedeutete, dass Black nicht weit gefahren war und somit umso mehr Zeit gehabt hatte, um Chris etwas anzutun. Das Gefühl, zu spät zu kommen, wurde immer stärker. Mühsam drängte sie es zurück. So durfte sie nicht denken, denn sie musste funktionieren, wenn sie Chris endlich fand. Kyla schaltete das Handy auf Freisprechen, damit sie beide Hände frei hatte, und legte es auf den Beifahrersitz.

»Wie sieht es dort aus, wo das Auto jetzt ist? Bewohnte Gegend?«

Ein Klicken ertönte. »Nur spärlich, es steht ein Stück hinter der Stadt vor einem größeren Gebäudekomplex. Es sieht aus wie eine Lagerhalle oder Ähnliches.« Weiteres Klicken, dann ein gedämpfter Fluch.

Ihr Herz hämmerte los. »Was ist? Fahren sie weiter?«

»Nein, der Wagen steht dort schon seit einiger Zeit.« I-Mac räusperte sich. »Es ist ein alter Schlachthof, Kyla.«

Übelkeit stieg in ihr auf, und sie hatte Mühe, ihren Mageninhalt bei sich zu behalten. Die Vorstellung, was Black dort mit Chris anstellen könnte, brannte sich in ihr Gehirn.

»Kyla, hörst du mich?« I-Macs Stimme klang besorgt.

Sie schluckte heftig. »J…ja.«

»Warte auf Clint und die anderen, sie sind schon auf dem Weg zu dir. Es dauert nur ein wenig, weil sie bereits auf dem Weg zurück nach Washington waren.«

»Das kann ich nicht versprechen. Ich werde handeln, je nachdem, was ich dort vorfinde.« Wenn Black Chris irgendwas getan hatte, würde sie ihn nicht am Leben lassen.

»Dann werde ich die lokale Polizei …«

Sie unterbrach ihn sofort. »Wir sind hier auf dem Land, ich möchte auf keinen Fall, dass irgendwelche Kleinstadtpolizisten in eine Geiselsituation platzen. Ich bin besser dafür ausgebildet, I-Mac. Ich weiß, was ich tue.«

»Aber diesmal hast du kein Team dabei.« Seine Stimme war leise.

»Wenn ich das ändern könnte, würde ich es tun, aber leider geht das nicht. Black ist dort und hat Chris in seiner Gewalt. Ich muss etwas unternehmen.« Die Ausfahrt tauchte vor ihr auf und sie setzte den Blinker. »Okay, ich bin jetzt gleich in Fairfax, wo muss ich dann hin?«

»Fahr durch den Ort durch, dann einfach weiter auf der 123, das ist die Chain Bridge Road. Danach geht die Straße über in die Ox Road.«

Ox Road, die Straße zum Schlachthof, wie passend. Glücklicherweise war wenig Verkehr auf der Straße, sodass sie gut vorwärtskam.

»An der Kreuzung noch ein Stück weiter. Auf der rechten Seite geht eine asphaltierte Stichstraße ab, ich sage dir Bescheid, wenn du dort bist.«

»Alles klar. Wie weit ist es von der Straße bis zum Gebäude? Ich möchte nicht, dass Black mich kommen hört.«

»Nur ein paar hundert Meter, es ist wohl besser, wenn du das Auto an der Straße stehen lässt.« Er stieß einen Seufzer aus. »Aber ich wünschte trotzdem, du würdest auf die anderen warten.«

»Du weißt, dass ich das nicht kann. Nicht, wenn Chris sterben könnte, während ich herumsitze und warte.«

»Ich weiß. Aber geh bitte kein zu großes Risiko ein, es hilft Chris auch nicht, wenn du bei der Aktion getötet wirst.«

Ein wenig Wärme kehrte durch sein Mitgefühl in ihr Inneres zurück. »Ich werde mich bemühen.«

»Gut. Gleich kommt die Straße, sie führt durch ein bewaldetes Gebiet. Auch um das Gebäude herum ist ausreichend Deckung vorhanden. Behalte das Handy bei dir, so können die anderen dich nachher schneller finden, wenn sie ankommen.«

»Natürlich.« Kyla löschte die Scheinwerfer und ließ den Wagen langsam ausrollen. Sie stellte den Motor aus und nahm das Handy in die Hand. »Ich gehe jetzt los. Das Telefon schalte ich auf stumm, ich melde mich, sobald ich kann.«

»Viel Glück. Und pass bloß auf dich auf, Kyla, du würdest mir echt fehlen.«

Sie lächelte, während sich ein Kloß in ihrem Hals bildete. »So schnell werdet ihr mich nicht los. Bis später.« Kyla beendete die Verbindung, stellte den Klingelton des Handys aus und steckte es in ihre Hosentasche. Ihre Jacke zog sie aus, damit sie sie nicht

behinderte oder sie durch das Rascheln verriet. Die schusssichere Weste behielt sie allerdings an. Als sie in die Kälte trat,
wünschte sie sich, sie hätte eine der dicken SWAT-Schutzwesten
dabei und einen dickeren Pullover an. Aber das war jetzt nebensächlich. Da sie laufen musste, würde ihr schnell warm werden.

Kyla nahm das Gewehr, die Pistole und genug Munition mit
und schloss den Wagen ab. Dann lief sie los. Jetzt machte es
sich bezahlt, dass sie in den letzten Monaten so viel trainiert
hatte – innerhalb kürzester Zeit erreichte sie den Parkplatz vor
dem Gebäude. Der gesuchte Wagen stand davor, I-Macs Programm hatte also gute Dienste geleistet. Kyla legte ihre Hand
auf die Kühlerhaube. Ihr Herz zog sich vor Furcht zusammen,
als sie merkte, dass sie nur noch leicht warm war. Black und Chris
waren also schon einige Zeit hier. Genug Zeit um … Nein, daran
durfte sie nicht denken.

Automatisch umfasste sie das Gewehr noch fester und bewegte sich auf das Gebäude zu. Glücklicherweise gab es keine
Lampen auf dem Gelände, sodass sie durch die Dunkelheit gut
geschützt war. Auch wenn es sie noch so sehr drängte, einfach
hineinzustürmen, zwang sie sich dazu, das Gebäude erst zu um-
runden und sich einen geeigneten Einstiegspunkt zu suchen.
Die Vordertür stand jedenfalls außer Frage, denn dort würde
Black sicher am ehesten jemanden erwarten. Sofern er überhaupt darüber nachdachte, vermutlich glaubte er, sie abgehängt
zu haben. Seine Aktion vorhin deutete darauf hin, dass er bereit
war, gewisse Risiken einzugehen, sofern er damit das erreichte,
was er haben wollte: wie Chris zu entführen.

Auf der Rückseite entdeckte sie schließlich ein zerbrochenes
Fenster und entschied, nicht länger zu warten. Jede Sekunde
zählte. Vorsichtig öffnete sie es und stemmte sich auf dem Fens-
tersims nach oben. Ihr Knie schrammte über die Wand und Kyla
unterdrückte einen Fluch. Sie atmete tief durch und zwang sich,

ruhiger zu werden. Es half Chris nicht, wenn sie sich töten ließ, weil sie durch ihre Sorge um ihn zu unaufmerksam war. Rasch kletterte sie durch das Fenster und sprang auf der anderen Seite nach unten, nachdem sie sich davon überzeugt hatte, dass der Raum leer war. Es schien sich um eine Art Aufenthaltsraum für die Angestellten zu handeln. Ein alter Tisch und einige nicht zueinander passende Stühle standen herum, wie sie im Schein ihres Handys erkennen konnte.

Eine Weile stand sie lauschend an der Tür, dann drückte sie langsam die Klinke hinunter. Ein dunkler Gang erstreckte sich in beide Richtungen vor ihr, und sie überlegte, welcher Weg sie am schnellsten zu Chris führen würde. Ein raues Stöhnen gab ihr schließlich die Antwort. Ohne länger zu zögern, lief sie in die Richtung, aus der es kam. Unter einer Tür schimmerte Licht hindurch, und sie bückte sich, um durch das Schlüsselloch zu blicken. Hinter der Tür befand sich eine Art Galerie, sie konnte nur bis zu einem Geländer sehen. Da sie weder Black noch Chris durch das Schlüsselloch sehen konnte, entschied sie, das Wagnis einzugehen, die Tür zu öffnen und durch einen schmalen Spalt auf die Galerie zu schlüpfen.

Kyla hielt den Atem an und stieß ihn erleichtert aus, als die Tür geräuschlos auf- und hinter ihr wieder zuschwang und nicht sofort auf sie geschossen wurde. Sie brachte sich hinter einem Pfeiler in Sicherheit und blickte vorsichtig daran vorbei. Die Galerie führte einmal um einen riesigen Raum, tiefer unten standen diverse Geräte, die wohl zum Schlachten und Weiterverarbeiten des Fleisches benutzt worden waren. Jetzt standen sie still und wirkten teilweise schon etwas heruntergekommen.

Was sie dann sah, ließ ihren Atem stocken: Chris hing völlig nackt mit seinen gefesselten Händen an einem Haken, seine Füße waren ebenfalls gefesselt und schwebten etliche Zentimeter über einem Gitter im Fußboden. Blut lief aus unzähligen Wunden über seine Haut und tropfte in das Gitter. Seine Kleidung lag zerschnitten ein Stück entfernt. *Oh Gott!*

Übelkeit wühlte in ihrem Magen, und sie wollte am liebsten losstürmen, um Chris aus der Gewalt des Verbrechers zu befreien, doch sie wusste, dass sie nicht schnell genug sein würde. Black stand mit einem Messer direkt vor Chris, sowie er sie bemerkte, würde er zustechen. Sie musste sich etwas anderes überlegen, wenn sie Chris retten wollte. Ihre Hände schlossen sich fester um das Gewehr, und sie suchte mit den Augen nach einem Standort, von dem aus sie ein freies Schussfeld hatte.

»Jetzt fühlst du dich nicht mehr so stark, was? Du weißt, dass ich dir jederzeit das Messer ins Herz stoßen und dein jämmerliches Leben beenden kann. Gib es zu, du wünschst es dir inzwischen sogar, damit du nicht weiter leiden musst.«

»Geh zur Hölle, denn da gehörst du hin.« Chris' Stimme klang überraschend ruhig und gab Kyla die Kraft, seinen Anblick noch einen Moment tatenlos zu ertragen.

Black lachte nur. »Das würde dir so passen. Nein, du wirst sterben, Hamid, und zwar nicht schnell und schmerzlos, das kann ich dir versichern. Und es wird dich niemand rechtzeitig finden, falls du noch darauf hoffst, gerettet zu werden.«

Schweiß schimmerte auf Chris' Haut, obwohl es im Gebäude sehr kühl war. Sie konnte sich nur vorstellen, welche Schmerzen er erdulden musste. »Das vielleicht nicht, aber sie werden *dich* finden und dafür sorgen, dass du nie wieder in Freiheit leben wirst. Vermutlich bekommst du sogar die Todesstrafe, obwohl ich finde, dass das für dich noch eine viel zu milde Strafe ist.«

Black presste das Messer an Chris' Kehle. »Da irrst du dich. Es hat mich vorher niemand gefunden und das werden sie auch jetzt nicht. Ich weiß, wie man verschwindet, ohne eine Spur zu hinterlassen.«

Eine Blutspur zog sich über Chris' Brust. Die Muskeln in

seinem gesamten Körper waren angespannt, aber er konnte nichts tun, solange seine Arme und Beine festgebunden waren. Auch aus der Schusswunde an seinem Bein lief immer noch Blut und Kyla wusste, dass er nicht mehr viel Zeit hatte, wenn er nicht endlich in ärztliche Behandlung kam. Sofern Black ihn nicht vorher umbrachte.

»Jetzt haben sie deinen Namen, sie wissen, wie du aussiehst, und sie haben deine Fingerabdrücke. Du kannst sicher sein, dass meine Freunde nicht aufgeben werden, bis sie dich gefunden haben. Und dann sind da noch die CIA und deine Waffenhändler-Freunde. Ich würde sagen, deine Chancen stehen nicht gut.«

Kyla richtete sich auf, legte das Gewehr an, atmete tief ein und hielt dann den Atem an. Wie so oft zuvor versetzte sie sich nun in die Zone, in der sie nur noch ihr Ziel wahrnahm und alles andere um sie herum verschwand. Durch das Zielfernrohr hatte sie Black im Visier und brauchte nur den Finger um den Abzug zu krümmen, um ihn zu töten. Es dauerte einige Sekunden, bis sie sich dazu durchgerungen hatte, ihn lediglich zu verletzen. Kyla drückte den Abzug durch. Der Knall hallte durch das Gebäude, und zeitgleich wurde Black von dem Treffer in den Bauch nach hinten geschleudert.

Erleichtert, dass Chris nun in Sicherheit war, trat sie hinter der Säule hervor und begegnete seinem Blick. Ein angespanntes Lächeln breitete sich auf seinem Gesicht aus. »Kyla.«

»Warte, ich komme runter.«

Rasch ging sie die Galerie entlang auf die Treppe zu, die in den unteren Bereich führte. Dabei behielt sie Black weiterhin im Auge, denn obwohl sie ihn verwundet hatte, würde sie erst wieder durchatmen, wenn er gut verschnürt abgeführt wurde und für niemanden mehr eine Gefahr darstellen konnte. Hoffentlich wurde es ihm im Gefängnis dann nicht wieder so leicht gemacht, zu fliehen. Ihr Magen krampfte sich bei diesem Gedanken zusammen. Nein, diesmal würden sie sehr genau darauf achten, dass er nie wieder freikam. Es wäre zu peinlich für das Militär und das FBI, wenn das noch einmal geschehen würde.

Sie war fast an der Treppe angekommen, als Black taumelnd auf die Beine kam und mit dem Messer in der Hand auf Chris zustürzte. Automatisch riss Kyla das Gewehr hoch, zielte und drückte ab. Fast wie in Zeitlupe brach Black zusammen und rührte sich nicht mehr. Langsam ließ Kyla die Waffe sinken und blickte zu Black herunter. Diesmal würde er nicht wieder aufstehen.

Ihre Knie begannen zu zittern, und sie klammerte sich an das Geländer, während sie rasch die Treppe hinunterging. Unten angekommen, lief sie los. Sie überprüfte erst, ob Black wirklich tot war, bevor sie sich zu Chris umwandte. Als sie sah, dass sein Kopf nach unten gesunken war, blieb vor Schreck ihr Herz stehen. Nein, er durfte jetzt nicht aufgeben! Mit zwei langen Schritten war sie bei ihm und blickte zu ihm auf. Aus der Nähe wirkten seine Verletzungen noch schlimmer, er musste furchtbar gelitten haben.

»Chris?« Zögernd berührte sie seine Brust. Als sie seinen kräftigen Herzschlag unter ihrer Handfläche spürte, atmete sie erleichtert auf.

Langsam hob er den Kopf und ihr Atem stockte, als er sie mit einer Mischung aus Schmerz und Erleichterung ansah. »Kyla.« Eines seiner Augen war zugeschwollen, sein Wangenknochen schimmerte bläulich.

»Warte, ich hole dich da runter.« Unsicher blickte sie sich um. Wie sollte sie das anstellen? Er hing zu hoch, als dass sie ihn hinunterheben könnte. Vielleicht mit einer Leiter? Aber sie wollte ihm auch keine zusätzlichen Schmerzen bereiten und das würde sie, wenn sie ihn aus dieser Höhe einfach fallen ließ.

»Die … Fernbedienung.« Mit dem Kopf deutete er auf einen

Metalltisch einige Meter entfernt. »Aber erst ... musst du die Beine losbinden.«

Da sie kein Messer hatte, nahm sie Blacks, das ihm aus der Hand gefallen war, als er gestorben war. Chris' Blut klebte daran, und sie begann zu würgen. Aber es musste sein, wenn sie ihn befreien wollte. Mit grimmig zusammengebissenen Zähnen säbelte sie das Seil durch, das seine Füße mit dem Gitter darunter verband. Chris gab einen schmerzerfüllten Laut von sich, als die Bewegung an seinen Wunden zerrte.

»Entschuldige.« Rasch stand sie wieder auf und betrachtete die Fernbedienung. Sie drückte einen Knopf und zuckte zusammen, als hinter ihr ein kreischendes Geräusch ertönte. Erschreckt wirbelte sie herum und sah ein riesiges Sägeblatt durch den Tisch auf sie zukommen. Ein weiterer Druck auf den Knopf und die Säge zog sich zurück. Erleichtert atmete sie auf. Ein Blick über die Schulter zeigte ihr, dass Chris erschreckend blass geworden war. Sie legte das Messer zur Seite und berührte mit ihrer Hand seine Wange. »Alles okay?«

Chris schnitt eine Grimasse. »Ich hätte vorhin beinahe ... persönliche Bekanntschaft mit der Säge geschlossen.«

Jetzt war es an ihr zu erbleichen. »Oh Gott! Es tut mir so leid ...«

Er unterbrach sie. »Nicht deine Schuld. Kannst du mich jetzt ... hier runterholen? Ich spüre meine Hände nicht mehr.«

Das konnte sie sich vorstellen, wenn er die ganze Zeit mit seinem gesamten Gewicht daran hing und sich das Seil tief in seine Handgelenke geschnitten hatte. »Natürlich. Ich muss nur den richtigen Knopf finden.«

Sie probierte einen anderen aus und das Förderband bewegte sich, allerdings in die falsche Richtung. Chris stieß einen schmerzerfüllten Laut aus, als sein Körper sich bewegte. Verdammt! Beim dritten Versuch hatte sie den richtigen erwischt und Chris bewegte sich langsam in Richtung des Tisches. Damit er nicht dagegenstieß, hielt sie seine Beine hoch und beobachtete, wie sich das Förderband heruntersenkte, bis er schließlich auf dem Metalltisch lag. Schnell schnitt sie die Fesseln an seinen Handgelenken durch und half ihm vom Tisch herunter, als er Anstalten machte, das alleine zu versuchen.

Schließlich kauerte er auf dem Boden und begann zu zittern. Kyla wünschte, sie hätte irgendetwas, das sie ihm überwerfen konnte, aber seine Kleidung war zerstört und vor allem wollte sie auch nicht, dass noch mehr Schmutz in seine Wunden kam. Aber bei der Kälte konnte sie ihn auch nicht völlig nackt hier auf dem kalten Fliesenboden liegen lassen. Sie zog ihr Handy heraus und wählte Clints Nummer.

»Ja?«

»Hier ist Kyla. Wie lange noch, bis ihr hier seid?«

»Ein paar Minuten. Warte auf uns.«

Kyla holte tief Luft. »Zu spät. Black ist tot, aber ich brauche dringend einen Krankenwagen für Chris, er ist schwer verletzt.«

Clint schwieg einen Moment und sie konnte fast hören, wie er mental von Kampfmodus in Rettungsmodus umschaltete. »Ich kümmere mich darum.« Er zögerte. »Wie geht es dir?«

»Soweit gut. Bis gleich.« Sie sagte ihm lieber nicht, dass sie sich völlig überfordert fühlte. Schießen war kein Problem für sie, aber sich danach um die Opfer zu kümmern, besonders bei jemandem, den sie liebte, war Neuland für sie. Der Gedanke, dass sie etwas falsch machen könnte, machte sie nervös.

Sie holte tief Luft und setzte sich neben Chris. Als hätte er nur darauf gewartet, richtete er sich auf und lehnte sich schwer an sie. Seine Arme hingen an seinen Seiten herab, wahrscheinlich konnte er sie nach der Überanstrengung nicht mehr bewegen. Deshalb zog sie die schusssichere Weste und ihren Pullover aus, deckte sie über Chris und schlang einen Arm um ihn. Sein Zittern wurde heftiger und sie fühlte sich furchtbar hilflos.

Kyla legte ihre Hand an seine Wange. »Es ist alles gut, Clint ist gleich da und dann kommst du in ein Krankenhaus.«

Er hob den Kopf und blickte sie direkt an. »Ich will bei dir sein.«

»Du glaubst doch nicht, dass ich dich noch mal allein lassen werde, oder? Ich komme natürlich mit und stelle sicher, dass du vernünftig behandelt wirst.«

Der Hauch eines Lächelns hob seine Mundwinkel. »Danke.« Er vergrub seinen Kopf wieder an ihrer Halsbeuge, und sie konnte seine Lippen an ihrer Haut fühlen. »Das arme Krankenhauspersonal.«

Sie wollte von ihm abrücken, aber er folgte ihr einfach. »He, ich hätte ein wenig mehr Dankbarkeit von dir erwartet.« Insgeheim freute sie sich aber darüber, dass er sich gut genug fühlte, um sie schon wieder aufzuziehen.

»Wie dankbar ich bin, werde ich dir gerne zeigen, wenn ich wieder halbwegs fit bin.« Wieder strichen seine Lippen über ihren Hals und lösten einen Schauer bei ihr aus.

»Du …« Ihr Kopf ruckte hoch, als sie ein Geräusch hörte. Black war tot, er konnte es nicht sein, aber Clint war noch zu weit weg, um jetzt schon hier zu sein. Wer konnte es sonst sein? Blacks Waffenlieferanten? Sie hatte ihre Pistole in der Hand, bevor sie den Gedanken zu Ende geführt hatte. Chris konnte sich im Moment nicht wehren, sie war die Einzige, die zwischen ihm und den Verbrechern stand.

Sein Körper hatte sich versteift, offensichtlich hörte er die leisen Schritte ebenfalls, die sich ihnen näherten. Hinter dem Tisch waren sie ein wenig versteckt, aber es würde sicher nicht lange dauern, bis sie entdeckt wurden. Chris hatte sich von ihr gelöst und rückte ein Stück zur Seite, um ihr mehr Bewegungsfreiheit zu geben. In seinen Augen konnte sie sehen, wie sehr es ihn belastete, dass er sich nicht selbst verteidigen konnte.

Kyla hielt den Atem an, als ein Mann in ihr Blickfeld kam, der sich über Black beugte, in seiner Hand hielt er eine Pistole. Er drehte den Verbrecher auf den Rücken und fühlte seinen Puls, obwohl das ganz offensichtlich nicht nötig war. Anschließend blickte er hoch und sah sich im Raum um. Bevor er sie entdecken konnte, schob Kyla ihren Körper vor Chris und richtete ihre Pistole direkt auf die Brust des Neuankömmlings. Seine Augen weiteten sich, als er sie entdeckte, bevor jeglicher Gesichtsausdruck verschwand.

»Keine Bewegung. Waffe fallen lassen. Oder Sie leisten Black Gesellschaft.« Kylas Forderung hallte durch den Raum.

35

Jeder Muskel in seinem Körper verkrampfte sich, während Chris darauf wartete, dass der Mann eine Entscheidung traf, wie er auf Kylas Ultimatum reagieren sollte. Inzwischen kamen die Geräusche von allen Seiten, und Chris wusste, dass sie hoffnungslos in der Unterzahl waren. Eigentlich konnten sie nur noch hoffen, dass sie nicht sofort getötet wurden und die SEALs bald eintrafen. Chris sah, wie Kyla ihr Kinn vorschob, bereit, sie beide bis zum Tod zu verteidigen. Und dafür liebte er sie fast noch mehr – wenn das überhaupt möglich war. Zu gern würde er ihr das noch sagen, doch er war dazu verdammt, hier einfach nur zu kauern und keinen Finger heben zu können, um sie zu verteidigen. Deshalb hielt er den Mund, denn es würde nur dazu führen, dass er sie ablenkte.

Der Mann ließ schließlich die Waffe sinken und steckte sie zurück ins Holster. »Miss Mosley, nehme ich an?« Er steckte seine Hand in die Tasche seines Jacketts und Chris spannte sich an, doch er zog nur einen Ausweis heraus, den er in ihre Richtung hielt. »Carter, CIA.« Er nickte zu Black hin. »Danke, Sie haben uns einen Gefallen getan.«

Kylas ganzer Körper versteifte sich, Wut sprühte aus ihren Augen. »Das habe ich für Chris getan, für mich und für Amerika – ganz bestimmt nicht für die CIA. Hätten Sie sich gleich um Black gekümmert, wäre das alles gar nicht erst passiert.«

Carter öffnete den Mund, doch kein Ton kam heraus. Offensichtlich hatte er nicht erwartet, auf jemanden wie Kyla zu treffen. »Äh …«

Kyla war jedoch noch nicht fertig mit ihm. »Woher wussten Sie, dass Sie ihn hier finden?«

Carter schwieg.

Chris mischte sich ein. »Ich nehme ... an, die CIA hat eure ... Telefonate abgehört.«

Der Agent warf ihm einen eisigen Blick zu.

Kyla vibrierte beinahe vor Ärger. »Stimmt das? Warum waren Sie dann nicht früher da?«

Carters Lippen pressten sich zusammen. »Ich musste erst das Team hierherbringen.«

»Dabei haben Sie sich aber viel Zeit gelassen. Wenn ich Black nicht erschossen hätte, wäre Chris jetzt tot und der Verbrecher bereits untergetaucht.« Die Vorstellung schien Carter überhaupt nicht zu behagen, aber Kyla war noch nicht fertig. »Finden Sie es richtig, dass Sie uns wichtige Informationen vorenthalten haben, aber Sie sich einfach bei uns bedienen, wie es Ihnen passt?«

»Äh, okay, Leute, räumen wir hier auf.« Nach einem letzten nervösen Blick in ihre Richtung entfernte er sich in Richtung der Tür.

Chris begann zu lachen, als er den bitterbösen Blick sah, den Kyla dem Agenten hinterherschickte. Die Bewegung zerrte an seinen diversen Wunden und Schmerz schoss durch seinen Körper. Schwarze Punkte flimmerten vor seinen Augen und ein Rauschen dröhnte in seinen Ohren. Er sackte zusammen und landete schmerzhaft auf dem harten Boden. Sofort beugte sich Kyla über ihn, Besorgnis lag in ihren Augen. Sie sagte etwas, aber er konnte es nicht verstehen. Seine Lider schlossen sich. So sehr er es auch versuchte, er konnte sie nicht mehr offen halten. Sein Bewusstsein verschwamm und er versank im Nichts.

Als er wieder zu sich kam, lag er in einem extrem unbequemen Bett, und irgendetwas piepste nervtötend. Er hatte Mühe, seine

Gedanken beisammenzuhalten, doch er wusste, dass er etwas tun musste. Kyla! Genau, das war es. Er musste sicherstellen, dass es ihr gut ging. Es kostete viel Kraft, seinen Kopf zu heben, doch schließlich wurde die Anstrengung damit belohnt, dass er Kyla in einem Sessel in der Ecke des Zimmers entdeckte. Mit angezogenen Beinen und in eine Decke gewickelt lag sie dort und schlief. Erleichterung durchflutete ihn, und sein Kopf sackte zurück. Da er sie so nicht mehr sehen konnte, bemühte er sich, sich auf die Seite zu drehen. Er hatte es beinahe geschafft, als ein stechender Schmerz durch seine Schulter fuhr.

Chris keuchte auf und ließ sich zurückfallen. Verdammt, das tat weh! Mit zusammengepressten Augen lag er da und atmete flach ein, um die Übelkeit zurückzudrängen. Es half auch nicht gerade, dass ihm wieder einfiel, warum gerade diese Stelle so wehtat. Was auch immer die Ärzte getan hatten, um ihn zusammenzuflicken, es würde sicher einige Zeit dauern, bis die großflächige Wunde wieder verheilt war.

»Chris?« Kylas sanfte Stimme wehte über ihn, und sofort fühlte er sich etwas besser. Ihre Finger strichen über seine Hand, und es beruhigte ihn, dass er offenbar wieder Gefühl in seinen Armen hatte.

Mühsam öffnete er die Augen und blickte sie an. Erst war sie verschwommen, doch dann wurde das Bild klarer. Ihre blonden Haare wellten sich wild um ihren Kopf, unter ihren grünen Augen hatten sich dunkle Ringe gebildet. Eine Schlaffalte zog sich quer über ihre Wange. Trotzdem hatte er nie etwas Schöneres gesehen und war unendlich dankbar, dass sie ihr Versprechen gehalten hatte, bei ihm zu bleiben. Die blutige Kleidung hatte sie gewechselt, aber sie hatte sich offensichtlich nicht einmal die Zeit genommen, ihre Haare zu kämmen.

Er lächelte sie an. »Hallo Kyla.«

Ihre Augen begannen verdächtig zu glänzen. »Verdammt noch

mal, musstest du mich unbedingt so erschrecken? Ich dachte, es wäre endlich alles ausgestanden, und dann kippst du mir einfach weg und lässt dich durch nichts wieder aufwecken!«

»Entschuldige, ich konnte nichts dagegen machen.« Er bemühte sich um ein Grinsen. »Was hast du denn alles versucht? Mund-zu-Mund-Beatmung?«

Jetzt glitzerten ihre Augen vor Ärger, genau das, was er hatte erreichen wollen. »Das ist nicht witzig! Du …« Sie brach ab und atmete tief durch. Ein Lächeln bog ihre Mundwinkel langsam nach oben. »Blödmann.«

»Ich nehme an, Clint und die anderen sind gekommen, und ihr habt mich ins Krankenhaus gekarrt. Wo bin ich hier genau?«

»Du bist im Fairfax Surgical Center. Sie haben die Kugel aus deinem Bein herausoperiert und auch etliche der Schnitte genäht. Deine Schulter …« Ein Schauer lief durch Kylas Körper. »Sie haben Hautstreifen von anderen Stellen deines Körpers genommen, um die tiefe Wunde wieder zu füllen.«

Chris verzog den Mund. Vermutlich sah er jetzt aus wie ein Flickenteppich. Aber solange er noch lebte und Black tot war, sollte es ihm recht sein.

Kyla fuhr mit ihren Fingern über seinen Handrücken. »Die Ärzte haben mir versichert, dass du bis auf ein paar Narben keine bleibenden Schäden behalten wirst.«

Und das klang sogar noch besser. »Wie lange muss ich hierbleiben?«

»Das fragst du am besten den Arzt. Er will mit dir sprechen, sobald du wach bist.«

»Okay. Wie geht es dir denn, bist du irgendwo verletzt?«

Unwillkürlich ging ihre Hand zu ihrem Arm. Unter dem Ärmel konnte er eine Erhebung sehen. »Nur ein Streifschuss, kaum mehr als ein Kratzer.«

Chris nahm ihre Hand. »Wie sieht es bei den anderen aus?«

»Vanessa wurde angeschossen und hat viel Blut verloren, aber sie ist aus dem Gröbsten raus. Bull wurde durch die Explosion gegen einen Baum geschleudert und hat ein paar gebrochene Rippen, aber sonst geht es allen soweit gut.«

Erleichtert stieß er den angehaltenen Atem aus. »Gut.«

Kyla ließ seine Hand los, und er fühlte den Verlust beinahe körperlich. »Chris …«

Bei dem merkwürdigen Klang ihrer Stimme erwartete er das Schlimmste. »Ja?«

»Wie konnte ein ehemaliger amerikanischer CIA-Agent so etwas Barbarisches tun?«

Das war noch eines der harmloseren Dinge, die er Black in Afghanistan hatte tun sehen, doch das musste Kyla nicht wissen. »Er war ein Sadist und ein völliger Egomane. Es ging ihm nur darum, für sich Vorteile zu schaffen, egal wie.« Ein Gedanke schoss durch seinen Kopf und er blickte Kyla unsicher an. »Er ist doch tot, oder habe ich das nur geträumt?«

Kyla lächelte grimmig. »Er ist tot und wird es auch bleiben.«

Erleichtert lehnte er sich im Kissen zurück. »Gut.« Er hielt ihr seine Hand hin und Kyla ergriff sie. »Es tut mir nur leid, dass du ihn meinetwegen erschießen musstest. Ich wollte nicht, dass du da mit hineingezogen wirst.«

Kyla drückte fest zu, auf ihrem Gesicht zeichnete sich wilde Entschlossenheit ab. »Mir nicht! Ich habe ihm eine Chance gegeben und er hat sie nicht genutzt, sondern versucht, dich zu töten.« Sie beugte sich weiter über ihn, bis ihr Gesicht direkt über seinem war. »Ich würde alles für dich tun, weißt du das nicht?«

Bevor er etwas dazu sagen konnte, hatte sie sich bereits wieder aufgerichtet und befand sich auf dem Weg zur Tür. »Kyla …«

Doch sie drehte sich nicht noch einmal um, sondern schlüpfte aus dem Raum und ließ ihn allein zurück. Mit einem tiefen

Seufzer ließ er sich zurücksinken. Irgendwann würde er die Gelegenheit haben, Kyla zu sagen, was er für sie empfand. Und dann würde sie nicht mehr flüchten können.

Hawk lehnte sich an den Türrahmen und blickte sich in dem Raum um. SEALs und TURTs hatten sich ein letztes Mal in Reds Haus versammelt, um zu besprechen, was passiert war. Die beiden Leichen waren genauso abtransportiert worden wie die drei noch lebenden Gefangenen. Ihnen drohten lange Haftstrafen, sofern sie nicht von der Möglichkeit Gebrauch machten, gegen ihren Auftraggeber auszusagen. Bisher hatte noch niemand geredet, aber das war nur eine Frage der Zeit. Er konnte es kaum erwarten, Knox endlich hinter Gittern zu sehen. Hawks Blick fiel auf Jade, und er musste sich zwingen, nicht zu ihr zu gehen und sie in seine Arme zu schließen. Die Vorstellung, wie kurz er erneut davor gewesen war, sie für immer zu verlieren, ließ ihm jetzt noch den Angstschweiß auf die Stirn treten.

Als könnte sie seine Gedanken spüren, hob Jade den Kopf und lächelte ihn beruhigend an. Glücklicherweise schien der Angriff keinen neuen Flashback bei ihr ausgelöst zu haben, sie wirkte sogar stabiler und selbstsicherer als vorher. Wo immer diese neue Stärke herkam – er war dankbar dafür. Mit Mühe wandte er sich ab und trat in die Mitte des Raumes. Er räusperte sich, und sofort erstarben alle Gespräche.

»Danke, dass ihr alle noch einmal hierhergekommen seid. Zuerst zu den wichtigsten Dingen: Ich habe eben mit Kyla telefoniert, und sie sagt, dass Chris aufgewacht ist und laut dem Arzt vermutlich keine bleibenden Schäden davontragen wird.« Erleichtertes Gemurmel ertönte und Hawk hob die Hand. »Vanessa ist ebenfalls auf dem Wege der Besserung, wie durch ein Wunder ist die Kugel durch ihren Körper gegangen, ohne ein Organ oder wichtige Blutgefäße zu beschädigen. Allerdings muss sie sich erst von dem Blutverlust erholen. Es wird also einige Zeit dauern, bis sie wieder nach Coronado zurückkehren kann.«

Clint nickte. »Wir werden uns hier um sie kümmern, solange sie noch im Krankenhaus bleiben muss.«

»Danke.« Hawk holte tief Luft. »Wie ihr alle wisst, sind Mogadir und Black tot, doch die Lieferanten der Waffen, die ihr in Afghanistan gefunden habt, sind noch frei. Allerdings hat mir der Verteidigungsminister persönlich garantiert, dass gegen Knox, einige andere Waffenlieferanten und auch Angehörige des Parlaments ermittelt wird. Sowie die Ermittlungen abgeschlossen sind, werden sie des Landesverrats angeklagt. Damit werden vermutlich die Waffenlieferungen in Kriegsländer nicht völlig unterbunden, aber wohl doch erheblich erschwert.«

I-Mac erhob seine Stimme über das anschließende Stimmengewirr. »Was ist mit den beiden Männern, die Mogadir befreit haben. Konnte da jetzt eine Verbindung zu Knox nachgewiesen werden?«

»Nur, dass einer der beiden bei Knox angestellt war. Das FBI hat seine Wohnung durchsucht und wertet gerade sämtliche Spuren aus. Es wäre natürlich gut, wenn dabei eine Verbindung gefunden würde, die vor Gericht standhält.«

I-Macs Hand krampfte sich um die Lehne seines Rollstuhls. »Also können wir wieder nur abwarten und hoffen, dass andere ihre Arbeit machen.« Nurja trat hinter ihn und legte ihre Hand auf seine Schulter.

»Leider ja. Aber ich denke, diesmal wird sich das FBI besonders anstrengen, weil Black einige Agenten auf dem Gewissen hat.« Hawk warf einen entschuldigenden Blick zu Jade, die blass geworden war.

»Ich werde auch noch weiter versuchen, über die Daten, die Kyla von den beiden Verbrechern auf dem Parkplatz hat, mehr über die Kerle herauszufinden.«

Hawk nickte I-Mac zu. »Tu das. Wenn wir Glück haben, finden wir eine Verbindung zu Knox.«

Red verschränkte die Arme über der Brust. »Was ist mit der CIA? Wird es dort irgendwelche Konsequenzen geben? Schließlich wussten sie schon länger, dass Khalawihiri Black war und haben die Information nicht weitergegeben.«

Hawk rieb über seine Haarstoppeln. »Der Verteidigungsminister ist ziemlich sauer und wird Konsequenzen fordern. Ob er sich damit durchsetzen kann – ich weiß es nicht.«

Jade verzog ihren Mund. »Auf jeden Fall sollte auch noch mal untersucht werden, wer hinter dem Mord an Vanessas ehemaligem Kollegen steckt. Ob es Knox' Männer waren, Black oder vielleicht doch die CIA selbst.«

»Das werden sie, aber ob wir jemals erfahren, was wirklich passiert ist, bezweifle ich. Der Verteidigungsminister ist nicht besonders glücklich darüber, dass wir ohne sein Wissen gehandelt haben, und nur dem Umstand, dass wir Erfolg hatten, ist zu verdanken, dass wir keine disziplinarischen Maßnahmen zu befürchten haben.«

Ein weiteres Mal erhob sich Stimmengewirr.

»Leute, bringen wir erst mal die Sache hier zu Ende. Jade und ich werden heute noch nach Kalifornien zurückkehren, kommt ihr auch mit, I-Mac?«

Der SEAL schüttelte den Kopf. »Nein, ich kann mich noch nicht dazu durchringen, mehrere Stunden in einem Flugzeug zu sitzen.« Er grinste. »Außerdem will ich endlich mal Clints Kleine sehen.«

Red stöhnte auf. »Hat er dir nicht auch schon tausend Fotos gezeigt?«

Clint schoss einen wütenden Blick auf ihn ab. »Du tust so, als würde ich ständig damit herumrennen und sie jedem zeigen.«

»Nun ja ...«

Die Anspannung löste sich in einem allgemeinen Heiterkeitsausbruch.

I-Mac lächelte und legte seine Hand auf Nurjas. »Im Ernst, wir möchten Maya wirklich gern sehen. Morgen kehren wir dann auch zurück, damit Nurjas Kinder nicht so lange ohne ihre Mutter auskommen müssen. Wobei Rock sie bestimmt hemmungslos verwöhnt hat.«

Hawk musste grinsen, als er sich den Senior Chief mit einem Kind auf dem Schoß vorstellte – geschweige denn fünf. »Okay, ich denke, dann war es das. Noch mal vielen Dank für eure Hilfe, ohne euch hätten wir das nicht geschafft.«

Clint neigte den Kopf. »Ihr habt euch aber auch sehr gut geschlagen. Ich glaube, die TURTs sind ein voller Erfolg.«

»Vielleicht kannst du das auch noch mal schriftlich an den Verteidigungsminister …?« Bevor er zu Ende geredet hatte, brach erneut Gelächter aus. Hawk atmete tief durch und betrachtete die anderen. Es war schön, zu einem funktionierenden Team zu gehören. Er würde es vermissen. Sein Blick fand Jades. »Dann gehen wir mal nach oben zum Packen, sonst kriegen wir unseren Flug nicht.«

Langsam folgte Jade Hawk die Treppe hinauf. Sie hatten kaum Zeit gehabt, miteinander zu reden, weil er sich um die Verbrecher und den Bericht für das Pentagon hatte kümmern müssen, während sie bei Vanessa im Krankenhaus geblieben war, damit diese ein vertrautes Gesicht sah, wenn sie aufwachte. Das war heute Morgen geschehen, und Jade war in Reds Haus zurückgekehrt. Es war erstaunlich, wie schnell sie sich wieder daran gewöhnt hatte, neben Hawk einzuschlafen und wie sehr sie es bereits nach einer Nacht vermisste. Nur er konnte diese Sehnsucht nach Nähe stillen und ihr ein Gefühl von Sicherheit geben.

Sie trat in den Raum und zog leise die Tür hinter sich zu.

Bevor sie reagieren konnte, hatte Hawk bereits seine Arme um sie geschlungen und sie fest an sich gezogen. Noch vor wenigen Tagen hätte sie dabei panische Angst empfunden, doch jetzt stieß sie nach einer Schrecksekunde nur einen zufriedenen Seufzer aus und legte ihre Wange an seine Brust. Ihre Hände glitten im Rücken unter seinen Pullover und legten sich auf seine warme Haut. Jade schloss die Augen und genoss das Gefühl, genau am richtigen Ort zu sein, dort, wo sie hingehörte.

»Jade …«

Ein merkwürdiger Ton lag in seiner Stimme, der in ihr sofort die Alarmglocken auslöste. »Ja?«

»Verlässt du die TURT/LEs und kehrst nach Chicago zurück?«

Ihre Augen flogen auf und sie versuchte, sich von Hawk zu lösen, doch er hielt sie weiterhin fest umschlungen, sodass sie sein Gesicht nicht sehen konnte. »Wie kommst du darauf?« Sie hatte Mühe, überhaupt einen Ton herauszubringen. Hatte sie sein Verhalten völlig falsch gedeutet? Wollte er überhaupt nicht mehr mit ihr zusammen sein oder auch zusammenarbeiten? Vielleicht dachte er, dass sie nicht mehr als Agentin arbeiten sollte. Ein Stich fuhr durch ihr Herz.

Seine Hand glitt ihren Rücken hinauf und grub sich in ihre Haare. »Ich könnte es verstehen, wenn du lieber etwas anderes machen möchtest und das alles hinter dir lassen willst.«

Jade schluckte den Kloß in ihrem Hals herunter. »Denkst du, ich kann nicht mehr als Agentin arbeiten?« Es hing so viel von seiner Antwort ab, dass sie unwillkürlich den Atem anhielt.

»Warum sollte ich das denken? Du hast in den letzten Tagen immer wieder bewiesen, dass du mit allen Situationen fertig werden kannst. Du bist stark, Jade, lass dir nur nie etwas anderes einreden.«

»Warum willst du dann, dass ich die TURT/LEs verlasse?«

Seine Finger spannten sich in ihren Haaren an, und sie gab unwillkürlich einen Schmerzenslaut von sich. Sofort löste er seinen Griff. »Entschuldige.« Seine Stimme klang rau. »Ich will nicht, dass du gehst, aber ich könnte es verstehen. Ich möchte nur wissen, wohin du gehst, damit ich mir dort einen neuen Job suchen kann.«

Tränen schossen in ihre Augen, und sie löste sich von Hawk, um ihm ins Gesicht sehen zu können. Diesmal ließ er es zu, und sie trat einen Schritt zurück. Unsicherheit war in seiner Miene zu lesen, ein Muskel zuckte in seiner Wange. »Das würdest du tun? Du liebst doch deinen Job!«

»Ja, aber dich liebe ich mehr.« Er wischte ihr sanft eine Träne aus dem Gesicht.

Wie hatte sie jemals glauben können, dass es das Richtige war, Hawk gehen zu lassen? Jetzt konnte sie sehen, dass er mindestens genauso gelitten hatte wie sie selbst, und dass er trotz der langen Monate, in denen sie ihn abgewiesen hatte, bereit war, immer noch auf sie zu warten und sogar sein ganzes Leben zu ändern, nur um mit ihr zusammen zu sein.

Jade schlang ihre Arme um seinen Hals und stellte sich auf die Zehenspitzen, damit sie ihn sanft auf den Mund küssen konnte. »Du brauchst deinen Job nicht zu kündigen, Daniel. Ich werde nirgendwohin gehen. Auch wenn ich in nächster Zeit keine Missionen erledigen kann, bin und bleibe ich eine TURT/LE, und vor allem liebe ich dich auch. Ich habe nie aufgehört, ich konnte es nur nicht zeigen.«

Er presste sie eng an sich, und sie konnte das harte Klopfen seines Herzens an ihrem spüren. »Das weiß ich.« Sein Kuss war sanft und leidenschaftlich zugleich. Er liebte sie mit seinem Mund, bis sie beide nach Luft rangen. Hawk lehnte seine Stirn an ihre. »Ich fürchte, wir müssen jetzt wirklich packen, wenn wir unseren Flug erreichen wollen.«

Frustriert löste Jade sich von ihm. »Das war aber keine gute Planung. Wir könnten es uns hier jetzt schön gemütlich machen, wenn du nicht den Flug gebucht hättest.«

Hawk lächelte sie an. »Das war Absicht. Wenn ich dich das nächste Mal liebe, möchte ich dich ganz für mich haben.«

»Okay, du hast mich überzeugt.« Sie umrahmte sein Gesicht mit ihren Händen. »Wenn mir jemand vor vier Monaten gesagt hätte, dass ich jemals wieder so glücklich sein werde – ich hätte es nicht geglaubt. Danke, Daniel.«

Kyla legte ihre Hand auf die Türklinke und atmete tief durch. Noch immer konnte sie sich nicht daran gewöhnen, Chris verletzt in einem Krankenhausbett liegen zu sehen. Zwar war er inzwischen schon fit genug, um aufrecht zu sitzen und ein paar Schritte zu gehen, aber noch immer lagen tiefe Schatten unter seinen Augen. Ein Auge war immer noch geschwollen und dunkellila verfärbt, und sein Gesicht war unnatürlich blass. Vor allem aber war es der unglückliche Ausdruck in seinen Augen, wenn er dachte, sie bemerkte es nicht, der ihr wehtat.

Zum Teil lag es sicher daran, dass er erfahren hatte, wer die beiden Toten in seiner Wohnung gewesen waren: der Teenager, der seine Pflanzen goss, und dessen Freundin. Die beiden hatten die Wohnung als geheimes Liebesnest genutzt und waren jetzt tot. Natürlich gab Chris sich die Schuld daran, auch wenn er nicht hätte wissen können, dass so etwas passieren würde. Noch mehr schien ihn aber etwas anderes zu bedrücken. Bisher hatten sie beide das Thema gescheut, wie es mit ihnen weitergehen würde. Oder vielmehr konnte, denn die Hürden schienen viel zu groß, um sie überwinden zu können. Es wurde Zeit, dass sie sich in Ruhe unterhielten.

Sie straffte ihren Rücken, drückte die Klinke hinunter und schob die Tür auf. Ihr Blick fiel auf ein leeres und ordentlich gemachtes Bett, und sie erstarrte. Hatte es Komplikationen gegeben und Chris war verlegt worden? Oder vielleicht sogar gestorben? Nein! Das konnte gar nicht sein. Er war schon auf dem Weg der Besserung und … Ein Geräusch erklang aus einer Ecke des Zimmers, die sie von hier aus nicht sehen konnte, deshalb trat sie rasch ein. Erleichtert atmete sie auf, als sie Chris entdeckte, der deutlich gesünder wirkte als gestern.

Dann bemerkte sie die Tasche auf dem Stuhl und erkannte, dass er packte. Diesmal zog sich ihr Herz aus einem anderen Grund zusammen. »Wurdest du entlassen? Ich dachte, der Arzt hat gesagt, du sollst noch ein paar Tage hierbleiben.«

Chris blickte sie kurz an, bevor er weiterpackte. »Ich habe den Arzt überredet, mich jetzt schon rauszulassen.«

Kyla schloss leise die Tür hinter sich. »Warum hast du nichts gesagt? Ich hätte dir helfen können.«

Er warf einen Pullover in die Tasche und drehte sich zu ihr um. »Ich bin kein Invalide, Kyla. Ein paar Sachen einzupacken, schaffe ich noch selber.«

Das tat weh, doch Kyla bemühte sich, ihre Stimme ruhig zu halten. »Das weiß ich.«

Chris trat einen Schritt auf sie zu, stoppte dann aber. »Es tut mir leid, ich sollte meine schlechte Laune nicht an dir auslassen. Es ist nur …« Er brach ab und wollte mit der Hand durch seine Haare fahren, brach aber ab, als ihm die Bewegung offensichtlich starke Schmerzen verursachte. »Verdammt!«

Kyla schloss die Lücke zwischen ihnen und umfasste seine Hand mit ihrer. »Wie wäre es, wenn wir erst mal zu Reds Haus fahren und dort in Ruhe reden?« Der Ausdruck in seinen Augen machte ihr Angst.

»Darum geht es ja, das geht leider nicht.« Er stieß heftig den Atem aus. »Ich muss zurück nach Deutschland, meine Vorgesetzten haben mich dorthin beordert.«

Der Knoten in ihrem Magen zog sich schmerzhaft zusammen. »Jetzt sofort? Wissen sie denn nicht, dass du verletzt wurdest und dich noch schonen musst?«

Seine Lippen verzogen sich. »Doch, es ist ihnen nur völlig egal. Ich habe ohne Befehle gehandelt, also ist es auch meine Sache, wie ich wieder zurückkomme.«

»Ich kann ...«

Chris legte einen Finger auf ihren Mund. »Ich muss zurück, das weißt du, Kyla.«

Unglücklich blickte sie ihn an. »Ja, aber ich möchte nicht, dass du gehst.« Und das war weit mehr, als sie je zu einem Mann gesagt hatte. Verdammt, warum musste sie sich auch gerade in einen verlieben, den sie nicht haben konnte?

»Ich möchte dich auch nicht verlassen, aber es geht nicht anders. Es war nicht richtig, ohne ein Wort einfach zu verschwinden, und dafür muss ich jetzt geradestehen.«

»Glaubst du, sie werden dich bestrafen?«

Ein Hauch von Humor schimmerte in seinen Augen. »Wahrscheinlich ein Eintrag in die Dienstakte, aber sie wissen genau, dass sie mich brauchen, daher werden sie mich wohl nicht rausschmeißen.«

Machte es sie zu einem schlechten Menschen, wenn sie sich beinahe wünschte, sie würden es tun, damit er frei war? Vermutlich. »Das ist gut.« Sie merkte selbst, wie lahm das klang. »Soll ich mitkommen und ihnen die Sache erklären? Ich bin sicher, Hawk würde mich so lange freistellen.«

Chris schüttelte bereits den Kopf. »Danke, aber das ist nicht nötig. Außerdem würde ich dann in Versuchung geraten, dich nicht mehr gehen zu lassen.«

Ihr Herz schlug schmerzhaft gegen ihre Rippen. »Werden wir uns jemals wiedersehen?«

Unerklärlicherweise grinste Chris sie an. »Davon gehe ich aus.«

Wut kam in ihr auf und sie ballte die Hände zu Fäusten, um dem Drang zu widerstehen, Chris zu schütteln. »Findest du das lustig? Vielleicht macht es dir ja nichts aus, dass wir uns trennen müssen.«

Seine Augen verdunkelten sich und er umfasste ihre Schultern. »Es zerreißt mich, okay? Es war schlimm genug, dich in Afghanistan gehen zu lassen, aber da war es das Beste für dich. Doch diesmal weiß ich, dass es dir wehtun wird, und das will ich nicht.«

Ihre Kehle zog sich zusammen, und sie brachte kaum ein Wort heraus. »Nur mir?«

Seine Lippen legten sich auf ihre und er küsste sie mit so viel Verlangen, dass ihre Knie weich wurden. Vorsichtig ließ sie ihre Hände über seinen Körper gleiten, um noch einmal seine Stärke zu fühlen.

Schließlich hob er den Kopf, und sie konnte die tiefen Gefühle in seinen Augen sehen. »Frage beantwortet?« Stumm nickte sie. »Gut, dann lass uns von hier verschwinden. Vielleicht haben wir auf dem Flughafen noch ein wenig Zeit, bevor mein Flug geht.«

Kyla mochte sich nicht an einem solch öffentlichen Ort von ihm verabschieden, aber sie wollte keine einzige Minute vergeuden, in der sie ihn noch sehen und berühren konnte. Ihre Finger verschränkten sich mit seinen. »Fahren wir.« Sie fragte sich nur, wie sie ihn jemals gehen lassen sollte.

Epilog

Kyla versuchte wirklich, sich auf das zu konzentrieren, was Rose Gomez ihr und den anderen TURTs und SEAL-Rekruten über das Leben in Afghanistan und der arabischen Welt allgemein erzählte. Doch wie so oft in den letzten zehn Tagen kehrten ihre Gedanken immer wieder zu Chris zurück. Zwar hatte sie versucht, ihn zu vergessen, aber es gelang ihr nicht. Und um ehrlich zu sein, wollte sie es auch nicht, dafür hatte sie ihr Zusammensein zu sehr genossen. Kyla blickte von dem Notizblock auf und starrte aus dem Fenster. Normalerweise liebte sie den Anblick der in der Sonne glitzernden Wellen, die sich auf den weißen Sand schoben, doch jetzt wäre sie lieber im verregneten Berlin als hier. Denn dann wäre sie in Chris' Nähe.

Genervt vergrub sie den Kopf in den Händen. Oh Gott, sie war ein Wrack! Früher hatte sie sich immer über die Leute lustig gemacht, die ständig mit ihrem Partner zusammen sein wollten und todunglücklich waren, wenn sie mal etwas alleine machen mussten. Und jetzt war sie genauso! Sie konnte sich selbst nicht mehr ertragen und konnte sich vorstellen, wie sehr sie alle anderen mit ihrer üblen Laune nervte. Aber egal, was sie auch versuchte, sie konnte das Gefühl des Verlustes einfach nicht verdrängen. Als hätte ihr jemand einen lebenswichtigen Körperteil amputiert – ihr Herz, zum Beispiel.

»Kyla?«

Abrupt hob sie den Kopf und blinzelte Rose an, die direkt vor ihr stand und sie besorgt musterte. »Ja?«

»Geht es dir nicht gut?«

»Doch, natürlich, alles in Ordnung.« Ihr Inneres schrie bei dieser offensichtlichen Lüge auf, doch sie ignorierte es.

Rose lehnte ihre Hüfte an den Nachbartisch und sah sie ernst an. »Das sieht aber nicht so aus.«

Unbehaglich blickte Kyla sich um und stellte fest, dass die anderen bereits gegangen waren. Wie hatte ihr das entgehen können? War sie so in ihr eigenes Elend vertieft, dass sie nichts mehr um sich herum mitbekam? Das erschreckte sie. Solange ihr Kopf nicht bei der Sache war, konnte sie ihren Job nicht erfüllen. Zwar bestand der derzeit immer noch aus Training und Unterrichtseinheiten, aber sie hoffte, bald wieder in den Einsatz gehen zu können, nachdem Mogadir und Black nun tot waren und sie keine Aussage mehr machen musste. Vor allem aber hatten Hawk und Matt erkannt, dass sie stark genug für eine neue Mission war.

Schließlich blickte sie Rose wieder an und erkannte das Verständnis in ihren braunen Augen. Vielleicht würde es ihr helfen, darüber zu reden. »Hast du schon mal jemanden so vermisst, dass dir alles wehtat?« Sowie die Worte heraus waren, wünschte Kyla sie zurück. Sie schlug eine Hand vor den Mund und spürte Hitze in ihre Wangen schießen. »Oh Gott, Rose, es tut mir so leid. Ich habe nicht nachgedacht, was ich sage.« Und etwas Schlimmeres hätte sie nun wirklich nicht zu Rose sagen können, die vor einigen Jahren ihren Mann, einen SEAL, bei einem Einsatz verloren hatte. Wie konnte sie hier herumjammern, wenn Rose so etwas Furchtbares hatte durchmachen müssen. Chris lebte wenigstens noch und es ging ihm gut – zumindest sofern sie wusste. Bisher hatte sie nur eine SMS von ihm bekommen, dass er mitten in Befragungen steckte und sich melden würde, wenn er wieder Luft hatte.

Rose lächelte sie an. »Das macht nichts. Vor vier Monaten war ich genauso verwirrt wie du jetzt. Aber zu deiner Frage: Ja, ich habe das schon durchgemacht und kann dir nur sagen: Mach nicht den gleichen Fehler wie ich und kapsele dich zu lange von allem ab. Auch wenn es bei mir dazu geführt hat, dass ich Rock gefunden habe, kann ich das nicht empfehlen.«

Kyla raufte ihre Haare. »Aber was kann ich tun? Ich weiß nicht, wie wir jemals zusammenkommen können.«

Rose stützte die Hände in die Hüften. »Ihr lebt beide, von daher gibt es *immer* eine Möglichkeit.« Ihre Stimme wurde sanfter. »Ich weiß, dass es unheimlich schwierig ist, wenn ihr so weit voneinander entfernt wohnt und beide wichtige Jobs habt. Es ist keine leichte Entscheidung, aber immerhin habt ihr die Möglichkeit, für euch ein gutes Ende zu schaffen. Es liegt in euren Händen, denk immer daran.«

Tränen drückten auf ihre Kehle, deshalb streckte sie nur die Hand aus. »Danke.«

Mit einem Lächeln drückte Rose sie. »Ich hoffe, ihr werdet so glücklich, wie Rock und ich es sind.«

Das hoffte sie allerdings auch. Auch wenn sie noch nicht wusste, wie sie es anstellen sollte, zumindest würde sie etwas tun. Es lag ihr überhaupt nicht, einfach nur herumzusitzen und auf etwas zu warten, das vielleicht nie eintreten würde. Besser, sie unternahm etwas und fiel damit auf die Nase, als sich im Elend zu suhlen und darauf zu hoffen, dass ein Wunder geschah.

Kyla schob das Kinn vor. »Ich fliege nach Berlin.«

»So gefällst du mir schon besser. Schnapp ihn dir!« Rose beugte sich vor. »Und falls es dir hilft, ich hatte schon damals das Gefühl, dass du ihm viel bedeutest.«

»War das vor oder nachdem er dich mit einer Pistole bedroht hat?« Rose hatte Chris in Afghanistan dabei erwischt, wie er Kyla im KSK-Lager abgeliefert hatte.

Rose lachte. »Währenddessen.«

Kyla stand auf und erkannte überrascht, dass sie sich tatsächlich etwas besser fühlte. Impulsiv umarmte sie Rose. »Danke noch mal. Rock kann sich glücklich schätzen, dich gefunden zu haben.«

»Der Meinung bin ich auch.« Die tiefe Stimme erklang direkt hinter ihr.

Kyla wirbelte herum und verzog den Mund, als sie Rock sah. Verdammt, konnten sich diese SEALs nicht mal vorher ankündigen? »Gib es zu, du machst eine unerlaubte Pause, um Rose zu sehen.«

Rock grinste sie an. »Ganz genau.« Gerade als sie die Augen verdrehen wollte, redete er weiter. »Aber eigentlich bin ich hier, weil ich mir dachte, du solltest besser bei der Besprechung dabei sein, die gerade im TURT-Hauptquartier abgehalten wird.«

Unsicher blickte sie ihn an. »Geht es noch mal um Black? Aber hätten die anderen mir nicht Bescheid gesagt, wenn meine Anwesenheit erwünscht wäre?«

»Etwas in der Art. Geh hin, Kyla.«

Verwundert über den ernsten Tonfall blickte sie zu Rose. Als die ihr auch zunickte, straffte sie ihren Rücken. »Okay. Aber wenn mich da keiner sehen will, gebe ich dir die Schuld.«

»Tu das.« Kyla war gerade an der Tür angekommen, als Rock sich räusperte. »Und Kyla, hör sie erst an, bevor du etwas unternimmst.«

Das hörte sich sehr ominös an, was sonst gar nicht Rocks Art war. »Was meinst du damit?«

Doch der SEAL hatte bereits die Arme um Rose geschlungen und war damit beschäftigt, sie ausgiebig zu küssen. Es gab ihr einen Stich, zu sehen, wie glücklich die beiden miteinander waren. Sie wollte das auch, verdammt! Mit einem unhörbaren Seufzer wandte sie sich ab. Wenn Rock dachte, dass es so wichtig war, würde sie zu der Besprechung gehen und danach mit Hawk darüber sprechen, dass sie Sonderurlaub beantragen wollte. Da er ihr nach der Sache im Schlachthof selbst welchen angeboten hatte, würde er nichts dagegen haben.

Eilig ging sie zum Hauptquartier hinüber, das einige hundert Meter von den Unterrichtsräumen entfernt lag. Nervös öffnete sie die Tür der Baracke und durchquerte sie rasch. Dabei bemerkte sie kaum die anderen Agenten, die im Gebäude waren. Es war ihr auch egal, solange sie ihr nur schnell genug aus dem Weg gingen. Schließlich blieb sie vor der Tür zu Hawks und Matts Büro stehen. Zögernd legte sie ihre Hand auf die Klinke, drückte sie aber nicht herunter. Rocks Worte gingen ihr nicht mehr aus dem Kopf. Was meinte er nur damit, dass sie sie anhören sollte, bevor sie etwas unternahm? Würde Hawk ihr sagen, dass sie doch nicht wieder in den Außeneinsatz gehen konnte?

Ihr Herz wurde schwer, auch wenn sie selbst gerade mit dem Gedanken spielte, zu Chris nach Deutschland zu gehen. Vermutlich würde ihr das die Sache erleichtern, aber verdammt noch mal, sie wollte in ihrem gewählten Beruf Erfolg haben und nicht einfach abserviert werden. Mit neuer Entschlossenheit klopfte sie kurz, drückte die Klinke herunter und schob die Tür auf. Hawk saß auf der Kante seines Schreibtischs und blickte sie erstaunt an.

»Rock sagte, ich soll …« Ihr Atem stockte, als sie den dritten Mann im Raum bemerkte, der neben Matt stand. Sie sah ihn zwar nur von hinten, aber sie könnte schwören, dass es Chris war. Aber das war überhaupt nicht möglich, er war doch in Deutschland und regelte die Sache mit seinen Vorgesetzten.

Der Mann drehte sich zu ihr um, und Kyla spürte, wie ihre Knie weich wurden. Blind tastete sie nach der Türklinke und hielt sich daran fest, während sie versuchte, zu verstehen, was hier vorging. Oder war sie jetzt völlig verrückt geworden und bildete sich ein, dass Chris hier war? Sie schloss die Augen und atmete tief durch. Gott, sie *roch* ihn sogar! Ihre Lider hoben sich, und sie zuckte automatisch zurück, als er plötzlich dicht vor ihr stand. So dicht, dass sie seinen Atem auf ihrem Gesicht spüren konnte und seine Körperwärme durch ihre Kleidung zu dringen schien.

Gierig nahm sie seinen Anblick in sich auf. Er sah besser aus als vor zehn Tagen, sein Gesicht hatte wieder mehr Farbe, die Schwellung an seinem Auge war verschwunden. Wie kam es, dass er aussah wie das blühende Leben, während sie drei Schichten Make-up auflegen musste, damit die anderen nicht merkten, wie schlecht es ihr ging? Kyla schwankte zwischen Freude ihn zu sehen und Verärgerung darüber, dass er ihr nicht gesagt hatte, dass er kommen würde.

Seine Hand legte sich um ihren Unterarm, als wollte er sie stützen. »Hallo, Kyla.«

Wärme sickerte dort, wo er sie berührte, durch ihren Pullover, und sie begann zu zittern. In Chris' Augen glaubte sie Mitleid zu erkennen, was ihren Ärger noch verstärkte. »Was machst du hier, Chris?«

Seine Augen verengten sich. »Das ist nicht wirklich die Begrüßung, die ich mir vorgestellt hatte.«

»Was hast du denn erwartet, wenn du dich nicht meldest und dann plötzlich hier stehst, ohne mir Bescheid zu sagen, dass du kommst?« Okay, das klang vielleicht etwas zickig, aber sie war wirklich sauer auf ihn. Und vor allem war sie enttäuscht. Hatte sie sich nur eingebildet, dass er sie auch liebte?

Hawks Stimme erklang, doch sie blickte nicht in seine Richtung. »Chris ist hier, um …«

Chris unterbrach ihn. »Das erkläre ich ihr lieber selbst, wenn sie sich soweit beruhigt hat, dass sie mir zuhört.« Er ließ sie los, und Kyla vermisste sofort seine Berührung.

Mit Mühe hielt sie sich an der Tür aufrecht. »Darauf kannst du lange warten.«

Mit einem tiefen Seufzer wandte er sich zu Hawk und Matt um. »Entschuldigt uns für einen Augenblick, ich glaube, wir müssen erst etwas klären.«

»Das kommt mir auch so vor.« Matts Stimme hörte sich eindeutig amüsiert an.

Kylas Blick bohrte sich in Chris' Rücken. Der Mann hatte Mut, ihr in diesem Moment den Rücken zuzudrehen, das musste sie ihm lassen. Sie war sehr versucht, ihn zu schütteln. Bevor sie den Plan in die Tat umsetzen konnte, hatte er wieder ihren Arm gegriffen und zog sie mit sich aus dem Zimmer heraus. Zwar könnte sie sich dagegen wehren, aber sie wollte nicht vor den Augen des ganzen Teams eine Szene machen. Deshalb tat sie so, als würde sie ihm freiwillig folgen, als sie den Gang betraten, der zum Ausrüstungslager führte. Wobei es sich dabei mehr um einen kleinen Raum mit Wandregalen handelte, als um ein richtiges Lager.

Chris öffnete die Tür, schob Kyla hindurch, trat selber ein und schloss die Tür hinter ihnen wieder. Es war stockdunkel in dem Raum, deshalb tastete Kyla nach dem Lichtschalter. Dabei trafen ihre Finger auf die von Chris. Ihre Hand zuckte zurück und sie spürte, wie ihr Herz zu hämmern begann. Das Licht flammte auf und Kyla blinzelte gegen die plötzliche Helligkeit an. Chris lehnte mit dem Rücken an der Tür und blockierte so effektiv den einzigen Ausgang. Vermutlich wollte er sie damit nervös machen, stattdessen spürte sie jedoch eine ganz andere Art von Aufregung, die sie mühsam zu unterdrücken versuchte.

Kyla verschränkte die Arme vor der Brust, um sich daran zu hindern, Chris zu berühren. »Also, was willst du hier?«

»Bevor ich das beantworte, will ich noch etwas klarstellen.« Er trat einen Schritt näher, und sie musste sich zwingen, nicht zurückzuweichen.

»Und das wäre?« Klang ihre Stimme wirklich so rau?

»Das hier.« Blitzschnell beugte Chris sich vor, schlang seine Arme um sie und presste seine Lippen auf ihren Mund.

»Hmhm …« Kyla versuchte, sich von ihm zu lösen, doch als er begann, sanft an ihrer Unterlippe zu knabbern, konnte sie den Widerstand nicht aufrechterhalten. Mit einem erstickten Seufzer öffnete sie den Mund und hieß seine Zunge willkommen. Hitze strömte durch ihren Körper, und sie vergaß alles andere um sich herum.

Erst nach scheinbar unendlich langer Zeit hob Chris den Kopf und lächelte sie an. »Ich habe dich vermisst.«

Kyla hatte Mühe, an ihrem Ärger festzuhalten, aber das musste sie, wenn sie nicht riskieren wollte, zu viel zu erhoffen. »Und das konntest du mir nicht am Telefon sagen? *Bevor* du hierher geflogen bist?«

Ein Hauch von Unsicherheit stand in seinen Augen. »Ich wollte nicht riskieren, dass du mir sagst, ich soll nicht kommen.«

Irritiert starrte sie ihn an. »Warum sollte ich das tun? Ich dachte, ich hätte deutlich gemacht, wie sehr ich mir wünsche, wir könnten zusammen sein.«

Die Wärme in seinen Augen war nicht misszuverstehen. »Genau deshalb bin ich jetzt hier. Ich wollte gar nicht weg, aber ich musste erst alles mit meinen Vorgesetzten klären.«

Eine andere Sorge breitete sich in ihr aus. »Haben sie dir Ärger gemacht? Wenn du willst, kann ich auch noch mal mit ihnen reden und ihnen erklären, dass alles meine Schuld war. Du kannst auch sicher vom Verteidigungsminister ein Dankschreiben bekommen, weil du bei Blacks Ergreifung mitgewirkt hast.«

Ein Schauer lief durch seinen Körper. »Du meinst, ich habe das Opferlamm gespielt, während du mich retten musstest.«

Kyla lächelte ihn an, obwohl sich ihr bei der Erinnerung daran, wie er an dem Schlachthaken gehangen hatte, der Magen umdrehte. Sie legte ihre Hand auf seinen Arm. »Ohne dich hätten wir ihn nie gefasst, und genau das werden wir deinen Vorgesetzten sagen.«

Chris schüttelte den Kopf. »Danke, aber das ist nicht nötig. Es ist alles geregelt.«

Seine Art, nichts direkt zu sagen, machte sie wahnsinnig. »Sagst du mir jetzt, was los ist? Falls du das wegen der Geheimhaltung nicht kannst, ist es auch okay, aber dann hör auch auf, Andeutungen zu machen.«

»Entschuldige, eine Berufskrankheit.« Er holte tief Luft und umfasste mit seinen Händen ihre Schultern. »Ich habe meine Kündigung eingereicht.«

»Was? Aber du liebst deinen Job!« Sie wusste nicht, was das genau zu bedeuten hatte, aber ihr Herz begann trotzdem zu hämmern.

Chris verzog den Mund. »In letzter Zeit habe ich mich gefragt, ob das noch so ist. Aber das war nicht ausschlaggebend für meine Entscheidung.«

»Haben sie etwa versucht, dich rauszudrängen?« Empörung machte sich in ihr breit. Wenn diese Idioten nicht erkannten, was sie an ihm hatten …

Chris lachte auf. »Nein, im Gegenteil, sie haben mit allen Mitteln versucht, mich zu halten. Als könnte mich eine Gehaltserhöhung umstimmen.«

»Aber warum …?« Weiter kam sie nicht, denn Chris drängte sie mit seinem Körper nach hinten, bis sie mit dem Rücken an die Regale stieß.

»Musst du das wirklich noch fragen?« Er legte seine Wange an ihre. »Es war mir wichtiger, bei dir zu sein, Kyla.«

Sprachlos starrte sie ihn an. Chris hatte alles aufgegeben, nur um bei ihr sein zu können? Sie wusste nicht, wie sie es geschafft hatte, einen solchen Mann zu finden, aber wenn sie etwas zu sagen hatte, würde sie ihn nie wieder loslassen.

Ernst blickte Chris sie an. »Wie wäre es, wenn du mir jetzt sagst, dass ich das nicht umsonst getan habe, und du mich hier haben möchtest?«

Mit einem gedämpften Freudenschrei sprang Kyla an ihm hoch und schlang ihre Arme und Beine um ihn. Sie küsste ihn stürmisch. »Natürlich will ich das!«

Seine Hände legten sich um ihren Po und er drückte sie enger an sich. Jetzt konnte sie auch seine Erektion fühlen, die sich direkt an ihren Eingang presste. Ihn wieder zu fühlen, in seinen Armen zu sein, entfachte ein Fieber in ihr, das sie zu verbrennen drohte. Chris schien es ähnlich zu gehen, denn sie spürte, wie sich sein Körper versteifte.

Ein Stöhnen drang über seine Lippen. »Gott, ich brauche dich!«

Ein letzter klarer Gedanke schoss durch ihr Gehirn. »Aber deine Verletzungen ...«

Chris trug sie ein paar Schritte bis zu einem Regal, in dem die Regalböden so weit auseinanderlagen, dass Kyla sich darauf setzen konnte, ohne sich den Kopf zu stoßen. »Die sind mir jetzt so was von egal.« Seine Augen leuchteten dunkelblau.

Ihr waren seine Verletzungen zwar nicht gleich, aber sie brauchte ihn zu sehr, deshalb zog sie ihn näher an sich heran und küsste ihn mit all den Gefühlen, die sich in den vergangenen Tagen in ihr aufgestaut hatten. Die erlittene Angst, ihn für immer zu verlieren, war immer noch gegenwärtig und verstärkte ihr Verlangen. Ungeduldig schob sie seinen Pullover samt T-Shirt hoch und legte ihre Hände auf seine nackte Haut. Sie bemühte sich, nicht die Verbände zu berühren, unter denen sich die tieferen Wunden von Blacks Messer befanden. Kyla schauderte, als sie sich an den Anblick von Chris' blutbedecktem Körper erinnerte. Mühsam drängte sie die Bilder beiseite und konzentrierte sich darauf, die Tatsache zu genießen, dass er jetzt hier bei ihr war.

Sie beugte sich vor und zog Chris mit den Beinen um seine Hüfte näher an sich heran. Mit Lippen und Zähnen legte sie eine Spur an seinem Hals entlang. Sie fühlte Chris zusammenzucken und lächelte zufrieden, als er sich daraufhin noch näher an sie drängte. Die Kante des Regalbretts drückte sich unangenehm in ihren Po, aber das war ihr völlig egal, solange sie Chris nur nahe sein konnte. Er umfasste den Saum ihres Sweatshirts und zog es mit einem Ruck über ihren Kopf. Ein kalter Luftzug strich über ihren bis auf einen BH nackten Oberkörper. Kyla zitterte, doch es lag nicht an der Kälte.

»Leg dich zurück.«

Ohne zu zögern tat sie, was er sagte, sie war nur froh, dass sich in dem Regalfach nur schusssichere Westen und nicht etwa Messer oder Handgranaten befanden. »Berühr mich.«

Seine Mundwinkel hoben sich. »Das hatte ich vor.« Chris beugte sich über sie und zog eine Spur aus Küssen an ihrem Oberkörper nach oben. Rasch schob er ihren BH nach unten und nahm mit einem hungrigen Laut eine ihrer Brustspitzen in den Mund, während er die andere mit seinen Fingern reizte.

Unwillkürlich bog sich ihr Rückgrat durch, um ihm einen noch leichteren Zugang zu gewähren. Dabei rieb ihr Eingang über seinen Schaft und sie stöhnte auf. »Chris, bitte …«

Ein tiefes Grollen drang aus seiner Kehle und seine Hände glitten nach unten. In kürzester Zeit hatte er ihre Hose geöffnet und hob ihre Hüfte an, damit er sie mitsamt dem Slip herunterziehen konnte. Ihre Erregung steigerte sich ins Unermessliche, als ihr bewusst wurde, dass sie fast völlig nackt in einem Raum lag, den jederzeit jemand betreten könnte. Furcht vor Entdeckung mischte sich mit ihrem Verlangen, bis sie nur noch ihre Hände in Chris' Pullover krallen und ihn wieder näher an sich heranziehen konnte. Seine Jeans rieb über ihr empfindliches Fleisch, und sie stöhnte laut auf.

Chris lehnte sich über sie und bedeckte ihren Mund mit seinem. Nach einem viel zu kurzen Kuss richtete er sich wieder auf. »Nicht so laut.«

Kyla grub die Zähne in ihre Unterlippe und nickte knapp. Ihre Hände wanderten zum Bund seiner Hose, doch Chris war schneller. Er öffnete die Jeans, zog seinen Slip herunter, und sein Penis sprang heraus. Auch wenn sie ihn noch so gerne berühren und kosten wollte, dafür war jetzt keine Zeit. Sie brauchte ihn zu sehr. Sie schob ihre Hüfte wieder vor und schloss die Augen, als sein heißer Schaft über ihre Scham strich. Erregung zuckte durch ihren Körper, und sie wusste, dass sie innerhalb kürzester Zeit kommen würde. Deshalb schlang sie ihre Finger um den Penis und hielt ihn dort, wo sie ihn haben wollte.

»Warte.« Seine raue Stimme war kaum zu verstehen.

»Ich kann nicht.«

Ein leises Lachen erklang. »Ich auch nicht.« Chris holte ein Kondom aus seiner Hosentasche, öffnete die Verpackung und rollte es über seinen Schaft. Als er diesmal ihren Eingang berührte, zog er sich nicht wieder zurück, sondern schob sich tief in sie.

Das Gefühl war so unglaublich, dass sie sich kaum noch beherrschen konnte. Ihre Beine zitterten unkontrolliert, ihre Atmung war viel zu schnell und flach. Aber es war ihr egal, ob sie genug Sauerstoff bekam, es zählte nur, von Chris ausgefüllt zu werden.

»Alles in Ordnung?«

Kyla öffnete die Augen und blickte zu Chris auf. Die Anstrengung, sich zurückzuhalten, war seinem Gesicht abzulesen. »Nur, wenn du dich endlich bewegst!«

Er lachte leise, tat aber, was sie verlangte. Langsam zog er sich aus ihr zurück und Kyla seufzte enttäuscht auf. Mit den Beinen klammerte sie sich an ihn und versuchte, ihn zurückzuschieben, doch er widerstand ihren Bemühungen. Erst als sie aufgab, bewegte er sich wieder und vergrub sich mit einem Stoß tief in ihr. Kyla konnte die Laute, die aus ihrer Kehle drangen, nicht zurückhalten, als Chris seine Hände um ihren Po legte und immer schneller in sie stieß. Das Regal gab ein ächzendes Quietschen von sich, doch momentan war ihr das völlig egal – solange es erst dann zusammenbrach, wenn sie fertig waren. Sie wünschte, sie könnte Chris berühren, aber das ging nicht, weil sie sich mit beiden Händen am Regal festhalten musste, um nicht von den heftigen Stößen nach hinten geschoben zu werden.

Das kalte Metall des Regalbodens war ein erregender Kontrast zu der Hitze, die Chris in ihr auslöste. Er beugte sich vor und leckte über ihre Brustspitze. »Oh Gott, mehr!«

Chris reagierte sofort, schloss seine Lippen um den Nippel und saugte kräftig daran. Ihre Erregung steigerte sich ins Unermessliche. Kyla hob ihre Hüfte und keuchte auf, als der Schaft sich dadurch noch tiefer in sie bohrte. Mit einem Finger fuhr Chris ihre Spalte nach und der Orgasmus baute sich in ihr auf. Jeder Muskel in ihrem Körper zog sich zusammen, als Chris seine Zähne um ihre Brustspitze schloss und sanft zubiss. Eine Woge der Lust durchschwemmte sie und entriss ihr einen Schrei. Immer wieder tauchte Chris in sie ein, bis auch er den Höhepunkt erreichte.

Eine Weile waren nur ihre schweren Atemzüge zu hören, während sich ihre Körper langsam abkühlten. Chris lag halb auf ihr, was sie einerseits genoss, andererseits aber auch dazu führte, dass sich das Regalbrett unter ihr noch härter anfühlte. Schließlich rührte er sich und stützte sich auf seine Ellbogen. Sein Gesicht war gerötet und seine Augen glitzerten.

Ein Lächeln spielte um seine Lippen. »Wow.«

Dem konnte sie nur zustimmen. Allerdings lag ihr etwas anderes auf der Zunge. »Au.«

Sofort richtete er sich auf. »Entschuldige, habe ich dir wehgetan?«

Kyla verzog den Mund. »Du nicht, aber das Regal ist verdammt unbequem. Such dir bitte nächstes Mal einen anderen Ort aus, wenn du ein dringendes Bedürfnis verspürst.«

Er zwinkerte ihr zu. »Nächstes Mal klingt für mich sehr gut, Miss Mosley.«

Sie verdrehte die Augen. »Du brauchst deinen Charme nicht mehr spielen zu lassen, du hast mich doch schon.«

Sein Schaft zuckte in ihr, und er schob sich noch einmal tief in sie. Chris beugte sich wieder über sie. »Habe ich das?«

Ihre Hand legte sich um seinen Nacken. »Ist das nicht offensichtlich?«

Plötzlich ernst blickte er sie an. »Körperlich schon, aber ich muss wissen, ob ich auch hier bin.« Seine Hand legte sich über ihr Herz.

Kyla benetzte ihre plötzlich trockenen Lippen mit der Zunge. »Glaubst du, ich würde mit dir schlafen, wenn es nicht so wäre?«

»Nein, aber das ist trotzdem keine Antwort, Kyla.« Er legte seine Stirn an ihre. »Entschuldige, ich muss es einfach hören, damit ich es auch wirklich glauben kann.«

Furcht presste ihre Kehle zu. Sie war noch nie gut darin gewesen, ihre Gefühle auszudrücken, aber sie wollte, dass Chris wusste, wie es in ihr aussah. Kyla räusperte sich. »Ich … äh … liebe dich, Christoph Nevia.«

Einen Moment blieb er still stehen, dann breitete sich ein Lächeln auf seinem Gesicht aus. »Das üben wir wohl besser noch ein wenig.«

Kyla schlug ihm gegen den Arm. »Blödmann.« Aber sie konnte nicht verhindern, dass das Wort eher wie eine Liebkosung klang.

Sanft küsste er sie. »Ich liebe dich übrigens auch, Kyla Mosley. Nur falls du das wissen wolltest.« Chris richtete sich auf. »Ich glaube, es ist besser, wenn wir uns jetzt wieder anziehen.« Er zog sich aus ihr zurück, worauf Kyla enttäuscht seufzte. Mit den Fingern strich er sanft über ihre Scham und löste damit einen weiteren Schauer aus. »Am liebsten würde ich in dir bleiben, aber ich glaube, die anderen würden das irgendwie komisch finden.«

Diesmal musste Kyla grinsen. »Ja, vermutlich.« Allerdings konnte sie sich immer noch nicht dazu bringen, ihre Beine von Chris' Hüfte zu lösen.

Erregung schimmerte in seinen Augen, als er seinen Blick über ihren nackten Körper wandern ließ. »Du kannst sicher sein, dass ich so schnell wie möglich wieder dorthin zurück will.«

»Gut.« Mit einem tiefen Seufzer ließ sie ihre Beine sinken und setzte sich auf. »Warum bin ich eigentlich fast nackt und du hast noch alles an?«

Chris zog vorsichtig seinen Reißverschluss zu und schloss den Knopf. »Man muss eben Prioritäten setzen.«

Kyla schnaubte, sagte aber nichts weiter dazu. Es war sogar ziemlich erregend gewesen, nackt zu sein, während Chris noch vollständig bekleidet war, aber beim nächsten Mal wollte sie wieder mehr von ihm sehen. Und genau deshalb mussten sie hier raus, bevor sie alles andere vergaß und sich auf ihn stürzte. Rasch zog sie ihre Kleidung wieder an und fuhr sich mit den Händen durch die Haare. Sie war sich ziemlich sicher, dass jeder ihrem Gesicht ansehen konnte, was sie gerade getrieben hatte, aber es ließ sich nicht ändern. Und sie würde diese Momente für nichts in der Welt eintauschen.

Mit einem rauen Laut zog Chris sie an sich und presste einen sanften Kuss auf ihre Lippen. »Verdammt, ich würde dich am liebsten …«

Ein Klopfen an der Tür ließ sie auseinanderfahren. »Wie wäre es, wenn du erst die Verträge unterschreibst, bevor du dir deine

Ausrüstung aussuchst, Chris?« Ein Lachen schwang in Matts Stimme mit.

Verwirrt sah Kyla ihn an. »Wovon redet er?«

Chris strich mit einem Finger über ihre Nase. »Hawk hat mir einen Job angeboten: Ich bin demnächst auch ein TURT. In der ersten Zeit werde ich für die strategische Planung und als Experte für die Infiltrierung in Terrorgruppen eingesetzt, danach werden wir weitersehen.«

»Aber … geht das überhaupt? Du brauchst doch sicher ein Visum und …«

»Das ist alles erledigt, es ist Teil des Jobangebots, offiziell von höchster Stelle abgesegnet.«

Tränen traten ihr in die Augen, während ihr Herz vor Glück anschwoll. »Dann bleibst du wirklich hier?«

Chris lächelte sie an. »Es sieht so aus.«

Leseprobe

Marliss Melton
SEAL Team 12
Aus dem Dunkel

Ein Kugelhagel prasselte auf den Trupp der vier SEALs nieder, und die Geschosse wurden zu Querschlägern, wenn sie den Betonboden oder die Metallwände des Lagerhauses in Pjöngjang, Nordkorea, trafen. Einige von ihnen schlugen Löcher in die Ölfässer, die zwischen großen Metallcontainern aufgestapelt waren, und der schmierige Inhalt ergoss sich über den ganzen Boden.

Lieutenant Gabriel Renault, Deckname Jaguar, duckte sich hinter ein Fass, als ein Geschoss neben ihm Splitter aus einer Holzpalette riss. *Wer zum Teufel ist das?*, fragte er sich, während sein Herz unter seinem Neoprenanzug hämmerte. Es war nicht besonders wahrscheinlich, dass die Terroristen ihr eigenes Lagerhaus zusammenschossen, nur um irgendwelche Eindringlinge abzuwehren. Auch konnten sie die SEALs nicht entdeckt haben, die aufgrund ihrer Tarnung mit der Dunkelheit verschmolzen.

Trotzdem waren es mindestens vier Schützen, die auf Laufstegen postiert waren, die kreuz und quer unter der Decke des Lagerhauses verliefen. Um den SEAL-Trupp zu entdecken, hätten sie Nachtsichtgeräte haben müssen, ganz ähnlich dem von Gabe. Und falls das zutraf, waren sie entweder lausige Schützen, oder es lag gar nicht in ihrer Absicht, die SEALs zu töten, sondern sie sollten lediglich abgeschreckt werden, was auch wieder keinen besonderen Sinn ergab, wenn sie tatsächlich Terroristen waren.

Das aufgeregte Flüstern des Truppführers Miller drang durch Gabes Ohrhörer und klang genauso unsicher wie bei den anderen Missionen, an denen er als Jaguar teilgenommen hatte. »Rückzug!«, befahl der XO.

Angewidert verzog Gabe das Gesicht. »Wir müssen den Rest der Ladung sicherstellen, Sir«, erinnerte er seinen Vorgesetzten. Himmel, es waren doch nur vier Schützen. Man konnte also kaum davon sprechen, dass sie in der Überzahl waren. Sie hatten sich in der Vergangenheit schon in ungünstigeren Situationen befunden und trotzdem ihren Auftrag erfüllt.

»Negativ. Uns reicht, was wir haben. Ich wiederhole: Rückzug zum SDV! Westy und Bear, haben Sie verstanden?«

»Verstanden, Sir.« Es war Chief Westy McCaffrey, der genauso angepisst klang, wie Gabe sich fühlte.

»Verstanden, X-ray Oscar«, bestätigte Bear mit einem Knurren und benutzte dabei den Decknamen des XOs.

»Sie beide nehmen den südlichen Ausgang«, befahl Miller. »Jaguar und ich nehmen den westlichen.«

Der Funkspruch endete mit einem lauten statischen Knistern, das Gabe zusammenzucken ließ. Nicht schon wieder! Mit dem Finger tippte er auf seinen Ohrhörer, weil er fürchtete, dass sein Funk, der schon während der letzten zwanzig Minuten immer wieder gesponnen hatte, nun endgültig den Geist aufgab. »X-ray Oscar, hören Sie mich?«, flüsterte er, aber er vernahm nur ein Rauschen. »Scheiße!« Er klopfte dreimal auf das Mikrofon, bekam aber keine Antwort.

Zumindest seine Nachtsichtbrille funktionierte noch. Mit dem Infrarotgerät suchte er die Laufstege unter der Decke ab und entdeckte, wie plötzlich ein Arm hinter einem Stahlträger hervorgestreckt wurde, in der Hand eine Waffe, aus der wahllos in die Gegend gefeuert wurde. Weitere Ölfässer wurden durchsiebt, und ihr Inhalt ergoss sich ebenfalls in glitschigen Strömen auf den Boden.

Vorsichtig, um nicht auszurutschen, verließ Gabe im Rückwärtsgang sein Versteck. Die vierte Boden-Luft-Rakete zurückzulassen, passte ihm überhaupt nicht. Er war es gewohnt, einen Auftrag zu Ende zu führen, egal, welche Hürden es dabei zu überwinden galt – und die gab es schließlich immer. Sich jetzt zurückzuziehen, war ein Akt der Feigheit. Westy war als Scharfschütze gut genug, um ihre Feinde, die sogenannten Tangos, einen nach dem anderen auszuschalten. Sie hatten ja noch nicht einmal ein Ablenkungsmanöver probiert. Warum hatten sie Rauchgranaten dabei, wenn sie sie gar nicht einsetzten?

Gabe schob sich aus seiner Deckung und presste sich gegen die Kiste, in der sich die vierte Rakete befand. Die Tatsache, dass diese Boden-Luft-Rakete – kurz SAM genannt – morgen in den Nahen Osten verschickt werden sollte, bedeutete, dass sie irgendwann gegen die Vereinigten Staaten eingesetzt werden würde. Sie hier in dem nordkoreanischen Lagerhaus zurückzulassen, war seiner Meinung nach einfach keine Option.

Zögernd fuhr er mit der Hand über die Transportkiste und spürte das raue Holz unter seiner Handfläche. Vorsichtig umrundete er sie und stand plötzlich vor seinem XO. Überrascht fuhr er zurück. Miller hätte ihn eigentlich erst an ihrem Außenposten treffen sollen.

Selbst mit all der Tarnfarbe im Gesicht war Miller die Nervosität deutlich anzusehen. Das Weiß seiner Augen leuchtete in der Dunkelheit. »Verschwinden wir«, murmelte er und deutete mit dem Kopf in Richtung Ausgang.

Gabe wollte ihm gerade sagen, dass sein Funk nicht funktionierte, aber Miller hatte sich bereits abgewandt. Gabe biss die Zähne zusammen und folgte ihm. Jeder Muskel in seinem Körper zitterte vor Wut.

Plötzlich fuhr Miller herum. Der Kolben seiner Heckler & Koch blitzte vor Gabes Augen auf und traf dann hart seinen rechten Wangenknochen. Schmerz durchschoss ihn. Er taumelte zurück und verlor auf dem öligen Boden das Gleichgewicht. Er fiel flach auf den Rücken, und die Luft wurde ihm mit einem Schlag aus den Lungen gepresst. Er schmeckte Blut.

Was zum Teufel …?

Miller beugte sich über ihn, packte ihn beim Koppel und drehte ihn mit Schwung auf den Bauch. Gabe rang nach Atem. Dann trat er auch schon nach hinten aus und traf das Knie des XOs. Der Mann fluchte und packte ihn nur noch fester.

Gabes Schädel schien vor Schmerz fast zu explodieren und alles Denken unmöglich zu machen. *Was zum Teufel geht hier vor?* Er fand keine Antwort auf diese Frage. Warum fiel Miller ihm in den Rücken? Schnarrend wurde eine Plastikfessel um sein linkes Handgelenk gezogen und dann um sein rechtes. Gabes Mund füllte sich mit Blut. Er spuckte einen Zahn aus und sog unter Schmerzen Luft in die Lungen. »Was zum Teufel tun Sie, Miller?«, knurrte er und trat um sich, als dieser in der Dunkelheit seine Füße zusammenband.

Miller antwortete nicht. Heftiger Schmerz durchflutete in Wellen seinen Kopf, sodass Gabe nur noch dunkel wahrnahm, dass Miller ihn gefesselt hatte. Die Schüsse, die sie zum Rückzug gezwungen hatten, waren verstummt. Das musste eine Bedeutung haben, aber Gabe konnte keinen klaren Gedanken fassen.

Miller riss ihm den Kopf nach hinten. Gabe spürte, wie die Hände des Mannes zitterten, als er das Klebeband abriss. Ein Streifen verschloss Gabes Mund und machte ihm jede verständliche Äußerung unmöglich. Er hatte Mühe, nicht an dem Blut zu ersticken, das ihm nun in die Kehle rann.

Miller ließ ihn los und wandte sich ab. Voller Entsetzen beobachtete Gabe, wie er aus der Deckung trat und den Daumen in Richtung der Männer auf den Metallstegen hob. Trotz des Hämmerns in seinem Schädel hörte Gabe, wie sie näher kamen.

Er starrte auf Millers Rücken, während er mit der Erkenntnis rang, dass es sein eigener XO war, der weltweit Waffen stahl.

Seit Monaten hatten SEALs versucht, die verschiedensten Waffenlieferungen abzufangen, nur um jedes Mal herauszufinden, dass sie bereits weg waren. Und es war Miller, der sie stahl. Der so willensschwach wirkende, blassgesichtige Miller!

Er konnte es kaum glauben. Aber der XO stand direkt vor ihm und befahl den dunklen Gestalten um ihn herum, die SAM in der Transportkiste durch den Seiteneingang hinauszuschaffen, und zwar schnell.

Gabe kämpfte darum, nicht das Bewusstsein zu verlieren, um die anderen Plünderer identifizieren zu können. Sein Gesichtsfeld wurde immer weiter eingeschränkt, was ihm zeigte, dass er dabei war, ohnmächtig zu werden. Miller drehte sich um und warf ihm noch einen letzten Blick zu, bevor er sich davonmachte, wohl um sich mit Gabes ahnungslosen Kameraden zu treffen.

Gabe lag mit der linken Wange in einer Öllache. Die Nachtsichtbrille war ihm vom Kopf gerissen worden und hing an seinem rechten Ohr. Seine Arme und Beine waren gefesselt. Sein Mund blutete immer noch. Er würde niemals die Chance haben, der Welt zu sagen, wer hinter all den Waffendiebstählen steckte.

Aus irgendeinem Grund hatte Miller ihn dort zum Sterben zurückgelassen. *Aber warum?* Durch sein angeschlagenes Hirn brauchte er einen Moment, um die Antwort zu finden. Es musste das Memo sein, das er auf Millers Schreibtisch gefunden hatte, in dem es um die Anforderung eines zusätzlichen U-Boots ging. Er hatte Miller darauf angesprochen, weil er der Meinung gewesen war, dieser sei einfach nur zu unfähig, zu wissen, dass ein U-Boot genug Transportkapazität für vier Raketen besaß. Niemals wäre er auf den Gedanken gekommen, dass sein XO plante, eine der Raketen für seine eigenen Zwecke beiseitezuschaffen.

Während Öl zwischen seine Augenlider drang und in seinen Taucheranzug aus Kevlar sickerte, vernahm Gabe ein Geräusch, bei dem sich ihm sofort jedes einzelne Haar aufstellte.

Jemand zündete ein Streichholz an.

Wenn er jetzt keine Lösung fand, wie er aus diesem verdammten Lagerhaus herauskommen konnte, würde er wie mit Grillanzünder übergossene Kohle in Flammen aufgehen.

Er wusste nicht, was schlimmer war – bei lebendigem Leib zu verbrennen oder zu begreifen, dass er niemals eine Chance gehabt hatte, Helen zu sagen, dass er sie liebe.

Marliss Melton
SEAL Team 12
Romantic Thrill

Nach einem Jahr Gefangenschaft und Folter kann der Navy SEAL Gabe Renault seinen Peinigern entkommen. Doch er erinnert sich nicht mehr an die letzten drei Jahre seines Lebens – auch nicht an seine Frau Helen. Die hatte eigentlich schon mit ihrer unglücklichen Ehe abgeschlossen und ist fassungslos, als Gabe plötzlich vor ihr steht. Mit allen Mitteln versucht er, Helens Liebe zurückzugewinnen. Aber dann wird ein Anschlag auf sein Leben verübt, und Gabe erkennt, dass er die Vergangenheit noch nicht hinter sich gelassen hat ...

SEAL Team 12: Eine packend erzählte, wunderbar romantische Serie um starke Helden, die die Frau ihres Herzens finden und um die Liebe kämpfen.

je ca. 320 Seiten
kartoniert mit Klappe
€ 9,99 [D]

Band 1: Aus dem Dunkel	ISBN 978-3-8025-8462-6
Band 2: Gebrochene Versprechen	ISBN 978-3-8025-8463-3
Band 3: Geheime Lügen	ISBN 978-3-8025-8797-9
Band 4: Bittere Vergangenheit	ISBN 978-3-8025-8887-7

www.egmont-lyx.de

Stefanie Ross

Jay
Explosive Wahrheit

Roman

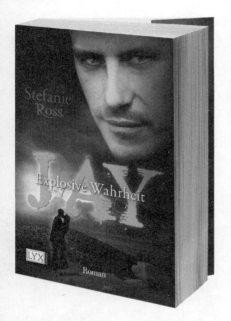

Im Visier eines Drogenkartells

Trotz seiner lässigen Art nimmt Jay DeGrasse seinen Job als Special Agent des FBI überaus ernst. Umso mehr frustriert es ihn, dass sein Team im Kampf gegen Drogenimporte aus Mexiko auf der Stelle tritt. In ihm wächst der Verdacht, dass es unter ihnen einen Verräter gibt. Zu allem Überfluss erhält er mit der unnahbaren Elizabeth Saunders auch noch eine neue Chefin. Als Jay dem Maulwurf zu nahe kommt, wird die Lage für ihn äußerst brenzlig, und bald ist Elizabeth die Einzige, der er noch vertrauen kann. Gemeinsam nehmen sie den Kampf gegen einen übermächtigen Gegner auf.

»Eine großartige Neuentdeckung für das Romantic-Suspense-Genre.« *LoveLetter*

Band 2 der Serie
528 Seiten, kartoniert mit Klappe
€ 9,99 [D]
ISBN 978-3-8025-8860-0

www.egmont-lyx.de

Michelle Raven
TURT/LE
Gefährlicher Einsatz
Roman

»Romantic Thrill vom Feinsten!«
Büchereule

Rose Gomez willigt ein, einem Teamgefährten ihres verstorbenen Mannes bei einem Navy-SEAL-Einsatz zu helfen. Roderic „Rock" Basilone ist auf der Suche nach zwei in Afghanistan vermissten amerikanischen Agentinnen. Dort angekommen entwickelt sie schon bald tiefere Gefühle für den schweigsamen SEAL. Aber kann sie sich erneut in einen Mann verlieben, der einen solch gefährlichen Job hat? Doch schon bald erhöht sich der Einsatz, denn die Spur der Agentinnen führt direkt in die Festung eines berüchtigten Warlords.

»Michelle Raven gelingt es, Hoffnung zu wecken, Spannung zu erzeugen und auch familiäre Bindungen zu beschreiben. Man leidet und fiebert mit.« *Literaturschock*

Band 1 der Serie
544 Seiten, kartoniert mit Klappe
€ 9,99 [D]
ISBN 978-3-8025-8791-7

www.egmont-lyx.de

Werde Teil unserer LYX-Community bei Facebook

Unser schnellster Newskanal:
Hier erhältst du die neusten Programm-
hinweise und Veranstaltungstipps

Exklusive Fan-Aktionen:
Regelmäßige Gewinnspiele,
Rätsel und Votings

Bereits über **12.000** Fans tauschen sich
hier über ihre Lieblingsromane aus.

JETZT FAN WERDEN BEI:
www.egmont-lyx.de/facebook